禅宗语录文学特色综合研究

李小荣 ◎ 著

人民出版社

国家社科基金重点项目（16AZW007）结项『优秀』成果

出版受福建省社科研究基地『中华文学传承发展研究中心』、

福建省『百千万工程』领军人才资助

作者简介

　　李小荣,籍贯江西宁都,复旦大学文学博士。现任福建师范大学中文系教授,兼任文学院院长、教育部人文社会科学重点研究基地福建师范大学闽台区域研究中心主任。系 2017 年度人社部"百千万人才工程"国家级人选暨"有突出贡献中青年专家",2020 年度教育部"长江学者奖励计划"特聘教授。主要学术领域为宗教文学、敦煌学和佛教文献学。在《文学遗产》《敦煌研究》等刊物发表论文百余篇,已出版《敦煌密教文献论稿》《敦煌佛教音乐文学研究》《敦煌道教文学研究》《敦煌变文》《汉译佛典文体及其影响研究》《弘明集校笺》《晋唐佛教文学史》等著作 15 部。

内容简介

　　本书把汉传佛教历代禅师语录都视为宗教文学作品,既对禅宗语录的文学特色有总体描述,又分别从历代禅师对词、小说、戏剧、辞赋等文体的运用情况进行类型学检讨,并结合禅师创作中的典范选择和相关语录在教内外的传播接受之个案分析,深刻地揭示了禅宗文学作品的生成场域、区域互动及禅僧文士化对禅宗文学发展、禅宗文学特色之形成的深刻影响。全书材料翔实,论述精到,体现了作者扎实的学术功底,有重要的学术参考价值。

目　录
CONTENTS

前　言

一、相关研究情况概述

中华民族历来都善于学习外来文化。在中国古代文化交流史上,持续时间最长、影响面最广的是印度佛教文化的东传,并由此产生了中国特色的佛教文化。[①] 其中,最具中国特色的佛教宗派——禅宗,在古代社会后期的作用最为突出。

作为禅宗思想、禅宗文化、禅宗文学载体的禅宗语录,一般指禅宗祖师说法开示之实录,它们多由特定的门下弟子予以记录或后人编辑而成。最早的语录,只有上堂法语和机缘问答,但后来语录别集、总集编撰逐渐扩大到公案、拈颂、诗偈和文疏等,同时又包括行状、塔铭等传记资料,语录遂演变为禅师著述全集。其形式主要有广录、语要、全录三种。若从集部类型特点看,仅集一人之法语者称为"别集",集多人之法语者称"通集"。此外,考虑到禅宗语录多汇集于传灯录(灯录),故我们也把历代灯录如《五灯会元》《续传灯录》《增集续传灯录》《指月录》《继灯录》《五灯严统》《五灯全书》《锦江禅灯》《黔南会灯录》等都视作禅宗语录。

[①]　习近平主席 2014 年 3 月 27 日在巴黎联合国教科文组织总部的演讲中明确指出:"佛教产生于古代印度,但传入中国后,经过长期演化,佛教同中国儒家文化和道家文化融合发展,最终形成了具有中国特色的佛教文化,给中国人的宗教信仰、哲学观念、文学艺术、礼仪习俗等留下了深刻影响。"《人民日报》2014 年 3 月 28 日第 3 版。

　　禅宗语录研究一直是国际佛教学最热闹的学术领域之一,与本书相关的研究成果,主要表现在以下几方面:

（一）文献学研究

　　这方面的研究,从现代佛教学术发展史看来,敦煌禅宗文献的发现居功至伟,因为它提供了大量为传统禅史所忽略的且久已失传的早期南北宗史料,既奠定了重建中国禅宗史尤其是唐宋禅宗史的文献基础,又引发了禅史研究方法论之争（以胡适、铃木大拙之争为代表:前者用"历史的方法",主张"只有把禅放在其历史背景中"才能获得正解,故他十分重视材料真伪的审订;A后者以信仰为中心,坚持具有宗教倾向的思想史解释,有鲜明的传教意图,当然,这与铃木大拙的身份有关）,进而开创了国际禅学研究的新局面。近百年来,名家名作,层出不穷,代表性论著有胡适《楞伽宗考》②、释印顺《中国禅宗史》③、杨曾文《新版敦煌新本六祖坛经》④、[日]柳田圣山《初期禅宗史书の研究》⑤《禅文献の研究》⑥、[美]马克瑞（John R. McRae）《北宗禅与早期禅宗的形成》⑦（韩传强译）、[法]伯兰特·佛尔（Bernard Faure）《正统性的意欲:北宗禅之批判系谱》⑧（蒋海怒译）等。而文献学研究之所以重要,是因为不同版本谱系的禅宗语录代表了不同历史时期的禅宗思想。举例来说,敦煌的《坛经》写本,表现的是唐代南宗形成初期的禅学形态;惠昕本《坛经》（分为二卷十一门）,代表的是五代至宋初"见性法"对中期南宗禅学的理论重塑;契嵩本（三卷本）代表了北宋中期以来三教融合视野下

　　①　葛兆光先生总结说:胡适开创了中国学界禅宗研究的现代典范,他大力提倡并且身体力行的历史学与文献学结合的方法,至今仍是中国学界在禅宗尤其是禅宗史研究领域最擅长、最有希望也是最有成绩的。参葛兆光:《仍在胡适的延长线上——有关中国学界中古禅史之反思》,《岭南学报》2017年第1期。

　　②　该文收入《胡适近学论著》第一集,山东人民出版社1998年版,第157—188页。又,有关评述,参马格侠、张文超:《论胡适对敦煌禅宗文献的研究》,《敦煌学辑刊》2006年第3期。

　　③　中华书局2010年版。又,有关评述,参马格侠:《论印顺法师对敦煌禅宗文献的研究》,《社科纵横》2007年第8期。

　　④　宗教文化出版社2001年版。

　　⑤　京都:法藏馆1967年版。

　　⑥　京都:法藏馆2001年版。

　　⑦　上海古籍出版社2015年版。

　　⑧　上海古籍出版社2010年版。

的对南宗禅教理论的扩充;元明清三朝,《坛经》在契嵩本的基础上产生了多种变异本,但其基本精神不离契嵩本。[①] 假如我们要分析白居易、苏轼所受《坛经》的影响,显然应分别依据敦煌本、契嵩本,绝对不可以征引通行的元代宗宝本。

(二)思想文化史研究

20 世纪 80、90 年代,前中国佛教协会会长赵朴初居士在各种场合反复强调"佛教是文化"的思想主张,[②] 在他的大力弘扬下,国内学术界从这一视角研究禅宗文化者大有人在,成果亦丰,代表性著作有葛兆光《禅宗与中国文化》[③]《增订本中国禅思想史——从六世纪到九世纪》[④]、杨曾文《唐五代禅宗史》《宋元禅宗史》[⑤]、魏道儒《宋代禅宗文化》[⑥],董群《慧能与中国文化》[⑦],段晓华、刘松来《红土·禅床——江西禅宗文化研究》[⑧],徐文明《唐五代曹洞宗研究》《杨岐派史》[⑨],闫孟祥《宋代临济禅发展演变》[⑩],王仲尧《南宋佛教制度文化研究》[⑪] 等。它们都从思想文化视阈出发,或突出禅宗大师对中国文化的影响,或专门检讨某一思想宗派的生成演变,或取通史,或采断代,或聚集于地域,林林总总,咸有各自的贡献。当然,国外学人中亦有取此路径者,如〔日〕小川隆《语录の思想史——中国禅の研究》(何燕生译)、《禅思想史讲义》(彭丹译)[⑫] 等。

---

① 参白光:《〈坛经〉版本谱系及其思想流变研究》,宗教文化出版社 2014 年版。
② 相关评述,参余世磊:《誓续慧灯无尽际——赵朴初对"佛教是文化"的论述及其贡献》,《佛教文化》2007 年第 6 期。
③ 上海人民出版社 1987 年版。
④ 上海古籍出版社 2008 年版。
⑤ 中国社会科学出版社 2018 年版。
⑥ 中州古籍出版社 1993 年版。
⑦ 贵州人民出版社 2001 年版。
⑧ 中国社会科学出版社 2000 年版。
⑨ 中国社会科学出版社 2012 年版、2018 年版。
⑩ 宗教文化出版社 2006 年版。
⑪ 商务印书馆 2012 年版。
⑫ 复旦大学出版社 2015 年版、2017 年版。

（三）语言学研究

中土禅宗对语言文字的态度，大体经历了两个阶段：一是唐五代北宋前期五家七宗所主张的"以心传心，教外别传，不立文字，见性成佛"的"祖师禅"，二是北宋后期以来的"不离文字""以文字得度"的文字禅。不管哪一阶段，后人了解其思想的主要媒介就是流传至今的各种禅师语录（不少语录还经过后人的多次编辑，文字表述、内容变异较大）。对禅宗的语言学研究，按周裕锴先生观察："禅宗语言这个领域，基本上仍分为两个阵营，一个阵营是搞'禅宗'的，一个阵营是搞'语言'的"，但"两者基本上处于分离的状态。"① 而语言学研究，大致围绕白话、俗语、语法、语用、修辞、词汇、用典等方面进行。其中，日本学者的贡献最令人瞩目，除了有中川状助、柴野恭堂、柳田圣山、入矢义高、衣川贤次等名家所编辞典及数以百计高质量的单篇论文外，他们还创办了专门的学术刊物《俗语言研究》。最近几十年来，中国学人也奋起直追，涌现了项楚《寒山诗注》②《唐代白话诗派研究》③、袁宾《禅宗著作词语汇释》④、于谷《禅宗语言和文献》⑤、周裕锴《禅宗语言》⑥、张美兰《〈祖堂集〉语法研究》⑦、雷汉卿《禅籍方俗词研究》⑧、疏志强《禅宗修辞研究》⑨ 等一大批高质量的论著。不过，正如周裕锴所说，过往研究出现了"《祖堂集》的话语霸权""'白话崇拜'的谬见"，⑩ 这是亟须改正的两大问题。

（四）影响研究

影响研究方面，尤以禅学对诗学的影响研究最受人关注，并常以"禅宗

---

① 周裕锴：《禅宗语言研究入门》，复旦大学出版社 2009 年版，第 72 页。
② 中华书局 2000 年版。
③ 项楚、张子开、谭伟、何剑平：《唐代白话诗派研究》，巴蜀书社 2005 年版。
④ 江苏古籍出版社 1990 年版。
⑤ 江西人民出版社 1996 年版。
⑥ 复旦大学出版社 2017 年版。
⑦ 商务印书馆 2003 年版。
⑧ 巴蜀书社 2010 年版。
⑨ 山东文艺出版社 2008 年版。
⑩ 参周裕锴：《禅宗语言研究入门》，第 79—87 页。

（学）与××诗学（诗歌、诗风、诗人、文学）"（偶尔相反）来命题。代表性
著作有杜松柏《禅学与唐宋诗学》①、李壮鹰《禅与诗》②、孙昌武《禅思与诗
情》③、张晶《禅与唐宋诗学》④、周裕锴《中国禅宗与诗歌》《文字禅与宋代诗
学》⑤、张伯伟《禅与诗学》（增订版）⑥、谢思炜《禅宗与中国文学》⑦、张海沙
《初盛唐佛教禅学与诗歌研究》《曹溪禅学与诗学》⑧、胡遂《佛教禅宗与唐代
诗风之发展演变》⑨、马奔腾《禅境与诗境》⑩、萧丽华《从王维到苏轼：诗歌与
禅学交会的黄金时代》⑪、刘晓珍《宋词与禅》⑫、张培锋《宋诗的智慧：宋诗与
禅》⑬、张煜《北宋文人与佛教论稿：心性与诗禅》⑭、方新蓉《大慧宗杲与两宋
诗禅世界》⑮、黄启江《一味禅与江湖诗——南宋文学僧与禅文化的蜕变》⑯、
赵伟《晚明狂禅思潮与文学思想研究》⑰、孙宇男《明清之际诗僧研究》⑱、刘
敬《清初士林逃禅现象及其文学影响研究》⑲、李舜臣《岭外别传：清初岭南诗
僧群体研究》⑳ 等。它们大多以禅宗为历史文化背景来探讨禅思、禅学对诗人、
诗情、诗艺、诗境的影响,总体上说,更关注禅对诗的主导作用,往往忽略了诗
或诗学对禅或禅宗的反作用。

---

① 台北:新文丰出版股份有限公司 2008 年版。
② 北京师范大学出版社 2001 年版。
③ 中华书局 2006 年版。
④ 人民文学出版社 2003 年版。
⑤ 复旦大学出版社 2017 年版。
⑥ 人民文学出版社 2008 年版。
⑦ 人民文学出版社 2018 年版。
⑧ 中国社会科学出版社 2001 年版、2009 年版。
⑨ 中华书局 2007 年版。
⑩ 中华书局 2010 年版。
⑪ 天津教育出版社 2013 年版。
⑫ 人民文学出版社 2010 年版。
⑬ 中华书局 2009 年版。
⑭ 华东师范大学出版社 2012 年版。
⑮ 中华书局 2013 年版。
⑯ 台北:台湾商务印书馆 2010 年版。
⑰ 巴蜀书社 2007 年版。
⑱ 兰州大学出版社 2017 年版。
⑲ 人民出版社 2017 年版。
⑳ 南方日报出版社 2017 年版。

（五）禅宗人物形象史研究

我们总结最近二十年来的佛教史研究心得,发现其主要内容不外乎三大块:教理（含仪轨）、教派和人物。而人物尤其是开宗立派者,在历史书写中往往会被神圣化,释迦牟尼在佛典中的形象塑造就如此,而中土历代禅宗祖师的形象书写也不例外。对此,学术界也有所关注,代表性成果有黄敬家《智慧的女性形象——禅门灯录中禅婆与禅师的对话》①、龚隽《唐宋佛教史传中的禅师想象——比较僧传与灯录有关禅师传的书写》②、〔日〕田中良昭《慧能:禅宗六祖像の形成と变容》③、陆扬《中国佛教文学中祖师形象的演变——以道安、慧能、孙悟空为中心》④、洪文杰《禅宗二祖的真面貌:僧传与灯录中之慧可研究》⑤、吕堃《济公故事演变及其文化阐释》⑥、王丽娟《禅宗祖师像赞研究:以菩提达摩为中心》⑦、江洪《真妄之间:作为史传家的禅师惠洪研究》⑧、李熙《僧史与圣传——〈禅林僧宝传〉的历史书写》⑨ 等,它们对僧传、灯录之禅师形象塑造进行了宗教文学的范式分析,为后来者指明了前行方向。

综上所述,国内外对中土禅宗语录的研究,主要是基于文献学、思想文化史、语言学、诗禅关系和人物形象史的视角,大多数是基于禅宗本位的本体研究和影响研究,而较少关注其文学特色。换言之,学人多把禅宗语录视作宗教文献,更强调其宗教性,忽略了它作为古代中国内容最丰富的宗教文学作品所固有的文学特色。我们的研究,正是要弥补这方面的缺憾。

---

① 载《佛学研究中心学报》第 9 期（2004 年 7 月）。
② 载《佛学研究中心学报》第 10 期（2005 年 7 月）。
③ 京都:临川书店 2007 年版。
④ 载《文史》2009 年第 4 辑。
⑤ 载《第二十二届南区中文系硕博士生论文发表会论文集》,台湾屏东:屏东教育大学中国语文学系, 2009 年,第 211—234 页。
⑥ 南开大学 2009 年博士学位论文。
⑦ 浙江大学 2012 年硕士学位论文。
⑧ 宗教文化出版社 2013 年版。
⑨ 中国社会科学出版社 2014 年版。

二、主要研究内容、重点及难点

（一）主要研究内容

本书既然题为"禅宗语录文学特色之综合研究"，其研究对象自然是以历代大藏经所收禅宗语录及敦煌所出禅宗语录为主体，同时也必须兼顾古代东亚汉字文化圈内各国禅师（以日、韩为代表）以汉语撰出的禅宗语录，这样才能从更广阔的文化视野来揭橥中国禅宗语录在文学方面的独特性、深刻性及禅宗文学在域外传播接受的深广度。就研究的主要内容而言，包括三大部分：一是禅宗语录文学特色的外在表现之研究；二是成因研究，包括内因与外因研究。内因方面，试追根溯源地分析从印度佛教到中国禅宗之语言观、文学观的嬗变及其理论依据，外因方面则从中国社会、文化、思想、习俗、审美心理之变迁以及雅俗互动、三教关联、民族融合等角度加以全面的检讨；三是影响研究。虽然已有相关成果极其丰硕，但我们拟加强禅宗语录之历代传播与接受方面的考察，尽量弄清楚传播接受的途径、方法和效果。

（二）重点及难点

本书既然着眼于"综合研究"，其实，研究的重点、难点都在于如何综合。一方面是综合分析原始材料，因为禅宗语录包罗万象，内容庞杂，人物众多，思想复杂，历史跨度大，有时史料还真伪难辨，所以，我们要努力学习运用辩证唯物主义、历史唯物主义的观点、方法、立场来检讨其宗教属性和文学属性；另一方面是综合判断已有研究成果的是非得失。禅宗研究作为国际汉学领域的显学，研究者身份不一（教内外悉有）、思想立场不一（如西方多属唯心论者），因此，对有关的研究结论，不能采用简单的"拿来主义"，而是有所扬弃。比如，20世纪80年代日本驹泽大学跨谷宪昭、松本史朗等提出的"批判佛教"，它虽然带给学术界观念上的极大冲击，但是，由于它缺乏文本与历史的有机结合，所以得出的"大乘非佛说""本觉思想不是佛教""如来藏思想不是佛教"等论断，并不科学，其"非中国化""非宗派化"的社会效应,很值得我们反思。①

三、基本思路和研究方法

(一)基本思路

我们的基本思路主要有三:

首先,我们是把历代禅宗语录全部视作文学作品。② 事实上,禅师运用的文体也相当多样化,既有教内外共用的诗、赞、颂、序、跋、记、铭、论、难、赋、词、曲、小说和戏剧等普通文体(其中诗、文为正宗),又有特殊的宗教仪式性文体如忏悔文、发愿文、下火偈等,以及颂古、拈古、评唱等宗门上堂说法的实用文体等。而从禅师对前代名家名作的熟悉程度看,其文学创作除了受佛教文献影响之外,也与本土作家的影响密不可分。因此,这种思路是契合禅宗文学创作实践之历史本真面目的。

其次,虽然目前对禅宗语录之文学本体的研究成果相对少见,但也有一些成功案例可以借鉴,像吴言生《禅宗诗歌境界》③,伍晓蔓、周裕锴《唱道与乐情:宋代禅宗渔父词研究》④,姬天予《宋代禅宗临终偈研究》⑤,冯国栋《〈景德传灯录〉研究》⑥,赵德坤《指月与话禅:雪窦重显研究》⑦ 等,都运用语言、文学、文献、哲学、美学等多学科知识,或个案检讨特定语录、文学类型,或整体归纳某种文体的创作风格,其综合性的研究思路给予我们良多启示。

复次,前贤时俊对传统目录学上非文学类著作之文学特色的研究也有切

---

① 参陈永革《非中国化与非宗派化:日本批判佛教论及其效应》(《华东师范大学学报·哲学社会科学版》2006 年第 2 期)、张文良《"批判佛教"的批判》(人民出版社 2013 年版)、周贵华《"批判佛教"与佛教批判》(中国社会科学出版社 2018 年版)等。

② 道原纂《景德传灯录》卷八载唐汾州无业禅师向马祖道一自述"三乘文学,粗穷其旨"(《大正新修大藏经》第 51 册,台北:新文丰出版股份有限公司 1983 年景印本,第 257 页上栏),可见无业禅师曾把三乘经典(即汉译佛典)都视作文学作品。我们即循此思路,对禅宗语录的文学特色有所检讨。

③ 中华书局 2001 年版。

④ 中国社会科学出版社 2014 年版。

⑤ 台湾新竹:玄奘大学中国文学系 2014 年博士学位论文。

⑥ 中华书局 2014 年版。

⑦ 中国社会科学出版社 2014 年版。

实可行的先例,如李少雍《史传里的琐事记载:〈晋书〉文学特色脞说》①《略论六朝正史的文学特色》②、可咏雪《〈史记〉文学成就论说》③、张亚军《南朝四史与南朝文学研究》④等论著,都有较大的参考价值。更何况,古人本来就秉持文史不分的学术传统!

总之,我们是从中国禅宗思想文化发展的历史进程出发,从"历史·文学·思想"三位一体的角度对禅宗语录的文学文本进行尽可能的有效解读,⑤总结禅宗文学发展的一般规律,揭示其在中国宗教文学史上的特殊地位与意义。

(二)研究方法

由于研究对象的特殊性及禅宗语录自身内容的无比丰富,加之又是第一次较全面梳理禅宗语录的文学特色,所以,我们在方法运用上也反复斟酌,小心谨慎,是摸着石头过河,算不算成功登岸,或者说上岸后的效果如何,都有待读者评判。大致说来,主要方法有:

1. 立足于文学本位的跨学科交融

禅宗语录作为中国古代宗教文学史最重要的内容之一,它在佛教文学史上占据最重要的地位。但是,作为历史文献,且不说我们对其编纂、刊刻、流传接受史等方面的总体认识都尚未完全理清,单就各家语录(尤其是早期的禅宗语录)的编撰动因、存佚情况、版本源流等个案学术问题而言也多如牛毛。因此,理想的研究状态是在解决好各种存世禅宗语录的文献学问题后再作文学特色的综合分析。不过,限于时间和精力,我们暂且先关注那些具有深远历史影响的名家语录(比如《坛经》《祖堂集》《景德传灯录》《五灯会元》等)或在特定时期具有影响的禅师语录(如宋《明觉禅师语录》《碧岩录》《大慧普觉禅师语录》、元《中峰和尚广录》、明《吹万禅师语录》《天界觉浪盛禅师全录》、清《弘觉忞禅师语录》等)。

---

① 载《文学遗产》2008 年第 1 期。
② 载《文学遗产》1998 年第 3 期。
③ 内蒙古教育出版社 2001 年版。
④ 中国社会科学出版社 2007 年版。
⑤ 参孙绍振:《文论危机与文学文本的有效解读》,《中国社会科学》2012 年第 5 期。

　　基于各家语录涉及的学术问题都不少,且因我们的研究重点在其文学特色,故在方法运用上,文学本位法是基础,是前提,而其他研究方法如历史文献学、版本目录学、古代方言学、[1] 文学地理学、文学社会学、文化传播学、比较宗教学等领域的相关研究成果及其较为成熟的研究范式,则是我们重要的参照。换言之,我们立体多维的观照意义,是把禅宗语录视作历代禅师宗教创作的文学文本,并尽可能地还原其生成场所和创作语境,真正做到陈寅恪所说的"了解之同情"[2]。相对于过往学人更重视禅宗语录之思想文化、语言哲学、言说方式对教外文人及世俗创作的影响研究,本书则力争回归到禅宗语录的文学本位。

2. 文学文体和宗教文体的结合

　　前文已指出,历代禅宗语录所用文体,既有教内外共同使用的一般文学文体,又有其特殊的仪式性文体。因此,我们的研究,必须兼顾宗教文体学"局内""局外"视角相结合的方法,[3] 一方面,注意禅宗特有文体的"殊相",另一方面,又关注一般文学文体和禅宗仪式性文体的"共相",并尽力发掘"殊相""共相"互动关联的文学史意义。

3. 宏观、中观和微观的结合

　　禅宗语录的编纂史,持续时间长达千余年,因此,观察其文学特色时我们可以借用法国当代历史学家和年鉴学派代表人物费尔南·布罗代尔《历史与社会科学:长时段》提出的三种时段——长时段、中时段和短时段理论。[4] 与此相对应的是,我们对禅宗语录的文学特色也可以作出宏观的总体把握、中观的阶段性描述(如文字禅理论形成与成熟的北宋时代)和微观历史事件的个案解剖(如佛慈禅师《蜜蜂颂》的异代唱和问题)。期望藉此对禅宗语录文学特色的成因探析,能够做到层次更加丰富,视角更加多元。

---

　　①　禅宗语录大量使用方言(如闽语、蜀语、粤语、吴语等)俚语,所以,读懂文本必须具备这方面的知识。

　　②　陈寅恪:《冯友兰中国哲学史上册审查报告》,载《金明馆丛稿二编》,生活·读书·新知三联书店 2001 年版,第 279 页。

　　③　参见笔者:《汉唐佛、道经典的文体比较——兼论宗教文化视野中的比较文体学》,《中国社会科学》2016 年第 11 期。

　　④　载[法]费尔南·布罗代尔:《论历史》,刘北成、周立红译,北京大学出版社 2008 年版,第27—60 页。

4. 中心与边缘的结合

中国禅宗文化的发生与发展，无论在历史的哪一阶段，哪一节点，从政治地理和宗教地理的角度看，都存在中心和边缘的互动问题。比如，南宗禅在早期发展史上，其鲜明的地方性就远远强于北宗的都市性，[①] 其后，地方性的禅宗派系由于特殊的历史际遇，往往也会产生重要的文化影响，像明末清初的破山禅系、清初岭南海云禅系等；尤其是在两宋，川僧南询入浙成了一个特殊的文化现象，乃至出现了"大宋国里只有两个僧，川僧和浙僧"[②] 的说法。凡此现象，都说明即便不是政治中心和文化中心的地区所产生的禅宗派别，也是值得特别关注的。

四、篇章设计与写作原则

（一）篇章设计

根据上述研究对象、研究内容、重点难点及基本思路之构想，本书拟分成四大模块：一是总论；即第一章"禅宗语录文学特色综论"，旨在宏观把握历代禅宗语录文学特色的四大表现和两大成因；二是分论，包括第二至第四章，拟从文学文体入手梳理禅宗语录在各体（以词、小说和戏剧为例）文学中的具体表现；三是典范引领和传播接受研究，主要以个案形式分析禅宗与屈骚、杜诗的互动关系、"宗镜录"在宋元明清的接受史及禅宗语录朱熹形象的宗教意涵；四是"禅宗语录的多维观照"，同样采取专题形式，多从中观、微观的视角提出问题，期望多层面、多维度地拓展禅宗语录的文学研究。总之，我们是以大大小小的问题为中心，不求毕其功于一役而建立可复制的研究模式，更多的是为后续研究者探寻可能存在的小径，提供某种可能有益的参照。

（二）写作原则

为了使讨论的问题相对集中，同时保证行文简洁，我们确立了两个写作原

---

① 参邢东风《中国禅宗的地方性——从胡适的禅宗史研究说起》（载《佛学研究》2005 年卷，第 294—324 页）、《南宗禅的地方性》（载《世界宗教研究》2005 年第 1 期）等。

② 《应庵昙华禅师语录》卷三，《大藏新纂卍续藏经》第 69 册，河北省佛教协会，2006 年，第 516 页下栏。

则：一者对学术界论之已详的话题一般不再涉及（如诗禅关系），或只作简要评述，俾使读者清楚研究背景；对前人未言或语焉不详之处，则予以重点检讨，此即吕祖谦所说"若他人所详者我略，他人所略者我详"①也。二者注释只在每页第一次征引文献时才详细标注作者、书名、页码、出版地及出版时间之类，第二次及其后征引时一般只标作者、书名与页码；而引用《大正新修大藏经》《嘉兴大藏经》等佛藏时，其底本误字予以更正，随后正字用"（ ）"标出，夺字时所补之字用"〔 〕"表示。

---

① （宋）魏天应撰：《论学绳尺·行文要法》，载王水照编《历代文话》第 1 册，复旦大学出版社 2007 年版，第 1077 页。

第一章
禅宗语录文学特色综论

禅宗是最具中国文化特色的佛教宗派,它和唐宋以来语言文学的关系十分密切。统观过往研究,主要集中在两大领域:一是禅宗语言,^①二是禅宗对诗学的影响。^②虽说前者的研究有助于禅宗文学作品的准确释读,但禅宗语言只是禅宗文学特色形成的要素之一。而后者归根结底是影响研究,并不是禅宗文学的本体研究,^③因此,其已有成果也只是本文写作的参照之一。^④

无论宗教文学还是宗教文体学研究,都有"局内""局外"视角之不同。^⑤若从"局内"视角看,禅宗文学最直接的载体是历代所编的各种禅宗语录。若从"局外"视角看,不少著名作家、诗人还亲自参与了多种禅宗语录的编纂,如宋初西昆派诗人杨亿就对《景德传灯录》的撰成贡献良多,袁了凡、瞿汝稷、冯梦祯、徐琰、汪道昆、钱谦益等人与《嘉兴藏》在明末清初的编纂、刊刻、流播大有关联,而《嘉兴藏》的突出贡献之一就在于辑入了大量的禅宗语录,它至今仍然是研究明清禅宗思想史、文学史最具价值的资料宝库。至于熟读以《坛经》为代表的禅宗语录的文坛名家,代不乏人,史不绝书,我们可以列出中国文学史璀璨星空中一连串熠熠生辉的名字:王维、白居易、柳宗元、刘禹锡、王安石、苏轼、黄庭坚、元好问、王骥德、黄省曾、王世贞、谢榛、陶望龄、董其昌、耿定向、袁宏道、尤侗、王士禛、龚自珍、姚鼐、俞樾、王文治等,他们的世界观、人生观、文学思想和文学创作等都或多或少、或深或浅地受过禅宗语录的影响。但总体说来,"局内"视角的本体研究相对欠缺,职是之故,笔者不畏浅陋,综论禅宗语录文学特色^⑥之表现与成因如下。

---

① 相关学术史梳理,参周裕锴:《禅宗语言研究入门》,复旦大学出版社 2009 年版。

② 此类研究,常以"禅宗(禅学、禅师等)与××诗人(诗歌、诗风、诗学、诗论、诗境等)"(或顺序颠倒)来命题,成果极多,限于篇幅,恕不举例。

③ 虽然目前对禅宗文学本体研究的成果相对少见,但也有一些案例可以借鉴,像杨惠南《禅思与禅诗——吟咏在禅境的密林里》(台北:东大图书股份有限公司 1999 年版)、蔡荣婷《〈祖堂集〉禅宗诗偈研究》(台北:文津出版社 2004 年版)、黄朝和《唐五代禅宗悟道偈研究——从祖师禅到分灯禅之语境交涉及宗典诠释》(台中:中兴大学中国文学系 2018 年博士学位论文)等。

④ 戴莹莹《宋代巴蜀佛教文学的内涵、特征与影响》(《宋代文化研究》2019 年卷,第 188—209页)一文的研究思路,对我们也有所启发,特此说明。

⑤ 拙撰:《汉唐佛、道经典的文体比较——兼论宗教文化视野中的比较文体学》,《中国社会科学》2016 年第 11 期。

⑥ 从"局内"视角看,禅宗语录的宗教属性无疑是第一位的,但其文学性也不可忽视。

第一节　文学特色之表现

在禅宗发展史上,不但禅宗的言意观经历了"由不立文字到不离文字"的演变,[①]而且从文学与悟道之关系,禅师对待文学的态度大致可划分为对立的两派:一派为否定,如五代宋初释延寿《宗镜录》卷85引《大虚空藏菩萨所问经》曰"施设文字,皆为魔业,乃至佛语犹为魔业,无有言说,离诸文字,魔无能为。若无施设,即无我见及文字见"[②],《博山无异大师语录》卷1载晚明曹洞宗高僧元来上堂云"拈颂机缘,擅开异解,诗赋词章,文艺杂学,并贪求说法,悉是魔也"[③],正是出于诗魔、文魔与禅心固有矛盾冲突[④]的考虑,故有主张"习禅切忌习诗文"[⑤]甚至阻止弟子编纂语录[⑥]或自毁诗文稿

---

① 周裕锴:《文字禅与宋代诗学》,复旦大学出版社2017年版,第1—39页。

② [日]高楠顺次郎等编:《大正新修大藏经》(后文简称《大正藏》)第48册,台北:新文丰出版股份有限公司1983年版,第883页中栏。

③ 《嘉兴大藏经》(后文简称《嘉兴藏》)第29册,台北:新文丰出版股份有限公司1987年版,第394页下栏。

④ 如齐己《静坐》"诗魔苦不利,禅寂颇相应"(《全唐诗》卷840,上海古籍出版社1986年版,第2058页下栏)、智圆《诗魔》"禅心喧挠被诗魔,月冷风清柰尔何。一夜欲降降不得,纷纷徒属更来多"〔《大藏新纂卍续藏经》(后文简称《卍续藏》)第56册,河北省佛教协会,2006年,第934页上—中栏〕、雍正《西江月》(其十五)"至道本离言语,风云月露成吟……多少词坛诗社,刻画争欲惊人。平头合掌各评论,总被文魔牵引"(同前,第68册,第571页上栏)等作品,都写了禅宗至道与文学之间的矛盾。

⑤ 法通:《坐禅偈》其五,载《不会禅师语录》卷9,《嘉兴藏》第32册,第362页下栏。

⑥ 如《慈受怀深禅师广录》卷2《因禅者欲编语录,以偈止之》说"吾祖初来字脚无,儿孙后代竞编书。子今莫苦著文字,秘取圆明顶颡珠"。《卍续藏》第73册,第113页下栏。

者①。另一派为肯定，特别是文字禅兴起之后，总体说来，禅师多持"文道禅道，总是一道"②的观点。此外，即便主张禁绝僧人习世典诗文者，也多肯定教内经典文学作品之用。③

事实上，历代开宗立派的禅师都有数量不一的语录传世。如果我们把它们都视作文学作品，则不难发现禅师所用文体丰富多样，既有教内外共用的诗、词、曲、赞、颂、铭、骚、赋、诔、序、跋、记、论、难、小说、戏剧等文体，又有上堂说法的实用文体如颂古、拈古、评唱等，以及特殊场合使用的佛事文体如忏悔文、发愿文、斋文、下火偈等。因此，分析禅宗语录的文学特色，可先从文体表现入手。

一、文体表现：诗文为宗，兼备众体

诗文向来是中国古典文学的正宗，禅宗语录最常用文体就是诗和文。而且，教内外人士从诗文入手评点禅师著述（或禅师自评），乃司空见惯之事。如北宋惠洪《题自诗》说：

> 予始非有意于工诗文，夙习洗濯不去，临高望远，未能忘情，时时戏为语言，随作随毁，不知好事者皆能录之。南州琦上人处见巨编，读之面热汗下，然佳琦之好学，虽语言之陋如仆者，亦不肯遗，况工于诗者乎？因出示，辄题其末。④

由此推断，惠洪诗文当世就甚受禅师的欢迎。但无论他自己还是琦上人，都没有详细交待诗文更具体的分类。考《石门文字禅》所收作品，实有古诗、排

---

① 如祖琇《隆兴佛教编年通论》卷19载中唐著名诗僧皎然"将入杼山"时"哀所著诗文火之"（《卍续藏》第75册，河北省佛教协会，2006年，第203页下栏）；无温《山庵杂录》卷下又载善诗文的钱塘广化寺住持觉宗圣得疾圆寂时"命左右取平日诗文稿悉火之，乃逝"（同前，第87册，第127页上栏）。

② （清）福善记录，福征述疏：《憨山大师年谱疏注》卷上，载蓝吉富主编：《大藏经补编》第14册，台北：华宇出版社1986年版，第489页。

③ 如道忞《训众十二条》要求"凡僧堂寮舍，一切案头，除经论禅策外，世典诗文，诸人染翰，除偈颂外，长歌短句，一概禁绝"（《嘉兴藏》第26册，第412页上栏）。

④ （宋）释惠洪著，［日］释廓门贯彻注，张伯伟等点校：《注石门文字禅》，中华书局2012年版，第1520页。

律、五言律、七言律、五绝、七绝、偈颂、赞、铭、词、赋、记、序、记语、题、跋、疏、书、塔铭、行状、传、祭文等类别,想必琦上人所录与此差别不大。换言之,惠洪创作诸体兼备,却仍以诗文统称,则知诗文二分是当时广泛的共识。

朱一是《牧云和尚〈嬾斋别集〉序》又云:

> 诗文之在天地,烂然如芳树之花也,无此则天地寂寂矣。然花不择地而妍,或在华堂,或在名囿,或在深山幽谷。花于华堂者,富贵人之诗文也;花于名囿者,才士之诗文也;花于深山幽谷者,高禅古德之诗文也。如谓高禅古德不必以诗文见长,将使华、恒、嵩、岱诸名胜,但有古干苍枝,无天乔媬妍之植也,有是理哉! 余少时见莲池、憨山二公著作,每为心折,手之勿释,二公皆文优于诗。近从牧老人游,留连子墨,更为高禅古德之仅有,间一唱酬往复,不觉其膝之至于地也。夫莲池、憨山,法门导师,擅长雅藻,曷怪? 若老人则临济宗风,以白棒喝天下之英灵,语言已多,安用文字? 然形上形下,恃源而往,有触必应,含毫伸纸,忽诗忽文,若山之出云,水之遭风,层起迭生,俱以自然入妙,未尝有意为诗文而诗文之至者出焉。其近体,王、孟也;古诗,陶、韦也。无韵之文,洋洋洒洒,又白太傅、苏端明亚也。虽汲汲揣摩日从事于诗与文之端家,未能或过。①

牧云通门是明末清初释门龙象之一,欠庵居士朱一是与之交情甚深。后者一方面把诗、文作为宗门文学的正宗,指出当时前后相继的代表作家有三位,即莲池袾宏、憨山德清和牧云通门,而禅门文学与世俗文学,就像不同地方的芳树之花一样,各有特色,因其差异性、多样性才构成无限繁花世界的统一性。另一方面,朱一是虽然承认袾宏、德清、通门三人都兼长诗文,但相对说来,袾宏、德清之文更胜于诗,只有通门才是真正的诗文双美,而且其诗又特别擅长古诗(诗风远效陶渊明、韦应物)和近体(风格同于盛唐王维、孟浩然),散文则学白居易、苏轼,因此,即使是尘世间专门从事诗文创作者,也很难超过《嬾斋别集》的水平。考毛晋等人编阅《嬾斋别集》时所做的总目,②其文体分类之细目有:论、序、记、铭(卷1);说、题跋、杂著、疏、榜(卷2);传、志铭、祭文(卷3);书启(卷4、卷5);杂牍(卷6);颂、像赞(卷7);偈(卷8);诗(卷

---

① 《嘉兴藏》第31册,台北:新文丰出版股份有限公司1987年版,第529页上—中栏。
② 同上书,第529页下栏—530页上栏。

9 至卷 14，按时间先后分）。大类则分文（卷 1 至卷 7）、偈、诗三部，偈作为禅宗语录的特色文体，别为一部，自有道理。由此可知，毛晋编辑牧云文集时，第一层面的文体分类仍然诗、文两别，而朱氏序文之点评，也基本体现了这一特色。

今存禅师语录或著作，大多诸体兼采，我们从中可见其文学创作所用文体之特色。如在五代宋初著述最富的法眼宗三祖释延寿，他除了撰有《宗镜录》100 卷之外，还有《万善同归集》《明宗论》《华严宝印颂》《论真心体诀》《唯明诀》《正因果论》《坐禅六妙门》《灵珠赞》《布金歌》《唯心颂》《无常偈》《出家功德偈》《定慧相资歌》《施食文》《文殊灵异记》《大悲智愿文》《放生文》《文殊礼赞文》《观音礼赞文》《法华礼赞文》《高僧赞》《上堂语录》《加持文》《杂颂》《诗赞》《山居诗》《愁赋》《物外集》《吴越唱和诗》《杂笺表》《光明会应瑞诗》《华严感通赋》《供养石桥罗汉一十会祥瑞诗》《观音灵验赋》《示众警策》《神栖瞻养赋》《心赋》《观心玄枢》《金刚证验赋》《法华灵瑞赋》《杂歌》《劝受菩萨戒文》《受菩萨戒仪》《自行录》①诸体皆善。

禅师所用文体，相比世俗文人而言，更具有随机应变的特点，常视场合、交游对象而定：在仪式场合，多用宗教性、实用性强的文体，如上堂之拈古、颂古，佛事之唱道文、忏文、愿文、授戒文、赞文、像赞等；在修习或与俗人交往时，与常人一样惯用诗、文（古文）、辞赋，甚至包括时艺（八股文），如德清在《憨山老人自序年谱实录》中自叙其出家后（17 岁时）"读《易》并时艺，及古文、辞、诗、赋"②，又谓 31 岁时曾受"文字习气魔"的影响，一落笔便成二三十首诗"不觉从前所习诗、书、辞赋，凡曾入目者，一时现前"③。当然，不少宗教性文体，世俗作家也多有佳构，如钱谦益的塔铭就别具特色。

禅师擅长诗或擅长文，又同样可以在诗、文内部做到诸体兼备。舒峻极《〈集文字禅〉序》即称赞惠洪"诗备众体，儗之三唐，其杜少陵之大家也哉"④，道需《为霖禅师旅泊庵稿》卷 3《湛庵禅公〈诗草〉序》又称湛庵禅师"诗日臻其妙……一日示我巨轴，诸体皆备，而尤长于五言近体，浑然老句，深得辋

① （五代）释延寿：《智觉禅师自行录》，《卍续藏》第 63 册，河北省佛教协会，2006 年，第 164 页下栏—165 页上栏。

② 《憨山老人梦游集》卷 53，《卍续藏》第 73 册，第 832 页上栏。

③ 同上书，第 835 页下栏—836 页上栏。

④ 《嘉兴藏》第 29 册，台北：新文丰出版股份有限公司 1987 年版，第 185 页上栏。

川、浩然之法"①，无论比作杜甫，还是以王维、孟浩然作标杆，都说明唐诗尤其盛唐诗是禅诗创作仰慕、师法的典范之一，因此，重视文学性自然是题中应有之义了。而禅门散文种类繁多，像放生文、下火文、榜疏、书问、祈祷等应用性文体，多由"职掌文翰"的书记所作，释德辉重编《敕修百丈清规》卷4"书记"条追溯其历史源流时便说：

> 而名之著者，自黄龙南公始。又东山演祖以是职命佛眼远公，欲以名激之，使兼通外典，助其法海波澜。而先大慧，亦尝充之。凡居斯职者，宜以三大老为则，可也。②

此处所列两宋禅林三大书记黄龙慧南、佛眼清远、大慧宗杲，都是当时深有影响的人物。德辉把他们作为禅林书记的典范，自然是重视散文诸文体的文学特色了。③ 更值得注意的是袾宏《云栖法汇》卷16《唐文》之观点：

> 至于文，汉最近古，其文浑厚朴茂则诚然矣。然文贵有大议论，驰骋上下，足以抗折百家，辨驳是非，畅快心目者，则唐为胜。文贵有大理致，崇正辟邪，可以继往圣而开来学，则宋为胜。斯二者，汉所不及也，孰曰汉独擅文章乎！子瞻赞退之曰"文起八代之衰"，确论也，通之百世而不易也。晦庵之赞《西铭》曰"某有此意，无子厚笔力"，确论也。④

结合《天翼翔禅师语录》卷上巨翔在"拈护法疏"中所说"诠上加诠，句中破句，韩、柳、欧、苏，到此却步。试烦表白，高声念看"⑤，则知韩、柳、欧、苏等唐宋散文四大家⑥ 不但是禅宗散文创作的师法对象甚至是超载对象（当然，从来没有哪位禅师真正做到超越层面），而且唐宋散文重议论（思想内容正确）、重

---

① 《卍续藏》第72册，河北省佛教协会，2006年，第700页中栏。

② 《大正藏》第48册，台北：新文丰出版股份有限公司1983年版，第131页上栏。

③ 这方面的研究，参王宏芹《论禅门书记职事与文学创作的关系——以居简及其周围书记僧为例》（《四川师范大学学报·社会科学版》2018年第1期）、戴路《南宋五山禅林的公共交往与四六书写：以疏文为中心的考察》（《中南大学学报·社科科学版》2017年第3期）等。

④ 《嘉兴藏》第33册，台北：新文丰出版股份有限公司1987年版，第85页上栏。

⑤ 《嘉兴藏》第40册，第69页上栏。

⑥ 按，明清禅师多持"唐宋四大家"说，但当时教外学人多持"唐宋八大家"说，如《为霖禅师旅泊庵稿》卷4《题广文简生〈谢公文集〉后》指出谢广文"所著古文词，诸体兼备……盖自八大家炉鞲中煅炼来，才学识兼备"（《卍续藏》第72册，第706页下栏）。

抒情（怡阅读者性情）的特点，禅林也多予以认可。特别对韩、欧这样的反佛人士，禅师也没有用宗教立场否定其散文文体的典范性，这表明唐宋四大家的经典地位，僧俗同尊。

禅师的文体运用，也有与时俱进的特点。宋词兴起后，便有作词之禅僧，如宋之了元、惠洪、仲殊、印肃、法常，明之广真、澹归、正嵒，清之本升、灵瑞尼等；① 散曲、小说、戏剧流行后，宗门中也有一试身手者，如吹万广真既通诗、词、曲、赋，又有佛教小说《古音王传》；湛然圆澄有佛教戏剧《地狱升天记》，清僧智达有佛教传奇《归元镜》，诸如此类，都是禅宗文学创作的新动向。

二、题材广泛：言志、抒情、叙事、状物、说理

从禅宗文学作品看，其主要题材与世俗文学几乎没有什么区别，都集中于五大方面，即：

（一）言志

诗言志虽是儒家传统诗学观，然释家创作也基本赞同，区别仅在志的宗教属性。如初唐释法琳贞观十三年（639）在狱中"步朗月以惆然，慨浮生之如寄，不觉潜涕，因言志云'草命如悬露，轻生类转蓬。所嗟明夜月，难与古人同'"②，此五绝，抒写了法琳为法献身的崇高志向。南宗禅兴起后，类似黄龙慧南"夫出家者，须禀大夫决烈之志，截断两头"③ 的上堂法语，比比皆是，而言志之作不胜枚举：如北宋云门宗高僧契嵩《送章表民秘书》"是时春和二月半，永夜耿耿轻寒微。高谈交发雅兴合，如瓶注泉争淋漓。须臾促席命言志，直抒胸臆扬淳词"④，自述其与章表民、周感之即席赋诗言志的场景；明末释明河崇祯十三年（1640）作《崇祯庚辰闰止协同护法诸公立道开法友监院，实喜法脉得人，不独山门有寄，赋诗志感》云"乃知监院大，今日非无因。标榜挽颓

---

① 详述讨论，见本书第二章。

② （唐）释彦琮撰：《唐护法沙门法琳别传》，《大正藏》第50册，台北：新文丰出版股份有限公司1983年版，第210页下栏。

③ 《黄龙慧南禅师语录》，《大正藏》第47册，第630页上栏。

④ 释契嵩撰：《镡津文集》卷17，《大正藏》第52册，第738页下栏。

壤,磨砺成精金。知心会与广,千古常为邻"①,又借祝贺道开升任监院的场合表达了共同弘法而力挽狂澜的誓愿;清初临济宗僧人玉琳通琇《言志》"客梦秋山远,闲情黄叶深。脚麻松下石,过岭觅禽音"②则重在抒写行脚求法的志愿。更有意思的是明末曹洞宗禅师明方的《活埋社言志》,其序云:

> 往阅《高峰录》,至掩死关处,畏其骨几欲退还。及游天目,登千丈崖,履酸不敢上。谒中峰活埋庵,读紫柏大师《题像》云"自古名高累不轻,饮牛终是上流清。吾师未死先埋却,更向巢由顶上行",因爱二老之风,并爱其山,得一绝崄居之。二易寒暑,以侍师归江南。初沾法乳,即叱余远游。复适楚,久之,忽闻师讣。奔丧归,与田、园二兄言旧聚行脚事,深慨道法零落,有意续活埋之灯。见余同志,即欲结影,恐香雪未深邃,意得更入层峦,共我一坑埋却。比余有天台之兴,偶得香柏峰,颇寂,故驻锡迟之。今处已定,志已决,侣已集,田兄嘱余叙活埋之约。余谓活埋何约?第苦久长,难得人耳。略请各言其志,以见终老之怀,不同志者不得入社。③

明方其人,万历四十二年(1614)22岁时,师从杭州南高峰法相西筑宗出家,后谒湛然圆澄入嗣其法。《高峰录》指宋末元初临济宗杨岐派破庵系高峰原妙所说《高峰原妙禅师语录》。原妙弟子中,声名最著的是号称"江南古佛"的中峰明本禅师,他曾在浙江天目山上修筑一座活埋庵,影响较大,明末清初以"活埋""埋庵"明志者甚多。④ 明方所读紫柏大师《题像》之七绝,实出自真可《过活埋庵十首》之十。⑤ 结合净柱为其师明方所撰《行状》"偶游渚宫,闻云门讣音,南还显圣,卜塔竟治,任入天台,栖息香柏峰。庚午春,同具足和尚住嵊之西明,作活埋计,有'翻转杜园还杜田,那管十年廿年三十年'之句"⑥,则知明方和田、园二师兄、具足和尚等人结活埋诗社时在崇祯三年

---

① (明)周永年编:《吴都法乘》卷21,《大藏经补编》第34册,台北:华宇出版社1986年版,第587页。

② 《大觉普济能仁玉林琇国师语录》卷7,《乾隆大藏经》第154册,台北:传正有限公司1997年版,第777页上栏。

③ 《石雨禅师法檀》卷15,《嘉兴藏》第27册,台北:新文丰出版股份有限公司1987年版,第135页中栏。又,"结影"之"影",似是"社"之讹。

④ 参吴承学、赵宏祥:《王船山观生居题壁联考释》,《学术研究》2014年第4期。

⑤ 《紫柏尊者全集》卷27,《卍续藏》第73册,河北省佛教协会,2006年,第377页下栏。

⑥ 《石雨禅师法檀》卷20,《嘉兴藏》第27册,第154页中栏。

（1630）春。① "翻转杜园"云云，恰为《活埋社言志》诗之结句。此言志诗，明方崇祯五年（1632）十二月十二日入住绍兴府天华禅寺上堂时又称为《自志偈》，② 则似活埋诗社至少存续于崇祯三至五年间。明方所制社约，极其简单，只要同言"终老之怀"即可。

　　禅师除了在诗歌创作中多言志外，还反复引用儒家的"诗言志"说。如空谷景隆《尚直编》卷上说"《书》曰'诗言志'，心之所之，既失其正，形之于言，安得其正焉？故学不可不求其正也，道不可不求其大也"③，《天界觉浪盛禅师全录》卷19《诗论》曰"诗者，志之所之也，持也，时也"④，《牧云和尚嬾斋别集》卷2《警学诗说》云"盖诗所以言志，惟古之人志于道，笃于学，日务修省，故能畅其志……今我曹负志言诗，道眼未明，求所谓寒山、石屋者不能得，而于乐不淫，哀不伤，三百篇风人之微旨，又或未达其志，茫无所矜，式徒欲速成其诗，得乎？予乃观古人之为诗者，似乎必先一其志以达乎道，必持夫道以养其志，故诗之所在即志之所在，志之所在即道之所在也"⑤，总之，禅师们大多认为诗歌创作是心、志、道三位一体的产物，而心、志、道的内涵，却出于释家悟道立场。换言之，释家"诗言志"，是从儒家诗学观夺胎换骨而来，或者说是后者的移植。这大概跟禅师熟悉儒家经典的文化背景有关，如《五灯全书》卷111叙明末清初净甫禅师是"幼时阅《伊洛渊源》"，其师从三宜明盂悟道后，便把《尚书·尧典》"诗言志，歌永言，声依永，律和声。八音克谐，人神以和"引入"冬至升座"示众说法中，并有断语曰"豫之时，义大矣哉"。⑥

（二）抒情

　　一般说来，禅师出家修道需要割断尘世间的一切情缘。⑦ 但吊诡的是，许

---

① 按，明方生于万历二十一年（1593），顺治四年（1647）示寂，其间"庚午"，只有崇祯三年。

② 《石雨禅师法檀》卷1，《嘉兴》第27册，台北：新文丰出版股份有限公司1987年版，第78页下栏。

③ 《大藏经补编》第24册，台北：华宇出版社1986年版，第93页上栏。

④ 《嘉兴藏》第34册，第701页中栏。

⑤ 《嘉兴藏》第31册，第546页上栏。

⑥ 《卍续》第82册，河北省佛教协会，2006年，第685页中—下栏。又，所引"人神以和"，《尚书·尧典》原作"神人以和"，且其前漏引"无相夺伦"四字，特此说明。

⑦ 如法藏《参禅四十偈》其六《绝情》"漂沉生死只缘情，一滴滔天白浪生"（《三峰藏和尚语录》卷12，《嘉兴藏》第34册，第183页下栏）、法通《寂光和尚"鬼神随步觅无踪，荣辱无嗔赞不喜。者样忘情绝境人，真堪嫡骨破山子"（《不会禅师语录》卷7，《嘉兴藏》第32册，第357页上—中栏），都强调了绝情是禅修的前提，或者是禅者本色。

多禅师都有抒情之作,甚至有诗僧以此见长者,如赞宁就称释灵澈"禀气贞良,执操无革,而吟咏性情,尤见所长"①。也有作品以抒情被人称道者:如释晓莹《罗湖野录》卷下评苏州定慧信禅师《贻老僧》是"品题形貌之衰惫,摹写情思之好尚,抑可谓曲尽其妙矣"②;赵又吕评寒松智操《神山》等诗时说"吾师之作,写情使事,工丽而闲适,留连不能已"③。

禅宗语录所说的情,内涵极其丰富,世俗人士所看重的乡情、亲情、友情、离别情等,其实禅师也津津乐道,同样有较充分的讨论,如"老冻脓,毕竟有乡情在"④ 就是语录中常见的话头之一。而直接抒写情怀的作品触目皆是:如观衡《孝思车公劬园歌》"天地劳劳长生,万物劳劳自灵。父母劳劳鞠育我形,我亦劳劳以尽亲情。千秋大业未有不劳劳而成,万德真乘未有不劳劳而明。生前生后唯一劳之亭,劳劳之外别无以名。君造此园,惟永其庚,君乐此园,惟远其声。劬园劬园,微识其精"⑤,写的是孝思父母之情;雪窦重显《送俞居士归蜀》"何处深栖役梦频,青城抛却数溪云。如今老大归难得,只写情怀远送君"⑥,寥寥数句,语淡情深,兼写友情和乡情;行舟《赠关中西宗禅友弃教入禅》"他年登临若闲吟,写情休得忘却萍相遇"⑦,写的是别后相思之情;天如惟则《题了堂禅师〈松风堂图〉》又云:

　　松而不风声不吐,风而不松不成语。谓渠有情渠不知,谓渠无情渠不许。声不孤起从缘生,闻不自显因其声。声闻究竟本同体,物我孰辨情无情?龙吟枯木怒潮走,万鹤起舞仙珂鸣。夜肃师行响金铁,壮士剑吼神鬼惊。或言入耳便心闲,或言静听声愈好。静喧截作两头机,等是随尘性颠倒。了堂松风独不同,松堂摄归图画中。画堂画松默无语,来者拨草徒瞻风。风无形状谁曾识,声相本空无起灭。无起灭处眼能闻,闲却一双新卷叶。⑧

① (宋)赞宁撰,范祥雍点校:《宋高僧传》,中华书局1987年版,第369页。
② 《卍续藏》第83册,河北省佛教协会,2006年,第394页上栏。
③ 《寒操松禅师语录》卷19,《嘉兴藏》第37册,台北:新文丰出版股份有限公司1987年版,第654页中栏。又,据《神山》七律尾联"尽道桃源多胜赏,争如仙壑爽幽情",则知本诗抒写的是出世之幽情。
④ 参《大觉普慧禅师语录》卷7(《大正藏》第47册,台北:新文丰出版股份有限公司1983年版,第840页下栏)等。
⑤ 《紫竹林颛愚衡和尚语录》卷13,《嘉兴藏》第28册,第730页中栏。
⑥ 《明觉禅师语录》卷6,《大正藏》第47册,第708页下栏。
⑦ 《介为舟禅师语录》卷7,《嘉兴藏》第28册,第258页中栏。
⑧ 《天如惟则禅师语录》卷4,《卍续藏》第70册,第787页下栏。

这首题画诗,先从缘起角度说明了声相本空的思想,但同时又特别强调创作主体(包括鉴赏主体)的情感变化和丰富想象在诗画创作(或鉴赏)过程中所起的决定性作用。而且,作者还用拟人手法赋予松、风细腻的情感,使主客体之间的情感有深入的双向交流。这种方法在禅宗咏物类诗作中较为常用,如莲峰禅师《花月吟》其一"凝枝月似贪花媚,破蕊花疑笑月香"、其二"重重月色花梳影,皎皎花诮月写情"①诸联,都是这一方法的具体运用。

禅宗诗文重写情,也有理论依据。如明本《天目中峰广录》卷19指出:

> 世所谓语言者,动乎其心而达乎其口,即情想之昭著,未有无其义者也。故其情爱,且喜则其言也和而温,憎且嫉则其言也峻而吁……皆言语之容也。欲审其义,先观其容,既达其容,则知其情,既知其情,则有以谕其义矣。所谓义者,乃情想之所适,意识之所主,而言以宣之也。盖语言皆模写情识所缘之义,曲尽其巧。苟情想不到,意路不行,虽大张其吻于终日,将无一词可措矣,岂特人言为然哉。至于鸦鸣鹊噪、犬吠鸡啼,凡若有情,一动其声,必有所主之义,但人莫之晓耳,安有语言音声而无其义者乎?惟吾佛祖之道则异于是……既不可以语默会,尤不可以智识通,及与天地鬼神,咸莫能测,所以目之为无义语也。夫无义者,超乎喜怒哀乐之外,脱乎情识意想之表,又岂容以经书文字、圣凡名相而和会哉。嗟学者之未谕,纷纷乱鸣,擅自穿凿,谓此语是放开,是把定,是傍敲,是暗打,是探他,是肯诺,又谓此语是向上向下,是全提半提,是宾家主家,是死句活句,是商量平展。②

细绎明本禅师之意,他把语言分成两大类:一是有义语,二是无义语。前者是对一切有情众生情和识的模写,后者是佛祖心心相传之法,并完全超越了世俗人生的七情六欲和情感认知,所以,它无法用世俗的语言和音声予以传达。但宋代禅师,尤其是圆悟克勤所编《碧岩录》,专尚语言思维,归纳出全提、半提、平展等评唱方法,影响甚巨。然其高弟大慧宗杲,为破学人偏执,毅然烧毁老师著作,禁止流传。三教老人《碧岩录序》指出"圆悟顾子念孙之心多,故重

---

① 《莲峰禅师语录》卷9,《嘉兴藏》第38册,台北:新文丰出版股份有限公司1987年版,第375页上栏。

② 《大藏经补编》第25册,台北:华宇出版社1986年版,第905页下栏—906页上栏。

拈雪窦颂。大慧救焚拯溺之心多,故立毁《碧岩集》"①,看来,圆悟、宗杲师徒二人,做法相反,用心一也,都是为了法脉绵远。固然明本非常重视无义语,但他反对毫无规律可寻的任意诠释。对有义语,则完全肯定其表情达意的功能。

宋太宗赵炅《御制莲华心轮回文偈颂》卷1"深非帝王之能事,口愧辞口以纵横"诗句中有夹注说"底定四方,子育天下,民居口域,化治太平,圣人之能事也。若乃旋心玄默,吟咏性情,化群有之幻心,传诸佛之唱道,则圣人之余暇也"②,则从世俗社会的文学风尚出发,肯定吟咏性情在弘扬宗教精神方面的突出作用。

此外,禅宗诗文也重视抒写山水乐道之情,明末曹洞宗高僧明雪说《入就瑞白禅师语录》卷15《住天台复沈文学》即指出:

> 既知火宅道场原非二地,行成解绝岂有两心? 只在当人,二六时中,操守切莫放过。必须以斯道而觉斯民,可以语戒者戒,可以语禅者禅,可语道者道,即是随类化身也。今天台冠天下名山,护国为韶国师大刹,桃源洞乃刘、阮之仙境,石梁桥壮宇宙之奇观,倘居士真能作洒落人,不妨驾高车一游,畅望抒情,莫如此山之胜也。③

沈文学,即沈仁叔居士。明雪以自己住天台修道的真切体验,指明游览山水胜境是抒情诗文的创作基础,并热切期盼后者早日入山一游。而禅师多有"××十二景""××十景""××八景""××四景"一类的佳作,往往与此山水乐道的禅修思想有关。广真说《吹万禅师语录》卷18《勉学说》又说:

> 做诗不参禅,不是好诗;作文不透宗,不是好文。托诗参禅,不唯有好诗,兼有好禅;以文透宗,不唯得真文,兼得真宗。真宗,运夫笔端,不须学问而显了学问也;好禅,道出口头,不须情境而挺特情境也。④

此则从更广阔的历史文化背景分析了诗、文与参禅悟道的双向互动,特别是"不须情境而挺特情境"的观点,完全超越了世俗情境论,具有很强的思辨性。

---

① 《大正藏》第48册,台北:新文丰出版股份有限公司1983年版,第139页下栏。
② 《高丽大藏经》第35册,台北:新文丰出版有限公司1982年版,第729页下栏。
③ 《嘉兴藏》第26册,台北:新文丰出版股份有限公司1987年版,第807页中栏。
④ 《嘉兴藏》第29册,第541页中栏。

（三）叙事

中土向来重史学，受此影响，①佛教东传后也有大量的史传类著述，其内容无非两大类：记言和记事。禅宗语录主体虽在记言，但对宗派传承、宗门人物事迹的叙述，也是各种语录极其重要的组成部分之一。②

"叙事"一词禅宗语录又有特别的含义。如《慈受怀深禅师广录》卷1载北宋云门宗怀深禅师：

> 上堂云："十年持钓在江湖，蒻笠蓑衣只自如。忽尔竿头浮子动，等闲钓得一头鱼。"召大众云："且道是什么鱼，还识么？莫问竿头轻与重，且图江上不空归。"叙事毕，师复云："慧林铁馒头，做来年已久……不是张鹏举，谁人敢下口。"③

《法玺印禅师语录》卷3载印禅师于顺治十年（1653）八月十二日上堂祝圣：

> "山僧今日拈出，触着则性命俱丧，犯着则头脑尽裂，且道利害在甚么处？"一卓云："寸刃不施魔胆碎，望风先已竖降旗。"叙事毕："只如'高振祖规刀斧不开'一句作么生？道'君臣道合玄黄位，不涉阶梯化日长'。"下座。④

综合两位不同时代的禅师在不同场合的语录，则知"叙事"是上堂的中间环节之一，其所叙之事，主要内容是禅师提醒大众要参悟的话头之类。换言之，名为叙事，实为记言，而且，禅师还可引用前人名句，如"寸刃不施"两句出自宗杲《大慧语录》卷13之七绝。⑤

当然，叙事、记（纪）事也是汉译佛典重要内容之一。教内外辨析有关佛经文体性质时，也可着眼此，如《佛祖统纪》卷3对"授记"的解释是"授者

---

① 如赞宁自述其《大宋僧史略》就是"取裴子野《宋略》为目"（《大正藏》第54册，台北：新文丰出版股份有限公司1983年版，第235页中栏）而撰成的。

② 值得注意的是错庵志明所编《禅苑蒙求瑶林》，它用四言韵文体叙述了从释迦牟尼到惠洪、首山省念等禅师事迹562则，四句叙一事，如"释迦七步"叙述佛祖降生故事，"达磨九年"叙东土初祖少林寺面壁之事。此书经雪堂德谏广引灯录、僧传作注之后，流播甚广。

③ 《卍续藏》第73册，河北省佛教协会，2006年，第105页中栏。

④ 《嘉兴藏》第28册，台北：新文丰出版股份有限公司1987年版，第788页上栏。

⑤ 《大正藏》第47册，第863页上栏。

授与,记者记事"。① 宋濂《〈水云亭小稿〉序》又说:

> 昔我三界大师金口所宣诸经,所谓长行即序事之类,所谓偈颂即比赋之属。汪洋盛大,反复开演,天地日月,山川草木,城邑人物,飞仙鬼趣,羽毛鳞甲,莫不摄入,故后世尊之,号曰文佛。②

在此,宋濂参照中土诗、文二分法把佛经分成两大类,长行(散文)和偈颂(诗歌),认为前者重叙事(序者,叙也),后者重比赋。虽说其比较得出的结论不完全正确,却也有一定的合理性。尤其从文学宗师的角度阐释释迦牟尼"文佛"之"文"的意义,可谓匠心独运。

禅宗叙事,无论记言记事特别是记事,一般都尚简尚真。前者如侯延庆宣和六年(1124)三月甲子作《〈禅林僧宝传〉引》称惠洪"其识达,其学诣,其言恢而正,其事简而完,其辞精微而华畅,其旨广大空寂,窅然而深矣。其才,则宗门之迁、固也"③。惠洪是书,乃僧传、语录合一的禅宗史传类作品之一,虽然仅有曹山本寂、云门文偃、清凉文益、佛印了元、黄龙惟清等 81 位禅师的生平事迹和机缘语录,但在侯延庆眼中却是一部巨著,他甚至把惠洪比作史学名家司马迁和班固。这当然是过誉之词,不过,却概括了禅宗"简而完"的叙事原则。南宋枯崖圆悟编《枯崖漫录》卷下则表扬"晚年喜参请"的黄允所作开堂疏"叙事简核",④ 同样肯定了简约的叙事风格。总体说来,禅宗人物传记确实比世俗作家的人物传记篇幅要小得多,往往一两百字就叙述完一位禅师相对完整的人生历程,语录中上千言的人物传记,其比例远少于《史记》《汉书》等世俗史书。而且后世灯录,也有求简的趋势,像《五灯会元》便是撮录《景德传灯录》《天圣广灯录》《建中靖国续灯录》《联灯会要》《嘉泰普灯录》而成;清僧呆翁行悦编《列祖提纲录》,又依《敕修百丈清规》所定科条集录了三千余则宗祖提纲,陆圻康熙五年(1666)《序》称赞它体现了"史家者流,纲以为书法,目以为序事"的写实性原则,"以为禅有《五灯会元》,则问答机缘于是乎备;禅有《列祖提纲》,则因时化导于是乎

---

① 《大正藏》第 49 册,台北:新文丰出版股份有限公司 1983 年版,第 162 页下栏。
② (明)宋濂撰:《护法录》卷 7,《嘉兴藏》第 21 册,台北:新文丰出版股份有限公司 1987 年版,第 668 页中栏。
③ 《卍续藏》第 79 册,河北省佛教协会,2006 年,第 491 页上栏。
④ 《卍续藏》第 87 册,第 45 页中栏。

全",①评价极高。

禅宗叙事又尚真,如惠洪《林间录》指出:

> 《大宋高僧传》乃曰:"释弘忍,姓周氏,其母始娠,移月光照庭室,终夕若昼,异香袭人,举家欣骇。"安知众馆本社屋,生时置水中乎? 又曰:"其父偏爱,因令诵书。"不知何从得此语,其叙事妄诞,大率类此。②

《大宋高僧传》,是宋初有"律虎"之称的赞宁所撰。惠洪转引的释弘忍之事,见该书卷8《唐蕲州东山弘忍传》,③后者叙事本来比惠洪更详实,但"安知"两句,并不见于传世本《宋高僧传》,故它们可能是惠洪的评述之语。特别是"叙事妄诞"之断语,说明律师所撰僧传和禅宗的叙事要求相距甚远。若反推,则知惠洪对禅宗叙事的要求是尚真。④此真,可以是禅宗史实之真,也可以是禅师从宗派角度确立的历史观念的真。

禅宗叙事的尚真准则,还得到了域外禅师的认可。如日本临济宗僧人无著道忠《禅林象器笺》卷5《灵像门》"关帝"条在征引《三国志传》⑤后,对后者叙述的关羽拜护国寺普静禅师为师之事下了一断语:"迂诬谬悠,不足信之。"并认同"《七修类稿》,辨其普静事妄诞",只是郎瑛"称智者为妖僧,太过矣"。⑥《三国志传》作为世代累积型的通俗历史演义小说,其叙述的故事,有各种传说和民间艺人加工的成分,自然不能当作信史。

同样吊诡的是,禅宗虽反对荒诞不经的叙事,但语录所讨论的话头、公案,往往处于真妄之间。如所谓"僧肇临刑",历史上根本没有发生过,可僧肇《临刑偈》是禅门津津乐道的话头之一,尤值一提的是,其所反映的禅宗精神史、观念史却是真实的。⑦再如法演禅师上堂叙述的"孙膑今日开

---

① (清)杭世骏撰:《武林理安寺志》卷7,杜洁祥主编:《中国佛寺史志汇刊》第1辑第21册,台北:明文书局1980年版,第386—387页。

② 《卍续藏》第87册,河北省佛教协会,2006年,第248页上栏。

③ 《宋高僧传》,中华书局1987年版,第171—172页。

④ 尚真本是禅宗叙事的最高准则之一,但禅师历史著述本身能否达到此高度,则是另一可讨论的学术问题。作为史传家的惠洪,有人认为他其实是处于真妄之间。参江泓:《真妄之间——作为史传家的禅师惠洪研究》,宗教文化出版社2013年版。

⑤ 按,无著道忠所引《三国志传》,即《三国志通俗演义》,但二者文字方面的区别较大,此不详列。

⑥ 《大藏经补编》第19册,台北:华宇出版社1986年版,第157—158页。

⑦ 参拙撰:《真实与虚妄——论僧肇〈临刑偈〉及相关故事的来源与影响》,《文学与文化》2011年第3期。

铺"①故事,也是于史无据。诸如此类的禅宗事典,不胜枚举,故有人认为整个中国禅宗史,都是虚构之上的真实。②

（四）状物

物之种类繁多,大致说来,举凡人物、动物、植物、景物、日常生活之器物、③各类美术图像（如佛教人物画、山水画）等,禅宗文学作品都有全面涉及。

在人物题材中,较有特色的是写真和佛像赞。写真,也叫邈真,指描绘人物的真实相貌。禅宗语录多用赞体（含他人求赞与自赞）,擅长此类题材的有死心悟新、慈受怀深、觉范惠洪、大慧宗杲、宏智正觉、圆悟佛果、希叟绍昙、紫竹观衡、夔云济玑等。其一般要求是形神兼备,既写人物相状,又写人物内在的精神风貌。如方会禅师《自术（述）真赞》"口似乞儿席袋,鼻似园头屎杓。劳君神笔写成,一任天下卜度……无言不同佛,有语谁斟酌。巧拙常现前,劳君安写邈"④,仅开头两句自写形貌,其余诸句则用议论性语句来自述凡圣一如的精神追求。正觉禅师《南明慧长老写师像求赞》又说"发之白兮苍山雪寒,眼之冷兮远水秋还。机自转兮夜斗有柄,气自清兮星河无澜。谷应声而亡像,珠受色而不瘕。瀛海潮落兮平且净,天宇云收兮虚更宽,万化起灭兮默见其端"⑤,此赞虽属骚体,但同样从人物外貌写起,而且特别重视形貌与精神的统一,像苍山雪、远水秋之比喻,就形象地再现了慧长老之师的年高德劭、冷峻神情。应庵昙华禅师《平江虞祖道写顶相求赞》之"枯松下,盘陀上,独坐大方,横按拄杖。谓是应庵,无恁相状。谓非应庵,谁肯归向? 分付祖道,试自定当"⑥,则在自述生动禅修形象的基础上引发议论,指明成佛成祖必须靠自悟。不过,需要说明的是,也有不写形貌而用概述性叙事来展示禅者精神世界的写真赞,环溪惟一禅师《自赞》（小师惠彰请）即说"顾我游世间,如云在天上。任缘而去住,不作去住想。南北信所之,东西无定向。为人少方便,动

---

①　《法演禅师语录》卷中,《大正藏》第47册,台北:新文丰出版股份有限公司1983年版,第660页下栏。

②　John R. McRae, *Seeing through Zen: Encounter, Transformation, and Genealogy in Chinese Chan Buddhism*, Berkeley: University of California Press, 2003.

③　如［日］无著道忠《禅林象器笺》卷28专列"器物门"。

④　《杨岐方会和尚后录》,《大正藏》第47册,第648页下栏。

⑤　《宏智禅师广录》卷9,《大正藏》第48册,第102页中栏。

⑥　《应庵昙华禅师语录》卷10,《卍续藏》第69册,河北省佛教协会,2006年,第549页下栏。

便拦腮掌。恁地去离泥水底本师,如何却唤作环溪和尚"①,它刻画的纯粹是一个云水三千的行脚禅僧的形象,倡导一种任运随缘的精神生活。此外,又有依缘起性空说而反对写真或写真赞者,最著名的公案是普化描真,慧南《自述真赞》亦指出:"禅人图吾真,请吾赞。噫,图之既错,赞之更乖……谓吾之真,乃吾之贼。吾真匪状,吾貌匪扬。梦电光阴五十一,桑梓玉山俗姓章。"②

相对于写真赞主要状写现实人物,佛像赞则更重视历史人物,其赞颂对象大致可分成两类:一是汉译佛典所叙述的诸佛、菩萨、罗汉等神性人物,二是中土历代灯录所载禅宗大师及不同寺院的历代住持、名僧大德。而且,有的中土禅师之像赞,还可以补僧传之不足。③

在第一类佛像赞,最受社会各阶层喜爱的应当是观(世)音菩萨,特别是她救苦救难、慈悲济世的精神感染了无数的文人墨客。禅僧也不例外,单两宋有作品传世的就有清远、惠洪、慧远、崇岳、如净、居简、道冲、师范、普济、慧开、广闻、心月、了惠、大观、祖钦、绍昙等著名诗僧,④ 其水平也不亚于诗坛领袖黄庭坚。并且,观音像赞与所有佛像赞、写真赞一样,都重视形神兼备,由于观音有"三十二应""五十三现"等众多应身,故禅僧所写观音形象也更丰富。此外,随着佛教世俗化进程的加深,禅宗语录的观音形象,又有艳情化的趋向,像绍昙"短裳搴起露珠珍,云鬟慵梳惑乱人"(《渔篮妇》)⑤、如乾"云发乱挽笑盈腮,玉步轻移入市来"(《鱼篮观音像》)⑥ 所描绘的鱼篮观音,其实就是世俗的渔妇形象。

第二类佛像赞,常以相关禅师的语典事典(如公案、话头等)为据来评论所赞对象的禅学思想、禅学理念或禅修境界,意在引发学人的思考。如宗杲《马祖大寂禅师》说"即心即佛,非心非佛,透过两重关,毕竟是何物"⑦,前两句是唐代著名禅师马祖道一的观点,分别从表诠(肯定)、遮诠(否定)立

---

① 《环溪惟一禅师语录》卷下,《卍续藏》第 70 册,河北省佛教协会,2006 年,第 395 页上栏。

② 《黄龙慧南禅师语录》,《大正藏》第 47 册,台北:新文丰出版股份有限公司 1983 年版,第 636 页上栏。

③ 如《五灯会元》卷 19 指出天目文礼的《南堂元静画像赞》"可补行实之缺"(《卍续藏》第 80 册,第 401 页上栏)。

④ 相关研究,参陈昭伶:《宋代禅僧观音画赞研究》,新竹:玄奘大学中国文学系 2015 年博士学位论文。

⑤ 《希叟绍昙禅师广录》卷 7,《卍续藏》第 70 册,第 475 页下栏。

⑥ 《憨休禅师敲空遗响》卷 7,《嘉兴藏》第 37 册,台北:新文丰出版股份有限公司 1987 年版,第 282 页上栏。

⑦ 《大觉普慧禅师语录》卷下,《卍续藏》第 69 册,646 页下栏。

论,旨在说明心性、佛性无异,而三、四两句是宗杲的议论,使用反问修辞,重在强调学人之悟应超越表诠、遮诠。通琇《达磨禅师像赞》又说"万里来,一苇别,五番毒,九年壁。有此体裁,不愁无人立雪"①,其叙述的事典则有禅林广为流传的一苇渡江、九年面壁、慧可(二祖)立雪等,"不愁"一句,则赞颂了南宗禅薪火相传、生生不息的发展愿景。

在咏物题材中比较有特色的状写对象是佛化植物和寺院景物。前者常以佛教文化色彩浓厚的植物如菩提树、罗汉松、佛手柑、僧鞋菊、观音草、观音柳、佛桑、青莲、芭蕉、薝卜等为描摹对象,作者寄寓了特定的禅理与禅趣。②清初王庭拜对天然函昰禅师的《咏梅花》十分赞赏,其《序言》即说:

> 夫诗之一道,本非禅家所贵,然而古德多为之。其《咏梅》,未尝沾沾于梅也。原风人之意,如河鸠、淇竹,非为比,即为兴,大都偶感于物以寄其怀云耳。若必咏物之体求之,将曲肖其形质,微写其性情,博征其事实,非切而能工,不以名执。此评诸《咏梅》者,林逋"暗香疏影"二语而外,可称者宁有几哉。然而昔人咏梅,往往多百篇,今老人之作亦百有二十篇。嗟乎,吾知老人之托意深矣。夫佛之妙法,取之莲;老人之微旨,取之梅,以例之柏子、草头,老人之《咏梅》,未尝非说禅,岂可以诗观之耶?然即以诗观之,此老人诸作,其格高矣,其趣合矣,其词为雅驯,又岂他百篇者所可及哉。③

王氏在此讲了五层意思:(1)指明了禅家与诗道的关系,虽说诗不是禅家悟道的最佳工具,但禅家咏物目的却在于悟道明理;(2)提出禅家咏物诗的写作规范在肖其形质、抒写性情和博征事实的有机统一;(3)认为释家咏物与传统儒家诗学一样,比兴和寄托都是其不二法门;(4)主张莲、梅是佛化植物的代表,

---

① 《大觉普济能仁玉琳琇国师语录》卷6,《乾隆大藏经》第154册,台北:传正有限公司1997年版,第758页上栏。
② 参李小荣、陈致远:《佛化植物及其咏物诗词的文本解读》,《福建师范大学学报》(哲学社会科学版)2017年第2期。
③ 《庐山天然禅师语录》12,《嘉兴藏》第38册,台北:新文丰出版股份有限公司1987年版,第200页上栏。又,"柏子",指著名禅宗公案"赵州柏树子"(或作庭前柏树子),赵州从谂面对僧人问"如何是祖师西来意"时,即以"庭前柏树子"作答。"草头",出自《庞居士语录》所载庞蕴女儿灵照之语"也不难,也不易,百草头上祖师意"(《卍续藏》第69册,河北省佛教协会,2006年,第134页上栏)。又,"非切而能工"之"而"字,从上下文语境看,作"不"字,语意更通顺些。

因为二者最能显示佛法奥义;(5)高度赞扬了函昰《咏梅诗》的艺术成就,因为它们格高、趣合、词雅。而格高、趣合、词雅,也是评判其他禅师咏物诗好坏与否的标准之一。一些好的作品,如隐元隆琦《咏梅》"素性天然洁,临霜志愈贞。破颜微冷笑,十里净无尘"①、普门灯显《咏莲》其三"叶盛明珠蕊带香,根深蒂固自来长。候迟漫把荷钱出,热至先将翠盖张。随处为人作益友,依时植种待中王。心空节劲谁堪比,杰出波心映月光"②,大体都有这一特色。

至于对寺院景物的状写,禅宗语录中比较有特色的是组合式风景诗,它们常以某寺某山"四景""八景""十景""十二景""十六景""二十四景"等名目来再现综合性的人文景观。如义存禅师所在的雪峰山,后人津津乐道的二十四景是雪峰山、宝所亭、蓝田庄、枯木庵、三毯堂、一洞山、半山亭、化城亭、无字碑、万松关、雪峤路、龙眼方、文殊台、古镜台、金鳌桥、罗汉岩、梯云岭、象骨峰、磨香石、放生池、蘸月池、望州亭、卓锡泉、应潮泉,③ 紫柏真可《承恩寺十景偈》④ 所咏十景是宝狮岩、卧牛池、千峰庵、锁凤桥、广德刹竿、五眼泉、涅槃台、成公塔院、洗心轩、观音冢;明雪所咏崆峒八景是五位山、宝盖峰、金镖峰、仙人崖、宝镜池、龙头泉、龟石崖、虎儿石。⑤ 此类诗作,除了明雪所说的"畅望抒情"之外,也可借景议论,如智操咏"青龙寺十二景"《醉眠亭》(五律)云"一亭春色古,面面醉风狂。石枕青山迥,泉流白堕香。杯中倾兔魄,梦里到仙乡。笑问檐前鸟,声声为底忙"⑥,尾联的问句,意在引发读者的理性思考。

禅师的状物之作,特别是咏寺院山水风景之作,非常重视意境的幽远。孤山智圆大中祥符八年(1015)所作《远上人〈湖居诗〉序》中就特意摘出远上人"积水涵虚碧,遥峰带月秋""香飘寒水远,烛映夜堂深""幽鸟入深霭,残霞照晚流""猿声秋岳迥,月影夜潭空"等四联,并称赞道"辞尚平淡,意尚幽远"。⑦ 此八字,也是多数禅师山水咏物诗作的审美追求。

---

① 《隐元禅师语录》卷 15,《嘉兴藏》第 27 册,台北:新文丰出版股份有限公司 1987 年版,第300 页上栏。

② 《普门显禅师语录》卷下,《嘉兴藏》第 40 册,第 284 页中栏。

③ 《雪峰禅寺二十四诗续集》,《卍续藏》第 69 册,河北省佛教协会,2006 年,第 92 页中栏—93 页下栏。

④ 《紫柏尊者全集》卷 20,《卍续藏》第 73 册,第 317 页上—中栏。

⑤ 《入就瑞白禅师语录》卷 13,《嘉兴藏》第 26 册,第 799 页中栏。

⑥ 《寒松操禅师语录》卷 18,《嘉兴藏》第 37 册,第 636 页中栏。

⑦ 《闲居编》卷 33,《卍续藏》第 56 册,第 914 页下栏。

（五）说理

佛教弘法,首重教义教理之阐发,特别是华严宗立四法界（事法界、理法界、理事无碍法界、事事无碍法界）说后,从理、事二分来认知宇宙万有或进禅修的观点也得到了禅宗的普遍认可。① 如延寿《万善同归集》卷中即说:

> 清凉国师云:"凡圣交彻,即凡心而见佛心;理事双修,依本智而求佛智。"古德释云:"禅宗失意之徒,执理迷事,云:'性本具足,何假修求？但要亡情,即真佛自现。学法之辈,执事迷理,何须孜孜修习理法？'合之双美,离之两伤;理事双修,以彰圆妙。"②

清凉国师,即华严四祖释澄观。延寿对其理、事双修的观点深表赞同,并假古德之口对执理迷事或执事迷理而各执一端的偏执之人予以强烈批判,强调对理对事,应同等看待。延寿《宗镜录》卷70又说"理之与事,皆名为本。说理说事,皆名教迹也"③,此则从本、迹两大层面揭示了理、事的作用和表现。换言之,说理、说事是禅师说法应有的题中之义。④

事实上,禅师说理、说事无处不在,而且,理、事往往相提并论。《大觉普慧禅师语录》卷1即载宗杲上堂云:"大小径山说理说事,即向他道,但向理、事上会取。"⑤ 因"事"的层面前文已有分析,故此处专门谈佛理、禅理的重要性。如宋僧子升、如祐编《禅门诸祖师偈颂》卷4《八溢圣解脱门》就把"看经明佛理"与"礼佛敬佛德""念佛感佛恩""持戒行佛行""坐禅达佛境""参禅合佛心""得悟证佛道""说法满佛愿"等七事一道作为解脱的八大法门之一,并说"阙一不可"。⑥ 清僧仪润撰《百丈清规证义记》卷6则要求知客:"就客堂款待,只宜闲谈佛理,不可妄谈世事,臧否人物。"⑦ 当然,不同宗派,各有阐扬

---

① 禅宗语录亦有讨论华严四法界者,如《圆悟佛果禅师语录》卷10所载"文、伦二上人荐安华严,请小参"之事（参《大正藏》第47册,台北:新文丰出版股份有限公司1983年版,第758页下栏—759页上栏）。

② 《大正藏》第48册,第973页中栏。

③ 同上书,第808页中栏。

④ 从缘起性空的角度看,理、事皆不可执著,如《景德传灯录》卷28载药山惟俨上堂云"迷人说事说理,悟人大用无方"（《大正藏》第51册,第441页下栏）。

⑤ 《大正藏》第47册,第814页中栏。

⑥ 《卍续藏》第66册,河北省佛教协会,2006年,第756页中栏。

⑦ 《卍续藏》第63册,第449页中栏。

禅理的特殊方法（禅师称作"门庭施设"），清初上思在上堂时即评论兴教坦和尚"既学云门禅理，合知其祖宗家法，言句固载道之器，若不具截铁之利，那禁得不盗弄潢池"①，其他像临济义玄"四料简""三玄三要"、洞山良价"君臣五位"、仰山慧寂"九十六种圆相"等，都广泛运用于后世禅林。

禅师说理之作，相对有文学特色的是偈颂体。睦庵善卿编《祖庭事苑》卷6"伽陀"曰：

> 此云讽颂，亦云不颂颂，谓不颂长行故。或名直颂，谓直以偈说法故。今儒家所谓游扬德业褒赞成功者，讽颂也。所谓直颂者，自非心地开明，达佛知见，莫能为也。今时辈往往谓颂不尚绮靡，率尔可成，殊不知难于世间诗章远甚，故齐己《龙牙序》云"其体虽诗，其旨非诗者"，则知世间之雅颂与释氏伽陀固相万矣。②

善卿禅师通过比较儒家颂体与禅宗偈体的异同，指出禅偈的表现形式虽同于世俗诗歌，但其特色在说理而非抒情，并且，只有通达佛法者才能创作好的禅偈，所以，禅偈创作难于一般的诗歌。对此，教外人士颇有认同者，如王庭言为牧云通门《古南时之余》所作序即说"诸经偈言，流传甚古，拈颂诸什，唐以来多有之，是虽诗体不殊，而理趣各别"③。

禅师说法，无论何种场合都喜欢用偈，故种类繁多，有传法偈、开示偈、投机偈、悟道偈、辞世（临终）偈、起龛偈、悬真偈、下火偈等，它们往往用禅宗特有的诗歌语汇、诗歌意象及丰富的修辞手法来表达特定的人生体验或佛法阐释。如庞蕴"理诗日日新，朽宅时时故。闻船未破漏，爱河须早渡"④一诗，用朽宅、法船、爱河等比喻性的佛教诗歌意象展示了其说理诗日新月异的创作历程；长灵守卓《僧问六相义因示以偈》"天上火星地下走，泥牛踏着烧却口。驴儿害痛马人瞋，打落杨梅三五斗"⑤，则用比喻、对比、拟人、反常等多种修辞把具有不

---

① 《雨山和尚语录》卷12，《嘉兴藏》第40册，台北：新文丰出版股份有限公司1987年版，第578页中栏。又，云门家法，指云门宗创立人文偃禅师用来接化学人的三种语句：函盖乾坤、目机铢两、不涉万缘，世称"云门三句"。

② 《卍续藏》第64册，河北省佛教协会，2006年，第404页下栏。

③ 《牧云和尚嬾斋别集》卷11，《嘉兴藏》第31册，第631页下栏。

④ 《卍续藏》第69册，第135页中栏。

⑤ 同上书，第270页下栏。

同含义的禅林意象泥牛、瞎驴、杨梅等组合成偈,意在阐释华严总、别、同、异、成、坏六相之关系;无门慧开《吴尚书尊堂死,以偈问师,用韵以复》"身分水月遍三千,月落何曾离得天。此是夫人行履处,摩耶相对共谈禅"①,本诗构思颇精巧,水、月意象本来就富于禅理,但关键在第二句所说的月不离天,作者由此展开联想,把吴尚书精通禅理的母亲与佛母摩耶夫人相提并论,暗喻前者逝后会升入兜率天;天然函昰《妙静主呈〈船子颂〉却示》"沧茫巨浸浪滔滔,只怕无风又着篙。多少弄潮人在岸,等闲余韵落波涛"②,则用巨浪、篙等新的意象再次展示了唐代船子和尚(德诚)《拨棹歌》③所建构的超然淡泊的禅宗渔父形象。

以上所列禅宗语录的五大类文学题材,其分别是相对的,因为在具体创作中,志、情、事、物、理之间可相互贯通。袾宏《〈和云栖六景〉叙》"莲池坐禅之暇,游戏翰墨,即景有言,无非禅理,成可以歌矣"④,其夫子自道恰好说明状物写景与说理的统一;紫柏真可《与冯开之札》其三"传《金沙十方院疏文》,先当说理透彻,方好叙事"⑤,则主张禅宗疏文写作应处理好说理、叙事的先后关系;觉浪道盛谓其《忆嵩诗》是步"深于禅理"的张林宗、张子襄之酬唱诗而作,目的在于"以写吾志,并为向往之先声"⑥,而观其"用杜句'翠柏苦犹食,明霞高可餐'为十韵"而成的组诗,确实也做到了言志和说理的统一。

三、善用修辞,尤其好用譬喻

汉语宗教修辞的研究,向来是中国修辞学及修辞史研究的薄弱环节之一。⑦ 其实,就我们阅读相关宗教文学文献的感受看,禅宗语录是研究汉语佛教修辞最大的语料宝库,因为禅师无论在何种场合传道弘法,都好用丰富多彩

---

① 《卍续藏》第 69 册,河北省佛教协会,2006 年,第 366 页上栏。
② 《嘉兴藏》第 38 册,台北:新文丰出版股份有限公司 1987 年版,第 176 页中栏。
③ 船子和尚《拨棹歌》曰"千尺丝纶直下垂,一波才动万波随。夜静水寒鱼不食,满船空载月明归"(《古今图书集成选辑》下,《大藏经补编》第 16 册,台北:华宇出版社 1986 年版,第 731 页下栏),其意象与函昰迥异。
④ 《云栖法汇》卷 23,《嘉兴藏》第 33 册,第 148 页下栏。
⑤ 《紫柏尊者别集》卷 3,《卍续藏》第 73 册,第 420 页中栏。
⑥ 《天界觉浪盛禅师语录》卷 18,《嘉兴藏》第 34 册,第 689 页下栏。
⑦ 参陈汝东:《论汉语宗教修辞》,载陈汝东主编:《修辞学论文集》,黑龙江人民出版社 2009 年版,第 63—75 页。

的修辞格。虽然有学人归纳出禅宗修辞的四大原则（"利于开悟""崇尚简洁""涵蕴机趣""适应语境"），并对其修辞观有所探讨，[①]但有待开拓的空间及深入研究的问题极多。当然，这非本文主旨，故不一一列出具体问题之所在。在此，仅就禅宗修辞在文学特色方面的表现做些概要描述。

禅师说法，参禅悟道，非常善于利用语言形式的修辞格，[②]往往短短数句就包含了多种修辞技巧。如《祖堂集》卷2叙四祖道信与五祖弘忍相遇场景是：

> 忽于黄梅路上见一小儿，年七岁，所出言异。师乃问："子何姓？"子答曰："姓非常姓。"师曰："是何姓？"子答曰："是佛性。"师曰："汝勿姓也。"子答曰："其姓空故。"师谓左右曰："此子非凡，吾灭度二十年中，大作佛事。"[③]

弘忍在回答道信问题时，利用"姓""性"同音的特点，故意将"姓名"意义上的"姓"曲解为"佛性""自性"之"性"，以展示其对一切众生悉有佛性且不假外求的透彻理解。道信所说"勿姓"，表面看是"否定"，实际也是"双关"（谐音"悟性"），故本段师徒对话，至少用了曲解、否定、双关等修辞。

《大觉普慧禅师语录》卷29《答严教授》又云：

> 因示之以偈曰：莫恋净洁处，净处使人困。莫恋快活处，快活使人狂。如水之任器，随方圆短长。放下不放下？更请细思量：三界与万法，匪归何有乡；若只便恁么，此事大乖张。为报许居士，家亲作祸殃。豁开千圣眼，不须频祷禳。[④]

严教授即严子卿，宗杲答其问道书，时在绍兴十五年（1145）。[⑤]宗杲答偈仅五言16句，却至少运用顶真、对比、对偶、比喻、重复、设问、夸张等多种修辞，尤

---

① 疏志强：《禅宗修辞研究》，山东文艺出版社2008年版。又，袁宾《禅宗语录的修辞特色》（《修辞学习》1988年第2期）对禅宗修辞特色有概述性的介绍，可参看。

② 禅宗还有非语言或副语言修辞形式，相关研究，参疏志强：《禅宗修辞研究》，第135—153页；康庄：《禅宗非言语行为之语言研究》，台北：花木兰出版社2014年版。

③ （南唐）静 筠二禅师编撰，孙昌武、［日］衣川贤次、西口芳男点校：《祖堂集》，中华书局2007年版，第114页。

④ 《大正藏》第47册，台北：新文丰出版股份有限公司1983年版，第937页上—中栏。

⑤ （宋）祖咏：《大慧普慧禅师年谱》，《嘉兴藏》第1册，台北：新文丰出版股份有限公司1987年版，第802页下栏。

其是前 8 句,句式活泼,语气亲切,相当耐人寻味。

《虚堂和尚语录》卷 2 载智愚禅师"除夜小参":

> 新底不知,旧底已往,旧底不知,新底已来。新旧不相知,物物还对偶。衲僧家以为极则,殊不知半夜三更蒲团上竖起脊梁,谁管尔漏箭推迁,更点迟速,犹被人唤作无转智大王。何况如"矮子看戏,随人上下",虽然只知"暖日生芳草",那料"春风暗着人"。①

此为智愚在婺州云黄山宝林禅寺除夕小参的实录,则用了对比、对偶、反复、引用、谚语("矮子看戏"句)、仿句("暖日"一句,显然系仿谢灵运《登池上楼》"池塘生春草"而来)等修辞格。而且,有的引用并未注明出处,像"春风暗着人"似是对苏辙《陪毛君夜游北园》"春风暗度人不知"②的意引。

禅宗语录常用修辞有比喻、比拟、双关、曲解、仿拟、对偶、对比、对举、对顶、排比、引用、反用、借代、替换、省略、反说、反复、反问、设问、拆问、婉曲、避讳、顶针、回环、夸张、层递、紧缩、简称、矛盾、离合、析字、藏词、拟误、双声、叠韵、互文、映衬、移情、通感、隐语、歧义、穷举等,可谓名目繁多,不胜枚举,但最有特色的是譬喻。因为譬喻说法、以譬喻得解是汉传佛教文学的重要传统之一,且不说有汉译佛典作依据,③单禅宗语录实例便俯拾皆是,禅师常用譬喻把抽象深奥的禅学佛理通俗化。如法眼宗延寿禅师《心赋注》"如八地菩萨梦渡河喻,证无生忍"④,其喻出自唐实叉难陀译《大方广佛华严经》卷 38 金刚藏菩萨所描述的八地(八住)菩萨的修行境界:"住于此地不分别,譬如比丘入灭定,如梦渡河觉则无,如生梵天绝下欲。"⑤其河指生死河,渡河指超越生死而达涅槃彼岸。《袁州仰山慧寂禅师语录》载沩仰宗慧寂对中邑洪恩禅师的谢新戒场景是:

---

① 《大正藏》第 47 册,台北:新文丰出版股份有限公司 1983 年版,第 1003 页中栏。
② (宋)苏辙著,陈宏天、高秀芳点校:《苏辙集》,中华书局 1990 年版,第 202 页。又,苏辙是诗开篇"池塘草生春尚浅"也活用谢灵运"池塘生春草"诗意,故智愚所说"暖日生芳草""春风暗着人"原本可能是一联,只是使用拆引格了。
③ 相关研究,参丁敏:《佛教譬喻文学研究》,台北:东初出版社 1996 年版。又,从修辞角度言,佛经所说譬喻,即我们常说的比喻。
④ 《卍续藏》第 63 册,河北省佛教协会,2006 年,第 149 页下栏。
⑤ 《大正藏》第 10 册,第 201 页中栏。

> 师问:"如何得见佛性义?"中邑云:"我与汝说个譬喻:如一室有六窗,内有一猕猴。外有猕猴,从东边唤猩猩,猩猩即应;如是,六窗俱唤俱应。"师礼谢,起云:"适蒙和尚譬喻,无不了知。更有一事:只如内猕猴睡着,外猕猴欲与相见,又且如何?"中邑下绳床,执师手作舞,云:"猩猩与汝相见了。"①

中邑所说,即"六窗一猿"喻。本来,按隋慧远《大乘义章》卷3所引"有人宣说六识之心,随根虽别,体性是一,往来彼此,如一猿猴六窗俱现,心识如是,六根中现,非有六心。对此邪执,说心非一,识无别体,缘知为义……又彼所引猨猴为喻证心一者,是义不然"②,这种用六窗比眼耳鼻舌等六根、一猿喻心识来分析心识与六根之关系的喻证法乃是邪见,但中邑以该喻回答慧寂却很有效果,并引起后者的反思,故中邑又以自身作喻,意在说明众生的一切行为都是佛性的显现。中邑此说,后世语录颇为流行,《万松老人评唱天童觉和尚颂古从容庵录》卷5之第七十二则就叫"中邑猕猴",③通贤、函昰、悟进、道正、性珽等禅师的语录,则有颂古之作,文繁,不赘引。

《天如惟则禅师语录》卷2载天如和尚上堂有语云:

> 原夫此心,虽曰不变而亦随缘,以其随缘故曰能造……且以譬喻明之,心如水也,法界如波也。当其水体本静,未有感触之时,湛湛澄澄,不摇不动,及其偶遭风触,则千波万浪随其所触而生焉。故曰水能造波,波因水而有也。心能造法界,法界因心而有也。④

天如为了说明心与法界之关系,也用比喻论证法。但其两个喻体水和波之间又有一定的关联性,因为只有在外力(如风)的作用下才能激起波浪,所以,天如"心如水""法界如波"两个明喻,又可归为联喻(贯喻)修辞格。

禅宗语录之譬喻,种类繁多,现代修辞学意义上的明喻、暗喻、借喻、曲喻、博喻、属喻、引喻、较喻、物喻、事喻、顶喻、对喻、倒喻、互喻、合喻等,都较为常用。不过,我们认为语录中更值得研究的是那些既有一定佛典依据后又融入

---

① 《大正藏》第47册,台北:新文丰出版股份有限公司1983年版,第585页中栏。
② 《大正藏》第44册,第538页上栏。
③ 《大正藏》第48册,第272页中栏—273页上栏。
④ 《卍续藏》第70册,河北省佛教协会,2006年,第733页中栏。

中土禅师新解的譬喻，① 如牧牛喻（含十牛图颂）、猕猴喻、《法华》七喻、《金刚》六喻、大乘十喻、芥城、额珠、二鼠侵藤、空里栽花、水中捞月、痴人说梦、拈花微笑、黄面瞿昙、空中楼阁、鹅王别乳、困鱼止箔、盲龟浮木、盲人摸象、驴牛二乳等，尤其牧牛喻，还成为禅宗诗画创作的一大题材，颇为流行，很值得研究。

此外，禅师对修辞格有相当清醒的认知和评判，如《一山禅师书》发现"大概古规中，唐文多对偶"②，一山一宁的意思是，唐代百丈怀海所订丛林清规，多用对偶。《吹万禅师语录》卷16《诗僧传》又云"《集量虚诗》曰'梁高茅露骨，芦久壁生芽'，此炼字也；《过折系邑诗》曰'白堕枝头桐萼放，青推邑畔石林横'，此错综也"③，他用例证法找出了僧诗"炼字""错综"修辞方面的典型诗句。

四、语言运用：随机应变，雅俗有别而又共赏

禅师说法，除了重视语言修辞技巧以外，也十分注意使用语言的情境和场景。周裕锴归纳禅语有象征性、隐晦性、乖谬性、游戏性、通俗性、递创性和随机性等七大特性，④ 若从受众（说法对象）层面看，我们认为，无论是文字禅兴起前还是它流行之后，禅师语言运用的最大特色都在随机性。原因正如仪润《百丈清规证义记》卷6"知客"条所说，禅师交往对象本就"雅俗不一"，只有"明晓世缘，兼通文墨，方可应酬无碍"。⑤ 虽然禅师对教内成员和教外成员所用语言有所区别，或雅俗有别，但总体说来追求的是雅俗共赏。这点，从禅学著作及相关评论中得到印证，如为霖道霈《〈太上感应篇引经注图〉序》即称道是书"俾智愚同观，雅俗共赏，庶几人人寓目，而中心惕然感动"⑥，陈闻道康熙乙丑（1685）作《正觉润光泽禅师〈澡雪集〉序》又说：

---

① 按，禅师上堂所举譬喻又有宗门、教门之分，但二者作用相同。《楚石梵琦禅师语录》卷6即说"宗门中'瓶中鹅喻、井中人喻、窗中山喻'，教乘中'水中月喻、镜中像喻、库中刀喻、鼎中金喻、瓶中空喻'，诸有智者，要以譬喻而得开解。三十年后悟去，不得孤负老僧"（《卍续藏》第71册，河北省佛教协会，2006年，第576页中栏）。

② 《大正藏》第48册，台北：新文丰出版股份有限公司1983年版，第1160页上栏。

③ 《嘉兴藏》第29册，台北：新文丰出版股份有限公司1987年版，第535页下栏。

④ 周裕锴：《禅宗语言》，复旦大学出版社2017年版，第216—393页。

⑤ 《卍续藏》第63册，第449页中栏。

⑥ 《为霖禅师旅泊庵稿》卷3，《卍续藏》第72册，第700页中栏。

> 粤形诸言句,谓之文字禅;铲去言句,谓之祖师禅。总然镂尘雕雪,得
> 无眼中金屑耳。从上千七百则,诸方正襟而谈,言句乎,文字乎? ……余
> 曰:诸方用升堂入室为传心,大师以诗歌尺牍作佛事耶? 阅之,语语风来,
> 层层空到,文冶丹融,词珠露合,古今雅俗,泚笔皆佳。①

陈闻道评论的要害之处在于,他是从禅宗发展史的角度来看待润光的文学创作,认为其《澡雪集》既能阐扬宗门义旨,又能贯通古今,做到雅俗共赏。细读润光作品,有的确实妙语横生,如《吟雪》"谁撒珍珠万亿斛,沟壑平盈千峰秃。丛林变作白珊瑚,老僧暴富卧银屋"②,本诗状物形象,比喻新颖,想象丰富,结句幽默,雅士俗人都可一读,甚至有会心一笑,原来安贫乐道的禅僧也有瑞雪兆丰年的喜悦,情不自禁地要夸饰一番啊。

《金刚经》是南宗的立宗经典之一,向来深受禅者的重视,但徐发康熙十二年(1673)撰《金刚经郢说·说略总论》指出:

> 又见近世支那撰述,心以梵义方言为体。夫白马四十二章,青牛五千
> 余文,岂尽梵义方言乎。但合迦文真旨,何妨我用我法? 故余于此,直将
> 最浅近语,敷演真谛,务使雅俗共赏,儒释参同,庶几稍符广为人说之教,
> 以彰明大道同源之理云尔。③

徐发是有感而发,他对当时教内外《金刚经》的相关撰述甚为不满,原因就是它们的语言运用没有做到雅俗共赏,不利于禅学思想传播。当然,作为深受儒学影响的禅门居士,他也从儒释同源说立论,主张佛经注释只有做到雅俗共赏才可能发挥更大效用,受众才会越来越多。

禅宗语言运用的随机性,也受时代及禅师自身文化水平的制约。大体说来,唐五代禅师相对于后世禅师,他们更重视俗语言和非语言(如棒喝之类),"形成了以俗语言为主体的简捷方便、朴拙粗鄙、泼辣痛快、灵活自由的独特风格",并且"本土的平民话语系统(农禅语言)取代外来的印度话语系统(佛教经典语言)成为南宗禅的主要形态",④ 故相关语录中口语、俗语、谚语和白

---

① 《嘉兴藏》第 39 册,台北:新文丰出版股份有限公司 1987 年版,第 705 页上栏。
② 同上书,第 705 页上栏。
③ 《卍续藏》第 25 册,河北省佛教协会,2006 年,第 292 页中栏。
④ 周裕锴:《禅宗语言》,复旦大学出版社 2017 年版,第 26—27 页。

话诗随处可见。如《袁州仰山慧寂禅师语录》载慧寂示寂场景：

> 将顺寂，数僧侍立，师以偈示之，云："一二二三子，平目复仰视。两口一无舌，即是吾宗旨。"至日午，升座辞众，复说偈云："年满七十七，无常在今日。日轮正当午，两手攀屈膝。"言讫，以两手抱膝而终。①

慧寂对信徒所说的两首五言临终偈，都是语言通俗、感情真切的白话诗，一首叮咛，旨在付法，一首永别，意在自我授记。其中，无常（死）是当时特有的佛教口语。

当然，随着禅师文化水平的渐次提升，像五代的法眼文益就开始批评禅宗诗偈创作太过世俗化之流弊，其《宗门十规论·不关声律不达理道好作歌颂第九》即指出：

> 宗门歌颂，格式多般，或短或长，或今或古。假声色而显用，或托事以伸机，或顺理以谈真，或逆事而矫俗，虽则趣向有异，其奈发兴有殊？总扬一大事之因缘，共赞诸佛之三昧，激昂后学，讽刺先贤，皆主意在文，焉可妄述？稍睹诸方宗匠，参学上流，以歌颂为等闲，将制作为末事，任情直吐，多类于野谈，率意便成，绝肖于俗语，自谓不拘藟穰，匪择秽屛，拟他出俗之辞，标归第一义，识者览之嗤笑，愚者信之流传，使名理而寖消，累教门之愈薄。不见《华严》万偈，祖颂千篇，俱烂熳而有文，悉精纯而靡杂，岂同猥俗，兼糅戏谐？②

文益从教门偈赞典雅好文、思想精纯、富于理趣、矫俗救世的传统出发，对当时直抒性情、率意而成的宗门白话诗偈大加讨伐，进而反对禅偈的浅俗化和戏谐化，提倡宗门偈赞向《华严》万偈风格的回归。其用意是以教门之长补宗门之弊。③

至两宋，虽然禅僧文化素养有普遍提升，④尤其随着文章僧、文学沙门和文学僧的出现（关于文章僧、文学沙门及文学僧之分析，详见后文）及禅僧的士

---

① 《大正藏》第 47 册，台北：新文丰出版股份有限公司 1983 年版，第 588 页上栏。

② 《卍续藏》第 63 册，河北省佛教协会，2006 年，第 38 页中—下栏。

③ 张昆指出，隋唐宋初天台宗僧人文化素养普遍比禅宗僧人好，且有独特的诗歌创作传统，参《天台宗僧诗创作传统考论》，载《中南大学学报·社会科学版》2018 年第 4 期。

④ 按，程民生《论宋代僧道的文化水平》（《浙江大学学报·人文社会科学版》2019 年第 3 期）虽综述僧人与道士的文化水平，但其论述僧人部分，也足资参考。

大夫化、学问化,以及"士大夫禅"① 的出现,宗门语录的编撰十分盛行,但从上堂法语看,禅师仍然还大量使用口语俗语,只是雅语比重增加,或雅俗交替的情况更常见了。请看两个实例:

一者《瞎堂慧远禅师广录》卷1载慧远:

> 上堂:"昨夜三更风起,吹皱一池春水。鱼龙头角峥嵘,露柱振腮摆尾。虾蟆教跳上天,鸭儿惊得匾𩩍。见时易,用还难,'簸土飏尘'君自看,是什么?一把口口收不口。"②

瞎堂在此完全是借题发挥,他由昨夜三更风吹池水而联想到水中动物的种种表现,颇富戏剧性。其语言运用,前两句套用五代冯延己名作《谒金门》"风乍起,吹皱一池春水"而把句式调整为齐言,更加工整典雅。"教跳""鸭儿""什么"等是口语,"簸土飏尘"是禅林俗语,③ 故其语言运用,雅俗交替,颇富新鲜感。

二者《希叟绍昙禅师广录》卷3载其因"谢董居士相访"而上堂:

> 秋阳肆酷,划地奔雷。洗涤祥襟,喜而不寐。懿德山王,赠之以偈:"大旱逢甘雨,他乡遇故知。撷崖泉漱玉,尝稻雪翻匙。咿呜咿,谁知艰棘际,复见太平时。"(拈丈:)"主丈子,暗中闻得,手之舞之,足之蹈之,暑退凉生前路活。"(掷下:)"化龙一跃出天池,赢得庞公笑展眉。"④

绍昙此处用语富于变化:开头五句四言诗,平仄交错,颇合近体诗的粘对格律;所赠董居士之偈,可算作五言诗("咿呜咿",是和声词),但"大旱"两句是俗语谚语,显然与三、四两句风格迥异;"拈丈"所引"手之舞之"两句,出《诗大序》,用语典;"掷下"时所说"庞公",指庞蕴庞居士,⑤ 整句用事典。总体

---

① "士大夫禅"之含义,参周裕锴:《禅宗语言》,复旦大学出版社 2017 年版,第 140 页。

② 《卍续藏》第 69 册,河北省佛教协会,2006 年,第 558 页下栏。

③ 如《白云守端禅师广录》卷 4 载守端"颂古"曰"簸土飏尘无避处,将身直到御楼前"(《卍续藏》第 69 册,第 324 页上栏)、《法演禅师语录》卷中载五祖法演上堂云"簸土飏尘勿处寻,抬头撞着自家底"(《大正藏》第 47 册,台北:新文丰出版股份有限公司 1983 年版,第 656 页下栏),等等,不一而足。

④ 《卍续藏》第 70 册,第 432 页中栏。

⑤ 按,《希叟绍昙禅师广录》卷 7《赞禅会图》其四《居士看日,灵照先化去》云"看日庞公监本呆"(《卍续藏》第 70 册,第 477 页中栏),则知庞公指庞居士。

说来,绍昙此篇上堂法语,以雅为主,以俗为辅,大概考虑了董居士是风雅之士的缘故。

两宋以后,使用口语、俗语、谚语弘法的禅师仍很常见,如《古林清茂禅师语录》卷2载元朝临济宗高僧清茂"上堂":

> 三春景暮,万物敷荣。梁间紫燕呢喃,枝上黄鹂睍睆。处处全彰海印,头头示现真机。文殊普贤,昨夜三更,起佛见法见,贬向二铁围山。三家村里李翁子,醉倒街头,呵呵大笑。且道"笑个甚么",有智无智较三十里。①

清茂开头六句,完全是四六骈体,对仗极其工整,却又间用俗词(如处处、头头等);接着的"叙事"富于戏剧化,虽把不同时空场景的人物置于同一语境中,但它们实为两个禅宗话头和历史传说的拼接:"文殊普贤被贬铁围山",最早由唐代南泉普愿禅师说出;②"三家村里李翁醉倒被笑",是对北宋守端禅师上堂之偈"李公醉倒街头,自是张公吃酒。灯笼皱断眉头,露柱呵呵拍手"③的改写;"有智"一句本来叙述的是曹操、杨修读《曹娥碑》碑文"黄绢幼妇,外孙齑臼"之故事,它后来变成流传甚广的俗谚,早在唐初元康《肇论疏》就有引用。④统观清茂语录全文,语言运用雅俗相间,不但物我平等(骈偶句重点状物,"叙事"重点说人),而且圣凡一如。

《庆忠铁壁机禅师语录》卷1载明慧机禅师"元旦上堂":

> 谚语云:"立过春,渐渐温。"庆忠道:"遇元日,渐渐吉;渐渐温且置,渐渐吉又作么生?弓抛剑弃狼烟息,海晏河清乐太平。"僧问:"双竹显聚云之兆,嫩桂光普觉之风,如何是的扬慧祖宗乘一句?"师云:"迟日江山丽。"进云:"四百年来事,今朝令转新?"师云:"春风花草香。"⑤

慧机开篇所引谚语,相当应元日之景,但他接下来的词句改易,恰恰是为了引

---

①　《卍续藏》第71册,河北省佛教协会,2006年,第221页上栏。

②　参《法演禅师语录》卷中(《大正藏》第47册,台北:新文丰出版股份有限公司1983年版,第659页下栏)等。

③　《卍续藏》第69册,第312页上栏。

④　《大正藏》第45册,第164页下栏。

⑤　《嘉兴藏》第29册,台北:新文丰出版股份有限公司1987年版,第753页上栏。

导信众开悟。问话僧的文学素养很高,他先以工整典雅的对偶句发问,慧机以杜甫《绝句二首》其一①第一句作答,自然是以雅对雅。问者再以道场如禅师颂古"至今四百来年事,亦有儿孙再举扬"②为基础再发问,哪知慧机仍以杜甫《绝句二首》其一作答,只不过引的是第二句,这既体现了慧机对杜诗的偏好,也说明他对本心的坚守,即清净佛性不会因时间空间而发生任何变化。

《普门显禅师语录》卷上又载清初灯显禅师"谷雨节小参":

> 谚语云:"谷雨有雨,碓头有米。"大众拍掌,呵呵! 农夫鼓腹忻喜。山前百花烂熳开,江村渔父歌声美。陈年佛法,浑教烂都来,饿杀饭罗里。大众,且道"还有指示也无?""唤作一物即不中,落花依旧随流水"。③

灯显的上堂法语,同样应景,只是他由谷雨农谚而提出议题,并且全由他一人进行"叙事"。前半部分用语,富于农禅气息;"陈年"以后的部分,用僧俗对比手法转入佛法议题,并且,多用禅林典故,如"饿杀"句是禅宗话头,最早出自《雪峰义存禅师语录》卷上"饭箩里受饥人如恒沙";④"唤作"句,按南宋释昙宝辑《大光明藏》卷上,是出自南岳怀让自悟后对六祖慧能的陈述之语,⑤"落花"句,出自《古林清茂禅师语录》卷2所载"佛涅槃日上堂"所说"尽道今年胜去年,落花依旧随流水"⑥。细究灯显最后的自问自答,同样在说明佛性的清净不变。至于解脱与否,全靠自悟。

禅宗语言运用的随机性及雅俗共赏特点,在语录体著作中表现得最充分;在僧俗交往题材方面的诗文作品,两宋以降,因士大夫的禅学化及士僧交往的社会化,禅师虽未放弃口语俗语和谚语,但其禅语运用却雅化的趋势。

---

① (唐)杜甫著,(清)仇兆鳌注:《杜诗详注》,中华书局1979年版,第1134页。
② 《禅宗颂古联珠通集》卷21,《卍续藏》第65册,河北省佛教协会,2006年,第604页上栏。
③ 《嘉兴藏》第40册,台北:新文丰出版股份有限公司1987年版,第281页下栏。
④ 《卍续藏》第69册,第72页中栏。又,灯显所说"饭罗"与义存"饭箩"同义。
⑤ 《卍续藏》第79册,第677页上栏。
⑥ 《卍续藏》第71册,第220页下栏。

第二节 文学特色之成因

禅宗语录文学特色的成因十分复杂,我们主要讲两大点:

一、创作主体: 禅僧文士化

禅宗语录的创作主体,毫无疑问是禅宗僧人。虽然唐代已有不同宗派的僧人在文学创作上表现出较高水平,如赞宁称擅长律宗的智升"文性愈高,博达今古",牛头宗佛窟遗则禅师"善属文……凡所著述,辞理粲然。其他歌诗数十篇,皆行于世"①,五祖弘忍称资州智诜禅师与白松山刘主簿一样"兼有文性"②,但禅宗语录编撰的普遍化及其盛行却始于宋初,所以,我们谈禅宗语录的创作主体也从此际开始。

北宋重文轻武的国策对宋初佛教文学创作也深有影响。如太宗、真宗就以帝王之尊创作了大量的佛教诗文,且以皇家译场③ 中的"文章僧""文学沙门"对相关御作进行笺注,并准予入藏。据杨亿等编《大中祥符法宝录》卷13④ 记载,太平兴国八年(983)三月诏"僧录司选京城义学、文章僧行清、惠温"等20 为太宗《莲华心轮回文偈颂一十一卷》作注解,"内供奉官臣蓝敏贞监

---

① 《宋高僧传》,中华书局1987年版,第95、229页。
② (唐)释净觉:《楞伽师资记》,《大正藏》第85册,台北:新文丰出版股份有限公司1983年版,第1289页中栏。
③ 有关宋代译经制度的最新研究,参冯国栋:《宋代译经制度新考——以宋代三部经录为中心》,载"中研院"《历史语言研究所集刊》第九十本第一分,第77—123页,2019年3月。不过,冯氏未讨论"文章僧"和"文学沙门"问题。
④ 《中华大藏经》编辑局编:《中华大藏经》第73册,中华书局1994年版,第551页中栏—552页上栏。

视之,著作佐郎臣吕文仲详覆";端拱元年（988）十二月诏"僧录司选京城义学、文章僧惠温、继琳"等 56 人对《秘藏诠二十卷》《秘藏诠佛赋歌行》进行注解;端拱二年（989）十二月诏"僧录司选京城义学文章僧可升"等 12 人对太宗《秘藏诠幽隐律诗四卷》《秘藏诠怀感诗四卷》《秘藏诠怀感回文诗一卷》等诗作注。吕夷简等编《景祐新修法宝录》卷 13 "注释《释典文集》一部三十卷、《总录》一卷"之条目又说:

> 天禧四年春二月沙门秘演等表,请以御制述释典文章命僧笺注,附于大藏,诏可。乃选京城义学、文学沙门简长、行肇、惠崇、希白、鉴深、重杲、鉴微、尚能、楚文、昙休、普究、禹昌、永兴、善升、清达、秘演、善初、继兴、希雅、仲熙、省辩、崇琏、显忠、令操、义贤、瑞王、无象、行圆、有朋、文倚同笺注。令左右街僧录守明、澄远、译经三藏惟净参详,翰林学士杨亿、刘筠、晏殊、枢密直学士王曙同详覆。又诏宰臣丁谓都大参定。五年秋,书成进御,镂板流行。①

"御制述释典文章",指真宗所撰《释典文集》。秘演等僧人天禧四年（1020）上表后,真宗即下诏允许以国家译场的组织形式对其著述进行笺注并准许入藏。参与人员文化素养之高,前所未闻,如杨亿、刘筠是当时文坛西昆派的领袖,晏殊是著名词人。而简长等 30 人,既通义学,又擅长文学。《释典文集》三十卷笺注之后,"五年八月庚午,诏以集二十一本赐天下名山寺观及赐辅臣一本"②,真宗御赐之举,使那些参与笺注的文学沙门自然是名扬天下了。

《景祐新修法宝录》卷 17 又载天圣四年（1026）夏四月:

> 内出天台智者科教经论一百五十卷,令三藏惟净集左右街僧职、京城义学、文学沙门二十人,同加详定,编录入藏。③

按照方广锠意见,此处叙述的是宋代天台教典入《开宝藏》之事。④ 不过,值得注意的是详定者中,文学沙门是重要的成员之一。

综合《大中祥符法宝录》《景祐新修法宝录》之记载看,僧录司管辖的"京城

---

① 《中华大藏经》第 73 册,中华书局 1994 年版,第 558 页下栏—559 页中栏。
② （宋）王应麟纂:《玉海》第 1 册,江苏古籍出版社、上海书店 1987 年版,第 546 页上栏。
③ 《中华大藏经》第 73 册,第 579 页上栏。
④ 方广锠:《天台教典入藏考》,载方广锠主编:《藏外佛教文献》第 5 册,宗教文化出版社 1998 年版,第 397—413 页。

义学"与"文章僧"或"文学沙门"之间，其身份往往是重合的，太宗朝的"文章僧"①与真宗朝的"文学沙门"②，都可以兼通义学，因其皆隶属京城寺院，故称"京城义学"。而"文章僧"也好，"文学沙门"也罢，顾名思义，都应富于文学才能。

太宗、真宗两朝的文章僧、文学沙门，因其特殊的官方身份，故他们对当时佛教文学创作有一定的引领示范作用。如在宋初"九僧诗"的作者（惠崇、希昼、保暹、文兆、行肇、简长、惟凤、宇昭、怀古），至少有5位（保暹、宇昭、文兆、惟凤除外）参加过译经院，③他们是官方承认的"文章僧"或"文学沙门"；天禧四年，真宗御赐四明知礼"法智大师"称号后，当时参与笺注《释典文集》的30位文学沙门中，至少有简长、行肇、惠崇、义贤、善升、楚文、希雅、无象、显忠、尚能、普究、秘演、清达、文倚等人写诗相贺。④有的与当时文坛领袖交往较频，如秘演早年得穆修赏识，后与石延年、苏舜钦、尹洙、欧阳修相识，诗名尤盛，尹洙《浮图秘演诗集序》、欧阳修《释秘演诗集序》都称道其诗。

在太宗、真宗两朝活跃于京城的近百位文章僧、文学沙门中，除了天台宗诗僧⑤及少数"文章应制"僧⑥以外，多数是禅宗僧人。如希白，指潭州玉池希白禅

---

①　关于"文章僧"，有两条史料需要说明：（1）南宋绍定年间（1228—1233）释昙秀编《人天宝鉴》引《唐僧传》说，昙光法师答唐德宗"僧何名为宝"时有对曰"见闻深实，举古验今，得名文章僧"（《卍续藏》第87册，河北省佛教协会，2006年，第1页中栏）；（2）袁宏道万历二十三年（1595）所作尺牍《瞿太虚》说"无尽居士若不踢番溺壶，终以兜率悦为文章僧耳"（钱伯诚笺校：《袁宏道集笺校》，上海古籍出版社1981年版，第220页）。其中，昙秀的转引之语，可能并非《唐僧传》原文，故唐代有"文章僧"之专称与否，存疑。袁宏道所说无尽居士指北宋宰相张商英，兜率悦指北宋临济宗黄龙派高僧从悦禅师，他能文善诗，徽宗宣和三年（1121），张商英奏请谥号"真寂禅师"。袁宏道意思是说，张商英如果执著于《兜率悦禅师语要》，那么从悦就只是文章僧而无禅学史意义了。

②　有关"文学沙门"的记载，内典只见于《景祐新修法宝录》。不过，金石文献也略有提及，如王昶《金石萃编》卷129辑有大中祥符三年（1010）十一月所立的《沂阳县龙泉山普济禅院碑铭》，书并篆额者是"京兆府广慈禅院文学沙门善儁"（《石刻史料新编》第一辑第4册，台北：新文丰出版公司1982年版，第2397页上栏）。由此推断，善儁真宗朝在京时能担任过文学沙门一职，但当他离开京城时，"京城义学"的身份自然就不存在了。

③　参张戋：《宋初九僧宗派考》，《暨南学报》（哲学社会科学版）2014年第3期。

④　（宋）释宗晓编：《四明尊者教行录》卷6，《大正藏》第46册，台北：新文丰出版股份有限公司1983年版，第913页下栏—915页下栏。

⑤　如前引张戋《宋初九僧宗派考》一文认为"九僧"都属于天台宗，至少5人参加过译经院。

⑥　如被吕夷简称作"文学沙门"的鉴微、无象、楚文、尚能，在《东京僧职纪赠法智诗二十三首》中，他们分别署名为"雪苑左街讲经论文章应制笺注御集赐紫""东京讲经律文章应制笺注御集沙门""左街讲律文章应制同笺注御集赐紫""东京左街讲经文章应制同注御集赐紫"（《大正藏》第46册，第914页中一下栏）。看来，三位都是讲经僧，只是所讲经对象有别而已。而僧人有"经法科""讲论科""文章应制""表白科"等职位之分设，始于后唐清泰二年（935）三月（王钦若等编纂，周勋初等校订：《册府元龟校订本》，凤凰出版社2006年版，第652页），"文章应制"是"试诗"。宋初把不同名目集于一人，可能是表彰某些僧人的多才多艺。文章僧、文学沙门的得名由来，似与"文章应制"有关。

师,是云门重显法嗣之一,曾与宋祁、余靖在谭州结过诗社;苏舜钦《赠释秘演》所说"卖药得钱辄沽酒,日费数斗同醉醒"①的秘演,是位不守戒律的禅僧,只是派系不明而已。其他文学沙门的宗派归属,因史书阙载,不便臆断。

太宗真宗重视文章僧、文学沙门的宗教政策,对提升禅宗僧人的文化素质影响巨大,由此直接或间接催生了一大批以诗文名世的宗门龙象。如万松行秀金宣宗元光二年(1223)上巳日所作《评唱〈天童从容庵录〉寄湛然居士书》,即把云门雪窦重显、曹洞天童正觉比作"孔门之游、夏",称赞"二师之颂古,犹诗坛之李、杜",②评价之高,闻所未闻。

不过,吊诡的是,少数禅宗僧人对"文章僧"评价的反应不一。余靖撰《韶州月华禅师寿塔铭》即云:

> 月华山西堂琳禅师,曲江都渚人,姓邓氏。少学儒,能谈王霸大略,已而学佛,以诵经披剃,乃游方,犹以诗名往来江淮间,博览广记,推为文章僧。参洞山自宝禅师,宝于江南为禅宗,丛林无出其右者,见师以大心器之,遂以心印付焉。③

此"月华禅师",陈昌齐纂《(道光)广东通志》卷327作"惠林",他也是余靖《韶州月华山花界寺传法住持记》所说景祐元年(1034)任花界寺住持的琳禅师,后者又补充说他:"博通内外典,工诗属文,所至推为文章僧。寻复悔曰:'多闻亦病耳。'遂讳作词章。"④结合两处记载,可知琳公(惠林)早年虽以"文章僧"名世,但他得法之后对这一称呼不以为然。其实,他是云门文偃的四传弟子(传承法脉为:文偃→师宽→师戒→自宝→惠林)。换言之,琳公作为云门高僧,善诗是其宗派传统。余靖《游山五题》其一《题白莲庵》所状写的就是"长老琳公旧隐之地",据结尾"演法辞故栖,幽踪贲寒野。蜡屐此同游,愿结宗雷社"⑤推断,余靖与琳公有过结社唱和之举。后者因任住持后讳言之,其诗作才失传。另外,"文章僧"在太宗朝是专事御集笺注的僧职之

① 北京大学古文献研究所编:《全宋诗》第6册,北京大学出版社1998年版,第3900页。
② 《大正藏》第48册,台北:新文丰出版股份有限公司1983年版,第226页下栏。子游、子夏是孔门弟子中以文学著称者。
③ 曾枣庄、刘琳主编:《全宋文》第27册,上海辞书出版社、安徽教育出版社2006年版,第163页。
④ 《全宋文》第27册,第94页。
⑤ 《全宋诗》第4册,第2664页。

一,此时却和唐代就开始使用的"诗僧"同义。

枯崖圆悟景定四年（1263）编成《枯崖漫录》3 卷,卷中"铁牛印禅师"①条又引《正堂辩和尚与日书记书》云:

> 若要道行黄龙,一宗振举,切不可缋章绘句晃耀于人,禅道决不能行。古有规草堂,近有珪竹庵,更有个洪觉范,至今士大夫只唤作文章僧,其如奈何? ②

正堂辩,即北宋临济宗杨岐派佛眼清远的嗣法弟子正堂明辩禅师。他既善诗,单《嘉泰普灯录》卷 28 就辑录《达磨见武帝》《女子出定》等 16 首颂古之作,③ 而且,其开悟因缘又和唐诗有关。《五灯会元》卷 20 说他"至西京少林,闻僧举佛眼以古诗发明'罽宾王斩师子尊者话'曰:'杨子江头杨柳春,杨华愁杀渡江人。一声羌笛离亭晚,君向潇湘我向秦。'师默有所契,即趋龙门,求入室。"④ 他听佛眼所诵"古诗",其实是晚唐五代著名诗人郑谷的《淮上与友人别》⑤ 就是这样一位懂诗和写诗的僧人,对同门竹庵士珪 ⑥ 以及洪觉范（即惠洪）为代表的黄龙派禅僧被士大夫称作"文章僧",深表无奈。不过,从禅宗史籍记载看来,大多数黄龙派僧人如初祖慧南,第二代晦堂祖心、真净克文,第三代兜率从悦、泐潭文准、清凉德洪（即惠洪）、慧日文雅等,都雅善诗文,但明辩基于修道立场,认为禅道高于诗文,如果只以诗文相标举,那就本末倒置了。而士大夫把惠洪等人称作文章僧,一方面表明禅僧的士人化,另一方面说明文章（文学）是士僧互动中最重要的载体。换言之,只有富于文学才能的禅僧,才是当时士大夫爱交往的对象。⑦

从北宋始,禅僧的士人化已成不可逆之势,而且人们对禅僧的评价也多着眼于文化素养及创作才能上。这方面的记载,数不胜数:如佛慧法泉"幼岁出

---

① 铁牛印是杨岐派高僧大慧宗杲的再传弟子（宗杲→德光→铁牛印）。

② 《卍续藏》第 87 册,河北省佛教协会,2006 年,第 34 页下栏。有规草堂,指北宋云门宗诗僧湖州道场有规草堂禅师,其事见《嘉泰普灯录》卷 8（《卍续藏》第 79 册,第 340 页上栏）。

③ 《卍续藏》第 79 册,第 467 页中栏—468 页上栏。

④ 《卍续藏》第 80 册,第 417 页下栏。

⑤ 《全唐诗》卷 675,上海古籍出版社 1986 年版,第 1698 页上栏。

⑥ 珪竹庵,即竹庵士珪,其人"嗣佛眼清远禅师"（大建:《禅林宝训音义》,《卍续藏》第 64 册,第 435 页下栏）。

⑦ 按,黄启江发现南宋孝宗之后的不少禅僧,不再专意于一味禅,而是热衷于诗文,并命名为"文学僧",其论富于启发性,可参考。参《一味禅与江湖诗——南宋文学僧与禅文化的蜕变》（台北:台湾商务印书馆 2010 年版）、《南宋六文学僧纪年录》（台北:台湾学生书局有限公司 2014 年版）等。

家,群书博览,过目成诵,雅号泉万卷"①;西蜀政书记"内外典坟,靡不该洽。至于诗词,虽不雅丽,尤多德言"②;倚松如璧"业儒起家,自妙龄饱于学,优于才,工于搜扶。高于志节,深为人所知。然连蹇场屋不弟,后走京师,以诗文鸣上庠,故一时名士皆与之游"③;梦堂昙噩"文思泉涌……袁文清公尝指师,谓人曰'此阿罗汉中人也。观其为文,骎骎逼古作者。渡江以来,诸贤蹈袭苏、李,以雄快直致为夸,相帅成风,积弊几二百年。不意山林枯槁之士,乃能自奋至于斯也',翰林学士张公翥曰'噩师仪观伟而重,戒行严而洁。文章简而古,禅海尊宿,今一人耳'"④;永嘉沙门道衡是"深通内典""广辑群书""其于诸子百家,多所涉猎,然最善作诗"⑤;鹏沙弥"少为书生,含毫弄举子业,及学,为古文诗赋,精阴阳谶纬之术,皆臻其奥"(《鹏沙弥塔铭·序》)⑥;三山灯来崇祯十年(1637)24岁时便"与瞿不荒、肖月林、李兼老结社东山,评选宋元以来硕儒诗赋及应试程文,盛行宇内"⑦;苍雪读彻"文词泉涌,辩者莫当……又以禅暇,与眉叟、玄宰、牧斋、梅村请(诸)公往复酬唱,诗名藉甚"⑧,等等。暂且不管这些禅僧出家前的身份如何,总体说来,他们大多通内外典籍,涉猎广泛,知识渊博,即便是科场失意者,也擅长诗文甚至时文。因此,我们可以把绝大多数有语录行世的禅僧,看成是披着袈裟的文士。

至于禅僧创作诗文,根本目的还是服务于宗教宣扬。元末明初临济宗的南石文琇《北涧和尚墨迹为渐藏主题》即开诚布公地说:

> 吾宗先德善于诗文者,非以此自多,欲敷畅佛理、晓人心地耳。明教曰"禅伯修文岂徒尔,要引人心通佛理",此之谓也。⑨

① (元)释觉岸:《释氏稽古略》卷4,《大正藏》第49册,台北:新文丰出版股份有限公司1983年版,第873页中栏。

② (宋)释晓莹:《云卧纪谭》卷下,《卍续藏》第86册,河北省佛教协会,2006年,第680页中栏。

③ 《嘉泰普灯录》卷12,《卍续藏》第79册,第368页下栏。

④ (明)释明河:《补续高僧传》卷14,《卍续藏》第77册,第471页中栏。

⑤ (元)戴良:《禅海集序》,《九灵山房集》卷13《吴游稿》,《四部丛刊》景明正统本。

⑥ 《紫柏尊者全集》卷22,《卍续藏》第73册,第338页中栏。

⑦ (清)释性统编:《高峰三山来禅师年谱》,《嘉兴藏》第29册,台北:新文丰出版股份有限公司1987年版,第761页上栏。

⑧ 喻谦:《新续高僧传》卷63,《大藏经补编》第27册,台北:华宇出版社1986年版,第461页上—下栏。眉叟等4人,分别指陈继儒、董其昌、钱谦益、吴伟业。

⑨ 《南石文琇禅师语录》卷4,《卍续藏》第71册,第731页中栏。

北涧和尚，即南宋临济宗的居简禅师，当时著名文学僧之一，著述弘富，现流传于世的有《北涧和尚语录》《北涧文集》《北涧诗集》《北涧外集》，它们对日本五山文学产生重大影响。文琇所说"吾宗"，狭义指临济宗，广义可指六祖以来的南宗；"明教"，指北宋中期云门宗著名禅师契嵩，"禅伯"两七言句，见契嵩《三高僧诗》其一《雪之昼，能清秀》。① 总之，无论云门、临济诸宗，其禅师作诗作文，终极意义在禅道、禅理，而非诗文自身。

二、经典引领：教外为主，教内为辅

禅宗语录文学特色的形成，又与禅师的学习对象有关，并且，历代经典作家、经典作品的滋养、引领作用特别明显。但禅师对待学（学问）、道（心悟）关系，态度不一，大致有两种：一者从究竟涅槃讲，强调治心是修道之根本，而非治学才。净挺《云溪俍亭挺禅师语录》卷8就明确指出"学道之人，以悟为则，一肚皮学问，做得好诗，写得好字，总是敌不得生死的，剔起眉毛去看话头，第一要，疑情切"②。二则从善权方便或修道路径讲，求学治学也不可或缺。比较有趣的实例是净善《禅林宝训》卷2所载北宋黄龙派僧人湛堂文准开悟故事：

> 初参真净，常炙灯帐中看读。真净呵曰："所谓学者求治心也，学虽多而心不治，纵学而奚益？而况百家异学，如山之高，海之深。子若为尽之，今弃本逐末，如贱使贵，恐妨道业。直须杜绝诸缘，当求妙悟，他日观之，如推门入臼，故不难矣"。湛堂实时屏去所习，专注禅观。一日，闻衲子读诸葛孔明《出师表》，豁然开悟。③

本来，真净是从本末角度来判别治心、治学的关系，进而反对文准追求博学，原因在于学特别是异学范围极广，④ 即便穷尽一生也难以把握其精髓。但万万没

---

① 《镡津文集》卷17，《大正藏》第52册，台北：新文丰出版股份有限公司1983年版，第738页中栏。又，"要引"，契嵩原诗作"诱引"。

② 《嘉兴藏》第33册，台北：新文丰出版股份有限公司1987年版，第756页上栏。

③ 《大正藏》第48册，第1022页中栏。

④ 智祥《禅林宝训笔说》卷上曰"诸子者，如老、庄、荀、墨之类；百家者，如韩、柳、欧、苏之类；异学者，谓各有所主也"（《卍续藏》第64册，河北省佛教协会，2006年，第647页下栏），可知释家眼中"异学"所指范围之广。

想到的是,文准开悟最后还是出于学。按宗杲记载,湛堂"因读诸葛孔明《出师表》,遂悟作文章"①,换言之,文准以前研读《出师表》的经历,后来在特定情境中才促成了他的透彻之悟。

对经典名家,虽然有少数禅师从宗教本位立场予以彻底否定,像《永觉元贤禅师广录》卷19《艺文志论》就说:"愚以为,韩、柳、李、杜,特雕虫刻楮之雄而已。丈夫竖立,可不图其大哉!"②但是,如果需要禅师选择创作典范时,他们往往采取僧俗同尊的态度。净斯《夜读〈弘秀集〉》云"有唐三百年,人文盛且优。骚坛推李、杜,缁林擅齐、休"③,此即把李、杜推为盛唐诗之典范,把齐己、贯休推为晚唐僧诗之翘楚。而且,从禅宗语录所收各类作品的实际情况看,禅师创作的经典引领是教外为主,④ 教内为辅。

(一)教外

禅僧创作,基本沿袭风雅诗骚等传统经典所奠定的路径,除前面所说的言志、缘情外,他们对历代名家的文学才能特别羡慕崇拜,即便对反佛者(如韩愈)或道教徒诗人(如李白等)也不例外。并且,禅师常常重构或重新阐释南宗兴起前的名家之作,进而赋予其禅的意趣。如《虚堂和尚语录》卷2载智愚"重九上堂"时说"'采菊东篱下,悠然见南山',陶靖节虽是个俗人,却有些衲僧说话"⑤,《憨山老人梦游集》卷39又曰:

> 昔人论诗皆以禅比之,殊不知诗乃真禅也。陶靖节云"采菊东篱下,悠然见南山。山气日夕佳,飞鸟相与还",末云"此中有真意,欲辨已忘言",此等语句,把作诗看,犹乎蒙童读"上大人、丘乙己"也。⑥

虽说智愚、德清所引陶渊明《饮酒二十首》其五的诗句多寡有异,但本质大同

---

① 《普觉宗杲禅师语录》卷1,《卍续藏》第69册,河北省佛教协会,2006年,第623页下栏。

② 《卍续藏》第72册,第495页中栏。

③ 《百愚禅师语录》卷20,《嘉兴藏》第36册,台北:新文丰出版股份有限公司1987年版,第714页下栏。

④ 叶梦得《石林诗话》卷中深有感触地总结说"近世僧学诗者极多,皆无超然自得之气,往往反拾掇摹效士大夫所残弃"(逯铭昕校注:《石林诗话校注》,人民文学出版社2011年版,第135页),虽为批评之语,却从反面说明引领僧人创作的是教外士人。

⑤ 《大正藏》第47册,台北:新文丰出版股份有限公司1983年版,第997页下栏。

⑥ 《卍续藏》第73册,第745页下栏。

小异,都是基于宋代以降诗禅互通、诗禅一致的思想背景而展开的议论。只不过智愚是把陶渊明比作衲僧,而德清更重视陶诗重新被赋予的禅意。

《建中靖国续灯录》卷2又载有僧问金陵天宝禅师:"'白云抱幽石'时如何?"师云:"非公境界。"① 提问所引五言句,出谢灵运名篇《过始宁墅》"白云抱幽石,绿筱媚清涟"。既然问者熟知大谢诗,可见其平日为学时对谢客的经典作品下过大功夫。更有趣的是,文学史上陶、谢并称,而禅师对此也不陌生,如《云卧纪谭》卷下说惟正禅师"雅富于学,作诗有陶、谢趣"②,而《兜率不磷坚禅师语录》卷中载不磷禅师回答学人"如何是诸佛出身处"时说:"池塘生春草,悠然见南山。"③ 前一句出谢灵运名篇《登池上楼》,后一句出陶渊明《饮酒二十首》其五,陶、谢名句对举,则知二者在不磷心目中是不分轩轾的。或者说,陶、谢诗对他的引领示范之用是相同的。

禅宗对非佛教徒的大诗人,往往赋予其禅者形象。如诗仙李白本是道教徒,但他在禅宗语录中的形象,远比世俗文献所描述的更加丰富多彩,④ 憨山德清甚至认为其诗比"多佛语"的王维更具创造性,因为"唐人独李太白语,自造玄妙,在不知禅而能道耳"⑤。至于诗圣杜甫,更是典范引领中的最高典范(分析详后)。

古文或散文方面,禅师喜欢把韩、柳、欧、苏等唐宋名家视作典范,单对唐代言,往往是韩、柳并称。⑥ 论赋,以司马相如《上林赋》《子虚赋》、扬雄《甘泉赋》、陶渊明《归去来兮辞》《闲情赋》、苏轼《前、后赤壁赋》等名作为经典,无论上堂说法还是一般的诗文创作,都多有引用,多有借鉴,尤好司马相如、扬雄(子云)并称。⑦

词流行以后,禅僧评论虽不多,但从不同场合使用的作品看来,仍以名家名作为典范。如《嘉泰普灯录》卷3载开元法明"每大醉,唱柳词数阕,日以为常",临终所说偈曰"平生醉里颠蹶,醉里却有分别。今宵酒醒何处,杨柳岸

---

① 《卍续藏》第78册,河北省佛教协会,2006年,第652页下栏。

② 《卍续藏》第86册,第673页中栏。

③ 《嘉兴藏》第33册,台北:新文丰出版股份有限公司1987年版,第475页下栏。

④ 参拙撰:《禅宗语录中的李白形象》,《安徽大学学报》(哲学社会科学版)2012年第2期。

⑤ 《憨山老人梦游集》卷39,《卍续藏》第73册,第645页下栏。

⑥ 如惠洪《石门文字禅》卷7有《次韵读韩柳文》(《注石门文字禅》,中华书局2012年版,第448—449页),祖琇《僧宝正续传》卷下"龙门远禅师"条又以"韩、柳文章"比圆悟克勤和龙门清远二人之禅法(参《卍续藏》第79册,第566页下栏),由此可知韩、柳文在禅宗文学中的经典地位。

⑦ 如《石门文字禅》卷27《跋韩子苍帖后》即说"苏东坡伯仲文章之妙,无愧相如、子云,而其见道之大全,则杨、马瞠若乎后"(《注石门文字禅》,第1580页)。

晓风残月"①,则知法明无论生死,都以柳永词为精神寄托,尤其对《雨霖铃》烂熟于心。《蕉庵范禅师语录》卷3载净范在"望日上堂"拈拄杖曰"蟠桃动是千秋,优昙花岂常有?阆苑先生,知否知否"②,其一、三句,是错综苏轼《临江仙·送王缄》其三下片"阆苑先生须自责,蟠桃动是千秋"③而成,第三句直接引李清照《如梦令》(昨夜雨疏风骤)④。

因为在禅宗文体中,行文相对简洁的是诗和偈,而历代名家之作的示范引领之用也最为明显,所以,我们着重谈谈这方面的问题。其突出表现有四:

一者从时代言,唐诗是后代禅师普遍尊崇的创作典范。他们除了熟读李白、杜甫、王维、高适、岑参、韩愈、白居易、柳宗元、刘禹锡、张籍、李商隐、杜牧等名家之作以外,对诗歌史上二三流诗人的名作佳句也相当熟悉。如:(1)北宋怀深禅师在"莘王生日请升座"时所说七言诗"天上碧桃和露种,日边红杏倚云栽"⑤,实出晚唐高蟾七绝《下第后上永崇高侍郎》⑥之前两句;(2)瞎堂慧远七绝《葛通判请教非心非佛因缘,以偈示之》结尾:"蝴蝶梦中家万里,子规枝上月三更"⑦,出晚唐崔涂七律《春夕》⑧之颔联;(3)希叟绍昙"结夏小参"所说"坑灰未冷山东乱,刘项元来不读书"⑨,则出自晚唐章碣的咏史诗七绝《焚书坑》⑩之结尾两句;(4)明末慧机禅师有"颂古"云:"近来诗思清如水,老去风情淡似云。叩我耽佳无别句,殷勤辜负卓文君"⑪,则是对晚唐陈陶《答莲花妓》"近来诗思清于水,老去风情薄似云。已向升天得门户,锦衾深愧卓文君"⑫的套用和改写。尤其是《五灯全书》卷61所说南阳维摩怀禅师的上堂情形:

> 僧问:"文殊问疾时如何?"师曰:"掬水月在手"。曰:"维摩独卧时如
> 何?"师曰:"弄花香满衣。"曰:"三十二菩萨说不二门时如何?"师曰:

① 《卍续藏》第79册,河北省佛教协会,2006年,第308页下栏。
② 《嘉兴藏》第36册,台北:新文丰出版股份有限公司1987年版,第906页下栏。
③ 唐圭璋编纂,王仲闻参订,孔凡礼补辑:《全宋词》(简体增订本),中华书局1999年版,第369页。
④ 《全宋词》(简体增订本),第1202页。
⑤ 《慈受怀深禅师广录》卷3,《卍续藏》第73册,第127页中栏。
⑥ (清)彭定求等编:《全唐诗》卷668,上海古籍出版社1986年版,第1681页中栏。
⑦ 《瞎堂慧远禅师广录》卷4,《卍续藏》第69册,第592页中栏。
⑧ 《全唐诗》卷679,1708页中栏。
⑨ 《希叟绍昙禅师广录》卷4,《卍续藏》第70册,第444页上栏。
⑩ 《全唐诗》卷669,第1682页中栏。
⑪ 《庆忠铁壁机禅师语录》卷13,《嘉兴藏》第27册,第627页下栏。
⑫ 《全唐诗》卷746,第1859页中栏。

"穿花蛱蝶深深见"。曰:"维摩文殊互相激扬时如何?"师曰"点水蜻蜓款款飞"。曰:"和尚是僧,如今却演俗诗。"师曰:"一滴水墨,两处成龙"。曰:"和尚善读唐诗"。师曰:"我知汝不善读唐诗"。①

此处共引四句唐诗,"掬水"五言两句,出自中唐于良史五律《春山夜月》②之颔联;"穿花"七言两句,出于杜甫七律《曲江二首》③其二之颈联。维摩怀禅师师徒二人,其实都熟读唐诗,并以此来印证他们对《维摩诘经》"维摩问疾品"所蕴含深刻义理的深度阐释。虽说于良史与杜甫的诗歌史地位相比,有天壤之别,但禅师却平等看待其名作之佳句的价值。

宋元以降的禅师对唐诗经典地位已有共识,且不乏精彩评论与解读。如吹万广真《〈唐诗响韵联珠〉题辞》从中印音律比较的角度,对中如居士所编《唐诗响韵珠联》六大册进行评价,进而得出"善观者,不可泥于韵而求义,当于韵而求响,斯可与言诗,并可与语道"④的论断;如乾禅师则因"幼读《唐诗类苑》"(《兰亭记跋》)⑤,故出家后常以相关名作来开示信众,他有一年在"除夕小参"时说:

记得有首唐诗,不免借来完个局面。"旅馆寒灯独不眠,客心何事转凄然。故乡今夜思千里,霜鬓明朝又一年",诗人之意,大约客久他乡,长栖旅邸,贪著名闻利养,抛别故园,荡而忘返,忽遇大年夜到来,猛地思起故乡,远在千里之外,不觉凄然太息。大众等是南州北县,水云义聚,安禅于斯,人人都有个故乡,不知今夜还思念及么?纵能思念,更问那个是你故乡,莫是毕郢原上清福寺中是汝故乡么?争奈者里无你插脚之处。莫是江南塞北、楚地燕邦是汝故乡么?法堂内大有人不肯在,毕竟如何?⑥

此处"旅馆"七言四句,是引自盛唐边塞诗人高适的名诗《除夜作》。⑦如乾

---

① 《卍续藏》第 82 册,河北省佛教协会,2006 年,第 264 页中—下栏。

② 《全唐诗》卷 275,上海古籍出版社 1986 年版,第 695 页下栏。

③ 《杜诗详注》,中华书局 1979 年版,第 447 页。

④ 《吹万禅师语录》卷 15,《嘉兴藏》第 29 册,台北:新文丰出版股份有限公司 1987 年版,第 532 页上—中栏。

⑤ 《憨休禅师敲空遗响》卷 2,《嘉兴藏》第 37 册,第 259 页下栏—260 页上栏。《唐诗类苑》,明卓征父(明卿)辑,100 卷。王世贞、汪道昆诸人有序赞之,当时影响其大。

⑥ 《憨休禅师语录》卷 9,《嘉兴藏》第 37 册,第 226 页下栏。

⑦ 《全唐诗》卷 214,第 506 页中栏。

触景生情,用世俗之人除夜思念故乡的真实体验来引导信众寻找精神家园究竟何在,从而达到禅宗的"还乡"境界。换言之,此情此境,此时此地,高适是诗成了包括如乾在内的全寺禅僧辞旧迎新的般若金汤。

二者禅师对唐宋以来的诗歌史有独到的总结,他们发现了唐诗的独特魅力,或者指出唐宋诗之异。如三峰法藏《〈顾子方诗集〉序》说"五、七言之句,泯理而道益深,是唐诗之最妙,于时之初、盛也。退则求深而失浅,求理而失微,其晚唐、宋学之谓乎"①,此即特别推崇初盛唐五言、七言诗的独特价值,并点明晚唐诗、宋诗的缺陷在于太过于求理。

空谷景隆《尚直编》卷上又说:

> 汉魏尚高古,晋宋尚雅淡,唐人尚音律,宋人尚性理,此亦气运之变化也。毛诗《三百篇》,多有穷夫穷妇之所作,其言简理备,后世夐不可及,彼穷夫穷妇岂因二十年读书学力之所至乎?盖为气运生而然之也。元人谓宗于唐诗,非于宋诗,岂宋诗果不逮于唐乎,岂元诗果能逾于宋乎?在人好之恶之而已。李、杜长于意,唐音重音律,有爱李、杜者,爱唐音者,爱平淡者,爱奇崛者,呜呼,孰为是乎,孰为非乎?人之气量不同尔。苟执于小节,失于《国风》《雅》《颂》之淳、温柔敦厚之实,或迷于雕巧丽辞而外乎情性之正,如是言诗,言之奚益……刘坦之谓李太白诗狂简,不逮杜公。坦之惟识杜公之学,未识李公之学,李公已到化而神妙之地,其辞章富丽奇伟,奔腾澎湃者,才力自然。所谓国清才子贵,家富产儿娇,岂工于造作雕琢闞钉而然耶?区区后学,安可窥测其涯涘哉。②

景隆于此,一方面从时运变化(即时代与社会变迁)出发,总结了汉魏以来诗歌发展史的基本规律,特别强调唐宋诗歌的本质区别在于唐人尚音律、宋人尚性理,另一方面从时代风尚及读者接受(个人好恶)出发,解释元人宗唐非宋的成因。同时,对由来已久的李、杜优劣之争予以裁决,对以刘坦之③为代表的扬杜抑李之风深恶痛疾,其意在李、杜同尊。这点,也是教内普遍的共识。

---

① 《三峰藏和尚语录》卷16,《嘉兴藏》第34册,台北:新文丰出版股份有限公司1987年版,第201页中栏。

② 《大藏经补编》第24册,台北:华宇出版社1986年版,第92页下栏—93页上栏。

③ 刘坦之又有《选诗补注》,因其以先秦两汉儒家诗教传统及朱熹诗观为圭臬,故受到景隆的批驳(参《尚直编》卷下,《大藏经补编》第24册,第115页下栏)。

三者禅师对宋诗典范的选择主要有两个向度,一是兼容并包,二是常有"江西"崇拜。因禅师基于议论说理的需要,故主要以宋诗杰出代表苏、黄特别是黄庭坚为典范。①

说兼容并包,是指宋代以降的禅师对两宋名家之作都较为熟悉而有所研习引用。如竹庵珪禅师"正旦上堂"所说"昨夜邻家乞新火,晓窗分与读书灯"② 及晚明曹洞宗明方禅师答学人之问所云"邻家乞新火,分与读书灯"③,其实都出自宋初著名诗人王禹偁《清明感事》(三首)其一,④ 明方只是将七言略为五言而已。剑关禅师嘉熙三年(1239)正月入院"示众"所说"亚夫金鼓从天落,韩信枪旗背水陈"⑤,出自梅尧臣景祐末年"送郑公出镇长安"时所作佚题诗。⑥ 居简禅师"除夜小参"所说"为有暗香来,遥知不是雪",⑦ 则是对王安石著名五绝《梅花》⑧ 三、四两句的倒引(句序刚好和原诗相反);幻寄禅师追忆云"少读宋人诗'麦浪岂缘风滚滚,荷珠不为露涓涓',跃然喜,谓是风幡公案好注解"⑨,其所谓宋人诗,指号称"淳熙四先生"之一的南宋理学杨简所作《石鱼楼》其二之颈联,⑩ 杨简此联所用诗歌意象及其建构的诗歌境界,确实与六祖慧能"风幡"公案的意蕴颇为相似。至于苏轼诗句的典范用例,不胜枚举,像七绝《题西林壁》⑪,偃溪广闻、月碉和尚、庆忠铁壁、丈雪通醉、俞昭允汾、石庵行瑈等数十位禅师语录都有阐释,文繁不赘引。

说"江西"崇拜,是指两宋以后的禅师常以黄庭坚开创的江西诗派的诗学理论来指导创作实践。如"句中有眼""点铁成金""夺胎""换骨""待境

---

① 如吹万广真被人称作"宋太史黄山谷后身"(参《吹万禅师语录》卷20附《行状》,《嘉兴藏》第29册,第555页中栏)。

② 《续古尊宿语录》卷6,《卍续藏》第68册,河北省佛教协会,2006年,第497页上栏。

③ 《石雨禅师法檀》卷10,《嘉兴藏》第27册,台北:新文丰出版股份有限公司1987年版,第116页上栏。

④ 北京大学古文献研究所编:《全宋诗》第2册,北京大学出版社1998年版,第806页。

⑤ 《剑关子益禅师语录》,《卍续藏》第70册,第358页上栏。

⑥ 《吟窗杂录》卷46载:"景祐末,元昊叛,郑公出镇长安,梅送诗曰:'亚夫金鼓从天落,韩信旌旗背水陈。'"(陈应行编,王秀梅整理:《吟窗杂录》,中华书局1997年版,第1221页)

⑦ 《北涧居简禅师语录》卷1,《卍续藏》第69册,第673页中栏。

⑧ 《全宋诗》第10册,第6682页。

⑨ 《指月录》卷4,《卍续藏》第83册,第443页中栏。

⑩ 《全宋诗》第48册,第30081页。

⑪ (宋)苏轼著,(清)冯应榴辑注,黄任轲、朱怀春校点:《苏轼诗集合注》,上海古籍出版社2001年版,第1155页。

而生""中的""识取关捩""饱参与遍参""熟与生""死蛇弄得活""不犯正位，切忌死语"等，因其丰富的禅学意蕴而成为江西诗派最常用的诗学术语，[①]并广泛运用于后世的禅林诗作，单"点铁成金"一语，就见于月林观、了堂惟一、无异元来等禅师的近百首颂古、拈古之作并有不同的禅学分析。此外，禅师使用黄山谷等人诗作的实例极多：如宏智正觉"小参"时，问僧"三界九地，甚么处得来"，僧答"法从空处起，人向里头参"，[②] 此五言句，即化用黄山谷《谢王炳之惠石香鼎》"法从空处起，人向鼻头参"[③] 而来，对原诗的一字之改，也十分契合上下文语境；元贤《禅林疏语考证》有多处以山谷诗[④] 为据来笺释相关禅林用语，这从另一角度反映了黄庭坚对禅宗创作所起的引领之用。《元叟行端禅师语录》卷7《题华光〈墨梅〉》之"简斋云'意足不求颜色似，前身相马九方皋'，旨哉言乎"[⑤]，其所引七言诗句，出自陈与义《和张规臣〈水墨梅五绝〉》其四之末两句。[⑥] 本来禅林俗语"一瓣香"在宋初汾阳善昭禅师语录就有运用，[⑦] 但元贤考证其来源时却以陈师道诗"向来一瓣香，敬为曾南丰"[⑧] 为据，此表明作为江西诗派"一祖三宗"之一的后山居士，影响甚大。对其他江西派诗人吕本中、韩驹、徐俯、曾几等人的作品，后世禅师也津津乐道，限于篇幅，不赘述。

四者，两宋以后的禅师把江西诗派所建构的"一祖三宗"谱系中的"一祖"杜甫视为古典诗歌典范中的典范，[⑨] 由此从各个方面都把杜诗作为学习的榜样。究其成因，与黄庭坚在诗歌传承及禅法传承两方面都是个承前启后的关键性人物密切相关。释晓莹绍兴二十五年（1155）编成的《罗湖野录》卷上即称黄太史（即黄山谷）是古今文士在释教方面的"江西宗派之鼻祖"，[⑩]

---

①　参周裕锴：《文字禅与宋代诗学》，复旦大学出版社 2017 年版，第 104—121 页。

②　《大正藏》第 48 册，台北：新文丰出版股份有限公司 1983 年版，第 68 页上栏。

③　（宋）黄庭坚撰，（宋）任渊等注，刘尚荣校点：《黄庭坚诗集注》第 1 册，中华书局 2003 年版，第 289 页。又，"鼻头"，刘氏校点本作"鼻端"，此依校勘记所据"库本""殿本""乾隆本"而改。

④　如卷 1"泪没"、卷 2"炊玉"、卷 3"蚁醅"（《卍续藏》第 68 册，河北省佛教协会，2006 年，第 682 页中栏、第 691 页上栏、第 705 页下栏）等条目。

⑤　《卍续藏》第 71 册，第 541 页中栏。

⑥　北京大学古文献研究所编：《全宋诗》第 31 册，北京大学出版社 1998 年版，第 19473 页。

⑦　《汾阳无德禅师语录》，《大正藏》第 47 册，第 606 页上栏。

⑧　《卍续藏》第 68 册，第 693 页下栏。又，引诗出自陈师道《观杜文忠公家六一堂图书》。

⑨　按，"一祖三宗"说由宋末元初江西诗派后劲方回所总结。对于杜甫成为一祖的原因，查洪德《关于方回诗论的"一祖三宗"说》（《文史哲》1999 年第 1 期）有详实分析，可参看。

⑩　《卍续藏》第 83 册，第 385 页中栏。

贺允中绍兴十九年（1149）作《〈江东天籁〉序》又谓："闻有豫章先生乎？此老句法为江西第一祖宗，而和者始于陈后山，派而为十二家，皆铮铮有名，自号江西诗派。"①综合二家之言，可知早在南宋初期黄山谷就被公认为是禅法与诗法之双重意义上的江西宗派（诗派）的奠基人。②胡仔进一步指出："近时学诗者，率宗江西，然殊不知江西本亦学少陵者也。故陈无己曰：'豫章之学博矣，而得法于少陵，故其诗近之。'今少陵之诗，后生少年不复过目，抑亦失江西之意乎？江西平日语学者为诗旨趣，亦独宗少陵一人而已。余为是说，盖欲学诗者师少陵而友江西，则两得之矣。"③"江西""少陵"，分别以地名指代黄庭坚和杜甫。陈师道（字无己）所谓"得法"云云，是借禅宗传法之喻，意在论证黄庭坚诗歌传承的正统性。更可注意的是，因为杜甫大历二年（767）所作《秋日夔府咏怀奉寄郑监李宾客一百韵》说过"身许双峰寺，门求七祖禅"④一类的话，江西诗派受此启发，故推杜甫为其初祖，⑤曾几写过"工部百世祖，涪翁一灯传"（《东轩小室即事五首》其四）"老杜诗家初祖，涪翁句法曹溪"（《李商叟秀才求斋名于王元渤以养源名之求诗》其二）⑥等类似南宗传灯偈性质的诗句。

在精通禅法的黄庭坚对杜甫的大力推崇后，杜诗便成了两宋以后禅师日常问学、谈禅论道时最喜欢讨论的对象，甚至连原本毫无佛教意蕴的杜诗常常也被赋予"禅解"。如庆元六年（1200）虚堂智愚十六岁时依僧人师蕴在普明寺出家："一日，闻诵杜工部《天河》诗'长时任显悔（晦），秋至辄分明。纵被微云掩，终能永夜清'，忽有警发。"⑦由此推断，杜诗可能是普明寺僧人的教学内容之一，而禅师引用杜诗教化学人之例俯拾皆是。南宋曹洞宗如净禅

　　①　《全宋文》第182册，上海辞书出版社、安徽教育出版社2006年版，第44页。又，贺氏此处所列江西诗派成员与吕本中更早时所作《江西宗派图》所列成员数量不一（后者为25人），但二者都尊黄山谷为宗主，都把陈师道（后山居士）列为派中第一弟子。此外，吴子良淳祐十二年（1252）作《江东天籁序》说"贺公允中目其集为《江东天籁》，谓与江西诗派相上下，追庶几哉！"（《全宋文》第341册，第23页）"江西宗派"取代贺氏原文"江西诗派"，则知南宋中后期，二者含义相同。
　　②　关于"江西"在诗、禅方面的双重含义之分析，参拙撰：《庐山诗社与江西宗派关系略说》，《文学遗产》2013年第4期。
　　③　（宋）胡仔纂集，廖明德校点：《苕溪渔隐丛话前集》，人民文学出版社1962年版，第332页。
　　④　《杜诗详注》，中华书局1979年版，第1713页。
　　⑤　张培锋：《杜甫"身许双峰寺，门求七祖禅"新解——兼论唐代禅宗七祖之争》，《文学遗产》2006年第2期。
　　⑥　《全宋诗》第29册，北京大学出版社1998年版，第18512、18581页。
　　⑦　《虚堂和尚语录》卷10附《行状》，《大正藏》第47册，台北：新文丰出版股份有限公司1983年版，第163页中—下栏。至于智愚听杜诗所悟禅理，原文没有交待，故不臆断。

师上堂即云：

> 三分光阴二早过，迟日江山丽；灵台一点不揩磨，春风花草香；贪生逐
> 日区区去，泥融飞燕子；唤不回头争奈何，沙暖睡鸳鸯。①

如净在此是交错使用雪窦重显的七言偈《为道日损》②和杜甫《绝句二首》其
一之诗句，意在以杜诗证云门宗之禅意。如果授（说）、受（听）两方不熟悉
杜诗，如净所说无异对牛弹琴，根本起不到开示之用。既然事实相反，则说明
授受双方都是学问僧或诗僧。此外，本首杜诗颇受禅师喜爱，除了像如净一样
拆引各句之外，还有用全诗作为颂古、摘引单句或双句说法等多种形式。③
　　当然，对与佛教题材有关的杜诗名句，禅师更是信手拈来。如道冲上堂释
"博地凡夫"所说"地灵步步雪山草，僧宝人人沧海珠"④，出自杜甫《岳麓山
道林二寺行》⑤。觉浪道盛《黄檗尘谈茶话》又说：

> 杜诗云"欲觉闻晨钟，令人发深省"，若非欲觉，虽每日闻钟，熟能发深省
> 哉？即此"欲觉"二字，乃千圣传心之妙，如孔子呼曾子唯，是欲觉之候也。⑥

此处五言杜诗，出《游龙门奉先寺》⑦，本写杜甫游寺感受，道盛却借题发挥，紧
扣"欲觉"二字，强调参禅的主体性，并以儒说禅，揭示了杜诗禅解的可行性，
如从思想层面说，儒家的道统与内省，可以和禅宗的宗统、自觉自悟相比较。
　　杜甫"为人性僻耽佳句，语不惊人死不休"（《江上值水如海势聊短
述》）⑧，其重视炼字、炼句等做法，也借江西诗派的总结而快速进入禅林。如黄
庭坚《赠高子勉四首》其四提出"拾遗句中有眼"⑨后，谈及诗眼、句眼等话题

---

① 《如净和尚语录》卷上，《大正藏》第48册，台北：新文丰出版股份有限公司1983年版，第
122页中栏。
② 《明觉禅师语录》卷6，《大正藏》第47册，第708页下栏。
③ 关于唐诗名篇在禅林的传播接受形式之分析，参拙撰：《唐音缭绕在禅林论——唐诗名篇在丛
林的传播与接受》，《文学遗产》2016年第1期。
④ 《痴绝道冲禅师语录》卷上，《卍续藏》第70册，河北省佛教协会，2006年，第44页中栏。
⑤ 《杜诗详注》，中华书局1979年版，第1986页。
⑥ 《天界觉浪禅师全录》卷9，《嘉兴藏》第34册，台北：新文丰出版股份有限公司1987年版，
第645页上栏。
⑦ 《杜诗详注》，第1页。
⑧ 同上书，第810页。
⑨ 《黄庭坚诗集注》，中华书局2003年版，第574页。任渊注曰"谓老杜之诗，眼在句中"。

的禅宗史实层出不穷:像深受徐俯好评的南昌诗僧信无言,张孝祥称他是"句中有眼悟方知"①,无准师范被程公许誉为"得句中眼"②。了庵清欲《雪庵瑾和尚偈禅者求和》"眼中之句句中眼,眨上眉毛还不见"③、了堂惟一《析旧作成四章示淡维那》其四"句中有眼终难会,琴上无弦正好弹"④、即非如一《慈岳禅侄呈偈次韵以示》"拈来无不是,放下莫思惟。只此诗中眼,全成贾老脾"⑤ 等诗偈,则展示了禅诗创作对诗眼、句眼等语言选择技巧的高度重视。职是之故,杜诗中那些精彩的炼字佳句,常为禅师所仿效或直接移植,像《秋兴八首》其八之名联"红稻啄残鹦鹉粒,碧梧栖老凤凰枝",就被雪岩祖钦禅师引入其"颂古"偈中。⑥

禅僧识诗眼与悟道还是相辅相成的,二者并不矛盾。《率庵梵琮禅师语录》有一则上堂实录云:

> 一日二僧相访,一僧云"我能作诗",一僧云"我能说禅"。说禅僧笑作诗僧云:"你但做得尖新语句,不知祖师向上巴鼻。"作诗僧笑说禅僧云:"你但识得向上巴鼻,不知诗中眼目。"二人争之不已,庵主和会曰:"诗中有禅:东湖湖上浪滔天,一叶扁舟破晓烟;禅中有诗:手把乌藤出门去,落花流水不相知。禅与诗,何所为断?送二翁出门去,得闲唱个哩啰囉。"⑦

从诗、禅二僧的争论可知,识得诗眼才能写出好诗,但梵琮认为二僧都偏执于一端,真正的诗禅关系是诗禅互摄,相互包容,不分你我而自成境界。

(二)教内

两宋以后的禅师对历代教内名家之作也相当熟悉,经常谈及者有支遁、慧远、惠休、皎然、齐己、贯休、道潜等,但禅宗语录引诗僧成句证禅、释禅之时,往

---

① 《云卧纪谭》卷下,《卍续藏》第 86 册,河北省佛教协会,2006 年,第 674 页下栏。

② 《卍续藏》第 70 册,第 220 页中栏。

③ 《了庵清欲禅师语录》卷 6,《卍续藏》第 71 册,第 367 页上栏。

④ 《了堂惟一禅师语录》卷 3,《卍续藏》第 71 册,第 478 页下栏。

⑤ 《即非禅师全录》卷 23,《嘉兴藏》第 38 册,台北:新文丰出版股份有限公司 1987 年版,第 730 页中栏。

⑥ 《雪岩祖钦禅师语录》卷 1,《卍续藏》第 70 册,第 602 页上栏。又,祖钦引杜诗把通行的"红稻"改为"红豆",依据的是"《草堂》本"(版本变化,参《杜诗详注》,中华书局 1979 年版,第 1487 页)。

⑦ 《卍续藏》第 69 册,第 657 页下栏。

往不交待作者及诗歌出处,而需要听者或读者进行一定的文献考索。如《明觉禅师语录》卷1载雪窦重显"受师号"上堂云:

> 禅家流,还如战将见斗勇健,索不来即便擒下,虽一期之作,争似借水献华唱《太平歌》好?"夜雨山草滋,爽籁生古木。闲吟竺仙偈,胜于嚼金玉。蟋蟀啼坏墙,苟免悲局促。道人优昙华,迢迢远山绿",是知道无不在,谁云间然?①

若从上下文语境推断,"夜雨山草滋"五言八句当是《太平歌》的歌词,而《祖庭事苑》卷1"夜雨山草滋"条则具体交待了歌词出处及其特殊含义:

> 此诗即禅月《拟齐梁体四首》,此其一,今雪窦全举之,所谓借水献花也。《诗》"蟋蟀鸣坏墙",谓微虫候时而鸣,如贤人待明君而仕,知明时而见,虽草木禽鱼,无远不及。故雪窦借此诗为《太平》之歌,意见王子渊《圣主得贤臣颂》。②

王子渊,指西汉辞赋大家王褒,其代表作就是《圣主得贤臣颂》。③禅月,指晚唐著名诗僧贯休,所引之诗,今流行本题作《闲居·拟齐梁体四首》其一。④重显因为是在接受皇帝御赐紫衣的场合上堂说法,故把原来"闲居"主题进一步雅化,赋予其颂太平盛世之用。虽说贯休原诗与禅宗的祝圣上堂毫无关联,但经重显引申特别是善卿的阐发之后,也自成一家之说。

《百愚禅师语录》卷10载清初净斯禅师上堂曰:

> "古木阴中系短蓬,杖藜扶我过桥东。沾衣欲湿杏花雨,吹面不寒杨柳风",适来佛日与么举,若作诗会也,与二十拄杖;若作佛法会也,与二十拄杖。纵饶你不作诗会,亦不作佛法会,也与二十拄杖。因甚如此?不见道"任是深山最深处,也应无地避征徭"。⑤

---

① 《大正藏》第47册,台北:新文丰出版股份有限公司1983年版,第673页下栏。
② 《卍续藏》第64册,河北省佛教协会,2006年,第324页上栏。
③ 此在宋人是个常用典故,如晁公溯《江边》其二曰"圣主得贤如作颂,微臣愧乏子渊才"(《全宋诗》第35册,北京大学出版社1998年版,第22427页)。
④ 《全唐诗》卷827,上海古籍出版社1986年版,第2027页中栏。
⑤ 《嘉兴藏》第36册,台北:新文丰出版股份有限公司1987年版,第665页上栏。

此处上堂,颇有戏剧性,净斯把不同时代的一僧一俗共置于赛诗会的虚拟场景之中:"古木"一诗,实南宋僧志南所作,朱熹称它"清丽有余,格力闲暇,无蔬笋气",故"余深爱之"①;"任是"两个七言句,出晚唐杜荀鹤《山中寡妇》之尾联"任是深山更深处,也应无计避征徭"②,仅有一字不同,即"更深"之"更"易为"最"。此外,杜荀鹤原本富于批判性的诗句,因置于禅宗棒喝语境也变得别有新意,有较强的反讽意味。

禅宗创作的教内引领,主要典范有二:一曰寒山,二曰惠洪。

寒山作为唐代白话僧诗的代表,其诗在宋元明清各朝禅师语录中广泛运用,且有大量的拟作、唱和之作,由此还诞生了以写证悟体验和通俗劝喻见长的寒山体。③ 对此,学术界已有较丰硕的研究成果,故不复详论。在此,仅举两种情况以见其端绪:

一是寒山悟道诗成了后世禅师的创作典范。最有名的两句"十年归不得,忘却来时道"④,其中,"道"字双关,一指修行之路特别是出家人的心路历程,一指山居后的所悟之道;而"忘却"是诗眼,指透彻之悟对先前修行实践的超越性,甚至连悟出"忘却"之理的修行之路也应忘却。这禅理丰富的两句五言诗,反反复复地被历代禅师套用和借用。如雪窦重显直接把寒山其人与其诗融汇成新的"颂古"之偈:"出草入草,随解寻讨。白云重重,红日杲杲。左顾无瑕,右盼已老。君不见寒山子行太早,十年归不得,忘却来时道。"⑤受此启发,只要是修道者、悟道者,都可以用相同或相近的句式予以描述,像绍昙写佛鉴禅师是"凤口山前,乞指路头,被老破庵凌辱不少,至今忘却来时道",说布袋和尚是"靠布袋坐,听岩瀑笑。手把轮珠,数个什么?内院抛离岁月深,(哑!)忘却来时道";⑥ 行琪《送琦上人》"万里无寸草,出门便是草。十年归不得,忘却来时道。今岁秋事早,凉风生木杪。拄杖挑钵囊,锐志不小

① (宋)魏庆之著,王仲闻点校:《诗人玉屑》,中华书局 2007 年版,第 649 页。

② 《全唐诗》卷 692,上海古籍出版社 1986 年版,第 1745 页下栏。

③ 参陈耀东《寒山诗集版本研究》(世界知识出版社 2007 年版)、崔小敬《寒山:一种文化现象的探寻》(中国社会科学出版社 2010 年版)、黄敬家《寒山诗在宋元禅林的传播研究》(台北:台湾学生书局有限公司 2016 年版)等。

④ 项楚:《寒山诗注 附拾得诗注》,中华书局 2000 年版,第 62 页。

⑤ 《禅宗颂古联珠通集》卷 25,《卍续藏》第 65 册,河北省佛教协会,2006 年,第 632 页上栏。

⑥ 《希叟绍昙禅师广录》卷 7,《卍续藏》第 70 册,第 476 页上一中栏。

小。孰顾他洞山，浏阳寒拾老。衲僧家行履，不可得寻讨"①，则把寒山原来属于修道生活总结性的诗句变成对琦上人的殷切寄语，并希望后者实现对洞山良价、寒山、拾得等前代名僧的超越，而非沿着他们的老路前行；上思《未离兜率》"瞿昙老，重入草，十年归不得，忘却来时道"②，构思别开生面，把佛祖释迦牟尼也比喻为重新入山的修道者；梵琦《送径山英首座归鄞》"君不见寒山子归太早，十年忘却来时道。又不见明觉老无处讨，十洲春尽花凋残，珊瑚树林日杲杲"③，则连明觉老（重显）及其重构的寒山形象都一一消解，旨在告诫英首座归鄞后放下一切，超然物外，直指本心而悟道。

二是寒山所描写的山居境界成了后世禅师的典范。如其"微风吹幽松，近听声愈好"④ 所营造的意境及其所用的微风、幽松意象组合，几乎是后世山居题材的标配。南宋绝岸可湘上堂时有偈曰：

> 心不是佛，智不是道。唯此一事，如何寻讨。赤水得之非珍，昆岗拾来非宝。寒山子，曾了了，解道"微风吹幽松，近听声愈好"。⑤

可湘既借鉴重显"颂古"写法，把寒山子其人其诗悉嵌入偈中，又学习李白《金陵城西楼月下吟》的句式，"解道"一句显然套用后者"解道澄江净如练，令人长忆谢玄晖"⑥ 而来。更值得注意的是，可湘认为只有寒山才能体会"微风"两句所展示的心佛智道四位一体的精神境界。月江正印《松月庵歌》"江月照兮松风吹，寒山静听声愈好"⑦，显然是对寒山"微风"诗的化用，不但意象方面有所拓展创新（增加了富于禅意的水、月意象），而且作者还以寒山自比。德清《居山偈》"微风歔幽松，发明西来意"⑧、通际《山居》"缚茆依曲水，辟径傍幽松"⑨ 等诗句，也可以看出寒山"幽松"意象的影响。

① 《横川行珙禅师语录》卷下，《卍续藏》第71册，河北省佛教协会，2006年，第204页中栏。
② 《雨山和尚语录》卷16，《嘉兴藏》第40册，台北：新文丰出版股份有限公司1987年版，第595页上栏。
③ 《楚石梵琦禅师语录》卷16，《卍续藏》第71册，第632页下栏—633页上栏。
④ 《寒山诗注 附拾得诗注》，中华书局2000年版，第62页。
⑤ 《绝岸可湘禅师语录》，《卍续藏》第70册，第283页下栏。
⑥ （唐）李白著，（清）王琦注：《李太白全集》，中华书局1977年版，第403—404页。
⑦ 《月江正印禅师语录》卷下，《卍续藏》第71册，第154页下栏。
⑧ 《憨山老人梦游集》卷37，《卍续藏》第73册，第730页下栏。
⑨ 《山茨际禅师语录》卷4，《乾隆大藏经》第157册，台北：传正有限公司1997年版，第667页下栏。

　　惠洪作为文字禅的倡导者、实践者，虽然被少数教内人士贬为文章僧，但其在禅宗文学史尤其是禅宗诗歌史上的影响无人可比，不可替代。如果说寒山在禅林的示范引领主要表现在通俗劝谕，那么，惠洪则主要在禅诗的士大夫化，如三教思想的整合、禅教界限的破除等。其示范引领之表现，最重要的就在于实践"文字禅"理论。[①] 后世语录，无论赞成、反对文字禅者，莫不将它和惠洪联系在一起。如智愚《觉范和尚塔在同安》"说文字禅，笼络虚空"[②]，给予极高且正面的评价。永觉元贤相对客观，说"余所喜者，《文字禅》而已。此老文字，的是名家，僧中希有。若论佛法，则醇疵相半。世人爱其文字，并重其佛法，非余所敢知也"[③]，一方面承认惠洪文学水平的高超，一方面指出其禅法有不纯之处，原因就像灵源禅师告诫惠洪书所说"盖文字之学，不能洞当人之性源，徒与后学障先佛之智眼，病在依他作解，塞自悟门"，故元贤认为"灵源此书，大为觉范药石"。可惜惠洪"痼疾弗瘳，亦且奈之何哉"[④]，所以，元贤只好深表遗憾。破山海明《示物外禅者》"物外有诸方，诸方多意气。不学文字禅，方得成大器"[⑤]，则反对禅僧学习作为文字禅标准文体的诗偈，主张彻悟本心才是至理。当然，多数禅僧对"文字禅"中"文字"与"禅"的关系，是按紫柏真可的解释，其《〈石门文字禅〉序》即云：

　　　　夫自晋宋齐梁学道者，争以金屑翳眼，而初祖东来应病投剂，直指人心，不立文字。后之承虚接响，不识药忌者，遂一切峻其垣而筑文字于禅之外，由是分疆列界，剖判虚空。学禅者不务精义，学文字者不务了心……
　　　　盖禅如春也，文字则花也。春在于花，全花是春。花在于春，全春是花。而曰禅与文字，有二乎哉？故德山临济棒喝交驰，未尝非文字也；清凉天台疏经造论，未尝非禅也。而曰禅与文字，有二乎哉。逮于晚近，更相

　　①　周裕锴：《惠洪文字禅的理论与实践及其对后世的影响》，《北京大学学报》（哲学社会科学版）2008年第4期。
　　②　《虚堂和尚语录》卷6，《大正藏》第47册，台北：新文丰出版股份有限公司1983年版，第1033页下栏。
　　③　《永觉元贤禅师广录》卷30，《卍续藏》第72册，河北省佛教协会，2006年，第572页中—下栏。
　　④　同上书，第572页下栏。
　　⑤　《破山禅师语录》卷16，《嘉兴大藏经》第26册，台北：新文丰出版股份有限公司1987年版，第73页中栏。

笑而更相非,严于水火矣。宋寂音尊者忧之,因名其所著曰《文字禅》……

夫何所谓禅与文字者,夫是之谓文字禅,而禅与文字有二乎哉。噫,此一枝花,自瞿昙拈后数千余年,掷在粪扫堆头,而寂音再一拈似,即今流布,疏影撩人,暗香浮鼻,其谁为破颜者。①

此序是真可万历二十五年(1597)为《石门文字禅》编入《嘉兴藏》而作,他主要从禅宗发展史的角度着眼,指出寂音尊者(惠洪)实为继释迦牟尼之后最为杰出的禅宗文学大师,因为其《文字禅》阐发的就是释迦牟尼在灵山法会上拈花时的笑意。禅与文字,就像春与花,无花何以称春天,无文字何以传禅法? 真可同时又特别喜欢《东坡禅喜集》,顾大韶《跋〈紫柏尊者全集〉》指出:"其于《石门文字禅》《东坡禅喜集》"是"欲以文字般若作观照实相之阶梯","诱掖利根,则又此老之深心密意也。"② 可见真可把文字禅作为弘法利器,意在透过文字般若而进入观照般若和实相般若,从而达到体、用、境、智的统一。

文字禅理论的流行,对禅宗诗文创作起了相当大的促进作用。如闲居士正大三年(1226)作《〈禅苑蒙求〉引》载乐真志明禅师撰写《禅苑蒙求》的缘起是:"以正法眼作文字禅,骈以对偶,谐以韵语,凡五百余则,以使学者观览。"③ 清憨休如乾、即非如一则分别把自己的《关中八景》《雪峰廿四咏》组诗都称作"文字禅"。④ 总之,正如余绍祉《〈廓如上人诗集〉序》所说"所见无非禅,则矢口成吟、行歌相答,无[不]可作文字观也。作文字观,谓之文字禅"。⑤ 换言之,一切文字,无论禅师有意无意,主动被动,只要赋予了禅的解释、禅的意蕴,它们都是文字禅,而文字活动是最重要的佛事之一,也是禅僧和士人交往的结合点。如北宋秀州本觉寺"一长老,少盖有名进士,自文字言语悟入。至今以笔研作佛事,所与游皆一时文人"⑥,南宋曾幾《空公长老一出即

---

① 《紫柏尊者全集》卷14,《卍续藏》第73册,河北省佛教协会,2006年,第262页中—下栏。

② 《紫伯尊者别集》卷4,《卍续藏》第73册,第432页下栏—433页上栏。

③ 《卍续藏》第87册,第49页上栏。

④ 参《憨休禅师敲空遗响》卷12(《嘉兴藏》第37册,台北:新文丰出版股份有限公司1987年版,第318页上栏)、《即非禅师全录》卷17(《嘉兴藏》第38册,第699页中栏)。

⑤ (清)余绍祉:《晚闻堂集》卷9,清道光十七年单士修刻本。又,"无可",据前后文语境,当作"无不可"。

⑥ (宋)苏轼撰,王松龄点校:《东坡志林》,中华书局1981年版,第40页。

住雪峰书来以建茗为寄长句奉呈空公时以笔砚作佛事也》云"不妨诗笔作佛事,已用茗瓯传祖灯"①,可见不管在苏轼还是在曾几眼中,士僧互动依靠的是文字禅性质的诗笔。

惠洪除了倡导文字禅理论之外,其作品如《石门文字禅》在后世也很有影响,如《普济玉琳国师语录》卷12把它和契嵩《镡津文集》、延寿《宗镜录》相提并论,谓"三老自有一段精光,在语言文字之外,语言文字遂传不朽,著书立言,可易言哉"②。尤其是清初蕴上的《集文字禅》,其作品全是集惠洪《石门文字禅》诗句而成,而且多有浑然天成之趣,实属难能。

禅宗语录文学特色的成因,除了上面所说的两大点以外,又与时代审美风尚、文学思潮的演进及佛教生活场景的艺术化再现、上堂说法的戏剧化表演等多重因素有关,但是限于篇幅,恕不一一详论。

---

① 《全宋诗》第29册,北京大学出版社1998年版,第18555—18556页。
② 《大藏经补编》第27册,台北:华宇出版社1986年版,第632页上栏。

第二章
禅宗语录之词作

从本章①至第四章,我们主要从文学文体——词、小说、戏剧的角度描述禅宗语录的文学表现。先从词谈起。

---

① 按,本章已先行刊载于《中国俗文化研究》第十六辑,四川大学出版社 2019 年版,第 3—42 页,仅有少部分文字修改,特此说明。

第一节　引言：问题之提出

在中国佛教文学研究中，毫无疑问，学人最关心的领域是禅宗诗歌和诗禅关系，而国内外相关的研究成果也最为丰硕。但相对说来，对禅宗词作的研究较为冷落，据我们所知，目前学界主要集中在五个方面：一是断代研究；① 二是个体研究；② 三是题材研究；③ 四是禅与词的关系研究；④ 五是禅宗音乐美学研

---

① 断代研究的对象主要集中在两宋，如曾枣庄《论宋僧词》(《中华文史论丛》第50辑，上海古籍出版社1992年版，第173—185页)、何广棪《两宋僧人词述评——兼论宋僧词于佛教宣传上之贡献》(《第十届国际佛教教育研讨会专辑》，华梵佛学研究所编印，1996年，第75—94页)、谢惠青《宋代僧人词研究》(台中：中兴大学中国文学系1999年硕士学位论文)、高慎涛《宋代僧词作者考略》(《宁夏社会科学》2007年第6期)等。

② 个体研究，主要针对两宋与明末清初存词数量较多的僧人：如关于惠洪者，有张美铃《释惠洪及其词研究》(新北：华梵大学东方人文思想研究所2001年硕士学位论文)等；关于仲殊者，有潘梨香《宋代词僧仲殊及其作品研究》(同前，2002年)；关于今释澹归者，有李舜臣《释澹归与〈遍行堂〉词》(《中国韵文学刊》2002年第2期)、廖肇亨《今释澹归之文艺观与诗词创作析论》(《武汉大学学报·人文科学版》2010年第6期)等；关于释正嵒者，有何广棪《明季词僧释正嵒及其〈黓堂老人诗余〉研究》(《中国俗文化研究》第四辑，巴蜀书社2007年版，第174—183页)等。对其他时段的个体僧词研究，仅有零星论文，如张艳《元代僧人善住行年及作品考》(《华北电力大学学报·社会科学版》2011年第4期)、余卫星《阳羡词僧弘伦及其创作探略》(《怀化学院学报》2010年第10期)等。

③ 这方面最受注目者是禅宗渔父词，代表作有伍晓蔓、周裕锴《唱道与乐情——宋代禅宗渔父词研究》，中国社会科学出版社2014年版。

④ 相关论著主要有：蕮伯象《论词禅与禅词》(《云南师范大学学报·哲学社会科学版》2001年第1期)、孙克强《清代词学与佛义禅理》(《中山大学学报·社会科学版》2006年第1期)、彭国忠《宋代词学批评中的佛禅话语》(《文艺理论研究》2008年第6期)、刘晓珍《宋词与禅》(人民文学出版社2010年版)等。

究。① 我们的总体感受是，系统性较为缺乏，理论性也有待加强，归纳起来，有两个亟待改进之处：

一是从使用资料看，研究者多以前贤时彦所纂总集如《全宋词》《全金元词》《全明词》《全明词补编》《全清词》（已出"顺康""雍乾"两卷及"顺康卷"之补编）等为蓝本，而较少深入藏经细读各种禅宗语录之文本，② 即便有用禅宗语录辑佚者，也多注意那些题目中已经标明了词牌的作品。③ 其实，两宋以降的禅师，多有熟悉小词时曲者，甚至"法语"中就时见即兴之作。如：

1. 南宋临济宗印肃（1115—1169，所传《普庵咒》最为出名）所说《普庵印肃禅师语录》卷上，载其劝工匠为宝塔筑墙时有云：

> 因以法韵，成《临江仙》，警世化迷："不见本来真面目，恰如穷子迷途。东西南北觅工夫。被人穿却鼻，生死不能苏。　唯有宝陀人失笑，拈来放去毗卢。空花不实汝休摸。慈悲来不住，开口应南无。"④

此处"不见本来"云云，其句数、句式、押韵，完全符合《临江仙》之要求。⑤ 据上下文，可以把它拟题为《临江仙·筑墙》，但印肃此作，前贤都未曾辑入宋词总集或补辑之类。

2. 清初临济宗杨岐派僧人本升（1620—1673）所说《天岸升禅师语录》卷13，载其除夕秉拂说法时有语曰：

> 不如唱个《渔父词》，却胜北贤一筵席。乃唱云："爆竹未除今岁历，

---

① 如田青的专著《禅与乐》（文化艺术出版社 2011 年版）、皮朝纲《诗乐联姻呈禅心：禅门颂古展示公案禅意的音乐审美视角——禅宗音乐美学著述研究之一》（《美与时代》2016 年第 11 期）和《以乐喻禅：禅宗音乐美学的独特风貌——禅宗音乐美学著述研究之一》（上、下，连载于《中华文化论坛》2016 年第 11、12 期）等系列论文。

② 如周裕锴在《全宋词辑佚补编》（马兴荣等主编：《词学》第十五辑，华东师范大学出版社 2004 年版，第 250—259 页）中即指出："《全宋词》编纂者和辑佚者对宋代禅宗文献缺乏足够的重视，遗漏了《大藏经》《续藏经》中常见的禅宗语录，而宋代的禅宗语录往往收有禅师的诗词作品。"

③ 参张昌红：《〈全宋词〉辑补 10 首——兼论宋代对禅宗颂古的影响》，《新余学院》2018 年第 4 期。

④ 《大藏新纂卍续藏经》（后文简称《卍续藏》）第 69 册，河北省佛教协会，2006 年，第 363 页中栏。

⑤ 《临江仙》之介绍，参谢映先编著：《中华词律》（增订本），湖南大学出版社 2010 年版，第 92 页。又，印肃词中，仅上下片第二句的"恰""放"二字，不符合词律之"平"声要求，但似无关紧要。此外，宗门词作，不少是禅师临场所咏，故平仄不合词律的现象时有所见。

莺声已报杏华节。春归一树风初绿,本不隔,释迦弥勒元无别。　我本木兰舟上客,眼底波光一万迭。钓竿未肯轻抛撆,忘岁月,待得长鲸心始歇。"①

本升和印肃一样,都是亲口演唱了相关词作。而《渔父词》实与《渔家傲》异名同调,②体式完全同于宋人惠洪(1071—1128)和法常(？—1180)的同题之作,思想基调也基本相似,都属于"唱道"之词。

3. 清中叶释达珍(1731—1790)编《正源略集》卷15载扬州平山丽呆行昱禅师(生卒年不详)晚参之场景为:

> 山僧今夜用长虹作竿,新月为钓,向扬子江心垂钓,莫有摇头摆尾底赤尾鲤鱼么? 有则出来,冲波跃浪看;如无,且听山僧唱一《渔父词》以供大众。乃拈拄杖,作摇橹势云:
>
> 鼓枻烟波一钓翁,自南自北自西东。银丝直钓寒江雪,铁笛横吹别浦风。红蓼岸,白苹丛,水光山色有无中。侬家不管尘寰事,欸乃一声天地空。③

此《渔父词》,歌词体制显然和上述《渔家傲》大异,考其"七绝＋三三七七七"句式及押韵规律,反而同于《鹧鸪天》④,所以,若按通行命题法,行昱所唱是《鹧鸪天·渔父词》,即"渔父词"是唱词所表现的题材内容,并且,从歌词本身的用语也可以得到确证。⑤当然,这又引申出一个更为复杂而棘手的难题:读者与研究者不能为文字表象所迷惑,需要仔细分析文本的深层结构。更何况禅宗语录没有题名的杂言歌偈,俯拾皆是,数量极多,因此,如何判定它们的音乐文学之体式,是词是曲,抑或山歌小调? 还真是颇费周章之事,这大概需要团队合作、研制新的数据库,或者兼而有之,才可能完成如此艰巨的任务。

二是从研究视角看,学人多取"局外(人)"而缺少"局内(人)"之观照。众所周知,宗门创作,无论禅师们采用诗词曲赋哪种文体,其根本目的或

---

① 《嘉兴藏》第 26 册,台北:新文丰出版股份有限公司 1987 年版,第 715 页中—下栏。

② 周裕锴《宋代禅宗渔父词研究》(《中国俗文化研究》第一辑,巴蜀书社 2003 年版,第 38—55 页)指出:"在宋代禅词中,《渔父词》几乎就是《渔家傲》的别称,往往只表明音乐性质,而不代表题材要求。"此种情况,两宋以后,大体亦然。但也有例外之时,如下文所说行昱禅师之唱《渔父词》。

③ 《卍续藏》第 85 册,河北省佛教协会,2006 年,第 90 页下栏。

④ 《鹧鸪天》之介绍,参《中华词律》(增订本),湖南大学出版社 2010 年版,第 80—81 页。

⑤ 类似的情况宋代就有了,如《罗湖野录》卷 1 载潼川府天宁则禅师有《牧牛词》,是"寄以《满庭芳》调"(参《卍续藏》第 83 册,第 381 页中栏),即词牌用《满庭芳》,题材内容是"牧牛词"。

主要目的都在于宣教弘法。曹本冶、刘红二位曾经提示、告诫道乐研究者,应注意道教科仪音乐"局内人(说)"与"道外人(局外说)"之不同。[①] 有人受此启发,进而主张研究宗教文学(含文体学)都应兼顾"局内""局外"两重视角,[②] 而且,"局内"视角可能更符合宗教文学史的本来面貌。此外,吴光正主持的《中国宗教文学史》课题组也提出"从宗教实践活动"来书写相关文学史的学术理念。[③] 由此可知,诸家理路一也。然统观已有对禅宗词作之研究成果,大多还是从"局外(人)"角度出发,重点讨论的是题材特色、文学表现,顶多再泛泛而谈相关词作的禅学内涵。对相关词作特别是丛林法会仪式上词作的生成背景、授受情况了解不多,类似于门外谈禅,但总有一定的补救措施,比如方法与理论的更新融合之类。[④]

① 参曹本冶、刘红:《道乐论——道教仪式的"信仰、行为、音声"三元理论结构研究》,宗教文化出版社 2003 年版。

② 参拙撰:《汉唐佛、道经典文体的比较——兼论宗教文化视野中的比较文体学》,《中国社会科学》2016 年第 11 期。

③ 参吴光正:《宗教文学史:宗教徒创作的文学的历史》,《武汉大学学报》(人文科学版)2012年第 2 期。

④ 如笔者借鉴法国社会学家布尔迪厄"文学场域"论及挪威建筑理论家诺伯舒兹"场所精神"论,提出以"场所"观念来构建晋唐佛教文学史的可能性,并强调文本分析必须回归到作品的生成语境和使用场合。参拙撰:《晋唐佛教文学史》,人民出版社 2017 年版。

第二节　定义：何谓禅宗词作

从以上研究现状之简介可知，学界多把僧人所作之词称作"僧词"，把倚声作词之僧人称为"词僧"，这大概是为了和使用已久的"僧诗""诗僧"概念相呼应吧。不过，从已经编纂的历代词作之总集看，词僧人数远少于诗僧，如丁绍仪《秋声馆词话》卷17"清僧道词"条 ① 即说"本朝诗僧甚多，词僧则少"，并谓其"辑《词综补》仅得数人"，所举者仅有桐城僧宏智（1611—1671，字药庵，即方以智）、荆溪僧超正（字方竹）、吴僧果心（字得源）及其同乡"邑僧"明瑜（字昀熙）、宜兴僧随时、江都僧大瑸、常熟僧能印共七人，又谓"王氏《词综》，亦不及十人"。② 若两书相加，清代词僧亦屈指可数。究其成因，一方面和清代前期的词籍禁毁有一定的关联；③ 另一方面则与"词为艳科"的传统观念有关，因为僧词创作的宗教目的就在唱道宣教，它毕竟与俗家词爱写男女恋情迥然有别。④ 即便身处小词最为流行之时的惠洪、仲殊，他们由于自身特殊的生活经历和受时代风尚熏染，偶尔写过一些艳词，但仍然逃不过后人的严厉批评，如胡仔就指责惠洪："忘情绝爱，此瞿昙氏之所训，惠洪身

---

① 参唐圭璋编：《词话丛编》第 3 册，中华书局 1986 年版，第 2795—2796 页。

② 王氏《词综》，指清人王昶所编《国朝词综》，共 48 卷。

③ 参谢永芳：《词籍禁毁与词学发展——以清乾隆朝为中心》，《中国文化研究》2012 年第 3 期。

④ 如明人俞彦《爰园词话》即云"佛有十戒，口业居四，绮语、诳语与焉。诗词皆绮语，词较甚"（《词话丛编》第 1 册，第 403 页），清初释西宗集注《慈悲道场水忏法科注》卷中亦说"绮语者，文饰装点，即巧言善谑、翰华文藻，淫词艳曲皆是"（《卍续藏》第 74 册，河北省佛教协会，2006 年，第 767 页下栏），可见教内外都认同词为艳科的观点。

为衲子,词句有'一枕思归泪'及'十分春瘦'之语,岂所当然。"① 田汝成则嘲讽仲殊云:"此僧风流蕴藉,不减少年,然恐非莲社本色也。"② 再则,不少评论家也讨厌词作有禅和子气。③ 总之,由于种种客观原因,明确标示词牌的僧词,其数量确实无法和僧诗相提并论。

但吊诡的是,如果我们随手翻开一家禅宗语录,便可以发现禅师对流行词调不但不陌生,而且在各种场合以之说禅。兹择要举 4 例如下:

1.《法演禅师语录》卷 1 载北宋临济宗杨岐派僧人释法演(? —1104)"谢主事上堂"时有云:

> 文殊张帆,普贤把柁,势至观音,共相唱和。赢得双泉,闹中打坐。打坐即不无,且道《下水船》一曲作么生? 唱:啰逻哩,啰逻哩。④

此处法演,是以四大菩萨的行船场景设喻,故示众时由接近联想想到了《下水船》,而北宋著名词人黄庭坚、晁补之等都用过这一词牌。

2.《雪岩祖钦禅师语录》卷 1 载南宋临济宗杨岐派僧人释祖钦(? —1287)宝祐元年(1253)八月初一入院潭州龙兴禅寺,拈香祝圣后示众曰:

> 钦上座,固无长处,既在浙江那畔,被一阵业风吹到潭州城里,只得改声换调,向十字街头重翻此曲去也。且道是何节拍? 击拂子云:《万年欢》。⑤

祖钦因自己是浙江人,被迎请到湖南,又感慨佛法本来盛于江西湖南:"岂料三百年后,土旷人稀,道随时变,黄钟大吕寂而不作,郑音卫响亦乃不闻",所以他才要"改声换调"。当然,祝圣之时,《万年欢》也是最契合场景的词牌之一。两宋词人如郭应祥、程大昌、贺铸、史达祖等人都用过它。更可注意的是,祖钦说法时还有动作的配合,则知他对《万年欢》的音乐节拍是了然于胸

---

① (宋)胡仔纂集,廖德明校点:《苕溪渔隐丛话前集》,人民文学出版社 1962 年版,第 385 页。

② (明)田汝成辑撰:《西湖游览志馀》,上海古籍出版社 1980 年版,第 270 页。

③ 如清人李渔《窥词管见》就说"词之最忌者有道学气,有书本气,有禅和子气"(《词话丛编》第 1 册,中华书局 1986 年版,第 553 页)。

④ [日]高楠顺次郎等编:《大正新修大藏经》(后文简称《大正藏》)第 47 册,台北:新文丰出版有限公司 1983 年版,第 651 页下栏。

⑤ 《卍续藏》第 70 册,河北省佛教协会,2006 年,第 594 页上栏。

的。① 若结合语录夹注"问答不录",则知编纂者很可能略去了弟子们对祖钦《万年欢》原作及意蕴方面的问答。

3. 元释如瑛集《高峰龙泉院因师集贤语录》卷 13 载南宋初德因禅师 ②《妓溺死》之"下火"文曰:

> 生迎仙客,死浪淘沙。凤楼不见虞美人,鸳帏休恋风流子。西江月畔,已罢倾杯。南浦桥中,投入新水。尸停滩侧,烟波罩芳草渡头;火起江城,云雾琐小重山畔。大众! 且道去则去,后面一句如何分付? 咄! 菩萨蛮衣常挂体,祝英台上舞梁州。相逢已觉如梦令,直上千层宝阁游。③

下火是禅宗仪式之一。盖歌妓与词作传播关系密切,故德因禅师对其吟诵《下火文》时巧妙地把多种词牌串联成文,颇具奇趣,当然,也寄予了禅宗游戏人生、人生如幻的意蕴,他使用的词牌至少有《迎仙客》《浪淘沙》《虞美人》《风流子》《西江月》《倾杯》《南浦》《新水》《芳草渡》《江城子》《小重山》《菩萨蛮》《祝英台》《梁州令》和《如梦令》。而这种做法,最早似出于两宋之际的禅师冶父道川,其《周妓下火文》④ 就把《巫山一段云》《新水》《点绛唇》《迎仙客》《桃源忆故人》《丑奴儿》《南柯》《蓦山溪》《芳草渡》《六幺》《花十八》等词牌连缀成文。此外,这种写法本身就表明,禅师对词牌词调的性质了如指掌。

4.《竺峰敏禅师语录》卷 6 载清初曹洞宗僧释幻敏(1639—1707)于康熙四十一年(1702)季夏(农历 6 月)朔九日刚入院浙江嘉兴楞严禅寺上堂之法语即云:

> 便拟唱《还乡曲》,误入《采莲船》。采莲船上《清江引》,转声又调《鹧鸪天》。《鹧鸪天》忒无端,恰值普陀法雨和尚把住柁尾,檇李缙绅悉

---

① 《嘉泰普灯录》卷 13 谓福州雪峰毬堂慧忠禅师上堂曰"山僧今日轮须弥槌击虚空鼓,声万岁乐唱《万年欢》"(《卍续藏》第 79 册,河北省佛教协会,2006 年,第 372 页上栏),可知慧忠也熟知《万年欢》。《明觉聪禅师语录》卷 11 又谓性聪禅师(1611—1667)除夕"小参"时"唱个《万年欢》",词云"乐清贫,乐清贫,岁寒忍耐过,明年贺太平。爆竹惊山鬼,梅花报晓春。穷旅归家不到者,今宵愁杀路中人"(《乾隆大藏经》第 161 册,台北:传正有限公司 1997 年版,第 610 页下栏),则知"乐清贫"之类为歌词,但其音乐体式与《万年欢》词律有别,故所唱属于寄调之作。

② 德因禅师生平时代不详,此据鲁立智考证。参《中国佛事文学研究——以汉至宋为中心》,中国社会科学出版社 2015 年版,第 123—124 页。

③ 《卍续藏》第 65 册,第 49 页下栏。

④ 参(宋)龚明之撰:《中吴纪闻》,上海古籍出版社 1986 年版,第 149 页。

檀阻着船头,致令山僧退鼓难挝,隐身没术,不唯逢场作戏,且要老店新开。①

幻敏和祖钦一样,都是在新驻锡地开堂说法,同样以改声换调来比喻信众、场所的变异,但前者变化更加复杂,至少转调三次,即:《还乡曲》→《采莲船》→《清江引》→《鹧鸪天》。

禅师们除了在"法语"中涉及多种词牌以外,有的在日常生活中还对世俗词坛名家之作烂熟于心,如《嘉泰普灯录》卷3载邢州开元寺法明上座"每大醉,唱柳词数阕,日以为常",临终则有偈曰:"平生醉里颠蹶,醉里却有分别。今宵酒醒何处,杨柳岸、晓风残月。"② 法明显然是柳永的铁杆粉丝,辞世时也念念不忘后者名作《雨霖铃》,甚至直接采其名句入临终偈。印肃《又示易仲能》结尾之偈则作:"大丈夫,休分别,百亿尘劳从此诀。今朝酒醒何处,杨柳岸、晓风残月。"③ 两者写法,确有异曲同工之妙。

既然两宋以降的禅师对词牌词调并不陌生,加之文字禅的流行,那么,按理说来,禅师应有大量词作传世才名实相符,可多种词集提供的数据又恰恰相反,原因何在?

若从唐宋禅宗音乐文学发展史看,唐五代禅宗提倡"不立文字,直指人心,见性成佛",故歌偈一类的文学作品理应较少,但从敦煌文献看,无论南北两宗,都善于利用民间曲调(如《五更转》《十二时》等)来宣教,其通俗歌词极为常见。④ 换言之,唐代禅师善于"音声佛事"的创作传统,两宋后真的成绝响了吗? 对此,教内文献本身就给出了否定的答案,释道诚天禧三年(1019)所辑《释氏要览》卷下"法曲子"条即说:

> 《毗奈耶》云:王舍城南方,有乐人名腊婆,取菩萨八相,缉为歌曲,令敬信者闻,生欢喜心。今京师僧念《梁州》《八相》《太常引》《三归依》《柳含烟》等,号唐赞。又南方禅人作《渔父》《拨棹子》,唱道之词,皆此遗风也。⑤

---

① 《嘉兴藏》第40册,台北:新文丰出版股份有限公司1987年版,第256页上—中栏。

② 《卍续藏》第79册,河北省佛教协会,2006年,第308页中—下栏。

③ 《卍续藏》第69册,第388页上栏。

④ 任半塘《敦煌歌辞总编》(上海古籍出版社2006年版)收录唐五代歌辞1300余首,佛曲过半,且多与禅宗有关。

⑤ 《大正藏》第54册,台北:新文丰出版股份有限公司1983年版,第305页上栏。又,南宋吴曾撰《能改斋漫录》卷2"八相太常引"条(上海古籍出版社1979年版,第36—37页)所述内容,基本上沿袭道诚而来,仅在"唱道词"中增加了《渔家傲》《千秋岁》两个词牌。

结合同书卷中"制听"条释"歌"曰"若今唱曲子之类也",^①则知道诚所说,至少透露了当时佛教音乐文学三点值得关注的历史信息:一是有的作品可以找到印度来源,如《八相》就可溯源《根本说一切有部毗奈耶》卷39所载"乐人高腊婆取菩萨行,歌入管弦"^②之事;二是宋代"法曲子"主要包括两大类型,赞颂体源于"唐赞","唱道"体多出自南方禅师;三是释门法曲子和世俗曲子(词)的唱法,并无本质区别。但当唱词内容与词调不一时,禅师有时会特别标注"(举)×××调",如《高峰龙泉院因师集贤语录》卷7"开明文"中有"五六七五"押四平韵唱词三首,^③其前注云"举《柳含烟》调","祭奠文"中则有"三三七五"押三平韵唱词三首,^④其前注云"《捣练子》调"。但比对各自唱词(仅举其一)如"一奠酒初斟,哀哉苦痛人心。从今一别想难寻,不觉泪流襟"和"一奠酒,执瓶斟。亡魂不昧鉴来歆,请起盏初巡",皆不合《柳含烟》《捣练子》^⑤之句式和押韵要求,所以,这种情况也属于饶宗颐所说"法曲子因作为唱导之用","可以调寄某曲子出之"。^⑥

对佛教音乐文学深有研究的王昆吾(王小盾)亦曾指出:"禅宗所行机锋,常常采用通俗歌舞形式。所谓'偈赞',多为歌曲。"^⑦其实,正如前文所说,如果我们改换思路,能把目光转向宋代以后禅宗语录尤其是各种"法语"中的杂言歌偈,并能明确其文体归属,则禅宗词作数量很可能有几何级数的增长。在此,我们不妨先做些尝试性的工作。

洛地在研究词体时,首先提出了"律词"概念。^⑧谢桃坊又进一步提出,凡律词必须具备六个条件:(1)依调定格;(2)字数限制;(3)分段;(4)长短句式;(5)字声平仄的规定;(6)用韵的规定。^⑨并且,以"律词"为标准,谢先生重新考核《词谱》所收之词调和唐宋词实用之词调,求得唐宋词共有851

---

① 《大正藏》第54册,台北:新文丰出版股份有限公司1983年版,第280页下栏。

② 《大正藏》第23册,第844页下栏。

③ 《卍续藏》第65册,河北省佛教协会,2006年,第28页下栏。

④ 同上书,第29页上栏。

⑤ 今人谢映先编著《中华词律》(增订本)指出:《柳含烟》又名《柳含金》,仅双调45字一体;《捣练子》则有27、28、40、56、38字等体式(第1155—1156、914—916页)。

⑥ 参饶宗颐:《法曲子》论——从敦煌本〈三皈依〉谈"唱道词"与曲子词关涉问题》,《中国史研究》1986年第1期。

⑦ 王昆吾:《隋唐五代燕乐杂言歌辞研究》,中华书局1996年版,第403页。

⑧ 参洛地:《"词"之为"词"在其律——关于律词起源的讨论》,《文学评论》1994年第2期。

⑨ 参谢桃坊:《律词申议》,载《词学辨》,上海古籍出版社2007年版,第3—17页。

调,而仅存一首词作的孤调就有 314 调。① 笔者参照两位先生的思路来观察禅宗语录所收长短句,不但不是孤调,而且六个条件基本具备者时有所常见。兹尝试归纳两种句式如下:

1. 七绝"仄起平收"变体式

禅宗语录以"归去来"开头的偈颂不少,但笔者在此只讲叠句型。先看下表(2—1):

表 2—1

序号	作者	作品名称	偈颂内容	文献出处
1	克文(1025—1102)	《送叶道人》(之三)②	归去来,归去来,老卢得不在黄梅。普光心印神通藏,日用分明眼自开。	《古尊宿语录》卷 54,《卍续藏》第 68 册,第 302 页中栏
2	无愠(1309—1386)	《送汉藏主归疏山》(之三)③	归去来,归去来,觉天佛日重昭回。凭君为问矮师叔,与谁把手登高台。	《恕中无愠禅师语录》卷 4,《卍续藏》第 71 册,第 430 页上栏
3	圆修(1575—1635)	《为达本大师起骨入龙池塔》(之二)④	归去来,归去来,故山院里绝尘埃。相逢俱是旧相识,管使吾兄笑眼开。	《列祖提纲录》卷 31,《卍续藏》第 64 册,第 236 页中栏
4	蕴上(1634—?)	《起按指和尚灵骨归山偈》⑤	归去来,归去来,南山当面势崔嵬。赢得四时风景别,清风满袖月盈怀。	《嘉兴藏》第 27 册,第 141 页上栏

我们仔细观察"表 2—1"之四首偈颂,可知它们的共同点在于:(1)句式相同,皆为"三三七七七";(2)押韵方式相同(三平韵);(3)叠句位置相同。特别是前面三首的三个七言句,每句的平仄关系完全符合"一三五不论、二四六分明"的原则。如果把第一句改成"归去来兮归去来",则三首都属于"仄起平收"的七绝体,只有第四首粘、对失据。换言之,前三首属于正体,第四首可算是变体了。此外,清初临济宗僧灯来(1614—1685)所说《三山来禅师语录》卷 3,载其"茶话"时谓:

---

① 参谢桃坊:《唐宋词调考实》,《文学遗产》2012 年第 1 期。不过,笔者对词调的认定,并未完全采纳其结论。

② 语录编纂者未将原偈分首,笔者依据押韵特点分成三首。

③ 同上。

④ 语录编纂者未将原偈分首,笔者依据押韵特点分成两首。

⑤ 原卷无标题,此为笔者所拟。

山僧唱个因时曲子,贵求满座知音:

归故乡,归故乡,天涯漠漠水茫茫。可怜无数途中客,迷却家山实可伤!

实可伤,实可伤,谁人不入利名场。蝇头蜗角成虚战,梦幻劳劳到北邙。

到北邙,到北邙,离歌一曲泪千行。本来面目空归去,鸟自啼春花自香。

花自香,花自香,几能鼻孔解承当。等闲识得东君面,还有续得后韵者么? ①

固然灯来第四首曲子没有唱完(意在启悟在场徒众),但结合上下文,可以推断四首歌词的体式与上述"归去来"前三首应无任何差别。当然,因是组曲,灯来在前后偈接转时用了顶真修辞,演唱起来时会形成循环往复、一唱三叹的韵律美。既然,"归故乡"与"归去来"至少有七首歌辞体式完全一致,它们当出于同一失调名的词调②吧,若从它们与近体七绝的相似性看,似可拟题为"七绝'仄起平收'变体式"。

2. 七绝"平起仄收"+"三三七七"式

禅宗偈颂中,使用近体七绝连缀"三三七七"句式并押平声韵者十分常见。如清初行悦(1619—1684)所编《列祖提纲录》是禅宗修道指南之一,现从卷34举出道忞(1596—1674)所作的两首起龛偈:《为止休净上座起龛》云"多年赋就《还乡曲》,欲唱人前恐脱空。带血连宵啼蜀魄,归思不禁上眉峰。　春去也,绿满丛。夹路桃华风雨后,马蹄何处避残红",《为宝庆南源融禅师起龛》则说"春光无脚走阎浮,鸟语华香遍界周。芳草那堪迷古岸,黄金索断铁牛头。忘管带,绝拘留。信步天南仍地北,更嫌何处不风流"。③ 二者结构相同,上片是"平起仄收"之七绝,下片用"三三七七"句式,其平仄亦有规律可寻,作"平仄仄,仄平平。仄仄平平平仄仄,平平仄仄仄平平"(下加着重号者表示可平可仄,后同,不赘);此外,二偈都押四平韵。既然出于同一作者之手,他应该是有所本,所据当为某一佚名词调。

至于其他体式的七绝连缀其他平仄关系之"三三七七"句式而成的偈颂,在禅宗语录中十分常见,限于篇幅,笔者就不再一一归类说明了。不过,需

---

① 《嘉兴藏》第29册,台北:新文丰出版股份有限公司1987年版,第702页中栏。

② 从句数及句式看,这七首歌词与《章台柳》相同,但后者押仄声韵,而且句中平仄关系也迥异前者。所以,二者不能混为一谈。《章台柳》之简介,参《中华词律》(增订本),湖南大学出版社2010年版,第290页。

③ 《卍续藏》第64册,河北省佛教协会,2006年,第258页上一中栏。其中,"忘管带"之"忘",在禅宗偈颂中读作平声,如严大参(1590—1671)七绝组诗《和牧牛图颂》之《相忘》后半云"袖手低眉忘管带,不知西去与来东"(《嘉兴藏》第23册,第353页中栏)。

要补充的是,两宋以后的禅师常常谈及诗词之平仄对偶等技巧问题,如《续古尊宿语要》卷6载南宋《别峰云和尚语》中有云"平仄对偶,'星河秋一雁,砧杵夜千家'之语,要得尖新应个时节"①,其所举五言联,出自唐代诗人韩翃《酬程延秋夜即事见赠》②五律之额联,这说明别峰云禅师对前人名句相当熟悉,同时也展示了他的诗歌主张,即强调平仄对偶的重要性。无准师范(1178—1249)在"重九上堂"时即兴创作了一首七绝,尔后点明它的缺点是:"非但落韵,兼错平仄。"③最有意思的是清初行舟(1611—1670)的《介为舟禅师语录》,其卷1载"端午节上堂"之法语曰:

> 且道衲僧门下如何庆感? 不免也歌一曲:
> 平平仄仄仄平平,仄仄平平两样声。若问西来佛祖意,三千里外没途程。 没途程,可怜生,君不见九年面壁分单丁,五叶花开分令行。④

此处一方面巧妙地把诗词格律之平仄关系嵌入词作,颇有奇趣;而第二段在接转第一段时,则用顶真手法,也相当自然,如果把"君不见"视作衬字,则整首歌词还是符合七绝连缀"三三七七"之常见体式的。

此外,禅宗语录之偈颂,还有两种情况需要予以特别的说明:

一是前述幻敏禅师上堂说法时讲到了词作演唱过程中改声换调的现象,虽然其表面意思是说从一个词调转到另一个词调,但据笔者观察,禅宗语录中的不少杂言偈颂,若从换韵角度看,似乎也包含了几种不同的词调,这种情况很值得深入探讨。如元临济宗大慧派僧梵琦(1296—1370)《送吴中滋禅人》:

> 苏州有,常州有,历历面南看北斗。主伴参随与么来,象王回旋师子吼。
> 吃盐闻咸,吃醋闻酸,一有多种,二无两般。口中说食终不饱,身上着衣方免寒。
> 不见道:"家山好,家山好,家山内有无根草。时当腊月正春风,五叶一花香未了。"⑤

① 《卍续藏》68册,河北省佛教协会,2006年,第519页下栏。
② (清)彭定求等编:《全唐诗》卷244,上海古籍出版社1986年版,第616页中栏。
③ 《无准师范禅师语录》卷2,《卍续藏》第70册,第238页中栏。
④ 《嘉兴藏》第28册,台北:新文丰出版股份有限公司1987年版,第229页中栏。
⑤ 《楚石梵琦禅师语录》卷16,《卍续藏》第71册,第634页中栏。

细析此偈的文本结构:第一段是"三三七七七",单调 27 字,三仄韵、一叠韵,完全符合《章台柳》[①]体式;第二段"四四四四七七",体式暂不能确定;第三段,"不见道"后的"三三七七七",笔者认为是直接引语,它本身属于宗门特有词调《家山好》(例见后文)之变体,题旨也契合送别禅子归山。

　二是后代禅师引用、模仿或改编前代禅家词作的情况也较为普遍,这点和世俗词人的做法没有什么太大的区别。如南宋僧守赜编《古尊宿语录》卷 24 载潭州神鼎洪諲禅师"小参"时,其举石门示众云:"家山好,家山好,家山内有无根草。澄源异草竞芬芳,春雷一震金仙道。"[②] 此"家山好",若据清初智操(1626—1688)所说《寒松操禅师语录》卷 12"颂古"之"白云深处《家山好》,一曲清歌信步归",[③] 可见它是能演唱的词调。[④] 其变体则有清初智祥(1637—1709)为"美彰上座封龛"所颂之偈"家山好,家山好,秋空漠漠寒云杳。前村更有好商量,看取后园驴吃草"[⑤] 等,前述梵琦《送吴中滋禅人》结尾"不见道"所引唱词"家山好"云云,也是白云示众偈的变体之一。顺便说一句,南宋山阴道士龚大明(1168—1238)有一组四首"缺调名"的《山居》词,[⑥] 体式亦近于《家山好》,如其一曰"山居好,山居好,鹤唳猿啼饯昏晓。碧窗柏子炷炉香,趺坐蒲团诵黄老"。可知佛道两家在表现隐逸生活的手法上,还有不少相通之处。

　综上所述,笔者所理解的禅宗词作,其范围既包括已经明确了词牌词调的禅师之作(含丛林仪式中的佛事之作),也包括尚需认定词牌归属的杂言偈颂(此类作品,目前最难处理,为保证"词调"的相对可信度,文中暂不考虑"孤调"之作)及其寄调之作。总之,是着眼于体用结合,既重视禅宗词作的文体特征、语言表现,也注重分析具体作品的生成语境、使用场合,乃至演唱形态。

---

① 《章台柳》之介绍,参《中华词律》(增订本),湖南大学出版社 2010 年版,第 290 页。

② 《卍续藏》第 68 册,河北省佛教协会,2006 年,第 159 页下栏。

③ 《嘉兴藏》第 37 册,台北:新文丰出版股份有限公司 1987 年版,第 607 页上栏。

④ 但需说明的是,教内外《家山好》体式有别,教外作"双调,五十七字,前片七句四平韵,后片五句三平韵",参《中华词律》(增订本),第 89 页。

⑤ 《频吉祥禅师语录》卷 9,《嘉兴藏》第 39 册,第 644 页中栏。

⑥ 参唐圭璋编纂,王仲闻参订,孔凡礼补辑:《全宋词》(简体增订本)第 4 册,中华书局 1999 年版,第 2974 页。又,唐先生认为其调名与《潇湘神》一类相似。不过,《潇湘神》开头叠句作"仄平平",全词押平声韵;而非"平平仄",全词押仄声韵。

第三节　题材类型：神圣与世俗

前引北宋《释氏要览》卷下"法曲子"条，释道诚对当时京城流行的释门词调之来源做了两方面的简单梳理：一是交待了赞颂体从印度到中国、由李唐至赵宋纵向的历史发展脉络，二是禅宗唱道词从南方到北方的当代传播。并且，作者采取的是"局内人"视角，着重强调了法曲子与印度佛教歌曲一样，具有"令敬信者闻生欢喜心"的教化功能。这很容易让人想起《高僧传》卷13《唱导》"论曰"所说的东晋以后的"唱导"，慧皎对它的定义是"盖以宣唱法理，开导众心也"。① 不过，晋唐时期的唱导，是综合性的讲唱艺术，虽有音声之用，内容上却以宣讲事缘为主要特色。② 换言之，北宋法曲子与前朝"唱导"相比，功用相同而文体有别也。

宋人对佛门唱道偈颂的阐释，同样立足于体用两大层面，如子升、如祐编《禅门诸祖师偈颂》卷上辑有《紫塞野人雪子吟》，编者明确指出：

> 雪子，明一色也。一色是功，以吟不同于功也。是以因体而起用，以用而明体，体不离用，用不离体。体用无私，方乃唱道。其唱道者，或理或事，或隐或显，事理和融，隐显无异。……雪子之吟，旨在斯矣。③

① （梁）释慧皎撰，汤用彤校注：《高僧传》，中华书局1992年版，第521页。

② 参拙撰：《有关唱导问题的再检讨——以道纪〈金藏论〉为中心》，载《晋宋宗教文学辨思录》，人民出版社2014年版，第197—214页。又，教内文献，"唱道""唱导"常通用。

③ 《卍续藏》第66册，河北省佛教协会，2006年，第724页上栏。又，《禅门诸祖师偈颂》卷上为子升辑，卷下则为如祐所辑。

而浮山法远禅师（991—1067）曾对《雪子吟》作注，如对开篇两句"白云起兮青山秀，青山异兮白云旧"各有注曰"青山为体，白云为用""为体异全功，用在体处，所以云白云旧也"。其特点同样是体用分明和体用并重。

释门对禅宗词作的态度，有两则材料颇能说明这一问题：

一者南宋晓莹绍兴二十五年（1155）撰出的《罗湖野录》卷1记载了潼川府天宁则禅师之事迹，[①]谓其"蚤业儒，词章婉缛"，出家后"有《牧牛词》，寄以《满庭芳》调"，晓莹评论说："世以禅语为词，意句圆美，无出此右。或讥其徒以不正之声混伤宗教，然有乐于讴吟，则因而见道，亦不失为善巧方便、随机设化之一端耳。""牧牛"是佛典著名比喻之一，禅宗用它比喻调心，故有"禅语"之谓。虽然有人严厉批评了则禅师的倚声填词之举，晓莹却主动为之辩解，强调《满庭芳》一类的词调有助于《牧牛词》的流传，可以更好地"见道"，因此，它并不违背佛教的弘法原则。

二者清初本升说《天岸升禅师语录》卷18，辑录词作32首，是赞颂观音菩萨之三十二化现，其序曰：

> 予卧疾西山，有一士子携文三桥《三十二应》画卷索赞，且曰："乞师仿古辞令以作指南。"忆予少时阅诗余，见其辞令俊美，才情赡富，每惜其不作有义语，徒付之情词艳曲间也。然今古不乏才人，能以深情雅思赞叹大乘，则习日浅，慧日深，亦几几乎近道矣，何浪费翰墨为哉！不然，伯时之讥、鲁直之诮，不独前人已也。丙申菊月朔日书于凝碧山房。[②]

此"丙申"，当指顺治十三年（1656）。文三桥（1498—1573），即文彭，文征明（1470—1559）长子，诗文书画俱有名于世。其今存词作有《江南春·和倪瓒原韵》3首、《渔父词》9首。[③]前者，确系艳词；后者，文彭自序交待创作背景是："余有别业，在笠泽之上，尝课耕于此。因阅黄太史《渔父词》，喜而继作，聊而述其自得之乐也。"以理揆之，文彭既然受了禅门登堂入室者黄庭坚《渔父词》的影响，其内容也应对"渔父家风"一类的文字禅有所表

① 《卍续藏》第83册，河北省佛教协会，2006年，第381页中栏。
② 《嘉兴藏》第26册，台北：新文丰出版股份有限公司1987年版，第736页上一中栏。
③ 参饶宗颐初纂、张璋总纂：《全明词》第2册，中华书局2004年版，第831—832页；周明初、叶晔：《全明词补编》上册，浙江大学出版社2007年版，第317—318页。

现，^①但第五首结句"妻笑船头看落霞"，画面很美，在本升心目中，却是地地道道的"情词"了，所以，他才对文彭词作评价甚低，当有人持其所绘观音像求偈赞时，便大发感慨，极力批判其艳词，强调坚持"唱道"主题的重要性。此外，"伯时之讥""鲁直之诮"，说的是北宋著名僧人法秀（1027—1090）批评李公麟画马、黄庭坚写艳词之事。总之，"唱道"才是禅宗词之本色。若从题材的宗教性、世俗性加以判别，"唱道词"自然是神圣之作。

一、神圣类

神圣类的禅宗词，从使用场合与创作目的看，主要包括以下几种：

（一）佛事词

这类词作，主要用于各种佛事场合，故拟此名。佛事又有广义、狭义之别。凡在佛教圣像前或特定神圣空间（如密教坛城、净土堂、禅堂等）举办的各种法事法会，叫做广义法事。禅宗较常见者，有安座、拈香、上堂、入室、普说、垂示等。狭义佛事，专指佛教丧葬法事，丛林中程式繁简不一，有三佛事（奠茶、奠汤、秉炬）、五佛事（起龛、锁龛、奠茶、奠汤、秉炬）、九佛事之别（入龛、移龛、锁龛、挂真、对真小参、起龛、奠茶、奠汤、秉炬），其中担任葬仪导师者，称为佛事师，人数或三五九，视具体情况而定。^②

在传世禅宗文献中，较集中辑录佛事词者是元初如瑛所编《高峰龙泉院因师集贤语录》，^③尤其在卷3《音声佛事门》、卷4《歌扬赞佛门》中收录了不少作品。如卷3在"香者""花者""灯者""茶者""果者""斋者""水者""涂者""宝者""珠者""衣者""药者"等12项佛事中，共配有12首"三五七七五"句式的词作（皆以"×奉献"开头），并要求"举《望江南》调"。^④它们无论押韵、平仄，大多都符合《望江南》（又名《江南好》《忆江

①　关于"渔父家风"的禅学意蕴，参伍晓蔓：《"渔父家风"与江西诗派》，《文学遗产》2012年第4期。
②　参慈怡主编：《佛光大辞典》第3册，高雄：佛光出版社1988年版，第2630页下栏—2631页中栏。
③　按，鲁立智对《因师语录》中的佛事音乐文学（法曲子）有检讨。参《中国佛事文学研究——以汉至宋为中心》，中国社会科学出版社2015年版，第240—244页。
④　《卍续藏》第65册，河北省佛教协会，2006年，第14页中栏。又，"望江南"之"江"，原作"泣"，形近而误，故正之。

南》），仅极个别句子因使用佛教专有名词而稍有平仄错位之处（其他禅宗词作类此，不赘举）。卷 4 则辑有《三皈依》《古阳关》《乔鼓社》《柳含烟》《鹤冲天》《千秋岁》《五福降中天》《临江仙》《南圣朝》《五雷子》《巧筝笆》《贺圣朝》《满庭芳》《水调歌》《降魔赞》《望江南》和《声声慢》。其中，《三皈依》竟然和敦煌歌词 S.4878《三归依》体式相同，由此可以确定敦煌本也为词调；① 有的是孤调，如《巧筝笆》《乔鼓社》；有的体式和词律要求完全相符，如《临江仙》；有的属于寄调，如《柳含烟》（按其歌词句式"五六七五，七六七五"及押韵规律，倒与《庆金枝》相近）等；有的与世俗词调同名，但为三片，并且体式都同于世俗词调双调之上片，如《鹤冲天》；有的虽与世俗词调同名，可体式迥然有别，如《五福降中天》。纵观这些词调，主体内容是赞颂释迦牟尼、阿弥陀佛、定光佛、炽盛光佛与观音、地藏菩萨的功德，以及劝人归依三宝。对诸佛菩萨的生平概述，多以相关佛典（包括疑伪经）为据。有的歌词声情并茂，较富感染力，如《贺圣朝·赞佛涅槃》第三片曰：

> 绕棺三匝悲啼苦，言："悉达我子，汝今舍我入涅槃，请师留四句。"如来椁内谈真语："免忧悲息苦，万般世物尽无常，惟法身永固。"②

词之本事，取自敦煌佛典《佛母经》（又名《大般涅槃经佛母品》《大般涅槃经佛为摩耶夫人说偈品经》）。全片皆用对话体，形式也相当新颖，但仍未脱离赞佛主题。

　　两宋以后的禅宗语录编纂者，经常专列"小佛事"之名目，禅师所说杂言偈颂，其中具有相同体式者也不少，如前文所述道忞《为止休净上座起龛》《为宝庆南源融禅师起龛》偈，其实就用了某种佚名词调。而前引《高峰龙泉院因师集贤录》卷 7"开明文""祭奠文"中"举《柳含烟》调"《捣练子》调"之唱词，则属于寄调之作。

　　丛林法事中，在佛殿、寿塔等建筑物的开工、落成等仪式上，法师一般多诵读疏文，但偶尔也有像印肃那样演唱小词者。笔者颇疑今存禅僧词作中涉及相关内容者，极可能就是实用文本，如今释澹归（1614—1680，俗名金堡）《多丽·海幢大殿落成》③似演唱于海幢大殿落成之时；释大权（1618—？）则有

---

① 鲁立智：《中国佛事文学研究——以汉至宋为中心》，中国社会科学出版社 2015 年版，第 214—215 页。
② 《卍续藏》第 65 册，河北省佛教协会，2006 年，第 17 页下栏。
③ 《全明词》第 5 册，中华书局 2004 年版，第 2333 页。

《一寸金·高隐建寿塔定基,示诸子》《一寸金·寿塔落成,示诸子》,① 尤其是寿塔定基词有"词赋消闲唱,频频举、不烦节拍。无疑去、底事分明,可与同欢适"诸句,似暗示了该词的实用性。

宋元以后,禅宗、密宗与净土宗的佛事词往往可以通用。如嘉靖三十年(1551)"浙江嘉兴府桐乡县僧会司下青镇宝阁禅寺禀佛报恩沙门慧日捐资"抄出的《佛母孔雀尊经科式》,② 辑有《挂金索》《寄生草》《清江引》《浪淘沙》《采茶声》《金字经》《四平声》等佛事词,其歌词的体式、结构与词律之间的关系,和前引《高峰龙泉院因师集贤语录》卷4《歌扬赞佛门》一样复杂,呈现的类型也基本相同。

禅宗词作,还有以行仪名目立题者,如释大汕(1633—1702)《天仙子·修忏》③ 讲到"修供养""回向""幡影""乐舞"等道场庄严之事以及讲经等程式,故笔者疑之在修忏法会上演唱。或者说,它就是为修忏佛事创作的实用文本。

(二)悟道词

佛事词与佛教的法事、仪式紧密结合,它们的特点是实用,常常可以演唱,但也有程式化的缺点。悟道词,则多抒写禅者的修道体验,它们若与相关行事相结合,亦可演唱,如前述行昱禅师晚参时配合"摇橹势"所唱的《鹧鸪天·渔父词》。

悟道词的题材内容,涉及禅师(圣者)日常生活的方方面面,举凡行住坐卧,居山乐道,研悟佛理,游方教化,无不纳入其中。但总体上,它们多是文学文本,表演性不太强。举例说来,三山灯来所编《吹万禅师语录》卷13,④ 共收录吹万广真(1582—1639)词作34首(包括组词),内容就较为丰富多样:有的直接阐释佛教名相,如以《金衣公子》词牌写六波罗蜜(布施、持戒、忍辱、精进、禅定、智慧);有的写结社修道,如《渔家傲·社中感怀》;有的写山居体验,如《渔家傲·岭头早坐》;有的写四威仪(《行香子》)。大约半数作品,与宗教生活关系密切。当然,影响最大的题材还是各类"渔父"(含《渔歌》《拨棹子》等)词。这点,时贤述之详矣,不赘。

---

① 张宏生主编:《全清词顺康卷补编》第1册,南京大学出版社2008年版,第400—401页。

② 载《卍续藏》第74册,河北省佛教协会,2006年,第539页上栏—542页中栏。

③ 《全清词·顺康卷》第11册,中华书局2002年版,第6459页。

④ 《嘉兴藏》第29册,台北:新文丰出版股份有限公司1987年版,第521页中栏—522页下栏。

悟道词中,有的性质与临终偈相似,最有名者当属《嘉泰普灯录》卷13所载南宋初临济宗黄龙派僧人法常禅师于淳熙七年(1180)十月二十一日圆寂时所作的《渔父词》[①],"而今忘却来时路,江山暮,天涯目送鸿飞去",真是其大彻大悟后的精神写照。

由于佛门法事众多,禅宗僧人也常参与,故词作中也有所反映。今释澹归是存词最多的禅僧之一,而且基本上都作于出家之后,其以佛事活动入词者,如《桂枝香·浴佛日》[②],既描摹了"飞龙双挂""把恶水、蓦头浇罢"的热闹浴佛场面,也抒发了自己"一时还我,众生未有佛知见者"的感慨;《思佳客·题盂兰盘册》则曰:

> 业力才牵法性随,如来有手不能垂。便将一钵和罗饭,打碎天重大铁围。抛线索,任钩锥,一朝七世共真归。本来各有耶娘面,不看耶娘欲看谁![③]

该词在概述《佛说盂兰盆经》主要内容的基础上,重在议论,一方面说明善恶业报的必然性,另一方面,则表达了自识本来面目的禅宗思想。但考虑到这一类作品并不在佛事活动中演唱,故归之于悟道词。妥否,可容再商量。

(三)像赞词

虽说唐代南禅曾大力倡导人性自由,反对神性和偶像崇拜,力争打破一切束缚,但佛教作为"像(象)教",其实在弘法传道过程中从未放弃图像,尤其两宋以后,宗教人物画极为流行,禅宗语录中像赞之作比比皆是,赞颂对象主要是诸佛菩萨和前代祖师或高僧大德。不过,最受欢迎者莫过于观音菩萨,[④]但当时使用的文体主要是四言体、五七言古体、五七言绝句和杂言体,词体之作,无论僧俗,都较为少见。目前所知,有两宋之际向子諲(1085—1152)绍兴四年(1134)"中秋与二三禅子,对月宝林山中,戏作长短句,俗呼《点绛唇》"之一的咏水月观音词,词曰:"冰雪肌肤,靓妆喜作梅花面。寄情高远,不与凡尘染。　玉立峰前,闲把经珠转。秋风便,雾收云卷,水月光中见。"[⑤] 向

---

① 《卍续藏》第79册,河北省佛教协会,2006年,第374页中栏。

② 《全明词》第5册,中华书局2004年版,第2312页。

③ 同上书,第2335页。

④ 如陈昭伶曾对两宋禅宗语录之相关偈赞做过系统梳理,参《宋代禅僧观音画赞研究》,新竹:玄奘大学中国文学系2015年博士学位论文。

⑤ 《全宋词》(简体增订本)第2册,中华书局1999年版,第1251页。

氏并谓："世传《水月观音词》,徐师川恶其鄙俗,戏作一首似之"。从其内容重在刻画水月观音形象看,似可归入像赞之类。而向氏该词,风格较为轻艳,也达到了戏作的要求。辛弃疾(1140—1207)所作《青玉案》,从序文"有自九江以石中作观音像持送者,因以词赋之"可知,它确实是像赞词,词曰:"琵琶亭畔多芳草,时对香炉峰一笑。偶然重傍玉溪东,不是白头谁觉老。 补陀大士神通妙,影入石头光了了。背来持献可无言,长似慈悲颜色好。"① 辛词相较向词,更重视刻画观音的神性,并且突出了塑像材料石头的性质,可谓文题相称。禅宗方面,最早的词作可能是宋初寿涯禅师的《渔家傲·咏鱼篮观音》,其词曰:"深愿弘慈无缝罅,乘时走入众生界。窈窕丰姿都没赛,提鱼卖,堪笑马郎来纳败。 清冷露湿金襕坏,茜裙不把珠缨盖。特地掀来呈捏怪,牵人爱,还尽许多菩萨债。"② 它的特点是口语化强,主旨虽在赞颂鱼篮观音的救世之用,人物形象却刻画得像似娼妓,③ 这点对后世词人影响较大。

因受唐译《首楞严经》卷6所说观音"身成三十二应,入诸国土"④ 的影响,两宋以后,有关观音"三十二应身(化现)"之题材的像、赞较为常见,甚至出现了一身一赞的大型组词,其中最有名的就是前文所述本升为文彭所绘观音像而填的《三十二应》。⑤

此《三十二应》,每赞一调,几无重复。但需要特别说明的是,各首词句式基本合律(排除个别文字的夺衍),而平仄要求相对宽泛,如《第一童子殷勤礼竹院》(浣溪沙)上片曰"敲金戛玉翠琅玕,妙演伽陀舌不干。有求心欲见还难",其平仄关系就与《浣溪沙》常见的"仄仄平平仄仄平,平平仄仄仄平平。平平仄仄仄平平"之要求相比,出入较大。写法上,本升多能抓住观音造型特点,营造观音教化场景,最后再生发议论。如《第二十五提筐卖竹篱》(千秋岁)曰:

> 华街紫陌,一路莺声窄。卖竹篱,与木杓。堪怜无着价,蠢愚皆各惜。
> 愁日暮,家家阖户空萧索。 虾蚬皆捞摸,贵贱都无责。走市巷,真落魄。

---

① (宋)辛弃疾撰,邓广铭笺注:《稼轩词编年笺注》,上海古籍出版社2007年版,第553页。

② 《全宋词》(简体增本)第1册,中华书局1999年版,第275页。

③ 相关分析,参周秋良:《娼妓·渔妇·观音菩萨——试论鱼篮观音形象的形成与衍变》,《江西社会科学》2005年第10期。

④ 《大正藏》第19册,台北:新文丰出版股份有限公司1983年版,第128页中栏。

⑤ 《嘉兴藏》第26册,台北:新文丰出版股份有限公司1987年版,第736页栏—738页上栏。

我欲问菩萨:"谁家无几只? 又何必,南北聚头多狼藉!"

像赞围绕"提筐卖竹篱"五字展开叙述,上片重刻画,把观音描绘成走街串巷、不辞劳苦的女性,她虽平等待人,销售成绩却不太理想,所以,下片结尾作者用一个反问句,意在提醒读者要反思。此外,用典虽以内典为主,却能兼顾外典,如《第二十六手持贝叶坐盘陀》(鱼游春水)一词,禅语有"离波觅水""普门""指月""拭疮疣纸"等,儒家方面则有"十七史""葛藟"(出《诗经·王风·葛藟》)等。特别是上下片结句"如是我闻,波波皆水""作如是观,其直如矢",基本上套用现成语句:"如是我闻"是汉译佛典开头最常见的套语,"作如是观"则是佛典常用的总结性套语;"波波皆水",化用了北宋释文备(926—985)的偈语"一水百千波,波波皆佛印"①;"其直如矢",则出自《诗经·小雅·大东》之"周道如砥,其直如矢"。

除本升外,写作像赞词较突出的还有澹归今释,其作品主要有《如梦令·题观音像》《点绛唇·题白衣大士像》《南歌子·题弥勒世尊像》《梅花引·题观世音菩萨像》《梅花引·题赐子观音》等。其中,观音仍然是被赞颂的主角。不过,笔者认为,更值得一提的是《南歌子·题弥勒世尊像》,词曰:

欲入龙华会,须知兜率天。良方专为病人传。莫去求名输与、释迦先。
说法才登座,分身又入廛。上生一念下生圆。消得人间八万四千年。②

该词基本上是概述弥勒三部经(指后秦鸠摩罗什译《弥勒大成佛经》《弥勒下生成佛经》、刘宋沮渠京声译《观弥勒菩萨上生兜率天经》)之主要内容而成,重点歌颂了弥勒佛的入世精神和救苦风范。

释迦牟尼虽贵为佛教的创立者,但禅宗方面的像赞词相当罕见,较有特色的是释大权《忆王孙·出山像赞》:

王宫看破坐蒲团。雪里襟怀天地宽。眼独神清冷处观。事无瞒。对此方知毛骨寒。③

① (宋)智圆:《钱唐慈光院备法师行状》,载《闲居编》卷21,见《卍续藏》第56册,河北省佛教协会,2006年,第898页上栏。

② 《全明词》第5册,中华书局2004年版,第2270—2271页。

③ 《全清词顺康卷补编》第1册,南京大学出版社2008年版,第399页。

是词颂、议结合，一方面赞颂了悉达多太子抛弃荣华富贵而出家的勇气以及雪山苦行后的阔大的精神境界，另一方面又抓住雪山之"冷"展开议论，从而警示修道者为人处世需要极度的冷静。

像赞词，有时也可用自题方式，即禅僧对自己的画像填写赞词，如清初释本昼《一剪梅·自题小影》，释随时《满江红·自题小影》① 等，它们不时带点自嘲，颇具幽默感，也体现了圣凡同体的无差别境界。

此外，有的词作，题目虽未标明"像赞"，但读者可从文本内容上作出判别。如元代临济宗正印禅师的《渔家傲·拜远法师》②，歌颂的是东晋慧远大师，所用典故有"虎溪三笑""聪明泉"等，它们都与慧远传说相契合。"睹师面目犹生气"之"睹"字，表明作者是在观看慧远图像后才填写该词的。而"拜"字，说明其创作背是观礼圣（僧）像。

（四）赞僧词

佛教有三宝，曰佛、法、僧，皆可以成为禅宗词作的赞颂对象。然从存世作品分析，赞僧之词最为常见，而且其性质与像赞词相近，都是以歌颂为主。不过，前者涉及范围更广，既可以对历代禅师（或神僧）进行评介，又可以自赞修道因缘；后者范围相对集中，多写特定图像所绘的中心人物或关键事件（情节）。前者有时与像赞词一样，也会用组词，尤其是《渔家傲》一类的词牌。如南宋慧远（1003—1176）《渔父词四首》③，前三首赞颂的前代禅师是德山和尚（宣鉴）、临济和尚（义玄）、佛果禅师（克勤），第四首《瞎堂自述》，则属于自赞。北宋惠洪《述古德遗事作渔父词八首》④ 赞颂对象分别是万回（神僧）、丹霞（天然）、宝公（神僧宝志）、香严（智闲）、药山（惟俨）、亮公（西山亮）、灵云（志勤）、船子（德诚禅师）；明末行觉禅师（1610—1662）《述古德遗事渔父词十首》⑤，则分别赞颂了布袋和尚、马祖（道一）、百丈（怀海）、沩山（灵祐）、南泉（普

---

① 　南京大学中国语言文学系《全清词》编纂研究室编：《全清词·顺康卷》，中华书局 2002 年版，第 2 册第 788 页、第 8 册第 4405 页。

② 　《月江正印禅师语录》卷下，《卍续藏》第 71 册，河北省佛教协会，2006 年，第 155 页上栏。

③ 　《瞎堂慧远禅师广录》卷 4，《卍续藏》第 69 册，第 594 页下栏—595 页上栏。

④ 　（宋）释惠洪著，［日］释廓门贯彻注，张伯伟等点校：《注石门文字禅》，中华书局 2012 年版，第 1120—1122 页。

⑤ 　《自闲觉禅师语录》卷 8，《禅宗全书》第 63 册，台北：文殊出版社 1988 年版，第 653 页下栏—654 页下栏。

愿）、平田（普岸）、雪峰（义存）、东山（法演）、杨岐（方会）和天童（正觉）等 10 位禅师。此类词作，若所赞是禅僧，则多介绍其生活经历中的重大事件或与之有关的机锋、公案，如南宋比丘尼慧照（无际道人，？—1176）尝以《渔家傲》赞其师祖圆悟克勤禅师（1063—1135，彭州崇宁即今四川崇宁人）曰：

> 七坐道场三奉诏，空花水月何时了。小玉声中曾悟道，真堪笑，从来谩得儿孙好。　辩涌海潮声浩浩，明如皓月当空照。飞锡西归云杳渺，巴猿啸，大家唱起还乡调。①

"七坐道场"，指其平生驻锡过七个寺院（道林寺、碧岩寺、太平兴国寺、天宁万寿寺、金山龙游寺、云居真如禅院等）；"三奉诏"，指其得到过三次御赐之号（北宋政和年间，徽宗赐号佛果禅师，南宋建炎元年十月，高宗赐号圆悟禅师；绍兴五年八月示寂后获谥号真觉禅师）；"飞锡西归""还乡调"，则指其于成都昭觉寺入灭之事。而克勤悟道因缘颇为奇特，他是在法演处听别人诵小艳诗"频呼小玉元无事，只要檀郎认得声"后而得到老师印可的，其"悟道偈"本身也含有浓浓的艳情味，说什么"金鸭香囊锦绣帏，笙歌丛里醉扶归。少年一段风流事，只许佳人独自知"。②故"小玉声""檀郎"云云，成了后世著名的话头公案。慧照作为克勤的再传弟子（慧照嗣宗杲，宗杲嗣克勤），又是女性，赞颂师祖时，心情或有些许异样，故说"真堪笑"。行觉《渔父词·平田》则云：

> 台山路口少人行，两袖清风动地生。年深自是懒逢迎。没弟兄，室中嫂嫂接机横。　岭头问路俊俏英，五岁牛儿尚未耕。电光石火振家声。迷人精，千古万古播高名。

词中所述"懒逢迎"之事，出自《五灯会元》卷 4 "天台平田普岸禅师"条③所载临济问路故事。后者说：平田于百丈门下得法后，居天台山，创立平田禅院。临济义玄来访："到路口，先逢一嫂在田使牛。济问嫂：'平田路，向甚么处去？'嫂打牛一棒曰：'这畜生到处走，到此路也不识。'济又曰：'我问你，平田路向甚么处去？'嫂曰：'这畜生，五岁尚使不得。'济心语曰：'欲观前人，先观

---

① 《云卧纪谭》卷下，《卍续藏》第 86 册，河北省佛教协会，2006 年，第 673 页上栏。
② 《嘉泰普灯录》卷 11，《卍续藏》第 79 册，第 359 页上—中栏。
③ 《卍续藏》第 80 册，第 90 页上栏。

所使.'……及见师,师问:'你还曾见我嫂也未?'济曰:'已收下了也.'"显而易见,行觉之作,紧紧围绕义玄问路平田大嫂这一关键事件而展开联想,进而刻画人物活动的场景,并揭示其所蕴含的禅机。五岁未耕之牛,即喻未识本心之前的修道者。

赞僧词的赞叹对象,可以是与作者同时代的僧人,并且多为刚刚圆寂者,如元灵岩寺释觉达《鹧鸪天》所赞之举公、释智久《鹧鸪天》两首所赞之亨公、泉公,① 都如此。

(五)劝化词

禅宗劝化词的劝化对象,主要是世俗大众。在内容上,或是劝人行善以免轮回之苦,如北宋云门宗佛印了元(1032—1098)的《满庭芳》,就以有情众生"佛性皆同"为据教人止杀:"奉劝世人省悟,休恣意、激恼阎翁。轮回转,本来面目,改换片时中。"② 或是突显现实世界之苦及人生之苦,由此引导世俗大众虔诚归依。这类词作,也有用组词形式的,或许是受南宋白云法师(净圆)用同一词牌(《望江南》)同时作《娑婆苦》《西方好》(各12首)③ 之对比模式的影响,元代梵琦禅师则用《渔家傲》填写了《娑婆苦》《西方乐》(各16首)④。两者都以西方净土信仰为旨归,在苦乐比较下诱导世人念佛修禅。尤其是梵琦的两组词作,各以"听说娑婆无量苦""听说西方无量乐"开头,形成重句联章,而"听说"本身,又有强烈的表演性和现场感。所以,它们也适用于共修法会,此际则可归为"佛事词"。

清初比丘尼灵瑞禅师(玄符)则有一组劝化词《行路难》(4首),词牌是《临江仙》,主题在写人生无常,分别咏叹"生苦""老苦""病苦""死苦"。⑤ 或许是出于女性的敏感,第一首下片结句说"炎炎三界内,跳出是男儿",表达勇于出家的豪气。当然,宗旨仍在劝人"急须学佛悟真宗",切忌"日暮怨途

① 唐圭璋编:《全金元词》下册,中华书局1979年版,第1160页。
② 《全宋词》(简体增订本)第1册,中华书局1999年版,第477页。
③ (南宋)宗晓编:《乐邦文类》卷5,《大正藏》第47册,台北:新文丰出版股份有限公司1983年版,第228页上—中栏。
④ 《西斋净土诗》,载《净土十要》卷8,《卍续藏》第61册,河北省佛教协会,2006年,第739页上栏—741页中栏。
⑤ 《灵瑞禅师岩华集》卷5,《嘉兴藏》第35册,台北:新文丰出版股份有限公司1987年版,第759页下栏。

穷"（第二首下片）。

以上所说五种神圣题材，仅为大致的分类。况且，随着场景的转换，它们有时也可以互通互用。

二、世俗类

世俗类禅宗词作，顾名思义，它们就是在表现世俗的生活题材。不过，有两种情况值得注意：一是不少词作，单看作品题目或文本内容，还真嗅不出丝毫禅味，更遑论勃勃禅机了。譬如明初释雪溪描写长沙繁华景象的《望海潮》①，全仿柳永写杭州之名作《望海潮》而来，竟然无一字涉及佛禅；清初释宏伦《点绛唇·春阴》②，纯是伤春之作，亦无明显的禅韵；释本昼《沁园春·休园老七旬初度》③是寿词，它把休园老人比作神仙，重在颂扬对方的诗酒风流和惬意生活。更有甚者，少数禅师，其存世词作全写世俗题材，如释宗渭（？—1704）、尼舒霞，各有 3 首词传世，④ 皆无关禅修之事。二是不少题材，如人际交游、山水、咏物、咏史怀古、题画等，是僧俗两家通用的，因此，如何判别相关具体作品主题的属性，便成了研究者的当务之急，在此，笔者拟用权宜之计，在注重相关作品世俗性的同时，也尽量指明通俗题材中少数作品所潜藏的神圣意味。

禅宗世俗词作，其常见类型主要有：

（一）山水词

山水词，无论僧俗，都是较常见的题材。但宗门山水词的数量，远少于世俗词人，而两者的创作方式基本相同：一是单篇型，二是组合型，特别是写那些有多种景点并称之胜地时，往往会形成固定的描摹对象，我们不妨称之为"数字型"⑤。不过，两类词作所写的自然风光，往往都在名僧聚集之所，如苏州、杭

---

①　参《全明词补编》上册，中华书局 2004 年版，第 30 页。

②　《全清词·顺康卷》第 13 册，中华书局 2002 年版，第 7356 页。

③　《全清词·顺康卷》第 2 册，第 788 页。

④　释宗渭的 3 首是：《醉落魄·十六秋分，晚晴玩月，闻笛》《忆秦娥·秋思》《青玉案·秋夜》，见《全清词顺康卷补编》第 2 册，南京大学出版社 2008 年版，第 1169—1170 页。尼舒霞则为：《菩萨蛮·留别》《浣溪沙·秋月》《临江仙·舟中作》，见《全清词·顺康卷》第 4 册，第 2447 页。

⑤　按，"数字型"山水诗，远多于词，在禅宗语录中，相关作品不胜枚举，常见题目有"××四景""××八景""××十景""××十二景"等。

州、南京、庐山等地,尤其杭州西湖,那是禅宗山水诗词的圣地,处处湖光山色,景色迷人,并称景点甚多,历史上有过"西湖三十景""西湖十景"① 等名目。僧人行脚,留连于此者为数不少,作品也相对集中,譬如北宋仲殊用《诉衷情》填写了《宝月山作》《春词》《寒食》② 等多首描写杭州及西湖景物的词作。

禅僧"数字型"词作,较典型的有宋元之际释绍昙(?—1298)《卜算子·和曹泰寓省元潇湘八景》③、清初释元尹(1666—?)的《浪淘沙·十景题》④。前者篇目为:《潇湘夜雨》《洞庭秋月》《烟寺晚钟》《渔村落照》《平沙落雁》《远浦帆归》《山市晴岚》《江天莫(暮)雪》,⑤ 除了第三首聚焦于禅修主题以外,其他7首禅意皆不太明显,与普通山水词差别不大;后者则为:《东林晚钟》《金沙暮雁》《溪桥映月》《山塔插云》《雪洞喷凉》《鉴池函照》《晚阁观霞》《春台眺野》《松径筛阴》《薜亭锁翠》。除了第一、第四、第十等3首直接点明庐山的佛寺风光外,其他各首禅意并不突出。而且,有的重点写观赏山水的过程及感受,而非景物本身,如第八首《春台眺野》曰:"微雨喜初开。花柳低回。偶扶竹杖一登台。无限晴光牵老兴,更上崔嵬。 四野送青来。好鸟相催。徘徊瞻眺把诗裁。不觉一朝春又过,抵晚方回。"其写法颇似谢客,游览山水的过程一清二楚。

当然,禅僧山水词中也有不着禅语而深具禅意者,如明末清初释正嵒(1597—1670)的《点绛唇·湖上》就如此,词曰:

来往烟波,此生自号西湖长。轻风小桨,荡出芦花巷。 得意高歌,

① 如《希叟绍昙禅师广录》卷6《志侍者送行轴》之题注说"用天童西湖三十景为题"(《卍续藏》第70册,河北省佛教协会,2006年,第460页中栏),《竺峰敏禅师语录》卷6则有《西湖十景》(《嘉兴藏》台北:新文丰出版股份有限公司1987年版,第40册,第262页上一中栏)。

② 参《全宋词》(简体增订本)第1册,中华书局1999年版,第707—708页。又,仲殊所到之处,多作有山水词,如《诉衷情·春情》《诉衷情·建康》写的是南京,《柳梢青·吴中》则写苏州风光。

③ 《希叟绍昙禅师广录》卷7,《卍续藏》第70册,河北省佛教协会,2006年,第474页下栏—475页上栏。

④ 《全清词顺康卷补编》第3册,南京大学出版社2008年版,第1734—1736页。

⑤ 按,"潇湘八景"最早是北宋中后期画家宋迪所绘的山水图,其内容包括平沙落雁、远浦归帆、山市晴岚、江天暮雪、洞庭秋月、潇湘夜雨、烟寺晚钟、渔村落照,最早咏题该图者是惠洪元符二年(1099)所作《宋迪作八境绝妙》(8首,七古),后来,惠洪又有《潇湘八景》(七绝),但两者对八景的排序不一,惠洪这两组诗,在中日禅林都具有典范意义(参周裕锴《典范与传统:惠洪与中日禅林的"潇湘八景"书写》,《四川大学学报·哲学社会科学版》2014年第1期)。而绍昙《卜算子》"八景"之排序,与惠洪组诗并不一样,可见宋迪原来的排序,后人题咏时可以有所变动。

夜静声偏朗。无人赏,自家拍掌,唱得千山响。①

本词和前述释元尹的写法基本相同,都刻画了山水中的自我形象,但正喦的心境要更生动、更活泼,洋溢着自悟后的完满与自信。

(二)咏物词

虽然"咏物词的发生与词的兴起和盛行基本上同步的"②,但在晚唐五代,由禅僧所作者屈指可数,仅释德诚有 3 首、齐己有 4 首。③ 两宋以后,此类作品渐多,如仲殊就写过 14 首植物花卉类之咏物词(包括梅花、杨柳、荷花、芭蕉、菊花等,多无关禅意。其中,《虞美人》④ 以拟人手法写杨柳,艺术性较好)。明清以来,禅僧咏物范围渐广,除了最常见的植物花卉类以外,他们关注的对象主要有:(1)动物,如释大权《燕归梁·题燕》,⑤ 释大汕《菩萨蛮·鹭鸶》《醉金鞭·金鱼》等。⑥(2)自然景象,比如风、雨、霜、雪之类。像明末曹洞宗的释明雪(1584—1641),其《渔家傲·咏雪》⑦,境界几可与柳宗元名作《江雪》媲美。此外,有人特别喜欢佛化植物,⑧ 其代表作当数清初比丘尼释超琛(1625—1679)的《满江红·咏佛手柑》。⑨ 因"佛手柑"本身含有佛教名词"佛手",所以,其词境的生发,多用禅语,像"维摩座""空是色""区拨摩""庵罗果"之类;有人则用组词形式,同时歌咏不同类别的事物,比如释元尹的《秦楼月·十趣目》,⑩ 各题所咏对象是春、夏、冬、秋、山、水、花、鸟、人、境,而且,每首皆以"东林 + 歌咏对象"所构成的三字句(如"东林春")开头,从而形成定格联章词,它们较全面地反映了作者在东林寺日常生活的方

---

① 《全清词·顺康卷》第 1 册,中华书局 2002 年版,第 62 页。又,该词有多种版本,文字稍有不同,参侯丹:《〈点绛唇·湖歌〉版本及其作者考略》,《山东理工大学学报》(社会科学版)2015 年第 3 期。

② 路成文:《宋代咏物词史论》,商务印书馆 2005 年版,第 37 页。

③ 统计数字据《宋代咏物词史论》第 37、39 页,但齐己 4 首《杨柳枝》,是否属于词作,尚有争议。

④ 《全宋词》(简体增订本)第 1 册,中华书局 1999 年版,第 707 页。

⑤ 《全清词顺康卷补编》第 1 册,南京大学出版社 2008 年版,第 376 页。

⑥ 《全清词·顺康卷》第 11 册,中华书局 2002 年版,第 6454—6455、6461 页。

⑦ 《入就瑞白禅师语录》卷 12,《嘉兴藏》第 26 册,台北:新文丰出版股份有限公司 1987 年版,第 797 页下栏—798 页上栏。

⑧ "佛化植物"的含义,参李小荣、陈致远:《佛化植物及其咏物诗词的文本解读》,《福建师范大学学报》(哲学社会科学版)2017 年第 2 期。

⑨ 《全清词·顺康卷》第 8 册,第 4714 页。

⑩ 《全清词顺康卷补编》第 3 册,第 1736—1738 页。

方面面;有的禅僧,因其特殊的生活经历,身到异域时往往会对异地风物兴趣甚浓,故词作对此也有所表现。比如,澹归今释本为浙江仁和人,其到岭南后就以《点绛唇》填写了有关"蕉子""波罗蜜""椰子""竹枝笋""桃榔""三廉""鹰爪兰""火秧"①等岭南异物之词。其中,芭蕉是典型的佛化植物,故作者用典十分贴切,下片结尾云"投刀视,华冠不似,似有千人指",表面上写用刀剥出蕉子之举,然从作者自注"殃崛摩罗作千人拇指,花冠不足,欲杀母取指。如来现神足化之,乃投刀出家",则知其典出刘宋求那跋陀罗所译《央掘魔罗经》。是经所叙杀母故事,禅宗语录多用于上堂说法,澹归今释自己亦如此。②

咏物词与山水词一样,也有不着禅语而具禅意者,比如澹归今释《卜算子·落花》(其二)曰:

> 前日雨中开,今日风中落。落落开开不是花,风雨何曾作? 人自爱花开,人自憎花落。落落开开只是花,憎爱何曾作。③

该词写落花,语言浅近却深蕴禅机,寄寓了缘起性空之理,并体现了禅宗不落二边的中道观。

(三)时事词

表面看来,禅僧出家修行,重在解决个人问题,对时事政治、社会热点事件不太关注。但从相关词作看来,其实不然。有的是出于大乘佛教的悲悯济世与救苦情怀,面对受难群众不可能无动于衷,如北宋后期临济宗净端禅师(1031—1104)所作《苏幕遮》,词曰:

> 遇荒年,每常见。就中今年,洪水皆淹遍。父母分离无可恋。幸望豪民,救取庄家汉。 最堪伤,何忍见。古寺禅林,翻作悲田院? 日夜烧香频口口。祷告黄天,救护开方便。④

---

① 《全明词》第5册,中华书局2004年版,第2264—2265页。
② 《丹霞澹归禅师语录》卷3,《嘉兴藏》第38册,台北:新文丰出版股份有限公司1987年版,第307页上栏。
③ 《全明词》第5册,第2267页。
④ 《吴山净端禅师语录》卷下,《卍续藏》第73册,河北省佛教协会,2006年,第77页下栏。又,"烧香频"后,按《苏幕遮》词律,当脱去二字,故暂作缺字处理。

本来,作为禅师,其祷告对象应是佛祖与菩萨,词中却是道教尊神"黄天",原因何在? 可能是禅家随顺世情的体现。普通民众被救助到寺院后有祷告黄天之举,对此,净端虽然心有不甘,却还是表达了深深的同情和理解。尤其是在上片,禅师努力哀求当地豪强出来救济灾民,然而毫无成效,最后只好把自己住持的禅院奉献灾民以解燃眉之急。

有的则处于天崩地裂的时代变局中,是时势裹挟着禅僧卷入了社会政治的漩涡,他们不愿意或者是不可能置身事外,比如明末清初的遗民僧人群就如此。这类禅僧,主要包括两大类:"一类人原本是儒者遗民,入清后由于种种原因遁入佛门——可称之为'遗民而僧'。学界讨论较多的'遗民逃禅'当属此类。另一类人明亡以前就已经出家为僧,入清后由于表现出鲜明的政治倾向和追思故明王朝的情怀,被当时人和后世人当作遗民看待——可称之为'僧而遗民'。"①前者人数众多,著名的有金堡、方以智、屈大均、董说、归庄等;后者人数虽少,在当时也颇有影响,如破山海明(1597—1666)、觉浪道盛(1592—1659)、弘储继起(1605—1672)、天然函昰(1608—1685)、函可祖心(1612—1660)、竺菴大成(1610—1666)等。而且,遗民僧是清初佛教的主流,其词作多有反映国事维艰和生民涂炭者,一定意义上,它们也具有"诗史"之意义。譬如今释澹归《满江红·大风泊黄巢矶下》《满江红·早禾无收》《满江红·晚禾无收》,释大汕《后庭花·江行即事》,释大权《望江怨·洪水破陂有感》,释超直(?—1675)《唐多令》,释行悦(1620—1685)《高山流水》等。

(四)羁旅行役词

说到羁旅行役词,我们首先想到的是著名词人如柳永,②由于其仕途蹭蹬,但为了功名,他又一生不停奔波,不断干谒,故其羁旅行役词中多充满苦闷与失望、哀怨与辛酸。禅僧云游四方,风餐露宿,在所难免,特别是晚明四大高僧之一的憨山德清(1546—1623),因其特殊的人生经历,在《梦游诗集自序》中反思道:

---

① 李瑄:《清初"僧而遗民"的基本类型》,《文艺评论》2013年第4期。
② 南宋陈振孙《直斋书录解题》卷21"歌词类"即评价柳永"尤工于羁旅行役"(徐小蛮、顾美华校点本,上海古籍出版社1987年版,第616页)。

予以躭枯禅，蚤谢笔砚，一钵云游。及守寂空山，尽唾旧习，胸中不留一字。自五台之东海，二十年中，时或习气猛发，而稿亦随弃，年五十矣。偶因弘法罹难，诏下狱，滨九死，既而蒙恩放岭海，予以是为梦堕险道也。故其说始存，因见古诗之佳者，多出于征戍羁旅，以其情真而境实也。①

可见，德清之所以赞同写作羁旅行役一类的诗作，就因为其自古以来多能抒发真情实感。而禅僧同类题材之词，也多佳构，如释行悦《渡江云·夜泊》②，尼舒霞《临江仙·舟中作》，释大汕《忆江南·春帆》，释宏伦《明月斜·月泊》③等，它们大多抒写漂泊之思，语浅情深，似有违于禅宗"放下一切身"④的理念。

（五）咏史怀古词

历代禅师的咏史、怀古诗，较为常见，如僧世冲有《释氏咏史诗》3卷（已佚），雪窦重显（980—1052）有《春日怀古》（四首）⑤、为霖道霈禅师（1615—1702）有《宗门怀古》（十首）⑥等。纵观其内容，或颂扬前代大师宗风，或感念宗门兴衰，或感慨寺院兴废。总之，大多与佛教的历史人物、历史事件关系密切。而禅宗的同类词作，与诗相比，一方面数量较少，另一方面，主题也可以游离释门之外。换言之，它们往往与教外词作没有明显的区别：如清初释雪滩的《水龙吟·招鹤》⑦，所咏竟然为丁令威之仙事；释大汕《双声子·燕台怀古》《阮郎归·过芜城》《念奴娇·崖门吊古》⑧等，纯粹咏叹政治兴亡与朝代更迭史，它们饱含强烈的遗民故国之思。当然，个别作品因题目规定了所写范围，作者便会名副其实，涉及相关历史人物或历史事件，如元释善住《朝中措·虎邱怀古》⑨所说"讲石雨台侵遍，九原谁起生公"，即在概述"生公说

---

① 《卍续藏》第73册，河北省佛教协会，2006年，第786页上—中栏。
② 《全清词顺康卷补编》第1册，南京大学出版社2008年版，第543页。
③ 《全清词·顺康卷》，中华书局2002年版，第4册第2448页、第11册第6449页、第13册第7357页。
④ 《宏智禅师广录》卷5，《大正藏》第48册，台北：新文丰出版股份有限公司1983年版，第57页下栏。
⑤ 《明觉禅师语录》卷5，《大正藏》第47册，第701页下栏。
⑥ 《为霖道霈禅师还山录》卷3，《卍续藏》第72册，第660页中—下栏。
⑦ 《全清词·顺康卷》第6册，第3415页。
⑧ 《全清词·顺康卷》第11册，第6450、6455、6457页。
⑨ 《全金元词》下册，中华书局1979年版，第1158—1159页。

法,顽石点头"之事。

（六）僧俗交游词

这类题材,内容广泛,涉及僧俗交往的许多方面,但这里只择要介绍禅僧在社交生活中为教外人士所填写的词作,并且,其活动主题多与佛教无关或关系不太密切者。送别者,如元即休契了禅师《少年游·次韵送萨经历》①,作者用在家人的口吻,对朋友的关切之情溢于言表;受请者如前述吹万广真《金衣公子·初至忠南受侍御田公请》②,禅师对田侍御不吝溢美之词,好像进士对座主般的感恩戴德,似媚俗太过;祝寿者如释大权《梅花引·寿王竹庵明府》③,多用道教典故,很难想象这是宗门人所作。释济乘有《千秋岁·和王丹麓五十自寿韵》、释宏修则有《千秋岁·寿王丹麓五十生辰次原韵》④,考王丹麓（王晫,1636—?）康熙二十四年（1685）五十岁生日之时举办过一场寿词唱和,其《千秋岁·初度感怀》小序即说:"乙丑三月十日为仆五十生辰,学易未能,知非自愧,系年华之不再,徒老大之堪悲。偶述小词,聊复寄慨,览者或惜其志依韵赐以和言,则仆一日犹千秋也。"⑤除了两位禅僧外,当时次韵和王氏词者,还有梁清标、毛奇龄、王九徵、张远、秦宝寅等人。此外,澹归今释写给教外人士的寿词也不少,我们就不赘述了。

（七）节日词

在传统民俗中,节庆文化相当盛行,名目繁多:有的受佛教文化影响而成,如浴佛节、腊八和盂兰盆等,于此暂且不论。有的则是中土固有者,像元日、人日、元宵、上巳、清明、端午、七夕、中秋、重阳、八节（立春、春分、立夏、夏至、立秋、秋分、立冬、冬至）等。唐宋以降,禅苑清规⑥制定后,禅师在传统节日早

---

① 《即休契了禅师拾遗集》,《卍续藏》第 71 册,河北省佛教协会,2006 年,第 99 页下栏。

② 《吹万禅师语录》卷 13,《嘉兴藏》第 29 册,台北:新文丰出版股份有限公司 1987 年版,第 521 页中栏。

③ 《全清词顺康卷补编》第 1 册,南京大学出版社 2008 年版,第 367 页。又,从题材言,释大权词作多写僧俗交游,涉及社会多个阶层的人物。

④ 《全清词·顺康卷》,中华书局 2002 年版,第 5 册第 2698 页、第 8 册第 4602—4603 页。

⑤ 《全清词·顺康卷》第 11 册,第 6699 页。

⑥ 皮朝纲把宗门创清规、建仪轨的意义定位于"禅宗音乐生活制度化"。参《以音声为佛事——禅门音乐审美化生存方式》,《西南民族大学学报》（人文社会科学版）2017 年第 3 期。

参、晚参、上堂说法,则成为惯例,相关的语录层出不穷。有趣的是,禅僧对此也有充分的反映,但不少作品免谈佛禅。比如,仲殊有失调名之岁时节日(元日、七夕、重九)词多首,①虽不存全篇,然从"椒觞献寿瑶觞满。彩幡儿、轻轻剪""玉线金针,千般声笑,月下人家""戏马风流,佩茱萸时节"等残句推断,作者营造的是热烈欢快的节日氛围;澹归今释有《声声慢·七夕》《八声甘州·九日》《水龙吟·午日》②等词,主题亦与佛教无关,主要写因时感怀,重点在抒写年华不再、报国无门的悲凉;释慧海《虞美人·九日》③,纯粹写独自登高引发的怀远之思。

(八)题画词

此处所说题画词,主要是指禅僧为俗家画作、画像所填之词,其主题大多不直接指向佛禅或重点不在说禅。如仲殊《惜双双·墨梅》,是以梅怀人;④即休契了禅师的《桃源忆故人·题渊明图》⑤,对陶渊明的饮酒与归隐大加赞赏;澹归今释的《渔家傲·题彭钟鹤真》⑥,意在颂扬松、鹤的高贵品行;释行悦的《诉衷情·题周证书大令像》⑦,特别歌颂了像主的"忠君爱国事",《武陵春·题看梅图》⑧,用拟人手法赞美了寒梅的傲骨和独立精神。当然,有的虽是为居士所题,但因绘画本身就涉及佛教,故词作内容自然就不可能离题,释行悦《江城子·为秋江居士题立地成佛图》⑨即如此。

(九)艳情词

虽然仲殊、惠洪、了元等人的艳情词常遭到教内外人士的诟病,但在明清两朝,宗门内的这类题材从未绝迹,较出名的作者是释原诂和释宏伦。前者的作品有《菩萨蛮·桂花下》《点绛唇·别》《眼儿媚·夜坐》《柳初新·本

---

① 参《全宋词》(简体增订本)第 1 册,中华书局 1999 年版,第 709 页。
② 《全明词》第 5 册,中华书局 2004 年版,第 2306、2307、2317 页。
③ 《全清词顺康卷补编》第 3 册,南京大学出版社 2008 年版,第 1486 页。
④ 《全宋词》(简体增订本)第 1 册,第 710 页。
⑤ 《即休契了禅师拾遗集》,《卍续藏》第 71 册,河北省佛教协会,2006 年,第 99 页下栏。
⑥ 《全明词》第 5 册,第 2289 页。
⑦ 《全清词顺康卷补编》第 1 册,第 554 页。
⑧ 《全清词·顺康卷》第 4 册,中华书局 2002 年版,第 2119 页。
⑨ 《全清词顺康卷补编》第 1 册,第 549—550 页。

意》等，①并且，其集名曰"红豆词"，可谓艳情味十足，时人陈维崧（1625—1682）《石湖仙·题放庵上人红豆词卷》②即对其集中佳句十分称赏，着眼点亦在"情"字。后者同类作品有《眼儿媚·归意》③《黄金缕·题迦陵先生填词图，十景题〈黄金缕〉一曲》④等。不过，评价较低，尤其是丁绍仪《听秋声馆词话》卷17对《眼儿媚》一词，毫不客气地说"似非禅门本色语"。⑤

（十）边塞词

明末清初，部分僧人有游边经历，故创作了一些出色的边塞词，如释大汕《朝中措·秋边》云"衰草连云朔漠，抱鞍老将宵眠"⑥，颇有范仲淹《渔家傲·秋思》（塞下秋来风景异）的英雄悲凉之气。《影烛摇红·边尘》又云"勒燕然、曾夸汉武。不如此日，沙漠尘消，不劳都护"⑦，纯然是战将气派，把不杀生的戒律早已抛到九霄云外；释今无（1633—1681）《满庭芳·出山海关》自誓说"学苏卿、啮雪驱羊""莫回首，秦淮萧鼓，特地又悲凉"⑧，则表达了强烈的故国情思，有浓烈的遗民情怀。二者都可归入当时所谓"新"边塞词之列，具有特殊的文化意蕴。⑨

以上所列世俗题材的禅宗词作，也是相对而言的。一方面，不少题材会交织在一起，如僧俗交游的场合，就可以在送别、赏画、共度节日或游山玩水之时；另一方面，有的禅僧可把世俗词作移用于神圣场所，如《高峰龙泉院因师集贤语录》卷13"下火"对"因醉渡桥溺死"者的唱词是"夜来酒醒归何处，杨柳岸、晓风残月"⑩，它显然化用了柳永名作《雨霖铃》，仅把原作"今宵酒醒何处"改成"夜来酒醒归何处"。

---

① 《全清词·顺康卷》第10册，中华书局2002年版，第5715—5716页。又，原诂今存词11首，几乎不写禅。

② 参《全清词·顺康卷》第7册，第4006页。陈氏所赞原诂词之佳句是"最关情处板桥西，杨柳岸、青帘飔"，出《玉连环·晚眺》。

③ 《全清词·顺康卷》第13册，第7356页。

④ 《全清词顺康卷补编》第2册，南京大学出版社2008年版，第1177页。

⑤ 《词话丛编》第3册，中华书局1986年版，第2796页。

⑥ 《全清词顺康卷补编》第2册，第1005页。

⑦ 《全清词·顺康卷》第11册，第6457页。

⑧ 《全清词·顺康卷》第10册，第5693页。

⑨ 参许博：《清代"新"边塞词及其文化内涵摭论》，《东南大学学报》（哲学社会科学版）2016年第5期。

⑩ 《卍续藏》第65册，河北省佛教协会，2006年，第49页中栏。

第四节　音声佛事：理论与应用

众所周知,礼乐文化在中国有着极其悠久的传统,孔子早就说过:"移风易俗,莫善于乐;安上治民,莫善于礼。"① 佛教自印度东传华夏以来,同样十分重视利用音乐而行教化之事,虽然不同宗派对待音乐的态度不尽相同,但无论体用,都可以归结为"音声佛事"。禅宗于此也不例外,而且还有与时俱进的特点,既能熟练运用多种音乐文学文体如诗、词、曲、民歌小调等,又能融会其他宗派(尤以净、密为主)的音乐文学之作,具有广泛的包容性。

一、禅宗"音声佛事"之含义

音声佛事,一般指释家以音声为工具而从事的各项弘法活动。王小盾曾归纳原始佛教音乐主要有三种形态——供养伎乐(包括器乐合奏、歌叹舞咏演述故事)、说法音声、诵经音声,指出它们东传以后便演变成佛曲、呗赞和转读。② 此论大致不差。但禅宗所说范围更广,如北宋临济宗黄龙派高僧真净克文(1025—1102)在上堂时曾指出:

> 南阎浮提众生以音声为佛事,所谓"此方真教体,清净在音闻"。是以三乘十二分教、五千四十八卷,一一从音声演出;乃至诸代祖师、天下老

---

① 《孝经注疏》卷7,载(清)阮元校刻:《十三经注疏》,上海古籍出版社1997年版,第2556页中栏。

② 参王小盾:《原始佛教的音乐及其在中国的影响》,《中国社会科学》1999年第2期。

和尚种种禅道,莫不皆从音声演出;庭前栢树、北斗藏身、德山呵佛骂祖、临济喝,岂不从音声演出?①

克文所引"此方真教体,清净在音闻",出自《首楞严经》卷6。②原偈以观世音菩萨为例,强调了耳根、音声在佛法授受之中的重要性。如果结合宋僧睦庵善卿编《祖庭事苑》卷7"音声佛事"条所说"丝竹可以传心,目击以之存道"③,则知只要是能入于禅僧耳根者(包括器乐、声乐甚至是自然界的各种声音),都是佛事音声,其意义在于存道(包括传道、悟道两大层面)。此可视作狭义的音声佛事,其使用场合在宗门之内。

广义的音声佛事,从音声文本看,既包括宗门的所有言说及由禅僧音乐行为所产生的作品,也包括教外人士表现禅修禅悟的音乐作品。总之,其使用场合是内外兼顾。而前文所说的禅僧世俗题材的词作,即可归入广义类,其使用场合主要在宗门之外。但无论狭义、广义,禅宗的音乐审美都有世俗化的倾向。④而且,以音声为佛事是禅门音乐审美化的生存方式。⑤

当然,禅僧对词的运用,无论是源自教外之作,还是宗门自创,大多会强调词与禅的关联。如南宋藏叟善珍(即雪峰善珍,1194—1277)在咸淳四年(1268)九月为《云谷和尚语录》所题之跋云:"南堂说法,或诵贯休《山居诗》,或歌柳耆卿词,谓之不是禅,可乎?"⑥南堂,指两宋之际临济宗杨岐派高僧元静(1065—1135),善珍认为他说法中的唱柳永(教外)之词与诵贯休(教内)之诗的性质是一样的,两者都属于音声佛事,都是禅的呈现。当然,今天看来,二者的音乐性有强弱之分,诵诗显然弱于歌唱柳词。明末清初临济宗杨岐派僧人道忞禅师(1596—1674)《布水台集》卷6《鸣鼓录序》又说,只要"用之而妙","即小艳情词、绵州巴歌,皆足使学者销意中之积滞,出眼内

　　① 《古尊宿语录》卷43,《卍续藏》第68册,河北省佛教协会,2006年,第288页下栏—289页上栏。

　　② 《大正藏》第19册,台北:新文丰出版股份有限公司1983年版,第130页上栏—131页中栏。

　　③ 《卍续藏》第64册,第410页上栏。

　　④ 参皮朝纲:《村歌社舞释迦禅:禅宗音乐审美世俗化——禅宗音乐美学著述研究之一》,《四川师范大学学报》(社会科学版)2017年第5期。

　　⑤ 参皮朝纲:《以音声为佛事——禅门音乐审美化生存方式》,《西南民族大学学报》(人文社会科学版)2017年第3期。

　　⑥ 《卍续藏》第73册,第444页上栏。

之金尘"①,意思是说,禅僧创作、使用艳词俗曲,若能使人悟道,也是值得提倡的方便法门。

二、禅宗词作与音声佛事之用

词这一文体刚开始流行之时,它就和佛教、禅宗结下了不解之缘。其最直接的表现是,有的词牌就出自佛教,如《三归依》《苏幕遮》《行香子》《散天花》《金字经》等,尤其是禅、净两宗,无论教内行事还是对外弘法,都喜欢运用词这一新兴的音乐文体。五代宋初释赞宁(919—1001)在梳理印、中佛教音乐之流变时有过精彩的总结:"今之歌赞,附丽淫哇之曲,惉懘之音,加酿瑰辞,包藏密咒,敷为梵奏,此实新声也。"②其谓"今之歌赞"是"新声",则知此"新声",在当时就是指词(曲子词)。③宋末元初赵文(1239—1315)《听请道人念佛》一诗则说:

> 平生不喜佛,喜听念佛声,大都止六字,三诵有余音。唱偈类哀切,和声等低平。……听兹颎阘韵,生我寂灭情。坐令喧竞中,便欲无所争。乃知象教意,妙觉在声闻。俗人不解此,梵教杂歌行。敲铿鼓笛奏,真与郑卫并。能令妇女悦,未必佛者听。④

此处描写的是宋代净土宗的修道场景,情况与唐代法照倡导的净土五会念佛大致相似,都是声乐(歌赞)器乐相配合。其中,声乐部分,包括念佛号("南无阿弥陀佛"六字,三遍)、唱偈与共修大众的和声辞。"歌行""郑卫",是指净土歌词的文本性质与音乐性质,结合南宋宗晓(1151—1214)《乐邦文类》卷5所辑"词"中有可旻《渔家傲·赞净土》、法端《渔家傲·赞西方》、

---

① 《嘉兴藏》第26册,台北:新文丰出版股份有限公司1987年版,第334页上一中栏。

② (宋)赞宁撰,范祥雍点校:《宋高僧传》,中华书局1987年版,第647页。

③ 如宋人王灼在梳理隋唐乐曲《杨柳枝》之流变时,指出刘(禹锡)、白(居易)晚年唱和之《杨柳枝》是"后来始变新声,而所谓乐天作杨柳枝者,称其别创词也"(参王灼著,岳珍校正:《碧鸡漫志校正》,巴蜀书社2000年版,第132页)。南宋赵长卿《蝶恋花·登楼晚望,闻歌声清婉而作此》又谓"闲上西楼供远望。一曲新声,巧媚谁家唱"[《全宋词》(简体增订本)第3册,中华书局1999年版,第2339页],所说"新声",同样指"词"。

④ 北京大学古文献研究所编:《全宋诗》第68册,北京大学出版社1998年版,第43243页。

净圆《望江南·娑婆苦》《望江南·西方好》^①等词作的客观史实,可以推想,在赵文所听的"歌行"中定有当时最流行的曲子词(长短句)。这些净土词作,同样可以用于禅宗的佛事活动。作为具有高度文化修养且本来不信佛的赵文,竟然与普通妇女一样,一经接触相关唱词,就法喜充满,这充分说明了佛教"郑卫"之音的感化力之强。

禅宗词作音声佛事之用的表现方式,最常见的类型有三种:一是像前引南宋释晓莹《罗湖野录》卷上评价天宁则禅师《满庭芳·牧牛词》所说的"有乐于讴吟"之"以禅语为词"。该类作品主要以禅师的日常生活感受为中心,主旨多在悟道或说理。其例甚多,不赘举。二是"以禅事为词",它们常把丛林各项佛事活动作为书写对象,并且多与仪式相结合,但是,许多作品目前还不能确定其词调归属。这点,前文已有所说明,亦不重复。三是"以禅史(包括历史人物、历史事件,偶尔也写当代禅史)为词",如前文所说像赞词、赞僧词等,基本上属于这一类。当然,三者都有实用性,可以付诸演唱。

词作为中晚唐以降流行的"新声",至两宋,已蔚为大观,名家名作层出不穷。于此,禅僧也不甘人后,比如,仲殊、佛印、惠洪、净圆、绍昙等人都有词作传唱于世。明末清初词体复兴后,禅宗词人时有所见,像金堡、大汕、行悦等,作品数量还不少。但笔者认为,更值得注意的现象是,宗门内的"以词说/喻禅"和"以词证/悟禅",^②而且,其"词"可以是词调、词作(全篇)或词句。兹以禅宗语录为证,举例如次:

(一)以词说/喻禅

这主要指禅师用词作、词调或词句来向弟子解说禅理并助其得悟之情形。若词调或词句用作比喻,则可称作"以词喻禅"。

用完整之词者,如《普庵印肃禅师语录》卷上载乾道四、五年间(1168—1169),印肃与心斋、圆通二弟子讨论"达本情忘,知心体合"问题时:

　　二人顾笑云:未达。翌日,各呈颂。师因题云:"据宗眼一观,句到意未到,其体未合,其情未忘,不免强书数字,歌曰《解佩令》也。明眼人前

①　《大正藏》第47册,台北:新文丰出版股份有限公司1983年版,第226页中栏—228页中栏。
②　李剑亮在《宋词诠释学论稿》(人民文学出版社2009年版,第134—137页)论"宋词阐释中的佛教观照"时,也谈及"以词悟禅"问题,但笔者的侧重点与其有别。

觑着,三十拄杖不饶,为什么如此？不合雪上加霜。"

《解佩令》云：

> 先天先地,何名何样？阿曼陀、无物比况。触目菩提,自是人、不肯承
> 当。且轮回、滞名著相。　圆融法界,无思无想。庐陵米、不用商量。血
> 脉才通,便知道、击木无声。打虚空、尽成金响。

> 柏庭立雪,一场败阙。了无为、当下休歇。百匝千回,但只这、孤圆心
> 月。不揩磨、镇常皎洁。　无余无欠,无听无说,韶阳老、只得一橛。十圣
> 三贤,闻举着、魂消胆裂。唯普庵、迥然寂灭。①

印肃此事,其他禅籍也有记载,如明瞿汝稷《指月录》卷 30 谓印肃对二弟子
的回应是"乘便强占二词,调曰《解佩令》"②,清释自融撰、性磊补辑《南宋元
明禅林僧宝传》卷 4《慈化普庵肃禅师》则说"二人各以颂呈,肃不诺,乃引
声长吟,以示之"③。后者虽未载明词调,叙事却更有声色,"引声长吟"表明,
《解佩令》是印肃高声唱出来的。暂且不管哪种记载更接近历史原貌,单就两
首《解佩令》本身的写作特色来说,那就是满篇禅语,多用公案,著名公案就
有"庐陵米价"（彰显禅法不离实际生活之意）、"韶阳一橛"（韶阳老,"韶
阳老子"之略,指云门文偃。一橛,指"云门干屎橛",其意说明学人应当离
净、不净二见才能悟入佛道）、"二祖（惠可）立雪"等。

以词说禅时,也可以引用前代禅师的完整词作,而出现频率较高的是唐代船子
和尚的《拨棹歌·千尺丝纶直下垂》④ 这一首,其例禅宗语录中相当常见,不赘引。

用词调者,如：

（1）南宋中临济宗僧人居简（1164—1246）说"提纲"时批评某些人：

> 动若行云,行云无心,止犹谷神,谷神不死。动与止俱,止与动合,动
> 止二相,了然不生。怎么说话？非惟向补陀岩下,守株待兔;又未免错认
> 端师子《渔父词》作《破阵子》。既非词,又非曲:"烟消日出不见人,欸

---

① 《卍续藏》第 69 册,河北省佛教协会,2006 年,第 370 页中栏。
② 《卍续藏》第 83 册,第 728 页中栏。
③ 《卍续藏》第 79 册,第 602 页上栏。
④ 曾昭岷等编:《全唐五代词》上册,中华书局 1999 年版,第 38 页。

乃一声山水绿。'"①

端师子,即指前文所说写过时事词《苏幕遮》的北宋净端禅师,其作品中还有《渔父词》(4首)②,前两首写词调本意,后两首题为"赞净土"③。净端之《渔父词》,全部与出家悟道有关,其性质显然有别于本事与战争关系密切的《破阵子》。更值得注意的是,居简还举出了柳宗元《渔翁》的两个名句,并说明《渔翁》不是"词",也不是"曲",可见居简对诗、词之别是相当清楚的。而他引用《渔父词》《破阵子》两个词调并作严格区分的本意,似在提撕学人应识词的调性,引申的比喻意是自识本心。

（2）《楚石梵琦禅师语录》卷3载梵琦上堂有语云：

> 三身四智,非圣人不无;八解六通,非凡夫不有。木人把板云中拍,石女含笙水底吹,是何曲调？《破阵子》。④

梵琦一上来,就列举了一连串的佛教名相:如三身一般指法身、报身、化身;四智,包括大圆镜智、平等性智、妙观察智、成所作智;八解,谓八解脱,因其名目繁杂,故略之;六通,指六神通,即神足通、天耳通、他心通、宿命通、天眼通和漏尽智证通。表面上看,只有"圣者"（诸佛菩萨等）才具备这些品格,但是,"凡夫"若能像《金刚经》所说"凡所有相,皆是虚妄。若见诸相非相,则见如来"⑤,做到破除名相之执,同样可以见性成佛。"木人""石女",本是"非有",但禅宗又用它们比喻离情识、分别时的天真妙用。梵琦之语,当是化用洞山良价（807—869）《宝镜三昧歌》"木人方歌,石女起舞。非情识到,宁容思虑"⑥而来,并将"歌"具体为《破阵子》。"破阵子"一语双关,既指木人、石女所演唱的词调,又可以比喻破除凡圣有别之俗见。

（3）《蔗庵范禅师语录》卷1载清初曹洞宗僧净庵（1620—1692）于佛

① 《卍续藏》第69册,河北省佛教协会,2006年,第666页上栏。
② 《吴山净端禅师语录》卷下,《卍续藏》第73册,第78页上一中栏。又,唐圭璋《全宋词》（第636—637页）全部归入《渔家傲》,亦可。
③ 按,明人董斯张辑《吴兴艺文补》（崇祯六年刻本）卷62《诗余》即把净端词作前、后各两首之题旨,分成"渔父""赞净土"。不过,董氏认为词调作"忆王孙",则误。
④ 《卍续藏》第71册,第559页上栏。
⑤ 《大正藏》第8册,台北:新文丰出版股份有限公司1983年版,第749页上栏。
⑥ 《大正藏》第47册,第515页中栏。

成道日上堂云：

> 奇哉奇哉，"一切众生皆具智慧德相"，有此一句甜话，庶免栖皇斥逐之患。资圣今日门风迥异，也不受六年饥冻，也不消远上雪山，也不待星光露耀。现些小神通，要与释迦老人同腔合调，唱个《太平歌》。竖拂子曰：奇哉奇哉，一切众生皆具者个，敢问大众："且道者个是甚么？"良久曰："《摸鱼儿》。"①

净庵以众生平等、悉具佛性为据，一方面，从"究竟说"角度指出释迦牟尼出家修道的神圣经历，其实没有太大的示范意义，因为众生与佛可以"同腔合调"；另一方面，有情众生虽有佛性，却不知其所以然。那众生到底如何修行？净庵之答，同样含蕴丰富、手法多样：一者化用了北宋临济宗僧汾阳善昭（947—1024）答复学人"行后如何"之语"长空无鸟迹，水里摸鱼踪"②；二者强调佛性必须自悟，就像渔者摸鱼一样，不能借他人之手，而《摸鱼儿》词调，从字面上看也有这层意思。

用词句者，多取前代教内外名作之名句。教内如唐船子和尚《拨棹歌》"夜静水寒鱼不食，满船空载明月归"（禅宗语录中，其例俯拾皆是，不赘举）、北宋湖州甘露寺圆禅师《渔父词》"本是潇湘一钓客，自东自西自南北"③ 等。教外如晏殊《浣溪沙》"无可奈何花落去，似曾相识燕归来"④、苏轼《水调歌头·丙辰中秋欢饮达旦，大醉，作此篇，兼怀子由》"明月几时有，把酒问青天"⑤ 等。

（二）以词证／悟禅

关于"以词证禅"之说，较早似出于明末祁彪佳（1602—1645）对黄家

---

① 《嘉兴藏》第 36 册，台北：新文丰出版股份有限公司 1987 年版，第 868 页上栏。

② 《汾阳无德禅师语录》卷上，《大正藏》第 47 册，台北：新文丰出版股份有限公司 1983 年版，第 602 页上栏。

③ 《罗湖野录》卷上谓圆禅师"有《渔父词》二十余首，世所盛传者一而已"（《卍续藏》第 83 册，河北省佛教协会，2006 年，第 385 页上栏）。"一而已"者，即"本是潇湘一钓客，自东自西自南北"这一首，后世不少禅师曾引此两句说禅，如明盂（1599—1665）说《三宜盂禅师语录》卷 3（《嘉兴藏》第 27 册，第 16 页下栏）、上思（1630—1688）说《雨山和尚语录》卷 15（同前，第 40 册，第 588 页上栏）等。

④ 如明末净现说《象田即念禅师语录》卷 2《答禅客十八问》（《嘉兴藏》第 27 册，第 169 页中栏）、清初明州天童慰弘禅师"早参上堂"（《五灯全书》卷 94，《卍续藏》第 82 册，第 539 页中栏）等。

⑤ 如明末清初行元（1611—1662）说《百痴禅师语录》卷 4 之"中秋上堂"，《嘉兴藏》第 28 册，第 20 页下栏。

舒杂剧《城南寺》（北二折）的评语。在黄氏剧本中，杜牧咏诗有句云"禅师都未知名姓，始识空门意味长"，祁氏《远山堂剧品·逸品》赞叹说："黄君发之于词，读一过，令人名利之心顿尽，其以词证禅者耶？"① 虽然祁氏评论的是黄氏剧本之唱词，但早在两宋，禅师就有以"词"（全篇）证禅之举，如前文所举则禅师以《满庭芳》所填《牧牛词》等。

以词证/悟禅，其"词"同样可以是完整之作、词调或词句，但与"以词说/喻禅"稍有区别的是，前者更重视证悟的过程。若从悟的方式分，主要有两种类型：

1. 自证自悟

这方面的例证，如南宋曹洞宗高僧如净（1163—1226）《示祖清禅人》之"法语"云：

> 老僧少年，卧牛背上吹《乌盐角》，调入《梅花引》，忽然转呜噎，不知所以。乃其角破而气绝，天地豁空，吾心忘矣。久而返，吾心即天地之太祖。呜呼，岩花开，松风鸣，至于万象无作而作，皆吾心之用，而初未尝用也。于是骑牛还家，尚记其仿佛。②

如净和尚对祖清所说的一段话，其实是夫子自道，它介绍了自己早年的悟道经历。其所吹牧牛曲，是从《乌盐角》转调为《梅花引》，而二者都属于词调名。换言之，这是以词调转换来证明开悟前后境界之异同。再如清初净挺禅师（1615—1684）《云溪俍亭挺禅师语录》卷16之《溪巢瞬禅师塔志》载溪巢净瞬"掩关三载"后，于壬寅（康熙元年，1662）冬"启关说法毕，忽云"：

> 大众看看船子和尚来也，涌身以杖作摇橹势，高声唱云："山苍苍，水茫茫。飘飘一叶、泛沧浪，白苹风送蓼花香。渔歌声渐长。夜静水寒鱼不饵，满船明月、空载过横塘。"倚杖良久云："谁知远烟浪，别有好商量。"③

此处净瞬禅师唱词时的动作、姿态，与前述丽杲行昱的晚参场景极其相似。但其歌词却是杂糅多家诗词而成：如"夜静"等句，系由船子和尚《拨棹歌》稍

---

①　中国戏曲研究院编：《中国古典戏曲论著集成》第6册，中国戏剧出版社1959年版，第170页。

②　《如净和尚语录》卷下，《大正藏》第48册，台北：新文丰出版股份有限公司1983年版，第130页中栏。

③　《嘉兴藏》第33册，台北：新文丰出版股份有限公司1987年版，第795页上栏。

加变化而来；"山苍苍"至"渔歌声渐长"诸句，似仿自向子諲《长相思·绍兴戊辰闰中秋》下片之"山苍苍，水茫茫。严濑当时不是狂，高风引兴长"①；停顿之后的两句五言诗，则完全摘自唐代诗僧齐己五律《看水》②之颔联。换言之，以词证禅时，词作也可化作、承袭前人的名句。另外，净瞬唱完是词后不久即入灭，可见该词还有辞世偈之用，自然是其人生境界的最后写照了。

2. 他人印可

"他人印可"的场景，常常师徒双方（或禅友）都会同时出场。如《丹霞澹归禅师语录》卷3"颂古拈"载：

> 僧问赵州和尚姓什么？州曰：常州有。曰：甲子多少？州曰：苏州有。
> 苏州有，常州有，到了苏常不知有。劝君莫唱《鹧鸪词》，坐中都是江南叟。
> 师云：到了苏常不知有，也应唱与《鹧鸪词》。③

有关赵州和尚（从谂禅师，778—897）的这个"古则"，今释师徒都引《鹧鸪词》加以解释，但徒辈持否定态度，老师则反之。不过，后者的说法更符合该词的语境，因为它的体制较为特殊，开头结尾的句子相同："行不得也哥哥。"④
再如《五灯全书》卷92载清初卢舟行省（1600—1668）法嗣永嘉旸湖宝界雪定溜禅师上堂是：

> 师问僧：那里来？曰：吹台山来。师曰：还闻王子晋吹笙么？曰闻。
> 师曰：是何曲调？曰：不是《满江红》，便是《行路难》。师侧耳作听势，僧罔措。师曰：又被风吹别调中。⑤

定溜禅师对弟子选择句式的答语，虽不认可，但还是先以动作演示来提醒弟子，然后辅以断语，表明弟子没有开悟。

"他人印可"型的表现形式，除了出现在语录体以外，一些禅僧间的交游诗也会借用这种形式，如写过《卜算子·和曹泰寓省元潇湘八景》的绍昙禅

---

① 《全宋词》（简体增订本）第2册，中华书局1999年版，第1254—1255页。
② 王秀林：《齐己诗集校注》，中国社会科学出版社2011年版，第316页。
③ 《嘉兴藏》第38册，台北：新文丰出版股份有限公司1987年版，第308页上栏。又，"苏州有，常州有"等"三三七七七"句型，大致与《章台柳》词调吻合。
④ 参谢映先编著：《中华词律》（增订本），湖南大学出版社2010年版，第25页。
⑤ 《卍续藏》第82册，河北省佛教协会，2006年，第512页中栏。

师,他有一首诗叫《听乌槛角有感送衍上人归乡》,诗曰:

> 黄牛背上《乌槛角》,声声吹作《村田乐》。低入重渊高入云,拟别
> 宫商都是错。断烟明灭柘岗西,这呜咿唤那呜(呜)咿。天地谼空群动
> 息,野花惊秀不萌枝。古今酬唱知何限,记得完全忘一半。木人巧弄没弦
> 琴,石女细呈毡柏板。年来节奏总输君,听彻无声自返闻。一曲《还乡》
> 人错听,聚头唤作《梅花引》。①

其所说《乌槛角》,与前引如净“法语”所说《乌盐角》同义。但是,如净以
词调转换来表达自悟之境,绍昙则有和衍上人相互较量、印可之意。如果不是
自谦,绍昙自认其境界比不上衍上人,因为他会听错词调。

音声佛事之用的禅宗词,除了以上所说的基本情况外,还有三点需要补充
说明:

一是不少词作的结构,与词律要求有所出入。如前述《高峰龙泉院因师
集贤语录》卷4《歌扬赞佛门》之《鹤冲天》由三片构成,但词律规定是双调;
再如前述《吹万禅师语录》卷13“词”中收录了作者《行香子·四威仪》,
“行、住、坐、卧”各一首,每首体式相同,像“行”曰“散步优游,穿径骑牛。
寻逝水、鱼戏庄周。更奥窔处,万籁歌讴。听谷声雅,鸟声趣,竹声幽”,格式为
“八句,五平韵,三十三字”,然《行香子》词律是“双片六十六字”,还有下片,
亦三十三字,作“八句,四平韵”。② 清初济悟(1626—1687)说《鹤峰禅师
语录》卷下“歌词”,则有《和中峰国师乐隐词十六首》③,16首虽然题为《乐
隐词》,然其调全同于《行香子》之上片。

二是有的词作,字数、句数偶有超出词律要求者,比如《吴山净端禅师语
录》卷下《渔父词·赞净土》第二首下片末句作“元来佛不夺众生愿”④,
此《渔父词》即《渔家傲》,词律于此皆作“平平仄仄平平仄”之七字句,若
要合律,可去掉“佛”字,可该词主题是歌颂西方净土,哪能把教主阿弥陀佛

---

① 《卍续藏》第70册,河北省佛教协会,2006年,第407页栏。
② 谢映先编著:《中华词律》(增订本),湖南大学出版社2010年版,第117页。又,变体有作
六十四字、六十八字、六十九字者,然皆为双调。
③ 《嘉兴藏》第38册,台北:新文丰出版股份有限公司1987年版,第566页下栏—567页上栏。
④ 《卍续藏》第73册,第78页中栏。

省略呢？前引《天岸升禅师语录》卷 18 之《三十二应》，都是关于观音菩萨三十二示现的像赞词，其中少数词作似加有衬词或衬句：如《第二十六手持贝叶坐盘陀》，词调《鱼游春水》，下片第四句"翻作蔓蔓葛蘲"，词律原作四字句，① 故"蔓蔓"之叠字，疑是衬词；《第三十二琅函置石侍女持瓶》，词调《蓦溪山》，词律为"双调，八十二字，前后片句式相同"，② 但其下片倒数第二句"大井索小钱索"之六言，是词律中找不到的句式，故疑之为衬句。

　　三是禅宗语录所载禅师"法语"尤其是佛事活动中那些配合动作的词调，很可能是实用的。如《竺峰敏禅师语录》卷 3 载幻敏"为恒心禅德起龛"时，"以手引龛云：园林好，倩《清江引》；普天乐，送《风入松》"。③《清江引》《风入松》，分别配合的动作是"倩"和"送"，幻敏好像是现场的乐队指挥，他在引导法事人员演唱《清江引》《风入松》。④

---

　　① 　参谢映先编著：《中华词律》（增订本），湖南大学出版社 2010 年版，第 560 页。

　　② 　同上书，第 530 页。

　　③ 　《嘉兴藏》第 40 册，台北：新文丰出版股份有限公司 1987 年版，第 237 页中栏。

　　④ 　按，《俄藏黑水城文献》第 4 册中收有一份拟题为《弥勒上生经讲经文》的佛教讲唱文稿，但据赵阳考订，它实是先将《弥勒上生经》进行缩写，然后以之入词，并借《花心动》上阕中的一小段旋律，将经文与发愿文一并唱出，作者改编佛经时，还受到金代词曲风格的影响。文书原件末尾"小石花心动"五字，其音乐意义，即在于此（《黑城本〈弥勒上生经讲经文〉为词曲作品说》，《敦煌学辑刊》2017 年第 3 期）。

第五节 附论：禅宗词作与僧俗互动

前文论述重点是在禅僧词作，尤其是神圣题材。不过，有关禅宗词作与僧俗互动的问题尚欠交待，兹作附论如下。

一、方法

世俗词家作词，讲究方法创新，禅僧对此也有所借用。除了最常见的步前代名家（如苏轼、李清照、辛弃疾等）词韵之法外，还有两种情况值得注意：

（一）檃括

这是宋人首创的填词法之一，它是把前人名作的文本，通过特殊的剪裁方式重构成新的文本。苏轼、黄庭坚、周邦彦、朱熹等人都有过尝试，而林正大《风雅遗音》竟然全用此法，算是另类词家了，他是逐首列出被檃括的诗文，然后再附上自己的檃括词。禅宗檃括词中，较出色者是释行悦的《百字令·隐括太白大鹏赋》《倦寻芳·隐括渊明归去来辞》，[①] 前者较为豪迈，大致符合李白原作的题旨，后者却把陶潜改造成了禅者形象，殊为有趣。

（二）集句

集句也是宋代词人常用手法之一，宋祁、王安石、苏轼、黄庭坚、石孝友等

---

① 《全清词·顺康卷》第 4 册，中华书局 2002 年版，第 2118—2119 页。

人都曾一试身手,所集成句,多出唐人(如杜甫、韩愈、白居易、许浑、郑谷、李商隐、杜牧等)五七言诗,偶尔也有集前朝与本朝诗而成词者(如晁补之《江城子·集句惜春》),或集词曲名(如陈梦协《渡江云·寿夫人集曲名》)、儒家经典语(如辛弃疾《踏莎行·赋稼轩集经句》)者。集句与上述檃括一样,可以展示词人的博学与才思。禅僧之集句词,较有特色的是清初释宏伦《忆王孙·初晴》《忆王孙·落花》《偷声木兰花·偶成》《鹧鸪天·月夜》,共4首,[①]所集诗词之原作者有许浑、温庭筠、冯延巳、李德裕、崔涂、杜牧、韦庄、元稹、牛峤、皇甫松、玉川叟、卢弼[②]、贯休、罗隐、戴叔伦、魏承班、秦韬玉、陆龟蒙、刘商,全为唐五代人,这与"顺康时期集唐词一枝独秀"[③]的时代风尚完全吻合。

以上所说禅僧檃括、集句之作词法,从时间先后看,禅僧远远晚于世俗词人。

二、题材

唐宋以后,僧俗互动是常态,禅僧与教外人士的交游日益频繁,共组诗社、词社而唱和者也不少。单就词来说,它也常成为两者文学交流的工具。释晓莹南宋绍兴年间撰出的《云卧纪谭》卷上就说大文豪苏轼与禅僧道潜交游之情况是:

> 钱塘僧道潜者,以诗见知于苏文忠公,号其为参寥子。凡诗词迭唱更和,形于翰墨,必曰参寥。及吕丞相为奏"妙总师"名之,后与简牍,则曰"妙总老师"。江浙石刻,存者多。今略记公离钱塘以长短句别之曰:
>
> 有情风、万里卷潮来,无情送潮归。问钱塘江上,西兴浦口。几度斜晖。不用思量今古,俯仰昔人非。谁似东坡老,白首忘机。 记取西湖西畔,正暮山好处,空翠烟霏。算诗人相得,如我与君稀。约他年、东还海道,愿谢公、雅志莫相违。西州路,不应回首,为我沾衣。[④]

苏轼之作,即著名的《八声甘州·寄参寥子》,它把依依不舍的友情、浓烈的诗

---

① 《全清词·顺康卷》第13册,中华书局2002年版,第7360—7361页。

② 卢弼,《全唐诗》卷688作"卢汝弼",并有夹注曰"《才调集》作卢弼"。宏伦所集诗句"叶满苔阶杵满城",出卢氏七律《秋夕寓居精舍书事》第一句。

③ 张明华:《论古代集句词的基本特征及其发展原因》,《文史哲》2016年第3期。

④ 《卍续藏》第86册,河北省佛教协会,2006年,第663页中—下栏。

情及二人对西湖的山水之思融合为一体,是西湖词史上的精彩篇章。

　　金、元乃少数民族入主中原,词虽不兴盛,然僧俗互动时也能见到其身影。如宋末元初曹洞宗僧人释从伦（1223—1281）《林泉老人评唱投子青和尚颂古空响集》卷5载云门宗玄悟玉禅师答金显宗完颜允恭（1146—1185）"心佛"之问时,称旨,"次日令旨赐长短句曰":"但能了净,万法因缘何足问。日用无为,十二时中更勿疑。　常须自在,识取从来无挂碍。佛佛心心,心若依佛也是尘。"玄悟答谢曰:"无为无作,认着无为还是缚。照用同时,电卷星流已太迟。　非心非佛,唤作非心犹是物。人境俱空,万象森罗一境中。"① 所用词调是《减字木兰花》。比较而言,完颜氏之作,个别地方存在平仄错位及押韵有误,但格式大体符合。更可注意的是道士丘处机（1148—1227）之《沁园春·赞佛》②,竟然叙述的是佛传故事,大赞释迦牟尼"自古男儿了悟时"的修道经历,此表明,全真道士对佛典是相当熟悉的。当然,全真教与禅宗思想也有互通之处,因无关本文主旨,不复赘论。

　　俗世文人,同样可以参加佛事活动。其词作,在某种程度上可以看作是受到禅宗影响而成的产物。举例来说,农历四月八日是佛诞日,往往僧俗同庆,不同身份的人与会感受也大不一样。如史浩（1106—1194）的《南浦·四月八日》③,其上片重在写浴佛场景之热烈,下片却用"一点本昭昭"（意即昭昭灵灵）、"惺惺底"等禅语来概括自己的人生体悟。晚明戏剧家高濂《绕佛阁·四月八日浴佛》④,则在观看佛祖"妙相庄严"的同时,悟得"无论贤愚,何分贵贱,是法平等"之理,并最终表达了"愿洗涤、尽祓清净"的愿望。清初董以宁（1629—1669）康熙四年（1665）作有悼念母亲的组词《满江红·乙巳述哀十二首》,其五就是"四月八日",⑤ 上片追叙了母亲当年于佛诞日"小制红衫供浴佛,病中怯腕亲缝就。愿膝边、早得茹饣人,幢前叩。堪慰

---

　　① 《卍续藏》第67册,河北省佛教协会,2006年,第306页下栏。又,唐圭璋《全金元词》（第27页）据"沈雄《古今词话》下引《法苑春秋》"把御赐词作者归为金世宗（金显宗之父）,似误,因为从伦的记载远早于沈雄。何况通容（1593—1661）《五灯严统》卷16（《卍续藏》第81册,第161页中栏）、净柱（1602—1605）《五灯会元续略》卷2（《卍续藏》第80册,第493页下栏—494页上栏）、通问（1604—1655）《续灯存稿》卷12（《卍续藏》第84册,第789页上栏）等,皆作金显宗。
　　② 《全金元词》上册,中华书局1979年版,第456页。
　　③ 《全宋词》（简体增订本）第2册,中华书局1999年版,第1650页。
　　④ 《全明词》第3册,中华书局2004年版,第1167页。
　　⑤ 《全清词·顺康卷》第9册,中华书局2002年版,第5211页。

处,兰生又"的情节,下片说母亲好不容易盼来了儿孙,却已变成"念报刘无日,此儿方幼。泣绕灵筵呼祖母,幽魂若听眉还皱"的阴阳两隔之情,所以作者才"待施将、金镜法王台,慈云覆",期盼得到佛祖的护佑。

再如,明末李日华(1565—1635)万历三十八年(1610)十月十四日的日记说:

> 诸生持示沈石田淡色《葵榴图》,题词云:
>
> 风雨葵花小院前,老夫留此学安禅。家中尽有家中事,客里还修客里缘。　蒲酒底,粽盘边,一般佳节过流年。浮生所寓谁拘我? 着处为欢也自仙。
>
> 右寓东禅寺过端午,调寄《鹧鸪天》。①

显而易见,此《鹧鸪天·题葵榴图》的创作背景是当年他与诸生寓居东禅寺过端午时所作,而禅寺端午上堂参禅乃是惯例。"安禅"二字正表明了这一点。不过,除了禅修以外,李氏当天还与众人一起鉴赏了沈石田《葵榴图》,并有题画词之作。

项廷纪(1798—1835)《女冠子·闺中礼佛》则说:

> 戒香温鼎,禅味近来新领,未眠时。竹影穿帘细,经声出院迟。　但求无障碍,同证有情痴。一段闲中意,月明知。②

该词描绘的应是项氏家族女性的礼佛场景,其禅修活动,包括燃香、诵经、打坐等。"禅味新领"云云,则先有门师来指导她们的佛事活动。

总之,僧俗互动的场合非常灵活,虽以教化时空为主,但也不排除一般人情世故的交往。

---

① (明)李日华著,屠友祥校注:《味水轩日记》,上海远东出版社1996年版,第135—136页。
② (清)项庭纪撰:《忆云词·删存》,光绪十九年许增榆园刻本,第3页。

第三章
禅宗语录与小说

　　本章主要讨论三个个案,即两宋禅宗语录和讲史话本之关系、明清禅宗的小说证禅及禅宗语录中的钟馗形象。

第一节　两宋禅宗语录与讲史话本 ①

　　中国佛教的各宗各派,向来重视传承史的整理与撰写,其中,禅宗表现最为突出,故传世的禅师语(广)录一类的著作,数量颇为可观。它们既是研究禅宗文学的宝库,又是当时僧俗文学互动的真实反映,因此,它们包含了多方面的历史文化信息,值得进行深入而广泛地研讨。不过,从已有的禅宗文学研究成果分析,学人最关注的是诗、禅关系,而对其他文体比如小说的研究就着力不多。② 有鉴于此,笔者拟以释家语录编撰盛行的两宋为例,谈谈讲史话本特别是其塑造的历史人物群像在当世禅宗语录中的总体表现,并略析其成因。

一、问题的提出

　　众所周知,讲史一直是两宋话本小说中不可或缺的项目之一,如孟元老撰于绍兴十七年(1147)的《东京梦华录》卷5“京瓦伎艺”条中就说“讲史”有“李慥、杨中立、张十一、徐明、赵世亨、贾九”,而“霍四究说三分,尹常卖五代史”③ 最为出名;灌圃耐得翁撰于瑞平二年(1235)的《都城纪胜》“瓦舍众伎”条之“说话有四家”中,同样列有“讲史书”,其内容特色是:“讲说

---

　　① 　本小节已发表于《福建论坛》(人文社会科学版)2020年第7期,特此说明。
　　② 　前贤从文学角度研究讲史话本的成果,可谓多矣,重要的有程毅中《宋元讲史简论》(《文学遗产增刊》第7期)、王星琦《讲史小说史话》(辽宁教育出版社1992年版)、罗筱玉《宋元讲史话本研究》(中国社会科学出版社2010年版)等,但它们都没有充分利用禅宗语录。
　　③ 　(宋)孟元老撰,邓之诚注:《东京梦华录》,中华书局1982年版,第133页。

前代书史文传、兴废争战之事"①；吴自牧撰于咸淳十年（1274）的《梦粱录》卷20"小说讲经史"条与耐得翁所述大同小异，只是文字表述得更加详细："讲史书者，谓讲说《通鉴》、汉唐历代书史文传，兴废争战之事，有戴书生、周进士、张小娘子、宋小娘子、岳机山、徐宣教；又有王六大夫，元系御前供话，为幕士请给讲，诸史俱通，于咸淳年间，敷演《复华篇》及《中兴名将传》，听者纷纷。"② 由此可知，讲史虽以前朝历史尤其是政治史、军事战争史为主，但能与时俱进，甚至也讲述本朝历史，这点与敦煌讲史变文的情况颇为相似。更值得注意的是，两宋禅宗语录所涉及的历史人物，也与讲史一样常以政治家、军事英雄等历史人物群像为中心（例详后文）。幸运的是，一些传世禅宗诗偈还描写了当世禅师亲眼所见、亲耳所闻的讲史实况及其听讲感受，兹择要列"表 3-1"如下：

表 3-1　两宋禅师"讲史"类诗偈简表

禅师名称	禅宗派别	题目	内容	作品出处
晦堂祖心 （1025—1100）	临济宗 黄龙派	《赠演史》	平生纳却杀人手，深入烟罗几万重。 忽听子读征战事，又添光彩上眉峰。	《新纂贞和分类古今尊宿偈颂集》卷中③
瞎堂慧远 （1103—1176）	临济宗 杨岐派	《赠演说人》	西湖演士妙天机，舌转风雷口角飞。 夺骑未闻沙塞冷，斩关先觉阵云低。 前贤后圣从君数，水远山长我自知。 皓首不须寻旧隐，到头谁是复谁非。	《瞎堂慧远禅师广录》卷4④
浙翁如琰 （1151—1225）	临济宗 大慧派	《演史》	先生口觜太澜翻，历世英雄指掌间。 千古兴亡成底事，看来名利不如闲。 闲行伴手有乌藤，独坐长年对碧层。 不听子谈吴楚事，那知身是太平僧。 捽家素懒探经史，侧耳高谈见古人。 自唤干戈平定日，置锥无地不忧贫。 眼睛定勤干戈起，舌本澜翻胜负分。 杀却贼魁并贼子，万古长奉圣明君。 纷纷平地起戈铤，今古山河共一天。 要论是谁功业大，莫妨林下野人眠。	《新撰贞和分类古今尊宿偈颂集》卷中⑤

① （宋）耐得翁：《都城纪胜》，见孟元老等撰《东京梦华录》（外四种），古典文学出版社 1957 年版，第 98 页。

② （宋）吴自牧著，符均、张社国校注：《梦粱录》，三秦出版社 2004 年版，第 320 页。又，据晁公武《郡斋读书志·传记类》载"《四将传》四卷，右建炎中兴名将刘锜、岳飞、李显忠、魏胜之传也。史官章颖撰而上之"（孙猛校证：《郡斋读书志校证》，上海古籍出版社 1990 年版，第 1134 页），则知《中兴名将传》即《四将传》。

③ 朱刚、陈珏：《宋代禅僧诗辑考》，复旦大学出版社 2012 年版，第 256 页。

④ 《卍续藏》第 69 册，河北省佛教协会，2006 年，第 594 页下栏。

⑤ 朱刚、陈珏：《宋代禅僧诗辑考》，第 481 页。

续表

禅师名称	禅宗派别	题目	内容	作品出处
孤云道权 （生卒年不详）	同上	《演史》	吴征越战好峥嵘，几度春风青草生。 侧耳听渠话来历，眼头千嶂阵云横。	《禅宗杂毒海》 卷3①
大川普济 （1179—1253）	同上	《演史》	干戈场是太平基，休把英雄较是非。 试问长空风与月，周秦汉魏不曾知。	《大川普济禅 师语录》②
虚堂智愚 （1185—1269）	临济宗 虎丘派	《演僧史钱 月林》	浚发灵机口角边，断崖飞瀑逼人寒。 若言列祖有传受，迦叶无因倒刹竿。	《虚堂和尚语 录》卷7③
松坡宗憩 （生卒年不详）	同上	《赠陈梅坡 演史》	清名已著凌烟上，几见秋风万骨枯。 三寸舌耕浑是铁，空城陈后读兵书。	《重刊贞和类 聚祖苑联芳 集》卷4④
云谷怀庆 （生卒年不详）	同上	《赠陈梅坡 说史》	版图尽复喜时平，谁挽天河洗甲兵。 好说放牛归马事，熙熙四海乐樵耕。	《云谷和尚语 录》卷下⑤

　　表中所说松坡宗憩、云谷怀庆二位禅师，虽然其籍贯、生平事迹难以详考，但二人法源相同，皆可追溯到密庵咸杰（1118—1186）：前者法脉传承为"密庵咸杰→破庵祖先（1136—1211）→无准师范（1178—1249）→松坡宗憩"；后者则为"密庵咸杰→松源崇岳（1132—1202）→掩室善开→石溪心月（？—1254）→云谷怀庆"。易言之，怀庆辈分要比宗憩低一代。不过，两位禅师不约而同地提到了陈梅坡，一谓"演史"，一谓"说史"，则知"演史"与"说史"，其义一也。考《禅宗杂毒海》卷3"演史"条共辑有两首偈颂，⑥第一首即前表所引如琰《演史》五首之二，另一首则为如琰的同门孤云道权所作（亦见前表）。而《禅宗杂毒海》卷3之"演史"，是与"卜士""歌者""裁缝""漆匠""锯匠""鞔匠"等并列的，可见"演史"是职业名称之一。尤其道权偈颂之"渠"字，结合其话"吴越征战"云云，显而易见，"渠"指"讲史"类的说话人。

---

① 《卍续藏》第65册，河北省佛教协会，2006年，第68页上栏。

② 《卍续藏》第69册，第771页上栏。

③ ［日］高楠顺次郎等编：《大正新修大藏经》（后文简称《大正藏》）第47册，台北：新文丰出版股份有限公司1983年版，第1036页中栏。

④ 朱刚、陈珏：《宋代禅僧诗辑考》，复旦大学出版社2012年版，第613页。

⑤ 《卍续藏》第73册，第443页上栏。

⑥ 《卍续藏》第65册，第68页上栏。

两宋时代话本小说的讲演中心,分别是开封和临安。值得注意的是,表中8位禅师大多有京城弘法的经历。如北宋晦堂祖心(籍贯广东始兴)约于神宗熙宁(1068—1077)中"欲观光京师,以钱余年",故被著名画家驸马都尉王诜"尽礼迎之,庵于国门之外",① 其《赠演史》诗,当作于此时。

瞎堂慧远(籍贯四川眉山),又称佛海慧远、灵隐远、瞎堂远,系当时高僧圆悟克勤(1063—1135)之法嗣。其人虽经历徽、钦二宗,但主要活动于南宋高、孝二朝,至乾道五年(1169),奉敕住持杭州崇先院,次年十月,又奉敕移居灵隐寺,故称"灵隐远禅师"。据此,则知《赠演说人》当作于驻锡崇先院或灵隐寺之时。慧远把"演说人"称作"演士",与吴自牧《梦粱录》所记讲史书的"周进士"一样,可能是尊称。若综合诗中"夺骑""沙塞""斩关""阵云"等用语,可见"演士"的讲史内容,同样是兴废争战之事。

浙翁如琰(籍贯浙江宁海),系大慧宗杲(1089—1163)的再传弟子(法系传承为:大慧宗杲→佛德照光→浙翁如琰)。嘉定十一年(1218),敕住杭州径山寺,赐号"佛心禅师"。《演史》五偈,因各首押韵不一,原来似非组诗,但都围绕战争而写,且作于如琰住持径山之时。另外,第二首偈又被辑入《禅宗杂毒海》卷3,② 文字略有不同,像"吴楚",后者作"兴废"。

大川济(籍贯浙江奉化),如琰法嗣之一,是禅林名著《五灯会元》的编撰者。理宗宝庆元年至宝祐元年(1226—1253)间,曾住持临安府净慈报恩光孝寺、景德灵隐禅寺,其《演史》,似出于此际。

虚堂智愚(籍贯浙江象山),是松源崇岳的再传弟子(松源崇岳→运庵普岩→虚堂智愚),他与前述松坡宗憩、云谷怀庆法源相同,悉出自密庵咸杰,其辈分同于宗憩而高于怀庆。景定五年(1264),智愚奉诏住持杭州净慈寺;咸淳三年(1267)秋,迁住径山寺;五年十月七日示寂,春秋八十有五。其《演僧史钱月林》,似作于居杭期间(1264—1269)。结合"列祖传授"等诗句,可以推断,钱月林擅长讲僧史,其所讲内容,与祖心、瞎堂、如琰、道权、普济之诗所载讲政治军事史者迥异其趣。日本学者泽田瑞穗指出,"演僧史"是宋

---

① (宋)惠洪著,吕有祥点校:《禅林僧宝传》,中州古籍出版社 2014 年版,第 157 页。

② 《卍续藏》第 65 册,河北省佛教协会,2006 年,第 68 页上栏。

代佛教文学题材之一,①朱刚则考证《钱塘湖隐济颠禅师语录》是宋代创作的话本小说,②笔者综合判断,该话本实属"演僧史",讲述了道济禅师(1148—1209)的生平史。

松坡宗憩、云谷怀庆所记陈梅坡之讲史,其性质相同,都属于话本小说,但具体内容差别较大:从"万骨枯"推断,前者讲述的似是前代战争史;从"版图尽复喜时平"推测,后者似在讲述当代史,它与吴自牧《梦粱录》"小说讲经史"条所载咸淳年间(1265—1274)王六大夫敷演的《复华篇》,题旨相同。③而《云谷和尚语录》所记怀庆事迹,恰在宝祐四年至咸淳四年(1256—1268)之间,《赠陈梅坡说史》的写作时间,大致也在此际。所以,笔者颇疑陈梅坡、王六大夫二人所讲当代史,实出于相同的史实,皆指当时鄂州军民抗击外敌的英雄事迹。

总之,表中的八位禅师,其时代固然前后有别,但他们有一个共同点,即都与讲史、演史者关系密切:既对"演史"精彩的口头表演大加赞赏,又常常对"演史"讲述的风云变幻的历史进程及创造历史的各种英雄人物有所评判,或发无常之叹,或充满当下关怀。尤其是祖心、如琰二禅师之作,用"说—听"模式把自己的听讲感受一一道出,高度评价了讲史者的艺术感染力。④

二、两宋禅宗语录之历史人物群像举隅

关于当时禅宗语录所涉及的历史人物,北宋后期睦庵善卿编撰的八卷本《祖庭事苑》提供了不少具体的案例。而且,时人对该书评价甚高,法英序中即说:"所谓云门、雪窦诸家禅录,出众举之,而为演说其缘,谓之请教。学者或

---

① 参〔日〕泽田瑞穗:《济颠醉菩提》,载氏著《佛教与中国文学》,东京:国书刊行会1980年版,第177—198页,特别是第178—179页。

② 参朱刚:《宋话本〈钱塘湖隐济颠禅师语录〉考论》,《西南民族大学学报》(人文社会科学版)2013年第12期。

③ 胡士莹指出:《复华篇》即《福华编》,后者是贾似道景定元年(1260)七月命门客廖莹中、翁应龙撰,意在颂"鄂功",即通过讲述宝祐四年(1256)鄂州军民抗击蒙古入侵的故事来骗取"舆论"进而宣扬贾氏功德,王六大夫很可能在《福华编》的基础上"说铁骑儿"。参《话本小说概论》,中华书局1980年版,第61—62页。

④ 金程宇曾提及两宋禅师相关"演史"诗歌的价值,惜点到为止,并未充分展开。参《宋代禅僧诗整理与研究的重要收获——读〈宋代禅僧诗辑考〉》,《中华文史论丛》2013年第1期。

得其土苴绪余,辄相传授,其间援引释教之因缘、儒书之事迹,往往不知其源流,而妄为臆说,岂特取笑识者,其误累后学,为不浅鲜。卿因猎涉众经,遍询知识,或闻一缘得一事,则录之于心,编之于简。而又求诸古录,以较其是非,念兹在兹,仅二十载总得二千四百余目。此虽深违达磨西来传心之意,庶几通明之士推一而适万,会事以归真。"① 换言之,善卿主要针对后世禅师不明云门、雪窦诸家语录所引儒、佛事缘之原始出处而随意解说的现象深为不满,所以,才积 20 年之功来编纂这么一部类似于纠谬的禅宗小词典。编者善卿的宗旨是在纠正后世禅师理解史实有误或史实存疑者,如卷 6 "前殿横戟"条指出:

> 或者多引《唐太宗故事》,语言多无典据,诚取笑识者。谨录《唐太宗帝纪》云:高祖义旗初建,立长子建成为皇太子。时太宗功业日盛,高祖私许立为太子。……高祖省之,愕然曰:"明日当勘问,汝宜早参。"四日,太宗将左右九人至玄武门自召(卫)。高祖已召勃(勒)岐(寂)穷核,建成、元吉觉变,即回马将归。太宗随而呼之,元吉马上张弓,再三不彀。太宗乃射之,建成应弦而毙。元吉中流矢而走,尉迟敬德杀之。
>
> 甲子,立太宗为皇太子。八月,诏传位于皇太子,尊高祖为太上皇。
>
> 横戟谓太宗也,披衮谓神尧也。语虽不类,意或似之。②

前殿横戟,据李遵勖天圣七年(1029)献于宋仁宗的《天圣广灯录》卷 15 记载,它出自五代临济宗风穴延沼禅师(896—973)之语录,时有僧问:"十度发言九度休时,如何?"师云:"前殿有人横担戟,退宫披衮倒骑牛。"③ 由于延沼没有交待"横戟"其事之由来,所以,后世禅师便多以《唐太宗故事》来解释,善卿认为此举不妥,应以《唐太宗帝纪》为准。然其叙玄武门事变之文字,并不见于两唐书《太宗本纪》(或许,他参考的是《历代帝纪》之唐太宗部分),而"时太宗"至"尉迟敬德杀之"云云,则同于《旧唐书》卷 64 之隐太子建成传,④ 甚至刊刻中出现的讹误,都可据后者校正,如前面引文中圆括号内的正字,即由此而来。我们暂且不管善卿所引是出自《唐太宗帝纪》,还是

---

① 《卍续藏》第 64 册,河北省佛教协会,2006 年,第 313 页上栏。
② 同上书,第 391 页上一中栏。又,"寂"指装寂。
③ 《卍续藏》第 78 册,第 490 页上栏。
④ (后晋)刘昫等:《旧唐书》,中华书局 1975 年版,第 2415—2418 页。

源自李建成列传,总之,它们都是相对严肃可靠的正史,而《唐太宗故事》既然称"故事",很可能是话本类的讲史小说。延沼语录之"横载"与"披衮",后世禅师解释成太宗以政变夺权、高祖狼狈而退位之事,此在《唐太宗故事》中,或许是要大书特书的情节。善卿说"语虽不类",即是对此有感而发;"意或似之",又承认《唐太宗故事》叙事也有一定的合理性。

《祖庭事苑》卷 5 "金牙作"条曰"唐《尉迟传》无金牙事,盖出于俚语",卷 7 "尉迟"条又曰"尝读《尉迟公传》,而且无'金牙弧矢'之说,亦未详于何而作此言",①善卿在核对《唐书》尉迟敬德本传后,发现禅师所说金牙作(金牙弧矢)乃子虚乌有之事,故推测它源自俚语或民间故事之类。其实,善卿是犯了史实方面的常识性错误,因为尉迟恭(敬德)的名声太大,世人一说起"尉迟"便想到其人其事。然考"金牙作"一语,最早出自《景德传灯录》卷 16 所载唐末洛京韶山寰普禅师的语录:

> 有僧到参,礼拜起立。师曰:"大才藏拙户。"僧过一边立。师曰:"丧却栋梁材。"遵布衲山下见师,乃问:"韶山在什么处?"师曰:"青青翠竹处是。"遵曰:"莫只遮便是否。"师曰:"是即是,阇梨有什么事?"曰:"拟申一问,未审师还答否?"师云:"看君不是金牙作,争解弯弓射尉迟?"②

细究前后文之意,"尉迟"在这里是被射者,他显然不是尉迟恭。据《北史》卷 73,北周隋初名将史万岁善射,他在平定尉迟迥的叛乱中表现优异:"军次冯翊,见群雁飞来,万岁谓士彦请射行中第三者。射之,应弦而落,三军莫不悦服。"③ 可见,"金牙作"指代史万岁,"尉迟"指尉迟迥,善卿张冠李戴,是把两个姓"尉迟"的人混为一谈了。后来,史万岁受杨素之谗而被杨坚冤杀,寰普"丧却栋梁材"之比喻义与此史实正合。当然,后世禅师把尉迟迥误为尉迟恭,这本身就从侧面说明:随着《唐太宗故事》一类讲史类话本的广泛流播,作为李世民股肱之臣的尉迟恭,几乎成了丛林以史说禅时尉迟姓氏的唯一代表。

两宋禅师在上堂说法时,常常引证多种历史人物,其类型固然丰富多样,

① 《卍续藏》第 64 册,河北省佛教协会,2006 年,第 378 页中栏、417 页下栏。
② 《大正藏》第 51 册,台北:新文丰出版股份有限公司 1983 年版,第 333 页上栏。
③ (唐)李延寿:《北史》,中华书局 1974 年版,第 2523 页。又,士彦,指此战之统帅梁士彦。

但总体说来,站在王朝兴亡之历史潮头者更受重视。因此,与讲史话本一样,被褒扬的也多是这一类人物。就宋禅师谈论最多的是英雄群体而言,最常见的是前汉刘邦集团、三国刘备集团中的几个关键人物。① 此外,战国名将孙膑、政治家蔺相如,西汉李广、苏武和李陵,唐初李世民(秦王)、单雄信、尉迟恭、薛仁贵也常常被提及。兹简介如下:

(一)刘邦集团

关于刘邦集团的英雄人物和历史故事,北宋善卿编《祖庭事苑》与南宋智昭集《人天眼目》都有多处提及:前者列举的词条有卷4之"韩信临朝底"(吕后杀韩信事),卷5之"鸿门",卷7之"纪信诈降""良筹"(张良)与"周下"(周苛)② 等;后者卷6《禅林方语》(新增)中则有"张良受书"和"萧何制律"。③ 兹择要列"表3-2"如下:

表3-2　两宋禅宗语录所涉刘邦集团人物简表

禅师名称	禅宗派别	语录所说人物事迹	史料出处
承天智嵩 (生卒年不详)④	临济宗	问:如何是先照后用?师云:打动汉下鼓,和起楚王歌。云:如何是先用后照?师云:龙沮解布千般计,韩信能施搬水功。云:如何是照用同时?师云:长蛇堰月齐排出,韩信张良唱大歌。云:如何是照用不同时?师云:霸王已归乌江去,竖起金鸡贺太平。(《古尊宿语录》卷10《并州承天嵩禅师语录》)⑤	《史记》卷92《淮阴侯列传》(但"龙沮"之"沮",作"且")
雪窦重显 (980—1052)	云门宗	韩信临朝底,问三通,鼓罢,群贤集。(《明觉禅师语录》卷1)⑥	《史记》卷92《淮阴侯列传》

---

　　① 世俗诗歌反映的讲史情形与此相似,如王之道(1093—1169)《春日书事呈历阳县苏仁仲八首》(其一)"流马木牛今已矣,其余儿辈说三分"(《全宋诗》第32册,北京大学出版社1998年版,第20265页),记录的是讲三国史之盛况;南宋刘克庄(1187—1269)《田舍即事十首》(其九)"儿女相携看市优,纵谈楚汉割鸿沟。山河不暇为渠惜,听到虞姬直是愁"(《全宋诗》第58册,第36285页)叙述的是听讲楚汉相争史的感受。

　　② 《卍续藏》第64册,河北省佛教协会,2006年,第373页下栏、381页中栏、429页中栏、419页中栏。

　　③ 《大正藏》第48册,台北:新文丰出版股份有限公司1983年版,第332页中栏。

　　④ 智嵩,首山省念(926—993)法嗣之一。

　　⑤ 《卍续藏》第68册,第63页中栏。

　　⑥ 《大正藏》第47册,第676页上栏。又《景德传灯录》卷16载晚唐全豁禅师(828—887)上堂曾"以两手按膝亚身曰:'韩信临朝底。'"(《大正藏》第51册,第326页中栏)

续表

禅师名称	禅宗派别	语录所说人物事迹	史料出处
圆悟佛果 （1063—1135）	临济宗 杨岐派	天高地厚，水阔山遥。萧何制律，韩信临朝。涂毒鼓未击，已前宜荐取。（《圆悟佛果禅师语录》卷19）①	《史记》卷53《萧相国世家》
松源崇岳 （1132—1202）	临济宗 虎丘派	卢行者不识个字，露出尾巴。衲僧家气宇如王，走遍天下，只是这些子，因甚透不过，樊哙踏鸿门。（《松源崇岳禅师语录》卷上）②	《史记》卷7《项羽本纪》之"鸿门宴"事
破庵祖先 （1136—1211）	临济宗 虎丘派	师云：有问冬来事，京师出大黄。汉家勋业在，樊哙与张良。（《破庵祖先禅师语录》）③	《史记》卷7《项羽本纪》之"鸿门宴"事
无准师范 （1178—1249）	临济宗 杨岐派	师云："尝闻沛公豁达大度，从谏如转丸，诚不妄矣。"（《无准师范禅师语录》卷4）④	《史记》卷8《高祖本纪》
剑关子益 （？—1267）⑤	临济宗 杨岐派	大众，还知二大老落处么？亚夫金鼓从天落，韩信枪旗背水陈。（《剑关子益禅师语录》）⑥	《史记》卷92《淮阴侯列传》
介石智朋 (生卒年不详)⑦	临济宗 大慧派	沛公斗智，项羽斗力，南无甚深般若波罗蜜！（《介石智朋禅师语录》）⑧	《史记》卷7《高祖本纪》
潭州大沩行禅师 (生卒年不详)⑨	临济宗 杨岐派	你等诸人，若向这里会去，如纪信登九龙之辇；不向这里会去，似项羽失千里乌骓。（《嘉泰普灯录》卷21）⑩	《史记》卷7《高祖本纪》

由"表3-2"可知，两宋禅师在多种场合都以刘邦集团中的英雄人物及其事迹为例来解释深奥的禅理，但因本文论述重点不在分析史实所寄寓的禅理，故不赘及之。有趣的是，刘邦常与对手项羽一齐登场，这和世俗作品同一机杼。

（二）刘备集团

两宋禅宗语录涉及刘备集团之史实时，最推崇三个人物，即刘备、关羽、诸

① 《大正藏》第47册，台北：新文丰出版股份有限公司1983年版，第805页上栏。
② 《卍续藏》第70册，河北省佛教协会，2006年，第85页下栏。
③ 同上书，第213页上栏。
④ 同上书，第261页上栏。
⑤ 子益，无准师范法嗣。
⑥ 《卍续藏》第70册，第358页上栏。又，亚夫，指周亚夫，其为汉景帝大臣，与刘邦集团时代有别。
⑦ 智朋，浙翁如琰法嗣。
⑧ 《卍续藏》第69册，第796页中栏。
⑨ 大沩行禅师，大沩善果（1079—1152）法嗣。
⑩ 《卍续藏》第79册，第416页中栏。

葛亮。① 兹择要列"表 3-3"如下：

表 3-3　两宋禅宗语录所涉刘备集团人物简表

禅师名称	禅宗派别	语录所说人物事迹	史料出处
海印超信 （生卒年不详）	临济宗	君不见诸葛亮作军师，或施擒纵少人知。百万雄兵如指掌，小丑擒来又纵之。（《禅宗颂古联珠通集》卷 23）②	裴松之注《三国志》卷 35《诸葛亮传》引《汉晋春秋》
香城顺景 （生卒年不详）	临济宗黄龙派	（真净克文）访香城顺和尚，顺戏之曰：诸葛昔年称隐者，茅庐坚请出山来。松华若也沾春力，根在深岩也着开。（《禅林宝训》卷 1）③	诸葛亮《前出师表》
佛眼清远 （1067—1120）	临济宗杨岐派	一似村里人把扁担共上将军斗，我者里七事随身，手中是关羽八十斤刀。（《古尊宿语录》卷 32《舒州龙门佛眼和尚普说语录》）④	俟考 ⑤
崇觉空 （生卒年不详）	临济宗黄龙派	孔明诸葛隐蓬庐，明主求贤三下车。为报将军莫轻躁，先生谋策必无虞。（《禅宗颂古联珠通集》卷 21）⑥	诸葛亮《前出师表》
简堂行机 （生卒年不详）	临济宗大慧派	师曰：这僧大似诸葛亮隐于草庐，先主三顾方起。（《嘉泰普灯录》卷 26）⑦	诸葛亮《前出师表》
痴绝道冲 （1169—1250）	临济宗虎丘派	师云：黄蘗譬如关羽，直入百万军阵里，独取颜良头。其奈南泉具网罗天下英雄底筹略，不动干戈，太平坐致。（《痴绝道冲禅师语录》卷下）⑧	《三国志》卷 36《关羽传》

---

① 《祖庭事苑》卷 5 "七擒纵" 条，作者谓出自《蜀志》（《卍续藏》第 64 册，河北省佛教协会，2006 年，第 386 页上栏）。笔者核对，发现引文出裴松之注所引《汉晋春秋》。

② 《卍续藏》第 65 册，第 618 页下栏。超信是汾阳善昭（947—1024）再传弟子，两者传承图为：善昭→琅玡慧觉→超信。又，超信享年八十余。

③ 《大正藏》第 48 册，台北：新文丰出版股份有限公司 1983 年版，第 1021 页下栏。又，《禅宗杂毒海》卷 3 题作《赠真净》，第二句作 "茅庐三顾出山来"（《卍续藏》第 65 册，第 69 页上栏）。

④ 《卍续藏》第 68 册，第 213 页中栏。

⑤ 《三国志》卷 18《典韦传》载典氏之双戟重八十斤，疑从此移花接木而来。后来《三国志通俗演义》谓关羽手持青龙偃月刀，又名冷艳锯，重八十二斤。后者叙述重量与清远所说相近，它可能是宋以来的口耳相传。

⑥ 《卍续藏》第 65 册，第 606 页中栏。崇觉空是晦堂祖心（1025—1100）再传弟子，两者传承图为：祖心→死心悟新（1043—1116）→崇觉。

⑦ 《卍续藏》第 79 册，第 458 页下栏。行机是大慧宗杲（1089—1163）再传弟子，两者传承图为：大慧宗杲→此庵守净→简堂行机。又，行机和吴苾（1104—1183）是好友。

⑧ 《卍续藏》第 70 册，第 42 页下栏。

续表

禅师名称	禅宗派别	语录所说人物事迹	史料出处
西岩了慧 （1198—1262）	临济宗 杨岐派	凌辱马大师，累及老黄檗。然而死诸葛亦可走生仲达。（《西岩了慧禅师语录》卷下）①	裴松之注《三国志》卷35《诸葛亮传》引《汉晋春秋》
希叟绍昙 （？—1298）	临济宗 杨岐派	如关羽斩颜良，目无万军之敌。卧龙擒孟获，面施七纵之机。（《希叟绍昙禅师广录》卷4）②	《三国志》卷36《关羽传》及卷35《诸葛亮传》裴注引《汉晋春秋》

从"表三"可知，两宋禅师对刘备集团人物，最看重刘备的求才之举（三顾茅庐），诸葛亮的神机妙算、智勇双全，关羽的英勇善战。此外，在东吴集团中，则对孙权青眼有加。如希叟绍昙宝祐二年（1254）撰成的《五家正宗赞》卷2"圆悟勤禅师"条载："师在夹山，拈雪窦语，号《碧岩集》。《三国志》曰：'生子当如孙仲谋，景升诸郎豚犬耳'"。文中并赞颂克勤云："天佑斯文，生孙仲谋于临济十一世，纵景升诸郎龙驰虎骤，难尾于芳尘。"③《绝岸可湘禅师语录》载可湘（1206—1290）《示小师九峰长老》云："要人宗仰，自须特立独行。生子当如孙仲谋，小师得似保福展。垂名后世，可不勉诸？"④ 前者把克勤比作临济宗第十一世中最杰出者，后者把九峰长老比作雪峰义存法嗣中的保福从展，两者都以外书中的孙权作比，而"生子当如孙仲谋"一句，实出自《三国志》卷47《孙权传》裴松之注引《吴历》曹操对孙权的赞语。

（三）其他

除了刘邦、刘备集团外，两宋禅宗语录对战国名将孙膑（语录中常作孙宾）、赵国名相蔺相如，西汉李广、苏武、李陵，唐初单雄信、尉迟恭和薛仁贵之事谈论较多。

1. 《祖庭事苑》卷5"孙宾"条云：

按本传，孙宾，孙武子后，善兵法。设减灶之术，败庞涓于马陵，以此

① 《卍续藏》第70册，河北省佛教协会，2006年，第501页上栏。
② 同上书，第440页中栏。
③ 《卍续藏》第78册，第594页下栏—595页上栏。
④ 《卍续藏》第70册，第292页上栏。

名显天下。世传其兵法。今禅家流谓设铺市卜,不知于何而得是说,学者详焉。宾因膑其足,故更名焉。①

孙膑本来是著名军事家,斗智斗勇,以减灶法大败庞涓而名扬后世。②但正如善卿所指出的那样,语录中也有把孙膑当作开铺占卜者。如晚唐乐普元安(834—989):

> 上堂谓众曰:"孙宾收铺去也,有卜者出来!"时有僧出,曰:"请和尚一挂。"师曰:"汝家爷死。"僧无语。③

既然有收铺,那么,自然就有"开铺"设喻者,比如长灵守卓(1066—1124)上堂谓:"大众! 孙宾开铺也。汝等诸人,亡羊多岐,一夜东西,寻觅不得。何不出来卜一卜看? 良久云:若无孙宾,自卜去也。"④而占卦需用龟甲,故正觉禅师用两句七言诗"枯龟妙在孙宾手,一灼爻分十字文"⑤来贴切地描绘了孙宾的卜者形象。⑥

　　2.《祖庭事苑》卷2"割城"、卷3"连城璧"、卷5"赵璧""相如""万岁"诸条,都是讲蔺相如之事迹。其中,只有"连城璧"条的注释较详,注者引《史记》曰:

> 赵国有卞氏璧,秦欲以十五城易之。赵遣蔺相如进璧,秦昭王得璧而不割地。相如诈云璧有瑕,取而指之。因倚柱不还,曰:"请割地,斋戒五日,方受璧。王若急臣,臣则头璧俱碎。"王惧碎璧,而不敢加害,璧竟归赵。⑦

此完璧归赵故事,详见《史记》卷81《廉颇蔺相如列传》。善卿之注,则是节引、意引,并非完全照抄原文。雪窦重显《庭前柏子树二首》(其二)"赵州夺

---

① 《卍续藏》第64册,河北省佛教协会,2006年,第377页上栏。
② 如南宋退庵道奇《颂古》"孙膑减灶捉庞涓,相如夺得连城璧"(《续古尊宿语录》卷6,《卍续藏》第68册,第508页上栏),即把孙膑和蔺相如相提并论,赞扬了两人的智勇双全。
③ 《大正藏》第51册,台北:新文丰出版股份有限公司1983年版,第331页下栏。
④ 《卍续藏》第69册,第258页中—下栏。
⑤ 《大正藏》第48册,第29页上栏。
⑥ 禅师于此显然用了虚构法,完全符合吴自牧《梦粱录》卷20《百戏伎艺》归纳的影戏话本、讲史书的共同特点"大抵真假相半"(第317页)。
⑦ 《卍续藏》第64册,第357页中栏。

得连城璧，秦王相如总丧身"（《明觉禅师语录》卷 5）[1]、正觉禅师颂古"指点瑕疵还夺璧，秦王不识蔺相如"（《宏智禅师广录》卷 2）[2]，皆以蔺相如、秦昭王作比，前者重在说明悟后境界，后者则强调悟道的自主性。

3.《祖庭事苑》卷 2"不得封侯"、卷 3"射虎"、卷 4"李将军"、卷 8"李广上霸桥"诸条，都直接叙述其英雄事迹或人生悲剧。而以其事详说禅理者，则有克勤《碧岩录》卷 1：

> 只如德山，似什么？一似李广天性善射，天子封为飞骑将军。深入虏庭，被单于生获。广时伤病，置广两马间，络而盛卧。广遂诈死，睨其傍有一胡儿骑善马，广腾身上马，推堕胡儿，夺其弓矢，鞭马南驰，弯弓射退追骑，以故得脱。这汉有这般手段，死中得活。雪窦引在颂中，用比德山再入相见，依旧被他跳得出去。看他古人见到、说到、行到、用到，不妨英灵。有杀人不眨眼底手脚，方可立地成佛。有立地成佛底人，自然杀人不眨眼，方有自由自在分……德山喝，便出去，一似李广被捉后设计，一箭射杀一个番将得出虏庭相似。[3]

克勤对雪窦《颂古百则》中所说德山宣鉴（782—865）之棒喝，把它和李广身陷匈奴后的脱险之举相比，意在强调解脱的自主性。其他如云峰文悦（997—1062）以"李广陷番"比喻"般若用"（《古尊宿语录》卷 40）[4]，法演（？—1104，克勤之师）以"李广神箭，是谁中的"（《法演禅师语录》卷 1）[5]来提撕徒众，都足以说明当时禅师对李广事迹津津乐道。

4. 苏武、李陵二人，在禅宗语录中往往同时出现。如《祖庭事苑》卷 1"胡家曲"条云：

> 胡家，当作胡笳。笳，笛之类，胡人吹之为曲。汉李陵《答苏武书》云"胡笳互动，牧马悲鸣"，今借此以况吾道。新丰云"胡笳曲子，不堕五音，韵出清霄，任君吹唱"是也。[6]

---

① 《大正藏》第 47 册，第 703 页上栏。
② 《大正藏》第 48 册，台北：新文丰出版股份有限公司 1983 年版，第 20 页上栏。
③ 同上书，第 144 页中—下栏。
④ 《卍续藏》第 68 册，河北省佛教协会，2006 年，第 263 页上栏。
⑤ 《大正藏》第 47 册，第 652 页上栏。
⑥ 《卍续藏》第 64 册，第 324 页上栏。

李陵《答苏武书》，收录于《文选》卷41。新丰，指《新丰吟》的作者曹洞宗初祖悟本良价禅师（807—869），看来，他是以胡笳曲比喻禅法的第一人。但后世语录中，更常见的是苏武牧羊和李陵望汉的对举，像法演岁朝上堂即谓"苏武牧羊海畔，累日忻然；李陵望汉台边，终朝笑发"（《法演禅师语录》卷2）①，清远佛眼（1067—1120，法演弟子）上堂又谓"苏武牧羊，辱而不屈；李陵望汉，乐矣忘归。是在外国，在本国。佛诸弟子中，有者双足越坑，有者聆筝起舞，有者身埋粪壤，有者呵骂河神，是习气，是妙用"（《古尊宿语录》卷29）②，痴绝道冲则说"李陵生陷虏庭，苏武牧羊海上，是奉于君，不奉于君"（《痴绝道冲禅师语录》卷上）③，等等，不一而足。但禅师对世俗社会褒苏贬李的是非论断，并不完全认同，甚至有的还替李陵辩解，如北宋浮山法远圆鉴就说"李陵元是汉朝臣"（《续传灯录》卷3）④。

5. 大唐王朝的建立和稳固，李世民集团居功至伟。五代宋初的禅师语录，对相关历史人物也有所涉及，除前述《祖庭事苑》卷6"前殿横戟"条以外，尚有：

（1）《景德传灯录》卷20载乌牙山彦宾禅师⑤上堂场景：

问：匹马单枪直入时如何？师曰：饶尔雄信解拈枪，犹较秦王一步在。⑥

（2）《天圣广灯录》卷20载云门宗罗汉匡果禅师⑦上堂：

时有僧问：沙场独战时如何？师云：秦王不作家。⑧

（3）《天圣广灯录》卷24载夹山大哥和尚⑨上堂：

师云：单雄信解弄枣子木稍，尉迟公随后唱番歌。⑩

---

① 《大正藏》第47册，台北：新文丰出版股份有限公司1983年版，第659页下栏。
② 《卍续藏》第68册，河北省佛教协会，2006年，第193页上栏。
③ 《卍续藏》第70册，第43页上栏。
④ 《大正藏》第51册，第487页中栏。
⑤ 乌牙山彦宾，乐普元安（839—898）法嗣，晚唐五代人，生卒年不详。
⑥ 《大正藏》第51册，第369页上栏。
⑦ 罗汉匡果，生卒年不详，是云门文偃（864—949）法嗣，可能活到北宋初年。
⑧ 《卍续藏》第78册，第522页中栏。
⑨ 大哥和尚，即五代曹洞宗的石门献蕴禅师，生卒年不详。又，神鼎洪諲禅师（首山省念法嗣，省念生卒年为926—993）语录则引大哥语录，作"单雄解弄枣木椠，尉迟随后唱番歌"（《卍续藏》第68册，第160页中栏），句式更齐整。
⑩ 《卍续藏》第78册，第542页中栏。

语录中所说秦王,指李世民,他率部与王世充大战时,要不是尉迟敬德及时赶到,差点就被单雄信活捉。有关李、单、尉迟三人之故事,在晚唐五代的丛林就相当流行,贯休（832—912）《观怀素草书歌》即说:"乍如沙场大战后,断枪橛箭皆狼藉……天马骄狞不可勒,东却西,南又北,倒又起,断复续。忽如鄂公喝住单雄信,秦王肩上著枣木槊。"① 贯休还有《读唐史》诗,由此可见禅月大师对相关历史掌故相当熟悉。

初唐猛将如云,有的也常被禅师提及,如薛仁贵。《雪峰慧空禅师语录》即载慧空（1096—1158）退院上堂时说:

> 拈起一张弓,架起一只箭,等闲一发定天山,即不问你:"抛了弓,掷下箭,撒手到家人不识,鹊噪鸦鸣柏树间,又作么生?"②

《续古尊宿语录》卷4又载南宋鼓山山堂僧洵禅师在国师忌日上堂云:

> 昔人三箭定天山,自谓英雄盖世间。何似雪峰一只箭,等闲穿过石门关。直得大地山河,更无寸土,十方三世,全无一人。正与么时? 诸方只知圣箭子落处,不知圣箭子折处。且道:"那里是圣箭子折处?"③

两位禅师所说"定天山",事见《旧唐书》卷88《薛仁贵传》,传中引军中歌曰:"将军三箭定天山,战士长歌入汉关。"④

以上所举案例,基本上是按照时代先后排列;而且,同时代的人物,可用对比方法予以刻画,如刘邦和项羽之比、苏武和李陵之比、诸葛亮和司马懿之比、关羽和颜良之比。但禅师以史说禅时,不同时代的人物也可以并置,如《古尊宿语录》卷26《舒州法华山举和尚语要》载北宋临济宗全举禅师对其师石霜楚圆（986—1039）呈颂云:

> 收番猛将彼方奇,势劣翻思握剑归。塞外从教夸勇健,寰中争敢斗龙威。放开急着金牙窍,更闲那吒拥节旗。苏武英雄能透出,张良丧却目前机。⑤

---

① （清）彭定求等编:《全唐诗》,上海古籍出版社1986年版,第2031页上—中栏。

② 《卍续藏》第69册,河北省佛教协会,2006年,第250页上栏。

③ 《卍续藏》第68册,第433页上栏。

④ （后晋）刘昫等撰:《旧唐书》,中华书局1975年版,第2781页。

⑤ 《卍续藏》第68册,第172页上栏。

收番猛将,结合当时云门宗佛印了元禅师(1032—1098)所说"李陵本是收番将,却作降番上将身"(《禅宗颂古联珠通集》卷 25)①,则知他是指李陵。前四句是说,李陵投降匈奴之后,还有归汉之意。第五句之"金牙"事,前文已指明它说的是隋初名将史万岁。第六句所说那吒,似与唐初名将李靖被称为托塔天王的传说有关。总之,本颂涉及的历史人物,有高祖刘邦时张良,武帝时李陵、苏武,北周隋初史万岁,唐初李靖,上下八九百年,全被全举禅师捏合到了一块。

如果就前文所述两宋禅师语录涉及历史人物的总体情况而言,它和罗烨《醉翁谈录》甲集卷 1"小说开辟"②所做的归纳"讲历代年载废兴,记岁月英雄文武"和所举的例证"说征战有刘、项争雄,论机谋有孙、庞斗智……《三国志》诸葛亮雄才"基本一致。换言之,禅宗语录讲世俗历史的内容与俗世讲史话本大同小异。

三、成因检讨

两宋禅师屡屡以历史(含当代史)人物及其事迹为例来进行启发式教学或以之入偈颂的现象,若检讨其成因,大致可分成两种:一者外因,二者内因。当然,我们重点要讲的是内因。

(一)外因

外因相对简单,归纳起来,最重要的就一点,即中国有强大而悠久的史学传统和鲜明的历史意识,③而且,其影响无所不在。一方面,官修、私撰史学著作层出不穷,中古以降,教内修史也蔚然成风,僧传(含比丘尼传)、灯录、寺志(或佛教名山志)等宗教类史学著作不胜枚举。特别是两宋时期的佛教史学特别发达,除了禅宗灯录盛行以外,其他派别如天台、净土等也有不少史籍

---

① 《卍续藏》第 65 册,河北省佛教协会,2006 年,第 627 页下栏。
② 罗烨:《醉翁谈录》,古典文学出版社 1957 年版,第 3—5 页。
③ 如梁启超《中国历史研究法》第二章"过去之中国史学界"就总结说"中国于各种学问中,惟史学为最发达;史学在世界各国中,惟中国为最发达"。《中国历史研究法》(外二种),河北教育出版社 2000 年版,第 16 页。

问世。对此,学术界已有较好梳理,此不赘论。① 另一方面,佛教东传华夏之前,作为社会文化生活的讲史活动就相当活跃,其主要内容有述祖性讲史、政治性讲史、传授性讲史和民间通俗性讲史四大类。② 佛教中国化以后的世俗社会,在文艺活动中,讲史依然盛行。正如前文所述,它在两宋话本小说中是不可或缺的项目之一,而明清小说中的历史演义、英雄传奇,也和讲史有关密不可分的渊源关系。就两宋僧人而言,熟读教外史著者相当常见:如天台宗知礼(960—1028)《金光明经文句记》中就多次引《史记》为据,③ 孤山智圆(976—1022)《读史》则直抒胸臆说"抚书想三贤,清风千古振"(《闲居编》卷38。三贤,指包胥、鲁连、伯夷);④ 临济宗黄龙派禅师惠洪(1071—1128)《读三国志》又谓:

> 无计酬劳夏簟凉,遗编枕上阅兴亡。气增髯竟从率德,笑里瞒徒造子将。汉鼎未移存北海,蜀兵已挫失南阳。莫将胜败论人物,忠义千年有耿光。⑤

此处所讲史实,涉及刘备、关羽、曹操、许子将、孔融、诸葛亮等。尾联尤可注意,因为它点明了作者的历史人物观,即不是以成败论英雄,而是以忠义、有气节为标准来臧否人物。《祖庭事苑》所引史书更多,如卷2"休牛归马"、卷3"列星"、卷5"钱塘"、卷6"干将"、卷8"画蛇添足"⑥ 分别引自《尚书》《史记》《东汉书》(即《后汉书》)和《战国策》。

(二)内因

就内因而言,主要谈两点:

首先,讲史或引史为据在中国佛教文学中也有悠远的传统。比如,中古时期

---

① 相关研究,参曹仕邦《中国佛教史学史——东晋至五代》(台北:法鼓文化事业股份有限公司1999年版),曹刚华《宋代佛教史籍研究》(华东师范大学出版社2006年版)、《明代佛教方志研究》(中国人民大学出版社2001年版)、《清代佛教史籍研究》(人民出版社2018年版)等。

② 参李小树:《先秦两汉讲史活动初探》,《贵州社会科学》1998年第2期。

③ 如卷4引《史记》曰"阳伏而不能出,阴迫而不能蒸,于是有地震"(《大正藏》第39册,台北:新文丰出版股份有限公司1983年版,第134页中栏),即出于《史记》卷4《周本纪》。

④ 《卍续藏》第56册,河北省佛教协会,2006年,第920页下栏。

⑤ (宋)释惠洪著,[日]释门贯彻注,张伯伟等点校:《注石门文字禅》,中华书局2012年版,第733页。

⑥ 《卍续藏》第64册,第327页上栏、344页上栏、378页下栏、391页中栏、429页上栏。

的唱导,就要求导师拥有广博的学识,做到"商榷经论,采撮书史"。① 又如,敦煌保存的唐五代俗讲变文作品中,讲述历史故事者则有《伍子胥变文》《汉将王陵变》《捉季布传文》《李陵变文》《王昭君变文》《韩擒虎话本》等。至宋,讲史依然是话本小说中的一大类别,甚至佛教内部也出现了"演僧史"的科目。

其次,释家以战(兵)喻说法的传统,对其讲史好用军事题材影响甚深。如早期佛典《四十二章经》就说:

> 佛言:"为道,譬如一人与万人战,被钾、操兵、出门欲战,意怯胆弱,乃自退走;或半道还;或格斗而死;或得大胜,还国高迁。夫人能牢持其心,精锐进行,不惑于流俗狂愚之言者,欲灭恶尽,必得道矣。"②

后秦鸠摩罗什译《大智度论》卷 2 则云:"佛以忍为铠,精进为刚甲,持戒为大马,禅定为良弓,智慧为好箭;外破魔王军,内灭烦恼贼,是名阿罗呵"③,同书卷45 又云:

> 是波罗蜜各各别,行力势少,譬如兵人未集,则无战力;若大军都集庄严,执持器仗,则能破敌。菩萨亦如是,六波罗蜜一时庄严,能破诸烦恼魔人贼,疾得阿耨多罗三藐三菩提。以是故,说一波罗蜜中具诸波罗蜜。④

宋法云编《翻译名义集》卷 5 "六贼"条释曰:

> 六贼,原性明静,因情昏散,狂心若歇,真佛自彰。当知尘、识是贼,止、观如兵(禅止心散,观照心昏),喻虽遣兵而讨贼,法要即贼以成兵。⑤

总之,无论是修道主体的悟道过程、六种修道方式(六度)及其配合,都可以用兵、兵器、乃至排兵布阵作比。

禅宗流行后,禅师们在各种场合所呈机锋,同样好以兵(战)喻禅。如云门重显就是较典型的一位,《明觉禅师语录》卷 1 载:

---

① (梁)释慧皎撰,汤用彤校注:《高僧传》,中华书局 1992 年版,第 521 页。
② 《大正藏》第 17 册,台北:新文丰出版股份有限公司 1983 年版,第 723 页下栏。
③ 《大正藏》第 25 册,第 71 页中栏。
④ 同上书,第 388 页上栏。
⑤ 《大正藏》第 54 册,第 1142 页中栏。

六人新到。师问参头："夫为上将，须是七事随身，两刃交锋作么生？"僧云："久响翠峰，有此一着。"……师云："未到翠峰，与尔二十棒了也。"僧无语。师云："且在一边。"却问第二："副将作么生？"僧茫然。①

此是云门重显对新到参学者的勘辩，完全用上将、副将之别来对应参头、副参，结果参头、副参都没有理会其用心。其实，重显一直提倡"禅家流，还如战将"②的机锋，说什么"千兵易得，一将难求"③，并有颂曰："蚌含玄兔深深意，曾与丛林作战争。"④（《联灯会要》卷27），对此，其他派别的禅师也多深表赞同，像北宋临济宗克勤《碧岩录》卷9即对其颂进行详细解说，⑤甚至日本临济宗的大灯国师（1283—1337），也对"禅家流，还如战将"之喻大加赞赏（《大灯国师语录》卷下）⑥。

南宋临济宗常州华藏有权禅师（？—1180）上堂说法时，则把前辈禅师石霜楚圆（986—1039）、睦州道明（780—877）、首山省念（926—993）分别比作历史上的名将，说：

> 此三大老，行声前活路，用劫外灵机。若以衲僧正眼检点将来，不无优劣：一人如张良入阵，一人如项羽用兵，一人如孔明料敌。若人辨白得，可与佛祖齐肩（《五灯会元》卷20）。⑦

当然，就禅宗语录之兵喻、战喻的本质而言，应该归入释家之"方便"。南宋初天台宗释与咸（？—1163）撰《复宗集》卷下"方便"条论《法华经·方便品》即云：

> 更借世间譬喻显之，如世良将，受国重任，提百万师，敌除强虏，百万之众，性命死活，国家大事，社稷存亡，皆在主将一人之手。苟或计谋不深，智略不广，适时所用，机策不密，如何可以当兹重任？……前来正当运

---

① 《大正藏》第47册，台北：新文丰出版股份有限公司1983年版，第643页中栏。
② 同上书，第643页下栏。
③ 《卍续藏》第79册，河北省佛教协会，2006年，第237页上栏。
④ 同上书，第236页下栏。
⑤ 《大正藏》第48册，第215页上栏。
⑥ 《大正藏》第81册，第242页下栏。
⑦ 《卍续藏》第80册，第442页上栏。

> 谋之时,机密所用,决不可泄。既已成巧,方可对众称扬赞叹。如孙膑减灶、韩信弃旗、张禄隐名、陈平反问(间)之类,皆上将善巧机密,能与国家安邦定业。在佛亦尔![1]

在此,与咸所列孙膑、韩信,毫无疑问都是著名军事家,禅宗语录中多处涉及其人其事(前文已述)。张禄,即范雎,本为魏国门客,被人怀疑卖国,差点丢掉性命,后在郑安平的帮助下,变易姓名,逃往秦国,提出远交近攻之策,受到秦昭王重用并被拜为相。陈平,汉初刘邦重要谋臣之一,善使反间计。二人事迹在禅宗语录中虽然较为罕见,但在与咸眼中,他们仍然属于善权变的上将之列;而且,佛陀护世,与孙、韩、范、陈治国安邦之举,并无本质区别。

总之,两宋禅宗语录与讲史话本小说之间存在多重联系。此处仅是初步的史实梳理,尚有许多深层次的问题需要解决(如禅宗语录与说话人的"讲史",都以口头讲述为特色,它们在方法上有无相通之处? 禅师与说话人对历史人物的评价标准是否一致? 诸如此类,全是相当有趣的话题),限于学识,就留待将来吧。

---

① 《卍续藏》第 57 册,河北省佛教协会,2006 年,第 66 页上栏。

第二节 明清禅宗之小说证禅举隅 [①]

在禅宗与中国古典文学之关系的研究中,学界最为关注的领域,首先是诗学与禅学的互动,其次是戏剧演出、戏剧角色与禅宗仪式的关系问题,这两方面的成果都很丰硕,尤其是前一领域,可谓汗牛充栋、不计其数了。至于小说领域,则寥寥无几。即便如此,也多讨论宋元话本之"说参请"及禅宗语录对小说创作的影响,[②] 而反过来分析小说对禅宗之影响者更加罕见。有鉴于此,笔者拟对古典小说最为繁荣的明清两朝的禅师如何以小说来开示禅法略作检讨,希望能起一点抛砖引玉的作用。

一、明前禅师的小说证禅

较早发现明前禅师以小说证禅者,是"后七子"的领袖人物王世贞(1526—1590),其《书〈佛祖统载〉后》指出:

> 安禄山陷长安,玄宗入蜀。而守臣有与禄山偕反者,其人曾为阌守,有画像在路次,玄宗见之大怒,以剑斩像首,其人在陕西,首无故忽坠。正

---

① 本小节已刊发于《福州大学学报》(哲学社会科学版) 2016 年第 6 期,特此说明。

② 前者如庆振轩《"说参请"考释——"说参请"源流研究系列之一》(《长江大学学报·社会科学版》2012 年第 2 期),张馨心、庆振轩《暂借诗文消永夜 每逢佳处辄参禅——东坡与"说参请"散论》(《学术交流》2015 年第 3 期)等;后者如项裕荣《话本小说与禅宗下火文》(《浙江学刊》2008 年第 4 期)、《话本小说与禅宗预言偈——从〈水浒传〉中的预言偈说起》(《四川大学学报·哲学社会科学版》2009 年第 3 期)等。

史稗史皆不载,最为妄诞可笑,大慧杲引之以证禅悟,而智常复载之,何也?①

《佛祖统载》,即元僧念常(1282—1341)所著《佛祖历代通载》。王氏所引"玄宗斩阆守像首"之事,原书卷十三系于至德元年(756)五月。②而念常所述,实承袭祖琇③南宋隆兴二年(1164)撰出的《隆兴佛教编年通论》(简称《隆兴编年通论》《编年通论》)卷十七而来,不过,后者系于至德元年六月。④王氏"正史稗史"云云,至少有两点值得我们注意:一是他认为史部著作价值远远高于子部,因为前者更真实、更可信;二是他敏锐地发现,两宋之际看话禅的倡导者大慧宗杲(1089—1163)曾用"玄宗斩阆守像首"故事来提撕学人,并把这种现象概括为"小说证禅"。虽然王世贞对原故事的虚妄不实嗤之以鼻,对念(智)常以讹传讹之举深表不解,但他的概括富于创造力并提醒后世读者,禅师开示学人,除大家熟知的以诗证禅外,小说也是不可忽视的文体之一。

南宋祖咏撰《大慧普觉禅师年谱》(按,该谱之序由居士张抡作于淳熙十年,则知它至少完成于1183年或之前。后来,宗杲弟子宗演于开禧元年即1205年再加校订后梓行)"(绍兴)十年庚申(1140)"条,则详细地记载了宗杲以小说证禅的前因后果:

> 师五十二岁,创建千僧阁。时侍郎张公九成、状元汪公应辰登山问道于师。张与师谈格物之旨,师曰:"公只知有格物,而不知有物格?"公拟议,徐曰:"师岂无方便邪?"师笑而已。张曰:"还有样子否?"师曰:"不见《小说》所载唐有与禄山谋叛者,其人先为阆守,有画像存焉。明皇幸蜀,见之怒,令侍臣以剑击像首,其人在陕西,忽头落。"公闻之,顿领厥旨,乃题偈于不动轩壁间曰:"子韶格物,昙晦物格。欲识一贯,两个五百。"⑤

由此可知,张九成(1092—1159)在对儒家格物之旨的理解难有突破之时,是宗杲以《小说》所载"玄宗剑斩阆守像首"之事使他醍醐灌顶,豁然大

---

① (明)王世贞撰:《读书后》卷6,清乾隆二十一年刻本,第13页。
② 《大正藏》第49册,台北:新文丰出版股份有限公司1983年版,第598页中。
③ 其人生卒年不详。又,后文属此情况者,不复说明。
④ 《卍续藏》第75册,河北省佛教协会,2006年,第192页上栏。
⑤ 《嘉兴藏》第1册,台北:新文丰出版股份有限公司1987年版,第801页中栏。

悟真妄不二、物我一如的中道与禅理。关于此故事的原始出处，晚明钱希言述"剑像首落"时谓有两种，一是《大唐录事》，二是《唐小说》，^①且所录故事主体内容相同，仅文字表述上略有差别。换言之，该故事至少见于两种小说集，在历史上还是很有影响的作品。其中，《大唐录事》，从书名判断，当是唐人撰作；宗杲所引《小说》与钱希言所说《唐小说》，应是同一著作。如宋晁公武（1105—1180）《郡斋读书志》卷 13 著录刘餗《小说》十卷，^②陈振孙《直斋书录解题》卷 11 说"刘餗《小说》三卷，唐右补阙刘餗鼎卿撰"^③，明高儒《百川书志》卷 8《子·小说家》又说"《唐小说》一卷，唐彭城刘餗鼎卿撰"^④。显然，三人所见《小说》《唐小说》虽卷数不一，却是异名同书。

宗杲用小说开示张九成之事，还成了后世教内外参禅者的一个著名案例。如元善遇编《天如惟则禅师语录》卷 2 载惟则（？—1354）在"前州路马迹山钱君祥请普说"时，就曾把宗杲所引小说通俗化了：

> 大慧曰："此难言也，请以喻明之：唐玄宗时有一官人，亡其名，曾为蜀中阆州太守，颇有德政。及罢任，阆人怀之，塑其像，立庙以祀之。其人后与安禄山谋叛，兵陷京师。玄宗西奔入蜀，至阆州庙，见其像，怒之，拔剑斩其头。当此之时，其人在长安军中无故头自堕地。"此乃物格之妙也，却不容拟议卜度，但请就本参事上参究。待其开悟，此理自明。子韶愈疑之，从此极力提撕。^⑤

于此，天如惟则仿佛变成了一位说书人，不但语言风趣，而且还补充了玄宗李隆基（685—762）发怒斩其像的原因，即太守本属忠良之臣，最后却见风使舵，竟然跑到长安加入了安禄山（703—757）阵营。而其复述故事的用意，意在提醒钱君祥等听众，宗杲所引小说及其引小说之举，两者皆可细参。

时代稍晚于王世贞的王肯堂（约 1552—1638）与袁宗道（1560—1600），则未纠缠于宗杲所引小说是否真实可信的问题，而是看重小说证禅的示范意义。如前者谓万历丙申（1596）达观真可（1543—1603）"挂锡余诚闲堂"时，曾以"阆守因缘"说法，他"为之偈曰：'斩像头到，射虎石破，格物

---

① （明）钱希言撰：《剑荚》卷 3《金跃篇》，明陈汧谟翠幄草堂刻本，第 27 页。
② 《郡斋读书志校证》，上海古籍出版社 1990 年版，第 599 页。
③ （宋）陈振孙撰，徐小蛮、顾美华点校：《直斋书录解题》，上海古籍出版社 1987 年版，第 318 页。
④ （明）高儒等著：《百川书志·古今书刻》，古典文学出版社 1957 年版，第 116 页。
⑤ 《卍续藏》第 70 册，河北省佛教协会，2006 年，第 770 页上栏。

物格,两番话堕。'"①后者更进一步,还把宗杲所说作为公案加以细参,其《读大学》引述宗杲与张九成讨论格物的对话后,说自己是"默坐正心轩下,偶一同参举此"而"豁然有省"。②此外,因宗杲所引小说主人公是唐玄宗与阆州太守,所以,此公案后世或叫"阆守因缘",或称"唐明王斩阆守故事"(净符编《宗门拈古汇集》卷44)③,但也有别出心裁称之为"安禄山因缘"者,如明末清初道宁(1598—1669)说、续清等编《云峰体宗宁禅师语录》之"机缘"载:"师举安禄山因缘,维那呈颂云:'不见有假,何处是真,刀斩泥人,血气腥腥。'"④"刀斩泥人",即指玄宗暂阆州太守塑像之事。而无论"因缘""故事",其特色都是虚构。

当然,明前使用小说证禅者,并非只有宗杲一人,所引小说也不止玄宗暂阆州太守像首一事。据我们的阅藏体会,晚唐五代与两宋禅师证禅时引用的主要是文言短篇小说;引用方式,除了宗杲的故事复述法之外,常用的还有两种,一是以关键情节为例,二是以中心人物为例。

关于前者,笔者曾以唐传奇名篇陈玄祐《离魂记》、李朝威(约766—820)《柳毅传》为例略有检讨,⑤禅师们引证的关键情节分别为"倩女离魂""柳毅传书"。于此,尚可再补充一个著名例证,北宋法眼宗僧人道原纂《景德传灯录》卷13载有人问汝州凤穴延沼禅师(896—973)"如何是啮镞事","师曰:'孟浪借辞论马角。'"关于"啮镞事",书中注引《太平广记》曰:

> 隋末有督君谟者,善闭目而射。志其目,则中目。志其口,则中口。有王灵智者,学射于谟,以为曲尽其妙,欲射杀谟,独擅其美。谟执一短刀,箭来辄截之。惟有一矢,谟张口承之,遂啮其镞。笑曰:"汝学三年,吾未教汝啮镞之法。"⑥

虽说我们不能确定注文是道原、杨亿(974—1020)等人的原注,还是

---

① (明)王肯堂撰:《郁冈斋笔麈》卷1,明万历三十年王懋锟刻本,第16页。

② (明)袁宗道著,钱伯城标点:《白苏斋类集》,上海古籍出版社1987年版,第240页。

③ 《卍续藏》第66册,河北省佛教协会,2006年,第256页中栏。

④ 《嘉兴藏》第38册,台北:新文丰出版股份有限公司1987年版,第978页中栏。

⑤ 参拙撰:《禅宗语录与唐传奇——以〈离魂记〉、〈柳毅传〉为中心》,《东南学术》2014年第2期。

⑥ 《大正藏》第51册,台北:新文丰出版股份有限公司1983年版,第303页下栏。

《景德传灯录》在刊刻过程中的附注，但它至少说明督君谟善射故事在禅林为人所熟知（啮镞，比喻禅师反应迅捷，善接机锋）。经核对，此事见于《太平广记》卷227"绝艺"之"督君谟"条，李昉（925—996）等人标明"出《酉阳杂俎》"，实出于《酉阳杂俎·续集》卷4。三者相较，文字偶有差异，所述故事内容则完全相同。注文之用，就相当于把小说情节再复述一遍。

至于后者，往往以笔记小说中的历史人物或相关文学典型为主，并且更重视人物性格或形象类型的概括。对此，笔者以前也曾有所关注，发现李白（701—762）除了是诗酒风流的谪仙形象外，还曾以秀才、痴措大、翰林、隐者等面貌出现在唐宋丛林的说法场合中，[①] 关羽（？—220）主要以英武将军、伽蓝护法而为当时禅师所津津乐道。[②] 文学典型方面，如《景德传灯录》卷15载信州鹅湖山云震禅师（云门文偃法嗣）见"僧展两手"时，答曰"将谓是个烂柯仙"[③]，《普庵印肃禅师语录》卷中载南宋临济宗高僧印肃（1115—1169）《拈碁游戏三昧禅》则曰"君不见烂柯仙，一局知佗几度年。自出洞来谁作对，未曾举手早赢先"[④]，二人所讲"烂柯仙"，出自梁任昉（460—508）撰《述异记》卷上，说晋王质入山伐木因观棋而得食仙枣，临到告别时才发现柯斧已烂之故事，[⑤] 禅师不直接点明小说人物是王质，而用"烂柯仙"，尤其是"仙"字，旨在突显人物形象类型的本质特征，即此处所引是仙话，或曰仙传类小说。

当然，小说中的关键情节与人物，往往是二位一体，密不可分的。以上所论，仅针对禅师所引小说要素之不同侧重点而言，或者说是大致的分类。禅师以小说证禅时，更常见的是把人物与关键情节捏合为一，其实，前面所说倩女离魂、柳毅传书即如此。笔者之所以把二者列入第一种，是因为考虑到《离魂记》《柳毅传》的中心人物都不止一位，前者有倩娘（即倩女）和王宙，[⑥] 后者

---

① 参拙撰：《禅宗语录中的李白形象》，《安徽大学学报》（哲学社会科学版）2012年第2期。
② 参拙撰：《禅宗语录中的关公形象》，载《佛教与中国文学散论》，凤凰出版社2012年版，第200—219页。
③ 《大正藏》第51册，台北：新文丰出版股份有限公司1983年版，第391页上栏。
④ 《卍续藏》第69册，河北省佛教协会，2006年，第421页下栏。
⑤ 北宋睦庵善卿编《祖庭事苑》卷7"斧烂"条指出："当作'柯烂'。《异苑》曰：'樵人王质入山，见洞中二老人奕碁，乃观之，忘归。俄然柯烂。'"（《卍续藏》第64册，第418页中栏）其谓"斧烂"，原书作"柯烂"，是；但谓原书是刘敬叔的《异苑》，似误；或者宋本《异苑》载有王质故事，俟考。另，后世禅师甚至更一步，有说柯、斧俱烂者，如明《天界觉浪盛禅师全录》卷7《净明刹示众》云"才拟腰间柯斧烂，棋残局破不逢仙。"（《嘉兴藏》第34册，台北：新文丰出版股份有限公司1987年版，第631页上栏）
⑥ 如《太平广记》卷358"神魂"引《离魂记》时就把标题改成《王宙》。

有柳毅和龙女。至于第二种情况,有时也把人物及其所涉故事情节引出,但其中心人物往往只有一位,如南宋法应集、元普会续集《禅宗颂古联珠通集》卷33所收北宋天衣义怀禅师(989—1060)之颂古曰"谪仙拏月沉江底,渔舟笑杀谢家人"①,其所说"谪仙拏月"的中心人物,就是李白,在原小说中,连陪衬人物都没有一位。②

二、明清时期小说证禅之创新类型举隅

说部发展至明清,出现了长篇章回体,它们描写的题材更广泛,叙述的内容更丰富,状写的人物场景、历史画面更绚丽多彩,艺术技巧的表现也更为成熟。因受时风熏染,禅门大德以小说证禅的方式,相较前辈而言,也变得更加灵活多样,既有继承,又有创新。继承者,如上文说过的故事复述法,以及以关键情节、中心人物为例这两种类型,明清禅师都运用得更加挥洒自如,特别是对当时听众耳熟能详的两部长篇白话小说《水浒》《三国》中的关键情节、中心人物等,大都了如指掌,可以随口引用,此例甚多,不一一列举。现着重谈谈几种有所创新的类型。

(一)中心人物传略型

明清长篇小说塑造中心人物时,往往会在不同章节来叙述其身上发生的重要事件,而禅师以之证禅时,往往采用的是关键情节组合法,像在介绍人物的生平传略,所以,笔者称之"中心人物传略型"。其中,最受重视的中心人物是关羽和诸葛亮(181—234)。前者如明末清初钱谦益(1582—1664)编《紫柏尊者别集》卷4载达观真可《汉寿亭侯关将军赞》曰:

> 今日之光,露于许田射鹿之时。许田射鹿之光,露于桃园结义之日。此光此心,又得《左传》闻熏,扩充躬体。力行之効,宜乎千古。如雷如霆,如日如月。震诸昏蛰,破诸幽暗。贤哉寿亭,是故赞之。③

---

① 《卍续藏》第65册,河北省佛教协会,2006年,第679页中栏。
② 如南宋陈葆光撰《三洞群仙录》卷15"太白捉月"条曰:"李太白宿江上,于时高秋澄流,若万顷寒玉。太白见水月,即曰:'吾入水捉月矣。'寻不得尸。"《道藏》第32册,文物出版社、天津古籍出版社、上海书店1988年版,第334页中栏。
③ 《卍续藏》第73册,第413页上栏。

此赞基本上就是关羽忠义事迹传略,它主要写了三件事情,即许田谢鹿、桃园结义和《左传》闻熏。虽然关羽好读《左传》于史有据,如裴松之(372—451)注《三国志》时引《江表传》云:"羽好《左氏传》,讽诵略皆上口。"①但前两件分别见于《三国志通俗演义》卷4《曹孟德许田谢麟》、卷1《祭天地桃园结义》,②故总体说来,达观真可应是引证当时家喻户晓的小说《三国演义》,而非史书《三国志》或其注。

再如明末清初通贤(1593—1667)说、行浚等编《浮石禅师语录》卷9《寿亭侯》曰:

> 协力匡先主,全凭偃月刀。七军谋已决,三足鼎时操。破壁光炎汉,封金压魏曹。书中明底事,尽可悟英豪。③

此五律所赞关羽事迹,主要也出自《三国演义》,它撷取了关羽英雄传奇中的几个闪光片断,进而汇成一首英雄赞歌。如首联两句,就与小说卷1《刘玄德斩寇立功》中所谓"后人赞云长"之语"惟凭立国安邦手,先试青龙偃月刀"的立意相同;额联"七军"云云,则是概述卷15《关云长水淹七军》,此战算是关羽军事指挥中最精彩的一页;颈联"封金"云云,是指小说卷6《关云长五关斩将》中"挂印封金"而辞别汉相曹操(155—220)之事。尾联则说明,证禅与读书一样,关键在一"悟"字。而通贤所读之书,同样为《三国演义》。

后者如清超永辑《五灯全书》卷110载新安宝盖峰大治净鼎禅师上堂"举洞山与泰首座茶话毕"后有颂曰:

> 决胜千里,坐筹帷幄。过在动用,掇退果桌。三气周瑜,七擒孟获。扑面东风,曹公罔措。④

净鼎,明末清初曹洞宗高僧三宜明盂(1599—1665)之法嗣,此颂重在歌颂孔明的足智多谋。如"三气周瑜"四字,本身就袭用《三国演义》卷12之回目《诸葛亮三气周瑜》;"扑面东风"云云,指卷10"七星坛诸葛祭风"(借东风)

---

① (晋)陈寿撰,(宋)裴松之注:《三国志》,中华书局1982年版,第942页。
② 笔者参考的《三国志通俗演义》是明嘉庆元年刻本,后文不复一一出注。
③ 《嘉兴藏》第26册,台北:新文丰出版股份有限公司1987年版,第609页下栏。
④ 《卍续藏》第82册,河北省佛教协会,2006年,第680页下栏。

而火烧赤壁之事。"七擒孟获",则是小说大书特书之事,远比史书所叙铺张扬厉,十分引人注目。但是,孔明的这些故事与洞山茶话有何关联呢?考《瑞州洞山良价禅师语录》卷 1 云:

> 师与泰首座,冬节吃果子次。乃问:"有一物,上拄天,下拄地,黑似漆,常在动用中,动用中收不得,且道过在甚么处?"泰云:"过在动用中。"师唤待者:"掇退果卓。"①

据此,颂中三、四两句"过在动用,掇退果桌",出自曹洞宗开山祖师良价(807—869)的语录,原本讨论动用能知的问题。不过,净鼎之颂,未直接揭示祖师本怀,而是引小说所述孔明故事来绕路说禅,别开生面,颇富奇趣。

再如清初临济宗通醉(1610—1695)说、彻纲(1626—?)等编《昭觉丈雪醉禅师语录》卷 1 载其"追严上堂"时情形是:

> 以拄杖敲香几云:天堂地狱被山僧一击,七花八裂了也。惟有目犍连尊者扬声大叫云"快活!快活",大众且道,此老快活从威神力而得耶,从山僧拄杖头而得耶?试甄别看!如辨别得出?六出祁山非猛士,七擒孟获始称豪。②

所谓"追严",本指追荐亡父的法会,此指其师破山海明(1597—1666)大祥忌(时在康熙八年,即 1669 年)时所修的冥福法会。因目连曾入地狱救母,所以,从相同的孝行主题入手,通醉以他为例来开示听众,也未尝不可。但是,真要辨别目连快活的成因是自有(目连在佛的十大弟子中被尊为神通第一),还是缘于外力的加持,连说法者自己都没有正确的答案。最后,通醉只好以听众熟悉的《三国演义》中的两个著名故事——六出祁山(此是小说家言,于史无据)、七擒孟获作喻,并认为诸葛亮本来想实现猛与豪的完美结合,但最终也仅仅称得上"豪"而已。换言之,无分别之别才是最好的辨别。

(二)中心人物对比型

这种类型是指禅师在引用同一篇小说时,常常涉及多个重要的中心人物,

---

① 《大正藏》第 47 册,台北:新文丰出版股份有限公司 1983 年版,第 523 页上栏。
② 《嘉兴藏》第 27 册,台北:新文丰出版股份有限公司 1987 年版,第 312 页上栏。

而且各中心人物之间还会形成一定的对比关系。如清行舟（1611—1670）说、海盐等编《介为舟禅师语录》卷 7《戊戌八月初一读〈三国志〉忽闻雷》则曰：

> 惧雷昔尔笑曹瞒，天释英雄义不单。舌战群儒羞剑客，声惊将相伏星坛。七擒泸水波涛振，六出秋风心胆寒。国丧中原轻九犯，至今流血未曾干。①

此处"戊戌"，当指顺治十五年（1658）。本首七律，单看题名，读者会想当然地认为行舟在读陈寿（233—297）《三国志》，因为首联说刘备（161—223）"惧雷"之事确实见于前者（但小说演绎之后，人物心理的刻画更加精彩）。中间两联，其重心全部转向孔明，尤其是"舌战群儒"四字，完全袭自《三国志通俗演义》卷 6 之回目《诸葛亮舌战群儒》，因此，我们有理由相信行舟读的是小说。何况还有"伏星坛"，它概述了小说中孔明借东风之事。"七擒""六出"云云，就是前引通醉所说"七擒孟获""六出祁山"，它们同样是小说最着力之处，而且所占篇幅甚大。至于末联上句，又把中心人物转向姜维。"轻九犯"，指小说所述姜氏九伐中原故事，其回目分别是《姜维大战牛头山》（一犯中原）、《姜维计困司马昭》（二犯中原）、《姜维洮西败魏兵》（三犯中原）、《邓艾段谷破姜维》（四犯中原）、《姜维长城战邓艾》（五犯中原）、《姜维祁山战邓艾》（六犯中原）、《姜伯约弃车大战》（七犯中原）、《姜伯约洮阳大战》（八犯中原）、《姜维避祸屯田计》（九犯中原）。由此看来，本诗涉及蜀国历史上前后相继的三个中心人物，刘备、诸葛亮和姜维（202—264）。如果说笑曹操的刘备，是请孔明出山的关键人物（三顾茅庐），姜维则是孔明"出师未捷身先死"的后继者。换句话说，首联所述刘备之事，似可看作孔明故事之因，尾联之姜维故事，则是孔明故事之果，前后的因果关系、逻辑顺序，一目了然。当然，行舟最后作结时，则荡涤一切历史人物，不论其个性如何，对所有引发战争灾难者都给予谴责。

（三）同型人物或同型故事并引型

这是指证禅所引小说的人物或故事悉为同型者。如明道盛（1592—

---

① 《嘉兴藏》第 28 册，台北：新文丰出版股份有限公司 1987 年版，第 261 页下栏。

1659）说、大成（1610—1666）等编《天界觉浪盛禅师全录》卷7载：

> 黄子安问："如何得顿发大机大用？"师曰："要到生死结交头上才迫得出，亦不是预为扭捏得来者，公看《水浒传》么？宋公明命石秀打探杨雄狱中消息，要去劫他回梁山，石秀才到城，官府正恐梁山人来劫狱，刻目令先斩之。石秀事急，忽生一智，蓦向法场边高楼上从空跳下，大呼曰：'梁山泊全伙在此。'满城人各相践踏，不知谁是人，谁是贼，石秀斩其枷械，携手直上山去。梁山人见之，大惊曰：'设使统全伙去，未必容易如此也。'"士大笑曰："奇哉！"师曰："更有一段，宋江命燕青去请安道全，全为一名妓系恋，燕青是夜带刀入妓舍，将一家杀尽，以帛醮血书壁曰：'杀人安道全。'大点其烛，于中而归，及夜半，道全乘醉入妓舍，方呼娇娇，蓦见死尸，满地壁上书名，直得魂不附体，惊走归家，叫燕青哥：'与你上梁山去。'青故高卧不理，全急跪拜哀告，青瞪目叱曰：'你如今肯去梁山了么？'"①

黄子安其人，与当世禅宗大德尤其是曹洞宗高僧交往颇深，如无明慧经（1548—1618）《示黄子安茂才》就曾开示他说："曰大丈夫，决不模糊。回光照破，元无两个。顿机上智，绝无思议。碎金刚圈，如结生冤。得没巴鼻，始称实诣。非敢饶舌，为是直捷。付与君子，当慎于此。"（《无明慧经禅师语录》卷4）② 看来，在"顿机"（即"顿发大机大用"）问题上，黄氏并未悟透，所以颇觉困惑，后来遇到慧经的法嗣道盛时，才再次发问。但道盛教法与乃师有别，不再用禅门语来说禅，而是以黄氏熟悉的小说《水浒传》来证禅，并举出两个"急中生智"的同型故事。其中，石秀之事，原出小说第六十二回"放冷箭燕青救主　劫法场石秀跳楼"③，不过，小说本来叙述的是宋江命令石秀、杨雄一同前去打探卢俊义在狱中的消息，不是石秀救杨雄。燕青之事，则与小说第六十五回"托塔天王梦中显圣　浪里白跳水上报冤"所述张顺杀李巧奴而迫使太医安道全上梁山救治宋江的故事情节④基本相同。虽说道盛以《水浒》故事引导黄子安证禅时，存在人名张冠李戴之误（也可能是临场记忆偶误），

---

① 《嘉兴藏》第34册，台北：新文丰出版股份有限公司1987年版，第632页上—中栏。

② 《卍续藏》第72册，河北省佛教协会，2006年，第212页中栏。

③ （明）施耐庵：《水浒传》，人民文学出版社1997年版，第832—833页。

④ 同上书，第862—865页。

但两个故事的性质并未改变。此外,从效果看,道盛比其师更胜一筹。

当然,在本类型中,无论参禅者或上堂开示的禅师,他们引证的人物、故事,也可以出自不同的小说。如《天界觉浪盛禅师全录》卷29就记载了太宰李孟白因善有善报、恶有恶报并不相应之疑,而举出《太平广记》"太岁怕恶人"故事来证明"神人之畏恶人,有同矣"(按:经核查,该故事见《太平广记》卷362《妖怪四》"晁良贞"条,原注出《广异记》),举出小说所载"唐相卢怀慎一生清苦,死无以殓"、而张丞相"平生多机权,故阴府亦为钱铸"之事(按:张丞相,指张说。较早叙述卢、张贫富差异之事者是李冗《独异志》卷上,《太平广记》卷165《廉俭》"卢怀慎"条所引,即注曰"出《独异志》")来证明"阴阳之苦,清士有同矣"。为此,道盛费了九牛二虎之力,最后才得出结论云,小说表现的是"世人浅见,止知一世之责任,绝不知曩生之成就也"。①

(四)故事诗化型

此型指证禅所引小说的故事情节或内容概要往往用诗歌形式予以复述者,其表现形式与佛典十二部经的祇夜(重颂、应颂)相似。所异者在于,祇夜所述内容,其前面散文已经讲过一遍,祇夜重述的目的是强调,或便于传诵;禅师证禅时,基于听众对相关故事早已经熟悉的客观事实,故未像前述道盛那样再把所引《水浒》故事复述一遍。如明末曹洞宗僧圆澄(1561—1626)在回答汉月问马祖道一(709—788)"大机之用"因缘时说:

> 霸陵桥断数张飞,百万曹兵个个疑。多智张辽虽识破,刘君早已渡江西。(明凡录,祁骏佳编《湛然圆澄禅师语录》卷5)②

此四句诗,主要是概述《三国演义》卷9《张益德据水断桥》而来。当然,在小说原文中,张飞(?—221)所断是长阪桥,圆澄改为霸陵桥,是受《三分事略》卷中"曹公赠袍"故事之影响。③

清初曹洞宗僧德宗(1621—1684)说、行谦等编《迳庭宗禅师语录》卷

---

① 《嘉兴藏》第34册,台北:新文丰出版股份有限公司1987年版,第765页上—中栏。

② 《卍续藏》第72册,河北省佛教协会,2006年,第800页上栏。

③ 拙撰:《当阳桥与霸陵桥:"张飞断桥"故事的两种类型》,载拙著《佛教与中国文学散论》,凤凰出版社2012年版,第356—365页。

下则载其《德山验廓侍者》云:

> 坐观成败运机筹,赚得便宜未肯休。七纵七擒谁解会,卧龙徒自枕清流。①

"德山验廓侍者"是禅宗史上的一则著名公案,据南宋普济(1179—1253)撰《五灯会元》卷11记载,唐末临济宗存奖(830—925)的弟子守廓侍者与德山宣鉴(782—865)之间有过"从上诸圣向甚么处去"的讨论。②德山禅法素以棒打出名(史称"德山棒"),而小说中"七擒孟获"的特点恰好也在"打"字(但此"打"指"打仗")上,因此,两者确有契合相通之处。

(五)情节公案化型

这种类型说的是禅师直接把小说中的某些精彩情节或故事片断当作可以参究的话头公案。如明末清初临济宗通门(1599—1671)说、行玮(1610—1676)等编《牧云和尚七会语录》卷2载:

> 师云:昔云长公辞孟德曹公,以义听其行,所经历五关,皆冲突而过。五关之将,鲜有能阻过者。今衲子相从于此,寻常非不放行,偶拈片瓦砾向面前,渠便碍脚,何况五关耶?③

此即把《三国演义》所述关羽过五关斩六将情节视作公案,进而以古喻今,用类比法提醒学人参禅时必须破除一切阻碍,勇往直前。

再如清初曹洞宗僧今释(1614—1680)说、今辨(1637—1695)编《丹霞澹归禅师语录》卷2曰:

> 龙护园伽蓝升座:当日关将军,三更时分骑赤兔马,提青龙刀,半云半雾在玉泉寺前连声大叫云:"还我头来!"被玉泉长老轻轻一拶道:"颜良安在?"旷劫无明,当下消释,且道是还他头,不还他头?还与不还,且置!只如关将军没了头,为什么有口,汝等个个有口,为什么摸头不着?众无对。师云:久立珍重。④

---

① 《嘉兴藏》第40册,台北:新文丰出版股份有限公司1987年版,第53页上栏。
② 《卍续藏》第80册,河北省佛教协会,2006年,第228页上—中栏。
③ 《嘉兴藏》第26册,第549页下栏。
④ 《嘉兴藏》第38册,第299页上栏。

今释在伽蓝殿升座所说"当日关将军"至"颜良安在",基本上取自《三国演义》卷16《王泉山关公显圣》。其后的议论,则是以所引"话头"来开示参禅者。

(六)人物比附古德型

此种类型是指把小说人物直接比附成古代禅宗话头公案中的高僧大德,从修辞学角度看,也可以视作比喻。如《景德传灯录》卷10记录了赵州从谂禅师(778—897)与台山婆子间的一则著名公案,[①] 后世称为"赵州勘婆""赵州婆子"或"台山婆子"。它说一僧想游五台山,便问山下婆子如何走,婆子答云"蓦直恁么去"。僧人离开后,婆子却云:"又恁么去也?"其人顿觉不快,便去问赵州,州答:"待我去勘破遮婆子。"第二天赵州问婆子同样的问题,婆子答语仍是老一套。为此,南宋无门慧开(1183—1260)《无门关》卷1评论道:"婆子只解坐筹帷幄,要且着贼,不知赵州老人善用偷营劫塞之机。"[②] 明末清初三宜明盂禅师(愚庵)承此指出:

> 者婆子学得个红绵套索底法儿,不知陷害了多少良民,不期撞着个鲁智深华和尚,人在他圈缋里,打个筋斗跳出来。者婆子直得无计可施,且那里是赵州打筋斗处。(净符集《宗门拈古汇集》卷15)[③]

结合明盂所说鲁智深,则知用"红绵套索"者,当指《水浒》故事的著名女性一丈青扈三娘,在第五十五回"高太尉大兴三路兵 呼延灼摆布连环马"、第六十四回"呼延灼月夜赚关胜 宋公明雪天擒索超"中,她便使用红绵套索,分别擒获敌将了彭玘、郝思文。[④] 明盂证禅时,显然以她喻台山婆子,以鲁智深喻赵州从谂,并且都是借喻。

在清初文穆念禅师(1633—1678)说、门人真慧等编《文穆念禅师语录》卷4中,念禅师上堂评述唐同安常察禅师问五台僧公案(《五灯会元》卷6)[⑤]

---

① 《大正藏》第51册,台北:新文丰出版股份有限公司1983年版,第277页中栏。
② 《大正藏》第48册,第297页上栏。
③ 《卍续藏》第66册,河北省佛教协会,2006年,第91页上栏。
④ (明)施耐庵:《水浒传》,人民文学出版社1997年版,第733、854页。
⑤ 《卍续藏》第80册,第133页上栏。

时又云："这僧施展如赵子龙战乎长阪,纵横了无惧色。"① 此处则用明喻,直接把五台僧比作《三国演义》卷九《长阪坡赵云救主》中的赵子龙。

（七）故事戏剧化型

它指禅师引证小说故事片断时,往往加以戏剧化的呈现或表演,甚至禅师自己也参与到表演之中。如《天界觉浪盛禅师全录》卷 1 载其上堂云：

> 拄杖子忽然翻生,又变出许多神奇魔王来毁佛、谤法、灭僧,恼乱十方诸佛。佛大笑曰："煮豆燃豆萁,豆在釜中泣。本是同根生,相煎何太急!"魔王呵云："犹自念曹子建底诗章在。"佛曰："你亦念个诗章看?"魔王曰："欢在粉墙上,侬在粉墙下。细语欢不闻,压碎鸳鸯瓦。"蓦喝一喝,拈拄杖,将大众打散。②

众所周知,曹植《七步诗》,由于《三国演义》的引用、渲染而变得家喻户晓。道盛却移花接木,把《七步诗》的著作权归于佛的名下,并且驱佛、魔于拄杖之下,让两人展开诗歌竞赛,颇似戏剧表演。佛引曹诗,意在从究竟说层面劝导魔王,如果他能改邪归正,同样可以证入佛的涅槃之境（毕竟一切众生皆有佛性）,如此就没有佛、魔之分了;但魔王执迷不悟,沉溺于尘世欢爱。最后,道盛主动登场,以棒喝方式警示学人,其实,刚才佛、魔所说,都是镜花水月,不可执著。

有趣的是,清初临济宗杨岐派本升（1620—1673）说、侍者一诚记录的《天岸升禅师语录》卷 6《住青州大觉禅院语录》,载有升禅师的一则"晚参"③,其参禅模式与前述道盛上堂基本相同,都是先引曹植《七步诗》,然后另一人对诗,最后把两首诗都予以否定。不过,升禅师语录中的对诗者不是魔王,而是他自己;最后的否定者则是与会的上座。

而据清初呆翁行悦（1620—1685）编《列祖提纲录》卷 39,本升之师弘觉道忞（1596—1674）立春上堂时回忆说：

> 山僧昔年行脚在黄麻,传得诸葛武侯与曹操鏖兵赤壁,时因吴将周公

---

① 《嘉兴藏》第 36 册,台北:新文丰出版股份有限公司 1987 年版,第 791 页下栏。
② 《嘉兴藏》第 34 册,第 593 页上栏。
③ 《嘉兴藏》第 26 册,第 688 页上栏。

瑾欲用火攻，为渠借转东南风底祭法。不免举行一上："上天皇皇，下土茫茫。"即有山东青州府益都县大觉禅寺住持某乙，一心虔请司风使者、主风神王，盘中有馔，壶中有浆，沈醉东风，愿东风火速发扬。胡卢胡卢，即今东风已到，待渠试为诸人着力看。拽拄杖下座，一时打散归方丈。①

此说明，道忞曾模拟《三国演义》所述孔明设坛借东风的场景，并在立春上堂时亲自表演，诸如上章启请、设馔降神、东风劲吹等细节描写，都绘声绘色，相当生动。

以上七种类型，同样是大致的分类。有时，禅师的引证，也可兼容多种类型，其例甚多，限于篇幅，就不赘列了。

三、余论

从以上介绍可知，明清禅师的小说证禅，除继承明前的引证方式之外，也能与时俱进，对当时盛行的长篇小说多有关注。但其眼光，显然与今人有别，如在所谓的四大名著中，禅师引证最多的是《三国演义》，其次是《水浒》。另两部本来与释家题材、佛教思想关系密切的《西游记》《红楼梦》，前者引证者寥寥，②后者则似从未进入当时僧家用来证禅的视野。虽说当时有人对它评价甚高，谓为"情禅"之作，③但正如陈其元（1812—1882）所论"淫书以《红楼梦》为最"④而遭禁。所以，禅师接触到机会就少，遑论熟读后再以之证禅了。

此外，还有三点需要进一步说明：

一者，禅师对小说的态度究竟如何？大体说来，可分三派意见：一是赞誉派，如清初净挺（1615—1684）说，智淙、智沇等编《云溪俍亭挺禅师语录》

①　《卍续藏》第 64 册，河北省佛教协会，2006 年，第 290 页下栏。

②　较著名者如《丹霞澹归禅师语录》卷 3 载今释颂"南泉斩猫"公案时有云"才见蛇头落地，便看龙尾翻云。昨日赢他孙行者，输与今朝者行孙。咦，你是何人？"（《嘉兴藏》第 38 册，台北：新文丰出版股份有限公司 1987 年版，第 302 页中栏），此孙行者、者行孙，出自《西游记》第三十四回"魔王巧算困心猿　大圣腾那骗宝贝"；清今无（1633—1681）说《海幢阿字无禅师语录》卷上载其腊月十五上堂时有法语曰"国清才子贵，家富小儿骄。熨斗煎茶铫不同，唐僧不是西天客"（同前，第 266 页中栏），其"唐僧"云云，当是概述唐僧西天取经故事。

③　如陈文述（1771—1843）《后秦淮杂咏题秦淮画舫录后》（十五）即评吴门金秀珠、高玉莹二人是"情禅参透《红楼梦》"。《颐道堂集·外集》卷 9，清嘉庆十二年刻道光增修本，第 15 页。

④　（清）陈其元撰：《庸闲斋笔记》卷 8，清同治十二年刻本，第 32 页。

卷14《漆园指通自序》指出："善言禅者,即倩女离魂、明皇斩阆州守,百家小说,无往不是,况漆园吏耶?"① 道忞《布水台集》卷12《龙池禹门幻有和尚传》则载幻有:"自以为寿不得长,因感《香山小说》,思出家焉。"② 当然,《香山小说》属佛教小说,叙述的是妙善公主成道故事,本身就具有示范作用。二是中间派,即把小说证禅作为方便法门之一,如在《湛然圆澄禅师语录》卷1,圆澄就自称"向十字街头说书去"。③ 三是反对派,如明末智旭(1599—1655)撰《蕅益大师佛学十种》载其批评淞江李居士只看语录不读佛经是贪图爽快之举,并警告说:"若取爽快可观,无如《水浒传》《三国志》矣。"④ 不过,总体说来,中间派居于主流地位。

二者,同一禅师在不同场合对小说态度会有所不同,这也符合佛教的方便原则。如在《牧云和尚七会语录》卷2中,通门既以关羽过五关故事来开示禅众(前文已述),又以学生"背地里却将山歌、曲本、小说逐日去看,自谓容易领览"为例,阐明"知解为碍"⑤ 之禅理。

三者,禅师对当时小说批评动态有一定的了解,偶尔也有创作佛教小说者。比如《天童弘觉忞禅师北游集》卷3记载了一则顺治皇帝(1638—1661)与道忞谈论金圣叹(1608—1661)的对话:

> 上曰:"正是其人,他曾批评得有《西厢》《水浒传》,议论尽有遐思,未免太生穿凿,想是才高而见僻者。"师曰:"与明朝李贽所谓卓吾子者,同一派头耳。"⑥

据此则知,道忞与顺治一样,对明清著名评论家李贽(1527—1602)、金圣叹的小说戏剧评点之作都较为了解,但道忞的批判态度更加鲜明。

至于创作佛教小说有名可查的突出代表,是明末临济宗的吹万广真(1582—1639),其《古音王传》广为流行。清初性统编《高峰三山来禅师年谱》载其师灯来(1614—1685)的出家动因即是在崇祯四年(1631):"一日

---

① 《嘉兴藏》第33册,台北:新文丰出版股份有限公司1987年版,第791页上栏。
② 《嘉兴藏》第26册,第354页上栏。
③ 《卍续藏》第72册,河北省佛教协会,2006年,第773页中栏。
④ 《嘉兴藏》第28册,第563页下栏。
⑤ 《嘉兴藏》第26册,第549页上栏。
⑥ 同上书,第295页下栏。

伏案鸡窗,有僧传得聚云师翁《古音王传》,至捧读再三,若醉若醒。……常自矢曰:'吾异日必为聚云儿孙也!'"① 该书崇祯十四年（1641）刊行时,平都秤叟古心撰有《刻古音王传引》,序中把它和《西游记》相提并论,指出:"作《西游》者,疏疏莽莽,如灯取影,人不善读,未免泥辞着相,绝不知主人翁姓张姓李。此《传》妙在不即不离,道是一卷度人真经,却言言游戏;道是一本消闲词话,却又时时漏逗。"② 换言之,作者所虚构的古音王国,其人物（如圆满皇帝、庚极太子、觉照将军等）、故事（如《接命道人揭榜降魔》《无位真人定连环计》等）,都具有真幻一如、庄谐合一的特点,能寓教于乐,并启示禅理。从某种角度讲,广万禅师这是以自创小说来证禅。

---

① 《嘉兴藏》第 29 册,台北:新文丰出版股份有限公司 1987 年版,第 760 页下栏。
② 《嘉兴藏》第 40 册,第 185 页上栏。

第三节　禅宗语录钟馗形象略论 ①

　　钟馗是我国古代较为特殊的文学艺术形象之一,有关其名称来源、形象演变及域外影响之讨论,学术界已有相当丰硕的成果。② 但它们在材料的搜集方面,对佛教大藏经特别是禅宗语录的利用尚不充分,有鉴于此,笔者略作补充,或可有助于钟馗形象生成史的梳理与建构。

一、形象类型

　　陆荨庭先生把钟馗形象生成的过程归纳为"从物到人到神"③,如从植物、

　　①　本小节已刊载于《福州大学学报》(哲学社会科学版)2020年第4期,特此说明。
　　②　相关专著,代表性的有王振德、李天庥《历代钟馗画研究》(天津人民美术出版社1985年版)、郑尊仁《钟馗研究》(台北:秀威资讯科技股份有限公司2006年版)、胡万川《钟馗神话与小说之研究》(台北:文史哲出版社2016年版)、陆荨庭《钟馗考》(上海古籍出版社2017年版)、李旻《古代钟馗图像研究》(光明日报出版社2020年版)等。论文如陈友琴《从终葵说到钟馗》(《思想战线》1979年第4期)、曹建南《日本的钟馗信仰》(《民俗研究》1994年第3期)、刘锡诚《钟馗传说的文人化趋向及现代流传》(《民间文化论坛》1998年第1期)、刘燕萍《钟馗神话的由来及其形象》(《宗教学研究》2001年第2期)、王宝安和李玉亭《终椎研索》(《临沂师范学院学报》2001年第2期)、刘颖《鍾馗信仰的变遷——日中比較の视点から》(《説話・伝承学》第14号,2006年3月,第178—197页)、姜乃菡《钟馗故事的文本演变及其文化内涵》(南开大学2014年博士学位论文)、姚琼《传入日本的钟馗信仰研究》(《浙江社会科学》2015年第11期)、Wilt L. Idema and Stephen H. West "Zhong Kui at Work: A Complete Translation of the Immortal Officials of Happiness, Wealth, and Longevity Gather in Celebration by Zhu Youdun (1379–1439)"(*Journal of Chinese Religions*, Volume 44, Issue1, May 2016, pp.1–36)等。其中,姜乃菡论文在"附录:钟馗故事文献综述"中摘录了禅宗语录中的有关文本,但纵观全文,仍缺少系统分析。
　　③　陆荨庭:《钟馗考》,第1—16页。

器物方面溯源，或称"终葵""菼葵""中馗"；人名有"尧终葵""宗钟馗"等；神名则以钟馗最为世人所熟知，尤其是唐宋以降。对此演变历程，相关佛教文献也有所反映，如北宋睦庵善卿《祖庭事苑》卷3"大珪不琢"条即说"大圭三尺，杼上终葵首"①，清灵耀《楞严经观心定解》卷4有自注曰"杵，椎也，亦名钟馗"②；有的甚至提出了新见解，如唐初法琳《辩正论》卷6云"终馗无大椿之久，蜉蝣罕龟鹄之年"③，中唐慧琳《一切经音义》卷86指出：馗音逵，终馗"虫名也"④。换言之，终馗还是像蜉蝣一样特殊的虫。不过，这一义项后世很少用。

就两宋以降禅宗语录之钟馗形象类型说来，禅师们基本上是以世俗文学、民间传说为基础，同时，又有一些自己的独特创造，从而体现了禅宗特有的文学精神。若从说法时间而言，主要在除夕（或岁首）和端午：

（一）除夕（或岁首）

钟馗作为守岁驱鬼之神而名扬天下，始于唐玄宗开元十三年（725）年底诏吴道子画钟馗像而御赐大臣之时。⑤盛唐名相张说（667—731）得画之后有《谢赐钟馗及历日表》⑥，唐明皇《答吴道子进画钟馗批》则说图画钟馗的目的是："因图异状，须显有司。岁暮驱除，可宜遍识。以祛邪魅，兼静妖氛。仍告天下，悉令知委。"⑦正是由于皇帝的大力推行，才使钟馗信仰迅速流播于大唐各地，甚至在敦煌除夕所用的驱傩仪式文书中也多处言及钟馗守岁迎新时的捉鬼形象，如S.2055写卷《儿郎伟》说"教使朱砂染赤，咸称我是钟馗。捉取浮游浪鬼，积郡扫出三峗。学郎不才之厌（器），敢请宫（恭）奉□□。音声"⑧，P.4976《儿郎伟》亦曰"浮游浪鬼，付与钟馗大郎"。⑨俄藏

① 《卍续藏》第64册，河北省佛教协会，2006年，第342页上栏。
② 《卍续藏》第15册，第726页中栏。
③ 《大正藏》第52册，台北：新文丰出版股份有限公司1983年版，第528页中栏。
④ 《大正藏》第54册，第860页下栏。
⑤ 吴道子第一幅《钟馗图》创作时间之考定，参刘世军：《吴道子〈钟馗图〉创作时间考》，《江西教育学院学报》2006年第2期。
⑥ （宋）李昉等编：《文苑英华》卷596，中华书局1966年版，第3093页下栏—3094页上栏。
⑦ （清）董诰等编：《全唐文》卷37，上海古籍出版社1990年版，第174页中栏。
⑧ 黄征、吴伟校：《敦煌愿文集》，岳麓书社1995年版，第963—964页。又，"音声"一词表明，驱傩仪式中驱傩词《儿郎伟》的演唱，当有特定的音乐表演者。而浮游浪鬼，出自唐道世撰《法苑珠林》卷6所引《婆沙论》之"无威德者，如浮游浪鬼，饥渴之徒，悉无舍宅"（《大正藏》第53册，第314页上栏）。
⑨ 《敦煌愿文集》，第961页。

敦煌写卷《曲子还京洛（乐）》又谓"知道终驱勇猛……能翻海，解踰山，捉鬼不曾闲"。《还京乐》曲调是至德二载（757）唐明皇从蜀还京后命乐官张野狐所制，这说明玄宗御诏所制曲子很快就传到了敦煌，而当地文人所配歌词之内容，竟然集中塑造了钟馗驱傩的伟大形象。①

对钟馗守岁之说，北宋开始，禅师上堂说法时也予以认同。如《建中靖国续灯录》卷4载舒州浮山圆鉴法远禅师（991—1067）语录云：

> 问："新岁已临，旧岁何往？"师云："目前无异怪，不用贴钟馗。"②

从学僧所问"新岁已临，旧岁何往"推断，法远上堂时在除夕，其回答内容说明，贴钟馗像的功用是祛除邪魅。但因当时一切正常，所以，法远认为不用随俗贴钟馗神像。与法远说法如出一辙者，还有清初正印禅师"示众"所说"不觉是除夕，无端弹落半边牙，只恐阎家来催逼。诸兄弟，莫放逸，二六时中当警策。一捱一拶急向前，犹如一人万人敌。取得中军个一人，自然干戈从此息。方是天下太平时，何用钟馗贴在壁"③。更有趣的是，日本临济宗梦窗疏石禅师（1275—1351）语录，对法远之语也有引用。④

不过，后世禅师除夕守岁说法时对钟馗捉鬼形象的描述，并非一成不变，有时会突出其傩戏表演的特色，如元代临济宗笑隐大䜣禅师（1284—1344）"除夜小参"时说"鬼面神头展演，当行旗鼓直得。张公吃酒李公醉，钟馗解舞十八拍"⑤，"解舞"云云，当源自晚唐周繇《梦舞钟馗赋》中所述的舞容⑥。

此外，因新年元日和旧年除夕相连，故不少禅师正旦说法时也会连类而及说到钟馗（含其小妹）形象，如南宋杨岐派高僧竹庵士珪（？—1146）"正旦上堂"时高声喝云"你诸人看看！眼目定动也。左神荼，右郁垒，钟馗小妹生

---

① 《曲子还京洛》文本校录及其性质分析，参柴剑虹《敦煌写卷中的〈曲子还京洛〉及其句式》（《文学遗产》1985年第1期）、李正宇《敦煌傩散论》（《敦煌研究》1993年第2期）等。终驱，即"钟馗"西北方音之读法。

② 《卍续藏》第78册，河北省佛教协会，2006年，第662页中栏。

③ 《法玺印禅师语录》卷5，《嘉兴藏》第28册，台北：新文丰出版股份有限公司1987年版，第797页上栏。

④ 《梦窗国师语录》卷上，《大正藏》第80册，台北：新文丰出版股份有限公司1983年版，第456页上栏。

⑤ 《笑隐大䜣禅师语录》卷2，《卍续藏》第69册，第708页中栏。

⑥ 对《梦舞钟馗赋》舞容之分析，参任半塘：《唐戏弄》，上海古籍出版社2006年版，第931页。

欢喜。开门不用挂桃符,昭昭灵灵元是鬼"①。结合五祖法演(?—1104)回答学人"如何是主中宾"之问时所说"钟馗小妹",② 可知至迟在北宋中后期,钟馗小妹能独立捉鬼的民间传说就已盛行,此和《岁时广记》卷 40"赐钟馗"条所说"或作钟馗小妹之形,皆为捕魑魅之状,或役使鬼物"③ 相吻合。

明末清初今释澹归禅师(1615—1680)"癸丑元旦示众"又说:

> 新年头有个对子"春王正月,天子万年",大众也好个消息,各人领取,尽大地人都领取了,争奈他还不肯? 以拂子左右拂云:自有东风齐着力,何劳门上画钟馗。④

癸丑,即康熙十二年(1673)。此处澹归所说对子,揭示了农历新年贴春联的风俗;钟馗画于门上,则知钟馗当时曾担当过门神。《古宿尊禅师语录》卷 3 所载"机缘"曰:

> 僧问:如何是新年头佛法? 师云:门前贴古对,壁上挂钟馗。⑤

古宿胡尊禅师(1629—?),时代和澹归相近,其答语内容和今释相比:既有相同者,所谓"古对",也指春联;又有相异者,那就是钟馗画像的位置有别,澹归所见是直接画在门上,胡尊所见是挂在墙壁。

而新年元日所见钟馗,同样可以是傩舞形象。清初神鼎元揲(1634—?)即说:

> 快人一言,快马一鞭,连朝拜贺新年,只见山门头合掌佛殿里烧香底,一队来,一队去,钟馗解舞十八拍,就中几个知音。⑥

从"一队来,一队去"和"解舞"分析,新年寺院表演的傩戏中,钟馗形象最为生动鲜明。

---

① 《续古尊宿语录》卷 6,《卍续藏》第 68 册,河北省佛教协会,2006 年,第 497 页上栏。
② 《大正藏》第 47 册,台北:新文丰出版股份有限公司 1983 年版,第 652 页中栏。
③ (宋)陈元靓撰:《岁时广记》,商务印书馆 1939 年版,第 436 页。
④ 《丹霞澹归禅师语录》卷 2,《嘉兴藏》第 38 册,台北:新文丰出版股份有限公司 1987 年版,第 295 页中栏。
⑤ 《嘉兴藏》第 37 册,第 422 页上栏。
⑥ 《神鼎一揲禅师语录》卷 6,《嘉兴藏》第 37 册,第 475 页上栏。

（二）端午

在今存禅宗文献中，端午说法述及钟馗的场景最为常见。兹择要列表（3-4）如次：

表 3-4　禅宗语录端午说法引钟馗事迹简表

序号	禅师	语录内容	文献出处
1	法演 （？—1104）	端午上堂。僧问："今朝五月五……亦请烧一炷。"师云："急急如律令。"进云："也待小鬼做个伎俩？"师云："钟馗吓你。"乃云："今日端午节，白云有一道神符，也有些小灵验，不敢隐藏，举似诸人。"	《法演禅师语录》卷2①
2	克勤 （1063—1135）	五月五日天中节，万崇千妖俱殄灭。眼里拈却须弥山，耳中拔出钉根楔。钟馗小妹舞《三台》，八臂那咤嚼生铁。敕摄摄，急急如律令。	《圆悟佛果禅师语录》卷7②
3	如净 （1163—1228）	重午上堂：天苍苍，地皇皇，还知么？钟馗元是鬼。咄，赤口并消亡。	《如净和尚语录》卷1③
4	德然 （？—1388）	端午上堂：黄米粽，吃一钵，菖蒲茶，吃半瓯，个是衲僧好时节，大家相见饱齁齁。纵横自在，自乐自由，说甚仰山开畲，沩山牯牛，禾山打鼓，雪峰辊球，总是小儿杂剧。且非先德宗猷，只如"端午掩殃"一句，又作生？目前无怪异，不用帖钟馗。	《松隐唯庵然和尚语录》卷上④
5	通奇 （1595—1652）	时值端阳节，世俗咸戴艾。惟我林下人，而不作此态。不用贴钟馗，自然远诸害。但愿秀公萱慈，从此身心庆快。无论百怪千妖，到此一齐捉败。且道凭个甚么，乃有如是威权？自从击碎阴魔窟，举首低头总是符。	《林野奇禅师语录》卷1⑤
6	行元 （1611—1662）	端午上堂：壁上钟馗努目瞋，花妖草怪尽伤神。乘时且打牛皮鼓，拶透威音那畔人。只如威音那畔人，毕竟是甚面孔？良久云：教我如何说，无物堪比伦。	《百痴禅师语录》卷9⑥
7	德富 （1628—1690）	天中节上堂：端阳五月五，空悬一轮孤。家家结彩续命，户户兰汤去毒。唯我衲僧分上，不入者些鬼窟。大众到者里又作么生？卓拄杖云：门神鼓掌呵呵笑，艾虎高悬日卓午。	《玉泉其白富禅师语录》卷上⑦

---

① 《大正藏》第47册，台北：新文丰出版股份有限公司1983年版，第661页上栏。

② 同上书，第744页上栏。

③ 《大正藏》第48册，第124页下栏。又，晦岳智旭是山铎真在（1621—1672）法嗣。

④ 《嘉兴藏》第25册，台北：新文丰出版股份有限公司1987年版，第32页下栏。又，德然所答"端午掩殃"句"目前无怪异，不用帖钟馗"，是借用宋初法远之语，但后者用于除夕。

⑤ 《嘉兴藏》第26册，第630页上栏。

⑥ 《嘉兴藏》第28册，第46页下栏。

⑦ 《嘉兴藏》第38册，第953页下栏。

续表

序号	禅师	语录内容	文献出处
8	智旭 （生卒年不详）	端节上堂：今日天中佳节，海门直无可说。苋煎豆腐血红，艾煮菖蒲墨黑。钟馗见之眼挺，小鬼嗅之脑裂。若作佛法解会，定入犁耕拔舌。	《晦岳旭禅师语录》卷3①
		端节示众：五月五日端阳节，不钉桃符不捏诀。白泽之图家本无，更于何处寻妖孽。钟馗不用贴堂前，角黍全无滋味别。	《晦岳旭禅师语录》卷6②
		端节示众：前年五月五，土宿当堂跨猛虎，大鬼拍，小鬼舞，夜半钟馗失却斗。去年五月五，善财拾药连根苦，虽然杀活贵临时，看来只在文殊手。今年五月五，金木水火土。推寻不落五行中，三脚瞎驴颠倒走。撞着天台老丰干，一物不将来，无处可下手。	《晦岳旭禅师语录》卷7③

表3-4中所列八位禅师端午上堂之法语，大多描述了钟馗作为鬼王的威严形象。其中，晦岳智旭禅师"端节示众"（之三）的说词最有意思，它是用对比法来历数前年、去年和今年的端午节情景：前年似以道教之神钟馗为中心，④但"夜半失却斗"表明，过了端午进入初六的时辰后，钟馗也就失去了即时之用；去年转以佛教人物善财童子、文殊菩萨为主；今年佛道杂陈，"五行"云云源出道教，天台丰干则为佛教人物。若从德然"不用帖钟馗"之说法语境推断，唐宋元三朝，门上贴、挂钟馗神像的时间多在除夕，⑤明初以降，端午亦可。而德富禅师语录所说门神，实指钟馗。

---

① 《嘉兴藏》第38册，台北：新文丰出版股份有限公司1987年版，第515页中栏。

② 同上书，第530页中栏。

③ 同上书，第533页中栏。

④ 按，钟馗的道教神格化，最早见于敦煌所出中古道教写经《太上洞渊神咒经》之"斩鬼品"（参叶贵良辑校：《敦煌本〈太上洞渊神祝咒经〉辑校》，中国社会科学出版社2013年版，第132页）。敦煌写卷P.3811《总坛式》是道士作法时的用图，图中把北方黑帝、南方赤帝、西方白帝、东方青帝、玄武大将、朱雀大将、城隍、土地和钟馗绘制于一图。又，法演、克勤师徒所说"急急如律令"，源自道教符咒用语。五代宋初的守初禅师，其语录说他曾以"道士登醮坛"来回答禅僧之问"大通彻底人作何语话，即得不伤物义"（《卍续藏》第68册，河北省佛教协会，2006年，第247页上栏）。凡此，表明禅师对道教行仪也有一定的了解。

⑤ 如梁克家（1128—1187）撰《淳熙三山志》卷40说当地除夕风俗"书桃符置户间，挂钟馗门上，禳厌邪魅"（《宋元珍稀地方志丛刊·甲编7》，四川大学出版社2007年版，第1652页）。金盈之撰《醉翁谈录》卷4"十二月"条说"除夜，旧传唐明皇是夕梦鬼物，名曰钟馗，既觉，命工绘画之。至今人家图其形，贴于门壁"（清嘉庆《委宛别藏》本）。不过，需要指出的是，唐宋元时期，钟馗之像虽可以贴于门上，但他还没有充当门神。

当然,没有点明说法时间或场景的语录,也有讲到钟馗其人其事者。如:

1.《古尊宿语录》卷38 是洞山守初禅师（910—990）语录,多次言及钟馗:

> 问:才生便死时如何? 师云:钟馗解舞十八拍。①
>
> 问:言无朕迹,如何理论? 师云:钟馗不读书。②
>
> 问:心外无法,不可所求;法内无心,不可所得。如何是道? 师云:纸上画钟馗。③
>
> 问:众魔到来,如何支遣? 师云:钟馗解舞十八拍。④

可见守初禅师是较早用"钟馗解舞"来答禅僧之问者,此答语还可以应对不同学人的提问。受其影响,后世禅师多有引用,如北宋真宗仁宗时的法华全举禅师对天使牛太保开示说"张公吃酒李公醉,钟馗解舞十拍子"⑤,南宋无庵法全（1114—1169）则有"颂"曰"耳里种田,满口含烟,钟馗解舞十八拍,张老乘槎上九天"⑥,只不过有人把傩舞拍数稍有更改罢了。"钟馗不读书",当指钟馗"因武德应举不捷,羞归故里,触殿阶而死"⑦的传说。⑧"纸上画钟馗",则说明当时钟馗绘画题材的盛行。另外,后周广顺（951—953）中,僧智蕴绘有《舞钟馗图》其生活时代和守初相近,则说明"钟馗解舞"之说在五代宋初就有一定的影响了。

2.《嘉泰普灯录》卷13 载湖州道场无传居慧禅师（1077—1151）上堂云:

> 钟馗醉里唱《凉州》,小妹门前只点头。巡海夜叉相见后,大家拍手上高楼。大众! 若会得去,锁却天下人舌头;若会不得,将谓老僧别有奇特。⑨

---

① 《卍续藏》第 68 册,河北省佛教协会, 2006 年,第 246 页中栏。
② 同上书,第 247 页上栏。
③ 同上书,第 252 页上栏。
④ 同上。
⑤ 《古尊宿语录》卷 26,《卍续藏》第 68 册,第 171 页中栏。
⑥ 《禅宗颂古联珠通集》卷 35,《卍续藏》第 65 册,第 699 页上栏。
⑦ 《岁时广记》,商务印书馆 1939 年版,第 436 页。
⑧ 当然,也有据此传说而绘图者,如南宋绍兴年间马和之的《松下读书钟馗》。
⑨ 《卍续藏》第 79 册,第 373 页下栏。

此处描述了钟馗醉中出巡高唱《凉州》词的场景,居慧把钟馗小妹、巡海夜叉等人作为观众的设计,则颇富戏剧性,特别是说钟馗与巡海夜叉相见的细节,和前引敦煌写卷《曲子还京洛(乐)》对钟馗"能翻海"的叙述,前后一脉相承。后世禅师对"醉钟馗"的相关话头也有讨论或赞颂,居慧弟子懒庵道枢(？—1176)即有颂曰"口念木瓜医脚气,纸画钟馗驱鬼祟。一生若解和罗槌,日日吃酒日日醉"①,所谓和罗槌,本是乞丐出入城乡各地唱《莲花落》时所用的拍板,由此可知,虽然由丐者装扮成钟馗的巫傩形象② 更深入人心,更常见,但醉钟馗也别有趣味。而且,此种构思,既有民俗方面的依据,如苏辙(1039—1112)《题旧钟馗》就说正旦迎新时有"银瓶隔夜浸屠酥"③(屠酥,即屠苏,酒名);也对宋元以降钟馗醉酒图(醉钟馗图)的创作有一定的影响,如刘克庄《记杂画·醉钟馗》就说钟馗是"坠帻长须丑,遗靴一足濡。不须诃小鬼,烂醉要渠扶"④。"口念木瓜医脚气"一句,又说明钟馗对治疗脚气病还有特效。

　　钟馗醉中所唱歌词,也可更换。如《揩黑豆集》卷8载杭州仁和圆照茆溪行森禅师(1614—1677)语录曰:

　　　　问:此事楞严常露布,而今忘却来时路,乞师指示! 师云:肉麻。进云:钟馗醉里唱《扬州》,大家拍手上高楼。师云:难消菩萨。⑤

此处学人故意把原话头"唱《凉州》"改为"唱《扬州》",行森则当头棒喝,指出行菩萨道者,不一定要随波逐流,和光同尘。

　　3.《建中靖国续灯录》卷19载安州寿宁院成则禅师语录说:

　　　　若也放开,便与诸人大家拍和,举起胡家曲,共唱木人歌。清风明月生遥夜,玉笛关山吹薜萝。迦叶作舞钟馗拍,潮海齐生哑哑波。龙王怒剑谁敢顾,过定虾鱼不敢过。⑥

---

① 《禅宗颂古联珠通集》卷6,《卍续藏》第65册,河北省佛教协会,2006年,第507页上栏。
② 如顾禄《清嘉录》卷12"跳钟馗"条明确指出"丐者衣坏甲胄,装钟馗,沿门跳舞以逐鬼"(清道光刻本)。
③ (宋)苏辙著,陈宏天、高秀芳点校:《苏辙集》,中华书局1990年版,第1162页。
④ 《全宋诗》第58册,北京大学出版社1998年版,第36414页。
⑤ 《卍续藏》第85册,第361页下栏。
⑥ 《卍续藏》第78册,第764页上栏。

成则禅师,生平事迹不详,系北宋临济宗黄龙派常总照觉禅师(1025—1091)的法嗣之一,故他和居慧时代相近(或稍前)。"胡家曲",本指笛曲,当时禅人"借此以况吾道"。^①在成则建构的戏剧化场景中,钟馗和佛陀十大弟子之首的大迦叶一起出场,钟馗虽仅为配角,但他怒拍大海所产生的无穷威力,同样令人敬畏。

4.《瞎堂慧远禅师广录》卷1载瞎堂(1103—1176)禅师上堂有语曰:

> 阿呵呵,也大奇,折臂修罗舞《柘枝》……得便宜是落便宜,直得左神荼、右郁垒,半夜三更开口笑。也好笑,你且道"笑个什么",笑道"钟馗被鬼迷"。^②

本来钟馗和左右门神一样,都是驱除鬼魅的战友,竟然被鬼所迷惑。此即禅宗所倡导的"梵志翻著袜"之法也。

5.《三宜盂禅师语录》卷8载明盂禅师(1599—1665)《答即念法侄梦话二十二问并颂》曰:

> 问:如何是三要? 答:棺材屋里挂钟馗。^③

明盂禅师答语说明,钟馗神像也可以挂在棺材屋里,目的自然仍在祛除鬼魅。

6.《庆忠铁壁机禅师语录》卷11载慧机禅师(1603—1668)之"颂古"曰:

> 举"临济凡见僧入门便喝"。
>
> 颂:临济门庭太孤峻,当阳悬口照妖镜。任是钟馗并魍魉,直下难逃穷性命。^④

慧机是从侧面说明,即便是鬼王钟馗,也抵挡不了临济义玄禅师(?—867)峻烈的棒喝禅风。与慧机写法相同的是燕居德申禅师(1610—1678)的《付城壁马居士》偈"巨口无心太极浑,大千沙界作丸吞。如来宝剑亲相委,任是

---

① 参《祖庭事苑》卷1"胡家曲",《卍续藏》第64册,河北省佛教协会,2006年,第324页上栏。
② 《卍续藏》第69册,第563页下栏。
③ 《嘉兴藏》第27册,台北:新文丰出版股份有限公司1987年版,第53页下栏。
④ 《嘉兴藏》第29册,第618页下栏。

钟馗也掉魂"①。其中，不论照妖镜、如来剑，都是喻体，意在赞扬禅宗大彻大悟
的作用。

7.《宗鉴法林》卷 8 辑有天岸本升禅师（1620—1673）之"颂"曰：

> 钟馗夜半贴门神，贴到天明看自身。笑指门神像自己，不知自己是门神。②

本升是木陈道忞（1596—1674）的法嗣，其生活时代在明末清初，颂中把钟馗
称作门神，③ 恰与当时端午（午日）钟馗的性质相同（这点后文有介绍，此不
赘述）。

8.《天王水鉴海和尚六会录》卷 7 载慧海禅师（1626—1687）有《钟馗
赞》曰：

> 明皇昼梦尔为鬼，蓝袍着身剑手举。欲除天下虚耗孽，致使人人无恙
> 苦。为鬼尚然有此心，为士如何反害人？④

此首像赞，从对钟馗形象的描摹说来，它和《岁时广记》卷 40 "梦钟馗"条引
《唐逸史》所述相同，⑤ 但在结尾点题时却以人、鬼对照，反讽了现实生活中人
不如鬼的现象！

9.《大悲妙云禅师语录》卷 4 载真雄禅师（1634—?）"颂古"诗曰：

> 分疆列界自模糊，更把桃符换鬼符。举笔中堂书大庆，钟馗应自觜都卢。⑥

---

① 《嘉兴藏》第 40 册，台北:新文丰出版股份有限公司 1987 年版，第 103 页上栏。
② 《卍续藏》第 66 册，河北省佛教协会，2006 年，第 328 页下栏。
③ 中国古代充当门神者主要有神荼、郁垒、钟馗以及孙膑、韩信、赵云、岳飞、杨延昭、穆桂英等武将（参段塔丽:《中国古代门神信仰的由来与嬗变》，《陕西师范大学继续教育学报》2000 年第 3 期）。而禅宗语录所说的门神，有时并不能确定他是否为钟馗，如《嘉泰普灯录》卷 21 载青原如禅师答学人之语曰"五彩画门神"（《卍续藏》第 79 册，第 417 页中栏），《沩山古梅洌禅师语录》卷上载清初定洌"元旦上堂"曰"新岁才来，一到天下皆到，到后又怎么生？十方俱击鼓，五彩画门神"（《嘉兴藏》第 39 册，第 787 页下栏）。
④ 《嘉兴藏》第 29 册，第 271 页上栏。
⑤ 类似写法的像赞，还有日本东阳英朝（1428—1504）《赞钟馗》（《少林无孔笛》卷 6，《大正藏》第 81 册，台北:新文丰出版股份有限公司 1983 年版，第 405 页下栏）、大休宗休（1468—1549）《钟馗赞》（《见桃录》卷 2，《大正藏》第 81 册，第 428 页下栏—429 页上栏）、清初如乾禅师《题钟馗像》（《憨休禅师敲空遗响》卷 7，《嘉兴藏》第 37 册，第 283 页中栏）等。
⑥ 《嘉兴藏》第 38 册，第 460 页中栏。

真雄别出心裁,指出钟馗无论使用哪种法器辞旧迎新,都是主心骨,都要自己负责。换言之,钟馗护法护人,并无特定的边界与范围。

10.《磬山牧亭朴夫拙禅师语录》卷6载实拙禅师（1682—?）《题钟馗》曰:

> 先生文出武归,笔投秦氏镀鞯。咄嗟斯文扫地,仗剑星斗芒落。龙蛇所恃文章,妖孽全凭韬略。气虹怒发冲冠,须眉剑戟倒卓。日月乾坤磨肩,山河社稷楔脚。真真口吐白凤,莫莫蝙蝠飞却。天上功名靡求,人间活鬼难捉。君不见,一股虫尸忙万蚁,味如嚼蜡蜡偏嚼,日出湖山咨息爝。①

此则像赞,与众不同之处在于它把钟馗塑造成了文武双全的斗士,而且用夸张的手法,描写了钟馗啖鬼的形象。其中,"口吐白凤",比喻钟馗像扬雄一样有文采;②而蝙蝠意象的出现,更为有趣,因为在民间传说中他是钟馗斩鬼时的引路先锋。烟霞散人撰《斩鬼传》说他本是田间鼹鼠,饮了奈河水后才生出翅膀,变作蝙蝠,并向钟馗自荐,情愿做个向导。③同时,蝠谐音福,意为驱邪祈福福到来。

11.《宗鉴法林》卷72载界弘量禅师（生卒年不详）有颂云:

> 青山日伸颈,绿水夜扬眉。握管虚空判,写出旧钟馗。④

若从"日""夜"两个时间节点推断,此处叙述的是钟馗日夜出巡捉鬼之事。这点早在北宋文同（1018—1079）《蒲生钟馗》诗中就有所交待,即所谓"前诃后拥役二竖,此神啖鬼充旦暮"⑤。

12.《五灯全书》卷90载百痴行元法嗣潭州濒阳白鹿钟山宏禅师"示众"云:

> 熏莸不同器,枭鸾不接翼。壁上画钟馗,空中悬剑戟。施大用,展全机,戴角擎头睹者稀。⑥

---

① 《嘉兴藏》第40册,台北:新文丰出版股份有限公司1987年版,第520页下栏。
② （宋）邵雍辑:《梦林玄解》（崇祯刻本）卷34"口吐白凤"条曰"杨雄作《甘泉赋》,梦口吐白凤"。
③ 参齐驱:《蝙蝠与钟馗》,《中国民族博览》1997年第1期。
④ 《卍续藏》第66册,河北省佛教协会,2006年,第714页下栏。
⑤ 《全宋诗》第8册,北京大学出版社1998年版,第5453页。
⑥ 《卍续藏》第82册,第502页中栏。

此处叙述的是壁画中的钟馗形象。但其手中法器,除宝剑① 以外,又新添了戟。而说钟馗持戟,似是改造前人描述钟馗"髯戟"② 形象而来。换言之,原先戟是写钟馗须髯的形状,此则变成了钟馗所持的武器。

13.《五灯全书》卷 90 卷载乐清雁山罗汉寺冶翁伯禅师上堂:

> 举"玄沙三种病人"毕,师曰:见前大众,且喜无此三种病,何故?若言患聋,适才鸣钟不合闻;若言患盲,适才集众不合拜;若言患哑,适才香赞不合念。良久曰:钟馗头上,不合贴卦。③

"玄沙三种病人"是著名的禅宗公案,指唐末五代玄沙师备禅师(835—908)接化聋、盲、哑三种病人之事。冶翁伯禅师认为,当下信众并无三种病,故用端午民俗之事象为证。本来,在五月五日这一天应"以雄黄书'王'字于小儿额……画钟馗贴于后户,以辟不祥……僧道画符以赠人"④,钟馗作为驱疫之王,自然不用贴卦之类了。

除了禅宗语录以外,禅师对世俗画家所作钟馗图也颇感兴趣,如居简(1164—1246)《梁楷画钟馗并引鹤归云际携琴过涧西三题》⑤ 是对当时梁楷所画钟馗图的题赞,元僧释宗衍《中山出游图》⑥ 则是对龚开同名画作的题赞。

从以上介绍可知,五代宋初以后的历代禅师对钟馗其人其事相当熟悉,他们在相关语录中对钟馗的形象有所重塑:一方面,既和民俗生活题材相一致,都把钟馗视作捉鬼驱疫的保护神,主要出现于除夕和端午的相关法会上;另一方面,也有文人化的审美趣味,⑦ 如钟馗小妹、出游、醉酒等题材的出现,几乎和文人创作同步。当然,禅宗叙述钟馗事迹时,常有自己独特的宗教精神:一是反对偶像崇拜,所以才有"不用贴钟馗"之类的开示;二是圆融思想,即可以把不同性质的钟馗形象捏合起来,如道枢颂中的钟馗就是医者、巫者、丐者、酒徒等多种身份的重叠。

---

① 钟馗手中所持武器,多为宝剑。如前述慧海《钟馗赞》、如乾《题钟馗像》、东阳英朝《赞钟馗》、大休宗休《钟馗赞》中,悉如此。
② 如王肖翁(1272—1336)《中山出游图》"老馗怒目髯奋戟"、元末明初李昱《钟馗歌》"髯戟参差努双目"等。
③ 《卍续藏》第 82 册,河北省佛教协会,2006 年,第 573 页上—中栏。
④ (清)冯桂芬撰:《(同治)苏州府志》卷 3,清光绪九年刻本。
⑤ 《全宋诗》第 53 册,北京大学出版社 1998 年版,第 33209 页。
⑥ 王振德、李天麻编著:《历代钟馗画研究》,天津人民美术出版社 1985 年版,第 55 页。
⑦ 有关分析,参刘赐诚:《钟馗传说的文人化趋向及现代流传》,《民间文化论坛》1998 年第 1 期。

二、成因略说及其他

（一）成因

禅师上堂说法喜欢以钟馗其人其事开示学人，探其成因，大致有三：

一者禅宗传法，提倡"欲识佛性义，当观时节因缘"①，故说法讲究随机应变，如在一些特定的岁时节日像元日、立春、上元、清明、立夏、中秋、冬至、腊八等场合，都会引用相关的民俗事象，除夕、端午也不例外，故其所涉钟馗信仰，自然进入了禅师的视野。此点，前文所引多处文献例证可予以充分说明。换言之，相关语录，多是应时应景之语，并不值得大惊小怪。

二者从佛教艺术史的角度看，钟馗神像很早就进入了寺院的神圣空间，并占有一席之地，如北宋初期郭若虚所撰《图画见闻志》卷2就说五代王道求在开封相国寺画有"十六罗汉、挟鬼钟馗"②等壁画。而且，五代以降不少善长佛像画教内外的画师，如后蜀赵忠义、后周僧智蕴、北宋杨棐等都绘制过钟馗的画像，故《宣和画谱》把"钟馗氏、鬼神"等题材都归于"道释"类。③更有甚者，有禅师就以寺中"粉壁画钟馗"④开示学人，可谓是现场教学的极好案例。

三者禅师上堂说法，颇富戏剧性，而钟馗是唐宋以降傩戏中的关键人物之一，无论除夕、端午，都可以表演相关的傩戏。⑤寺院之中，同样可以观傩，如《嘉泰普灯录》卷4载白云守端禅师（1025—1072）在杨岐方会（996—1049）门下的悟道场景是：

---

① 禅宗语录中，此句广为引用。较早者有唐代百丈怀海（720—814），其开示灵祐（771—853）时即以此为据（参《潭州沩山灵祐禅师语录》，《大正藏》第47册，台北：新文丰出版股份有限公司1983年版，第577页上栏）。

② （宋）郭若虚著，黄苗子点校：《图画见闻志》，人民美术出版社2003年版，第43页。

③ 佚名撰：《宣和画谱》卷1，载于安澜主编：《画史丛书》第2册，上海人民美术出版社1963年版，第1页。

④ 《寒松操禅师语录》卷7，《嘉兴藏》第37册，台北：新文丰出版股份有限公司1987年版，第597页中栏。

⑤ 如孟元老记北宋东京除夕禁中大傩仪中就有"装钟馗、小妹、土地、灶神之类，共千余人"（邓之诚注：《东京梦华录注》，中华书局1982年版，第253页），清方濬颐撰《二知轩文存》卷19《与养志园主人书》则说"重午日……城中又有跳钟馗之剧"（清光绪四年刻本）。

歧见之，与语终夕。一日忽问"受业师为谁"，云"茶陵郁和尚"……歧笑而趋起，师愕视不寐。黎明，咨询之。适岁暮，歧曰："汝见昨日打驱傩者么？"云见。曰："汝一筹不及渠。"师复骇云："意旨如何？"曰："渠爱人笑，汝怕人笑。"师大悟。①

此则悟道因缘，后世禅师常引为话头，智愚（1185—1269）说《虚堂智愚禅师语录》卷9之"除夜小参"即曰：

僧云："记得杨岐和尚因除夜看打驱傩，谓湘中端上人曰'汝一筹不如他'，此意如何？"师云："垂丝千尺，不钓凡鳞。"②

两相对照，则知方会以除夕看打钟馗傩来开悟其徒，并且揭示了傩戏的娱乐功能，即可以使观众发笑。此点，世俗之作也有反映，如南宋江西南丰人刘镗的《观傩》详细地描写了岁暮傩戏的演出进程，③其开篇四句"寒云岑岑天四阴，画堂烛影红帘深。鼓声渊渊管声脆，鬼神变化供剧戏"，开宗明义地交待了傩戏的演出环境和性质，即鬼神也可以供人娱乐；中间则有一节专门写钟馗："终南进士破鞱绔，嗜酒不悟鬼看觑。奋髯瞠目起婆娑，众邪一正将那何"，此当是叙述醉钟馗捉鬼之事。

（二）其他

前文讲到钟馗与除夜（或新年正旦）、端午的关系最为密切，此时都可以悬挂钟馗像以辟邪祈福。但从明末清初起，除夕（或岁首）门上贴画钟馗像的传统有所改变，即端午也可贴钟馗神像了，甚至还形成了午日钟馗的习俗。④不过，从禅宗语录看，其他时日，寺院也可以贴挂钟馗，对此，中日佛教文献都可以提供一些例证。日本方面，如《梦窗国师语录》卷上载梦窗疏石于元德元年八月二十九日入院时说：

① 《卍续藏》第79册，河北省佛教协会，2006年，第315页下栏。
② 《大正藏》第47册，台北：新文丰出版股份有限公司1983年版，第1055页下栏。
③ 参余大喜：《刘镗〈观傩〉与傩舞戏》，《江西社会科学》1993年第2期。
④ 参陆庭尊《钟馗考》（上海古籍出版社2017年版，第24—27页）、李昃《端午时节说〈午日钟馗〉》（《装饰》2009年第5期）。又，清人乔松年（1815—1875）《萝藦亭札记》卷7指出"《梦溪笔谈》谓岁首画钟馗于门，与今用之于端午者小异"（清同治刻本），但异在何处，乔氏并没有详细说明。

> 山门尽大地是圆觉伽蓝,且道门限在什么处? 弹指一下云:看看宿雾
> 初收天已曙,佛殿殿里底他是谁? 咦,我早知你,门帖钟馗。①

此处明确交待了钟馗像所贴的位置,但时间节点似不在除夕和端午。

中土方面如清初真续(1660—?)说《昭觉竹峰续禅师语录》卷3之
"中元上堂"云:

> 十五日已前,西岷秋色晚。十五日已后,金莲瑞日长。正当十五日,
> 天晴佳气盛,世泰兆民安,且道"还有奇特也未?"顾众云:家无异怪,不
> 贴钟馗。②

中元日,即农历七月十五,佛教也称鬼节。真续此处所说,虽是反用钟馗事例,
但也说明在盂兰盆法会上本可贴钟馗神像。

---

① 《大正藏》第80册,台北:新文丰出版股份有限公司1983年版,第454页下栏。
② 《嘉兴藏》第40册,台北:新文丰出版股份有限公司1987年版,第129页中栏。

第四章
禅宗语录与戏剧

本章主要谈两个问题：一是"川杂剧"与"傀儡戏"的关系，① 二是明清禅宗语录涉及的戏剧作品。

① 本小节已发表于《石河子大学学报》（哲学社会科学版）2017 年第 1 期，特此说明。

第一节 "川杂剧"、傀儡戏及其他

　　南宋临济宗杨岐派高僧兰溪道隆禅师（1213—1278），既是日本临济宗大觉派开山之祖，又是中日禅宗交流暨戏剧文化交流史上举足轻重的人物之一。其传世语录中收有一首七绝体的"颂古"之作，所颂"古则"内容是"马大师与西堂百丈南泉玩月"，诗曰："戏出一棚川杂剧，神头鬼面几多般。夜深灯火阑珊甚，应是无人笑倚栏。"①对"川杂剧"一语，戏剧史学者多有检讨，然众说纷纭，未能定论。如张杰先生《南宋大觉禅师的"杂剧诗"》②，结合道隆的生平行事，一方面认为诗可能是禅师"中、晚年的忆昔之作"，"寄托了游子对家乡的怀念和对乡土艺术的热爱之情"，另一方面猜测其内容："可能反映的是南宋晚期（约1213—约1233）四川境内的戏剧活动情况……目前来看，成都的可能性是较大的。""川杂剧"之"川"，"与'温州'、'永嘉'都是指某种戏剧活动的区域，该种戏剧也因地域而得名"，它"标志着在一个特殊的政治、经济、文化的环境中诞生的某种新的戏曲艺术形式的新的存在"。薛瑞兆先生《宋代川杂剧初探》③以十分肯定的语气说："'川'，应指四川成都地区。"其中，"'神头鬼面'，说的是角色扮演的人物故事，大约包括历史传说与民间神话。……丰富多彩的剧目和滑稽有趣的演技，令人目不暇接，仰笑不止"，"艺

---

　　①　《大觉禅师语录》卷下，《大正藏》第80册，台北：新文丰出版股份有限公司1983年版，第89页上栏。

　　②　中国艺术研究院戏曲研究所《戏曲研究》编辑部编：《戏曲研究》第八辑，文化艺术出版社1983年版，第245—252页。

　　③　载《中山大学学报》（社会科学版）1985年第4期。

术上注重滑稽,与宋杂剧'大抵全以故事,务在滑稽'的风貌接近。而它在语音和乐调方面则应带有自己的乡土色彩。"邓运佳先生针对某些学者主张的"宋代四川的'傩戏'"说,依据傩戏演出、观看皆不在"戏棚"的历史事实,从而分析道隆禅师所观看的"川杂剧","恐怕应是四川上演的'目莲戏'"。①康保成先生则从佛教文化对我国傀儡戏的影响角度猜测说"'川杂剧'或即是'川鲍老'(即傀儡戏)也未可知",并谓"理由有四:一、'杂剧'在宋代有广义、狭义之不同,广义的'杂剧'可包括傀儡戏在内,《宋史·乐志》十七'杂剧用傀儡'可证;二、宋代虽有'戏棚'之说,但用于杂剧,多为看棚,非表演场地,而'傀儡棚'之说则非常普遍;三、杂剧虽然也有诙谐内容,可引人发笑,但以'神头鬼面'出场又可使人'笑倚栏'者,则很可能是傀儡戏;四、禅宗语录多以傀儡戏比喻人生短暂。"②凡此论断,都给笔者良多启发,兹在前贤时彦的基础上,运用教内文献互证法,尤其是结合禅宗语录的言说系统,以及禅僧流动的地域性,对相关问题分疏如下:

一、"川杂剧"所颂之"古则"

道隆"川杂剧"颂古诗所颂"古则",涉及禅宗史上四个著名禅师:马大师,指马祖道一(709—788),他是南宗创立人惠能的二传弟子(惠能→怀让→道一),在8世纪中叶创立了影响极其深远的洪州宗;西堂、百丈、南泉,分别指智藏(735—814)、怀海(720—814)和普愿(748—834),三人都宣扬马祖禅风,是马祖最杰出的弟子,史称马祖门下"三大士"。

不过,关于马祖师徒玩月之事主要有两种版本:一是释道原撰成于景德元年(1004)的《景德传灯录》,是书卷6"洪州百丈怀海禅师"条载怀海、智藏二大士一夕随侍马祖玩月:"祖曰:'正恁么时如何?'西堂云:'正好供养。'师云:'正好修行。'祖云:'经入藏,禅归海。'"③二是李遵勖天圣七年(1029)献于宋仁宗的《天圣广灯录》,该书卷8"洪州百丈山大智禅师"条载南泉亦有参

①　邓运佳:《中国川剧通史》,四川大学出版社1995年版,第118页。
②　康保成:《中国古代戏剧形态与佛教》,东方出版中心2004年版,第418—419页。
③　《大正藏》第51册,台北:新文丰出版股份有限公司1983年版,第249页中—下栏。又,"经"者,指经教;"禅"者,指禅学。

与,且谓其听马祖发问后的表现是"拂袖便去",马祖不但对此毫不介意,反而称赞说"唯有普愿,独超物外"①,因为南泉打破了一切法相的束缚,直指当下,真正体现了自己"即心是佛"的思想。这两种版本中,第二种说法在后世占据主导地位,如《圆悟佛果禅师语录》卷18就记载了克勤(1063—1135)举"马祖百丈西堂南泉玩月"之事。② 当然,个别禅师对马祖等人的赏月时间交待得更具体,像克勤的弟子宗杲(1089—1163)举此"古则"时就明确指出是"中秋玩月"。③

　　无论马祖师徒是三人或四人,在道隆之前的禅宗语录,都没有把他们的赏月之举与观看"川杂剧"相联系。换言之,以"川杂剧"颂"马祖玩月"是道隆的独创。但其构思也非空穴来风,因为"杂剧"说法是杨岐派禅师的拿手好戏,如《圆悟佛果禅师语录》卷8就记载克勤示众时说:"诸人既是藏锋,山僧不免作一场独弄杂剧去也。未怎么前是第二头,正怎么时是第三首。饷间怎么去,只是随波逐浪。"④ 刘晓明先生分析说,克勤特意强调"独弄杂剧","说明当时的杂剧虽有一人作表演,但不普遍,故需要特别声明"。⑤ 克勤的同门南堂元静禅师(1065—1135,其与克勤一样,俱出法演门下。法演,绵州巴西人;元静,后改名道兴,阆州玉山人。师徒皆为四川人)圆寂数十年之后,文礼(1167—1250)《画像赞》概述其一生是"杂剧打来,全火只候",⑥ 赞词对元静的人生如杂剧(戏)的思想给予了高度褒扬。

　　禅宗语录对马祖师徒玩月的时间界定,或曰"一夕",或曰"中秋",前者较模糊,后者则十分确切,因为"中秋玩月"一般是指八月十五的赏月活动。不过,笔者以为,读者对二者都不必太过较真,因为禅师的上堂说法,其场景设计往往是虚实相生、真假互存,⑦ 甚至还要营造戏剧化的氛围。而道隆的"颂古"与马祖的玩月,在时空方面的关联点有二:从时间言,玩月与看戏都可持续至夜深人静之际;从空间言,道隆与马祖一样都来自四川,只不过马祖比道

---

①　《卍续藏》第78册,河北省佛教协会,2006年,第450页中栏。
②　《大正藏》第47册,台北:新文丰出版股份有限公司1983年版,第800页上栏。又,克勤是四川崇宁人,道隆是涪江人,二者同出于四川。
③　《大慧普觉禅师语录》卷4,《大正藏》第47册,第826页中栏。
④　《大正藏》第47册,第750页中栏。
⑤　刘晓明:《杂剧形成史》,中华书局2007年版,第176—177页。
⑥　《五灯会元》卷19,《卍续藏》第80册,第401页上栏。
⑦　参拙撰:《虚构与真实——论僧肇〈临刑偈〉及相关故事的来源与影响》,《文学与文化》2011年第3期。

隆早出道五百年,但从禅门传承体系看来,道隆所属的杨岐派正源自道一开创的洪州宗。① 换言之,马祖玩月的某些场景因素触发了道隆的联想与感兴,加上杨岐派"杂剧"说法传统的影响,所以才有了"川杂剧"的颂古诗。

二、"川杂剧"之"杂剧"内涵

前文已言,学术界对"川杂剧"的释义,或着眼于剧目(如《目连戏》),或着眼于表演形态(如傩戏、傀儡戏),到底何者为是?笔者以为,解决问题的关键在于综合比较禅宗语录内部的言说体系,特别是与道隆时代相同或前后相续的杨岐派语录。

道隆"川杂剧"诗歌文本中,最值得分析的语词是"神头鬼面"和"笑",前者概括了杂剧人物形象的总体特点,后者点明了"川杂剧"表演的诙谐效果。有趣的是,南宋至元初杨岐派禅师(包括入日者),在语录中概述相关戏剧人物形象时,同样好用"神头""鬼面";在描述戏剧效果时,同样多用"笑"字。为清眉目,兹择要列表4-1如下:

表 4-1　南宋元初杨岐派禅宗语录"以戏说法"简表

禅师名称	籍贯	语录出处	说法形式及其内容
瞎堂慧远 (1103—1176)	四川眉山	《瞎堂慧远禅师广录》卷一	上堂:今朝腊月二十,依旧眼横鼻直。从头收拾将来,恰似一棚杂剧。便是抹土涂灰,我也阿谁相识。九百木大小进,处分全由节级。忽然出至棚前,也解打躬相揖。驼起要打便打,放下要泣便泣。蓦然冷笑一声,笑倒判官五十。②
石溪心月 (?—1254)	四川眉州	《石溪心月禅师语录》卷上	青苗会上堂:"忆昔东山演祖有云:'每日起来,驱沩山牛,扶地藏犁,挂临济棒,担仰山锹,耕白云田,七八年来渐成家业。是则是,大似打独弄杂剧,未免手忙脚乱。'不若使沩山驱牛,地藏扶犁,仰山担锹,临济挂棒,白云耕田,岁岁年年坐收花利。何故?他家自有好儿孙,祖父从来不出门。"③

① 杨岐派开山之祖是方会禅师(996—1049),其为南岳下第十一世,道一则是怀让之法嗣。

② 《卍续藏》第69册,河北省佛教协会,2006年,第566页下栏。慧远是克勤弟子。而木大、节级,指戏剧脚色副净、副末,参胡明伟:《中国早期戏剧观念研究》,学苑出版社2005年版,第206—207页。

③ 《卍续藏》第71册,第25页中栏。法演"独弄杂剧"之法,弟子克勤亦有继承,事见前引《圆悟佛果禅师语录》卷8。

续表

禅师名称	籍贯	语录出处	说法形式及其内容
无门慧开 （1183—1260）	浙江钱塘	《无门关》	无门曰：释迦老子做者一场杂剧，不通小小。且道文殊是七佛之师，因甚出女人定不得。罔明初地菩萨，为甚却出得。…… 颂曰：出得出不得，渠侬得自由。神头并鬼面，败阙当风流。①
虚堂智愚 （1185—1269）	浙江象山	《虚堂和尚语录》卷5	杨岐为慈明忌日设斋：一棚傀儡木雕成，半是神形半鬼形。歌鼓歇时天未晓，尚余寒月挂疏棂。②
断桥妙伦 （1201—1261）	浙江台州	《断桥妙伦禅师语录》	师拈云："空照老人，打个独脚杂剧，观者虽众，笑者还稀。新瑞岩，今日到来，未免出只手，与主丈子更打一场春，乃唤主丈子一声。卓一下云：'惺惺着。'又卓一下云：'他时异日，莫受人瞒。'连卓二下云：'莫有解笑者么，三十年后。'"③
环溪惟一 （1202—1281）	四川资州墨池	《环溪惟一禅师语录》卷1	谢执事上堂：东山开个小小戏场，编排佛祖拈弄不到底科段。然而单丝不成线，独掌不浪鸣，须是诸人大家撺掇始得。所谓唱底唱，拍底拍，丝竹互奏，金石交陈。山僧赢得于其中间举其宏纲，撮其机要，卷舒进退，开阖翕张。或现鬼面神头，或伸佛手驴脚，千变万化，七纵八横，傍人看来，只眨得眼。且道：是神通妙用，法尔如然，还么？不见道：但看棚头弄傀儡，抽牵总在里头人。④
祖元无学 （1226—1286）	浙江鄞县	《佛光国师语录》卷1	佛涅槃上堂。举世尊告众曰："若谓吾灭度，非吾弟子；若谓吾不灭度，亦非吾弟子。"黄面瞿昙杂剧打了，要把戏衫脱与呆底。⑤
希叟绍昙 （？—1297）	西蜀	《希叟绍昙禅师广录》卷6《跋禅会图》	禅既强名，会亦妄立，一火无知，打棚杂剧。百样乔汝诳世人，千般怪语瞒天日。⑥
了庵清欲 （1292—1367）	台州临海	《了庵清欲禅师语录》卷1	上堂：夜来州中琴堂上搬杂剧，也有端严奇特，也有丑陋不堪。鬼面神头亦自好笑，且道笑个什么！我观世间人，是个大杂剧，所谓文武医卜、士农工商，各逞己能，互相欺诳。逗到腊月尽头，不觉一场败阙。⑦

① 《大正藏》第48册，台北：新文丰出版股份有限公司1983年版，第298页中栏。
② 《大正藏》第47册，第1023页中栏。
③ 《卍续藏》第70册，河北省佛教协会，2006年，第551页中栏。
④ 同上书，第368页上。科段，也叫科文、科分、科节、科判，略称为"科"，本指注释经论时对全经文句所作的段落分判，此则指戏剧演出的分场或分折。
⑤ 《大正藏》第80册，第130页下栏。又，祖元1279年入日后，成了禅宗佛光派之祖。
⑥ 《卍续藏》第70册，第462页上栏。
⑦ 《卍续藏》第71册，第299页下栏。

在上述九位禅师以戏说法的案例中,两次提到了"东山"其人,他指杨岐方会(996—1049)的再传弟子法演(?—1104,其法系传承是:方会→守端→法演)。智愚所说"慈明",则指方会老师石霜楚圆(986—1039),其嗣法弟子中,慧南(1002—1069)、方会影响最大,各自创立了临济宗的两大派别——黄龙派和杨岐派;智愚以傀儡"颂古"之"古则"本事,见于方会弟子仁勇等人所辑的《杨岐方会和尚语录》:

> 伏惟尚飨,慈明忌晨设斋。众集,师至真前,以两手捏拳安头上,以坐具划一划,打一圆相便烧香,退身三步,作女人拜。首座云:"休捏怪。"师云:"首座作么生?"首座云:"和尚休捏怪。"师云:"兔子吃牛奶。"第二座近前,打一圆相便烧香,亦退身三步,作女人拜。师近前作听势,第二座拟议,师打一掌云:"者漆桶也乱做。"①

此处之"真",指楚圆遗像。方会在老师忌辰法会上的系列举措,显然是一种戏剧化的表演,而智愚以傀儡"颂古",既契合了方会说法的场景,又从写作构思上启发了道隆,甚至可以说后者的"颂古",与智愚相较,简直是如出一辙。所异者,仅在于戏剧种类不一,即智愚用"傀儡",道隆用"川杂剧",但二人所述戏剧主体人物又完全相同,都是神与鬼。

无门慧开所说的"杂剧"人物,皆是神神鬼鬼;石溪心月所举,则为历史上的真实人物,如灵祐(771—853)、地藏(生卒年不详)②、慧寂(840—916)、义玄(?—867)、守端(1025—1072)都是著名禅师,他们的禅法,全部可以溯源至马祖。由于心月说法场景特殊,是在青苗会③,顾名思义,他自然需要唠叨唠叨农事的了。有趣的是,北宋官方散青苗钱后往往有俳优演出戏剧,因此,有关心民生的官员则禁之,如杨时(1053—1135)自叙其在潭州任浏阳县令的情况是:"方官散青苗时,凡酒肆食店,与夫俳优戏剧之罔民财者,

---

① 《大正藏》第47册,台北:新文丰出版股份有限公司1983年版,第642页中栏。

② 此处"地藏",不是指地藏菩萨,而是指地藏禅师,北宋张商英(1043—1121)《护法论》即说:"如古之地藏禅师,每自耕田,尝有语云:'诸方说禅浩浩地,争如我这里种田博饭吃。'"(《大正藏》第52册,第640页中栏)

③ 据南宋释惟勉编成于咸淳十年(1274)的《丛林校定清规总要》卷下云"五月分,芒种后,插种毕,当捡例,做青苗会,请大众看经等事"(《卍续藏》第63册,河北省佛教协会,2006年,第616页上栏),则知"青苗会"做法事是禅林清规之一,其目的在于祈祷青苗顺利成熟。

悉有以禁之。散钱已,然后令如故。"① 心月批评法演青苗会上堂说法之举"似独弄杂剧",则从侧面说明当时杂剧的演出常态是由多角色共同承担。当然,将不同历史时期的人物能共处于同一空间,只能出于剧情虚构或是幻想中的场景罢了。

绍昙禅师的语录,虽未定性"杂剧"人物形象的群体特征,但"百样乔粧""千般怪语",却揭示了杂剧演出的某些共性,至少说明演员不是以真实面貌出现在观众面前,即有了脚色分工②和化妆,语言、声音也经过了特殊的艺术处理。如果综合语录所说"歌鼓""科段""丝竹""戏衫"等要素,则知当时的杂剧、傀儡戏已经是深受欢迎的综合性艺术了,它们已把文学、音乐、舞蹈、服饰、化装融为一体了。而诸人所说"冷笑""笑倒""笑""好笑"等,无一不是在描述演出的效果。

道隆"川杂剧"人物以神头鬼面为特色,这与傀儡戏有交叉重合之处,确如康保成先生所言,是不能排除它属于"杂剧用傀儡"之列。不过,笔者以为,"川杂剧"似乎也可归到《东京梦华录》卷七"驾幸临水殿观争标赐宴"条所说的"神鬼杂剧"。③ 既然以"神鬼"命名,其人物形象自然离不开"神头"与"鬼面"了。

三、"傀儡"胜"杂剧":唐宋禅师的以戏说法

在中国戏剧史上,傀儡戏的出现远远早于杂剧,所以,禅师以傀儡喻道的历史也长于以杂剧说法,相关的案例也多得多。

最早以"傀儡戏"教化学人者是盛唐本净禅师(667—761),其与南岳怀让(677—744)、青原行思(671—740)一样,俱出于惠能(638—713)门下,他回答白马寺惠真禅师之《无修偈》结尾云"但看弄傀儡,线断一时休"。④

① (宋)杨时撰,林海权点校:《杨时集》,福建人民出版社1993年版,第241页。
② 胡明伟先生认为"诳世人"者指副净,"瞒天日"者为副末,参《中国早期戏剧观念研究》,学苑出版社2005年版,第281页。
③ (宋)孟元老撰,邓之诚注:《东京梦华录注》,中华书局1982年版,第184页。需要指出的是,虽然"神鬼杂剧"在传世古籍中仅此一例,但笔者以为明人朱权(1378—1448)"杂剧十二科"的最后一类"神头鬼面(即'神佛'杂剧)"(中国戏曲研究院编:《中国古典戏曲论著集成》三《太和正音谱》,中国戏剧出版社1959年版,第24页)的含义、性质,与"神鬼杂剧"基本相同。
④ (南唐)静 筠二禅师编撰,孙昌武、[日]衣川贤次、西口芳男点校:《祖堂集》,中华书局2007年版,第182页。

此后,以"傀儡"说法便成了唐宋以降禅林最常见的场景之一,如马祖的再传弟子婺州苏溪和尚(其法系传承是:道一→灵默→苏溪)《牧护歌》云"那知傀儡牵抽,歌舞尽由行主"①,而义玄(其法系传承则为:道一→怀海→希运→义玄)"临济三句"的最后一句"看取棚头弄傀儡,抽牵都来里有人"② 更具典范性,后世禅师把它作为话头公案者不胜枚举。至宋,临济弟子③ 特别是杨岐派对"傀儡"更是津津乐道,如《法演禅师语录》卷上载:

> 上堂云:山僧昨日入城,见一棚傀儡,不免近前看,或见端严奇特,或见丑陋不堪,动转行坐,青黄赤白,一一见了。子细看时,元来青布幔里有人。山僧忍俊不禁,乃问长史高姓,他道:"老和尚看便休,问什么姓?"④

结合前引石溪心月、环溪惟一二禅师语录,则知法演不但喜欢"杂剧"说法,也喜欢傀儡为喻,甚至还亲自欣赏过傀儡戏的演出。其"忍俊不禁"的表述,说明傀儡戏亦以滑稽搞笑为旨趣。

《希叟绍昙禅师广录》则多次载有绍昙上堂说法以傀儡为喻之例,如卷1云"墅里山前,一棚傀儡,个东个西,或进或退。打东山鼓乐,断送及时;着杨岐戏衫,编排合制。虽由行主线牵抽,妙舞《三台》谁不会",卷3云"十二峰前傀儡棚,尽由行主线抽牵。编排科段无新旧,歌舞秋风乐管筵"。⑤ 尤其是前者所说"杨岐""东山",分别指杨岐派创立者方会及其再传弟子法演。易言之,杨岐派禅僧喜欢以杂剧、傀儡说法,是两宋丛林的共识。

杨岐派禅师对新兴的傀儡戏如肉傀儡也十分熟悉,大慧宗杲(1089—1163,克勤法嗣)《正眼法藏》卷2就对沩山灵祐晚年得到慧寂、香严(?—

---

　　① 《景德传灯录》卷30,《大正藏》第51册,台北:新文丰出版股份有限公司1983年版,第463页上栏。

　　② 语出《镇州临济慧照禅师语录》,《大正藏》第47册,第497页上栏。《祖庭事苑》卷6"傀儡"条指出:"一本作'但看棚前弄傀儡,抽牵都是里头人'。"(《卍续藏》第64册,河北省佛教协会,2006年,第399页下栏)

　　③ 宋代非杨岐派的临济宗禅师,也有以傀儡说法者,如省念(926—993)弟子蕴聪(965—1032)就以"杖头傀儡人长弄"来回答弟子之问(《古尊宿语录》卷9,《卍续藏》第68册,第53页下栏);蕴聪同门智嵩(生卒年不详)答杨亿(974—1020)、驸马李遵勖(988—1038)之问时则有颂云:"一言才出彻龙庭,搅动须弥帝释惊。三世诸佛齐坐了,杖头傀儡弄双睛。"(《古尊宿语录》卷10,《卍续藏》第68册,第63页下栏)显然,这师兄弟二人都以"杖头傀儡"作喻。

　　④ 《大正藏》第47册,第653页中栏。

　　⑤ 《卍续藏》第70册,第419页下栏、435页中栏。

898）两大弟子之事有感而发，并拈古云："沩山晚年好则剧，教得遮一棚肉傀儡，直是可爱。且怎么生是可爱处？面面相看手脚动，争知语话在他人。"①

　　此外，有的临济宗偈颂，虽未标明"傀儡"字眼，但据内容所述，实可判定是用了"傀儡戏"之喻。如《保宁仁勇禅师语录》对惟俨（751—834）、道吾（769—835）师徒荣枯问答之"古则"作颂说："抹粉涂坯复裹头，尽由行主线牵抽。鼓鼙打破曲吹彻，收拾大家归去休。"②道川《参玄歌》则曰："拨转面前关捩子，只许当人独自知。阿呵呵，大圆觉，流出菩提遍寥廓。鬼面神头几百般，无瑕镜里皆消却。"③仁勇是杨岐方会的弟子，其颂"尽由行主"云云，结合前引《牧护歌》，则知所述剧种是傀儡。道川虽然不属于杨岐派，但其法脉渊源可溯源至石霜楚圆（具体传承为：楚圆→可真→慕喆→道平→继成→道川），而楚圆是方会之师，换言之，年代晚于仁勇六七十年的道川，其实从"祖师禅"角度说，二人都出于宋初临济宗大师楚圆。道川所说"关捩子"，指傀儡子（木偶）的关节；"鬼面神头"，指戏中的人物群像；"阿呵呵"与"逻啰哩"一样，指戏剧唱腔的和声辞。④道隆"川杂剧"诗中的"神头鬼面几多般"，显然化用了《参玄歌》"鬼面神头几百般"，因为二者句式完全相同，意义也没有太大的差别。

　　两宋丛林点评唐代著名禅师的开悟手段时，偶尔也用"杂剧"作比喻，但这并非表示唐人的"杂剧"观念就同步进入了当时禅师的实用语境。如《嘉泰普灯录》卷18载福州东禅蒙庵思岳禅师上堂云：

　　　　蛾羊蚁子说一切法，墙壁瓦砾现无边身。见处既精明，闻中必透脱。所以雪峰和尚凡见僧来，辊出三个木球，如弄杂剧相似。⑤

---

　　①　《卍续藏》第67册，河北省佛教协会，2006年，第592页上栏。
　　②　《卍续藏》第69册，第292页上栏。
　　③　《卍续藏》第79册，第485页下栏。
　　④　如南宋初黄龙派禅僧无净慧初上堂说法时即云"赢得村歌社舞，阿呵呵，逻啰哩"（《嘉泰普灯录》卷13，《卍续藏》第79册，第374页中栏）。"逻啰哩"，也作"啰哩啰""啰哩嗹"等，本出于梵咒，后用于戏剧唱腔的和声，详细分析参康保成：《梵曲"啰哩嗹"与中国戏曲的传播》，《中山大学学报》（社会科学版）2000年第2期。南宋曹洞宗僧人宏智正觉（1091—1157）"百丈野狐"之"颂古"云"阿呵呵，会也么……神歌社舞自成曲，拍手其间唱哩啰"，万松行秀（1166—1246）《从容录》卷1在"阿呵呵""自成曲""唱哩啰"下各有夹注云"堪笑堪悲""拍拍是令""细末将来"（《大正藏》第48册，台北：新文丰出版股份有限公司1983年版，第232页中栏），其注释用语，全与戏剧有关，或讲演出效果，或讲音乐之用，或述脚色（细末，即细抹）。
　　⑤　《卍续藏》第79册，第400页上栏。

思岳,江州人,生卒年不详,他是大慧宗杲的法嗣之一。《雪峰义存禅师语录》卷下"中和元年辛丑"条载:"师年六十,众盈千五百人。凡来参,便辊出三个木球,一留寝室,二藏塔中。"[①]据此可知,义存(822—908)说法"古则"根本未用"杂剧"之喻(即"杂剧"不是出自义存之口或由他表演)。"如弄杂剧相似",当是思岳对"古则"的评断,这与前引其师宗杲"拈古"评灵祐之"肉傀儡"喻一样(即不是灵祐在教慧寂、香严两大弟子表演肉傀儡,而是说灵祐弟子就像宗杲当时见到肉傀儡的演出一样,失去了自主权,任由别人操纵),手法完全相同。另外,宗杲"拈古"之"则剧",很可能与"肉傀儡"是互文,果如是,则两宋之际的"杂剧",就包括了"肉傀儡"。[②]

至于两宋禅师以当时"杂剧"观念入法堂真实语境之例,前列《南宋元初杨岐派禅宗语录"以戏说法"简表》已有所归纳,此处就不再赘举了。总之,唐宋禅师的以戏说法时,"傀儡"之喻,唐宋禅僧都用;而"杂剧"之喻,只有两宋禅僧用之,但宋人的"杂剧"范畴,有时也涵盖了(肉)傀儡戏。

四、禅僧流动:从"川杂剧"到"绍兴杂剧"等

著名学者刘跃进先生曾经指出:僧侣是六朝文化交流的特殊使者,因为无论从长安、洛阳、建康、凉州等四大文化中心的兴衰及其文化交流的若干途径看,从僧侣自身的文学创作、佛教思想对于中古诗律演变、中古文学题材、中古文学思想的巨大影响等方面看,六朝僧侣在魏晋南北朝时期的文化传播过程中,的确起到了特殊和重要的作用。[③]而唐宋以降,随着中国化佛教宗派——禅宗的盛行,禅僧在各地不断流动,他们对当时文化艺术的传播,同样也起到了特殊使者的作用。

就本文检讨的"川杂剧"说来,它在唐宋间的生成与发展进程较为复杂。

---

① 《卍续藏》第69册,河北省佛教协会,2006年,第88页中栏。中和元年,即公元881年。

② 冯沅君先生猜测"则剧"是"杂剧"(参《古剧说汇》,作家出版社1956年版,第50页);刘晓明先生在爬梳相关文献后指出:"'则剧'一名包括以下义项:戏耍、戏具、戏术等等,这些义项皆源导于'则剧'最初的含义:作剧,即作戏耍。"(参《杂剧形成史》,中华书局2007年版,第139页)不过,笔者认为宗杲"拈古"同时使用"则剧""肉傀儡",则知二者定有某种内在的联系,因此,冯氏的推断并非完全无据。另,清初曹洞宗僧人释净符编《宗门拈古汇集》卷33载当时临济正宗第三十二世慧云寺住持行盛禅师拈义存、师备(835—908)师徒之"古则"云:"看他父子,则剧相似,舞拍递承,宫商合调。"(《卍续藏》第66册,第196页上栏)既然说"则剧"有舞有乐,则把它理解成"杂剧"也未尝不可吧。

③ 刘跃进:《六朝僧侣:文化交流的特殊使者》,《中国社会科学》2004年第5期。

安史乱中,玄宗入蜀后把开元间于长安设立的教坊杂剧（歌舞戏）① 带到了成都;据李德裕（787—850）会昌元年（841）正月撰《第二状:奉宣令更商量奏来者》② 提到的文宗太和三年（829）十二月南诏从成都郭下成都、华阳二县掠走的八十人中"一人是子女锦锦,杂剧丈夫二人"之史实分析,可见中唐时期成都就有了专门演出杂剧的男演员;五代前、后蜀,蜀中的社会经济相对稳定,杂剧得到进一步发展,演出剧目有《麦秀两岐》等;至宋,"川杂剧"更是独步一时,在当时的地方戏剧中影响甚大、地位甚高。③ 南宋道隆禅师到浙江弘法,本来对当地戏剧也有一定的了解,但"颂古"时却对"川杂剧"念念不忘,可知家乡的杂剧艺术已深深植根于其心中,甚至是他在比较川、浙杂剧异同后的深切感受。

两宋（含金）杂剧史上,出现过不同的戏剧圈或地域中心。如景李虎先生归纳为三大戏剧圈:一是北方戏剧圈,它以汴京为中心,前期为北宋,后期为金王朝;二是南方戏剧圈,以南宋都城临安为中心,它代表了南宋的戏剧面貌;三是以成都为中心的蜀中戏剧圈,其形成一方面源于蜀地久远的戏剧传统,另一方面则由于地理因素。④ 戴不凡先生则认为南宋地方戏至少有五种,即温州杂剧、绍兴杂剧、闽南戏、赣东迓鼓戏和川戏。⑤ 显而易见,川戏（杂剧）在两位学者心目中都是当时有代表性的杂剧种类之一。不过,他们都没有分析禅僧在各类杂剧流播过程中的特殊作用。⑥ 兹仅就南宋禅僧流动在"川杂剧"与浙江"永嘉戏曲"等杂剧之间的可能联系略做梳理。

"川杂剧"不但在唐宋时期就相对成熟,而且四川当地的寺院、禅僧（包括川籍禅师的弟子）在其生成流播过程中起过较为突出的作用。寺院方面,最著名的莫过于创建于至德年间（756—757）的大圣慈寺（大慈寺）了。如《北梦琐言》载:

> 伪蜀王先主未开国前,西域僧至蜀,蜀人瞻敬,如见释迦,舍于大慈三学院。蜀主复谒,坐于厅,倾都士女就院,不令止之。妇女列次礼拜,俳优王舍

① 关于玄宗时期教坊杂剧之含义分析,参刘晓明:《杂剧形成史》,中华书局 2007 年版,第 47—50、66—93 页。
② （唐）李德裕著,傅璇琮、周建国校笺:《李德裕文集校笺》,河北教育出版社 2000 年版,第 208 页。
③ 邓运佳先生梳理四川戏剧发展史时,单列一章曰"宋代的'川杂剧'",参《中国川剧通史》,四川大学出版社 1995 年版,第 113—161 页。
④ 景李虎:《宋金杂剧概论》,广东高等教育出版社 1996 年版,第 10—16 页。
⑤ 戴不凡:《两宋杂剧新说》,《社会科学战线》1990 年第 3 期。
⑥ 如胡明伟先生较详细说明了两宋杂剧发展史上宫廷杂剧与民间杂剧的对立与互动（《中国早期戏剧观念研究》,学苑出版社 2005 年版,第 85—124 页）,颇可参考。

城飘言曰："女弟子勤苦礼拜，愿后身面孔，一切似和尚。"蜀主大笑。①

此处所说前蜀主王建登基之前的趣事，实际反映了大圣慈寺作为杂剧演出场所的历史事实。作为王建随身俳优②的王舍城，用生动滑稽的语言将佛教转世说予以戏剧化的呈现，"笑"果颇为明显。田况（1005—1063）出守成都时，作有 21 首《成都遨乐诗》，记录了他在上元、清明、七夕、重九等节日游玩寺观的场景，其中涉及五所寺院：安福、圣寿、净众、宝历和大慈。但出现频率最高的是大慈寺，相关作品有《八日大慈寺前蚕市》《二月十四日大慈寺建乾元节道场》《九日大慈寺前蚕市》《七月六日晚登大慈寺阁观夜市》《七月十八日大慈寺观施盂兰盆会》《冬至朝拜天庆观会大慈寺》，数量竟然占组诗的四分之一强。而寺院蚕市庙会，大多有神鬼杂剧的演出，如《目连戏》、傀儡戏等。

值得注意的是，首次使用"川杂剧"的兰溪道隆，宝历元年（1225）13岁时即出家于大慈寺，受具足戒后，他才离寺东游，先后谒过在浙同乡杨岐派僧人无准师范（1178—1249，四川梓潼人）、痴绝道冲（1169—1250，四川蓬溪人）、北涧居简（1164—1246，四川三台人），最后，嗣法无明慧性（1162—1237，四川宣汉人）。淳祐六年（1246）东渡日本，后创立禅宗大觉派。而道隆的川籍杨岐派祖师辈（如法演、克勤、瞎堂慧远、白杨法顺、云居真牧、竹庵士珪③等）、师辈（师范、道冲等）及同时代的惟一、了惠（1198—1262，无准法嗣，蓬州蓬池人）等，都有游学成都的经历，他们对蜀中名寺大慈寺的各种戏剧表演当是了然于胸的，④当他东游浙江时，自然会把自己喜闻乐见的"川杂剧"施用于丛林法席吧。如果我们进一步穷原竟委，则知最早以"竿木随身，逢场作戏"自喻的邓隐峰禅师（生卒年不详，福建邵武人），竟然与四川也有密切的关系，因为其师就是大名鼎鼎的马祖道一。按康保成先生的分析，"竿木随身，逢场作戏"所代表的禅宗仪式，本身就具有多种戏剧因素。⑤

---

① （五代）孙光宪撰，贾二强点校：《北梦琐言》，中华书局 2002 年版，第 405 页。

② 据两宋之际曾慥撰《类说》卷 43"偷驴贼"条，王舍城早年曾随王建转战多地，身份则是军中俳优。

③ 白杨法顺（1066—1139，绵州魏城人）、云居真牧（1084—1159，潼川郪县人）、竹庵士珪（1083—1146，成都人），三者俱为佛眼清远（1067—1120，四川临邛县人，法演弟子）之法嗣，事迹分别见于祖琇《僧宝正续传》卷 4、卷 5 和卷 6。

④ 当然，诸位川籍杨岐派禅僧游学大慈寺，与该寺在蜀中的独尊地位有关，史称"大慈号四川学海"（《卍续藏》第 79 册，河北省佛教协会，2006 年，第 576 页中栏）。

⑤ 参康保成：《竿木随身，逢场作戏——禅宗仪式中的戏剧因素探析》，《中山大学学报》（社会科学版）2001 年第 2 期。

　　至于永嘉戏曲（温州杂剧）、绍兴杂剧等南宋时期浙江新兴的地方戏（当时杭州临安为首都，所以，不能把京城的杂剧等同于一般的地方戏剧），其生成史比"川杂剧"要晚得多。虽说目前没有太多的文献可以直接证明"川杂剧"影响"永嘉戏曲"等浙江地方戏剧的途径和效果，但毕竟存在一些蛛丝马迹可供我们探寻。如北宋田况《成都遨乐诗·二十三日圣寿寺前蚕市》云"器用先农事，人声混乐音。蚕丛故祠在，致祝顺民心"①，"蚕丛"，即川人祭祀的蚕神，②也是神话传说中的开蜀先王之一；"乐音"云云，则描摹了娱神杂剧的演出实况。既然圣寿寺的蚕市有此类杂剧演出，则《八日大慈寺前蚕市》《九日大慈寺前蚕市》所说大慈寺蚕市的情况也应大体相同。冯山（？—1094，普州安岳人）《和周正孺游醴泉寺蚕丛》又自述春游情形说："喧哗歌舞随流俗，潇洒溪山忆故林"③，结合《和眉守周尹正孺端公春游醴泉》之"乐转诸天外，川平一掌中"④，则知两位四川同乡（周正孺，成都人）都对眉州醴泉寺的娱蚕神之杂剧同样欣赏。这类演出，在川中不但从北宋一直持续到南宋；⑤而且给中年时期曾在川中生活过较长时间的陆游（1125—1210）留下了深刻的印象，乃至步入人生暮年的诗人开禧二年（1206）在家乡山阴所作《夜投山家》（之二）中深情地回忆道："夜行山步鼓鼕鼕，小市优场炬火红。唤起少年巴蜀梦，宕渠山寺看蚕丛。"⑥换言之，诗人在绍兴小市场上看到通俗戏剧演出之后，进而引发了他对乾道二年（1166）自夔州赴南郑路过渠州夜宿山寺而观娱乐蚕神杂剧的回忆，看来两者之间定然存在某种相通之处。或者说，寺庙演出"蚕丛"一类的神鬼杂剧，绍兴小镇也有上演。

　　田况、冯山所述蜀中寺院蚕神类杂剧的演出，既然歌舞表现是"随流俗"，目的是"顺民心"，则知神鬼类杂剧娱神之同时，也具有娱人的世俗功用。而

---

　　①　北京大学古文献研究所编：《全宋诗》第5册，北京大学出版社1998年版，第3445页。

　　②　杜光庭撰《仙传拾遗》"蚕丛氏"条云"蚕丛氏自立王蜀，教人蚕桑，作金蚕数千头。每岁之首，出金头蚕以给一蚕，民所养之，蚕必繁孳，罢即归蚕于王。王巡境内所止之处，民则成市。蜀人因其遗事，每年春置蚕市也。"（罗争鸣辑校：《杜光庭记传十种辑校》，中华书局2013年版，第869页）据此可知，蚕丛即蚕神也。

　　③　《全宋诗》第13册，第8663页。

　　④　同上书，第8651页。

　　⑤　如南宋后期诗人吴泳（潼川府中川人）《郫县春日咏》（之五）即说"不寒不暖杏花天，争看蚕丛古寺边"（参《全宋诗》第56册，第35077页）。

　　⑥　（宋）陆游著，钱仲联、马亚中主编：《陆游全集校注》第7册，浙江教育出版社2011年版，第226页。

且,其表演往往离不开平民百姓的参与,胡明伟先生依据陆游诗歌《书喜》
(之二)"酒坊饮客朝成市,佛庙村伶夜作场"、《出行湖山间杂诗》(之二)
"野寺无晨粥,村伶有夜场"等所反映的绍兴农村戏剧演出的场景,进而把这
一类戏剧命名为"平民杂剧"①,此论良是。川地禅僧行脚四方,逢场作戏,从
某种角度看,他们的地域流动与走村串巷的优伶十分相似,尤其是佛庙成了两
者的交汇点。换言之,禅僧可以在佛寺以戏说法,而"村伶"也可以于其中上
演各类杂剧,甚至是地方戏剧。

温州杂剧(永嘉戏曲)产生于南渡之际,其时代亦晚于"川杂剧"。当川
籍禅僧云游至永嘉一带时,他们同样可能把"川杂剧"(包括傀儡戏)的方方
面面带入该地。如两宋之际的竹庵士珪,绍兴年间就曾先奉诏驻锡雁荡山能
仁寺,后来又在永嘉江心寺弘法,考虑到杨岐派僧人好以杂剧说法的事实,他
也是"川杂剧""永嘉戏曲"间可能的联络人选之一。虽然目前没有太多的
材料直接触及这两者的内在联系,但从一些与"傀儡戏"有关的零散记载中,
我们还是可以寻绎出一些可能的连接点,比方说,《张协状元》"丑"角所唱
曲牌中就有《川鲍老》②,曲牌既然以"川"命名,则它毫无疑问是出于四川
的傀儡戏。值得注意的是,《西湖老人繁胜录》说杭州临安戏社中"福建鲍
老一社有三百余人,川鲍老亦有一百余人"③,表面看,闽地傀儡戏演员队伍是
四川的三倍,然而,存世文献中并未发现有"闽鲍老""福州鲍老"一类的曲
牌,显然,闽地傀儡戏的音乐运用至少在两宋时期没有形成自己的品牌,倒是
《福州歌》曾用于《张协状元》。此外,"鲍老"又是当时禅林的常用语之一,
如大慧宗杲《戏作偈寄檀越》末句"已成鲍老送灯台"④之"鲍老送灯台",就
被智昭《人天眼目》卷六收录于新增的"禅林方语"之条目中,⑤可知禅僧对
"鲍老"傀儡戏脚色的内涵是了然于胸的。

---

① 参胡明伟:《中国早期戏剧观念研究》,学苑出版社2005年版,第115页。

② 钱南扬校注:《永乐大典戏文三种校注》,中华书局1979年版,第27页。又,《张协状元》第
五三出"末"唱词则云"好似傀儡棚前,一个鲍老"(同前,第214页)。

③ 孟元老等著:《东京梦华录·都城纪胜·西湖老人繁胜录·梦粱录·武林旧事》之《西湖老
人繁胜录》,中国商业出版社1982年版,第2页。

④ (宋)祖咏编:《大慧普觉禅师年谱》"(绍兴)四年甲寅"条,《嘉兴藏》第1册,台北:新文丰
出版股份有限公司1987年版,第799页下栏。

⑤ 参《大正藏》第48册,台北:新文丰出版股份有限公司1983年版,第332页下栏。

第二节　明清禅宗语录之戏剧作品略论

禅宗仪式颇富戏剧性因素,对此,学界已形成共识。而前贤时彦在检讨禅宗与中国古典戏剧关系时,着力点多在禅宗观念对戏剧创作思想、创作情感的影响、古代戏剧所表现的禅宗题材及禅宗戏剧的形成与发展之类。[①] 总体说来,对禅宗语录文学特色的形成和戏剧之间的互动关系,尚缺乏整体的观照。究其成因,或许是对禅宗语录所涉及的多方面戏剧史料缺少细致的梳理。有鉴于此,本文试以任半塘先生对戏剧文献史料的类型学分析为参照,[②] 着重检讨禅宗语录所叙及的戏剧作品及有关禅师的戏剧思想。

如果我们翻检宋元以来的禅宗语录,不难发现其所载剧种多样,几乎是与中国戏剧发展史同步。或者说,同时代的禅师对宋元明清的主要戏剧类型大多有深入的了解,如傀儡(木偶)戏、杂剧、影戏(包括皮影、灯戏)、戏文、传奇、花鼓等。特别是在"(游)戏为佛事""以戏为佛事"的佛教戏剧本体观的影响下,以戏说法在丛林法事场合中十分常见。尤其是明清两朝,不少禅师

---

① 　相关研究较有代表性的论著是张政烺《〈问答录〉与说参请》(原载"中研院"历史语言研究所集刊》第 17 本,1948 年 4 月,后收入《张政烺文史论集》,中华书局 2004 年版,第 238—242 页),毛炳身、毛小雨《禅宗与元杂剧》(《中州学刊》1988 年第 2 期)、张则桐《元杂剧〈度柳翠〉与文字禅》(《中国典籍与文化》1999 年第 4 期)、康保成《中国古代戏剧形态与佛教》(东方出版中心 2004 年版)、张婷婷、王宁邦《元杂剧艺术与禅宗文化精神》(《佛教文化》2005 年第 6 期)、黎羌《中国禅宗戏剧的缘起与佛教图文的东渐》(《戏剧》2008 年第 2 期)、《禅宗戏剧:以戏剧形式弘扬禅学》(《中国民族报》2014 年 12 月 16 日第 8 版)、孙向峰《佛教题材戏曲研究》(武汉大学 2013 年博士学位论文)等。

② 　按,任半塘《唐戏弄》(上海古籍出版社 2006 年版)讨论唐五代戏剧的具体内容时,主要从辨体、剧录、脚色、伎艺、设备、演员等方面入手,此对笔者颇有启发。

还形成了较为系统的戏剧批评理论,如觉浪道盛、木陈道忞 [1] 等。

一、相关戏剧作品举隅

在明清禅宗语录中,禅师听戏、观剧之事时有发生,故而提到了不少戏剧作品,主要有:

(一)《西厢记》

《西厢记》有北、南之分,前者指王实甫《西厢记》,后者作品较多,如作者不详的《崔莺莺西厢记》、李景云《莺莺西厢记》、李日华《南调西厢记》、陆采《陆天池西厢记》等。南北《西厢》故事内容大体一致,只是具体的情节安排及曲辞风格有别。禅宗语录中,谈论最多的是《北西厢》,如:

1.《天目明本禅师杂录》卷下载中峰明本(1263—1323)约于延祐七年(1320)所作《和冯海粟梅花诗百咏》(其三)颔联云:

> 细看古道临风树,疑是西厢待月人。[2]

其所用喻体"西厢待月人",稍具戏剧常识者都知道出自王实甫的名剧《崔莺莺待月西厢记》,即明本禅师其实是在以佳人崔莺莺来比喻梅花。换言之,《西厢记》完成不久,[3] 即风靡天下,甚至连明本禅师也十分熟悉其情节,能做到信手拈来,浑融无碍。更可注意的是,明本《梅花诗百咏》颇受后世禅师喜爱,行元《百痴禅师语录》卷26《题中峰和尚〈梅花诗〉》即指出:"若夫《梅花百咏》,特其余技耳,比见丛林学者各抄袭一册,以为腰囊至宝,将谓幻住老祖面目全在于是,吾恐常寂光中必莞尔笑曰:'此等瞎阿师,亦太辜负予也。'"[4]

---

① 相关论述,参廖肇亨《禅门说戏——一个佛教文化史观点的尝试》(《汉学研究》第 17 卷第 2 期,1999 年 12 月)、《尽大地是一戏场:觉浪道盛与小说戏曲》(左东岭、陶礼天主编:《中国古代文艺思想国际学术研讨会论文集》,学苑出版社 2005 年版,第 487—500 页)、《淫词艳曲与佛教:从〈西厢记〉相关文本论清初戏曲美学的佛教阐释》(《中国文哲研究集刊》第 26 期,2005 年 3 月)等。

② 《卍续藏》第 70 册,河北省佛教协会,2006 年,第 748 页上栏。

③ 学术界对王实甫《西厢记》的创作时间尚无定论,此依邓绍基"元成宗元贞大德间(1295—1307)间"之说(《王实甫的活动年代和〈西厢记〉的创作时间》,《文化遗产》2012 年第 4 期)。

④ 《嘉兴藏》第 28 册,台北:新文丰出版股份有限公司 1987 年版,第 135 页上栏。又,百痴虽对丛林执着《梅花百咏诗》的现象深表不满,但这一现象从另一侧面说明了明本咏梅诗的流行。

2. 清初释超永编《五灯全书》卷 97 载崇祯十年（1637）考中进士的李谦
居士在出家之后：

> 谒天峰清，一见许可，特为上堂。问："路逢达道人，不将语默对，将甚
> 么对？"士曰："临去秋波那一转。"清曰："未在更道。"士曰："先号咷而
> 后笑。"清遂记莂。①

此处李谦与天峰清禅师第一次机锋相对时的答语，显然出自《西厢记》第一
折的唱辞"空着我透骨相思病染，怎当他临去秋波那一转"②。这一事实至少
说明两个问题：一者《西厢记》对李谦影响甚深，乃至出家之后仍然对相关唱
词能脱口而出，二者《西厢记》唱词本身也被赋予了特定的禅理，如李卓吾、
金圣叹等人的评点本。

若追溯禅师以《西厢记》戏剧悟禅的历史，较早载于王同轨（1535—?）③
《耳谈类增》卷 16《史胜篇》之"僧人悟禅语"引"董太史谈"曰：

> 太祖高皇帝尝微行，过一寺，见扮《西厢记》者，曰："空门安得扮
> 此？"对曰："老衲从此悟禅。"曰："从那一句悟？"对曰："乃是'怎当他
> 临去秋波那一转'。"帝亦颔之。④

董太史，指香光居士董其昌（1555—1636），其人好禅。王同轨既然称之为
"耳谈"，显然是属于传闻性质，不一定是发生在朱元璋身上的历史事件。因
为，与王同轨同时代的冯梦龙（1574—1646）《古今谭概》卷 11 之《僧壁画
〈西厢〉》则说：

> 丘琼山过一寺，见四壁俱画《西厢》，曰："空门安得有此？"僧曰：
> "老僧从此悟禅。"丘问："何处悟？"答曰："是'怎当他临去秋波那一
> 转'。"⑤

---

① 《卍续藏》第 82 册，河北省佛教协会，2006 年，第 557 页下栏。

② （元）王实甫著，王季思校注：《西厢记》，上海古籍出版社 1978 年版，第 9 页。

③ 据陈刚考证，王同轨生于嘉靖十四年（1535），卒于 80 岁以后（《王同轨生平著述考》，《中
国文学研究》2016 年第 2 辑，第 89 页）。

④ （明）王同轨撰：《耳谈类增》卷 16，明万历二十一年刻本。

⑤ （明）冯梦龙编著，栾保群点校：《古今谭概》，中华书局 2007 年版，第 146 页。

丘琼山,即丘濬(1421—1495,字仲深,琼山人,故称)。其人因反对淫辞艳曲,所以才创作《五伦全备记》一类的道学戏剧。两则故事相比,核心要素一样,都是寺僧以《西厢记》悟禅,但具体媒介不同,一为听戏,一为看画,且见证者也由皇帝变成了大臣。

值得关注的是,无论王同轨、冯梦龙所记都没有点明禅师的法号,即到底是何僧所为已成历史之谜。对此,教内外文献概莫能外:如万历十一年(1583)中进士、曾官礼部郎中的曾凤仪皈依之后所撰《楞严经宗通》卷4曰:

> 是于六根门首得个入路,便窥见妙圆一段真风。又有僧听《西厢》曲云:"争禁当临去秋波那一转。"便大契悟,岂必胡僧特地来也。①

此处所引《西厢记》曲词之文字与通行本略有不同,可能是作者或刻工之误,也可能是《西厢记》演唱时唱词有所变易所致。② 不过,曾凤仪引证禅师开悟之事,旨在说明《楞严经》六根互通才是圆通的修证方法。陈弘绪(1597—1665)《寒夜录》(清钞本)卷下则说:

> 苦参之人忽然有所证入,政不须拣择何等文字。昔有高禅喜看《会真记》,人问"何所见而玩此淫词",僧曰"贫僧爱他'临去秋波那一转'句"。

此《会真记》,应指《西厢记》,当是作者的笔误。然陈、曾二人,同样隐去了见证者姓名,似说明二人并不赞同传闻是发生在朱元璋或丘濬身上。

3.《天童弘觉忞禅师北游集》好几处说到道忞(1596—1674)与顺治皇帝讨论《西厢记》之事,如卷2曰:

> 上一日慨叹:"场屋中士子多有学寡而成名、才高而淹抑者,如新状元徐元文业师尤侗极善作文字,仅以乡贡选推官,在九王摄政时复为按臣,参黜岂非时命,大谬之故耶?"师云:"忞闻之君相能造命士之有才,患皇上不知耳,上既知矣,何难擢之高位?"上曰:"亦有此念。"因命侍臣取其文集来,内有《临去秋波那一转时艺》,上与师读至篇末云"更请诸公下

---

① 《卍续藏》第16册,河北省佛教协会,2006年,第824页中栏。
② "争禁当",意似同"怎禁当"。后者常见,如《董解元西厢记》卷8"怎禁当衙门打牙打令"、佚名辑《古今杂剧》中《霍光鬼谏》"这场羞辱怎禁当"等。

一转语看"，上忽掩卷曰："请老和尚下。"师云："不是山僧境界。"时升首座在席，上曰："天岸何如？"升曰："不风流处也风流。"上为大笑。①

尤侗（1618—1704），明末清初著名诗人、戏剧家。时艺，即时文（八股文）。其以《西厢记》唱词为题所作者叫《怎当他临去秋波那一转》，篇末云："有双文之秋波一转，宜小生之眼花缭乱也哉！抑老僧四壁画《西厢》，而悟禅恰在个中，盖一转者情禅也，参学人试于此下一转语。"②此对淫词艳曲"下转语"之举，明末卓发之（1587—1638）早着先鞭，其《绮语颂》序曰"程凝之病绮语障道，以眉山'磨绮'之句颜其斋。余乃以三绮语作三转语，聊为千古文人答宾戏耳"，第三颂便是"阿谁手把花枝撚，片片嫣红落苔藓。举头瞥见怎当他，临去秋波那一转"，③最后两句，显然硬生生地把《西厢记》原词"怎当他临去秋波那一转"割裂成两部分，"怎当他"移至前一句之后，读起来语气虽不连贯，却也符合转语自由自在转变词锋的要求。尤侗转语本质在以情悟禅，而顺治要求道忞下转语时，后者以非出家人境界予以婉拒，然本升转语，能真俗相即，故顺治大笑，而大笑本身也是戏剧化的结局。

同书卷3又载：

> 上一日持一韵本示师曰："此词曲家所用之韵，与沈约诗韵大不相同。"师为展阅一过。上曰："北京说话，独遗入声韵，盖凡遇入声字眼，皆翻作平上去声耳。"于是上亲以喉唇齿舌鼻之音调为平上去入之韵，与师听之。又言："《西厢》亦有南北调之不同，老和尚可曾看过么？"师曰："少年曾翻阅，至于《南北西厢》，忞实未办也。"上曰："老和尚看此词何如？"师曰："风情韵致皆从男女居室上体贴出来，故非诸词所逮也。"④

由道忞和顺治的对话中，我们不难发现，顺治有极高的戏剧鉴赏修养，竟然对《南北西厢》唱词的用韵之异同分辨得一清二楚，而道忞坦承少年时读过《南北西厢》，则从另一侧面说明两种《西厢记》都颇为流行。特别是道忞对唱词

---

① 《嘉兴藏》第26册，台北：新文丰出版股份有限公司1987年版，第293页中栏。
② （清）尤侗撰：《西堂杂组一集》卷7，清康熙刻本，第22页。
③ （明）卓发之撰：《漉篱遗集》，明崇祯传经堂刻本，第27页。
④ 《嘉兴藏》第26册，第295页下栏。又，"未办"之"办"，当作"辨"，盖"办"繁体"辦"形近之讹也。

内容风格的点评,是从比较其他戏剧而作的总结,再次表明当时世俗戏剧作品在丛林的重要影响。

4.明盂（1599—1665）说《三宜盂禅师语录》卷8"颂古"载有一"古则"云:

> 问:"如何是三玄?"答:"哑子看《西厢》。"①

三玄,也称三玄三要,本是临济宗义玄禅师接引学人的法门。作为曹洞宗传人的明盂,却以"哑子看《西厢》"之喻作答,意在说明三玄只可意会而不能言传。

5.《莲峰禅师语录》卷5载莲峰素禅师"元夜示众"云:

> 衲僧行履不寻常,城市山林一戏场。本有光明浑灼灼,何须待月照西厢?②

其结句,显然反用《崔莺莺待月西厢记》之题意,旨在强调佛性本有,不假外物。

同卷"拈古"又载:

> 外道问佛,不问有言,不问无言,世尊良久。
> 落花铺满地,明月映西厢。啼出杜鹃血,佳人暗断肠。③

在此,莲峰素禅师五绝之颂所用意象及意境,特别是第二、四两句,莫不化用《西厢记》所述张瑞君、崔莺莺相见相思之诗意剧情。故从某种意义说,莲峰素也是以淫词阐释佛意。

(二)《汉宫秋》

《汉宫秋》,全名《破幽梦孤雁汉宫秋》,元人马致远作。杂剧以昭君出塞为题材,主题却在写汉元帝的人生悲剧。涉及该杂剧的禅宗语录主要有:

1.《入就瑞白禅师语录》卷6载明雪禅师（1584—1641）《问答机缘》曰:

> 僧问:"横抱焦桐觌面酬,请师弹出《汉宫秋》。"师云:"南无阿弥陀佛。"
> 进云:"牛儿未解朱弦韵,恳再从头鼓一周。"师云:"这《一落索》那里来?"

---

① 《嘉兴藏》第27册,台北:新文丰出版股份有限公司1987年版,第53页下栏。
② 《嘉兴藏》第38册,第346页中栏。
③ 同上书,第349页下栏。

进云:"《朝飞雉》,《水吟龙》,尽在《梅花》一曲中。"师云:"学语流。"①

明雪与禅僧的对话所提及的各种曲牌,都是元明杂剧所常用的,但在机锋往来中,常常使用了双关的修辞方法:如《一落索》之"落索",即谐音"啰嗦";《梅花》也称《落梅》,故雉也罢,龙也罢,最后都落入《梅花》曲中。不过,明雪认为这些都未见谛,仅是邯郸学步。但二人对《汉宫秋》及戏剧曲牌的熟悉,反过来也说明戏剧在禅林的流播之广。

2.《蔗庵范禅师语录》卷19载净范禅师(1620—1692)有"颂古"曰:

> 青桐一叶堕明楼,双雁南飞海上游。得失惟论千古事,何人能识《汉宫秋》?②

此颂特意用"双雁"来反衬《汉宫秋》孤雁,说明净范对《汉宫秋》的戏剧文本了然于胸。

3.清初超永编《五灯全书》卷80载全庵进禅师"颂世尊初生"曰:

> 稳步云梯下月楼,娇羞已应汉宫秋。王孙脱口惊寰海,养子当如孙仲谋。③

此颂以《汉宫秋》主角王昭君比喻佛母,以《三国志通俗演义》卷15《吕子明智取荆州》中的赞诗"养子当如孙仲谋"④来赞颂佛祖。

4.清迦陵性音康熙五十三年(1714)重编《禅宗杂流毒》卷6辑有清初隐明纶禅师《汉宫秋》曰:

> 摧秦夷项扫鸿沟,百战功高莫与俦。礼乐荒唐温树死,月华犹照汉宫秋。⑤

此赞可以说一首比较典型的观史剧《汉宫秋》之感想诗,颇有物是人非之叹。特别是"温树",典出西汉孔光之事,因其直言进谏不合元帝意,故被贬出朝廷。换言之,隐明纶禅师认为元帝的悲剧是自作自受,怨不得他人。

---

① 《嘉兴藏》第26册,台北:新文丰出版股份有限公司1987年版,第770页下栏。
② 《嘉兴藏》第36册,第984页上栏。
③ 《卍续藏》第82册,河北省佛教协会,2006年,第434页上栏。
④ (明)罗贯中:《三国志通俗演义》卷15,明嘉靖元年刻本。又,此典出自曹操,但曹操原语作"生子当如孙仲谋"(参《三国志》卷47注引《吴历》,中华书局1964年版,第5册第1119页)。
⑤ 《卍续藏》第65册,第88页中栏。

5.《实峰禅师语录》载日本实峰良秀（1318—1405）《蝉二首》其二云：

> 脱尽皮肤全体现，断声嘒嘒《汉宫秋》。含霞吞露吐风气，不管残生
> 薄命愁。①

联系第一首"奏得无生真古曲"，则似本首"汉宫秋"也指曲名。若此推断不误，似日本禅宗比中土僧人更早接受了杂剧《汉宫秋》。

（三）《望江亭》

《望江亭》，又名《切鲙旦》，全名《望江亭中秋切鲙旦》，关汉卿作，写谭记儿为爱情而智斗权贵杨衙内之事。以《望江亭》剧目或其关键情节说法的禅宗语录主要有：

1.《费隐禅师语录》卷7载通容禅师（1593—1661）上堂有语云：

> 笑看临济，强分节目，将刀割水，无事望江亭上立，山河无限座中圆。②

"望江亭上立"，似指谭记儿装扮成渔妇在望江亭设计灌醉杨衙内之事。若结合卷12"师垂五问"之第五问"望江亭上垂机，谁是知音"，③ 则通容以《望江亭》杂剧开示学人的用意更加明确。

2.《五灯全书》卷89载福州黄檗虚白愿禅师参通容时师徒之对话为：

> 问：望江亭上垂机，谁是知音？师曰：没面目汉。④

此处虚白愿禅师的问话，是用通容"垂机五问"之第五问来探寻对方，哪知通容却说自己是不讲情面者。答非所问，正是要打破前者的执着。比如，如一（1616—1671）对此问的答语便是"将谓忘却"。⑤

3.《印心佛敏讷禅师语录》卷上载佛敏寂纳：

---

① 《大正藏》第82册，台北：新文丰出版股份有限公司1983年版，第496页上栏。
② 《嘉兴藏》第26册，台北：新文丰出版股份有限公司1987年版，第138页下栏。
③ 同上书，第170页下栏。又据同书卷14记载，通容垂机说法对象是铁舟济禅师，时在顺治八年（1651），时通容59岁（同前，第189页上栏）。
④ 《卍续藏》第82册，河北省佛教协会，2006年，第495页下栏。
⑤ 《即非禅师全录》卷6，《嘉兴藏》第38册，第654页中栏。

小参挥拂子云：见么，眼本非色。喝一喝云：闻么，耳本非声。既非声，又非色，毕竟是个甚么？良久云：早知不入时人眼，多买胭脂画牡丹。①

此"早知"之结偈，便是出自《望江亭》之唱词。②

4.《百痴禅师语录》卷14载行元"因事示众"云：

莲峰到这里，可谓：雪里梅花雾里山，看时容易画时难。早知不入时流眼，多买胭脂画牡丹。③

"雪里"四句偈，同样出自《望江亭》唱词"雨里孤村雪里山，看时容易画时难。早知不入时人眼，多买胭脂画牡丹"，仅个别文字有改动。

（四）《拜月亭》

《拜月亭》有二：一为元杂剧，又称《闺怨佳人拜月亭》，关汉卿作；二为南戏，又称《月亭记》《拜月亭记》，是元末施惠改编前者而成。内容基本相同，都在演述书生蒋世隆与王瑞兰在兵荒马乱时的离合故事。禅宗文献虽未明确叙及该剧作，但元贤（1578—1657）集《禅林疏语考证》卷4"挽灵"之"夫出外，妻亡"联有云：

结发情空望断归云徒化石，画眉事别梦回拜月只空亭。④

全联在写夫妻情深，但"拜月只空亭"显然是活用《拜月亭》剧名及其戏剧意象。"疏语"云云，则表明《拜月亭》戏剧意旨可活用于丛林法事。但究竟是引杂剧还是南戏，不便臆断。

（五）《裴度还带》

《裴度还带》，全称《山神庙裴度还带》，元杂剧，主要演唐代宰相裴度年青时拾得玉带立还失主而救人性命之故事。关于其作者归属，或谓关汉卿，或

---

① 《嘉兴藏》第37册，台北：新文丰出版股份有限公司1987年版，第70页上栏。
② 又，此两句，其他剧本如高明《琵琶记》第三十六出、沈自征《霸亭秋》、王骥德《男王后》等也有引用，但都不如《望江亭》早。
③ 《嘉兴藏》第28册，第71页上栏。
④ 《卍续藏》第63册，河北省佛教协会，2006年，第720页中栏。

谓贾仲明（1343—1422），尚无定论，① 如钞本《录鬼簿》在介绍关汉卿剧作总目时，于《裴度还带》下有注曰"香山扇（寺）裴度还带"，《续篇》介绍贾仲明《裴度还带》时则注曰"长安市璃涯报恩，山神庙裴度还带"。

但从相关禅宗语录看，禅师讨论的可能是关汉卿之作。如《湛然圆澄禅师语录》卷3载圆澄示众云：

> 香山还带，裴度位致三公。且道还是授记使然，还是因果致得？未证据的分别看。②

既言还带的地点是洛阳香山寺，则似圆澄所看是关氏之作。不过，禅师的论旨更加多元，不再局限于行善改变命运的主题。

（六）《来生债》

《来生债》，元杂剧，刘君锡作，全称《庞居士误放来生债》。剧本主要写庞蕴仗义疏财，为了不让借钱者担心还债，他便一把火烧毁所有借契。哪知庞居士在牲口棚听到马、驴都说它们因前生欠他银子，才变作畜牲来还债，此即"误放来生债"之本事。

禅宗语录使用"来生债"者，主要有：

1.《憨山老人梦游集》卷14载德清（1546—1623）《与龙华主人》曰："唯海印一人，怕结来生债，时时思算，现前酬偿。"③ 同书卷33《行脚弥勒赞》又曰：

> 横担挂杖，挑个皮袋。一包破碎络索，当作奇货买卖。逢人就乞一文钱，不知都是来生债。指着龙华树下庄，折合将来还欠在。④

两处"来生债"之含意，都源于杂剧《来生债》。不过，第一处的"怕"字，说明德清深受《来生债》思想的影响，所以才有现前酬偿之举；第二处，德清本身就用了戏剧手法，因为弥勒作为未来佛，掌控着龙华三会，有无限的好果报来偿还任何细微之债。

---

① 如尚达翔主张是关作（参《〈裴度还带〉应是关汉卿作》，《中州学刊》1986年第1期），戚世隽则归入贾仲明名下（参《明代杂剧研究》，广东高等教育出版社2011年版，第25页）。

② 《卍续藏》第72册，河北省佛教协会，2006年，第786页中栏。

③ 《卍续藏》第73册，第553页下栏。

④ 同上书，第703页中栏。

2.《大沩五峰学禅师语录》载如学禅师（1585—1633）于崇祯癸酉七月二十三日临终所示之偈曰：

> 痛举钳锤为阿谁，可怜漆桶自狐疑。为伊结下来生债，五夜霜花开玉墀。①

如学因感到无人可传衣授法，所以深表遗憾，才说出"结下来生债"。

（七）《琵琶记》

《琵琶记》是著名南戏之一，撰者为元末明初的高明（高则诚），题材写蔡伯喈与赵五娘的爱情故事。较早以之说法的是明末四大高僧之一的袾宏（1535—1615），据憨山德清撰《云栖莲池宏大师塔铭》记载，袾宏与士子论格物时有所辩论：

> 或问师："何不贵前知？"师云："譬如两人观《琵琶记》，一人不曾经见，一人曾见而预道之，毕竟同观终场，能增减一齣否？"②

此事在当时已成美谈，像虞淳熙（1553—1621）《虞德园先生文集》卷9《云栖莲池祖师传》、董斯张（1586—1628）《吹景集》卷3《再纪数之奇中》、钱棻《萧林初集》卷8《偶笔》等，都有记载。当然，细绎袾宏之意，他是反对前知的。

此外，《丹霞澹归禅师语录》卷上载有今释（1614—1680）中秋上堂所举"两则看戏因缘"，其第二则说：

> 有一村汉进城看戏，看了一本《琵琶记》、一齣《关云长斩貂蝉》，他便逢人叹惜道："可怜赵五娘一生行孝，到头来被个红脸蛮子杀了。"③

今释在此，是借用村汉混淆《琵琶记》《斩貂蝉》戏剧角色之喻来提醒参禅者不能糊涂，忘却自我本色。

（八）《荆钗记》

《荆钗记》，亦南戏著名剧本之一。其作者说法不一，如徐渭《南词叙录》

---

① 《嘉兴藏》第 25 册，台北：新文丰出版股份有限公司 1987 年版，第 756 页下栏。
② 《憨山老人梦游集》卷 27，《卍续藏》第 73 册，河北省佛教协会，2006 年，第 656 页下栏。
③ 《嘉兴藏》第 38 册，第 284 页下栏—285 页上栏。

"宋元旧篇"名下有《王十朋荆钗记》,一为无名氏作,一为"李景云编"。表演的是王十朋、钱玉莲的义夫节妇形象,歌颂了二者生死不渝的爱情。禅宗语录叙及本剧题旨的主要有《百痴禅师语录》卷4所载行元禅师上堂之语:

> 岩头和尚用三文钱索得个妻,只解捞虾摝蚬,不解生男育女,直至如今门风断绝,山僧不用一文钱索得个妻,也解捞虾摝蚬,也解生男育女,直至如今门风有赖。大众,要识山僧妻么?举拂子云:历劫相随只这是,荆钗裙布我难抛。①

此处行元"历劫"之七言偈对"山僧妻"的描述,特别是"难抛荆钗"云云,完全取自剧中王十朋给钱玉莲之聘礼"荆钗裙布"。

(九)《破天阵》

《破天阵》,元末明初杂剧,全称《杨六郎兵破天阵》,作者佚名,演述杨六郎(杨景)、焦光赞等人抗击辽将韩延寿之事。叙及该剧人物者,主要有《庆忠铁壁机禅师语录》,如卷4载慧机(1603—1668)"示众"云:

> 竹篦子,好商量,随家丰俭绝承当。杀人放火焦光赞,马上抛刀杨六郎。②

同书卷11"颂古"又云:

> 拈起竹篦未可量,随家丰俭绝承当。杀人放火焦光赞,马上抛刀杨六郎。③

慧机禅师对焦光赞、杨六郎二人印象实在是太深刻了,乃至在不同场合诵出了内容完全一样的偈赞。其中,他对焦光赞"杀人放火"的概述,与剧本焦光赞上场唱词"镇守三关为好汉……为因某私下三关杀了谢金吾一十七口家属,发我去郑州为民"④之内容完全相符。当然,慧机借两戏剧人物示众也好,颂古也罢,意在开示信众参禅方式不一,不可执着,应随机应变。

---

① 《嘉兴藏》第28册,台北:新文丰出版股份有限公司1987年版,第23页下栏。
② 《嘉兴藏》第29册,第584页中—下栏。
③ 同上书,第619页下栏。
④ 《孤本元明杂剧》三《破天阵》,中国戏剧出版社1957年影印本,第8页。又,剧中叙述焦、杨是"杀谢金吾一十七口家属"的共犯,只是杨被发配汝州。

(十)《黑旋风仗义疏财》

明杂剧,简称《仗义疏财》,朱有燉(1379—1439)作,主要叙李逵仗义疏财、路见不平、假扮妇女而智救民女之事。叙及该剧核心情节者主要有《丹霞澹归禅师语录》卷下所载今释(1614—1680)之"颂古拈":

> 万机休罢头还重,千里驰驱骨又轻。除却华山陈处士,何人不带是非行。
> 师云:华山处士,恨无黑旋风相救,然虽如是,已遍天下了也。①

华山处士,指五代宋初著名隐士陈抟(871—989),其为人特点是泯灭是非。②但澹归于此,却把他和《水浒戏》中的英雄人物李逵并联到一块,并以后者是非分明作比较。听众本以为澹归是要表扬黑旋风,哪知重点又回到陈抟身上,突出强调"不带是非行"才是陈抟名扬天下的真实原因。

(十一)《红梅记》

《红梅记》,明代传奇,周朝俊作,取材于《剪灯新话·绿衣人传》。它主要叙述了书生裴禹与李慧娘、卢昭容之间的婚恋故事,李慧娘被南宋权相贾似道杀害后,贾欲强纳昭容为妾,并拘裴于密室,是慧娘鬼魂救裴脱险,最后裴、卢团圆。禅宗语录提及该剧的主要有:

1.《吹万禅师语录》卷11载广真禅师(1582—1639)《读〈红梅记〉二首》曰:

> 仙馆花容翠玉妆,何缘摧落野峰藏。只因悟醉群英绿,安郡犹然作话场。
> 云屋山中兴有余,清窗聊读几行书。文章艳丽虽挑眼,眉底忘机却自如。③

此两首七绝,从内容看,当是广真阅读《红梅记》剧本而作。值得重视的是第二首,其"艳丽"之评,与祁彪佳(1605—1642)《远山堂曲品》所说"手笔轻倩,每有秀色浮动曲白间"④颇为一致。

2. 前述今释中秋上堂所举"两则看戏因缘",其第一则又说:

---

① 《嘉兴藏》第38册,台北:新文丰出版股份有限公司1987年版,第307页中栏。
② 按,"除却华山陈处士,何(谁)人不带是非行"是禅宗语录中的惯用语,如《大川普济禅师语录》(《卍续藏》第69册,河北省佛教协会,2006年,第763页上栏)、《五灯会元》卷18"温州本寂灵光文观禅师"条(《卍续藏》第80册,第384页中栏)等。
③ 《嘉兴藏》第29册,第514页上栏。
④ 《中国古典戏曲论著集成》(六),中国戏剧出版社1959年版,第58页。

有一官人赴宴,看了一本《红梅记》,唤正生、正旦来,赞叹道:"今日却苦了你二人,便将席面赏他。"又唤小丑来骂道:"人家有了你者样奴材,致使骨肉生离,便拿下去打。"那主人着忙了,便劝道:"者是做戏,如何便好认真?"官人道:"如今教我向那里讨出个真底来?"①

此处所述官人看《红梅记》时相当入戏,竟然以现实生活之是非、价值判断用于戏剧角色。即便戏班班主解释了好一番,那官人依然振振有词。

(十二)《四喜记》

明传奇,谢谠(1512—1569)作,演述北宋宋祁、宋庠兄弟富贵之事,但影响最大的是宋庠编竹桥救蚂蚁之故事,而叙此一故事者尚有《宝文堂书目》"乐府"所载《宋庠度(渡)蚁》,不过,后者已佚。禅宗语录叙及"渡蚁"时,因其未详细交待出处,故不知禅师具体所观是哪种戏剧,暂且归入有剧本传世的《四喜记》吧。

禅师引"渡蚁"事典时,一则与《裴度还带》(前文已介绍)相提并论,如《云栖法汇》卷20《与湖州钱孺愿居士大琨》曰"古云'人有善愿'天必从之',又云'人定亦能胜天',还带而位至三公,渡蚁而名题首选,但决志行善而已"②,《竺峰敏禅师语录》卷2载幻敏禅师示众云"必感五桂三锡之祯祥,编竹还带之响应"③。二则常与佛教放生福报相联系,如智誾《雪关禅师语录》卷8《放生说》曰"蕊榜因渡蚁而登"④,张守约《拟寒山诗》又说"宋氏曾渡蚁,遂获大魁福"⑤。当然,也有从其他方面立意者,像《庆忠铁壁机禅师语录》载慧机"小参"场景是:

> 又僧问截断众流句,便与他连桥渡蚁;问转身末后,即令乐业荣家。⑥

慧机于此,借用宋庠渡蚁的本事,用否定之否定法,以"桥"对"流"、以"连"

① 《嘉兴藏》第38册,台北:新文丰出版股份有限公司1987年版,第284页下栏。
② 《嘉兴藏》第33册,第136页上栏。另,袾宏对此事印象极深,其《重修朱桥缘疏》又说"渡蝼蚁而编竹,后掇巍科"(同前,第102页中栏)。
③ 《嘉兴藏》第40册,第233页中栏。
④ 《嘉兴藏》第27册,第500页下栏。
⑤ 《嘉兴藏》第33册,第709页下栏。
⑥ 《嘉兴藏》第29册,第582页下栏。

对"断",反而截断了问话者内心执着的意识之流。

此外,需要指出的是,禅师引"渡蚁"剧情说法时,有的会把故事主角宋庠误记成宋祁,如弘赞《解惑篇》卷下① 即如此。

(十三)《目连传奇》

明清时期《目连戏》的搬演较为频繁,而演出时间最长、篇幅最大、人物关系最复杂的是郑之珍(1518—1595)所撰三卷一百〇二折的《目连救母劝善戏文》。是剧又称《目连戏》《目连传奇》等。因其本事出《盂兰盆经》等佛经,又和盂兰盆会相结合,加上目连救母符合传统孝道文化,故深受僧俗二众的喜爱,并常常能教化世人。如明鸡足山传衣寺释寂观在母亲病逝后"哀泣几灭,见俗演《目连》"而固请出家,② 如一禅师(1616—1671)因"观演《目连传奇》有同感"③ 而誓愿出家修行,子山如禅师"幼丧母。年十七,因村坊演剧,见目犍连事。即慨然曰'吾欲报母,何让佛祖?'遂弃聘室。至尧峰,礼西脉老宿落发"④。

禅宗语录叙及《目连传奇》者主要有:

1.《石雨禅师法檀》卷9载明方(1593—1648)"中元示众"曰:

> 今日是目连救母、地官赦罪之辰,云集忏悔,亡者可以超生,存者可以获福。此是世间父母也。然出世间,亦各各有个父母,他能长你法身,养你慧命,大众,还知么?⑤

此处说法,意在从目连世间救母故事出发,引起参禅者对出世间父母的思考,而出世间父母就是"非形象可求"的法。更可注意者,"地官赦罪之辰",是《目连救母劝善戏文》反复出现的套语。

---

① 《嘉兴藏》第35册,台北:新文丰出版股份有限公司1987年版,第474页上栏。
② 喻谦:《新续高僧传》卷55,蓝吉富主编:《大藏经补编》第27册,台北:华宇出版社1986年版,第404页下栏。
③ 《广寿即非和尚行业记》,载《即非禅师全录》卷25,《嘉兴藏》第38册,第742页上栏。
④ (清)达珍编:《正源略集》卷4,《卍续藏》第85册,河北省佛教协会,2006年,第20页下栏。又,杭世骏撰《武林理安寺志》卷5明确指出,子山如禅师是"因街坊演剧,见《目连救母》事出家"(《中国佛寺史志汇刊》第一辑第21册,台北:明文书局1980年版,第243页)。
⑤ 《嘉兴藏》第27册,第110页上栏。

2.《大方禅师语录》卷 1 载行海（1604—1670）与钱顺宇、张瑞甫、倪仁毓茶话：

> 师云：目连至孝的证果，富相造福的升天，清提有头无尾，隋在泥底，不落因果，不昧因果，如何会取？①

行海所说"富相"当是"傅相"之误，清提，即青提，② 其所引人物，涵盖了《目连传奇》中的三个关键人物，即目连和其父母傅相、刘青提。

3.《云溪俍亭挺禅师语录》卷 1 载净挺（1615—1684）"中元小参"曰：

> 救母生天，神通第一。台山路上讨个点心，俞道婆倾翻油䭔，浮杯和尚没处雪屈，木菩提树下，蓦走到忉利天宫。且道：摩耶夫人，仗谁恩力？大须弥山、小须弥山踌跳，入八寒八热、十八鬲子地狱、阿鼻地狱，从东过西，从西过东，象宝、马宝、女宝、如意宝、将军宝，辊到饿鬼头边，向有财鬼、无财鬼、臭毛鬼等唱一声："摩诃般若波罗蜜，观世音菩萨，将钱来买糊饼"。盂兰盆大斋，放下手却是馒头，要吃的尽吃！阿修罗与帝释天大战，着他目连看堂，从针咽里放出一星子火来，烧得金牛儿叫苦，石狮子汗流，带累他无位真人，五百生不闻浆水之名。快活，快活，阎罗大王来也！统领一班狱卒夜叉，喝散了中元地官、东皇太乙。③

神通第一，指目连，其母本是青提夫人，净挺却以佛母摩耶夫人喻之。更有趣的是，叙述目连救母经过（如上天入地）、所遇人物（如观世音、地官、阎罗、饿鬼、夜叉等）及食用的点心之类，都与《目连救母劝善戏文》相同，只不过出于戒律禁忌，把原剧中刘青提用来斋僧的肉馒头换成了一般的馒头。换言之，净挺的小参，许多叙事要素都源自郑之珍《目连戏》。当然，也串连了不少禅林话头，像"观世音菩萨将钱来买糊饼，放下手元来却是个馒头"，就出于《法演禅师语录》卷 2。④ 其他像台山婆子、俞道婆、浮杯和尚，作为目连寻母的见证人，则是净挺戏剧化说法的一种创造。

---

① 《嘉兴藏》第 36 册，台北：新文丰出版股份有限公司 1987 年版，第 827 页下栏。
② 在明万历十年高石山房刻本《目连救母劝善戏文》中，多用"刘青提"，但有一处作"刘氏清提"。
③ 《嘉兴藏》第 33 册，第 728 页上栏。
④ 《大正藏》第 47 册，台北：新文丰出版股份有限公司 1983 年版，第 658 页下栏。

4.《东山梅溪度禅师语录》卷 2 载福度（1637—?））"为母归元尼三周上堂"之过程是：

> 问："前日上堂庆佛，今日上堂荐母，且道前日的是今日的是？"师云："一粒瓜子两瓣壳。"进云："如此则忠孝全归和尚。"师云："又恁么去也？"乃云："瞿昙为母升忉利，罗卜寻娘诣狱门。独有梅溪分外别，华王座上荐慈亲。"①

而"罗卜寻娘"，恰恰郑之珍《目连救母劝善戏文》卷下《傅相救妻》中也有类似的叙述："为罗卜寻娘，不愿再嫁。"②

（十四）《狂鼓史》

《狂鼓史》，又称《渔阳弄》，全称《狂鼓史渔阳三弄》，徐渭（1521—1592）作，叙述祢衡在阴司期满后奉召上天，但阎罗殿判官想起祢衡翻古调作《渔阳三弄》而击鼓骂曹之事，故请他在升天前再重演一遍，以弥补未曾睹之憾。禅宗语录叙及此剧的是崇先奇禅师的"拈古"：

> 国师当轩布鼓，难为击者；丹霞渔阳三弄，意气天生。众中总谓宾主穆穆，殊不知虽得一场荣，刖却一双足。③

此则拈古，似把唐代两位著名禅师南阳国师慧忠（?—775）、丹霞天然（739—824）置于同一场景，意即本由祢衡一人完成的挝鼓、唱曲，现分别由慧忠、天然装扮，其戏剧化的表演效果，表面看来演员欣慰，观众满意，其实不然，就像圆悟克勤（1063—1135）所说"堪笑卞和三献玉，纵荣刖却一双足"④一样，两位演员的表演是失败的，因为它根本不符合《狂鼓史》原角色的定位。换言之，崇先奇禅师的以戏说戏（戏说《狂鼓史》）之目的，在于警示信众不要

---

① 《嘉兴藏》第 39 册，台北：新文丰出版股份有限公司 1987 年版，第 383 页上栏。

② 按，郑氏剧本为罗卜设计了已盟娉的妻子曹赛英，但因目连（傅郎，即罗卜）寻母，才未成亲。

③ 《宗鉴拈古汇集》卷 6，《卍续藏》第 66 册，河北省佛教协会，2006 年，第 36 页上一中栏。又，"殊不知"之"知"，原本作"和"，此据《宗鉴法林》卷 7（卍续藏》第 66 册，第 324 页上栏）改。

④ 《圆悟佛果禅师语录》卷 19，《大正藏》第 47 册，台北：新文丰出版股份有限公司 1983 年版，第 802 页下栏。又，大慧宗杲（1089—1163）承克勤又说"虽得一场荣，刖却一双足"（《大觉普慧禅师语录》卷 14，《大正藏》第 47 册，第 842 页上栏）。

贪图虚荣,而应褒贬俱忘。演员演戏,亦如是。

(十五)《红拂记》

《红拂记》,明传奇,张凤翼(1527—1613,号冷然居士)嘉靖二十四年(1545)少时所作。主要叙述李靖和歌妓红拂的爱情故事以及李靖辅佐李世民创业之事。《天童弘觉忞禅师北游集》卷3曾提及道忞和顺治讨论该剧之事:

> 师乃问上:"《红拂记》曾经御览否?"上曰:"《红拂》词妙而道白不佳。"师曰:"何如?"上曰:"不合用四六词,反觉头巾气,使人听之生趣索然矣。"师曰:"敬服圣论。"①

顺治"四六"之论,倒与汤海若"短简而不舒"②一脉相承。

(十六)《昙华(花)记》

《昙华(花)记》,又称《昙花传奇》,明屠隆(1543—1605)作,主要叙述木清泰出家修道故事,宣扬因果报应等佛教思想。其在佛教文学史思想史上影响最大的是屠隆自序提出的"以戏为佛事"和"以传奇语阐佛理"。

《昙花记》脱稿以后,曾多次在寺庙演出,如《南屏净慈寺志》卷8就说屠隆在万历二十六年(1598)以之"演供宏师,寺聚观者数百人。复演供雪浪恩师,入寺聚观者亦数百人"③,万历二十七年五月初二,屠隆受邹迪光之请,在慧山寺秦氏园用家乐搬演过《昙花记》④,袁中道(1570—1623)《游居柿录》自述万历四十四年(1616)"同龙君御、米友石饭于长春寺,寺在顺城门外斜阶,看演《昙华记》⑤,可知,"以戏为佛事"也得到了教内的认可。袾宏《云栖法汇》卷12"伎乐"条即把《昙华》视作当时"以出世间正法感悟时人"⑥

---

① 《嘉兴藏》第26册,台北:新文丰出版股份有限公司1987年版,第180页下栏。

② (明)祁彪佳:《远山堂曲品》,《中国古典戏曲论著集成》(六),中国戏剧出版社1959年版,第49页。

③ (明)释大壑撰,刘士华、袁令兰标点:《南屏净慈寺志》,杭州出版社2006年版,第316页。又,宏指云栖袾宏,雪浪恩指洪恩禅师。

④ 徐美洁:《屠隆年谱(1543—1605)》,上海人民出版社2015年版,第279—280页。

⑤ (明)袁中道著,钱伯诚点校:《珂雪斋集》,上海古籍出版社1989年版,第1364页。

⑥ 《嘉兴藏》第33册,第38页下栏。

的代表性剧作。蓬蓬子慧泽《〈拟华亭船子曲〉序》亦说"近时《昙华》一记,又非出自缙绅者乎? 正亦觉世权巧之一法。唯大观者能阔视,而井底者乏全目耳"①,也是赞誉有加。

（十七）《邯郸记》

《邯郸记》,一名《邯郸梦》,汤显祖（1550—1616）作。题材源自唐人沈既济小说《枕中记》,但也参考了马致远《吕洞宾三醉岳阳楼》之故事,重点叙述了卢生的黄粱一梦。

禅宗语录叙及该剧核心情节或借用其寓意者主要有:

1.《憨山老人梦游集》卷49 载德清《山居十三首》其四曰:

> 一枕黄粱梦,千秋汗血功。只知常不朽,谁信转头空。②

此诗不同于一般山居题材重在写景抒情方面,而是以议论见长,其所说佛理,正是对《邯郸记》主旨的高度概括。

2.《三宜盂禅师语录》卷9 载明盂《襄州鹿门觉禅师赞》曰:

> 蜘蛛肠饱蜻蜓重,天网恢恢两相弄。却被狂风两拆开,卢生一觉黄粱梦。始知大地一卷经,娘生大地两眼睛。经长眼捷日方午,经了睡来枕其股。玉盘金井秋寥寥,后山跳出斑斓虎。③

此赞以卢生黄粱梦作为映衬,进而展开联想,设想僧人读经枕股而睡的场景,旨在说明无论僧俗、有情无情,若不觉悟,其人生都不过是一场梦、一场空。

3.《百痴禅师语录》卷26 辑有行元禅师《题卢生黄粱梦记》,其文曰:

> 邯郸一枕,历尽荣华五十载,觉来黄粱炊尚未熟,吕翁岂徒以此室卢生大欲耶? 盖为愚如卢生者甚多,特借卢生唤醒之耳。奈何人不自知,反笑卢生,是使乾坤成长夜而开睛作梦竟茫茫无了期也。吾因取是记,表而出之。④

---

① 《嘉兴藏》第40 册,台北:新文丰出版股份有限公司1987 年版,第186 页上栏。

② 《卍续藏》第73 册,河北省佛教协会,2006 年,第801 页上栏。

③ 《嘉兴藏》第27 册,第58 页中栏。

④ 《嘉兴藏》第28 册,第136 页上栏。

结合题记所述邯郸、卢生、吕翁、黄粱梦等关键意象,则知行元其实概述的是《邯郸梦》的剧情。当然,其最终目标在于借戏说法,以开悟普通信众。

(十八)《一文钱》

《一文钱》,明杂剧,徐复祚(1560—1630?)撰。故事以当世社会传闻为基础,并借鉴了汉译佛典《卢至长者因缘经》《旧杂譬喻经·伊利沙悭贪为天帝所化喻》的相关情节,[①] 刻画了一个典型的守财奴形象卢至。但作者出于宗教宣扬目的,故以卢至弃贪舍悭、虔心向佛为结局。叙及"拾得一文钱"之关键情节的禅宗语录主要有:

1.《湛然圆澄禅师语录》卷3载圆澄(1561—1626)"提语"云:

> 古人道:拾得一文钱,买个馍馍吃,当下不肚饥。[②]

对比《一文钱》之卢至,他捡到一文钱之后,本想储存,但难挨饥肠辘辘,最后决定还是要买点东西吃。圆澄所引,虽借古人口,核心要素却大同于《一文钱》。

2.《隐元禅师语录》卷15载隆奇(1592—1673)《次无价赵居士韵》其三:

> 四大非我身,三界非吾处。拾得一文钱,憨憨入酒肆。[③]

此偈概述了《一文钱》中天帝以酒教化卢至的情节,并点明了该剧的宗教思想在于无常和无我。

(十九)《北邙说法》

《北邙说法》,叶宪祖(1566—1641)作。剧本叙述了北邙山土地神遭遇天神甄好善和饿鬼骆为非的遗物(分别为枯骨与死尸)之故事,甄拜枯骨,谢其前世和善,骆鞭死尸,怨其前世为恶,但北邙山寺本空禅师登场之后,实地说法,使土地、天神、饿鬼全都开悟。孙向峰考证,本剧"天神礼枯骨,饿鬼鞭死尸"的构思,出自宋云门宗慈受(1077—1132)的偈颂《天人礼枯骨》《饿鬼

---

① 　参陆林《明杂剧〈一文钱〉本事考述》(《中国典籍与文化》1998年第1期)、李寒晴《明杂剧〈一文钱〉的故事原型与演变》(《湖州师范学院学报》2014年第7期)等。

② 　《卍续藏》第72册,河北省佛教协会,2006年,第786页中栏。

③ 　《嘉兴藏》第27册,台北:新文丰出版股份有限公司1987年版,第301页上栏。

鞭尸》。①

禅师著述涉及该剧者主要有：

1.《彻庸和尚谷响集》卷 8 载彻庸（1591—1641）《净土偈》之二八曰：

> 几根骨头一段肉，一张皮袋一握箸。若将此身来作我，北邙山下许多身。② 此偈写法，其语气颇似《北邙说法》之北邙土地神的口吻。

2.《弘觉忞禅师语录》卷 15 载道忞"对众机缘"：

> 问：鲲化鹏，眼柱；鱼化龙，鳞柱；生而化卧，何柱？师云：北邙山下卧千年，饥者易为食，渴者易为饮。③

此则点明了北邙山土地神的统领作用，即有情众生死后皆由其管辖。

3.《绝余篇》卷 4 载智旭（1599—1655）《山居百八偈》之四十曰：

> 拜将羡椎埋，谁知身在蜗。生来惟两脚，宁复须三鞋。营营竟何益，终就无常豺。试看北邙土，多是贪瞋骸。④

本偈构思，与《北邙说法》亦有异曲同工之妙。

（二十）《地狱生天记》

《地狱生天记》，原作者为湛然圆澄，后来祁彪佳将它改编为《鱼儿佛》。⑤ 清僧弘赞（1611—1685）《刻〈地狱生天记〉序》指出：

> 湛然禅师接曹洞之正脉，为一代宗匠，探赜三藏，尤善《华严》，得游戏三昧。于藏经中拈出渔翁一段公案，织为戏文，目曰《地狱生天记》。至于屠沽往生，不无所本。或曰：梨园歌舞，沙门亦预言乎。曰：华严五地，百工技艺，靡不综练，故诸大士以六度万行利生，见有一法益于世者，

---

① 孙向峰：《佛教题材戏曲研究》，武汉大学 2013 年博士学位论文。又，后一颂，《慈受怀深禅师广录》卷 2 题作《饿鬼打死尸》（《卍续藏》第 73 册，河北省佛教协会，2006 年，第 110 页上栏）。

② 《嘉兴藏》第 25 册，台北：新文丰出版股份有限公司 1987 年版，第 309 页上栏。

③ 《乾隆大藏经》第 155 册，台北：传正有限公司 1997 年版，第 301 页上栏。

④ 《嘉兴藏》第 28 册，第 592 页下栏。

⑤ 参赵素文：《祁彪佳与明杂剧〈鱼儿佛〉的编订及刊刻》，《戏曲研究》2005 年第 1 期。

即为之举示。然则湛公于华严海中兴波作浪,就场屋里哨月嗟云,又何疑哉? 梵行比丘弘戒得本,欣然捐衣钵资重梓,属余为语,余喜曰:是亦藏海之一渤欸,用笔诸简端。①

据此序介绍,可知湛然是以禅宗渔父公案为蓝本,并融汇其他屠沽往生故事而创作戏文的,目的在于弘教护法。至于有人批评圆澄参与戏剧创作是犯戒,弘赞以华严五地菩萨为之辩护,指出只要有利于众生开悟,即便深入戏场也无妨。有鉴于此,他才郑重为序。

祁彪佳《远山堂剧品》评散木湛然禅师《地狱生天》曰"老僧说法,不作禅语而作趣语,正是其醒世苦心。词甚平,然无败笔。"②一方面,祁氏肯定了该剧的宗教文学价值,另一方面也指出了其唱词之平庸,这正是他要改编的理由吧。

(二十一)《香山记》

《香山记》,全名《观世音修行香山记》,罗懋登作,叙述的是妙善忍辱修道故事。③ 袾宏《云栖法汇》卷12"伎乐"条评论道:"编古今事而为排场,其上则《香山》《目连》"④,可见《香山记》与《目连救母》一样,在宣扬出世间法时颇为教内人士所称道。不过,需要指出的是,对同样题材的《观音香山卷》(即《香山宝卷》《香山卷》),袾宏《正讹集》又指出后者有不符合佛教史实之处:

> 卷中称观音是妙庄王女,出家成道号观音,此讹也。观音过去古佛,三十二应,随类度生,或现女身耳,不是才以女身始修成道也。彼妙庄既不标何代国王,又不说何方国土。虽劝导女人不无小补,而世僧乃有信为修行妙典者,是以发之。⑤

---

① 《木人剩稿》卷5,载《嘉兴藏》第35册,台北:新文丰出版股份有限公司1987年版,第504页中栏。

② 《中国古典戏曲论著集成》(六),中国戏剧出版社1959年版,第186页。

③ 关于本剧作者、版本研究及其校录,参周秋良:《观音本生故事戏论疏》,中国戏剧出版社2008年版,第24—79页;关于其宗教意蕴,参李秋瑰:《明代佛教戏曲〈观世音香山修行记〉传奇——剧本主题意蕴之分析研究》,台北:华梵大学东方人文思想研究所2006年硕士学位论文。

④ 《嘉兴藏》第33册,第38页下栏。

⑤ 《云栖法汇》卷15,《嘉兴藏》第33册,第76页上栏。

对此,教外学人也有所呼应,胡应麟(1551—1602)即说"观世音之称妇人,亦当起于宋世。元僧谫陋无识,遂以为妙庄王女,可一笑也"①。当然,不提倡《香山卷》的原因,大概因为它不是真经。② 但吊诡的是,当时竟然有禅师因听母诵《香山卷》偈语而生出家之愿,如幻有正传禅师(1549—1614)。③ 由此推断,《香山记》在教内比《香山卷》更受欢迎,而《香山卷》相对在民间更流行。

(二十二)《贞节记》

《湛然圆澄禅师语录》卷1载圆澄上堂有云:

> 大众!山僧到此弄鬼眼睛,且不悟道,诸方目为折脚法师上讲堂,我谓女梨园搬《贞节记》,这个正是抱赃自首也。良久,捉挂杖卓三下云:"未明有说皆成谤,明了无言亦不容。"④

俗世文献中仅晁瑮在《宝文堂书目》之"乐府"中载有"《叶氏贞节记》,⑤ 庄一拂疑其为戏文,⑥ 确否,俟考。笔者推测,叶氏是剧中贞妇女之姓,⑦ 而圆澄谓是女性主演,故圆澄与晁瑮所说,很可能是同一剧本。

(二十三)《碧纱笼》

《碧纱笼》,明杂剧,来集之(1604—1682)作,与其《红纱记》合称《两纱剧》。前者叙唐王播饭后钟故事,剧名则取自王播《题惠昭寺木兰院二绝句》其二之"二十年来尘扑面,如今始得碧纱笼",盖"作者以王播自拟"。⑧

禅师以此剧名或剧意说法者主要有:

---

① (明)胡应麟撰:《少室山房笔丛》,上海书店出版社2009年版,第412页。
② 如清僧悟开在《净业知津》便说:"《高王经》《分珠经》,《香山卷》佛偈,皆不要念,藏经所无,非真经也。"(《卍续藏》第62册,河北省佛教协会,2006年,第352页中栏)
③ 《续指月录》卷17,《卍续藏》第84册,第121页下栏。
④ 《卍续藏》第72册,第774页上一中栏。
⑤ 《宝文堂书目·红雨楼书目》,古典文学出版社1957年版,第139页。
⑥ 庄一拂:《古典戏曲存目汇考》,上海古籍出版社1982年版,第130页。
⑦ 事实上,明初即有叶氏贞妇事迹广为流传,如胡俨(1360—1443)撰《节妇叶氏墓碣铭》(载《皇明文衡》卷82,《四部丛刊》景明本)就说"歙有节妇,姓叶氏,百岁而终"(其生卒年为1307—1406)。
⑧ 庄一拂:《古典戏曲存目汇考》,第501页。

1.《嵩山野竹禅师语录》卷下载福慧（1623—?）上堂云：

> 星辰夜夜挂长空，何事今宵独不全。及至打开两只眼，何曾被他碧纱笼。①

此似是反用《碧纱笼》之寓意，旨在强调自性呈现，不假他人之手。

2.《华严圣可禅师语录》卷5载德玉（1628—1701）《答〈惠吉邓孝廉韵〉》曰：

> 分明君子若愚貌，嘿识维摩一点心。憾寡黙思酬雅韵，《碧纱笼》待子孙吟。②

此既借用剧名，又是双关，赞颂邓孝廉原作才是真正的好诗，值得流传后世。

此外，《碧纱笼》的主角，又有作宋代宰相吕蒙正（944—1011）者，如袾宏《云栖法汇》卷13曰：

> 吕文正公既贵显入相，上所赐予，皆封识不用。上知之，问故。公对曰："臣有私恩未报。"盖公微时，受恩于僧寺也。今相传，公少贫，读书寺中，候僧食时钟鸣即往赴。僧厌之，饭讫乃声钟。公至大窘，题壁云："十度投斋九度空，可耐阇黎饭后钟。"公及第，僧以纱笼其诗。公至寺。续云："二十年前尘土面，而今始见碧纱笼。"据前说，则僧何贤；据后说，则僧何不肖也。倘诬枉贤者，则成口业。而世所传，出野史戏场中，恐不足信。③

此显然是把王播饭后钟之事移植于吕蒙正身上，盖二人皆有少贫苦学中举而至宰相之共同经历，故后世小说戏剧混为一谈，难怪袾宏深表怀疑。后来，弘赞《解惑篇》"吕蒙正"条又注曰："今世传饭后钟，不但谤僧，而且冤屈吕公不少。"④

（二十四）《三妙记》

《三妙记》，明传奇，即《花神三妙记》《花神三妙传》，又名《白锦琼奇会遇》，若水居士作，叙白景云与赵锦娘、李琼姐、陈奇姐三表姐妹之艳遇事。原

---

① 《嘉兴藏》第29册，台北：新文丰出版股份有限公司1987年版，第104页下栏。
② 《嘉兴藏》第35册，第807页上栏。
③ 《嘉兴藏》第33册，第46页中栏。
④ 同上书，第456页下栏。

剧已佚。① 但可喜的是,吹万广真禅师有两首同题之作《读〈花神三妙记〉》,
一为七绝曰:

> 蝌蚪云烟是旧家,或时遮眼沐韶华。纵然玉落盆中别,空鉴无容顷刻花。②

二为乐府,曰:

> 绿霜涂柳翠,朱露染桃红。月娥素羽寒兔逼,妒杀英才花雨中。君不见
> 玉箫罗汉扑形埠,白凤香囊苦离离;又不见徒死苤苢细腰舞,挑目招心住江渚。
> 可怜如剑复如蛇,螫我灵根戕我家,只须恶慧勤三作,不肖景云长联赋。③

虽然体式有别,但二者都含有劝善之意。相对说来,前者更强调色空观,后者
则重视戏剧内容之概述,更突出色为祸根的思想理念。而"罗汉""苤苢"等
语,似暗示剧中还有佛教人物出场。

(二十五)《钵中莲》

《钵中莲》,明传奇,作者佚名,叙王合瑞杀奸夫韩成、逼死通奸之妻殷凤
珠,但最后受观音度化而出家之故事。今存世者主要有万历庚申(1620)抄
本和清嘉庆抄本,前者是吸收声腔剧种曲调最多的古代戏剧舞台脚本,后者则
为前者的改本,改动最大的是宾白和内容的删削。④

叙及该剧的禅宗语录主要有:

1.《即非禅师全录》卷22载如一《谢本师老和尚赐大殿上梁偈并呈木法
兄》曰:

> 目昔圣贤坦崖巅,悬记重来五百年。我师真是古黄檗,弟昆不减临济玄……
> 西来大意或请教,默然笑指钵中莲。稽首支那尊古佛,棒点金毛遍大千。⑤

---

① 按,亦有同名小说《花神三妙传》(也称《白潢源三妙传》《三妙传锦》《三妙摘锦》等),载
于《国色天香》《万锦情林》《花阵绮言》《风流十传》等书。考虑到广真同时作有《读〈红梅记〉二
首》之读剧诗(前文已有分析),故笔者倾向于吹万读的是传奇剧本。

② 《吹万禅师语录》卷11,《嘉兴藏》第29册,台北:新文丰出版股份有限公司1987年版,第
514页上栏。

③ 《吹万禅师语录》卷12,《嘉兴藏》第29册,第520页中栏。

④ 参马华祥:《明清传奇脚本〈钵中莲〉研究》,中国社会科学出版社2017年版。

⑤ 《嘉兴藏》第38册,第727页上栏。

此"钵中莲",或语意双关,一指大雄宝殿前水缸中的莲花,一指传奇剧本,因为万历本《钵中莲》最后一出《钵圆》收尾的场景是"钵盂内现出莲花",唱词【煞尾】则云"莲境清凉借力嘘,钵中花艳发将尘心去"。①

2.《万峰童真禅师语录》卷6载清初至善禅师对著名公案"仰山枕子"颂古曰:

> 仰山推出枕子,难算法身说法。韩成决非高帝,诡向鄱湖淹杀。②

前两句,意在概述公案本事;③值得深究的是后两句,笔者以为韩成指《钵中莲》的主人公,因其没有汉高祖刘邦那样的大智慧,才被王合瑞谋杀。何况,剧中韩成、王合瑞都是湖口人,湖口即属于鄱阳湖地区。④

(二十六)《桃园传奇》

《桃园传奇》,作者不详。属于失传明戏剧。《即非禅师全录》卷17载如一禅师《观演〈桃园传奇〉》曰:

> 义结当年尽代功,而今那复继遗风。神头鬼脸忘为剧,千古英雄一夕中。⑤

据诗意,是剧演述刘关张桃园三结义之事。今存《孤本元明杂剧》有佚名之《桃园结义》,钱曾撰《钱遵王述古堂藏书目录》(清钱氏述古堂钞本)卷10"古今杂剧"之"三国故事"中有《刘关张桃园三结义》,不知如一所观与二者是否同一,俟考。另,同为福建人的曾异撰(1590—1644),其《观剧演〈桃园记〉》又云"千年剧口尚如兰,朋友君臣兄弟看。尽道桃园结义好,那知但作戏场观"⑥,所述观剧感想,与如一颇为相似,都有人生如梦之喟叹。

---

① 马华祥:《明清传奇脚本〈钵中莲〉研究》"附录一",中国社会科学出版社2017年版,第244页。

② 《嘉兴藏》第39册,台北:新文丰出版股份有限公司1987年版,第315页上栏。

③ 《袁州仰山慧寂禅师语录》曰"师卧次,僧问云:'法身还解说法也无?'师云:'我说不得,别有一人说得。'云:'说得底人在甚么处?'师推出枕子。沩山闻云:'寂子用剑刃上事。'"(《大正藏》第47册,台北:新文丰出版股份有限公司1983年版,第586页下栏)

④ 按,万历本《钵中莲》叙述韩成乘船从湖口往浙江象山提监犯,至慈溪偶遇王合瑞,醉后吐奸情而被杀。至善说韩死于鄱阳湖,可能是误记,也可能是《钵中莲》的另一版本。

⑤ 《嘉兴藏》第38册,第702页下栏。

⑥ (明)曾异撰:《纺绶堂集·诗集》卷8,明崇祯刻本。

（二十七）《杀酒鬼》

佚名作,具体内容不详。《即非禅师全录》卷20辑录如一《高安演剧为供,偈以示之》（时演《杀酒鬼》出）曰:

> 大地由来一戏场,诸郎却解杀无常。肉丝调合无生曲,度尽迷云出醉乡。①

据诗题及题注,如一观看的可能是某佚名戏剧之一齣。据偈所述内容推断,似叙述佛教度脱酒鬼故事。

（二十八）《西竺传奇》

明传奇,作者及剧作内容不详。超永编《五灯全书》卷95"宝月金山义禅师"条曰:

> 永嘉李氏子,年十五,睹演《西竺传奇》,因兴出世想,遂礼梅峰宝城璧雍落。②

金山义禅师,虽生年不详,但圆寂于康熙辛亥,即康熙十年（1671）冬,故逆推其15岁所观的《西竺传奇》,为明代所出的可能性更大,且主题似写佛祖成道。如此,才可能激发其出家之想。

（二十九）《蟠桃会》

《蟠桃会》,写东方朔偷西王母蟠桃之事,主题多与庆寿有关。元明清三朝,同题之作甚多,如陶宗仪《南村辍耕录》卷25"诸杂大小院本"中有《蟠桃会》,《录鬼簿续编》谓钟嗣成有《蟠桃会》（《宴瑶池王母蟠桃会》）,程明善辑《啸余谱·北曲谱》卷13"古今无名氏杂剧一百一十本"有《蟠桃会》,祁彪佳《远山堂剧品》有杨诚斋《蟠桃会》（北四折）等。禅宗语录提及该剧题名或用于庆寿者主要有:

1.《隐元禅师语录》卷13载隆琦《寿乾庵陈居士六十》曰:

> 共入蟠桃会上游,瑶池仙子正添筹。梅争雪月迎初度,松引烟霞庆大周。

① 《嘉兴藏》第38册,台北:新文丰出版股份有限公司1987年版,第717页上栏。
② 《卍续藏》第82册,河北省佛教协会,2006年,第549页中栏。

耳顺圆通诸色相,心融万古一春秋。道人不昧同根旨,舌卷长江祝未休。①

隐元于此,只是用《蟠桃会》的戏剧意象起兴,重点却在为陈居士六十祝寿,并把相关俗世典故(如耳顺)和佛典(如圆通)融汇为一体,显示了高超的写作技巧。

2. 德申说《云山燕居申禅师语录》载德申"余夫人寿,请上堂"曰:

> 欲赏蟠桃会,须从上苑游,东方偷不去,留滞在枝头。信手拈相赠,和盘亿万秋。诸人要知蟠桃留滞么?以拄杖卓一下,云:"一椎击碎核,露尽里头仁。"②

此与上则语录有所不同,因其庆寿对象是女性,故用王母蟠桃会更切题。但是,重心转向蟠桃留滞的禅意,意在赞颂女寿星的仁慈本性。当然,本则语录和上则一样,所引具体剧作为何,不便臆断。

(三十)《飞剑斩黄龙》

据庄一拂先生考证,是剧已佚,但《宝文堂书目》"乐府"有著录,演述情节似与《醒世恒言》卷22《吕洞宾飞剑斩黄龙》相似。③叙及该剧核心情节的禅宗语录主要似有:

1.《万峰和尚语录》载时蔚(1303—1381)《寄宝峰真首座》曰:

> 吕仙飞剑斩黄龙,一喝当前入地中。长老收看无用处,拈来分付与禅翁。④

此寄诗纯以吕洞宾飞剑斩黄龙的故事情节起兴,意在赞颂宝峰真首座的修行境界可与黄龙禅师相媲美。

2.《象田即念禅师语录》卷4载净现《拟洞宾参黄龙》有云:

> 精气载神游天渊,凡世声色一敛藏。真息内发天根光,精神炯炯照沧

① 《嘉兴藏》第27册,台北:新文丰出版股份有限公司1987年版,第287页上栏。
② 《嘉兴藏》第40册,第82页上—中栏。又,通醉(1610—1695)辑《锦江禅灯》卷10也载有德申此则上堂语录(《卍续藏》第85册,河北省佛教协会,2006年,第168页下栏),但省略了背景叙述及前因后果,仅录了六句偈。
③ 庄一拂:《古典戏曲存目汇考》,上海古籍出版社1982年版,第589页。
④ 《嘉兴藏》第40册,第490页下栏。

茫。河车自运归黄房,白鹿紫芝生河傍……翩翩跨鹤过潇湘,来参黄龙矜自强。粟藏世界九转羌,锅煮山川配酒肴。却遭黄龙呵空亡,听之悱愤气荒唐。腰间飞剑逞猖狂,空中飞绕音凄锵。左右将刺难近旁,一咄两剑插高冈。收之不去心彷徨,信得禅门别有长。重新屈膝启法王,蓦与一拶空飞霜。饶君云水徒跨张,云尽水干尔何将。神机到此亦难量,犹待黄龙出现章。伊人方悟非玄黄,始知寿命本无疆,不炼汞中金玉浆。①

此用七言歌行体来概述剧情,又描写了吕洞宾与黄龙禅师斗法的场景,有禅法高于道教内外丹法的是非与价值判断。② 若从净现对道教炼丹术语的熟悉程度看,当时禅师对道教法术也不陌生。

3.《敏树禅师语录》卷3载如相(1603—1672)上堂云:

> 复举吕洞宾以飞剑斩黄龙却被黄龙点化而醒有偈云:"弃却瓢囊摵碎琴,如今不炼汞中金。自从一见黄龙后,始觉从前枉用心。"师云:"这多口子,未见黄龙之时,似乎一剑当前,横施万里;既见之后,及乎一言截断,伎俩全消,且作么生? 是渠大休大歇处。闻道仙郎歌《白雪》,从来此曲和人稀。"③

此所谓"多口子""仙郎",都指吕洞宾。④ 其歌曲高和寡的《阳春》《白雪》,说明吕氏丹道不如黄龙诲机禅师的禅法流行,因为后者属《下里》《巴人》,更受普通民众的欢迎。

于此需要指出的是,《云栖法汇》卷15《正讹集》"黄龙洞宾"条有云:

> 道流谓洞宾以飞剑伏黄龙禅师,此讹也。师一日升座,洞宾杂稠人

---

① 《嘉兴藏》第27册,台北:新文丰出版股份有限公司1987年版,第179页上栏。又,《雪关禅师语录》卷5载智誾(1585—1637)"拈古"也有相同情节的叙述(参《嘉兴藏》第27册,第427页中栏),不赘引。

② 按:类似看法也见于郑仲夔撰《玉麈新谭·隽区》卷5,郑氏对"飞剑斩黄龙"有断语曰:"僧家欲张大己教,明佛法高于仙耳。"又,关于飞剑斩黄龙故事来源及其佛道争衡性质之分析,参吴光正《佛道争衡与吕洞宾飞剑斩黄龙故事的变迁》(《文学遗产》2005年第4期)、郭健《"吕纯阳飞剑斩黄龙"故事探源》(《明清小说研究》2013年第2期)等。

③ 《嘉兴藏》第39册,第479页中栏。

④ 按,《佛祖统纪》卷42叙吕洞宾飞剑斩黄龙故事,注明出自《仙苑遗事》(参《大正藏》第49册,台北:新文丰出版股份有限公司1983年版,第390页中栏),如果志磐所引不误,则知道教方面也认同了这一故事的真实性。

中,师以天眼烛之,遂云:"会中有窃法者。"宾出众,自称云水道人……宾怒,夜飞剑胁师。师指剑,插地不得去。明至,拔剑不起。问答数语,脱然有省,因嗣黄龙。此载《传灯》,与俗传异,识者鉴之。①

袾宏所谓道流之作,实指明代道教戏剧《吕纯阳点化度黄龙》《吕洞宾度黄龙禅师记》,它们的目的是替吕洞宾翻案,主旨宣扬道教高于禅宗。但袾宏的辩证,依据的是禅宗灯录,完全无视道教文献,也只是在自说自话,坚守禅宗本位立场而已。当然,从袾宏对佛、道戏剧的熟悉程度推断,前述时蔚、净现、如相所引"飞剑斩黄龙",也可能出自当时的流行戏曲。

(三十一)《归元镜》

《归元镜》,清初传奇,僧智达撰于顺治七年(1650)秋或稍前,② 全称《异方便净土传灯归元镜三祖实录》,叙述净土三高僧庐山慧远、永明延寿、云栖袾宏念佛成道故事,主旨在宣扬西方净土思想。相关词曲,在净土修行类著作中常被摘引,如张师诚《径中径又径》卷4"词曲"部有《〈归元镜〉摘要》③,观如辑《莲修必读》有《〈归元镜〉词曲》④,因此,从宗派属性来讲,它是净土宗戏剧。⑤ 不过,在佛教禅净合一的思想潮流中,禅师对该剧主旨也相当熟悉。如:

1.《翼庵禅师语录》卷8载善鄬《和寒山诗》有云:

> 夜起仰空视,中天垂斗柄。忽忆未生前,何处安身命。身命已了了,扑破归元镜。透得两重光,更有三种病。⑥

"归元"之说,最早见于唐译《楞严经》卷6之"归元性无二,方便有多门"⑦ 偈,袾宏《答何武峨给谏》把经文引作"归元无二路,方便有多门",且开为三门,即

---

① 《嘉兴藏》第33册,台北:新文丰出版股份有限公司1987年版,第78页中栏。

② 郭英德:《明清传奇综录》,河北教育出版社1997年版,第485页。

③ 《卍续藏》第62册,河北省佛教协会,2006年,第409页上栏—410页上栏。

④ 同上书,第849页中—下栏。

⑤ 相关分析,参周尧:《道艺一体的可能性——以〈归元镜〉为研究对象》,宜兰:佛光大学宗教学系2008年硕士学位论文。

⑥ 《嘉兴藏》第37册,第703页下栏。

⑦ 《大正藏》第19册,台北:新文丰出版股份有限公司1983年版,第130页上栏。

念佛门、止观门、参禅门。①智达更进一步,以归元镜为喻,强调念佛往生的重要性。特别是在《问答因缘》中,智达仿禅宗初祖达摩传法弟子分别得皮肉骨髓之说,立"毛皮肉骨髓"之归元五境,强调了得"归元镜之髓"才是其写作本怀:

> 五者,见无所见,闻无所闻,契自性弥陀,了唯心净土。一脚踢开三祖灯光,一槌击碎归元镜影。竿木随身,逢场作戏。拖泥带水,方便提携。游戏中现宝王刹,微尘内转大法轮。若此者,得归元镜之髓。盖惟得髓,方称归元之本怀耳。②

而善鄼"扑破归元镜"云云,正出于得"归元镜之髓"的理论。

2.《弘觉忞禅师语录》卷2载道忞上堂云:

> 归元无二路,方便有多谭。三藏十二部千七百则葛藤,悉是方便之谭,作么生是归元底路?拈拄杖:山僧为你当头点出。③

道忞于此,则仿《归元镜》所附《客问决疑》"三藏十二部,皆金口所宣,人人能奉持否"④ 等句而发问。

综上所举案例,我们大致可以归纳禅宗语录所叙及的戏剧作品的题材特点:一者题材本身就出于佛教传说或佛教故实者,如《来生债》《香山记》《目连救母劝善戏文》《昙花记》《地狱生天记》《钵中莲》《一文钱》《西竺传奇》《飞剑斩黄龙》等;二者是僧俗大众都耳熟能详的历史题材或民间故事,如《汉宫秋》《桃园传奇》《狂鼓史》《碧纱笼》《破天阵》《仗义疏财》《贞节记》等;三是较为特殊的爱情与情色题材,如《西厢记》《望江亭》《拜月亭》《琵琶记》《红梅记》《红拂记》《三妙记》等;四是和民俗生活相关者,如《蟠桃会》等。总体看来,这与袾宏对观剧的看法大致相同,《云栖法汇》卷12《伎乐》即云:

> 或曰不作伎乐,及不往观听,此沙弥律,非菩萨道也。古有国王大臣

---

① 《云栖法汇》卷21,《嘉兴藏》第33册,台北:新文丰出版股份有限公司1987年版,第140页下栏—141页上栏。

② 《大藏经补编》第18册,台北:华宇出版社1986年版,第299页下栏。

③ 《乾隆大藏经》第155册,台北:传正有限公司1997年版,第117页上栏。

④ 《大藏经补编》第18册,第303页下栏。

以百千伎乐供佛,佛不之拒则何如? 愚谓此有三义:一者圣凡不可例论,二者邪正不可例论,三者自他不可例论。我为法王,于法自在,逆行顺行,天且不测。大圣人所作为,非凡夫可得而效嚬也,一也。编古今事而为排场,其上则《香山》《目连》,及近日《昙花》等,以出世间正法感悟时人。其次则忠臣孝子义士贞女等,以世间正法感悟时人,如是等类,观固无害。所以者何? 此不可观,则书史传记亦不可观,盖彼以言载事,此以人显事,其意一也。至于花月欢呼,干戈斗哄,诲淫启杀,导欲增悲,虽似讽谏昏迷,实则滋长放逸,在白衣犹宜戒之,况僧尼乎? 二也。偶尔自观犹可,必教人使观则不可,三也。①

细绎袾宏之意,大乘菩萨济世修行,完全可用戏剧艺术,但其题材与内容,还是区分层次:最上者演出世间法,其次演述人间正法,其伦理价值、是非判断应基于忠孝节义,最下者演爱情或艳情,但只可偶尔自观,并不值得大力宣扬。其中,袾宏用"以人显事"来定义戏剧的本质属性,强调表演主体和表演性,可谓精准,很有启示意义。

二、重要戏剧思想举隅

明清禅宗语录,不但涉及大量戏剧作品及戏剧人物形象,而且也提出了不少极富特色的戏剧评论。虽然大多是只言片语,不成体系,但如果贯通理解,则不难总结出一些普遍性的规律。兹重点介绍其主要戏剧思想如下:

(一)本质论：佛教人生亦如戏

印度佛教自诞生起,就十分关注现实人生问题。若从大乘空观思想出发,人生如戏、身不异戏的思想广为流行。而历代禅师好以戏说法,从本质上讲,也符合禅宗的戏剧本质论。其论述对象主要分两大层面:

1.教内

明清禅师,对教内任何层级的传道弘法者,都可以"戏"论之。

(1)论佛祖释迦牟尼者,如《永觉元贤禅师广录》卷1载元贤佛涅槃日上

① 《嘉兴藏》第33册,台北:新文丰出版股份有限公司1987年版,第38页中—下栏。

堂云:

> 释迦文佛于四月八日降生,演出一本传奇,自喝采。开场之后,或离
> 或合,或悲或欢。到二月十五日,曲尽局终,作个大收场,于双林示灭。①

此即把释迦牟尼一生都比喻为教主在演戏,其降生是戏剧的开场,入灭是戏剧
的收场。

(2)论佛与弟子之授受者,如《憨山老人梦游集》卷11《西堂广智请益
教乘六疑》指出:

> 而舍利等受呵,正为鼓簧法化耳,大似优戏场中各作一脚,以发悲欢
> 离合之情,及至散场,则了无干涉。故菩萨利生,如嬉戏然,调而应,偶而
> 会,岂实法耶。②

此则先把佛祖对弟子的教化比作演戏,并且分工不同,角色有别;其次则推及
菩萨道,谓其救世也如演戏,只是因缘和合,本性亦空。

(3)论东土初祖者,如《三山来禅师语录》卷6载灯来(1614—1685)
《赞石上达磨》曰:

> 一卷经,一只履。迭膝跏趺,怪相无比。不在熊山不在江,仔细看来
> 依旧是。你你你,生旦丑净末,一棚搬到底。③

此把菩提达磨在东土布道的不同历程,比作戏场上的不同角色,无论生旦丑净
末,都由他人扮演。

(4)论本土祖师者,如《竺峰敏禅师语录》卷6载幻敏小参云:

> 法轮宛转推五祖,号令森严颂克宾,都是这般傀儡,今古搬弄靡休。
> 生旦丑末凭伊扮,果因福慧务全周。④

五祖,指北宋临济宗杨岐派僧法演(?—1104)。年三十五,才出家受具足戒,

---

① 《卍续藏》第72册,河北省佛教协会,2006年,第390页下栏。
② 《卍续藏》第73册,第535页上栏。
③ 《嘉兴藏》第29册,台北:新文丰出版股份有限公司1987年版,第714页上栏。
④ 《嘉兴藏》第40册,第256页下栏。

先参圆照宗本、浮山法远,后投白云守端而受印可。遵师命分座示众,住持过四面山、白云山、太平山和五祖山。尤其在五祖山时,大扬宗风,故后世称之为"五祖演"。"法轮宛转",即指法演一生艰苦弘法之事。克宾,系晚唐临济宗兴化存奖(830—925)弟子,因其一时未悟,所以被老师要求离开兴化院,但在道后又返回寺院并嗣存奖之禅法。号令森严,盖指此事。不过,在幻敏眼中,无论法演及存奖、克宾师徒,其实都在演戏,只是场合不同,角色有别而已。当然,目标是一致的,都要追求福德、智慧双全。

(5)禅师总结当时丛林者,如圆澄《慨古录》曰:

> 古之为宗师者,高提祖印,活弄悬拈,用佛祖向上机关,作众生最后开示,学者参叩不及处,劝其日夜提持,不记年月,然后悟入。今之宗师依本谈禅,惟讲评唱,大似戏场优人。①

此是从古今对比中发现当时禅林说法的特点类似戏场表演,多依本而讲,评唱缺少自主性、创新性。

(6)禅师自述者,如《千山剩人禅师语录》卷1载函可(1611—1659)上堂说:

> 大众,自从去年十月结制,山僧便鼓者两片皮,直鼓到如今,譬如世间唱本戏文,有开场,便有尾声。②

此即把自己的开堂说法比作演戏文。

此外,教外士人论禅师布道者,如黄承增辑《广虞初新志》卷36《跋奏对机缘》曰:

> 大和尚上堂,其师徒问答,旁人听之,竟不知作何语。侍者执笔记录,粘示大众,此皆预为撰制。如优伶读脚本,临时演唱,初无难事。③

如此评论,与前述圆澄的感慨一样,都含有相当强烈的批评意识,即大和尚上

---

① 《卍续藏》第65册,河北省佛教协会,2006年,第371页下栏。
② 《嘉兴藏》第38册,台北:新文丰出版股份有限公司1987年版,第216页下栏。
③ 柯愈春编纂:《说海》,人民日报出版社1997年版,第1527页。

堂说法,竟然像演员读脚本一样,缺少机锋和临场应变能力。

2. 教外

明清禅师除以戏论历代僧人及其佛教生活之外,对教外之士,同样"戏眼"观之,甚至观其戏剧评论。如:

（1）《紫柏尊者全集》卷 21 载达观真可（1543—1603）《观戏》云:

> 处处相逢是戏场,何须傀儡夜登堂。繁华过眼三更促,名利牵人一线长。稚子自应争诧说,矮人亦复浪悲伤。本来面目何曾识? 且向尊前学楚狂。此阳明《傀儡诗》也。紫栢先生曰:阳明之看戏,戏亦道师。众人之欢乐,何异傀儡? 故周穆王之怒偃师,偃师析其傀儡,穆王始悟非真人也。今天下无论古今,或衣冠相揖,男女杂坐,谈笑超然。若以顷刻散心,回观我此身,果籍何物而成耶? 设必由五行而有,五行生克无常,能有我者尚无常,况所有者乎。如是观身,身不异戏,则偃师所作,宁非广长舌相哉。①

此处所引阳明（1472—1529）《傀儡诗》,又作《观傀儡次韵》②,是王氏晚年作品。而紫柏尊者的引申性阐释,一则表明他是赞同王守阳人生如（傀儡）戏的世界观,③ 二则生发出戏为人生导师的理念,并从无常来推导身不异戏的认识论。换言之,紫柏是用戏眼看待一切历史人物,这里自然也包括尘世间芸芸众生。

王阳明《傀儡诗》在教内广为人知,《象田即念禅师语录》卷 3 载净现《室中漫言》有云:

> 王阳明云"处处相逢总戏场,还如傀儡夜登坛",此老自是活佛出世,点化世间。惜乎知恩者少耳。固以冷眼看来,尽乾坤大地是个戏场,男女人物是一班子弟,古今治乱兴亡,贫富贵贱,于中离合悲欢,是一本做不了的传奇。奈何世人无慧眼,看不破是戏,从无始至今,将身心世界件件认

---

① 《卍续藏》第 73 册,河北省佛教协会,2006 年,第 324 页上栏。

② 参吴光等编校:《王阳明全集》,上海古籍出版社 1992 年版,第 711 页。但个别文字有别,如"本来面目何曾识"之"何曾",原作"还谁"。

③ 关于王阳明与戏剧关系之研究,参徐宏图:《王阳明与戏曲》,《戏曲研究》2003 年第 2 期。

> 以为实，而轮转是中无有底，极可不悲哉！故我佛特愍斯辈，示离兜率，降王宫，至有游国四门，见生老病死，一旦感激，顿舍国城妻子，而发心出家，然后成道，说法利生，也只为一番点化世人耳，以是知灵山一会亦戏场也。然做戏者，将千百年事摄在旦夕，令人看之宛然。①

此亦引阳明诗为据（当然，字词稍异），而"活佛"之誉，表明净现对王氏的尊崇到了无以复加的地步。净现与真可一样，善于推导，进而得出古今人物无论凡圣都是戏子、一切空间无论净秽都是戏场的结论，甚至佛祖其人其事其道场也如此。只不过戏剧的表演时长，是漫长历史的高度浓缩而已。

（2）《百痴禅师语录》卷18载行元《示梨园众善友》曰：

> 尽世界是个戏场，尽世界是个戏子，尽世界人物倏而生倏而死，倏而幼倏而老，倏而端严丑恶，倏而荣富困穷，种种奇诡种种变幻，总是个戏谱。故我佛如来识破此中关目，弃皇宫入雪岭修行悟道，乃至三百余会，演出五千四十八卷，末后拈华示众，以正法眼藏嘱付摩诃迦叶一本传奇，骇人观听。由是四七二三迭相唱和，天下老和尚莫不竿木随身，逢场作戏，为一切人指出本来真面目，以与佛祖面目相肖，只如本来真面目。②

行元此处的开示对象，本身就是梨园中人（戏剧演员自然是世俗之人），所以，他以戏说戏倒也契合场景需要。而且，他与净现一样把释迦牟尼的弘法之举视作演戏，甚至把佛藏本身视作演出脚本。不过，行元的说理思路，基本上是遵循幻→真→幻→真的循环模式，或者说是由幻悟真而达真幻一如的人生境界。此点，当时是禅林共识。

（二）表演论：本色与逼真

1. 本色

戏剧表演分角色，且重视现场的直观感受。对此，明清禅师也有较系统的表述，尤其重视表现的本色当行。如：

---

① 《嘉兴藏》第27册，台北：新文丰出版股份有限公司1987年版，第174页下栏。

② 《嘉兴藏》第28册，第93页上栏。

（1）《牧云和尚七会语录》卷1载通门（1599—1671）除夕上堂云：

> 譬如做戏，本是寻常人，然妆生时要像生，妆丑时要像丑，唱时像个唱，走时像个走，转身时像个转身，下场时像个下场，才成一本戏。所以做生要规行矩步，斯斯文文；若也鬼头鬼脑，粗粗糙糙，便不像生了。做丑要神头鬼面，胡言汉语，看者发笑，若威威仪仪，死死板板，又不像丑了。乃至唱又不合腔，走又不如法，转身又不活落。《清江引》是短曲，唱得长了，《山坡羊》是长曲，唱得短了，虽要成戏，那得成戏，岂不徒惹得人好笑。"①

通门此处以戏说法，最强调的是角色分工，而且，各种角色各有表演要求，各有观众的审美意趣，即无论服饰、动作、唱腔、唱词曲调都应严格遵守戏剧角色的规定。如此，才符合戏剧表演的程式和规范。

（2）《正源略集》卷14又载金坛东禅宝胜万光纂禅师小参云：

> 未打脸时，说甚生旦净丑，既已出台，便是长幼贵贱，坐立俨然，各知所守。②

此则通过生旦净丑诸角色化装前后的对比，意在强调剧场表演中角色的功能定位，同样突出戏剧表演的本色论。

2. 逼真

戏剧表演在要求本色当行的同时，又要求逼真。虽然吹万广真《示众偈》"凡圣犹如戏幕人，事事物物直如此，扯断绳索趱倒台，一一从头假透底"③指明了戏剧人生的虚幻本质，但是，演员演出时又必须做到逼真。如《天界觉浪盛禅师全录》卷18载道盛《和汤季云居士请天宁上堂韵》其二即云：

> 竿木随身上戏场，尽教台下说炎凉。从来假事要真做，莫怪山僧喜上堂。④

虽说道盛叙述的是禅宗上堂仪式的要求，如果考虑到禅宗仪式的戏剧性、表演性，故其"假戏真做"原则也适用于世俗戏剧的演出要求，即必须逼真。同书

---

① 《嘉兴藏》第26册，台北：新文丰出版股份有限公司1987年版，第545页中—下栏。
② 《卍续藏》第85册，河北省佛教协会，2006年，第87页下栏。
③ 《嘉兴藏》第29册，第505页下栏。
④ 《嘉兴藏》第34册，第691页中栏。

卷 26《示提傀儡人无可奈何说》又明确指出：

> 《传记》虽是假底，提弄恰要逼真，若不以我之精神，则提弄不出古人之精神，亦不能激发今人之精神也。①

此则说明傀儡剧本所据《传记》故事虽为虚构，但是演出者需以真实的生命体验、情感体验，设身处地地体会古人的精神世界，这样才能激发现场观众的热情，使之深受感染。

（三）功能目的论：酬神、劝化与益世

禅宗语录对宗教题材与世俗题材的戏剧，从功能目的看，主要有三：即酬神、劝化和益世，而且可以浑融为一。如《即非禅师全录》卷 21 载如一《观剧》云：

> 远州守延予府第斋，与其弟及童子六七人，供以传奇。初演神道，俱感佛僧之化；次搬忠孝，各壮臣子之心。虽曰游戏，无非佛事，诚有益于世谛，偈以赠之。
>
> 英姿丽服俨如神，疑是大悲应化身。度尽高僧成正觉，不知自己是官人。
> 静听檀版愈精神，幻化门头亟转身。以孝以忠为说法，梨园岂是等闲人。
> 能文能武伎通神，红绿丛中独露身。觑破未生前面目，尘尘尽是本来人。②

这里叙述的是如一禅师在太守所设斋会上观看戏剧演出之事。序之"供以传奇"四字表明，斋会搬演戏剧，酬神的宗教目的是第一位的；"各壮臣子之心"说的是劝化；"有益于世谛"，则指益世。并且，后二者都更重视戏剧的伦理教化之功用。此外，从三首偈的内容分析，第一首叙述的是女性度脱僧人成修道故事，第二首叙述的是忠臣孝子故事，第三首写的似是释迦成道剧。③

对于演剧酬神，教内外看法并不完全相同。一般说来，禅师及庶民阶层多

---

① 《嘉兴藏》第 34 册，台北：新文丰出版股份有限公司 1987 年版，第 746 页下栏。

② 《嘉兴藏》第 38 册，第 720 页中栏。

③ 《慈受怀深禅师广录》卷 3 载怀深（1077—1132）在"莘王生日请升座"时云谓佛"作狮子吼，便道：我降生时，见百亿微尘刹土众生同时降生；我成道时，见百亿微尘刹土众生同时成道：或现帝释身，或现大自在天身，或现长者身，或现居士身，或现小王身。所谓'处处真，处处真，尘尘尽是本来人'，虽然如是，正当今日节角一句作么生道？良久云：天上碧桃和露种，日边红杏倚云栽。"（《卍续藏》第 73 册，河北省佛教协会，2006 年，第 127 页中栏），由此可知，佛祖能文能武能通神，若结合"天上"两句所涉及的红、碧（绿）之色，则如一所看很可是释迦成道一类的戏剧。

持肯定态度,如《灵树源禅师云晶集》卷下载清初僧远《闲居拟寒山子二十首》其七即云"诸优在场中,演剧赛神福"。① 庶民阶层尤其是在佛教氛围浓厚的民俗节日如上元、端午、中元等场合,寺院演戏常为惯例,这方面的记载在历代笔记、小说、诗文等作品中俯拾皆是。如陈确(1604—1677)康熙二年(1663)《与张石渠书》说:

> 慧师方经营中元法事,无一刻之暇,而寓楼适当剧台,日夜喧杂,山门演剧,自初七至十一日。②

此叙述的就是民间七月中元法事寺院演剧的盛况,所演剧目,自然以目连救母故事为主。同年七月十一日陈确所作《避俗》又曰:

> 辟俗来山寺,山中底更忙?剧台通夜火,斋阁接天香。似令饥人饱,还教旱岁禳。神功如不薄,我亦愿输将。③

诗文互证,可见民间寺院演戏酬神的目的十分明确。不过,从陈诗尾联语气判断,似有所怀疑。

当然,教内人士、信仰坚定的居士或某些地方大员,也有主张在神圣空间的寺院不得上演戏剧者。④ 朝廷方面,则因害怕演戏时观众聚众闹事,故有禁演戏酬神之措施,尤其是在京城。如《古今图书集成神异典二氏部汇考》卷2引《大清会典》曰:

> 康熙十六年,令京城内寺庙庵院不许设教聚会,男女混杂,并不许搭盖高台,演戏敛钱,酬神赛会。僧道录司,并该管僧道官,不时亲查。有违禁者,执送本部,将本人及寺庙住持一并治罪。⑤

---

① 《嘉兴藏》第34册,台北:新文丰出版股份有限公司1987年版,第382页中栏。
② (清)陈确:《陈确集》,中华书局1979年版,第127页。
③ 《陈确集》,第727页。
④ 如黄汝亨(1558—1626)《香严社记》就明确要求结社者在西湖净慈地的香严社"不杀生,不演戏,不借人寓期"(《寓林集》卷8,明天启四年刻本);江苏巡抚陈宏谋(1696—1771)于乾隆二十四年(1759)所制《风俗条约》中就规定不许僧尼"将佛经编为戏剧,丝竹弹唱,俨同优伶"(冯桂芬撰:《同治苏州府志》卷3,光绪九年刊本)。
⑤ 《卍续藏》第88册,河北省佛教协会,2006年,第481页上栏。

当然,其他朝代及地方官员也常发布类似的禁令,甚至家族族规也如严厉禁止观戏,① 但执行的力度与效果往往会大打折扣。② 原因就在于戏剧往往能以生动的艺术形象和现场体验来感动人,吕坤(1536—1618)即说"譬之听戏文一般,何须问他真假? 只是足为感创,便于风化有关"③。

而吕坤的风化说,并非空穴来风,应是渊源有自。对中晚明思想界影响最大的王阳明,其《传习录》卷下即载:

> 先生曰:"古乐不作久矣,今之戏子,尚与古乐意思相近。"未达,请问。先生曰:"《韶》之九成,便是舜的一本戏子;《武》之九变,便是武王的一本戏子。圣人一生实事,俱播在乐中,所以有德者闻之,便知他尽善、尽美与尽美未尽善处。若后世作乐,只是做些词调,于民俗风化绝无关涉,何以化民善俗? 今要民俗反朴还淳,取今之戏子,将妖淫词调俱去了,只取忠臣孝子故事,使愚俗百姓人人易晓,无意中感激他良知起来,却于风化有益;然后古乐渐次可复矣。"④

可知,阳明极其重视利用戏剧这一艺术形式,强调叙事内容的纯正性而反对有伤风化的男女艳情,并要求戏剧语言通俗浅显,如此才能对戏剧教化拨乱反正。此外,把儒家经典文本比作圣人演出的脚本,这种观点本身就借鉴了禅宗语录的"竿木随身,逢场作戏"之说。

(四)色相情禅论:啼笑谁云不是禅

戏剧表演,注重身段声色之完美;戏剧叙事,一般有强烈的戏剧冲突,故易于以情动人。但正如憨山德清天启元年(1621)上元日于枯木庵作《梦游诗集自序》所言"禅乃出情之法也"⑤,而"透脱情识,禅根本也"⑥,因此,出情

---

① 相关史料,可参王利器辑录《元明清三代禁毁小说戏曲史料》(增订本,上海古籍出版社1981年版)、陆林《宋元明清家训禁毁小说戏曲史料辑补》(《明清小说研究》1997年第2期)等。

② 关于古代禁毁戏剧或明清戏剧管理的研究,可参丁淑梅《中国古代焚毁戏剧史论》(中国社会科学出版社2008年版)、《中国古代禁毁戏剧编年史》(重庆大学出版社2014年版)、刘庆《管理与禁令:明清戏剧演出生态论》(上海古籍出版社2014年版)等。

③ (明)吕坤撰:《呻吟语》卷6,明万历二十一年刻本。

④ 陈荣捷:《王阳明〈传习录〉详注集评》,重庆出版社2017年版,第281页。

⑤ 《憨山老人梦游集》卷47,《卍续藏》第73册,河北省佛教协会,2006年,第786页上栏。

⑥ (明)释智旭:《为大治》,载《灵峰蕅益大师宗论》卷4,见《嘉兴藏》第36册,台北:新文丰出版股份有限公司1987年版,第323页上栏。

之禅与重声色、重抒情的戏剧之间,天然地存在某种矛盾。禅师又是如何认识与化解这种矛盾呢? 大致说来,主要有两种思路:

一曰不执着于情。如《憨予暹禅师语录》卷2载洪暹"因观戏上堂"云:

> 声色堆头,全彰本地风光;眼见耳闻,独露当人妙用。只为情生智隔,想变体殊,有大威光,不能发现。只如道闻声悟道,见色明心。且问诸人,今朝村歌社舞,锣鼓喧天,那个是见底心,那个是悟底道,若也会得,管取途中受用,任运逍遥。苟或不然,总成逐色随声去也,必定见闻不昧声色,超然一句作么生? 良久云:尘尘遍现毗卢境,物物全彰华藏天。①

洪暹在此特别明晰了以戏悟禅的途径,其中,我们认为最重要的是他指明了戏剧欣赏中的情、智冲突问题,世俗之人,往往因沉溺于情而不能自拔,故常常妨碍其作出正确的理性判断。而出家修道之人,见声色而不昧于声色,如此才能悟透理事一如的禅境。

二曰方便解脱。《云栖法汇》卷17载袾宏《谚谟曲典序》:

> 至于排场戏曲,古诗古乐府之余音也,盛行于元,流通于今日,慧业文人与庸夫孺子所共传唱而愉情者也。奈何淫荡猥媟之语,杂于其间,人只以侑壶觞、供笑谑,而不知反而后和,被围而援琴,是日哭而不歌。歌,固宣尼平日所不废矣。乃摘其有禅风化者,约为三科:一曰忠孝节义,二曰感慨悲歌,三曰警悟解脱。庶几旁敲暗击,亦娑婆世界以音声为佛事,"先以欲钩牵,后令入佛智"之一端也。②

袾宏对元明戏剧是古乐之遗及其教化功用的论述,显然和前述王阳明观点相近。而且,袾宏强调了两点:一是戏剧审美的生成基础在于愉情;二是戏曲演出完全以音声为佛事的佛教传统。不过,戏剧内容必须有助于教化之用,而归入"音声佛事"性质的戏剧演出,仅是维摩诘式的方便之道。③

正是基于不执着于情、方便解脱的思想路径,禅宗为最钟于"情"字的文

---

① 《嘉兴藏》第33册,台北:新文丰出版股份有限公司1987年版,第568页中栏。
② 同上书,第93页中—下栏。
③ 按,袾宏所引"先以欲钩牵,后令入佛智",出自什译《维摩诘所说经》卷中"佛道品第八"(《大正藏》第14册,台北:新文丰出版股份有限公司1983年版,第550页中栏)。又,"佛智",也作"佛道"。

艺门类的戏剧留下了一道敞开的大门。对此,清初马惟敏(1644—1705)的七绝《正觉寺观剧》就从"局外人"的角度概述得十分到位,诗曰"风送笙歌鸟篆烟,阳春妙曲胜钧天。剧中色相空中味,啼笑谁云不是禅"。① 而且,受《西厢》悟禅的影响和尤侗《怎当他临去秋波那一转》(即《西厢制义》)的推波助澜,"情禅"说更是风行一时,② 出现了以"情禅"命名的词集(如邵葆祺《情禅词》)和绘画之类(如簧齐和尚《情禅图》③)的作品,吴锡麟(1746—1818)《大藏宝典序》还努力地追溯其佛典来源,说:"《僧祇律》严,尤防色障。而乃天开女市,佛说情禅,又何异试迦叶以革囊,摄阿难于淫席乎?不知花飞钏动,尽可栖神;雨魄云魂,原非著相。桑无三宿,蔗有双茎,岂真欲界之无边,不过现身而说法。"④ 换言之,以情试禅,说情悟禅也是佛教的传统之一,此与马郎妇观音以淫解脱众生一样,只是现身说法的方便法门之一。更可注意的是李能和(1869—1943)《朝鲜佛教通史》卷下颂《无碍舞》时有偈云"即色即空难见性,其歌其舞易销魂。当他临去秋波转,亦是禅家悟道门",句中夹注亦谓"邱公风流之士,故此僧现风流身而为说法",又有石破天惊之断语曰:"今夫爱为众生性命之根本,亦为旷劫轮转之原因,故佛法所许者正淫也,其所禁者邪淫也。"⑤ 质言之,《西厢》悟道之"淫",是"正淫"而非"邪淫",因为其目标并不在淫而在道。

(五)欣赏论:观者各解其心和无分别

禅宗在戏剧欣赏时,也有一些非常独到的见解。大致说来,也有两大特点:一曰观者各解其心。如《湛然圆澄禅师语录》卷7载圆澄云:

　　如来非身变,身相如故,亦非语变,语相如故。以其不变,故能随类各解也。何也? 如其有变,则在天非人,在人非天,岂能各应也哉。譬如世

---

① (清)马惟敏撰:《半处士诗集》卷下,清康熙四十八年郎庭槐刻本。

② 参廖肇亨《淫词艳曲与佛教:从〈西厢记〉相关文本论清初戏曲美学的佛教阐释》(《中国文哲研究集刊》第26期,2005年3月)、王汉民《〈西厢记〉"临去秋波"的八股阐释》(《清代戏曲考论》,中国戏剧出版社2019年版,第209—215页)等。

③ 严虞惇《题簧齐和尚〈情禅图〉》即说"簧齐示我〈情禅图〉,图中一人结伽趺。环待三十六妖姝,青蛾皓齿红玉肤……不须摩顶更说法,披图超出庄严图"(《严太仆先生集》卷3,乾隆严有禧刻本),可知其题材和女性关系密切,画风妖艳。

④ (清)吴锡麟撰:《有正味斋集·骈体文》卷7,清嘉庆十三年刻《有正味斋全集》增修本。

⑤ 《大藏经补编》第31册,台北:华宇出版社1986年版,第716页上栏。

之演戏者,岂有变也。然群聚而观之,仁者见之谓之仁,智者见之谓之智,风流者见之谓之风流,斗诤者见之谓之斗诤,乃至礼义廉耻、孝悌忠信、善善恶恶、是是非非,各适其适,莫不称益。退谓人曰:此戏唯孝唯悌,乃至惟风流惟斗诤,不仁不义,岂戏者有异乎? 实乃观者各解其自心耳。虽然,须知有不变而变,变而不变,何也? 即如戏之于戏也。谓其有变,则戏者安有二心? 谓其无变,则观者何能各解。一幻戏如是,法法亦复然,而况于佛乎?[①]

圆澄以戏说法之时,虽然最终强调的是戏剧表演本质的虚幻性,但同时对观赏者的观赏心理也有独到的分析与阐释,提出观者是以自心来理解演员的表演,即不同的观众由于自身素养之不同,所以,他们对戏剧形象所体现的伦理价值、是非判断各有不同。

如果说各解其心的观众是善观者,那么,自然也存在不善观者。清智祥集《法华经授手》卷 4 即说:

> 此是他灵山会里,一场装扮处,各尽其态,只要做得相象,令见闻者于离合悲欢处实有所感发耳。若以慢中人,分智愚高下,此为不善观者也。[②]

此处是把佛在灵山说法教化诸弟子的过程比作戏剧演出,除了强调表演的逼真之处,同时也对观众(喻信众)的欣赏提出了要求,即不能把场上演员所表演的形象等同于演员自身的智愚高下,否则就是不善者也。

戏剧具有非常诱人的感染力,虽以情取胜,但善观者最终是“以理悟”而非“以情求”,传灯《维摩经无我疏》卷 8 指出:

> 夫无在无不在者,万法自然之理也。法在人而不知悟。世有聪明睿智之士,衍为传奇,藉八人而倏忽变为百千万人,贵贱贫富,男女主仆,善善恶恶,离合悲欢,恩怨相酬,吉凶昭应,合古今于旦暮,集楚汉于片场,真令涕泗交流,击节抚掌。调应偶会,曾无执著,此可以取譬无在无不在也。然犹实有人焉,不无情也。未若巧幻之师,幻作男女,无而倏有,有而

---

① 《卍续藏》第 72 册,河北省佛教协会,2006 年,第 813 页中栏。
② 《卍续藏》第 32 册,第 684 页上栏。

俟无，无情无念，非色非声，此固无在无不在矣。然而又不如今之天女，神变无方，身子小乘，位居上圣，具神通力能变化者，而反为其所变，使非男者为男，非女者为女，都无移易，不觉不知，此真无在无不在者也。以况诸法，莫不如斯，不可以情求，但当以理悟也。①

传灯"合古今于旦暮"诸句，对戏剧（传奇）无处不在的艺术感染力概括得生动形象，也揭示了戏剧演出情感时空的超越性。但是，无论其演出多么感人，若从修道者观之，真正悟入的正途是理而非情。

二曰无分别。如《庆忠铁壁机禅师语录》卷17载慧机《与懒憨上座》云：

愿上座莫蹈者些陈迹，不妨法道游戏，据实答我，作后学眼目，犹之梨园台上生旦末丑强作悲欢离合，其实事同一家，那分彼此，幸勿怀我人而见弃。②

此从戏剧角色虽有分工但表演仍需追求整体效果而不分彼此的事实，意在说明游戏三昧的性质也是无分别。

《吹万禅师语录》卷6又载广真对"汾阳十智同真"有"颂古"曰：

君不见戏棚蝶脸乌纱帽，强作悲欢与合离。曲罢帐中无个事，你是何人我是谁。③

此颂类似杂剧散场诗，强调了曲终人散时的观剧感受，此时无论演员与观众，都已经从剧中状态回归于剧前状态，二者不再被剧中人物情感所牵引，因此，他们的情感也渐趋平静，从这一点说来，也是无分别。

正是基于无分别的立场，所以，不少禅师对执著于戏剧悲欢离合之情的观众乃至演员都有所告诫，《为霖道霈禅师餐香录》卷下载道霈（1615—1702）《警世二首》其一曰：

三界分明一戏场，登场各各逞刚强。更阑锣鼓忽收拾，徒使傍人说

①　《卍续藏》第19册，河北省佛教协会，2006年，第687页上—中栏。又。疏中"身子"，指佛十大弟子中智慧第一的舍利弗。据什译《维摩经·观众生品》，天女散花于诸菩萨及舍利弗等人身上，舍利弗因没有泯绝思虑分别，所以，天花仅住于舍利弗。
②　《嘉兴藏》第29册，台北：新文丰出版股份有限公司1987年版，第647页下栏。
③　同上书，第495页上栏。

短长。①

《古林如禅师语录》卷 4 载机如（1632—?）《示梨园偈》又说：

> 风流年少如花窈,歌向人前声更巧。百怪千奇演出场,唤回几个知分晓。②

二诗都是先从演员角度落笔,但结尾都点明了演出效果。而对于观众的评说,不能计较,因为禅宗戏剧的本质就是思想的空和幻。

当然,以上所说的五大层面,是相对而言。有时,各种戏剧思想交织在一起,实在难以甄别其细微的差异。

三、成因略析

明清禅宗语录好以戏说法,若究其成因,主要分成内外两大层面：

从内因方面看,戏剧一直是音声佛事传统中不可或缺的组成部分之一。对此,前文分析禅宗重要戏剧思想时虽略有涉及,但可以再补充一些实用性的案证,如从印度的游戏供养 ③ 到中土的酬神。而佛教酬神演戏,常与特定的佛教节日或法事相联系,如陈梦雷（1650—1741）《准提阁碑文》载康熙二十六年（1687）在盛京准提阁：

> 遂以十月之望,圣像庄严告成,爰集苾刍,宣扬法事,土俗必命优伶演剧,道俗咸聚,志盛举也。④

此叙述的是准提菩萨圣像落成时的戏剧演出。《驳案新编》卷 19《山西司》则记载了乾隆三十九年（1774）"二月初八日,永庆寺演戏,悟明与徒性佛、性

---

① 《卍续藏》第 72 册,河北省佛教协会,2006 年,第 637 页上栏。

② 《嘉兴藏》第 36 册,台北:新文丰出版股份有限公司 1987 年版,第 104 页下栏。

③ 如北凉昙无谶译《悲华经》卷 1 说"尔时,诸菩萨摩诃萨至日月尊佛所,至佛所已,诸菩萨等以禅定力种种自在师子游戏,供养日月尊如来"（《大正藏》第 3 册,台北:新文丰出版股份有限公司 1983 年版,第 169 页中栏）。

④ （清）陈梦雷撰:《松鹤山房诗文集》卷 15,清康熙铜活字印本。

一至寺看戏"① 之事,这说明清代北方寺院在佛诞日有戏剧演出。所以,禅师观戏上堂,戏剧供养酬神也是一大动因。

若具体到戏剧创作与佛教"游戏"的关联性问题,不少评论者都认为二者是同一关系。如程羽文(1644—1722)《盛明杂剧序》即明确指出戏剧创作"皆才人韵士以游戏作佛事,现身而为说法者也"②。成锡田《序〈新西厢记〉》则说"有大智慧者另寻方便法门,为众生惊聋振瞆,逢场作戏,现身说法,此传奇之所由来也"③。而且,戏剧的感染力可以超越义理阐释,李岛《〈东厢记〉序》即说:

> 顾逢场作戏,现身说法,倘有关于人心风俗,其感发惩创,较老生讲经义,老衲说佛法,为更神更速。尝有演忠孝节义之事,当其蹭蹬轗轲,流离凄楚,观者每涕泗横流,不能自止。迨因果报应,丝毫不爽,乃破涕为笑,鼓掌称快。将乐善之心油然生,奸淫诈伪,不惩而自化。则传奇之有关于世教,非浅鲜也。④

细绎其意,一则戏剧演出的现场感染力远胜儒、佛两家的讲经,二则戏剧宣扬的伦理思想是儒释合一,既讲儒家的忠孝节义,又吻合佛教的因果报应。但是,观众本身有层级之分,汤世潆《〈东厢记〉自序》便说:

> 余编《东厢记》甫脱稿,客见而问曰:"《西厢》一书,近世文人奉为拱璧,续者曾遭物议矣。子工于填词,曷不凭空另撰?"余应之曰:"唯唯,否否……所以作此者,盖亦有故。今天下好阅《西厢》者多矣。不知者,喜其传冶容苟合之神;其知者,夸其得禅理文诀之妙。而仆独取其以'惊梦'结之,良工心苦也……"⑤

汤氏发现,《西厢记》在传播接受史上,从佛教层面分析,其观众有智和不智之别(知,通智),通禅理者(如前述丘琼山所见禅师及顺治皇帝、尤侗等)

---

① (清)全士潮撰:《驳案新编》卷19,清光绪七年刻本。
② 载《盛明戏剧一集》,诵芬室刻本。
③ 蔡毅:《中国古典戏曲序跋汇编》,齐鲁书社1989年版,第2229页。
④ 同上书,第2227页。
⑤ 同上书,第2221—2222页。

大称其妙,不通者(普通民众)则陷于其所演之情。因此,他才要把"海淫"《西厢记》改编为"不大违乎天理"的《东厢记》。对这种戏剧改编现象,有人称作"《西厢记》的反意改创"①。

此外,即便是同样精通禅理、同样赞同禅戏一体者,在具体剧目的看法上也会有所不同。如《云栖法汇》卷14评李卓吾(1527—1602)曰:

> 乃至以秦皇之暴虐为第一君,以冯道之失节为大豪杰,以荆轲聂政之杀身为最得死所,而古称贤人君子者往往反摘其瑕颣,甚而排场戏剧之说,亦复以《琵琶》《荆钗》守义持节为勉强,而《西厢》《拜月》为顺天性之常。噫,《大学》言"好人所恶,恶人所好,灾必逮夫身",卓吾之谓也。②

虽说《西厢记》《荆钗记》《琵琶记》《拜月亭》四种戏剧都在写爱情题材,但就演述爱情的浓烈与炽热性而言,《西厢》《拜月》要强于后两种,而且后两种戏剧也更符合封建社会的道德伦理之要求,相对说来,更注意宣扬忠孝节义观。因此,它们在具有异端思想的狂禅者李贽眼中,价值判断大不一样,按其《杂说》所言"《拜月》、《西厢》化工也;《琵琶》,画工也"③,真是高下立判。④

从外因方面看,戏剧演出一旦成为社会风尚,加上本身又有演述佛教题材者,故因观戏而出家者在禅宗史上时有所见,如清人聂先所撰《续指月录》卷18载曹洞宗幻休常润禅师:

> 幼背二亲,从从父游,常目摄群优,洒然若有所创,知诸幻皆戏局也,无常谓何。乃入伏牛山,礼坦然平公祝发。⑤

---

① 参伏涤修:《论〈西厢记〉的反意改创之作》,《淮海工学院学报》(社会科学版)2008年第1期。

② 《嘉兴藏》第33册,台北:新文丰出版股份有限公司1987年版,第61页中栏。

③ (明)李贽:《焚书》,载《李贽文集》第1册,社会科学文献出版社2000年版,第90页。又,李贽此篇并没有论述《荆钗记》,可能是袾宏误记。

④ 按,戏剧传播除了受个人因素影响之外,也受地域、族群等因素的影响,如明姚旅撰《露书》(明天启刻本)卷9即说"琉球国居常所演戏文,则闽子弟为多……如《拜月》《西厢》《买胭脂》之类皆不演,即《岳武穆破金》《班定远破虏》亦以为嫌,惟《姜诗》《王祥》《荆钗》之属,则常所演,每啧啧美华人之节孝云"。

⑤ 《卍续藏》第84册,河北省佛教协会,2006年,第130页中栏。又,别庵性统《续灯正统》卷37所记相同(同前,第619页下栏),仅个别文字有异。

群优,即戏剧演员。常润从观看演出中而悟出人生如梦如幻之理后,便毅然决然出家去了。类似经历者,尚有前文所述如一、子山等禅师。

更为重要的是,当时戏剧作家和名僧之间交往甚频,如汤显祖（1550—1616）与紫柏达观真可、无去上人、乐愚上人,屠隆与袾宏、逢镜上人、莲舟上人、觉莲禅师,尤侗与古如上人、美中上人、楚山上人、月禅上人,等等,真是不胜枚举。两种群体的交往,自然也会促成禅宗思想和戏剧创作的交互影响及融合。

第五章
典范引领与传播接受

　　本章主要检讨禅宗语录的"杜诗崇拜"现象、禅宗对屈原形象和楚辞的接受与传播、《宗镜录》的流传接受简史以及禅宗语录朱熹形象的宗教意涵。

第一节　禅宗语录之杜诗崇拜 [①]

日本著名学者吉川幸次郎曾归纳中国文学有三大特色,其中第三个是"尊重典型",而且,"唐以后的诗歌典型就是杜甫"。[②] 值得注意的是,我们发现,宋代文字禅兴起之后,禅宗诗歌创作与评论中出现了一种极为有趣的文学现象——杜诗崇拜。如万松行秀元光二年（1223）撰《〈评唱天童从容庵录〉寄湛然居士书》即说:

> 吾宗有雪窦、天童,犹孔门之有游、夏。二师之颂古,犹诗坛之李、杜。世谓雪窦有翰林之才,盖采我华而不摭我实。又谓不行万里地,不读万卷书,毋阅工部诗,言其博赡也。拟诸天童老师颂古,片言只字,皆自佛祖渊源流出,学者罔测也。[③]

《评唱天童从容庵录》,又称《天童觉和尚颂古从容庵录》《从容庵录》《从容录》,它是行秀应其嗣法弟子之一金元时期的大政治家耶律楚材（即湛然居士）之请而撰出,其评唱对象是曹洞宗天童正觉的"颂古百则"。行秀虽然把云门宗雪窦重显和曹洞宗天童正觉比作孔门"文学"之子游、子夏及盛唐诗坛的李白、杜甫,但实际上他更推崇的典范是杜甫,如其弟子林泉从伦《林泉老人评唱投子青和尚颂古空谷集》卷4就只对"不行万里地,不读万卷书,毋

---

① 本小节已揭载于《杜甫研究学刊》2020年第3期,特此说明。

② ［日］吉川幸次郎:《中国文学史》,陈顺智、徐少丹译,四川人民出版社1987年版,第21页。

③ 《大正藏》第48册,台北:新文丰出版股份有限公司1983年版,第267页下栏—268页上栏。

阅工部诗"① 进行阐释:"言其见闻博赡、智量恢弘方能为也。世法尚然如是,
况吾真乘世、出世间无上妙道大解脱门邪?若非具游戏神通、奋迅三昧,得大
总持,有大威力,曷能经由百一十城参五十五大善知识?"② 耶律楚材《戏刘润
之》又夫子自道曰"居士亲行万里地,政须百注杜陵诗"③,可见行秀师徒三人
对杜诗都极其推崇。

张镃淳熙十四年(1187)秋所作《桂隐纪咏四十八首》其十一《殊胜
轩》则把杜甫称作"诗佛"④,说"杜老诗中佛,能言竹有香。欲知殊胜外,说
著早清凉"⑤。"竹有香"概述的是杜甫广德二年(764)秋所作《严郑公宅同
咏竹》(得香字)诗题及其颈联"雨洗娟娟净,风吹细细香"⑥ 下句之内容。杜
甫把对风雨中摇曳的青青翠竹的视觉感受写成缕缕细香之味觉,修辞手法为
通感,因其依据是《楞严经》的"六根互用"⑦,张镃认为老杜通佛理,故赞之
曰"诗中佛"。此种论断的得出,恰恰与两宋丛林文字禅之杜甫崇拜的历史文
化语境有极其密切的关联。

不过,吊诡的是,杜甫广为世人熟知的称号是浸染浓厚儒家文化色彩的
"诗圣"。一般认为,"诗圣"成为杜甫的专称,是在明代中后期。⑧ 当然,"诗
圣"杜甫的"圣"化历程相当漫长,大致可分为四个阶段:"中唐雏形孕育期、
晚唐五代形象塑造期、宋元地位隆升期、明代最终定型期。"⑨ 而宋元以来正是
中国佛教史上文字禅盛行及禅宗语录编撰蔚成风气之时,禅宗语录对杜甫其

---

① 方回大德七年(1303)作《跋佛陀恩游洞山诗》也说"不行万里路,不读万卷书,未可观杜
诗,此之谓也"(李修生主编:《全元文》第 7 册,江苏古籍出版社 1999 年版,第 221 页),可见,说杜诗
见多识广、反映亲身体验之真是宋元时期的普遍看法。

② 《卍续藏》第 67 册,河北省佛教协会,2006 年,第 304 页上栏。

③ (元)耶律楚材撰,谢方点校:《湛然居士文集》,中华书局 1986 年版,第 255 页。

④ 按,中国文学史上被称作诗佛者有陶渊明、谢灵运、王维、贾岛、蒋士铨、法式善、吴嵩梁等,但
最被公认的是王维。参袁晓薇、谭庄:《"诗佛"的诞生:一种诗歌美学境界的标举》,《山东社会科学》
2012 年第 5 期。

⑤ 北京大学古文献研究所编:《全宋诗》第 50 册,北京大学出版社 1998 年版,第 31627 页。

⑥ (唐)杜甫著,(清)仇兆鳌注:《杜诗详注》,中华书局 1979 年版,第 1184 页。

⑦ 相关理论阐释,参周裕锴:《"六根互用"与宋代文人的生活、审美及文学表现——兼论其对
"通感"的影响》,《中国社会科学》2011 年第 6 期。

⑧ 参张忠纲:《说"诗圣"(代序)》,载张忠纲:《诗圣杜甫研究》,上海古籍出版社 2015 年版,
第 1—3 页。

⑨ 刘志伟、李小白:《"诗圣"杜甫"圣"化论》,《文艺研究》2018 年第 12 期。

人①其诗的品评尤其是对杜诗的品鉴运用之例,俯拾皆是。换言之,禅宗对杜甫文学地位的提升及其人格圣化也有推波助澜之用。因此,充分挖掘、整理相关语录中的"杜诗学"史料,②对杜诗在禅宗语录中的巨大影响及其与文字禅的内在联系做出整体的历史观照和深度的理论分析,是十分必要的,这既有助于"杜诗学"史研究的深化与细化,又有助于构建禅宗诗学的研究体系,进而推动禅宗诗歌史、禅诗批评史及禅宗文学思想史的全面研究。

一、杜诗崇拜之历程

在中国禅宗史上,虽然早在中唐时期就有以(当朝名家)诗释禅的禅师,不过为数不多,且以说理性诗句为主。③而较早关注杜诗者是诗僧皎然,其《诗式》卷3"直用事第三格"就引用了杜甫的《哀江头》,④可惜没有任何解说性文字。至晚唐五代,两大诗僧贯休、齐己才较充分认识到杜诗价值并生发诸多人生感慨,如贯休《读杜工部集二首》其一"造化拾无遗,唯应杜甫诗"、其二"甫也道亦丧,孤身出蜀城……命薄相如命,名齐李白名"、《怀周朴张为》

---

① 禅宗语录对杜甫其人的言说与评价,文献资料虽不如世俗文献那样丰富多彩,却也有一些共同话题,并且,主要都集中在杜甫忠义爱国、忧国忧民的伟大人格:如惠洪宣和四年(1122)作《布景堂记》"而忧国者以为悲行役者以为愁,少陵曰'感时花溅泪,恨别鸟惊心'者,哀之也"(释惠洪著,释廓门贯彻注,张伯伟等点校:《注石门文字禅》,中华书局 2012 年版,第 1348 页。又,"感时"两句,出杜甫至德二载即 757 年所作《春望》之颔联,参《杜诗详注》,中华书局 1979 年版,第 320 页)、南宋诗僧释元肇《杜少陵像》"许国丹心苦,杜天春日低"(《全宋诗》第 59 册,北京大学出版社 1998 年版,第 36931 页)、释善珍《吴歌》"君不见杜老行吟曲江曲,楚臣羁思蘼芜绿。世知忠义铸伟辞,不知正是阮籍、唐衢哭"(《全宋诗》第 60 册,第 37774 页)、元悟逸禅师《杜甫》"忧国忧民客异州,塞笳声里戍楼秋"(《樵隐悟逸禅师语录》卷下,《卍续藏》第 70 册,河北省佛教协会,2006 年,第 312 页中栏)等,都足为例证。然而在禅宗语录的杜甫崇拜中,诗歌崇拜远比人格崇拜的材料更常见、更丰富,故本文只论杜诗崇拜。

② 有关杜甫其人其诗与佛教(禅宗)之关系的研究,国内外学术界已有相当丰硕的成果(参刘雯:《近七十年来杜甫与佛教关系研究综述》,《杜甫研究学刊》2018 年第 3 期),但总体说来,对禅宗语录重视不够。

③ 如主张禅教一致的圭峰宗密禅师(世称华严五祖,又嗣荷泽神会禅法)在《禅源诸诠集都序》卷 2 "因渐修而渐悟"的夹注说"如登九层之台,足履渐高,所见渐远,故有人云'欲穷千里目,更上一层楼'"(《大正藏》第 48 册,台北:新文丰出版股份有限公司 1983 年版,第 407 页下栏),其所引五言诗,出王之涣(一作朱斌)五绝《登鹳鹊楼》之后两句(彭定求等编:《全唐诗》卷 253,上海古籍出版社 1986 年版,第 639 页下栏)。佚名约于大历十一年(776)撰《历代法宝记》则引有四句王梵志诗"惠眼近空心,非开髑髅孔。对面说不识,饶尔母性董"(《大正藏》第 51 册,第 193 页上栏)。

④ (唐)皎然著,李壮鹰校注:《诗式校注》,人民文学出版社 2003 年版,第 269 页。

"巴江思杜甫，漳水忆刘桢"①，齐己《次耒阳作》"因经杜公墓，惆怅学文章"、《依韵酬谢尊师见赠二首》（师欲调举）其一"南国搜奇久，偏伤杜甫坟"② 等，悉以抒发怀才不遇之情为基调，这与通常所见超然物外、淡泊名利的诗僧有所不同。而且，二人也没有详细检讨杜诗的艺术特色及其和禅宗诗歌的关系。

杜诗较大规模进入禅宗语录，当始于北宋中前期的云门宗。如睦庵善卿至迟完成于大观二年（1108）的《祖庭事苑》，就是一部以解释云门宗语录特别是号称"云门中兴"之雪窦重显作品为主的佛学辞典。其卷 2 注释的是《雪窦瀑泉集》《雪窦拈古》《雪窦颂古》，卷 4 则注《雪窦祖英集（下）》《雪窦开堂录》《雪窦拾遗》。③ 两卷多次注引杜诗：如卷 2 "禅伯"条曰："禅伯亦犹能诗者称诗伯。杜工部所谓：'才大今诗伯。'"④ "煇赫"条曰："上齿善切，然也……杜诗：'煇赫旧家声。'"⑤ 卷 4 "驾御昂杓"条曰："驾车御马犹执鞭之士也。杜诗：'君王自雄武，驾御必英雄。'"⑥ 其所说杜诗，分别题为《赠毕四曜》《奉送郭中丞兼太仆卿充陇右节度使三十韵》《投赠哥舒开府二十韵》。⑦ 由此推断，雪窦对杜诗的运用较为自如，⑧ 难怪后来行秀、从伦师徒评价雪窦像杜甫一样的博赡。此外，云门宗是北宋最为重要的禅宗派别之一，名师辈出，单入谱者有 1180 人之

① （唐）贯休著，胡大浚笺注：《贯休诗歌系年笺注》，中华书局 2011 年版，第 363、364、413 页。
② 王秀林：《齐己诗集校注》，中国社会科学出版社 2011 年版，第 292、328 页。
③ 《祖庭事苑》"目录"，《卍续藏》第 64 册，河北省佛教协会，2006 年，第 313 页中—下栏。
④ 《卍续藏》第 64 册，第 333 页上栏。本条注释的是《雪窦拈古》，考惟盖竺编《明觉禅师语录》卷 3 "拈古"恰有"二禅伯，近离甚处"之句（《大正藏》第 47 册，台北：新文丰出版股份有限公司 1983 年版，第 689 页中栏）。
⑤ 《卍续藏》第 64 册，第 333 页中栏。本条注释的是《雪窦颂古》，但今传雪窦作品未见"煇赫"用例，说明雪窦作品有散失。
⑥ 《卍续藏》第 64 册，第 370 页上栏。本条注释的是《雪窦祖英集下》，《明觉禅师语录》卷 6 即为《祖英集下》，其《送倧禅者》结句即说"见斯人兮驾御昂杓"（《大正藏》第 47 册，第 710 页中栏）。
⑦ 《杜诗详注》，中华书局 1979 年版，第 469、370、188 页。又，"雄武""驾御"，仇注本作"神武""驾驭"，意义几无区别，但善卿所见版本更早。
⑧ 重显师徒对其他唐人诗句也相当熟悉。如《明觉禅师语录》卷 1 有一则"上堂"实录，记载师徒引用了四组诗句，即"华须连夜发，莫待晓风吹""猿抱子归青嶂后，鸟衔华落碧岩前""依稀似曲才堪听，又被风吹别调中""春té桃华亦满蹊"（《大正藏》第 47 册，第 670 页上栏），它们分别出自武则天五绝《腊日宣诏幸上院》后两句（《全唐诗》卷 5，上海古籍出版社 1986 年版，第 33 页中栏）、周朴七律《天门灵泉院》颔联（陈尚君辑校：《全唐诗补编》，中华书局 1992 年版，第 1164 页）、高骈七绝《风筝》后两句（《全唐诗》卷 598，第 1521 页上栏）、贯休七律《山居二十四首》其十九末句（《贯休诗歌系年笺注》，第 995 页。但"华""溪"，本书作"花""蹊"。华、花同义，不论。但《四部丛刊》景宋钞本《禅月集》卷 23 作"溪"，故重显所见更符合宋版，是）。由此，我们可做一推断，大量引唐诗上堂说法，云门宗是重要的推手之一。

多。① 在当时有重大影响的除了雪窦重显外,尚有天衣义怀、佛日契嵩、圆通居讷、大觉怀琏、佛印了元、慧林宗本、佛国惟白等,他们有的与同时代文坛领袖如杨亿、王安石、苏轼、黄庭坚等交往密切。而王、苏、黄北宋三大诗人都推崇老杜,这点自然能顺带影响云门宗高僧。如果按照《祖庭事苑》的方法逐一检视其他云门宗诗僧的作品,运用杜诗语典者还有不少。比如契嵩《遣兴三绝》其一"何妨剩得惊人句"、其三"人生都类一浮萍",② 当分别化用杜甫七律《江上值水如海势聊短述》首联"为人性僻耽佳句,语不惊人死不休"、《又呈窦使君》尾联"相看万里外,同是一浮萍"③ 的句意又有所创新而成。与苏轼交好的诗僧道潜则多次评述杜诗特色,并赞赏其感伤、清真之风格。④ 当然,也有引杜诗上堂说法者,如宗本弟子法藏守卓就以"仰面贪看鸟,回头错应人"回答"向上宗乘事若何"之问,⑤ 所引诗句出杜甫上元二年(761)作《漫成二首》其二之颔联。⑥

临济宗至北宋,则分成两支,即黄龙派和杨岐派。虽说黄龙派在南宋后传承不明,影响渐微,但它在北宋中后期却人才济济,涌现了像真净克文、东林常总、晦堂祖心、兜率从悦、泐潭文准、死心悟新等著名禅师,尤其是大力倡导、推崇文字禅的著名诗僧惠洪及江西诗派的代表人物黄庭坚,都出自该派(惠洪嗣法克文,黄氏嗣法祖心),同为慧南的再传弟子,且都极力推崇杜诗。杨岐一派,绵延不绝,传承至今而成为禅宗正脉。⑦ 它在北宋的影响同样巨大,特别是五祖法演及其门下"三佛"——佛果克勤、佛鉴慧勤、佛眼清远,声誉甚著。其中,克勤对杜诗尤为熟悉,⑧ 如其文字禅方面的代表作《碧岩录》卷2引"古

---

① 参葛洲子:《北宋云门宗禅师人数再考》,《宗教学研究》2017年第2期。

② 《镡津文集》卷17,《大正藏》第52册,台北:新文丰出版股份有限公司1983年版,第741页下栏。

③ 《杜诗详注》,中华书局1979年版,第810、1005页。

④ 如《和龙直夫秘校细雨》其三"少陵心易感,诗句写清哀"、《次韵闻复湖上秋日六言十首》其一"抚事少陵多感,万端独立怀忧"、《赠权上人兼简其兄高致虚秀才》"少陵彭泽造其真,运斤成风有余地"(高慎涛、张昌红编写:《参寥子诗集校注》,中州古籍出版社2014年版,第46、248、294页)。又,闻复指诗僧思聪。从道潜与思聪、权上人的两首交往诗看,他们对杜诗都相当熟悉。

⑤ 《建中靖国续灯录》卷15,《卍续藏》第78册,河北省佛教协会,2006年,第736页中栏。

⑥ 《杜诗详注》,第798页。

⑦ 参徐文明:《杨岐派史》,中国社会科学出版社2018年版。

⑧ 杨岐派开创者是方会,惠洪《禅林僧宝传》卷28评其禅风特色曰"提纲振领,大类云门"(《卍续藏》第79册,第548页上栏)。因此,作为方会三传弟子且以艳诗悟道的克勤(传承次序:方会→守端→法演→克勤),他对云门宗好文学的传统深有体会。其《碧岩录》卷1即说"雪窦颂一百则公案,一则则焚香拈出,所以大行于世。他更会文章,透得公案,盘礴得熟,方可下笔"(《大正藏》第48册,第144页中栏),故雪窦好用杜诗典故的做法,克勤了然于胸,有所借鉴,自在情理之中。

诗"云"朝罢香烟携满袖,诗成珠玉在挥毫。欲知世掌丝纶美,池上如今有凤毛"①,此"古诗"实出自杜甫七律《奉和贾至舍人早朝大明宫》之后两联②。《圆悟佛果禅师语录》卷7又载克勤"中秋上堂"作五律颔联之上句是"萧萧木叶落"③,它显然化用杜甫《登高》名句"无边落木萧萧下"④ 而来。克勤弟子两宋之际的大慧宗杲,虽曾焚烧其师《碧岩录》而倡导看话禅,"但他骨子里还是走的文字禅的路子"⑤,他对老杜同样尊崇有加,其应张商英之请所作《无相居士画杜少陵像求赞》⑥ 就称颂了杜甫的诗才。

曹洞宗在北宋前期一度衰微,至中后期,芙蓉道楷出而号"中兴"。⑦ 两宋之际,道楷再传弟子天童(宏智)正觉倡导默照禅,并作颂古百则(世称"宏智颂古"),影响深远。如前述行秀《〈评唱天童从容庵录〉寄湛然居士书》就把天童正觉比作杜甫,则知其颂古和杜诗渊源甚深(《从容录》多引杜诗为据,即是明证)。至南宋中期,道楷四传弟子天童如净(传承次序:芙蓉道楷→真歇清了→天童宗珏→雪窦智鉴→天童如净)出而大振宗风。其于临安府净慈寺所说诸语录中,有一则⑧ 十分重要:

> 上堂:"'绿竹半含箨',序品第一;'新梢才出墙',正宗第二;'雨洗娟娟净,风吹细细香',流通第三。净慈借诗说教,要与衲僧点眼。"⑨

此处所引两联五言诗,也就是前文张镃(其人和如净时代相同)所誉"诗中佛"杜甫所作《严郑公宅同咏竹》(得香字)的首联和颈联。杜诗原为五律,但如净只摘引了前两联,并以佛教科判经文的三分结构进行剖析,⑩ 完全抛弃了世人对近体律诗"起承转合"结构的认识方法,眼光独到。更重要的是,如净明确指出,借诗

---

① 《大正藏》第48册,台北:新文丰出版股份有限公司1983年版,第155页下栏。
② 《杜诗详注》,中华书局1979年版,第428页。
③ 《大正藏》第47册,第746页中栏。
④ 《杜诗详注》,第1766页。
⑤ 周裕锴:《中国禅宗与诗歌》,复旦大学出版社2017年版,第25页。
⑥ 《普觉宗杲禅师语录》卷下,《卍续藏》第69册,河北省佛教协会,2006年,第644页中栏。
⑦ 毛忠贤:《中国曹洞宗通史》,江西人民出版社2006年版,第322—338页。
⑧ 对如净此则语录,皮朝纲先生有过详细分析。参《从"借诗说禅"看禅宗诗学理论的独特风貌》,《中华文化论坛》2014年第12期。
⑨ 《如净和尚语录》卷上,《大正藏》第48册,第124页中栏。
⑩ 张伯伟《佛经科判与初唐文学理论》(《文学遗产》2004年第1期)主要着眼于科判与文论的关联性,如净语录则提供了诗论方面的新资料,弥足珍贵。

（自然包括杜诗）可以明教,关键在于方法对不对路,解诗要抓住诗眼,解经要用科判。

南宋以后,禅宗派别主要是临济宗杨岐派和曹洞宗（前者势力更盛）,两派语录中的杜甫崇拜现象都相当普遍。如明初僧岱宗心泰编《佛法金汤编》卷8《杜甫》即云:

> 甫,字子美,杜陵人。肃宗至德二载拜拾遗,后为工部侍郎。甫好为方外游,其诗有曰"漠漠世界黑,区区争夺繁。唯有摩尼珠,照耀浊水源""传灯无白日,布地有黄金""愿闻第一义,回向心地初""问法看诗妄,观身向酒慵""地灵步步雪山草,僧宝人人沧海珠……莲花交响共命鸟,金榜双回三足乌""重闻西方止观经……他日杖藜来细听"等句。①

心泰系元末临济宗梦堂昙噩的弟子。其所引6首杜诗,全部属于佛教题材,它们是《赠蜀僧闾丘师兄》②《望牛头寺》《谒文公上方》《谒真谛寺禅师》《岳麓山道林二寺行》《别李秘书始兴寺所居》。③ 虽说心泰没有对杜诗蕴含的佛教义理进行阐释,但所引诗句确实是历代禅师耳熟能详者,并多次出现在宋代以后的禅宗语录之中。如引"地灵步步雪山草"两句而参禅者,就有《痴绝道冲禅师语录》卷上④、《穆庵文康禅师语录》⑤、《法昌倚遇禅师语录》⑥、《云谷和尚语录》卷下⑦、《洪山俞昭允汾禅师语录》卷3⑧ 等。

明末清初曹洞宗高僧永觉元贤所撰《禅林疏语考证》4卷,重在考证禅林佛事应用文书中常用语汇的出处,并且频引杜诗为据,单卷3就有"曦驭""追攀""逡巡"等条目,⑨ 所引杜诗"义（羲）和冬驭近,愁畏日车翻""昔在洛

---

① 　《卍续藏》第87册,河北省佛教协会,2006年,第406页下栏。

② 　《杜诗详注》,中华书局1979年版,第768页。"区区""唯""唯照",仇注本作"驱驱""惟""可照"。

③ 　《杜诗详注》,第990、951、1802、1986、1679—1680页。

④ 　《卍续藏》第70册,第44页中栏。

⑤ 　《卍续藏》第71册,第402页上栏。

⑥ 　《卍续藏》第73册,第56页中栏。

⑦ 　同上书,第442页上栏。

⑧ 　《嘉兴藏》第37册,台北:新文丰出版股份有限公司1987年版,第513页上栏。

⑨ 　按,元贤在"石火光中"条曰"杜甫诗:蜗牛角上争何事,石火光中寄此身"（《卍续藏》第63册,第705页下栏）,"怨尤"条曰"杜诗:功成身不退,自古多怨尤"（同前,第710页中栏）,经核对,引诗实分别出自白居易大和三年（829）作《对酒五首》其二（参谢思炜:《白居易诗集校注》,中华书局2006年版,第2090页）、李白《古风五十九首》其十八（王琦注:《李太白集》,中华书局1977年版,第111页）,两处都是元贤误记。这种情况,恰从另一侧面反映了永贤对杜诗的推崇。

阳时,亲友相追攀""后来鞍马何逡巡",① 原题分别作《瞿塘两崖》、《遣兴三首》(我今日夜忧)其三、《丽人行》。② 甚至日本临济宗僧无著道忠的《禅林象器笺》也不例外,如卷 11 即说:"《雪岩钦禅师录》:'有乾会节提纲。'《杜工部诗集·石犀行》云:'安得壮士提天纲,再平水土犀奔茫。'"③ 凡此,从另一侧面说明杜诗在禅林应用之广。

明清两朝,一方面,不少禅师认同世俗社会对杜甫"诗史"和"集大成"的评价,如函可《过北里读〈徂东集〉》说"子美三迁足诗史"④,如乾《少陵祠韵》谓"诗学从来仰大成,当年藻思动神京"⑤;另一方面,教外人士对禅僧的宗杜追求也予以高度评价,钱陈群乾隆三十二年(1767)撰《恒上人诗序》即称赞康熙时期嘉兴诗僧智舷"勤读儒书,如治经生,其诗风格高老,独宗少陵"⑥。

从以上简介可知,禅宗的杜诗崇拜历程大约可分成三个阶段,即:(1)中唐至五代的萌发期。此际只有少数诗僧论及杜甫其人其诗,但基本不讨论杜诗与禅宗文学、诗学的关系;(2)宋元诸派并尊期。当时兴盛的三大宗派云门宗、临济宗(包括黄龙派、杨岐派)、曹洞宗都尊杜,禅师通过"借诗说教"等多种接受方式,⑦ 使杜诗影响遍及禅宗各体文学作品(如颂古、拈古、评唱等);⑧(3)明清全盛期。杜诗在禅林的运用范围进一步扩大(如佛事疏文等),甚至有把杜诗奉为"佛法金汤"者,更出现了不少步韵唱和之作(例

---

① 《卍续藏》第 63 册,河北省佛教协会,2006 年,第 707 页上栏、708 页上栏、709 页下栏。"义",当是"羲"之形近而误,特此说明。

② 《杜诗详注》,中华书局 1979 年版,第 1557、494、160 页。

③ 《大藏经补编》第 19 册,台北:华宇出版社 1986 年版,第 445 页下栏。

④ (清)释函可:《千山诗集》卷 5,载释函可《千山诗集》、张春《不二歌集》合刊本,黑龙江大学出版社 2011 年版,第 90 页。

⑤ 《憨休禅师敲空遗响》卷 12,《嘉兴藏》第 37 册,台北:新文丰出版股份有限公司 1987 年版,第 317 页下栏。

⑥ (清)钱陈群撰:《香树斋诗文集·文集续钞》卷 3,清乾隆刻本。

⑦ 沩仰宗在五家七宗中兴起最早,但至宋初便渐绝其迹,故不论之。而五代宋初法眼宗三祖延寿,他在《宗镜录》中也有借唐诗说教之举,不过,他多以寒山诗为据。参崔小敬:《寒山:一种文化现象的探寻》,中国社会科学出版社 2010 年版。

⑧ 宋元时期,因赴日高僧渐多,杜诗还传入了日本禅林。如《佛光国师语录》卷 8 载无学祖元《杜工部》诗曰"晚眺独依依,寒江一骞驴。故园归未得,斜雁落平芜"(《大正藏》第 80 册,台北:新文丰出版股份有限公司 1983 年版,第 220 页下栏);《竺仙和尚语录》卷下载竺仙梵仙与弟子讨论文道关系时,裔翔侍者即回答说"翔见杜子美曰'文章一小技,于道未足尊',以此观之,况缁流乎?"(《大正藏》第 80 册,第 424 页上栏),所引诗句,即杜甫五古《贻华阳柳少府》的第 25、26 两句(参《杜诗详注》,第 1315 页),而且竺仙梵仙师徒都赞同杜甫道重于文的思想。

证见后文）。①

二、杜诗崇拜之表现

两宋及其后禅宗语录的杜诗崇拜，其表现有两大特点：

（一）题材广泛，并不局限于佛教类

1. 佛教题材②

佛教类作品，除了前述心泰所举6首以外，其他重要的杜诗还有不少。如：

（1）《痴绝道冲禅师语录》卷上载南宋道冲"谢蒋山石溪和尚上堂"云：

> 面皮擘破，喝散钟山之云；拄杖横挑，穷尽天台之境。玲珑岩下忽相逢，一笑"令人发深省"。③

（2）《天界觉浪禅师全录》卷9《黄檗尘谈茶话》曰：

> 杜诗云："欲觉闻晨钟，令人发深省。"若非欲觉，虽每日闻钟，熟能发深省哉？即此欲觉二字，乃千圣传心之妙，如孔子呼曾子唯，是欲觉之候也。④

（3）《天界觉浪禅师全录》卷18《和汤季云居士请天宁上堂韵》其一又曰：

> 尝思"欲觉闻晨钟"，今偶天宁惊浪公。自讶曹山颠酒后，惺来笑看日头红。⑤

（4）《永觉元贤禅师广录》卷7载元贤有"颂古"曰：

> 万仞孤峰不露项，目力既穷徒引领。看来无舌却能言，夜半令人发深省。⑥

---

① 杜诗明代传入朝鲜，成宗时期"精于杜诗"的诗僧义砧，即奉命编成了《杜诗谚解》一书（参《东国僧尼录》，《卍续藏》第88册，河北省佛教协会，2006年，第654页上栏）。

② 这方面的文献梳理，参鲁克兵：《杜甫与佛教关系研究》，安徽大学出版社2014年版，第54—112页。

③ 《卍续藏》第70册，第48页中栏。

④ 《嘉兴藏》第34册，台北：新文丰出版股份有限公司1987年版，第645页上栏。

⑤ 同上书，第691页中栏。

⑥ 《卍续藏》第72册，第426页下栏。

这四组语录,虽然场景不一,表现形式也不尽相同,却都和杜甫《游龙门奉先寺》之名句"欲觉闻晨钟,令人发深省"① 关系密切。其中,(1)(3)(4)是把杜诗融入自己的诗文创作,既是语典活用,又形成了新的意蕴或意境;(2)则把杜甫游奉先寺的感受上升为一种哲理,并把"欲觉"二字理解成修行主体的自我发心,是释家心传和儒家道统传承的关键。所谓"孔子呼曾子唯",概述的是《论语·里仁》"子曰:'参乎!吾道一以贯之。'曾子曰:'唯。'"② 的内容。清初净挺禅师辑《学佛考训》卷8"慧业"章又说:"杜少陵诗云:迟暮身何待,登临意惘然。谁能解金印,萧洒共安禅。"③ 此摘自杜甫广德元年(763)春所作五律《陪李梓州王阆州苏遂州李果州四使君登惠义寺》之颈联、尾联,④ 它和后来通行的仇兆鳌注本有两处不同,即"身何待"之"待"、"萧洒"之"萧",后者分别作"得""潇",萧洒、潇洒同义,可以忽略不论,"何待"则可视作异文。既然净挺把杜甫的游寺诗归入"慧业"章,说明它确实能引起禅师心灵上的共鸣。田晓菲通过分析包括《法镜寺》在内的12首"秦州—同谷"组诗,发现杜甫的纪行诗隐含了佛教的觉悟叙事。⑤ 其实,这一结论也适用于杜甫所有的游寺诗,而且单篇游寺诗的表现更直白。

复次,杜甫有一组写僧俗交游的名诗,包括《大云寺赞公房四首》《宿赞公房》《西枝村寻置草堂地夜宿赞公土室二首》《寄赞上人》《别赞上人》⑥等,而后世常把老杜和赞公视作僧俗交往的典范,如释晓莹《云卧纪谭》卷下"苏辙谒佛印"条就称苏辙、佛印"以斯道为际见之欢,视老杜、赞公来往,风流则有间矣"⑦。惠洪《余还自海外至崇仁见思禹以四诗先焉既别又有太原之行巳而幸归石门复次前韵寄之以致山中之信云》其一"悬知他日君念我,定作少陵寻赞公"⑧,其构思也来自前引杜诗所述之事。其他像苏轼《雪斋》"纷纷市人争夺中,谁信言公似赞公"⑨、田艺蘅《昭庆寺访翁子宿霈公兰若诗》

---

① 《杜诗详注》,中华书局1979年版,第1页。

② (清)阮元校阅:《十三经注疏》,上海古籍出版社1997年版,第2471页下栏。

③ 《嘉兴藏》第34册,台北:新文丰出版股份有限公司1987年版,第20页中栏。

④ 《杜诗详注》,第995页。

⑤ 田晓菲:《觉悟叙事:杜甫纪行诗的佛教解读》,《上海师范大学学报》(社会科学版)2018年第1期。

⑥ 《杜诗详注》,第333—337、592、594—596、597—598、666—668页。

⑦ 《卍续藏》第86册,河北省佛教协会,2006年,第677页下栏。

⑧ 《注石门文字禅》,中华书局2012年版,第554页。

⑨ (宋)苏轼著,(清)冯应榴辑注,黄任轲、朱怀春校点:《苏轼诗集合注》,上海古籍出版社2001年版,第890页。

"金兰堪信宿,何况赞公留"① 等所说"赞公",则分别指苏、田所交游的僧人。尤其是南宋释慧空《静香轩》"种竹竹既立,艺兰兰亦芳。炉熏安用许,静极自生香。十客九常在,古人今不忘。如何杜陵老,独喜赞公房"②,融汇了多首杜诗,如对竹香的描述,与前述张镃《殊胜轩》一样都出自杜甫《严郑公宅同咏竹》(得香字),而自比为赞公,是袭用杜甫"赞公"之组诗。

2. 非佛教题材

禅宗语录运用非佛教题材之杜诗者也很常见。如:

(1)《北涧居简禅师语录》载居简对"如来自说禅魔后,告阿难云'无令心魔,自起深孽'"所作"颂古"云:

> 挽弓须挽强,用枪须用长。射人先射马,擒贼先擒王。③

(2)《紫柏尊者全集》卷3载真可"法语"云:

> 最初行者,存志意在直破根本无明,不在见思尘沙也。然而观志坚猛,任运而进,见思粗惑带落之也。如壮夫入阵,"射人先射马,擒贼先擒王"也。④

(3)《天界觉浪盛禅师全录》卷13载道盛《毗婆尸佛赞》:

> 身从无相生,已是招箭垛。擒贼须擒王,射人先射马。⑤

(4)清超永编《五灯全书》卷56载杭州中竺用彰懒翁庭俊禅师"拈古"曰:

> 举五通仙人问佛公案。拈曰:那一通既不识,者五通敢保未彻,不见道"射人先射马,擒贼须擒王"。⑥

(5)《青原智者愚禅师语录》卷2载弘智禅师(即方以智)"示众"时有云:

---

① (清)吴树虚撰:《大昭庆律寺志》卷8,载杜洁祥主编:《中国佛寺史志汇刊》第1辑第16册,台北:明文书局1980年版,第283页。

② 《全宋诗》第32册,北京大学出版社1998年版,第20606页。

③ 《卍续藏》第69册,河北省佛教协会,2006年,第676页下栏。

④ 《卍续藏》第73册,第167页下栏。

⑤ 《嘉兴藏》第34册,台北:新文丰出版股份有限公司1987年版,第663页中栏。

⑥ 《卍续藏》第82册,第212页下栏。

不见道"射人先射马,擒贼必擒王",惟其一门直入,故得此一番痛快,到这时节,方能迸出自己一句子。①

以上五组语录,虽性质不一,但都使用了杜甫著名边塞诗《前出塞九首》其六②之名句。其中,居简所说"用枪",通行本作"用箭",这可能是他"颂古"时的有意改动。③而其他四人对"擒贼先擒王"之"先"字的更改,基本无损杜诗原意,暂且不论。此外,五位禅师引杜诗的目的重在说理,倒也契合杜诗原有的议论风格。

再如:

(1)《无趣老人语录》载如空禅师有"颂古"曰:

两个黄鹂鸣翠柳,一行白鹭上青天。窗含西岭千秋雪,门泊东湖万里船。④

(2)《五灯全书》卷106载京都广庆西来禅禅师上堂云:

不立语言文字,山僧舌头不在口;不许棒喝交驰,广庆拄杖不在手。毕竟如何是佛法的大意?一行白鹭上青天,两个黄鹂鸣翠柳。⑤

(3)《晦岳旭禅师语录》卷4载晦岳"元日晚参"结束时有颂曰:

森森松桧拥南山,风递寒云伴晓烟。两个黄鹂鸣翠柳,一行白鹭上青天。⑥

(4)《香严禅师语录》载香严上堂云:

两个黄鹂鸣翠柳,逗漏那边消息;一行白鹭上青天,发扬者里家风。⑦

以上四组语录有一共同点,那就是都运用了杜甫的写景名诗《绝句四首》

---

① 《嘉兴藏》第34册,台北:新文丰出版股份有限公司1987年版,第826页中栏。

② 《杜诗详注》,中华书局1979年版,第122页。

③ 按,居简这则颂古又收录于《禅宗颂古联珠通集》卷4,第二句作"用锵"(《卍续藏》第65册,河北省佛教协会,2006年,第498页上栏);钱谦益《楞严经疏解蒙钞》卷10引居简颂古,第二句作"用鎗"(《卍续藏》第13册,第925页中栏)。无论"锵""鎗",都与"箭"字形相去甚远。

④ 《嘉兴藏》第25册,第48页下栏。

⑤ 《卍续藏》第82册,第647页上栏。

⑥ 《嘉兴藏》第38册,第520页上栏。

⑦ 同上书,第609页中栏。

其三。[①] 如空禅师是全引，意在以杜颂古，但他又有所变化，如将原诗 "东吴" 改作 "东湖"，对仗更工整，有夺胎换骨之妙。其他三位是双句摘引，晦岳把杜诗融入自己的偈颂而浑然一体，故他和如空一样，是以诗证禅；西来、香严则以诗释禅，尤其香严，颠倒杜诗原有的近远关系，颇符合禅宗提倡的反常合道。

杜诗咏史名作甚多，如大历元年（766）初至夔州作《八阵图》曰："功盖三分国，名成八阵图。江流石不转，遗恨失吞吴。"[②] 后来，直接将全诗作为自己的颂古的有且疒屵讷禅师，[③] 居简则摘引第三句作为颂古曰 "剑下十分亲，难藏独露身。江流石不转，独有蕴空名"[④]，其它单引杜诗中诸葛亮 "八阵图" 典故上堂说法的语录甚多，恕不赘举。

杜诗非佛教题材的名句，被禅师反复引用者比比皆是，如引用或活用《望岳》 "一览众山小"[⑤] 者，就有绝岸可湘、[⑥] 环溪惟一、[⑦] 香严[⑧] 等多位禅师；而且，有的禅师运用非佛教题材之杜诗时较为隐晦，需要听众或读者仔细体会才可辨识。如《天岸升禅师语录》卷 5 载本升 "晚参" 答僧人之问 "恁么则与师相见去也" 时云 "秋华容易纷纷落"，[⑨] 这个七言句，表面上看是对杜甫《江畔独步寻花七绝句》其七 "不是爱花即肯死，只恐花尽老相催。繁枝容易纷纷落，嫩蕊商量细细开"[⑩] 第三句的改易，实际上，本升的回答又用了借代辞格（局部代全体），旨在提醒禅众注意杜甫全诗的整体意蕴，即老杜咏花背后暗含的无常思想。同时，"商量" 云云，也契合本升师徒晚参的融洽氛围。总之，天岸此七言句既是以诗释禅，更是以诗证禅。

（二）运用形式，丰富多样

就禅师运用杜诗名篇的组合形式言，[⑪] 主要有四大类：

---

① 《杜诗详注》，中华书局 1979 年版，第 1143 页。

② 《杜诗详注》，第 1278 页。

③ 《宗鉴法林》卷 17，《卍续藏》第 66 册，河北省佛教协会，2006 年，第 393 页下栏。

④ 《石涧居简禅师语录》，《卍续藏》69 册，第 677 页中栏。

⑤ 《杜诗详注》，第 4 页。

⑥ 《绝岸可湘禅师语录》，《卍续藏》第 70 册，第 294 页下栏。

⑦ 《环溪惟一禅师语录》卷上，《卍续藏》第 70 册，第 370 页下栏。

⑧ 《香严禅师语录》，《嘉兴藏》第 38 册，台北：新文丰出版股份有限公司 1987 年版，第 623 页中栏。

⑨ 《嘉兴藏》第 26 册，第 681 页下栏。

⑩ 《杜诗详注》，第 819 页。

⑪ 有关唐诗名篇在禅林传播与接受的类型分析，参拙撰：《唐诗缭绕在禅林——论唐诗名篇在丛林的传播与接受》，《文学遗产》2016 年第 1 期。

1. 单篇引用

杜诗被单篇引用的以绝句居多。它们或按原诗顺序完整无缺地进入相关语录,如行秀《从容庵录》卷 4 "青林死蛇"条有评唱说:

> 杜诗云:"蜀盐吴麻自古通,万斛之舟行若风。长年三老长歌里,白昼摊钱高浪中。"此事如人行舡相似,不着两岸,不住中流。①

此为杜甫大历元年(766)夏所作《夔州歌十绝句》其七,② 行秀借之解释佛教中道观。或个别字词稍作变易后再把它融入说法语境,如前述如空"颂古"对杜甫《绝句四首》其三的活用;或把各句分别嵌入相关佛偈或"法语"中,从而创造出全新的语境,如《天目中峰广录》卷 18 载明本禅师之"东语西话"云:

> 佛身充满于法界,迟日江山丽;普现一切群生前,春风花草香;随缘赴感靡不周,泥融飞燕子;而恒处此菩提座,沙暖睡鸳鸯。一切法胜音,掬水月在手;少陵杜工部,弄华香满衣。虽然珠转玉回,要且天悬地隔,还要识佛身么? 瑠璃殿里白玉毫,宝华台上黄金相。③

这段开示文字的组合形式,颇有特别。如"佛身""普现""随缘""而恒"等七言句,实出自唐实叉难陀译《大方广佛华严经》卷 6④,中峰明本《幻住庵清规》把它称作回向偈⑤;"迟日""春风""泥融""沙暖"等五言绝句,则出自杜甫《绝句二首》其一⑥。换言之,明本是用一句杜诗来印证一句佛偈。接着的四句五言诗,同样值得关注,其中,"掬水""弄华"两句出自中唐于良史五律《春山夜月》之颔联⑦,而明本把"少陵杜工部"与《八十华严》"一切法胜音"(菩萨名)⑧ 相提并论,似把杜甫作为悟道者和见证人,意在激发普通信众的向佛之心。

---

① 《大正藏》第 48 册,台北:新文丰出版股份有限公司 1983 年版,第 264 页下栏。
② 《杜诗详注》,中华书局 1979 年版,第 1305 页。
③ 《大藏经补编》第 25 册,台北:华宇出版社 1986 年版,第 897 页上栏。
④ 《大正藏》第 10 册,第 297 页上栏。
⑤ 《卍续藏》第 63 册,河北省佛教协会,2006 年,第 578 页上栏。
⑥ 《杜诗详注》,第 1134 页。
⑦ 《全唐诗》卷 275,上海古籍出版社 1986 年版,第 695 页下栏。
⑧ 《大正藏》第 10 册,第 279 页下栏。

2.单篇摘句

这种类型就不限于老杜的近体绝句,但还是以律、绝为主。纵观其表现形式,主要有三种亚型:

一曰多句摘引。如《圆悟佛果禅师语录》卷9载克勤"小参"场景是:

> 僧问:"'猿抱子归青嶂后,鸟衔华落碧岩前',此是和尚旧时安身立命处,如何是道林境?"师云:"寺门高开洞庭野,殿脚插入赤沙湖。"进云:"如何是境中人?"师云:"僧宝人人沧海珠。"进云:"此是杜工部底,作么生是和尚底?"师云:"且莫乱统。"①

克勤因僧问"道林境",故借梯上楼,顺势便以杜甫名诗《岳麓山道林二寺行》②所述道林寺之"寺门"等两句诗作答;当禅僧由境及人进一步追问时,克勤仍以《岳麓山道林二寺行》作答,只不过换了"僧宝"这句写人的诗而已。既然问答双方都熟知杜诗,则说明杜诗在杨岐派中甚为流行。另,《岳麓山道林二寺行》原为七古,有32句,此处小参,克勤师徒仅引用3句。

再如《古瓶山牧道者究心录》卷1载明代真本禅师:

> 示众云:"彩云时复白,锦树晓还青。浩歌声自寂,乾坤一草亭。"举拂子云:"惟有这个不属诸数,还有识得渠者么?"③

此处所引四句五言诗,基本上出自杜甫《暮春题瀼西新赁草屋五首》其三的前二联"彩云阴复白,锦树晓还青。身世双蓬鬓,乾坤一草亭"④,仅更换了原诗第三句(将首句"阴"改成"时",真本可能记忆有误,也可能是刊板误植)。真本第三句"声",对比杜甫"双",根本不符合原诗数字对的要求。所以,他才补充说惟有拂子"不属诸数"(拂子一柄,不是"双"数)。而"诸数"似是双关:一是呼应杜诗原来的数字对;二指有为法,因有为法存在差别,故称"诸数",什译《维摩诘经》卷上《弟子品》即说"佛身无为,不堕诸数"⑤。换言之,真

---

① 《大正藏》第47册,台北:新文丰出版股份有限公司1983年版,第754页上—中栏。

② 《杜诗详注》,中华书局1979年版,第1986—1988页。

③ 《嘉兴藏》第28册,台北:新文丰出版股份有限公司1987年版,第292页上栏。

④ 《杜诗详注》,第1611页。

⑤ 《大正藏》第14册,第542页上栏。

本改易杜诗"双"字句而保留其对句,重在提示大众应明一己之本性而悟道。

二曰双句摘引。其中有双句完全连用者:如《通玄百问》载南宋禅僧通玄圆通问曰:"吾师雨花外,不下十余年。只在此山中,作个甚么?"万松行秀答曰:"有年无德。"①问话中的前两个五言句,出自杜甫五古《谒文公上方》第11、12句。②《嵩山野竹禅师语录》卷2又载清初福慧禅师在"玄初刘公请上堂"时顾视左右云:"文章千古事,得失寸心知。"③这两句诗出杜甫五言排律《偶题》之首联。④

又有双句拆分者,如《洪山俞昭允汾禅师语录》卷4载清初临济宗释允汾"度僧"上堂云:

> 汝诸佛子,既已割爱,辞亲出家学道,光剃头,净洗足,终日拈香择火,不知真个道场。"地灵步步雪山草",病者仍旧病在膏肓;"僧宝人人沧海珠",贫者依前贫彻骨髓。直须奋决烈之志,启特达之怀,向父母未生前眨上眉毛一眼,觑透此十二种事只是一法,一法亦无可得。⑤

允汾因是对新戒和尚说法,故把"地灵""僧宝"两句杜诗(出《岳麓山道林二寺行》)拆开使用,一方面承认出家者悉可成佛,另一方面又提出告诫,警示后者不可偏执,悟透空观方成大道。

双句摘引,形式活泼,运用自由:一者可对原诗个别字词稍作变易,如《古雪哲禅师语录》卷13载真哲"颂古"云:"只者一个也不消,二月春风利似刀。两只黄鹂鸣翠柳,一行白鹭上青霄。"⑥其三、四两句是对杜诗名句"两个黄鹂鸣翠柳,一行白鹭上青天"的活用,因押韵和粘对要求而略作调整。二者可对原诗进行句式扩展,如道领禅师康熙二十七年(1688)作《复客问阅藏经书》云"正所谓'栖鸟已知故道,帆过看宿谁家'者也"⑦,其六言诗句"栖鸟",

---

① 《卍续藏》第67册,河北省佛教协会,2006年,第705页上栏。
② 《杜诗详注》,中华书局1979年版,第950页。又,"只在"句,出贾岛五绝《寻隐者不遇》第三句(齐文榜校注:《贾岛集校注》,人民文学出版社2001年版,第548页)。
③ 《嘉兴藏》第29册,台北:新文丰出版股份有限公司1987年版,第100页上栏。
④ 《杜诗详注》,第1541页。
⑤ 《嘉兴藏》第37册,第518页中栏。
⑥ 《嘉兴藏》第28册,第370页上栏。又,真哲第二句化用了贺知章七绝《咏柳》之末句"二月春风似剪刀"(参《全唐诗》卷112,上海古籍出版社1986年版,第266页中栏)。
⑦ 《赤松领禅师语录》卷5,《嘉兴藏》第39册,第528页上栏。

是对杜甫《绝句六首》其六后两句 "鸟栖知故道,帆过宿谁家"① 的扩写;净斯七绝《山居五十咏》其四十一后两句 "打开日月笼中鸟,笑指乾坤水上萍"②,则是对杜甫五律《衡州送李大夫七丈勉赴广州》颈联 "日月笼中鸟,乾坤水上萍"③ 的扩写。三者可以意引,如《介石智朋禅师语录》所收七言四句偈《布袋脚迹石上现》开篇云 "名与长江万古流"④,这句显然是从杜甫《戏为六绝句》其二 "尔曹身与名俱灭,不废江河万古流"⑤ 化出。四者可以颠倒原诗顺序或重组相关意象,前者如文琇《增集续传灯录》卷 4 载苏州虎丘云畊靖禅师 "上堂" 云 "冷如冰霜,细如米末,水不能漂,火不能热。王母昼下云旗翻,子规夜啼山竹裂"⑥,其 "王母" 两句,刚好和杜甫天宝十一载(752)作《玄都坛歌寄元逸人》第七、八句 "子规夜啼山竹裂,王母昼下云旗翻"⑦ 顺序相反。后者如敬中普庄《追和归源老山讴四首》其三 "静听流泉声,坐看松子落。何来牧牛童,袒膊露双脚"⑧ 之 "坐看""袒膊" 两句,是继承杜甫《戏为韦偃双松图歌》"偏袒右肩露双脚,叶里松子僧前落"⑨ 而有所变化,所变者在于,杜诗本来刻画的是胡僧懑松⑩ 形象,普庄却把杜诗的关键语句分别用于描绘自我形象(山僧)和牧童形象。当然,"牧牛" 本身也是充满禅意的诗歌意象和禅宗主题之一。⑪

三曰单句摘引,其运用同样活泼自由:或整句引用,如石关禅师七律《坐望江亭》首联 "含晖亭似海蜃楼,坐看乾坤日夜浮"⑫ 之 "乾坤日夜浮",出自杜甫大历三年作五律《登岳阳楼》颔联之下句⑬。或只摘引其关键词,如永觉元贤《怀徐希虞广文二首》其一 "何时再剪西窗烛,彻夜同君细论

---

① 《杜诗详注》,中华书局 1979 年版,第 1142 页。

② 《百愚禅师语录》卷 20,《嘉兴藏》第 36 册,台北:新文丰出版股份有限公司 1987 年版,第 725 页下栏。

③ 《杜诗详注》,第 1942 页。

④ 《卍续藏》第 69 册,河北省佛教协会,2006 年,第 804 页中栏。

⑤ 《杜诗详注》,第 899 页。

⑥ 《卍续藏》第 83 册,第 296 页下栏。

⑦ 《杜诗详注》,第 153 页。

⑧ 《呆庵庄禅师语录》卷 8,《卍续藏》第 71 册,第 509 页中栏。

⑨ 《杜诗详注》,第 758 页。

⑩ 参拙撰:《胡僧懑松:文化意象的唐宋变迁——兼论〈懑寂图〉的经典化》,《武汉大学学报》(哲学社会科学版)2019 年第 4 期。

⑪ 参林绣亭:《禅宗牧牛主题研究》,台北:文津出版社 2013 年版。

⑫ 《石关禅师语录》,《嘉兴藏》第 38 册,第 599 页中栏。

⑬ 《杜诗详注》,第 1946 页。

文"① 之 "细论文",出自老杜五律《春日忆李白》尾联 "何时一樽酒,重与细论文"②,率庵梵琮禅师《结座颂》第二句 "无数深红间浅红"③ 之 "深红" "浅红" 连用,袭自杜甫《江畔独步寻花七绝句》其五末句 "可爱深红爱浅红"④。或将句式进行拓展,像如乾七绝《金粟禅林二十咏》其十一《乾坤一草亭》第三句 "一茎草上乾坤别"⑤,是对杜甫五律《暮奉题瀼西新赁草屋五首》其三第四句 "乾坤一草亭"⑥ 的扩写。

而无论双句摘引、单句摘引,禅师引(化)用杜诗时,都可以和其他的唐诗进行组合(例见前述真哲 "颂古"、元贤诗等)。⑦

3. 多篇摘引

它是指禅师在同一作品或说法场景中引用了两首以上的杜诗。如居简七律《平望徐监酒新楼》颔联 "早凋杜老双蓬鬓,晚赏徐卿两石麟"⑧,"双蓬鬓" 出《暮奉题瀼西新赁草屋五首》其三第三句 "身世双蓬鬓","晚赏" 句概述的是《徐卿二子歌》⑨ 的内容。再如,《天界觉浪禅师全录》卷31《五台纪略》云:

> 有谒客至,相与静坐。良久,师咏杜诗 "落花游丝白日静"。又拈 "欲觉闻晨钟",鹤岩问其意。师云:"落花游丝,非白日静人何得具此冷眼? '发深省' 句,妙在 '欲觉' 上,非 '欲觉',何能发深省? 如曾子无欲觉处,即夫

---

① 《永觉元贤禅师广录》卷26,《卍续藏》第72册,河北省佛教协会,2006年,第535页上栏。又,"何时" 句从李商隐《夜雨寄北》"何当共剪西窗烛" [参刘学锴、余恕诚:《李商隐诗歌集解》(增订重排本),中华书局2004年版,第1355页] 化出。

② 《杜诗详注》,中华书局1979年版,第52页。

③ 《率庵梵琮禅师语录》,《卍续藏》第69册,第654页中栏。

④ 《杜诗详注》,第818页。

⑤ 《憨休禅师敲空遗响》卷12,《嘉兴藏》第37册,台北:新文丰出版股份有限公司1987年版,第313页下栏。

⑥ 《杜诗详注》,第1611页。

⑦ 杜诗与非唐代诗人的组合也时有所见,如行秀《万松老人评唱天童觉和尚拈古请益录》卷下 "第七则寿圣钩锥" 所引七言句 "新松恨不长千尺,恶竹应须斩万竿"、五言句 "无云生岭上,有月落波心"(《卍续藏》第67册,第492页下栏),即分别出自杜甫宝应二年(763)作《将赴成都草堂途中有作先寄严郑公五首》其四之颔联(《杜诗详注》,第1108页。但 "须应",仇注本作 "应须")及北宋翠岩可真禅师语录(《续传灯录》卷7,《大正藏》第51册,台北:新文丰出版股份有限公司1983年版,第507页中栏);《擢宁禅静师语录》卷2又载清初智静上堂时先后运用了程颢《秋日偶成二首》其二之颔联 "万物静观皆自得,四时佳兴与人同" 和杜甫名句 "两个黄鹂鸣翠柳,一行白鹭上青天"(《嘉兴藏》第33册,第498页中栏)。

⑧ 《全宋诗》第53册,北京大学出版社1998年版,第33113页。

⑨ 《杜诗详注》,第1611、843—844页。

子呼之,何能自唯哉？"鹤岩曰:"师解诗至此,又为我辈发欲觉之晨钟矣。"①

此处记录的是觉浪道盛禅师在五台山以杜诗开示左鹤岩等信众的情形。"落花"一句,出杜甫七律《题省中壁》颔联之上句,②"欲觉闻晨钟,令人发深省"出自《游龙门奉先寺》。道盛先由静坐联想到杜诗的"白日静",暗示坐禅之本义(静思维),从坐禅之用(以定发慧)再联想到杜甫佛教诗"晨钟"意象的觉悟之用,层层递进,互为关联,原先没有禅意的"落花游丝"句,一经道盛禅解,便焕发出勃勃禅机,故左鹤岩心悦诚服,情不自禁地予以赞叹。

4. 唱和

这主要有三种表现形式:一是步杜韵而作单篇,如吹万广真《春日策杖巴台步杜甫〈赠王郎司直〉韵》(短歌行)③ 步韵的是《短歌行赠王郎司直》④,古宿尊禅师《次杜工部〈古柏行〉韵寄灵彻禅人》⑤ 步韵的是《古柏行》⑥。二是以杜句逐字为韵而创作组诗,如觉浪道盛便以杜甫《空囊》首联"翠柏苦犹食,明霞高可餐"⑦ 为十韵,用 10 首《忆嵩诗》"以写吾志"。⑧ 三是依杜诗韵目而作,这点需要细读文本才可能发现。如《禅宗颂古联珠通集》卷 3 载褚(又作楮)衲秀禅师之偈曰:

> 千峰月照楚江秋,衲子初开布袋头。闻道淮南米价贱,便随船子下杨州。⑨

考虑到禅宗语录引杜诗时常不标注作者及出处(这也是我们梳理材料时较为棘手的问题之一)是司空见惯之事,故禅师不直接说明依韵也很自然。但本首颂古第三句"淮南米价"是关键字眼,原来它出自杜甫七绝《解闷十二首》其二"商胡离别下扬州,忆上西陵故驿楼。为问淮南米贵贱,老夫乘兴欲东游"⑩ 的第三句。特别是褚衲偈颂所用韵脚"秋""头""州",与杜诗完全相

---

① 《嘉兴藏》第 34 册,台北:新文丰出版股份有限公司 1987 年版,第 779 页中—下栏。
② 《杜诗详注》,中华书局 1979 年版,第 441 页。
③ 《吹万禅师语录》卷 12,《嘉兴藏》第 29 册,第 520 页上栏。
④ 《杜诗详注》,第 1885 页。
⑤ 《古宿尊禅师语录》卷 5,《嘉兴藏》第 37 册,第 437 页上—中栏。
⑥ 《杜诗详注》,第 1357—1360 页。
⑦ 《杜诗详注》,第 620 页。
⑧ 《天界觉浪盛禅师全录》卷 18,《嘉兴藏》第 34 册,第 689 页下栏—690 页上栏。
⑨ 《卍续藏》第 65 册,河北省佛教协会,2006 年,第 489 页下栏。杨州,即扬州。
⑩ 《杜诗详注》,第 1512 页。又,"游"一作"流"。

同,都押尤韵,且都以下扬州为诗意之收束,所以,它是依杜韵而作。

需要说明的是,以上四大类组合形式中,前三类与以诗释禅、以诗证禅的关系更密切,在禅宗语录中也更常见、更普遍。而且,从前面的介绍,我们可以归纳出禅师征引杜诗的几条规律:一者题材不限,除了佛教题材外,非佛教题材也可以"禅解"之;二者以名篇名句为主,同一名篇名句可反复出现在不同的场合,组合形式多样,禅师运用自如,禅意解释多取决于参禅场景(当然也有不作任何解说者,靠听众自悟);三者最受欢迎的是近体律绝,尤其是草堂时期和夔州时期之作(前者多引闲淡自然之作,后者多引沉郁顿挫之诗),这和世俗社会的评价没有太大的区别;四者所引诗句,一般都是讲究修辞技巧和句法结构的雅句,且多为禅宗所说的活句而非死句(分析详后文)。

三、杜诗崇拜之成因

有唐一代,名家辈出,如我们现在常说的盛唐三大诗人"诗仙"李白、"诗圣"杜甫、"诗佛"王维,本来从思想倾向和禅诗境界言,毫无疑问是王维更有资格成为后世丛林禅诗创作的最高典范。事实上,王维诗也比杜诗更早进入宋初的禅宗著作,如法眼宗三祖延寿撰《宗镜录》卷10在解释《大乘千钵经》"心镜"之能现、所现关系时即说:

> 且如河泉之中见日月者,是为能现。若河泉以为所现者,长河飞泉入于镜中,出是所现之相。登楼持镜,则黄河一带尽入镜中,瀑布千丈见于径尺,王右丞诗云:"隔窗云雾生衣上,卷幔山泉入镜中",明是所现矣。①

此七言诗,出自王维开元八年(720)所作《敕借岐王九成宫避暑应教》之颔联。② 但出乎意料的是,我们在禅宗文献中找不到有说服力的证据(虽然谈论王维绘画的语录极其丰富,但重点不在诗而在画或诗画关联性)。相反,不少禅师对王维的评价还不如李白,如前举心泰《佛法金汤编》卷8,同时列有王维、李白、杜甫,但王诗一句未引,③ 所引李诗虽不如杜甫6首多,却也有《金银

---

① 《大正藏》第48册,台北:新文丰出版股份有限公司1983年版,第473页上栏。
② (唐)王维撰,陈铁民校注:《王维集校注》,中华书局1997年版,第25页。
③ 《卍续藏》第87册,河北省佛教协会,2006年,第404页上栏。

泥画西方净土变相赞》(并序)、《地藏菩萨赞》《志公赞》等3篇。①函昰《侯若孩诗序》则称李白是"诗中圣",且"能坐胜摩诘也"。②

王维在宗门语录中的地位不如杜甫,原因主要有二:

一者与其安史乱中任伪职的经历有关,因为忠君爱国是两宋以来禅宗政治伦理的主流思想,如明僧空谷景隆《尚直编》卷下指出:

> 王维陷于渔阳,不得已而处之,落他网中不得不尔,然后潜求良策脱身还国之计也……苏武陷于匈奴,虽持汉节,受匈奴之制落他网中,不得不尔,此亦不忍弃君而就死地也。王维、苏武,易地则皆然,惜乎后世不求其长而求其短,故罪王维。若以天理神明之鉴鉴之,则不可罪王维也。③

空谷景隆虽然想借苏武陷于匈奴之事来为王维稍作辩解,但王维任伪官的形象,在世人心目中,永远比不上"脱身得西走"而"麻鞋见天子"(《述怀》)④的杜甫。顺便说一句,宋僧契嵩《书〈李翰林集〉后》⑤也高度评价李白百余篇乐府诗在"尊国家,正人伦"方面的重要价值,由此可知,在两宋以后的禅僧眼中,王维的人格评价甚至比不上李白。

二者在两宋以来的禅宗语录所描述的唐宋诗歌传承谱系中,王维也被边缘化了,杜甫却占有关键地位,一般是李、杜、苏、黄并称。如元初林泉从伦有颂曰:"岂知李杜苏黄辈,花酒丛中饱看春"⑥,法玺印禅师《请新任邑侯藿思李护法游山》则称:"象教金汤,名游李、杜之班,学入苏、黄之列"⑦。这种做法,和世俗诗坛的主流评论相同,南宋洪咨夔就写过组诗《题李杜苏黄像》⑧,王柏《夜观野舟浩歌有感》即明确称道"开元生李杜,我宋推苏黄"⑨。即便王十朋《陈郎中公说赠〈韩子苍集〉》把传承代表人物有所扩大"唐宋诗人六七

---

①　《卍续藏》第87册,河北省佛教协会,2006年,第406页中栏。

②　《庐山天然禅师语录》卷12,《嘉兴藏》第38册,台北:新文丰出版股份有限公司1987年版,第192页下栏。

③　《大藏经补编》第24册,台北:华宇出版社1986年版,第115页。

④　《杜诗详注》,中华书局1979年版,第358页。

⑤　《大正藏》第52册,台北:新文丰出版股份有限公司1983年版,第719页下栏—720页上栏。

⑥　《青州百问》,《卍续藏》第67册,第717页上栏。

⑦　《法玺印禅师语录》卷8,《嘉兴藏》第28册,第808页中栏。

⑧　《全宋诗》第55册,北京大学出版社1998年版,第34557—34558页。

⑨　《全宋诗》第60册,第37996页。

作,李杜韩柳欧苏黄。近来江西立宗派,妙句更推韩子苍"①,但也见不到王维的身影。② 而且,由于苏、黄特别是黄庭坚开创的江西诗派对杜甫的推崇,更使杜甫在后世禅林占据最崇高地位(分析详后文)。因此,禅林出现杜诗崇拜现象,是历史的选择和必然。细究其成因,主要有:

(一)杜诗创作得到禅僧高度认同

这主要体现在四个方面:

一者杜诗伟大成就的取得与其"行万里路"的生活经历及"读万卷书"(读书破万卷)的知识储备密不可分。对此,禅宗语录十分赞同,如本文开头所引行秀《〈评唱天童从容庵录〉寄湛然居士书》、林泉从伦《空谷集》等文献,足为明证。

杜甫天宝七年(748)作《奉赠韦左丞丈二十二韵》自述生活经历为"甫昔少年日,早充观国宾。读书破万卷,下笔如有神"③,这是诗人肺腑之言。从文学创作论看,老杜重点强调了广泛阅读与创作构思迅疾与否的关系。对杜甫博览群书的做法,后世僧人效仿者甚众,有的因此获得美称,如被时人称作"泉万卷"的北宋禅师佛慧法泉,④ 就和苏轼、赵抃等人交好,并有唱和之作;《缁门警训》倡导"不学诗无以言""非博览无以据",⑤ 为禅僧学问化提供了理论依据。

明末憨山德清撰《雪浪法师恩公中兴法道传》则说雪浪洪恩:

> 公年二十一,佛法淹贯。自是励志,始习世间经书,子史百氏及古辞赋诗歌,靡不搜索,游戏染翰,意在笔先。三吴名士,切磨殆遍。所出声诗,无不脍炙人口。尺牍只字,得为珍秘。尝谓予曰:"人言'不读万卷书,不知杜诗',我说'不读万卷书,不知佛法'。"⑥

---

① 《全宋诗》第 36 册,北京大学出版社 1998 年版,第 22695 页。

② 禅宗语录在评论盛唐诗时会提到王维,且多是李、杜、王、孟并举,清如乾《与张水若太学》就说过"跨李、杜而直上,超王、孟而无匹"(《憨休禅师敲空遗响》卷 5,《嘉兴藏》第 37 册,台北:新文丰出版股份有限公司 1987 年版,第 268 页下栏)。

③ 《杜诗详注》,中华书局 1979 年版,第 74 页。

④ 参《嘉泰普灯录》卷 23 "清献公赵抃居士"条、《云卧纪谭》卷下、《罗湖野录》卷下(《卍续藏》,河北省佛教协会,2006 年,第 79 册第 427 页上—中栏、第 83 册第 386 页上栏、第 86 册第 680 页上—中栏)等。

⑤ 《大正藏》第 48 册,台北:新文丰出版股份有限公司 1983 年版,第 1046 页中—下栏。

⑥ 《憨山老人梦游全集》卷 30,《卍续藏》第 73 册,第 677 页中栏。

可见洪恩诗名甚著、佛学功力深厚,主要得益于平时的广读内外典籍、好学深思和勤于写作。① 清初隆琦《玄枢玉枢宋居士乞偈寿亲》"不读万卷书,焉知言不朽。寿亲乞伽陀,言寿同悠久"②,其构思显然受到洪恩名言"不读万卷书,不知佛法"的启发。曹广端康熙三十二年(1693)撰《〈翠崖必禅师语录〉叙》又称翠崖"能通儒书,善属文,可收为吾党也。昔雪浪恩公常言'不读万卷书,不知佛法',吾于翠公其信然哉"③,可知洪恩观点也为教外文士认同。

　　杜甫一生,辗转南北,漂泊流离,因此按照宋人说法,阅读者除了要"读万卷书"以外,④ 还得像杜甫一样有"行万里路"的生活体验后才可能读懂读透杜诗。⑤ 而杜甫跋山涉水的行旅感受,颇能引起禅僧共鸣,因为他们在宗教修行中也有类似经历,那就是行脚,即云游四方。⑥ 当然,僧人行脚的重要意义还在于,它能克服仅读万卷书带来的弊端,如"穷览儒籍"的梦堂昙噩受具足戒后"凡佛经及诸宗之文,昼夜磨研,不知有饥渴寒暑",但他很快发现"教相如海,苟执着不回,是觅绳自缚",所以才慕名行脚至中天竺,问道元叟行端而开悟。⑦

　　禅僧叙写行脚云游之作不胜枚举,它们或描摹山水胜景,或叙跋涉之险,喜怒哀乐,俱在其中,喜者如函可《越方辞往南方行脚偈留》"烟水弥漫欲遍参,草鞋紧峭杖横担。别峰只在卢龙塞,翻笑南询五十三"⑧,是访道问友开悟之后的会心一笑;忧者如袾宏《行脚歌》"挑包顶笠辞乡曲,才出门时又愁宿。

---

① 按,洪恩对明末唯识学的复兴及华严思想的传播贡献甚大,在当时禅林也很有影响。但沈德符《万历野获编》卷27"禅林诸名宿"条批评雪浪是"不禅不宗,欲又兼有禅宗之美"(文化艺术出版社1998年版,第743页)。

② 《隐元禅师语录》卷13,《嘉兴藏》第27册,台北:新文丰出版股份有限公司1987年版,第288页中栏。

③ 《嘉兴藏》第40册,第292页中栏。

④ 如南宋林駉《韩文》说"胸中无国子监,不可读杜甫诗"(《古今源流至论》后集卷1,《文渊阁四库全书》第942册,台北:台湾商务印书馆1986年版,第172页),"国子监",比喻藏书之富。

⑤ 如陈应申《〈亚愚江浙纪行集句诗〉跋》曰"前辈有云'不行万里路,莫读杜甫诗'"(《文渊阁四库全书》第1357册,第68页),虽未指明前辈是谁,但所说至少代表了南宋时代的普遍看法。

⑥ 行脚,又称云游、游方、游行。《祖庭事苑》卷8的解释是"行脚者,谓远离乡曲,脚行天下,脱情捐累,寻访师友,求法证悟也"(《卍续藏》第64册,河北省佛教协会,2006年,第432页下栏)。又,刘基《送柯上人远游序》就比较过士子游学和僧人行脚的异同(参刘基著,林家骊点校:《刘伯温集》,浙江古籍出版社2011年版,第96页),这使我们颇受启发。

⑦ 《增续集传灯录》卷4,《卍续藏》第84册,第304页下栏—305页上栏。又,大慧宗杲早就主张,无论儒佛两教"博览群书"的目的是"资益性识","当须见月亡指,不可依语生解"(《大慧普觉禅师语录》卷19,《大正藏》第47册,台北:新文丰出版股份有限公司1983年版,第890页下栏)。

⑧ 《千山剩人禅师语录》卷6,《嘉兴藏》第38册,第247页中栏。

长伸两脚旅邪眠，梦醒惟思一瓯粥。粥罢抽单问路行，午斋念念生饥腹。从朝至暮只如斯，不知身是沙门属"①，是衣食住行等生活细节的不便，有生理、心理的双重考验。一旦遭遇病痛，更是孤苦无依，释文珦《赤城病起》"客里厌厌病过秋，重阳失作雁山游。起来忽见丹枫树，又是思归一种愁"② 便抒写了病中行脚的复杂感受。因此，宗赜《禅苑清规》卷 4 警示行脚僧说："出家之人，云游萍寄，一有疾病，谁为哀怜？唯藉同胞，慈悲赡养。"③ 而杜诗写"万里行"之困顿潦倒、生离死别、苦病体验的名篇名句，数量之多，感染力之强，堪称唐代第一，释子对此常有袭用。如前文所举契嵩《遣兴三绝》其三"莫谓此身无定迹，人生都类一浮萍"④，即从杜甫《又呈窦使君》"相看万里外，同是一浮萍"之句意化出；特别是绍嵩《亚愚江浙纪行集句诗》，大量引用杜甫的相关名句，如《江上》末句"衰谢不能休"、《客次感怀》末句"意绪日荒芜"、《即事》第七句"时因念衰疾"，⑤ 即分别出杜甫《江上》《江亭送眉州辛别驾升之》（得芜字）末句、《魏十四侍御就弊庐相别》第七句，⑥ 连句子排序都没有变动。

绍嵩《亚愚江浙纪行集句诗》除了集杜诗外，还广泛引用王昌龄、孟郊、李嘉祐、白居易、贾岛、姚合、温庭筠、方干、杜荀鹤、郑谷、贯休、苏舜钦、王安石、欧阳修、梅尧臣、司马光、邵雍、苏轼、黄庭坚、陈与义、陈师道、张耒、李彭、韩驹、徐俯、吕本中、朱熹、陆游、杨万里、张镃、刘克庄、惠洪、祖可、晓莹等唐宋名家（含诗僧）之作，是禅宗诗歌史上最典型的"读万卷书"与"行万里路"相结合的产物，而且，艺术成就也较高，陈应申《〈亚愚江浙纪行集句诗〉跋》就称誉说："亚愚嵩上人穿户于诗家，入神于诗法，满心而发，肆口而成，玉振大成，默诣诸圣处……如所谓老坡之词，一句一意，盖不可以定体求也。"⑦ 后来，清僧蕴上《集〈文字禅〉》则更进一步，是专门集惠洪《石门文字禅》而成。

---

① 《云栖法汇》卷 18，《嘉兴藏》第 33 册，台北：新文丰出版股份有限公司 1987 年版，第 110 页中栏。

② 《全宋诗》第 63 册，北京大学出版社 1998 年版，第 39650 页。

③ 《卍续藏》第 63 册，河北省佛教协会，2006 年，第 533 页下栏。

④ 《镡津文集》卷 17，《大正藏》第 52 册，台北：新文丰出版股份有限公司 1983 年版，第 741 页下栏。

⑤ 《全宋诗》第 61 册，第 38608、38619—38620、38620 页。

⑥ 《杜诗详注》，中华书局 1979 年版，第 1329、999、872 页。又，"时因念衰疾"，仇注本作"时应念衰疾"，并说"应"读"平声"，若按绍嵩所集，"因"完全符合平仄之要求，其版本更早，也更可靠。

⑦ 《文渊阁四库全书》第 1357 册，台北：台湾商务印书馆 1986 年版，第 68 页。

按照舒峻极康熙二十六年（1687）所撰《〈集文字禅〉序》①的说法，惠洪"其诗备众体，拟之三唐，其杜少陵之大家也哉"，而"达公所集诸体，取诸腹笥，不待捡阅，殆与洪觉范千古同心"，且和"少陵江头野哭"②一样，意在抒写"不忘故国之乱离"感。换言之，蕴上把惠洪《石门文字禅》视作杜诗嫡传，而集惠洪诗句正好能传承杜甫"诗史"传统。

　　二者杜诗句法及其清丽雅正的语言风格，禅林引为典范。在古典诗歌史上，杜甫是唐诗创作中最重视句法的大诗人，后经苏轼特别是江西诗派的推崇，古典诗论对杜诗句法内含及其艺术表现的检讨，蔚成风气，经久不衰。③对此，两宋以后的禅师也不例外：有的好谈句法，最典型的是惠洪，单《石门文字禅》就17次使用"句法"一词，而且全部和诗歌有关。有的好以"句法"品评禅师之作，如文琇评石鼓希夷禅师《和梁山远禅师十牛图颂》"句法与梁山相埒，理趣超卓，反有过焉"④，评衲祖雍禅师"赓永明寿禅师《山居诗》，其意趣不相上下，句法圆熟，间有过之者"⑤，为霖道霈《〈禅影草〉题辞》评郭台在道人《禅影草》"句法老练"⑥，甚至可以评论来华高僧之作，宗鉴《释门正统》卷8即谓高丽义天"《赠杨公古律二十韵》，雅健清新，得骚人句法"⑦。此外，在僧俗交往诗中，句法也是讨论的热点问题之一，南宋词人张孝祥《黄龙侍者本高觅诗》即说"句法有源流，人物乃清苦。不用追九僧，政须越诸祖。君家寒岩师，今代僧中龙。持此送君行，更去问乃翁"⑧，可知张氏和黄龙派本高侍者论诗时，明确要求后者应继承黄龙派诗歌创作固有的句法传统，而非向宋初九僧体学习。杨万里《东寺诗僧照上人访予于普明寺，赠以诗》"转头不觉三

　　①　《嘉兴藏》第29册，台北：新文丰出版股份有限公司1987年版，第185页上栏。"达公"指邓州龙光达夫禅师，也就是蕴上，他是朱元璋后裔，属清初之明遗民僧。又，舒峻极对蕴上集惠洪诗有所点评，如评《子云宗人六秩》八九两句"开轩万象分，领略四时事"是"似杜句"（《嘉兴藏》第29册，第190页中栏）。

　　②　本句概述了杜甫至德二载（757）春所作《哀江头》"少陵野老吞声哭，春日潜行曲江曲。江头宫殿锁千门，细柳新蒲为谁绿"（《杜诗详注》，中华书局1979年版，第329页）的诗意。

　　③　参孙力平：《古典诗论中的杜诗句法研究》，《南昌大学学报》（人文社会科学版）1998年第4期。又，古人对"句法"没有统一的定义，主要研讨诗歌句式、语序、节奏、词语活用等创作问题，甚至也涉及语言风格和艺术境界。

　　④　《增集续传灯录》卷1，《卍续藏》第83册，河北省佛教协会，2006年，第274页中—下栏。

　　⑤　同上书，第342页中栏。

　　⑥　《为霖道霈禅师餐香录》卷下，《卍续藏》第72册，第628页中栏。

　　⑦　《卍续藏》第75册，第354页上栏。又，杨公指杨杰。

　　⑧　（宋）张孝祥著，徐鹏点校：《于湖居士文集》，上海古籍出版社1980年版，第32—33页。

年别,病眼相看一笑开。说似少陵真句法,未应言下更空回"①,此叙述了别后重逢而论杜甫句法的场景。特别是释祖可《题〈后山集〉后》"句法窥唐杜,文章窥汉班"②,虽然赞颂的是陈师道句法渊源于杜诗,其实自惠洪以后的两宋诗僧,无不尊崇和学习杜诗句法。

　　杜甫诗歌又有清丽雅正的特点。其《戏为六绝句》即主张"不薄今人爱古人,清词丽句必为邻"(其五)、"别裁伪体亲风雅,转益多师是汝师"(其六)③,《咏怀古迹五首》其二又说"摇落深知宋玉悲,风流儒雅亦吾师"④。后世禅僧创作,也自觉地向老杜这一特点学习,并且常把它和句法联系在一起,如前述宗鉴评义天《赠杨公古律二十韵》是"雅健清新,得骚人句法",希叟绍昙《慈林讲师顶相》说慈林寺某僧"句法清新分,吟彻山庄梅竹"⑤。当然,更多的是指语言风格,譬如彭汝砺《和粹老〈云居〉之句》其三就称颂云居粹禅师是"清词丽句不妨多"⑥,释圆至《答魁首座》表扬对方"寄示诗文,皆清丽雅正,能使识者叹服"⑦。不过,总体说来,禅宗诗歌语言清丽风格更为突出,相关史料也更加丰富,常见于禅宗语录及有关僧传中:前者像《寒松操禅师语录》卷19载陈长发评清初智操七绝《昆岗十咏》其三《红菱渡》"《竹枝词》无此清丽,《采莲歌》无此静远"、周芝士评智操七律《再登二十四峰关》"清词丽句,竞秀争奇,使人□□有登胜之想"⑧,《禅宗杂毒海》卷8又载竺庵威禅师《山居十首》其三曰"清词喜唱短长调"⑨,如果结合宋濂《普福法师天岸济公塔铭》"师梵貌魁硕,言吐清丽"⑩的说法,则知"清""清丽"可以同时概述禅僧书面语和口头语之特点。后者如喻谦《新续高僧传》卷4述元代僧悟光"著有《心要》《四会语录》行世,所为诗清丽可传,有《雪窗集

　　① (宋)杨万里撰,辛更儒笺校:《杨万里集笺校》,中华书局2007年版,第23页。

　　② 张福清:《释祖可、何正平其人及诗辨正》,《韩山师范学院学报》2011年第1期。又,周孚《题后山集后》,次可正平韵即是次韵释祖可之作。

　　③ 《杜诗详注》,中华书局1979年版,第900、901页。

　　④ 《杜诗详注》,第1501页。

　　⑤ 《希叟绍昙禅师广录》卷7,《卍续藏》第70册,河北省佛教协会,2006年,第745页下栏。

　　⑥ 《全宋诗》第16册,北京大学出版社1998年版,第10621页。

　　⑦ (明)周永年撰:《吴都法乘》卷27,《大藏经补编》第34册,台北:华宇出版社1986年版,第848页。

　　⑧ 《嘉兴藏》第37册,台北:新文丰出版股份有限公司1987年版,第644页中栏、645页下栏。

　　⑨ 《卍续藏》第65册,第97页中栏。

　　⑩ 《护法录》卷3,《嘉兴藏》第21册,第634页下栏。

稿》二卷"①。

禅宗"清词"之"清",可能涵盖"雅正"之意,②《庆忠铁壁机禅师语录》卷8载有明慧机禅师《东社莲池》六首,其六尾联云:"我说俚言无个事,将来砖引候清词。"③"俚言"当然指俚俗之语,慧机此处虽为谦词,但他把"俚""清"对比,则知"清"暗含"雅正"意。本来,禅宗诗歌两条发展主线:一是以唐代王梵志、寒山、拾得等为代表的白话通俗诗;二是五代宋初云门宗特别是临济宗黄龙、杨岐两大支派倡导文字禅后而兴起的士大夫化之禅僧诗,其语言雅化是主流。如在文字禅历史上深有影响的《碧岩录》,克勤在第七则"慧超问佛"④就批评师祖守端"一文大光钱,买得个油糍。吃向肚里了,当下不闻饥"一偈说"此颂极好,只是太拙",因为它远不如雪窦颂古"江国春风吹不起,鹧鸪啼在深花里。三级浪高鱼化龙,痴人犹戽夜塘水"好。周裕锴指出,守端语言太粗俗,圆悟能"完全抛开门户之见","纯粹以辞藻的精巧与否为品评标准",⑤其论甚是。

对于杜诗句法的代表作,黄庭坚特别推崇"夔州诗",其谪居戎州时期(1098—1100)作《与王观复书三首》其一云"理安而辞顺,文章自然出群拔萃。观杜子美到夔州后诗,韩退之自潮州还朝后文章,皆不烦绳削而自合矣",其二又主张"熟观杜子美到夔州后古律诗,便得句法"⑥。此观点得到了后来者的普遍认同,苏泂《夜读杜诗四十韵》则更进一步称道此际杜甫人格与句法之双美,说"百年禀忠孝,句法老益练。君看夔州作,大冶金百炼"⑦。同样,宗门诗歌创作及评论极其称誉老杜夔州诗:如居简《书雪巢林景思诗卷》"春容大篇辄千字,炼字贵活不贵死。乡来杜陵有布衣,晚到夔州也如此"⑧,便突出了夔州诗炼字法对林景思的影响;吹万广真《寓夔门感赋》"入室不妨苏子问,拈花犹唱杜公词"⑨,则把夔州诗比喻成禅宗传法"拈花一笑"中不可言传

① 《大藏经补编》第27册,台北:华宇出版社1986年版,第58页。
② 蒋寅指出,"清"还含有"古雅"之意(参《古典诗学中"清"的概念》,《中国社会科学》2000年第1期)。
③ 《嘉兴藏》第29册,台北:新文丰出版股份有限公司1987年版,第607页上栏。
④ 《大正藏》第48册,台北:新文丰出版股份有限公司1983年版,第147页上栏—148页上栏。
⑤ 周裕锴:《中国禅宗与诗歌》,复旦大学出版社2017年版,第41页。
⑥ (宋)黄庭坚著,郑永晓整理:《黄庭坚全集辑校编年》,江西人民出版社2008年版,第939、940页。
⑦ 《全宋诗》第54册,北京大学出版社1998年版,第33866页。
⑧ 《全宋诗》第53册,第33064页。
⑨ 《吹万禅师语录》卷11,《嘉兴藏》第29册,第517页上栏。

的心法,暗示自己夔州之作就是继承杜诗传统而来。特别是释今无康熙七年(1668)所作《丹霞天老和尚古诗序》,一方面叙述了其师函昰作古诗《似诗》的目的是"借工部之气出之者",另一方面又回忆了自己与师叔函可共读《杜少陵集》的心情:"观其夔门以后诸作,悲忧愉迭,感国伤怀,饥寒酸楚,如老妇子坐中堂数家中事,历历可见,真朴有味,令人意往神消。"① 由此可见杜甫夔州诗情感艺术上的动人心魄。

三者,杜诗所写生活内容包罗万象,相关诗句是禅僧上堂说法取之不尽的源泉。其中,佛教类题材之杜诗不必详说,前述《禅林疏语考证》《佛法金汤编》等教内文献就是明证,后世注家同样也心领神会,仇兆鳌就评《游修觉寺》是"诗有神助","写得流行无碍,语涉禅机"。② 非佛教题材的作品,在特定语境中也常被禅师变成禅语。如《续古尊宿语录》卷4载别峰祖珍示众:

> 欲识佛性义,当观时节因缘。三年一闰,是人知有;九月重阳,以何为佛性义? "竹叶于人既无分,菊花从此不须开。"③

此处因是重阳说法,祖珍便触景生情联想到杜甫大历二年夔州所作《九日五首》其一之颔联。④ 杜诗原是抒写因吐蕃入侵邠州、灵州而京师戒严所引发的对身在异乡的弟、妹的相思之情,加之抱病登台赏菊,其心情极其沉重,甚至产生了悲观情绪。祖珍既然开宗明义交待众人要识"佛性义",那么,信众理解的佛性之有(北本《大涅槃经》所说"一切众生,悉有佛性")就像"三年一闰"一样是自然而有,是本有。不过,他话锋转入重阳而引杜诗,意在说明:众生皆有的佛性,其实是空,就像杜甫无须菊花再开的心境一样,因为即便再开,也没了惯常的喜悦,只是竹篮打水。祖珍此教法,其实就是"云门三句"的"截断众流"法。祖珍又是黄龙派灵源惟清的再传弟子(灵源惟清→佛心本才→别峰祖珍),是黄庭坚的法孙辈(山谷和惟清同出于晦堂祖心门下),所以,我们怀疑祖珍教人禅与杜诗共参之法,同时受到黄庭坚和叶梦得的启发(见后文)。

《蔗庵范禅师语录》卷1又载净范上堂:

---

① (清)汪宗衍:《天然禅师年谱》,《大藏经补编》第22册,台北:华宇出版社1986年版,第985页。

② 《杜诗详注》,中华书局1979年版,第786页。

③ 《卍续藏》第68册,河北省佛教协会,2006年,第437页上栏。

④ 《杜诗详注》,第1764页。又,竹叶是酒名。

第一义谛,释迦老子为怜最小之弟,不惜老婆舌头。然第一义何曾动着,资圣者里,粥时有粥,饭时有饭,上下交欢,往来相悦。第一义谛,实不相谩,乃拍膝一下曰:"春水船如天上坐,老人花似雾中看。"①

释迦牟尼所说第一义谛,又称胜义谛、真谛,指不可说的最高真理和平等圆满的空境,与之相对者是俗谛,是可言说的有。净范对资圣寺僧所说喝粥吃饭之日常生活,从真俗不二特别是南泉普愿"平常心是道"②的禅修观来看,僧人的一言一行,其实都是第一义谛的体现,只是他们没有体悟而已。"春水"二句,出自杜甫大历五年潭州所作《小寒食舟中作》之颔联,③它本来描述的是诗人年老体衰舟居观景的真切感受,净范用以比喻资圣寺僧对第一义谛的理解模糊还清,意在警醒他们,应即俗即真方可悟道。

四者杜诗写景状物,能心境合一,这点甚为历代禅僧所激赏。如普明赤潭珠禅师"立秋上堂"时就把"杜子美乘兴狂吟"和"欧阳修感时作赋"都称作"心与境合"④的典范。而杜甫状写景物时,常在绘声绘色的客观描摹中注入自己独特的生命感受,⑤这类诗句颇多,不少还被中外禅僧用来命名特色景观:如明代金陵花严寺大竹林之间的"净香泉",其意"取杜少陵'雨洗涓涓净,风吹细细香'之句",⑥前文已指出杜甫因这一名句而被张镃称作"诗中佛";清初金粟二十景之十一景"乾坤一草亭"(或简称"一草亭"),⑦从前文所引如乾《乾坤一草亭》诗及相关分析看,该亭得名于杜甫五律《暮奉题瀼西新赁草屋五首》其三的第四句"乾坤一草亭",还有第七景水心亭,亭名取自杜甫上元二年(762)作《江亭》之颔联"水流心不竞,云在意俱迟"⑧,此联既被王嗣奭评论为"景与心会,神与景会,居然有道之言"⑨,又被法藏汉

---

① 《嘉兴藏》第36册,台北:新文丰出版股份有限公司1987年版,第899页上—中栏。

② 《无门关》,《大正藏》第48册,台北:新文丰出版股份有限公司1983年版,第295页中栏。

③ 《杜诗详注》,中华书局1979年版,第2062页。

④ 《正源略集》卷11,《卍续藏》第85册,河北省佛教协会,2006年,第68页中栏。

⑤ 如张海沙以"野"字为例,论证"野"境是杜甫诗境、心境的共同特点。参张海沙:《野:杜甫诗境与心境》,《陕西师范大学学报》(哲学社会科学版)1994年第3期。

⑥ (明)陈沂撰:《献花岩志》,《大藏经补编》第24册,台北:华宇出版社1986年版,第557页。

⑦ 《憨休禅师敲空遗响》卷12,《嘉兴藏》第37册,第313页下栏。

⑧ 《杜诗详注》,第800页。

⑨ (明)王嗣奭撰:《杜臆》,上海古籍出版社1983年版,第132页。

月用来论证"意业清净"①；日僧珍岳常宝则"以'高枕'二字,俗额一室,取杜拾遗之'入帘残月影,高枕远江声'者也。于是乎洁斋精进,而晨香夕诵,入念佛三昧",悟溪宗顿称道说"此是庵主圆净活脱,无碍自在,日用行履之处也"②,可知杜诗还真有心泰所说"佛法金汤"之用呢!

（二）士僧互动文化背景下苏、黄及江西诗派的大力推崇

禅宗语录杜诗崇拜的成因,除了杜诗创作诸构成要素得到后世禅僧的高度认同以外,也和两宋以来的社会文化思潮有十分密切的关联。禅宗因广泛认同"读万卷书""行万里路"的求知观及积极参与三教融合,故学问僧、文学僧、诗僧的数量远超前代,禅宗僧人的儒学素养也超过其唐五代的前辈,后来甚至还出现"儒僧"之专称。③而杜甫作为诗歌史上儒家思想的代表人物,在宋代士僧广泛互动的历史文化背景中,由于苏轼和以黄庭坚为代表的江西诗派的大力推崇,便名正言顺地成了禅宗语录中最受关注的诗人。当然,无论推崇者的身份是僧是俗,他们大多是北宋文字禅形成的关键人物,其中,苏、黄和惠洪的作用最明显,而且,黄的作用最大。至隆兴二年（1164）,他就被释祖琇所撰《隆兴佛教编年通论》卷 20 称赞为"山谷,吾宋少陵也"④,此时距黄的离世也就五六十年光景。⑤

苏轼是杜甫的异代知音,他对其人其诗都有深切了解,而且,杜诗浸透了东坡生活的各个方面。⑥但我们重点谈论的是他对杜诗与文字禅关系的论述。元丰六、七年（1083—1084）间作于黄州的《次韵孔毅父集古人句见赠五首》其三有云:"天下几人学杜甫,谁得其皮与其骨……前生子美只君是,信手拈得

---

① 《三峰藏和尚语录》卷 5,《嘉兴藏》第 34 册,台北:新文丰出版股份有限公司 1987 年版,第 151 页下栏。

② 《虎穴录》卷下,《大正藏》第 81 册,台北:新文丰出版股份有限公司 1983 年版,第 345 页上栏。所引杜诗出宝应元年（762）秋于成都作《客夜》第二联,"入",仇注本指出"一作'卷'"（《杜诗详注》,中华书局 1979 年版,第 931 页）。

③ "儒僧",语出朱元璋《拔儒僧入仕论》及《拔儒僧文》,俱载葛寅亮《金陵梵刹志》卷 1（《大正藏补编》第 29 册,台北:华宇出版社 1986 年版,第 29—30、38 页）。

④ 《卍续藏》第 75 册,河北省佛教协会,2006 年,第 209 页中栏。

⑤ 后世又有传说黄庭坚转世为僧者,如至善为吹万广真所撰《行状》说"师乃宋太史黄山谷后身也"（《吹万禅师语录》卷 20,《嘉兴藏》第 29 册,第 555 页中栏）。

⑥ 参周裕锴:《苏轼眼中的杜甫——两个伟大灵魂之间的对话》,《四川大学学报》（哲学社会科学版）2017 年第 6 期。

俱天成。"①孔毅父,即孔平仲,苏轼一方面把他比作杜甫转世,故其集杜之作能
信手拈来,浑然天成;另一方面引用《景德传灯录》卷3所述菩提达摩西归前
传法典故（达摩称弟子道副、尼总持、道育、慧可分别其皮、肉、骨、髓）,②把杜
甫比作东土禅宗初祖达摩禅师,认为当时学杜者虽多,却仅有孔平仲像道育得
祖师骨一样而得杜诗之精要。这种把诗学传承比附为禅宗传承的做法,从一
定程度上启发了方回对江西诗派"一祖三宗"说的思考。

　　苏轼爱与僧人（包括禅宗以外的佛教徒）交游,且多唱和之作。元祐五
年（1090）,他在杭州作有《辩才老师退居龙井,不复出入。余往见之,尝出至
风篁岭。左右惊曰:"远公复过虎溪矣。"辩才笑曰:"杜子美不云乎'与子成
二老,来往亦风流'？"因作亭岭上,名之曰过溪,亦名曰二老。谨次辩才韵,
赋诗一首》③,题中辩才是当时著名的天台宗诗僧,其引诗出自杜甫乾元二年
（759）秦州作《寄赞上人》④,辩才显然以赞公自比,而把苏轼比作杜甫。辩
才之诗,除苏轼有次原韵之作外,唱和者还有道潜和钱勰。诸人唱和,可谓是
一次小小的诗会。而在当年的唱和中,还有两首诗,值得特别关注:一是道潜
《四照阁奉陪辩才师夜坐,怀少游学士》⑤,其末联"校雠御府图书客,畴昔还同
此夜禅"所说"图书客",指时在京城担任秘书正字的秦观,"畴昔"则回忆
往年和秦观一起夜访辩才之事,虽然今晚夜禅中少了秦观,但秦观依然是两位
诗僧念念不忘的友人;二是辩才《次韵参寥四照阁夜坐,怀秦少游学士》⑥,其
尾联"台阁山林本无异,故应文字未离禅",则在道潜的基础上,进一步总结僧
俗诗禅交往的一致性,因为无论身在台阁（秦观）还是身在山林（指自己和道
潜）,其佛性无别,而且,诗（文字）的本质也与禅无别。对此观点,苏轼《书辩
才次韵参寥诗》予以高度评价:"辩才作此诗时年八十一矣。平生初不学作诗,

　　①　《苏轼诗集合注》,上海古籍出版社2001年版,第1108页。
　　②　《大正藏》第51册,台北:新文丰出版股份有限公司1983年版,第219页中一下栏。
　　③　《苏轼诗集合注》,第1635页。
　　④　《杜诗详注》,中华书局1979年版,第598页。
　　⑤　（清）汪孟铜撰:《龙井见闻录》卷7,《中国佛寺史志汇刊》第1辑第22册,台北:明文书局
1980年版,第237—238页。
　　⑥　《龙井见闻录》卷7,《中国佛寺史志汇刊》第1辑第22册,第233页。又,关于道潜、辩才
之作的先后问题,佛教文献中有持相反观点者,如明释方宾撰《杭州上天竺讲寺志》卷14认为辩才为
原作,道潜是和作（《中国佛寺史志汇刊》第1辑第26册,第393页）。此据潜说友《咸淳临安志》卷
78所叙二诗顺序（《宋元方志丛刊》,中华书局1990年版,第4070页上栏）,但该书没有给出题目。

如风吹水,自成纹理,而参寥与吾辈诗,乃如巧人织绣耳。"① 当然,苏轼说辩才"不学作诗",不是说后者不会作诗,而是指他写诗不事雕琢,而是自抒胸臆。

黄庭坚同样是杜甫的异代知音,甚至被宋代僧人誉为当代杜甫。他不但在禅宗诗歌史上最早使用"文字禅"一语,② 而且开创了以禅学术语评点杜诗的先河,《赠高子勉四首》其四即明确指出"拾遗句中有眼,彭泽意在无弦",任渊注曰"谓老杜之诗眼在句中",③ 可谓一语中的。④ 同时,黄庭坚也像其师苏轼一样善于禅解杜诗,《次韵高子勉十首》其四尾联即说"寒炉余几火,灰里拨阴何"⑤,这里用了两个典故:一是《景德传灯录》卷9所述百丈怀海以拨炉灰寻火开示沩山灵祐之故事,⑥ 二是杜甫《解闷十二首》其七末句"颇学阴何苦用心"⑦。细析诗意,一者黄庭坚把自己和高子勉分别比作怀海、灵祐,强调了诗学传承就像禅宗传承一样要建立严密的谱系,二者以自己学杜的亲身体验为例,告诫学诗者必须追寻诗法本源。⑧ 周裕锴由此指出"江西诗派学杜甫,本源于此"⑨,论断颇中肯。

惠洪在继承苏、黄诗学的基础上,既全面阐述了文字禅的理论主张并付诸于自己的诗歌创作,⑩ 又同样尊崇杜甫其人其诗,⑪ 并学习诗法句法。其《郑南寿携诗见过次韵谢之》"东坡句法补造化,山谷笔力江倒流"⑫ 就苏、黄并称,强调作诗必须把苏轼句法和山谷笔力相结合;惠洪又对黄庭坚提出的"拾遗句中有眼"深有体悟,除了称誉杜甫"诗清如玉佩,中节含温润"(《次韵谒子

①　(宋)苏轼著,屠友祥校注:《东坡题跋校注》,上海远东出版社2011年版,第144页。

②　见黄庭坚元祐三年(1088)作《题伯时画松下渊明》,诗曰"远公香火社,遗民文字禅"(黄庭坚撰,任渊等注,刘尚荣点校:《黄庭坚诗集注》,中华书局2003年版,第325页)。

③　《黄庭坚诗集注》,第574页。

④　关于"句中有眼"禅宗渊源之分析,参周裕锴:《文字禅与宋代诗学》,复旦大学出版社2017年版,第104—106页。

⑤　《黄庭坚诗集注》,第568页。

⑥　《大正藏》第51册,台北:新文丰出版股份有限公司1983年版,第264页中栏。

⑦　《杜诗详注》,中华书局1979年版,第1515页。又,阴何,指南朝著名诗人阴铿、何逊。

⑧　此种观点后人多有认同,如杨万里《书王右丞诗后》就说"晚因子厚识渊明,早学苏州得右丞。忽梦少陵谈句法,劝参庾信谒阴铿"(《杨万里集笺校》,中华书局2007年版,第390页),而且,杨的两句显然从黄庭坚《次韵高子勉十首》其四化出,并且强调参诗需明诗法源流。

⑨　《中国禅宗与诗歌》,复旦大学出版社2017年版,第104页。

⑩　参周裕锴:《惠洪文字禅的理论与实践及其对后世的影响》,《北京大学学报》(哲学社会科学版)2008年第4期。

⑪　参杨胜宽:《人品·气韵·诗史——惠洪论杜及论诗述评》,《杜甫研究学刊》2002年第1期。

⑫　《注石门文字禅》,中华书局2012年版,第505页。

美祠堂》)① 以外,还指出杜诗诗眼、句眼的典型所在,说"时看稚子对浴,少陵诗眼长寒"(《临清阁二首》其一)②,这就把杜甫上元二年作《进艇》的第四句"晴看稚子浴清江"③ 称为诗意之眼。更重要的是,惠洪自己十分喜欢"诗眼"一词(《石门文字禅》出现16次),黄庭坚《赠惠洪》"数面欣羊胛,论诗喜雉膏。眼横湘水暮,云献楚天高"④ 则把"诗眼"拆开嵌入诗中,用以表扬惠洪。

　　黄庭坚诗学理论中又有个"夺胎换骨"法,⑤ 它在诗歌批评史上贬褒不一,而较系统转引黄氏观点并在诗歌创作中熟练运用者恰恰就是诗僧惠洪。⑥ 惠洪著述宏富,王象之说他"有《甘露集》《林间录》《冷斋夜话》《天厨禁脔》行于世。张无尽、陈了翁、邹志宗诸公评其诗文,以为晋唐以来诗僧之冠"⑦。正是凭着杰出的文学才能和良好的禅学素养,其总结的文字禅理论才风行于后世禅林,而他藉此而来的尊杜学杜之举,也有显著的引领示范作用。

　　苏、黄、惠洪的尊杜之举及相关创作理论、创作技巧,在南宋以后的禅宗语录中皆有充分表现。如宋代僧俗论对律诗特别看重颔联,陈应行编《吟窗杂录》卷17说"颔联为一篇之眼目,句须寥廓古淡,势须高举飞动,意须通贯,字须子细裁剪"⑧,则知它在全诗结构中处于特别重要的位置,是全诗之眼,涉及句法、句势、炼字等多种因素。惠洪《天厨禁脔》卷上"近体三种颔联法"条又以杜甫《寒食月》为例,特别关注过颔联"斫却月中桂,清光应更多",指出它"不拘对偶,疑非声律",然因首联"无家对寒食,有泪如金波","破题引韵,已的对矣",故认为它是特殊的"偷春格"。⑨ 细察其意,惠洪还是更重视杜律颔联对仗的工整。而我们惊奇地发现禅宗语录对老杜五、七言律引用最

① 《注石门文字禅》,中华书局2012年版,第376页。
② 同上书,第932页。
③ 《杜诗详注》,中华书局1979年版,第819页。
④ 《黄庭坚诗集注》,中华书局2003年版,第685页。
⑤ 关于"夺胎换骨"的首创者,周裕锴主张是惠洪(《惠洪与换骨夺胎法——一桩文学批评史公案的重判》,《文学遗产》2003年第6期),莫砺锋坚持传统的说法,归于黄庭坚(《再论"夺胎换骨"说的首创者——与周裕锴兄商榷》,同前),本文取传统观点。
⑥ 具体分析,参上述周裕锴论文。
⑦ (宋)王象之撰:《舆地纪胜》卷27,清道光二十九年惧盈斋刻本,第13页。又,王象之所说惠洪《冷斋夜话》《天厨禁脔》,是北宋僧人诗话的代表作,特色之一就是好以杜诗为证(如总结了"子美五句法"之类),同时也是研究江西诗派及当时诗、禅互动的重要史料(参周萌:《宋代僧人诗话研究:诗学、禅学、党争交织的文学案例》,北京大学出版社2017年版)。
⑧ 陈应行编,王秀梅整理:《吟窗杂录》,中华书局1997年版,第535页。
⑨ 张伯伟编校:《稀见本宋人诗话四种》,江苏古籍出版社2002年版,第111页。

多的就是颔联,如绍昙上堂"觌体全彰,曾无覆藏,蝉声集古寺,鸟影度寒塘"①、云峨喜禅师拈古"如何是色不是色?'红入桃花嫩,青归柳陌新'"② 之五言句,分别出自老杜上元元年作《和裴迪登新津寺寄王侍郎》、上元二年作《奉酬李都督表丈早春作》③,物初大观上堂"平常是道,不涉平常……林花著雨臙脂落,水荇牵风翠带长"④、法玺印禅师在"澹恒法主诞辰请上堂""謺!'桃花细逐杨花落,黄鸟时兼白鸟飞'"⑤ 之七言句,分别出老杜《曲江对雨》《曲江对酒》⑥;特别是被惠洪称作"错综句"的老杜作于大历元年《秋兴八首》其八之颔联"红稻啄残鹦鹉粒,碧梧栖老凤凰枝"⑦,更是被信州怀用⑧、雪岩祖钦⑨、觉浪道盛⑩ 等十多位禅师所引用,甚至连域外禅师也相当熟悉,白隐鹤慧上堂即说"有佛处,不得住(碧梧栖老凤凰枝);无佛处,急走过(黄稻啄余鹦鹉粒)"⑪,也用它作为证禅依据。此外,大音槃谭崇祯三年(1630)为明雪所撰《行状》记载其师在白雀寺开堂时写有一首七律,但只摘引两句"坐对神山迟海月,静听铃语落松风",并特别声明"颔联也",⑫ 准此推断,大音槃谭同样最重视颔联。

　　黄庭坚、惠洪标举的以句眼、活句等论杜法,⑬ 禅宗语录中也有具体的运用。如元代樵隐悟逸禅师《传知客火》"雨夜读《传灯》,传博极渊源。错认白是纸,死句终难诠。要会活句么?掷火云:'山青花欲燃。'"⑭ 此下火文所用"活句",实出自杜甫广德二年成都作《绝句二首》其二之第二句。⑮ 句中"燃"

　　① 《希叟绍昙禅师广录》卷 1,《卍续藏》第 70 册,河北省佛教协会,2006 年,第 419 页下栏。

　　② 《云峨喜禅师语录》卷下,《嘉兴藏》第 28 册,台北:新文丰出版股份有限公司 1987 年版,第 191 页下栏。又,"柳陌"之"陌",杜诗本作"叶",可能禅师误记。

　　③ 《杜诗详注》,中华书局 1979 年版,第 764、784 页。

　　④ 《物初大观禅师语录》,《卍续藏》第 69 册,第 683 页下栏。

　　⑤ 《法玺印禅师语录》卷 4,《嘉兴藏》第 28 册,第 793 页上栏。

　　⑥ 《杜诗详注》,第 451、449 页。

　　⑦ 《稀见本宋人诗话四种》,江苏古籍出版社 2002 年版,第 128 页。又,"香稻"之"香",《杜诗详注》作"红",但后者同时指出:"红稻"或作"红豆""红稻""香饭","残"一作"余"(参第 1497 页)。

　　⑧ 《嘉泰普灯录》卷 12,《卍续藏》第 79 册,第 366 页中栏。又,杜诗之"粒",此作"颗",笔误。

　　⑨ 《雪岩祖钦禅师语录》卷 1,《卍续藏》第 70 册,第 602 页上栏。

　　⑩ 《天界觉浪盛禅师语录》卷 2,《嘉兴藏》第 25 册,第 265 页上栏。

　　⑪ 《槐安国语》卷 4,《大正藏》第 81 册,台北:新文丰出版股份有限公司 1983 年版,第 543 页下栏。

　　⑫ 《入就瑞白禅师语录》卷 18,《嘉兴藏》第 26 册,第 820 页下栏。

　　⑬ 有关黄庭坚、惠洪这方面的讨论,参孙海燕:《句法与意蕴并重:禅宗语言观对黄庭坚的影响》,《学术界》2010 年第 5 期;郭庆财:《惠洪的文字禅与句法论》,《徐州师范大学学报》(哲学社会科学版)2012 年第 5 期。

　　⑭ 《樵隐悟逸禅师语录》卷下,《卍续藏》第 70 册,第 313 页上栏。

　　⑮ 《杜诗详注》,第 1135 页。

字,十分契合僧人的荼毗氛围,全句又暗喻对知客乘愿往生的祝愿,含蕴丰富,故是"活句";而知客平生哪怕熟读再多的禅宗灯录,它们此刻也苍白无力,故是死句。

禅宗语录用作活句的杜诗,一般出现在佛事、法会等场合结束之时,但主讲者可先用"末后一句"予以提示听众,如清初大奇禅师"除夕小参"即如此,而大奇"顾左右"所说结句是"美花多映竹,好鸟不归山",① 此五言诗出杜甫《奉陪郑驸马韦曲二首》其二之颔联。② 当然,更常见的是结束前用一问句来衔接要引的杜诗,像明末通容禅师在"居士屠民开荐亲请上堂"结束时云"正当恁么时一句作么生? 自去自来梁上燕,相亲相近水中鸥",③ 其七言诗,出自杜甫上元元年夏作《江村》之颔联。④ 此外,若引杜甫全诗说法时,最后出现者可视作活句。南宋如净和尚"四月一日上堂"云:

> 糁径杨花铺白毡,点池荷叶叠青钱。两彩一赛,其或未然。竹根稚子无人见,沙上凫雏傍母眠。⑤

此处四个七言句,全部出自杜甫上元二年春所作《绝句漫兴九首》其七。仇兆鳌认为,糁、铺、点、叠四字"皆句中眼"。⑥ 但按前述如净"借诗说教"时把杜甫《严郑公宅同咏竹》(得香字)首联、颈联分成序品、正宗、流通的做法,显然,"竹根稚子"⑦ 两句属于佛经科判的"流通分",是"末后一句"。而"末后一句"的境界不可超越,它富于"诗三昧",必须以"诗眼"观之。⑧ 更可注意的是,如净也举惠洪诗为证,如在"元宵上堂"结束前说"且道如何是具

---

① 《观涛奇禅师语录》卷2,《嘉兴藏》第36册,台北:新文丰出版股份有限公司1987年版,第754页下栏。

② 《杜诗详注》,中华书局1979年版,第166页。

③ 《费隐禅师语录》卷2,《嘉兴藏》第26册,第112页中—下栏。

④ 《杜诗详注》,第746页。

⑤ 《大正藏》第48册,台北:新文丰出版股份有限公司1983年版,第123页上栏。

⑥ 《杜诗详注》,第791页。

⑦ 惠洪《冷斋夜话》卷3"稚子"条指出,竹根稚子指笋(《稀见本宋人诗话四种》,江苏古籍出版社2002年版,第24页)。

⑧ 如石关禅师崇祯十年(1637)在径山东坡池见雪大师,后者命其作《落叶诗三十咏》,内有"扑落一声黄满涧,夜深疑杀一潭冰"之句,雪拍案大喜曰:"这后生已得诗三昧,汝等勿(务)以诗眼观之。"嗣后,二人唱和十余年,但雪大师"叮咛不倦"的仍是"末后一句"(参《石关禅师语录》,《嘉兴藏》第38册,第599页下栏。"勿以"之"勿",从前后语境看,当是"务"同音而误刻,故应校正)。也就是说石关写诗十余年,雪大师津津乐道的仍是"扑落"那两句。

眼一句？咫尺凤楼开雉扇，玉皇仙仗紫云端"，① 具眼活句"咫尺"云云，出惠洪《京师上元观驾二首》其一之尾联。② 准此可知，作为早期引导者的惠洪，自己也成了后来禅僧的学习典范。

作为"末后一句"的杜诗，也可仅用单句，如《普济玉琳国师语录》卷4载清初通琇"示众"说："时人见此一株花，如梦相似。归云：'柴门今始为君开。'"③ 其七言诗句出杜甫上元二年作《客至》④第四句，但"柴门"杜诗原作"蓬门"，不过，区别不大。此外，禅师抒怀言志时，"末后一句"也会化用与精神境界有关的杜诗，像明末行元七绝《邸中即事》"理策思量何处好？须知'乘兴即为家'"⑤ 之"乘兴"句，即出自杜甫广德二年（764）作五言排律《春归》之结句，⑥ 它恰好是行元思考得出的最好答案。

至于黄庭坚、惠洪提倡的夺胎换骨，前文所述禅宗语录对杜诗篇章、语句的摘引，包括字词改易、句式变动、语序调整、意义转移、步韵等方式，其实大多可归入此法之范畴，只是被置于禅修、禅悟宗教语境而已。为了更具体地说明这一点，我们试分析一首完整之作。清初上思有一首颂古《长沙崔颢》曰：

> 百千诸佛问何之，落处分明一首诗。长忆杜陵曾有语："风流儒雅亦吾师"。⑦

长沙，指中唐著名禅师南泉普愿的法嗣湖南长沙景岑招贤大师。《景德传灯录》卷10载其事云：

> 有秀才看《佛名经》，问曰："百千诸佛，但见其名，未审居何国土，还化物也无？"师曰："黄鹤楼崔颢后秀才还曾题未？"曰："未曾。"师曰："得闲题一篇何妨？"⑧

上思前两句就概述了这则后来颇为流行之禅宗公案的基本内容。其构思即基

---

① 《大正藏》第48册，台北：新文丰出版股份有限公司1983年版，第124页下栏。
② 《注石门文字禅》，中华书局2012年版，第712页。
③ 《大藏经补编》第27册，台北：华宇出版社1986年版，第534页上栏。
④ 《杜诗详注》，中华书局1979年版，第793页。
⑤ 《百痴禅师语录》卷30，《嘉兴藏》第28册，台北：新文丰出版股份有限公司1987年版，第258页中栏。
⑥ 《杜诗详注》，第1111页。
⑦ 《雨山和尚语录》卷16，《嘉兴藏》第40册，第593页上栏。
⑧ 《大正藏》第51册，第274页下栏。

于长沙景岑所说闲后再题。本来,《黄鹤楼》使崔颢名声大振,连李白也自叹弗如"眼前有景道不得,崔颢题诗在上头",故秀才坦白承认自己从未想过要和崔颢一较高下。千载之后的上思,却要代唐代秀才下一转语,即以诗来回答长沙景岑的提问。不过,其答句直接引用的是杜甫大历元年夔州所作《咏怀古迹五首》其二首联"摇落深知宋玉悲,风流儒雅亦吾师"第二句。① 若从本首颂古整体的构思看,属于"换骨"(换景岑之骨),局部三、四句则为"夺胎",② 只是夺杜诗之胎时不够彻底,因为还有一句是杜诗原句(第四句)。此外,杜诗属怀古题材,上思为颂古之作,但后者所颂"古"之范围,显然包括杜甫其人其诗在内。换言之,上思对"古"的理解有所深化,是以古(杜甫)答古人(景岑),又以古为新(指颂古本身),较好地体现了"夺胎换骨"的精神实质。③ 复次,杜甫"亦吾师"指宋玉,上思则把杜甫作为老师,这又是一重转换。故总体说来,上思此颂虽只有短短四句,却是"夺胎换骨"的极好注脚。④

苏、黄、惠洪等人的"尊杜",经江西派南渡诗人的发扬光大,最终转为完全禅学化的"参杜"。如曾几以禅宗宗统说相比附,把黄庭坚诗学溯源至杜甫,说"工部百世祖,涪翁一灯传。闲无用心处,参此如参禅"(《东轩小室即事五首》其四)、"老杜诗家初祖,涪翁句法曹溪。尚论渊源师友,他时派列江西"(《李商叟秀才求斋名于王元渤,以养源斋名之,求诗》其二)。⑤ 南宋以后,这种观点风行宇内,而且,杜甫在被众人饱参、遍参的前代诗人中占有至尊地位,王洋《又和新字》就主张"诗参工部正"⑥,徐鹿卿《庐陵曾省元求书见杜宰和韵饯其行》则说"更上诗坛参杜甫"⑦,戴复古《祝二严》更是称严粲"遍参百家体,终乃师杜甫"⑧,陈必复《读后山诗》评北宋陈师道"百世人参

---

① 《杜诗详注》,中华书局 1979 年版,第 1501 页。

② 周裕锴认为"'换骨'是指借鉴前人的构思,而换用自己的语言去表达","'夺胎'是指透彻领会前人的构思(窥入其意),而用自己的语言去演绎发挥,追求意境的深化与意境的开拓"(《文字禅与宋代诗学》,复旦大学出版社 2017 年版,第 107 页)。

③ 对"夺胎换骨"实质是"以古为新"之论证,参莫砺锋:《黄庭坚"夺胎换骨"辨》,《中国社会科学》1983 年第 5 期。

④ 江西诗派"夺胎换骨"说流行后,又有学人用它去分析杜诗,如杨慎《升庵诗话》卷 8 就有"杜诗夺胎"之例证(杨慎撰,王大厚笺证:《升庵诗话新笺证》,中华书局 2008 年版,第 394 页)。

⑤ 《全宋诗》第 29 册,北京大学出版社 1998 年版,第 18512、18581 页。

⑥ 《全宋诗》第 30 册,第 18973 页。

⑦ 《全宋诗》第 59 册,第 36956 页。

⑧ 《全宋诗》第 54 册,第 33465 页。

杜陵句,一灯晚得后山传"①,可知此时无论写诗评诗(包括前代诗人之作),杜诗都成了最好的参照系和标杆。在此文化大背景下,禅宗也不例外,如被曾幾称作"江西句法空公得,一向逃禅挽不回。深密伽陀妙天下,无人知道派中来"②的慧空,其《和曾运使》之六"诗坛拜将思工部,我已伴狂类万回。赖有江西老尊宿,揭天棒喝待方来"③,即对曾幾给自己的棒喝心悦诚服,并表示今后应全面学习江西派祖宗杜甫。行海禅师《言诗》"句织天机字字难,冥搜长在寂寥间……子美至今谁是史,仲尼亡后不曾删。衰吾欲话平生志,安得重逢饭颗山"④,既认同杜甫"诗史"源于儒家传统诗教观,又表明自己必须学习杜诗苦吟诗风和句法艺术。

除江西诗派"参杜"说形成的巨大推动力以外,两宋之际还有叶梦得以"云门三句"禅解杜诗之举对后世禅宗语录的杜诗崇拜也产生了较大的影响。其文云:

> 禅宗论云门有三种语:其一为随波逐浪句,谓随物应机,不主故常;其二为截断众流句,谓超出言外,非情识所到;其三为函盖乾坤句,谓泯然皆契,无间可伺。其深浅以是为序。予尝戏谓学子言,老杜诗亦有此三种语,但先后不同。以"波漂菰米沉云黑,露冷莲房坠粉红"为函盖乾坤句;以"落花游丝白日静,鸣鸠乳燕青春深"为随波逐浪句;以"百年地僻柴门迥,五月江深草阁寒"为截断众流句。若有解此,当与渠同参。⑤

叶梦得广交云门宗禅僧,⑥在禅门五家中独钟云门宗,所以,张伯伟认为"叶梦得的'以禅喻诗',就是以云门宗的禅来喻诗的"⑦。后来,有学人受此启发,或谓杜甫是"以禅法为诗法"⑧,或找出大量与"云门三句"禅学境界相同或相似的杜诗例证,用以说明有意作诗无意参禅的杜诗在创作手法上与"云门三句"内在气质上的通联暗合。⑨不过,我们更关注的是元明清三朝临济宗、曹

---

① 《全宋诗》第 65 册,北京大学出版社 1998 年版,第 41098 页。

② 《罗湖野录》卷下,《卍续藏》第 83 册,河北省佛教协会,2006 年,第 388 页中栏。

③ 《全宋诗》第 32 册,第 20622 页。

④ 《全宋诗》第 66 册,第 41359 页。

⑤ (宋)叶梦得撰,逯铭昕校注:《石林诗话校注》,人民文学出版社 2011 年版,第 18 页。

⑥ 参李矜君:《云门宗与叶梦得诗学理论》,暨南大学 2018 年硕士学位论文。

⑦ 张伯伟:《禅与诗学》(增订版),人民文学出版社 2008 年版,第 71 页。

⑧ 鲁克兵:《杜甫以禅法为诗法》,《北京大学学报》(哲学社会科学版)2013 年第 3 期。

⑨ 张轶男:《杜甫诗法与"云门三句"》,《北方论丛》2015 年第 1 期。

洞宗一统禅宗之际,是否还有人接受叶梦得"云门三句"与杜诗同参的做法?答案显然是肯定的,其表现有三:一是叶梦得解释过的杜诗,有人还继续使用,如前文所述觉浪道盛在五台山开示左鹤岩等信众时就引过杜诗"落花游丝白日静",清初白松行丰禅师"晚参"结束时则引"波漂菰米沉云黑,露冷莲房坠粉红"。① 二是用其他杜诗来证"云门三句",如有僧问幻敏禅师"如何是随波逐浪句",其所答"云行如驶马,杯渡不惊鸥"② 五言诗之第二句,就出自杜甫宝应元年梓州所作《题玄武禅师壁》之第六句。③ 三是引杜诗也可参云门宗其他的公案,如净现禅师答黄海岸居士"东山水上行,毕竟明什么边事"时说:"烽火连三月,家书抵万金。"④ 黄居士之问出《云门匡真禅师广录》,⑤ 净现答诗出杜甫名篇《春望》之颈联。潘殊闲指出:"'云门三句'是一个开放性的话语背景……参悟不同,指向就会有异。"⑥ 其论可参。

总之,通过对禅宗杜诗崇拜历程的简要描述及禅宗语录杜诗崇拜表现与成因的分析,我们至少可以得出三点较为明确的结论:一者禅宗语录之杜诗崇拜是禅宗诗歌发展对唐诗典范选择的必然结果,因为只有杜甫在人品、诗品两方面都堪为禅僧之师;二者杜诗崇拜是两宋士僧文化互动的产物,苏轼、黄庭坚、惠洪等人的示范引领,特别是江西诗派的理论总结和指导,对南宋以来的禅僧学杜影响最深;三者禅僧多方位、多层次、多角度借杜诗说教,并以之喻禅、释禅和证禅,说明在文字禅视域下,杜诗诠释是个开放的诗禅话语体系,而禅宗语录的杜诗崇拜也是杜诗经典化的重要表现之一。目前,杜诗接受史、阐释史和批评史的研究者,很少系统利用这些材料,相当可惜。当然,禅宗语录"杜诗崇拜"研究有待深入解决的问题还不少,如禅宗内部不同派别之异同及同一派别的发展规律,僧俗比较,中外比较等。我们在此只是抛砖引玉而已,期盼早日读到方家之作。果如是,幸之甚也。

---

① 《五灯全书》卷 81,《卍续藏》第 82 册,河北省佛教协会, 2006 年,第 436 页上栏。又,诗句出自杜甫大历元年夔州作《秋兴八首》其七之颈联(参《杜诗详注》,中华书局 1979 年版,第 1494 页)。

② 《竺峰敏禅师语录》卷 3,《嘉兴藏》第 40 册,台北:新文丰出版股份有限公司 1987 年版,第 240 页中栏。

③ 《杜诗详注》,第 930 页。

④ 《象田即念禅师语录》卷 2,《嘉兴藏》第 27 册,第 168 页中栏。

⑤ 《大正藏》第 47 册,台北:新文丰出版股份有限公司 1983 年版,第 545 页下栏。

⑥ 潘殊闲:《叶梦得与杜甫》,《杜甫研究学刊》2008 年第 1 期。

第二节 禅宗对屈原形象和楚辞的接受传播

近三十年来,有关屈原形象、楚辞或楚辞学传播接受的研究成果颇为丰硕,已有不少论著问世:或论屈原形象的生成演变,[1] 或论楚辞学通史、断代史,[2] 或论楚辞的断代批评、接受及楚辞艺术形态的流变与影响,[3] 或论屈原及其作品的图像传播,[4] 或论楚辞、楚辞学的域外传播及域外楚辞学,[5] 林林总总,不胜枚举。不过,纵览这些论著,皆未全面系统地关注屈原形象和楚辞在禅林的接受与传播。事实上,两宋以降的禅宗语录,言及屈原其人其事其诗特别是使用楚辞体(骚体)说法传道者触目皆是(概况见后文之介绍),兹以禅

---

① 如王雄《屈原:一个历史原型的艺术变迁》(《戏剧艺术》1998 年第 1 期)、李中华、邹福清《屈原形象的历史阐释及其演变》(《武汉大学学报·人文科学版》2008 年第 1 期)等。

② 通史方面,如易重廉《中国楚辞学史》(湖南出版社 1991 年版)、李中华、朱炳祥《楚辞学史》(武汉出版社 1996 年版)等;断代史方面,如李大明《汉楚辞学史》(电子科技大学出版社 1994 年版)、陈炜舜《明代前期楚辞学史论》(台北:台湾学生书局有限公司 2011 年版)、江翰《先秦至宋代楚辞学研究》(苏州大学 2012 年博士学位论文)、孙巧云《元明清楚辞学史》(浙江工商大学出版社 2013 年版)等。

③ 如林珊《宋代楚辞批评研究》(福建师范大学 2011 年博士学位论文)、高林清《两汉魏晋南北朝楚辞批评研究》(同前, 2012 年)、林雅琪《魏晋南北朝对〈楚辞〉的接受》(高雄:高雄师范大学国文学系 2015 年博士学位论文)、熊良智《楚辞的艺术形态及其传播研究》(商务印书馆 2016 年版)等。

④ 如张克锋《屈原及其作品在绘画创作中的接受》(《文学评论》2012 年第 1 期)、何继恒《中国古代屈原及其作品图像研究》(苏州大学 2017 年博士学位论文)等。

⑤ 如杨成虎、周洁主编《楚辞传播学与英语语境问题研究》(线装书局 2008 年版)、周建忠《〈楚辞〉在韩国的传播与接受》(《文学遗产》2014 年第 6 期)、徐志啸《日本楚辞研究论纲》(福建人民出版社 2015 年版)、徐毅《韩国楚辞文献研究》(南京大学出版社 2016 年版)等。

宗语录为基础,并兼顾僧人其他的诗歌作品与著述,对相关问题略作梳理。

一、禅宗语录楚辞体诗偈之使用概况

楚辞体由屈原创制,并与《诗经》一道成为中国古典诗歌的两大渊薮之一,历来《风》《骚》并称、《诗》《骚》同尊。但对一般的世俗文学史而言,因汉唐以来存世的正宗骚体之作数量有限,故有人认定楚辞体其实早在汉代就开始衰微了。① 不过,就两宋以来禅宗的灯录、语录、广录等宗门文献看,禅门楚辞体诗偈数量大、内容丰富、使用范围广,这是值得重视的佛教诗歌现象和深入开掘的文学宝库。如惟盖竺等编《明觉禅师语录》6 卷,所录云门宗雪窦重显(980—1052)小参、示众、拈古之诗颂中,有 59 首共用“兮”字169 次,而且使用“兮”者大多属于楚辞体。对此,睦庵善卿编成于大观二年(1108)的《祖庭事苑》卷 2“兮”字条就总结说:

> 雪窦作句,多用“兮”字。兮以制字,从八从丂。丂气阻也,八则分矣。故“兮”为咏言之助。《文心雕龙》曰:“诗人以‘兮’字入句限,楚辞用之,字出句外。寻兮字承句,乃语助余声。舜用《南风》,用之久矣。”丂,苦浩切。②

虽说善卿的引文与《文心雕心》通行本(见卷 7《章句第三十四》③)相比有三处不同,④ 但其归纳独具慧眼,因为他点明了重显诗偈文体属性的历史来源。

统观禅宗灯录、语录、广录等记录的楚辞体,按其使用场所看,主要有:

(一)大参

大参,即禅林上堂,主要指住持定期⑤举行的较大规模的正式说法活动,期

---

① 参林建福:《论楚辞体的衰微》,《上海大学学报》(社会科学版)1998 年第 5 期。

② 《卍续藏》第 64 册,河北省佛教协会,2006 年,第 340 页下栏。

③ (南朝梁)刘勰著,范文澜注:《文心雕龙注》,人民文学出版社 1958 年版,第 572 页。

④ 即:(1)“入句限”,后者作“入于句限”(语义差别不大);(2)“承句”,后者作“成句”,我们以为,作“承”,表示前后两句之间的承接关系,可能更妥,确否,俟再考;(3)“用《南风》”之“用”,后者作“咏”,是。前者可能是涉其后第二个“用”字而误,《祖庭事苑》可依此而正之。

⑤ 如祝圣上堂(每月初一、十五)、五参上堂(每月初五、初十日、十五、二十、二十五)、九参上堂(每月上堂九次,即每隔三日上堂)、圣节上堂(皇帝诞生日)等。而不定时的小规模说法,则叫小参。

间,常用骚体诗偈(包括住持即兴所作和引用前贤之作)。在此,仅举5例:

1.《嘉泰普灯录》卷14载南宋初建康府华藏密印安民禅师上堂曰:

> "众卖华兮独卖松,青青颜色不如红。算来终不与时合,归去来兮翠
> 霭中",可笑古人怎么道,大似逃峰赴壑,避溺投火……①

此处安民所讲"古人",实指北宋末的銮法师,而"众卖华兮"四句偈,即其罢
讲时所说。②

2.《虚堂和尚语录》卷9载智愚禅师(1185—1269)佛涅槃上堂有颂曰:

> 天不文,地不理。忽去忽来,如月印水。岁月已往兮,波旬得时。椁
> 示双趺兮,饮光增喜。悲兮悲兮,春风桃李。一以贯之,曾子曰唯。③

此颂主体四言,但又夹有两个五言句,其句末"兮"字,在吟诵停顿中起强调
作用,提示参禅者注意佛陀涅槃的意义。

3.《佛光国师语录》卷1载无学祖元(1226—1286)菊节上堂说:

> 九日今朝是,黄华笑转新,与君歌一曲,聊尔当殷勤:"天高兮地迥,秋水
> 兮无垠。雁过兮历历,落叶兮声频。要识真如主宾句,但看沽洒挈瓶人。"④

细绎前后文语境,"天高兮"等五、五、五、五、七、七句式之骚体,当是祖元唱
出来的。

4.《三峰藏和尚语录》卷3载法藏禅师(1573—1635)上堂结束前有云:

> 秋风寥寥兮吹我屋,净场圃兮受新谷。早办官租兮省逼迫,品字柴头
> 兮煮菜菔。为君寿,为君福,果然千足与万足。⑤

此骚体,从内容上看,似是祝圣上堂时所吟唱。

5.《空谷道澄禅师语录》卷3载清初道澄禅师(1616—?)在世尊成道
日上堂时有颂曰:

---

① 《卍续藏》第79册,河北省佛教协会,2006年,第376页下栏。
② 参《五灯会元》卷18,《卍续藏》第80册,第350页中栏。
③ 《大正藏》第47册,台北:新文丰出版股份有限公司1983年版,第1050页中栏。
④ 《大正藏》第80册,第132页上栏。"沽洒"之"洒",当是"酒"之形讹。
⑤ 《嘉兴藏》)第34册,台北:新文丰出版股份有限公司1987年版,第138页中栏。

兜率降世兮屈尊就卑,皇宫托胎兮玉叶金枝。囵地一声兮麟走凤飞,九龙吐水兮万物齐滋……灯灯续焰兮南北东西,故入涅槃兮十大子悲。①

此颂共十言 26 句,每句句中用兮字。其中,前 24 句,概述的是释迦牟尼生平经历,把佛传"八相成道"故事中的主要情节都一一点出,完全契合"世尊成道"的主题。

(二)颂古

颂古,指以偈颂形式揭示古人公案的意旨,方便后学悟道。禅林一般认为它始自汾阳善昭(947—1024)。雪窦重显之后,甚为盛行。明清两朝,禅师又常用骚体,如:

1.《鄂州龙光达夫禅师鸡肋集》载清初蕴上(生卒年不详)对"僧问道吾:'如何是深深处?'吾下禅床,作女人拜,云'谢子远来,无可祇待'"之"颂古"曰:

有美人兮筑室东方,一见倾盖兮罄我衷肠。食我以食兮饮我以觞,赠我以剑兮遗我锦囊。富贵兮归故乡,恩德兮莫可忘。②

此处颂古,紧扣公案中的关键动作女子拜夫而展开合理想象,抒情浓烈,文学性极强。

2.《云溪俍亭挺禅师语录》卷 9 载净挺禅师(1615—1684)对"婆生七子话"有颂:

云寂寂兮烟苍苍,风萧萧兮水茫茫。有美人兮徘徊,从公子兮徜徉。钓船归去兮,沧浪沧浪。③

此颂和前述蕴上之作一样,完全袭用了屈原骚体的"香草美人"写作手法特别是把楚辞的美人、渔父意象融为一体,全诗颇具诗情画意,与通常所说僧诗之"蔬笋气""酸馅味"相去甚远。

---

① 《嘉兴藏》第 39 册,台北:新文丰出版股份有限公司 1987 年版,第 945 页中栏。
② 《嘉兴藏》第 29 册,第 163 页上栏。
③ 《嘉兴藏》第 33 册,第 716 页上栏。

（三）丧葬佛事与悼词

禅林十分重视佛事活动,名目繁多,单就丧葬礼仪说来,就有三佛事（奠茶、奠汤、秉炬）、五佛事（起龛、锁龛、奠茶、奠汤、秉炬）、九佛事（入龛、移龛、锁龛、挂真、对真小参、起龛、奠茶、奠汤、秉炬）等不同说法。若就楚辞而言,就有《招魂》《大招》等相关作品。禅林于此,也常用楚辞体,如《不会禅师语录》卷10载清法通禅师为法侄释玄枢入塔时所唱:"金霞垂盖兮流泉作琴,古柏参天兮栖鹤常吟。四山迥秀兮各吐风云,不出不入兮日月为门。得大自在兮处世超群,安然不动兮挂杖一茎。"① 再如《紫柏尊者全集》卷29"歌"部载达观真可（1543—1603）《悼无尘开士》曰:

> 沁水谐观兮不迁,遥入潭柘兮独还。白云忽散兮宁堪,不远悼尔兮义完。生为死媒兮奚欢,死为生母兮奚难。了此而超然兮,即君动而固闲。公若有知兮,悬解于去来之间。②

若从场合言,真可此歌显然用于无尘居士的丧葬法会。尤其值得一提的是,清初彻尼禅师的《悼祖风辞》③,长达32句,逐句用"兮"字作句腰,善用禅宗典故,辞采华丽,深情绵邈,属于释家骚体中的上乘之作。

（四）真赞像赞

佛教也称像（象）教,禅林对西天祖师、历代大德及当世禅师等人的写真、邈真,多所赞叹（有时也包括自赞）,其中也用骚体。如:

1.《古尊宿语录》卷38载宋初洞山守初禅师有《真赞》曰:

> 身不奇兮貌不扬,语不异兮法不藏。满天星宿兮月中月,白日金乌兮海岳彰。④

此赞综合运用对仗、借喻、夸张、象征等修辞手法,表彰了像主在禅林的巨大影响。

2.《祖庭事苑》卷4"真赞"条引《瑞光月禅师真赞》曰:

---

① 《嘉兴藏》第32册,台北:新文丰出版股份有限公司1987年版,第367页中栏。
② 《卍续藏》第73册,河北省佛教协会,2006年,第391页中—下栏。
③ 《嘉兴藏》第28册,第469页中—下栏。
④ 《卍续藏》第68册,第253页上栏。

秋空廓彻兮云崩腾,沧海鼓荡兮波澄澄,瑞光之师兮无尽灯。①

该赞逐句押韵,气势昂扬,颇像汉高祖刘邦的《大风》。

3.《玉泉其白富禅师语录》卷中"像赞"类载清初德富(1627—1690)《大如和尚像》曰:

坐道场于唐安兮戒月孤明,演木叉于光严兮法雷普震。有时浴钵兮龙旋雾起,有时振锡兮虎啸风生。狼心鬼意兮与人天脱换皮毛,铁舌钉嘴兮向佛祖铲削邪正。不拘大庾岭头提不起之手段,当作老贼出身之门庭。②

此赞句式参差不齐,气势奔放,刻画的大安形象,性格鲜明,颇有狂禅之气。

(五)言志述怀

禅师言志述怀时也用楚辞体,如《了庵清欲禅师语录》卷6载清欲(1288—1363)《妙乘舟歌》曰:

天地浩荡兮放吾之舟,万化无息兮乘之以游。返吾心兮复吾性,廓然大通兮余将何求。罢钓收纶兮华亭船子,呈桡舞棹兮鄂渚岩头。嗟余生兮季世,所不见兮前修……渺江汉之无际兮,当不限余之去留。惟岁寒之高义兮,尚或慰乎寂寥之秋。③

全诗24句,用"兮"字16句。作者借鉴《离骚》"上下求索"的自叙模式,用"乘舟"之喻,抒发了高洁之志。

与《妙乘舟歌》写作手法相似或相近者尚有净现《象田咏》④、达观真可《式庐歌》⑤、观衡(1578—1645)《述志》⑥、慧机(1603—1668)《虚空吟》⑦、古宿尊《归山歌》⑧等,恕不一一点评。

---

① 《卍续藏》第64册,河北省佛教协会,2006年,第375页下栏。
② 《嘉兴藏》第38册,台北:新文丰出版股份有限公司1987年版,第963页中栏。
③ 《卍续藏》第71册,第369页上栏。
④ 《象田即念禅师语录》卷4,《嘉兴藏》第27册,第177页上一中栏。
⑤ 《紫柏尊者全集》卷28,《卍续藏》第73册,第390页上栏。
⑥ 《紫竹林颛愚衡和尚语录》卷18,《嘉兴藏》第28册,第754页中栏。
⑦ 《庆忠铁壁机禅师语录》卷15,《嘉兴藏》第29册,第637页中栏。
⑧ 《古宿尊禅师语录》卷4,《嘉兴藏》第37册,第428页下栏—429页上栏。

（六）咏史咏物

两宋以来的禅林人物，多爱咏史咏物，前者用骚体者，如：

1.《物初大观禅师语录》载大观（1201—1268）《远法师陆修静》曰：

> 一笑相逢，悠然意消。植藩篱兮，肝胆楚越。外形骸兮，鹏鷃逍遥。凉襟洒洒兮何须鹤双之风，别袖翩翩兮不见虎溪之桥。此东林六事之一兮，犹可想见其丰标。古不可挽，今不可招。火里生莲，雪长芭蕉。①

此赞以"虎溪三笑"故事中的一佛一道人物为咏叹对象，夹叙夹议，颇可一读。

2.《建中靖国续灯录》卷2载洪州观音选禅师上堂有颂云：

> 拟而不拟，挂人唇齿。瞪目长江，遍观海水。寒山道兮不知底，寒山性兮天下美。坐枯木兮有始有终，似孩童兮降伏魔鬼。入市忘归兮清风自起，拟寒山兮白云千里万里。②

我们反复揣摩体味，发现该颂的咏叹对象是被禅林视作散圣的诗僧寒山，③ 故可归入咏史题材之人物门，似可拟题为《寒山赞》。

后者如《入就瑞白禅师语录》卷12载明雪（1584—1641）之《飞来峰》④、《天界觉浪盛禅师语录》卷22载道盛（1592—1659）之《丁莲侣郡伯仗剑歌》⑤、《百痴禅师语录》卷26所载行元（1611—1662）之《春雨歌》⑥ 等，特别是《春雨歌》曰"春雨淋兮春水深，柴如玉兮米如金。米如金兮没处寻，下民何咎兮上天何心"，虽短短4句，却语言活泼、辞格丰富（叠字、顶真、对比等），而且，充满了悲天悯人、感时伤世的情怀。

（七）送别

禅林人物行脚四方，人情来往在所难免，故常有送别之作。其用楚辞体

---

① 《卍续藏》第69册，河北省佛教协会，2006年，第695页中栏。
② 《卍续藏》第78册，第650页下栏。
③ 参黄敬家：《禅门散圣：宋代禅林构建寒山散圣形象的宗教意蕴》，载黄敬家：《寒山诗在宋元禅林的传播研究》，台北：台湾学生书局有限公司2016年版，第125—153页。
④ 《嘉兴藏》第26册，台北：新文丰出版股份有限公司1987年版，第797页下栏。
⑤ 《嘉兴藏》第34册，第719页上栏。
⑥ 《嘉兴藏》第28册，第140页上栏。

者,如北宋云门宗僧人契嵩（1007—1072）《镡津文集》卷11之《送周感之入京诗》曰:

> 与君游兮我心日休,与君别兮我心日忧。君之去兮春水汤汤,青霄九重兮云阙苍茫……江南五月兮瑶草篱篱,早归来兮慰此相思。①

此是僧人送俗人之作,其关切之情、相思之意的表达方式,意象选择,与世俗之作并无二致。

雪窦重显则有多首送禅者之作,如《送全禅者》曰:

> 有龙彪兮时之相宜,有艺行兮人之所归。东西武步兮复谁是? 我上下观方兮存机未机。全禅全禅,知不知,大施门开兮尘区可依。②

从"全禅全禅"之重复呼语看来,这是一首实用之作,很可能是雪窦送别全禅师时即兴所吟唱,谆谆告诫与殷殷期盼之情,跃然纸上。

（八）题画

禅僧题画用骚体诗者,且与《离骚图》关系最密切的莫过于道盛（1592—1659）《谭东里居士〈痛饮读离骚图〉》:

> 屈平死兮《离骚》已为故纸,日月昏兮偷光以何自处? 读子亦痛饮此恨兮,泄幽愤于几许? 果诗之可以怨兮,今之人于此又何所取? 此其所以读之愈不容已兮,抑自招其魂且不敢死只! ③

其情感逻辑与《离骚》原诗颇多相似之处。而且,在今昔对比中,道盛越发感到世事的无常和无奈,徒然增加的是连绵不断的哀怨和幽愤。

以上所举禅林楚辞体的使用场合,仅是大致的分类而已,实际情况更加复杂:有的主要用于教内法事仪式,如大参、颂古、佛事等,后世禅师甚至可以截取、引用前人作品的部分骚体诗句来上堂说法,如重显《送倧禅者》后4句

---

① 《大正藏》52册,台北:新文丰出版股份有限公司1983年版,第708页上栏。
② 《明觉禅师语录》卷2,《大正藏》第47册,第678页下栏—679页上栏。
③ 《天界觉浪盛禅师语录》卷18,《嘉兴藏》第34册,台北:新文丰出版股份有限公司1987年版,第694页中栏。

"寒木在握兮全机可笑,秋水横按兮半提可灭。使八极项目者不自争衡,见斯人兮驾御昂枒"①,征引者就有大慧宗杲(1089—1163)②、元叟行端(1254—1341)③、云峨喜④等;有的通用于教内外,如言志述怀、咏史咏物、送别等;有的作品,甚至还要从其语境出发,才可能给出合理的题名,像前述洪州观音选禅师上堂所说的"寒山赞"之类。

既然禅宗语录等宗门文献中存录有如此多的楚辞体,那么,我们必须追问:它们和楚辞体的创立者屈原有无关系? 禅宗对屈原形象和楚辞的接受与传播,又有怎样的历程,僧俗接受传播的异同何在,成因何在? 凡此问题,都有探究的必要。

二、接受传播的三个历史时段

若从中土释家对屈原其人其文⑤接受传播的进程看,大致可分成三个历史时段:即南北朝至唐、宋元和明清。其中,后两个时段的突出特点是:中国禅宗已由农(民)禅转向士大夫禅,而且,文字禅占据了禅林主流。⑥但后两个时段的接受传播史与中国禅宗史特别是南宗发展史并不完全同步,期间有错位现象。这说明,禅宗文学对楚骚传统的继承与发展,自有其特殊性。因此,本来南宗已经成立、兴盛的中唐五代,也被我们归入了禅林接受传播楚骚的"前史"时段。

(一)南北朝至唐:知识型为主,创作型为辅

南北朝时期,较早叙及屈原事迹的是梁《高僧传》卷8"义解"之"论"所说"然而语默动静,所适唯时。四翁赴汉,用之则行也;三闾辞楚,舍之则

---

① 《明觉禅师语录》卷6,《大正藏》第47册,台北:新文丰出版股份有限公司1983年版,第710页中栏。

② 《大慧普觉禅师语录》卷4,《大正藏》第47册,第828页中栏。

③ 《元叟行端禅师语录》卷4,《卍续藏》第71册,河北省佛教协会,2006年,第525页下栏。

④ 《云峨喜禅师语录》卷上,《嘉兴藏》第28册,台北:新文丰出版股份有限公司1987年版,第173页中栏。

⑤ 按,《楚辞》最重要作品为屈原所作,尤其是《离骚》,而禅林所传播接受者也多聚焦于此,其他如宋玉其人其文(像《九辩》),出现频率远远比不上屈原及其代表作《离骚》。

⑥ 参任继愈:《农民禅与文人禅》,《传统文化与现代化》1995年第1期。

藏也"①,但释慧皎(497—554)在此,仅把屈原辞楚和汉初商山四皓相提并论,作为"用行舍藏"处世思想的代表,并未揭示屈原遭贬的原因及其独立人格的价值所在。开皇十一年(591),释真观(538—611)面对杨素(544—606)的死亡威胁,无所畏惧而作《愁赋》,赋中把"灵均去国"和"荆轲易水,苏武河梁""阮叔辞乡"②一起,视作"愁"的典型案例,而真观也成了最早肯定屈原爱国情怀的释家人物之一,并对后世的护法释子产生了较大影响。如贞观十三年(639),释法琳(572—640)下狱获释后,便"作《悼屈原篇》,用申厥志"③,该篇为典型的骚体诗,作者意在以忠贞清白的屈原自喻和自辩。此外,法琳熟悉《楚辞》名句,其《辩正论》卷2"三闾有言曰'道可受而不可传',其斯谓矣"④的"道可受"之句,即出自《远游》"道可受兮不可传"⑤。"兮"字被引作"而"字,说明唐人认为两个虚词的作用相同。

　　若从释家《楚辞》的传播角度看,本时段的主体内容之一是《楚辞》音义。《隋书》卷35《经籍志四》"集部·楚辞"著录"《楚辞音》一卷,释道骞撰"⑥,小序则称:"后汉校书郎王逸,集屈原已下,迄于刘向,逸又自为一篇,并叙而注之,今行于世。隋时有释道骞,善读之,能为楚声,音韵清切,至今传《楚辞》者,皆祖骞公之音。"⑦崔富章指出,此道骞,即《续高僧传》卷30所记隋东都慧日道场之智骞,与《日本国现在书目录》所说撰写《楚辞音义》《尔雅音决》《急就章音义》的释智骞是同一人,"道"是"智"之误。⑧姜亮夫又谓,敦煌写本 P.2494《楚辞音》即是此书残本,并谓作者当作"智鶱"⑨,聊备一说。道宣叙智骞"造《众经音》及《苍雅》《字苑》,宏叙周赡,达者高之,家藏一本,以为珍璧。晚事导述,变革前纲。既绝文褥,颇程深器。缀本两卷,陈

　　① (梁)释慧皎撰,汤用彤校注:《高僧传》,中华书局1992年版,第343页。

　　② (唐)道宣撰,郭绍林点校:《续高僧传》卷30,中华书局2014年版,第1250页。

　　③ 《悼屈原篇》载《唐护法沙门法琳别传》卷下,《大正藏》第50册,台北:新文丰出版股份有限公司1983年版,第211页下栏—212页上栏。

　　④ 《大正藏》第52册,第498页上栏。

　　⑤ (汉)王逸撰,黄灵庚点校:《楚辞章句》,上海古籍出版社2017年版,第153页。法琳《辩正论》卷7《品藻众书篇》又说"《尔雅》《离骚》,足为缘情根本"(《大正藏》第52册,第542页上栏),则知法琳其人熟读《离骚》,并承认其"缘情"属性。

　　⑥ (唐)魏徵等撰:《隋书》,中华书局1973年版,第1055页。

　　⑦ 同上书,第1056页。

　　⑧ 参崔富章:《十世纪以前的楚辞传播》,《浙江大学学报》(人文社会科学版)2012年第6期。

　　⑨ 参姜亮夫:《智鶱〈楚辞音〉跋》,《中国社会科学》1980年第1期。

叙谋猷,学者秘之"①,综合道宣及《隋志》,可知智骞其人,既擅长《楚辞》之类的外书音义,也熟悉佛经意义。尤其是《楚辞音》,还远播敦煌,影响甚大。

单就唐代佛经音义对《楚辞》的接受传播而言,从目前存世文献看,最受重视的是王逸注本,据笔者初步统计,玄应撰《一切经音义》标明"王逸注《楚辞(词)》"者8次,慧苑述《新译大方广华严经音义》有43次,慧琳撰《一切经音义》最多,标有284次。可以想象,僧人借助相关音义诵读、笺释佛经时,必定会对它们提及的《楚辞》作品、屈原其人其事有所了解。事实确也如此,如:

(1)初唐释元康撰《肇论疏》卷上曰:

> 《离骚》第六卷《远游章》云:"顺凯风以从游,至南巢而一息。见王子而宿之,审一气之和德。"王逸注云:"究问元精之秘要也。"今借此等诸言,以目一道也。②

此处引王逸《楚辞章句》与后世通行本有三处明显的不同:一者把《远游》置于卷6(通行本在卷5),二者引屈原《远游》四句,第一、三两句句末原有的"兮"字被省;三者"一息""一气"之"一",原作"壹"。③第三点,"一""壹"通,暂不细论,而把《远游》视作《离骚》之一卷及卷次不一、"兮"字的省略,都是值得注意的接受传播过程中的特殊现象。

(2)湛然(711—782)《法华玄义释籤》卷13释"絓"字曰:

> 《楚辞》云"心絓而不解",今皆开之,故云"皆悉决了"。④

按,湛然所引,实出《哀郢》或《悲回风》之"心絓结而不解兮,思蹇产而不释"之前半句,⑤据此,并可判定今传《法华玄义释籤》之《楚辞》引文脱一"结"字。

---

① 《续高僧传》,中华书局2014年版,第1257页。
② 《大正藏》第45册,台北:新文丰出版股份有限公司1983年版,第171页上栏。
③ 《楚辞章句》,上海古籍出版社2017年版,第152页。
④ 《大正藏》第33册,第913页上栏。又,"究问元精",一本作"究问元释精",此据校勘记删"释"字,特此说明。
⑤ 《楚辞章句》,第104、144页。

（3）释行满《涅槃经疏私记》卷8曰：

> 经云"鄙悼"者,悼字,徒倒反,《楚辞》云"君子所鄙",王逸曰
> "鄙,耻也。"①

行满,湛然弟子之一,生卒年不详。此处他解释的《大般涅槃经》原文是"然吾今日深自鄙悼"②,而其引诗,出屈原《九章》其五《怀沙》,注出王逸撰《楚辞章句》③。

（4）澄观（738—839）《大方广佛华严经随疏演义钞》卷41曰：

> 犹搴芙蓉于深水,即显所应,而于木末非所应也,即《楚词》意。彼
> 云"搴芙蓉于木末",此明不应也。④

澄观此处所引诗句,屈原《九歌》其三《湘君》本作"搴芙蓉兮木末",其把原诗"兮"改成"于"字,表明唐人认为,"兮""于"二字语法作用相同。⑤

（5）栖复于大和（827—835）末年所集《法华经玄赞要集》中多次言及屈原与《楚辞》,如卷2曰：

> 夫立教之心,各有所存。老聃涉流沙而演《道德》,孔氏获麒麟以述
> 《春秋》,孙子膑足而《兵法》聿兴,屈原放逐而《离骚》遂作:此因寰中
> 之说,未为方外之谈。⑥

一方面,栖复把屈原《离骚》和老子《道德经》、孔子《春秋》、孙子《兵法》一样视作发愤著书的产物;另一方面,又把四人之书归入俗世之作,有抬高《法华经》之用意。

同书卷21又曰：

> 言家族三人者:家宗也,宗尊也,《广雅》云"家由本也",《楚词》

---

① 《卍续藏》第37册,河北省佛教协会,2006年,第93页下栏。
② 《大正藏》第12册,台北:新文丰出版股份有限公司1983年版,第480页上栏。
③ 《楚辞章句》,上海古籍出版社2017年版,第116—117页。
④ 《大正藏》第36册,第317页下栏。
⑤ 按,欧阳询撰《艺文类聚》卷88"木部上"之"木"条,所引《离骚》亦作"搴芙蓉于木末"。
⑥ 《卍续藏》第34册,第194页下栏。

云"同姓曰宗"。①

而此"家族"释文,并非直接来自《楚辞》等书,实际上主要是转引自慧琳《一切经音义》卷46"宗族"条:"《字林》:'宗尊也,亦主也。'《广雅》:'宗本也。'《楚辞》:'同姓曰宗。'"②

（6）宗密（780—841）《圆觉经大疏释义》卷5曰:

> "终古"者,语出《离骚》。《离骚·九章》云"去终古之所居,今逍遥而未东"也。③

"去终古"之两句引诗,传世《楚辞章句》之《九章》其三《哀郢》作"去终之所居兮,今逍遥而来东"④。其中,"未"字当是"来"形近而误;把《九章》也视作广义《离骚》的一部分,此即符合《隋志》"楚有贤臣屈原,被谗放逐,乃著《离骚》八篇"⑤的文献著录（前述元康《离骚》第六卷《远游章》云云,亦是明证）;而"兮"字的脱落,则是中古文献征引骚体时的常见情况,不足为奇。⑥

若从本时期释家对屈原形象、骚体文体性质及相关楚辞作品的认识看,刘勰齐和帝中兴元年至二年（501—502）间撰出的《文心雕龙》在后世影响最大。当然,刘勰与僧祐（445—518）的交往及最后的出家经历,也能得到后世释子的身份认同,在一定程度上有助于其文学思想在教内的传播。

刘勰在《文心雕龙》多处言及屈原其人、其文,如《明诗第六》"逮楚国讽怨,则《离骚》为刺"、《赞颂第九》"三闾《橘颂》,情彩芬芳"、《比兴第三十六》"楚襄信谗,而三闾忠烈,依《诗》制《骚》,讽兼比兴"、《时序第四十五》"屈平联藻于日月,宋玉交彩于风云,观其艳说则笼罩雅颂,故知暐烨之奇,出乎纵横之诡俗也"、《物色第四十六》"然屈平所以能洞监风骚之情

---

① 《卍续藏》第34册,河北省佛教协会,2006年,第661页中栏。

② 《大正藏》第54册,台北:新文丰出版股份有限公司1983年版,第612页中栏。又,慧琳此处音义,文字完全同于玄应《一切经音义》卷9之"宗族"条（《中华大藏经》第56册,中华书局1993年版,第954页下栏）。

③ 《卍续藏》第9册,第569页下栏。

④ 《楚辞章句》,上海古籍出版社2017年版,第104页。

⑤ 《隋书》,中华书局1973年版,第1055—1056页。

⑥ 参林晓光:《从"兮"字的脱落看汉晋骚体赋的文体变异》,《中国社会科学》2018年第6期。

者,抑亦江山之助乎"、《程器第四十九》"若夫屈贾之忠贞,邹枚之机觉,黄香之淳孝,徐幹之沈默,岂曰文士,必其玷欤"①等,或论屈原生活经历、人格养成与其创作之关系,或从自然环境、社会风俗论其风格之成因,或纵横比较屈原与他人之异同,每一论断,无不具有启迪之用。《辨骚第五》②,则系统分析了楚辞的生成史、发展史特别是屈原在诗歌史上的重要地位、作用和影响。如指出屈原"自铸伟辞",谓《离骚》"奇文郁起",《骚经》九章,朗丽以哀志;《九歌》《九辩》,绮靡以伤情;《远游》《天问》,环诡而惠巧;《招魂》《招隐》,耀艳而采华;《卜居》标放言之致,《渔夫》寄独往之才",并总结说"其衣被词人,非一代也""不有屈原,岂见《离骚》? 惊才风逸,壮志烟高。山川无极,情理实劳。金相玉式,艳溢锱毫"。可见,以《离骚》为代表的楚辞,确实是中国诗歌的瑰宝。

有意思的是,齐梁时期对楚辞传播接受有过重要贡献的几个代表人物都和佛教关系密切:如刘勰,最后出家,法名慧地,不久而示寂;主持编纂《文选》的昭明太子萧统(499—529),则"崇信三宝,遍览众经……招引名僧,谈论不绝";③编撰《七录》的阮孝绪(479—536),既整理了《佛法录》"二千四百一十种二千五百九十五帙五千四百卷",又把"楚辞部五种五帙二十七卷"列入《文集录》;④撰有《楚辞草木疏》的刘杳(487—536),"睹释氏经教,常行慈忍",并且"长断腥膻,持斋蔬食",⑤显然是个持戒谨严的居士。

在唐代禅宗著述中,较多谈及屈原其人其诗者,是成都净众宗无相禅师(684—762)的弟子释神清(?—820)所著的《北山录》。如卷4《宗师议第七》"文章之家,屈、宋、杨、马,递相祖述"⑥,是把屈原、宋玉和扬雄、司马相

---

① 《文心雕龙注》,人民文学出版社1958年版,第66、157、602、672、695、719页。

② 参《文心雕龙注》,第45—48页。

③ (唐)姚思廉撰:《梁书》,中华书局1973年版,第166页。

④ 参道宣撰:《广弘明集》卷3,载《大正藏》第52册,台北:新文丰出版股份有限公司1983年版,第111页上栏、110页下栏。

⑤ 《梁书》,第717页。又,刘杳与阮孝绪交往甚密,阮氏《七录序》即谓"通人平原刘杳从余游,因说其事。杳有志,积久未获操笔。闻余已先着鞭,欣然会意,凡所抄集,尽以相与广其闻见,实有力焉"(《大正藏》第52册,第109页下栏)。

⑥ (唐)神清撰,(宋)慧宝注,(宋)德珪注解,富世平校注:《北山录校注》,中华书局2014年版,第301页。

如作为辞赋大家;卷5《释宾问第八》"有强渔父而责三闾者""后悔怀沙之恨,不其怨乎"①,则分别对屈原《渔父》中的相关情节及屈原怀沙沉汨罗江而死的动因有所评述;卷8《论业理第十三》"骚为《天问》,班赋《通幽》"②,既突出了《天问》在骚人(屈原)作品中的特殊地位,又用《离骚》和班固《通幽赋》对举,感慨颇深;卷9《异学第十五》又说:

> 至若文章之始,歌虞颂殷,逮周德下衰,诗人盛矣。诗人之后,骚、宋变于风雅,贾、马、杨、班,渐变乎骚。建安变乎贾、马,晋、宋已降,《咸》《韶》不接。齐、梁之间,花绘相似。③

显而易见,神清与刘勰一样,十分重视文学发展的变与通,强调时代变迁对诗风的决定作用。虽然神清反复强调屈原与《离骚》在诗歌史上的经典地位,但受其释子身份的限制,他把楚辞和《六经》《左传》《国语》《史记》等,都视为异学和外学,而"习异宗之解",在于"助本教之旨归者也"。④ 因此,神清对屈原其人其诗的评述,终极目的是为弘教服务。

有唐一代,即便是同为释子,因人生遭际有别,他们对屈原品行的评价也不尽相同:像初唐法琳,就自比屈原;晚唐释行明生前常谓道友曰:"吾不愿随僧崖焚之于木楼,不欲作屈原葬之于鱼腹。终誓投躯,学萨埵太子超多劫而成圣果,可不务乎?""忽于林薄间,委身虎虎前,争竞食之,须臾肉尽。"⑤ 换言之,在行明心目中,其"遗身"足以成道,而屈原投江殉道根本不能和佛教相比。

南宗兴起之后,中晚唐诗僧之作也有言及屈原者。如活动于天宝大历间的护国,其《归山作》曰"靳尚那可论,屈原亦可叹"⑥,虽强烈谴责了靳尚,但对屈原也只有同情;皎然(720?—798)《吊灵均词》是首骚体,诗曰"昧天道兮有无,听泪渚兮踌躇。其灵均兮若存,问神理兮何如?愿君精兮为月,出孤影兮示予。……风激烈兮楚竹死,国殇人悲兮雨飕飕。雨飕飕兮望君时,光

---

① 《北山录校注》,中华书局2014年版,第387、437页。
② 同上书,第620页。
③ 同上书,第720页。
④ 同上书,第705页。
⑤ (宋)赞宁撰,范祥雍点校:《宋高僧传》,中华书局1987年版,第591页。
⑥ (清)彭定求等编:《全唐诗》卷811,上海古籍出版社1986年版,第1989页中栏。

茫荡漾兮化为水,万古忠贞兮徒尔为"①,该诗感情热烈,对屈原高洁人格、忠贞立场、爱国情怀都予以高度赞扬;清江《湘川怀古》曰"潇湘连汨罗,复对九嶷河。浪势屈原冢,竹声渔父歌……脉脉东流水,古今同奈何"②,其诗基于怀古之情,充满命运无常的无奈之叹;无可《兰》曰"兰色结春光,氤氲掩众芳……灵均曾采撷,纫佩挂荷裳"③,重点刻画了屈原的佩兰形象,突出了该形象的文学史意义,即兰象征屈原精神品格;贯休(832—912)有乐府《读〈离骚经〉》曰"湘江滨,湘江滨,兰红芷白波如银,终须一去呼湘君。问湘神,云中君,不知何以交灵均!我恐湘江之鱼兮死后尽为人,曾食灵均之肉兮个个为忠臣……"④该诗句式变化多样,颇有李白乐府的韵味。当然,鱼死后为人的说法,出自佛教轮回思想,但其主旨和前述皎然《吊灵均词》一样,是歌颂屈原的忠魂和不灭的英灵。五律《送人之岭外》尾联曰"三闾遗庙在,为我一鸣呼"⑤,悼念之情同样强烈;齐己是本时段歌咏屈原其人其诗作品最多者,如《潇湘二十韵》"《离骚》传永恨,鼓瑟奏遗魂"、《荆门勉怀寄道林寺诸友》"荣枯得失理昭然,谁斅《离骚》更问天"、《喜得自牧上人书》"闻著括囊新集了,拟教谁与序《离骚》"、《湘中寓居春日感怀》"吟把《离骚》忆前事,汨罗春浪撼残阳"⑥等,表明齐己对《离骚》题材及其主题相当熟悉且有所反思。《湘江渔父》"有客钓烟月,无人论醉醒"、《怀洞庭》"渔父真闲唱,灵均是谩愁"、《过湘江唐弘书斋》"沉近骚人庙,吟应见古槐"、《看水》"范蠡东浮阔,灵均北泛长……故国门前急,天涯棹里忙"、《潇湘》"迁来贾谊愁无限,谪过灵均恨不堪"、《吊汨罗》"冤魂如何吊,烟浪声似哭"、《行路难》"君不见楚灵均,千古沉冤湘水滨"等,⑦或议论屈原和渔父的对话主旨,或凭吊屈原的相关遗迹,特别是《看水》所说"故国"意象,蕴含了晚唐五代僧人的遗民情怀。⑧文秀《端午》曰"节分端午自谁言,万古传闻为屈原。堪笑楚江空渺渺,

①　《全唐诗》卷821,上海古籍出版社1986年版,第2013页上栏。

②　《全唐诗》卷812,第1991页上栏。

③　《全唐诗》卷813,第1992页下栏。

④　(唐)贯休著,胡大浚笺注:《贯休歌诗系年笺注》,中华书局2011年版,第3页。

⑤　同上书,第674页。

⑥　王秀林:《齐己诗集校注》,中国社会科学出版社2011年版,第130、359、374、411页。

⑦　《齐己诗集校注》,第128、274、301、316、412、563、575页。

⑧　参郑建军、覃琳琳:《论齐己的遗民意识》,《广西政法管理干部学院学报》2015年第6期。

不能洗得直臣冤"①,这是较早把端午民俗起源和屈原相联系的释家诗作,它对两宋诗僧而言,具有较好的示范作用。

纵观南北朝至唐五代释家对屈原形象及楚辞接受与传播的总体表现而言,主要是以引证《楚辞》音义进行佛典训释者为主,我们可称为"知识型",甚至刘勰的《辩骚》,也多着眼于作家论、作品论的阐述,故在一定程度上讲,也属于"知识型"的接受与传播。而像真观、法琳、皎然、贯休、齐己等把屈原形象及楚辞作为诗文创作素材并抒写自我情怀的作品,我们可称为"创作型"的接受与传播,但后者数量并不多。

(二)宋元:创作型、表演型为主,知识型为辅

进入宋元时期,知识型传播接受的情况远不如前一时段那样普遍。一者佛经音义类著作远不如唐代丰富,像辽僧希麟集《续一切经音义》仅引"王逸注《楚辞(词)》"13次,其中言及屈原事迹较详者是卷10对释法琳《悼屈原》之篇目的音义:"屈,九勿反。姓屈,名原。《字典》:平,楚为三间大夫,王甚重之。为靳尚等妒其能,共赞毁之,乃被流放。后游于湘潭,行吟泽畔,著《离骚》"②。南宋法云《翻译名义集》引"王逸《楚辞》"也屈指可数,仅卷3"阿僧祇"条曰:"此云无央数,《楚词》云'时犹未央',王逸曰'央,尽也'。"③二者僧人佛经注疏言及屈原及楚辞者同样较少,只有名僧如智圆《涅槃玄义发源机要》卷4"古者移居必卜,故《离骚经》有《卜居》也"④、宗晓(1151—1214)《金光明经照解》卷2"《离骚》云'令飘风兮先驱,使涷雨兮洒尘'是也"⑤等不多的实例。

宋元时期尤其是禅宗对屈原形象和楚辞的接受与传播,主要是两种类型:即创作型和表演型。

1. 创作型

本时段和第一时段相比,禅宗僧人对屈原形象和楚辞的接受与传播,往往

---

① 《全唐诗》卷823,上海古籍出版社1986年版,第2019页下栏。

② 《大正藏》第54册,台北:新文丰出版股份有限公司1983年版,第949页中栏。

③ 同上书,第1106页下栏。又,所引《楚词》,原文实出《离骚》"时亦犹其未央",但法云竟然省略了"亦""其"两个虚词。

④ 《大正藏》第38册,第40页中栏。

⑤ 《卍续藏》第20册,河北省佛教协会,2006年,第512页中栏。又,所谓《离骚》诗句,实出《九歌·大司命》,此表明《九歌》也是"《离骚》八篇"之一。

聚焦于诗歌创作领域,其突出表现有二:

一是写作此类题材的诗僧数量猛增,著名者就有契嵩、祖心(1025—1100)、道潜、惠洪(1071—1128)、怀深(1077—1132)、宗杲、清了(1089—1151)、正觉(1091—1157)、宝昙(1129—1197)、居简(1164—1246)、元肇(1189—?)、善珍(1194—1277)、大观、文珦(1210—?)、道璨、绍昙(? —1297)、绍嵩、行海(1224—?)、云岫(1242—1324)、善住、大圻等三十多位。

二是所反映的文学内涵更加丰富多彩。一者,有的偏重于评论屈原品格,赞颂者如惠洪《寄楷禅师》"须信屈原千载后,空门犹有独醒人"①、正觉《颂古》"一曲《离骚》归去后,汨罗江上独醒人"②、云岫《楚心荪维那》"千载骚人沉骨冷,冰霜叶底见幽香。乾坤一种忠良气,弹压春风众草芳"③,嘲笑、质疑者如释文珦《送赵东阁罢官归永嘉》"应笑屈平终不返,空留遗恨在长沙"④、莫莫庵讷和尚诗"今古利名酒,沉醉皆豪英。憔悴泽畔者,未足为独醒"⑤,同情者如释文兆《吊屈原呈王内翰》"吊罢踟蹰处,渔歌忍独闻"⑥、居简《次薛叔载石泉韵》"自洁怜他浊,凭谁吊屈平"、《酬钟省元》"悲凉吊楚骚,慨慷唁齐薤"⑦等,总体说来,赞颂、同情之作更普遍。而且,即便是同一作者,在不同的场合其态度也不尽相同,像文珦《江楼写望》其二"灵均邈千载,遗音谅难续。沧浪在何处? 思以濯吾足"⑧就不再是嘲笑,而是同情甚至歌颂屈原的独立人格了。二者,多写读《骚》场景和感受,如道潜《远斋为玉上人作》"《离骚》楚词亦谩读,言语黼黻何必工"⑨、文珦《幽径》"樵童更闲静,听我读《离骚》"⑩、道璨《睡起》"庭院日长春睡足,幽兰花底读《离骚》"⑪、绍昙《赋梅》"几许吟魂招不返,急催兰弟读《离骚》"⑫等;甚至还有

---

① 《注石门文字禅》,中华书局 2012 年版,第 700 页。
② 《大正藏》第 48 册,台北:新文丰出版股份有限公司 1983 年版,第 22 页中栏。
③ 《卍续藏》第 72 册,河北省佛教协会,2006 年,第 178 页中栏。
④ 《全宋诗》第 63 册,北京大学出版社 1998 年版,第 39635 页。
⑤ (元)万松行秀评唱:《从容庵录》卷 3,《大正藏》第 48 册,第 254 页中栏。
⑥ 《全宋诗》第 3 册,第 1451 页。
⑦ 《全宋诗》第 53 册,第 33187、33223 页。
⑧ 《全宋诗》第 63 册,第 39694 页。
⑨ 《参寥子诗集校注》,中州古籍出版社 2014 年版,第 183 页。
⑩ 《全宋诗》第 63 册,第 39625 页。
⑪ 《全宋诗》第 65 册,第 41175 页。
⑫ 《希叟绍昙禅师广录》卷 7,《卍续藏》第 70 册,第 475 页中栏。

把僧俗之诗比成《离骚》者，如道潜《读闻复诗卷》"气稳侔彭泽，词幽近楚骚"①、释宝昙《又和归南湖喜成》"许我杖藜来宿昔，观公诗律自前生。艺兰九畹辛夷百，续取《离骚》更老成"②、居简《蓬居梵竺卿诗稿》"俗恶眼中屑，《离骚》身后经……零落三千偈，关防在六丁"③ 等。三者，使用灵均（骚人、湘累等）或楚辞篇目入咏物诗，如道潜《送兰花与毛正仲运使》其一"幽姿冷艳匪夭饶，曾伴灵均赋楚骚"④、文珦《墨菊》"渊明爱佳色，灵均餐落英"⑤、居简《九日登莲峰得二石，一石如鱼而尾赤，名之曰赪尾，一石有眼口鼻，名之曰山鬼》其二"《九歌》如可些，为尔续《骚经》"、《访菊》"不把幽妍酬愤悱，鸾胶弗解续《离骚》"、《芙蓉盛开》"《离骚》比君子，城阙藏山家"、《书菊涧屏兰》"欲酬《天问》些灵均，九畹归来活写真"⑥、绍嵩《咏梅五十首呈史尚书》其十七"清癯偶入骚人眼，往往开窗尽日看"⑦、行海《梅》其一"天下更无清可比，湘累不敢入《离骚》"⑧、释渊《访姚雪蓬贬所》"十年漂泊孤篷雪，谁补梅花入《楚辞》"⑨、善住《子固墨梅》"应恨楚骚成脱略，自将霜楮写横枝"⑩、大䜣《〈兰蕙同芳图〉为逯彦常赋》"优劣较香华可数，《离骚》三复对灵均"、《雪窗兰》"作赋何人捐洛佩，《招魂》有恨吊湘累"、《松雪翁〈墨兰〉》"愁来禁不得，谁吊楚三闾"⑪ 等，可见楚辞中的香草意象，禅宗诗僧也运用自如，并深深地打上了君子人格之烙印。四者喜欢骚雅（或风骚）并称，如契嵩《三高僧诗》赞皎然"上跨骚雅下沈宋"⑫、道潜《观宗室赵明发使君所画〈访戴图〉并二小诗因次其韵》其一"水石追摩诘，风骚类小山"⑬、清了《偈颂十首》其二"意句难分别，风骚格外

① 《参寥子诗集校注》，中州古籍出版社 2014 年版，第 228 页。
② 《全宋诗》第 43 册，北京大学出版社 1998 年版，第 27122—27123 页。
③ 《全宋诗》第 53 册，第 33119 页。
④ 《参寥子诗集校注》，第 160 页。
⑤ 《全宋诗》第 63 册，第 39648 页。
⑥ 《全宋诗》第 53 册，第 33051、33063、33184、33224 页。
⑦ 《全宋诗》第 61 册，第 38651 页。
⑧ 《全宋诗》第 66 册，第 41375 页。
⑨ 《全宋诗》第 59 册，第 37170 页。
⑩ 《谷响集》卷 3，《禅门逸书初编》第 6 册，台北：明文书局 1981 年版，第 67 页上栏。
⑪ 蓝吉富主编：《大藏经补编》第 24 册，台北：华宇出版社 1986 年版，第 259 页下栏、271 页下栏、274 页上栏。
⑫ 《镡津文集》卷 17，《大正藏》第 52 册，台北：新文丰出版股份有限公司 1983 年版，第 738 页中栏。
⑬ 《参寥子诗集校注》，第 250 页。

求"①、元肇《和洪提举〈送平斋集〉》"平斋大全集,寥寥万境容。骚雅杜陵老,雄深马子长"②、怀深《拟寒山诗》其二"拾得诗清苦,风骚道自存"③等。五者,此时诗僧也如唐僧文秀《端午》一样,有写屈原与民俗关系者,如云岫《寄兰屋府教》便说"入门便有湘江意,数米幽香见屈原。萧艾若教同一色,清标不在座中看"④,其端午民俗事象即有角黍、艾花、艾虎、龙舟、锦标等。甚至日僧也有相关题材之作,《南院国师语录》卷下就辑有规庵祖圆(1261—1313)⑤的两组《端午》诗,一组5首,另一组两首,其一曰"花绽玻璃茶当酒,家风苦淡与时殊。独醒虽似三闾恨,却笑三闾屈太(大)夫",其二曰"香蒲切玉泛玻璃,角黍包黄赏节时。楚泽吟魂招不返,幽兰带露翠葳蕤",⑥所述风俗与中土大同小异。当然,作为出家人应守酒戒,所以,雄黄酒被茶替代了。

本时段的诗僧,除了创作题材会聚焦于屈原其人其诗的品评及在诗歌中熔铸楚辞语汇外,有的还创作了屈原式的骚体之作。如宝昙《嗣秀王生日楚辞》(代人)云"摄提之岁兮厥月惟寅,冀谁商略兮六荚发春。揆王初度兮箕横翼陈,纷吾先驱兮康护帝茵……问乔松兮安在,将并驾兮焉之。植大椿兮八千为岁,方檗芽兮吾其庶几"⑦,全仿《离骚》结构而来;善珍《骚词》二章,⑧序中明确指出主旨为"古之怀才不见用,抱忠而弃放者"(按:指郭将军)而歌,其二则说"山叠叠兮起云,山浪浪兮流水。神何为兮山中,岂怀忠兮放弃……云辉辉兮,神来归! 云霏霏兮,神来归",作者显然是把郭将军与屈原相提并论。二章结构,似分别仿《离骚》《招魂》而来;无学祖元淳祐九年(1249)上元于西湖所作《云溪歌》又曰"梧桐生兮高冈,鸣凤鸾兮朝阳。哀吾生兮诞龙,猗若人兮珪与璋。故山兮瑶草芳,鞭螭虬兮绝大江。大江兮天

---

① 《真歇清了禅师语录》,《卍续藏》第71册,河北省佛教协会,2006年,第777页上栏。

② 《全宋诗》第59册,北京大学出版社1998年版,第36896页。

③ 《慈受怀深禅师广录》卷2,《卍续藏》第73册,第117页上栏。

④ 《云外云岫禅师语录》,《卍续藏》第72册,第177页中栏。

⑤ 按,规庵祖圆嗣法于南宋赴日高僧无学祖元,所以,其有关屈原与端午佛事的描述,主要源于中土。

⑥ 《大正藏》第80册,台北:新文丰出版股份有限公司1983年版,第305页中栏。又,"解黍"之"黍"应为"黍"之形讹。

⑦ 《全宋诗》第43册,第27084—27085页。

⑧ 黄启江:《文学僧藏叟善珍与南宋末世的禅文化——〈藏叟摘稿〉之析论与点校》,台北:新文丰出版股份有限公司2010年版,第196—197页。

长,望之子兮歌吉祥……萧萧兮自将,德音兮予所望。嗟人生之几何兮,毋消摇以相羊"[1],其主题、意象与比兴手法的运用,都逼似《离骚》。更可注意的是,后人对此歌赞赏有加,如苕溪慧明称它是"丽而有则"[2],池阳永讷景定元年(1260)菊节(九月初九)之跋说"观子元《送云溪楚骚》所谓'德音兮予所望'者,非不朽事耶……惜无能为楚声之读者,安得起道塞于九原"[3],韩巽甫大德十一年(1307)之跋又说"元师羁旅中,倚楚声以送云溪,相期于成立,相望以德音。故其晚年穷通虽不同,而皆不与草木同腐者,未必不于斯见之"[4],尤其是池阳永讷、韩巽甫的题跋,表明《云溪歌》是祖元禅师用传承已久的最正宗的道(智)骞《楚辞音》来演唱其即兴之作。换言之,僧家骚体之作,可有表演性、实用性。此外,居简是本时段写作有关屈原其人其文题材数量最多的诗僧,而祖元从 12 岁到 17 岁,恰恰师从居简落发,看来,祖元善作骚体诗也是渊源有自了。

2. 表演型

本文所讲表演型,主要指禅林在具体法会、法事场合所用的实用类作品,因屈原和端午起源关系密切,而端午民俗又和佛教有着千丝万缕的联系,[5] 故在端午上堂时对屈原形象和楚辞的接受传播相对集中。如:

(1)《古尊宿语录》卷 27《舒州龙门佛眼和尚语录》载清远禅师(1067—1120)端午上堂:

> 今日端午,世间人钉桃符,书门闾,使万邪不窥其户,百鬼不入其门。世间人又使针烧灸,采药登山,使万病不干其体,疫疠不入其身。遂失声叫曰:"阿哪哪,阿哪哪,尽大地人烧破皮肉,教山僧受无限苦痛。昔楚大夫以忠言不用,沉于湘江,后人哀之,以竹筒盛饭,系五色丝祭之,风俗至今流传不断。"遂呕吐数声曰:"世间人吃却米粽,教老僧胀破肚皮。大众!别人烧灸,别人吃物,为什么龙门长老受痛受饱?未能情忘缘虑,事

---

① 《大正藏》第 80 册,台北:新文丰出版股份有限公司 1983 年版,第 236 页上—中栏。又,祖元序则明确指出《云溪歌》是命骚送行之作。

② 同上书,第 236 页下栏。

③ 同上书,第 237 页上栏。又,祖元无学,字子元。而"道塞",当是"道骞"之笔误。

④ 同上书,第 237 页中栏。

⑤ 参周应斌:《端午与佛教》,《船山学刊》2008 年第 2 期。

出见闻。于此门中遂为戏论,岂不见先圣有言曰:'怀州牛吃禾,益州马肚胀。天下觅医人,灸猪左膊上。'何也? 远走不如近葡萄。"①

在此,清远禅师首先介绍了端午逐鬼驱疫方面的民俗,并认为端午节的起源和祭祀屈原有关;然后运用云门文偃禅师(864—949)"张公吃酒李公醉"②的思维方式作类推性的表演,说大众饱吃米粽却胀破自己肚皮,别人烧灸却自己受罪,旨在教禅众断绝世俗尘缘才能觅得成道之路;最后,又用禅宗随立随扫法,告诫禅众,即便是自己的上堂说法,也是戏论,不能执着。因此,作为俗世的忠臣屈原,在特定的禅林语境中,也成了戏论对象之一。与清远上堂性质相似的还有《绝岸可湘禅师语录》所记可湘(1206—1290)之事:

> 端午上堂。今朝五月五,及时道一句。无山可采药,有水堪竞渡。江心如许大龙舟,聚焦梢头同驾御。彼岸不著,此岸不居。只个中流,住无所住。机先夺得锦标归,石女木人争起舞。③

虽然可湘法语所说内容重在竞渡,但他触目所及的江心、此岸彼岸之景,特别是"无所住"的空观,也就是清远所说的"戏论",两者并无本质区别。

(2)《破庵祖先禅师语录》载祖先禅师(1136—1211)上堂云:

> 今朝五月端午,不用书符咒语。只将这个拄杖,(卓一下,云:)用作降魔铁杆。楚大夫活捉狞龙,张天师倒骑猛虎。触翻东海鲤鱼,直得倾盆下雨。④

祖先禅师,此处说法一反常态,基本不提常见的端午驱鬼民俗,仅用自己的拄杖进行表演,指出它就是降魔杵,可助屈原击败恶龙,从而得到解脱。

(3)《西岩了慧禅师语录》卷上载了慧(1198—1262)端午上堂:

> 召大众云:楚大夫,(竖拂子:)只者是。自谓独醒,谁知独醉。尽大地人拽不起,山僧亦无可奈何。不免番蜀音,歌《楚词》去也。(良久

---

① 《卍续藏》第 68 册,河北省佛教协会,2006 年,第 167 页上—中栏。

② 《云门匡真禅师广录》卷中,《大正藏》第 47 册,台北:新文丰出版股份有限公司 1983 年版,第 558 页下栏。

③ 《卍续藏》第 70 册,第 286 页上栏。

④ 同上书,第 210 页下栏。

云：）还闻么？适来仿佛湘君，如今却成山鬼。①

了慧的说法，非常富于戏剧性。一上场就颠覆了《渔父》中屈原的自我形象，接着又用双关手法把屈原名篇《湘君》《山鬼》串成结语。由于了慧是蓬州（今四川蓬安）人，故其演唱《楚辞》篇目，自然带有蜀地方音。至于具体唱词文体，以理揆之，应为骚体，只是语录略而不录罢了。②换言之，此次上堂，了慧从反面塑造了屈原的独醉形象，但至少传播了《渔父》《湘君》《山鬼》等作品。

（4）《淮海原肇禅师语录》载原肇端午上堂：

> 众人皆醉，惟我独醒。举世混浊，惟吾独清。三闾兮屈平，鼓瑟兮湘灵。云中兮䡾䡾，山鬼兮冥冥。若不挥剑，渔父栖巢。拈主丈卓一下云：曲终人不见，江上数峰青。③

此处原肇的表演，拈主丈之前的唱词，纯粹是捏合《渔父》《远游》之语句及《云中君》《山鬼》等篇目而成，本身属于骚体；之后的唱词，则出自唐代著名诗人钱起的省试诗《湘灵鼓瑟》。

（5）《雪岩祖钦禅师语录》卷上载祖钦禅师（？—1287）端午上堂：

> 天悠悠，云悠悠，辊底浪花翻雪竞龙舟。当是时也：可笑三闾楚大夫，正在死水里浸杀。浸不杀，千古万古湘江阔。④

此处说法，主要叙述了两个戏剧性的场景：一是广袤天空下浩瀚大江中的龙舟竞渡，二是屈原的水中挣扎。总体说来，三闾大夫的忠贞形象在此遭到了戏说和否定。类似的上堂场景，又出现在《希叟绍昙禅师广录》卷2：

> 上堂：共住不知名，千圣亦不识。无端平地生荆棘，兄呼弟应。与世同波，笑独醒人死汨罗。恁么也好，不恁么也好。（拍床云：）手拍阑干唱

---

① 《卍续藏》第70册，河北省佛教协会，2006年，第485页上栏。又，"抰不起"之"抰"，当是"扶"之形讹。

② 按，丛林书记在记录住持说法时，对一些内容有所省略。如《法演禅师语录》卷1说"谢词不录"（《大正藏》第47册，台北：新文丰出版股份有限公司1983年版，第654页上栏），《虚堂和尚语录》卷9记"朝廷明禋大礼祁晴上堂"时明确指出"问答不录"（同前，第1058页中栏）。

③ 《卍续藏》第69册，第777页下栏。

④ 《卍续藏》第70册，第595页上栏。

《竹枝》:哩哩啰,天涯望远无人到。①

此处屈原,虽继承了《渔父》的独醒人形象,仍然被绍昙禅师嘲笑。其"拍床"动作之后用《竹枝》调演唱的歌辞,又用"哩哩啰"梵咒起兴,"天涯"一句,意在点明常人难于超越的生死一如之境。换言之,绍昙并不赞同屈原的以死明志之举。

（二）明清：创作、表演二型并重，遗民形象突显

就明清禅宗对屈原形象和楚辞的传播与接受史而言,最值得关注的时段是晚明和清代中前期,特别是明末清初之改朝换代时期。若就表现形式说来,与宋元大同小异,但知识型则基本阙如,差不多到了可以忽略不计的地步。②

本时段"创作型"与宋元时期相比,有同有异。

同者主要有:(1)都喜欢写读(歌、吟、听)《离骚》《楚辞》的场景及其感受(尤以《骚》为主):像永觉元贤《翠云庵八首》其四"忧世未能传大《易》,消闲偏喜读《离骚》"③是说读《骚》以消闲;隐元隆琦(1592—1673)为懒首座请上堂时所说"一曲《离骚》动两国,不堪听处却堪听"④,则写出了中日两国僧人同堂听《骚》的感受;行省禅师(1599—1668)《与费广微北山游》"独罢《离骚》笑独醒,交情合处足仪刑"⑤则用反语,寄托实深;今释(1614—1680)"拈古颂"之"不是风幡正是心,《九》《招》歌罢泪沾襟"⑥刻画了歌咏《九歌》《招魂》时的自我形象;即非禅师(1616—1671)《端午偶成》"佳节值天中,吟《骚》吊楚翁"⑦叙端午吟《骚》,意在纪念屈原;莹

---

① 《卍续藏》第70册,河北省佛教协会,2006年,第427页中栏。

② 当然,明清禅宗文献中偶尔也能找到一两条相关史料,如元贤(1578—1657)集《禅林疏语考证》卷2"江鱼之腹"条曰"见屈原《渔父辞》"(《卍续藏》第63册,第700页上栏)。此外,就文体言也偶有用曲者,如《吹万和尚船子曲》其五就说"彩色丝缠长命缕,沐兰汤浴好芳荀……龙舟发鼓汨江上,角黍犹为屈原因……兴堪嘲,心损念,虽作羼提非僭。"(《嘉兴藏》第40册,台北:新文丰出版股份有限公司1987年版,第186页下栏)

③ 《永觉元贤禅师广录》卷25,《卍续藏》第72册,第528页中栏。

④ 《普昭国师语录》卷上,《大正藏》第82册,台北:新文丰出版股份有限公司1983年版,第740页上栏。

⑤ 《虚舟省禅师语录》卷4,《嘉兴藏》第33册,第387页中栏。又,"独罢"之"独",疑作"读",刊刻时涉后"独醒"而误。

⑥ 《丹霞澹归禅师语录》卷3,《嘉兴藏》第38册,第302页上栏。

⑦ 《即非禅师全录》卷22,《嘉兴藏》第38册,第725页上栏。

章玠"一曲《离骚》动楚庭,三湘七泽总愁情。恨声不管成千古,只把忠心彻底倾"①,深情绵邈,时空幽远感特别强;特别是明初雪庵和尚"好读《楚辞》",真有王孝伯所说"痛饮酒,熟读《离骚》"②的名士风范,并且,竟然在痛饮读《骚》中圆寂了。③后来,清僧济斐《题秋雪庵六首》其二便感叹云"雪庵和尚昔伤秋,恣读《离骚》掷乱流。何似芦汀闲衲子,只将秋雪洗双眸"④。(2)都喜欢以"香草"传统写咏物题材,如《云溪俍亭挺禅师语录》卷18载净挺于顺治十一年(1654)"颂长沙黄鹤楼话"时便总结说:"楚国风华改,词人日夜劳。空教拾香草,曾说《读离骚》。共四十五则,禅者携去,为老人所见,辄加欣赏。"⑤(3)都喜欢臧否历史人物屈原,如法藏(1573—1635)《题果证子遗笔偈》其三"屈原渔父两俱非,鼓枻歌骚各自归。会取冲天一条路,死生门户即禅机"⑥、《象田即念禅师语录》卷2"颂古"之"一曲《离骚》自隐身,汨罗江上空捞摝"⑦、函昰(1608—1686)《莫厌贫十二首》其四"三闾不可学,渔父羞灭裂"⑧等。(4)都在怀古情调中寄寓身世之叹,如莲峰素禅师《端阳怀古》即说"惊心几度改山河,宁有忠魂恋汨罗?投黍空流曩日泪,不堪回首问渔蓑"⑨。

异者主要有:(1)本时段禅僧更喜欢写屈子行吟题材或用其典,相关作品较多,如憨山德清(1546—1623)《从军诗》"楚泽非炎徼,行吟愧独醒"、《题画小景二十一首》之十三"行吟同泽畔,始信独醒难"⑩、净范(1620—1692)《牧牛颂》其一《寻牛》"莫问危亡与朝夕,时中泽畔且行吟"⑪、今无

---

① 《宗鉴法林》卷45,《卍续藏》第66册,河北省佛教协会,2006年,第549页上栏。

② (南朝宋)刘义庆著,(南朝梁)刘孝标注,余嘉锡笺疏:《世说新语笺疏》,上海古籍出版社1993年版,第763页。

③ 参释明河:《补续高僧传》卷25,《卍续藏》第77册,第530页下栏。又,所谓"和尚为建文时御史",据《明一统志》卷44(《文渊阁四库全书》第472册,台北:商务印书馆1986年版,第1055页下栏),即叶希贤,其因燕王"靖难"之变而落发为僧。所以,雪庵是忠臣,与屈原人格有相通处。

④ (清)吴本泰撰:《西溪梵隐志》卷3,载杜洁祥主编:《中国佛寺史志汇刊》第30册,台北:明文书局1980年版,第149页。

⑤ 《嘉兴藏》第33册,台北:新文丰出版股份有限公司1987年版,第798页下栏。

⑥ 《三峰藏和尚语录》卷12,《嘉兴藏》第34册,第184页上栏。

⑦ 《嘉兴藏》第27册,第164页上栏。

⑧ 《瞎堂诗集》卷5,《四库禁毁书丛刊》集部116册,北京出版社1995年版,第530页上栏。

⑨ 《莲峰素禅师语录》卷9,《嘉兴藏》第38册,第378页中栏。

⑩ 《憨山老人梦游集》卷47、48,《卍续藏》第73册,第792页上栏、800页中栏。

⑪ 《蕉庵范禅师语录》卷29,《嘉兴藏》第36册,第1035页下栏。

（1633—1681）"颂古"之"更谁知此行吟苦,脚底汨罗深又深"① 等,究其原因,当与禅僧游方行吟的经历有关,陈闻道康熙二十四年（1685）撰《正觉润光泽禅师〈澡雪集〉序》即说"润翁大师究竟穷极,不存轨则。于是向日用酬答中,或行吟泽畔,或卧病床头,不觉成帙"②,换言之,正如屈子行吟是屈骚创作方式之一,禅僧泽畔行吟也是禅诗的创作方式之一,要之,二者都充满孤独感。（2）本时段禅僧除了继承宋元时期的《诗》（或《风》《雅》）《骚》并称之外,又喜欢《庄》《骚》并称,如行日《题〈万参居士小影图〉》"随时遗兴《骚》《庄》趣,即景题诗李杜才"③、慧海（1626—?）《沙翁自赞》"日午长申两脚眠,夜深蕲烛读《骚》《庄》"④、尊禅师《憩质晋阳》"勤专祖训填枵腹,细讨《庄》《骚》助道衷"⑤ 等,特别是僧清（?—1645）读书范围极广,讲《华严疏钞》《涅槃》诸经时,竟然"间以《左》《史》《庄》《骚》,秦汉六朝唐宋诗文"⑥,陈元成则称誉诗僧成鹫"其文发源于《周易》而变化于《庄》《骚》,涵互呈豁,辨才无碍,诗在灵运、香山之间"⑦,综合看来,可知《庄》《骚》接受对本时段诗僧创作及其风格的形成都有较大影响。若追溯本源,可能和道盛"三子（孟子、庄子、屈原）会通论"的流行有关。（3）此际禅僧师徒之间还有唱和之作,如真雄《端午和本师和尚韵》曰"几株蒲艾庆端阳,一道灵符绝覆藏。百毒瘟瘟悉殄灭,目前无法可商量"⑧。

本时段"表演型",与宋元时期相比,则大同小异。

大同者,主要在端午上堂或示众。其例甚多。如:

（1）《永觉元贤禅师广录》卷1载元贤:

---

① 《海幢阿字无禅师语录》卷下,《嘉兴藏》第38册,台北:新文丰出版股份有限公司1987年版,第273页下栏。

② 《嘉兴藏》第39册,第705页栏。

③ 《天台通玄寺独朗禅师语录》卷下,《嘉兴藏》第36册,第888页上栏。

④ 《水鉴海和尚六会录》卷7,《嘉兴藏》第29册,第271页下栏。

⑤ 《古宿尊禅师语录》卷5,《嘉兴藏》第37册,第437页中栏。

⑥ 喻谦撰:《新续高僧传》卷38,《大藏经补编》第27册,台北:华宇出版社1986年版,第291页。

⑦ 《新续高僧传》卷63,《大藏经补编》第27册,第463页。

⑧ 《大悲妙云禅师语录》卷6,《嘉兴藏》第38册,第473页下栏。又,宋僧的端午唱和诗,发生在僧俗之间,如释道璨有《和致轩赵使君〈午日读骚〉》。此种僧俗唱和,明清两朝依然,如破山海明《午日复太常古文学》、德玉（1628—1701）《午日和憨之西轩坐》、如乾《张愚公文学以〈午日唱和诗〉见示索和次韵》等。

端阳示众:"昔日雪山老人指鹿为马,东西诸祖证龟成鳖,次第累及山僧,亦不免将错就错。今当端阳佳节,不可虚过,只得将太虚空捏作个小粽子,要与诸人充肠果腹。"乃以手托起香盒,示大众云:"大众!若咀嚼得破,行见竞龙舟歌楚些,一任烟波自由,不用饮蒲酒挂艾旗,自然妖踪顿息。如咀嚼不破,一个小粽子塞断诸人口门去也。咦!临渊无限伤心处,安得黄金铸屈原?"①

在此,元贤把以释迦牟尼及历代祖师的说教方式都归结为将错就错,并作类推表演,把大虚空比作小粽子,由此展开接近联想,把相关端午民俗事象一一置于示众演法的场景中,意在用对比法强调悟道的关键在于勇猛精进,敢于打破惯常思维。但是,结尾所说以黄金铸屈原像,则回归常识,借此表达了深深的纪念之情。

(2)《丹霞澹归禅师语录》卷1载今释:

端午上堂:"当日屈灵均抱石自投于汨罗江,江边之人并流往救,遂留下个竞渡底故事。今日若有人抱石投江,山僧不但不理他,更与一推,何以故?者钝汉抱着一团滞货,不送向深水里,更待何时。后因蛟龙夺其祭食,又留下个楝叶五丝粽子,今日若有蛟龙夺食,山僧不但不理他,更点与三碗口茶,何以故?他到有彻底为人手段,争奈灵均以德为怨,人人有一块石头不肯放下,人人有一段口食生怕夺却,三千年前三千年后,争免得山僧检点?"蓦竖拄杖云:"会么,雪浪堆中齐喝采,夺标须是弄湖儿。"②

此处上堂,今释同样打破常规,以反常合道开示禅众。但屈原仅被今释作为说法的由头,其重点是在提醒现场听众,应自主自立,超越自我,而非是靠他人救渡。另外,今释作为遗民僧人,其批评屈原"以德为怨"也是值得关注的话题,大概是对道盛论点的一种呼应吧(道盛之说,见后文)。

(3)《远庵侭禅师语录》卷1载本侭(1623—1683)事云:

端午示众:"屈原事楚,忠言不用则投身湘水;达磨来梁,真机不契则

① 《卍续藏》第72册,河北省佛教协会,2006年,第387页下栏。又,"端阳示众"四字,《续灯正统》卷38作"上堂"(《卍续藏》第84册,第627页中栏),表明"上堂""示众"语义相同。

② 《嘉兴藏》第38册,台北:新文丰出版股份有限公司1987年版,第283页下栏。

面壁嵩山。一则为国而丧躯,作世儒之龟镜;一则度迷而尽瘁,为吾宗之祖祢。世出世间,易地皆然。即今莫有不然者么……不特三闾大夫孤魂不滞于清波,顿使壁观婆罗门门风未至于扫地,有么有么?”良久左右顾视云:“为国沉渊为法亡,丹心如日照天荒。当人不喻空劳力,徒盼葵榴饮恨长。”①

禅师端午示众说法,大多会触目生情,言及端午民俗与屈原的种种关联。本伴于此,是少数的例外之一,他把屈原当作儒家忠臣而与禅宗初祖达磨相提并论,并赞扬了二者为事业献身的伟大精神。

（4）《水鉴海和尚六会录》卷3载慧海:

> 端午上堂:“今朝五月五,上江下江捶锣鼓,谓是龙舟寻屈原,谓是投江祭角黍。三闾忠言而不用,《怀沙》作赋何其苦!《大招》《小招》而不回,汨罗江上清风起。人生得失梦中看,劳劳《天问》何所有? 不如收拾归去来,免教狼藉在千古。”②

此处上堂说法的特殊之处在于,慧海也像前述了慧一样,串联屈原作品篇目成文,并对屈原的创作动机有所怀疑,因为屈子太计较个人得失了。

（5）《雨山和尚语录》卷5载上思（1630—1688）事云:

> 端午,师诞日,智如副寺请上堂。师乃云:“月届蕤宾,节临端午,是处人家悬艾虎。汨罗江上竞渡喧,风俗传来自往古。斗龙舟,挝鼍鼓,五色丝分系角黍。堪悲楚大夫,忠义填肺腑。无端被人谗,一愤投江渚。世人相袭吊孤忠,茫茫道路称冤苦。休叫苦,且听天宁个分付!”蓦拈拄杖卓一下云:“拄杖今朝忽降生,蓦札相逢不回互。挥来蒲剑,放出榴火,直下斩断情根,烧残识府。更说甚忠孝贤良,奸邪愚鲁,但我之皮既不存,彼之毛将安附。阿呵呵,是非从此付瀼溇。”③

上思与其他禅师不同之处在于,他生日在端午。一方面,从世俗谛言,他赞颂

---

① 《嘉兴藏》第37册,台北:新文丰出版股份有限公司1987年版,第340页上栏。
② 《嘉兴藏》第29册,第256页上栏。
③ 《嘉兴藏》第40册,第543页中栏。

屈原的孤忠,同情其冤屈;另一方面,从佛教真谛言又想泯灭是非。这种矛盾心态,似是本时段接受传播中的常态之一,类似的场景还有真哲 ①、本云 ②、柏观 ③ 等人的端午上堂,在赞颂屈子忠良、高洁品性的同时,又奉劝禅众"莫学灵均沉死水"④。

(6)《博山粟如翰禅师语录》卷 1 载弘瀚(1630—1706):

> 端节上堂:"耿耿衷肠赴汨罗,千秋热血冷江波。江波冷向君王问:'为问君王会也么?''三闾大夫,孤忠可掬!未免激浊扬清,坐守一色。若知瞿昙心,不妄取过去法,亦不贪着未来事,不与现在有所住,又何用斋志泉源,屈沉死水?''且如何得应时适宜去?''三年逢一闰,五月两端阳。'"⑤

弘瀚在此设置了一个特别戏剧化的场景,即把屈原和楚王同置于汨罗江,并让拟人化的江波向楚王发问,而楚王竟然能从佛教无住观出发,直接教训屈原,因为后者太执着于清浊之辨而不能随机应变,正如闰五月就有两端午,而不能固守成规只认一个。

小异者在于,本时段除了大规模的端午上堂、示众之外,又有端午小参或其他场合的晚参或佛事,也会涉及屈原其人其事。端午小参者,如:

(1)《天隐和尚语录》卷 2 载圆修(1575—1635)之事:

> 端阳日小参。僧问:"祖师心印,递代相承;一曲无生,请师举唱。"师云:"天上漫漫,地下漫漫。"⑥

所谓小参,与上堂最大的区别是它听众人数少、规模小,且多垂示自家家风。此处圆修的答语,显然是化用屈原名句"路漫漫其修远兮,吾将上下而求索"。

(2)《隐元禅师语录》卷 8 载隆琦之事曰:

> 端午小参:"此时此日正端阳,小院微风彻骨凉。惟有汨罗江上客,一

---

① 《古雪哲禅师语录》卷 4,《嘉兴藏》第 28 册,台北:新文丰出版股份有限公司 1987 年版,第 327 页中栏。

② 《五灯全书》卷 74,《卍续藏》第 82 册,河北省佛教协会,2006 年,第 381 页下栏。

③ 《五灯全书》卷 82,《卍续藏》第 82 册,第 453 页中栏。

④ 《百痴禅师语录》卷 4,《嘉兴藏》第 28 册,第 19 页下栏。

⑤ 《嘉兴藏》第 40 册,第 454 页中栏。

⑥ 《嘉兴藏》第 25 册,第 518 页上栏。

番提起一悲伤。山僧今日无端将佛法世法尽情漏逗了,也动弦别曲,不妨千载知音,胡喝乱道,驴头不对马嘴,正如三家村里臭老婆斗厮骂相似,有甚么交涉,是事且止!'动弦别曲'一句作么生道?"良久云:"愁人莫向愁人说,说向愁人愁断肠。"①

隐元所说汨罗江上客,毫无疑问指屈原,而每次提起就悲伤的原因在于其身世遭遇容易引起后人的共鸣,哪怕出家之人在特定的场合也难于忘怀。所以,最后作结时反复强调了一个愁字。

(3)《博山粟如翰禅师语录》卷2载弘瀚:

> 端午小参:"山苍苍,水涓涓,遥忆怀沙人可怜。不斗龙舟情已惨,龙舟斗处忠魂牵。舞棹者:'复何然,藏身谩道无踪迹。'夜叉曰:'把珊瑚鞭,没踪迹处莫藏身,蚯蚓虾蟆上梵天。'正当此时,瀛山奚为?角黍菖蒲聊应节,不将闲事挂心田。"②

前文已引过弘瀚端午上堂之语,此为小参之语,可知端午说法,规模可大可小。有趣的是,在小参表演中,弘瀚同样插入了戏剧性的人物对话。舞棹者、夜叉四处寻找屈原忠魂,表现了赛龙舟民俗和救屈原传说的内在联系。最后两句七言诗,应是弘瀚的结语,起到了画龙点睛之用,它在提示禅众真俗有别。

(4)《磬山牧亭朴夫拙禅师语录》卷1载朴夫拙:

> 端午小参:"日到中天,诸魅群邪远殄;人临五日,赤口白舌消除。蚰蜒蚊蚋潜踪,蜈蚣虺蛇遁迹。五色彩丝续长命,胡用药采天台?万人丛里夺孤标,自是湖归范蠡。处处龙舟竞渡,鼍鼓逢逢;家家角黍招魂,艾旗闪闪。不须怀沙作赋,且就沧浪濯缨。然虽如是,曲奏天中则且置,'万人丛里夺孤标'一句作么生道?"振威,喝一喝。下座。③

此处小参,朴夫拙禅师多用四六骈偶句式来介绍端午民俗事象,表现了良好的文学素养。而他把屈原和范蠡对比,表明他更赞同范蠡功成身退的人生哲学。

---

① 《嘉兴藏》第27册,台北:新文丰出版股份有限公司1987年版,第263页上栏。
② 《嘉兴藏》第40册,第458页上栏。
③ 同上书,第501页中栏。

其他场合者,如《云溪俍亭挺禅师语录》卷 1 载净挺"小参"曰:"比下有余,将上不足。端午烹葵,重阳看菊……屈子自沉,贾生赋鹏。歌不足,继以哭……他古人也未能免俗。笑诸方空碌碌,不见道'无门无毒'。"①卷 5 净挺"为汪魏美居士对灵法语"则曰:"有者道问天天莫应,屈灵均黧黑面目……石火电光从无往来,立生死本。"② 前者虽屈、贾并尊,却依然把二位骚体大家归入了"空碌碌"之列;后者把屈原与介子推、陆修静、陶渊明、刘孝标等相提并论,并指出诸人都未超越生死,悟透生死之本。综言之,这两处屈原的出场,只是说法的例证人物之一。道忞(1596—1674)《告伽蓝疏》又说"婆娑海客,时逢舞浪,翻风出没,渔舟竞见。无亦三闾之恋楚,殆将宗国难忘故。非伍子以沈江,宁有忠魂不化……伏愿不辞弘力,速起沉沦,再扇雄风,传金声于觉苑,重挑慧炬,震师吼于石城。见闻增希有之思,圜通遍周法界,竦甫起瑞云之色,广润普及含生,地狱停酸,三涂息苦"③,屈原、伍子胥,只是作为语典、事典,同样不是疏文的重心所在,但它们从一个侧面说明了屈原其人其事在禅林的影响。

晚参时论及屈原其人其诗较有特色者是行森(1614—1677),《明道正觉森禅师语录》卷中载其事:"晚参云:痴不痴,癖不癖,击节歌《离骚》,湘灵招不得。狂风吹落花,花落风无迹。"④ 所用"三、三、五、五、五、五"句式,是敦煌禅宗歌辞常用句式之一,表明它渊源甚远。内容方面,虽是反屈原之道而来,却也说明《离骚》在屈子作品中的突出地位。

由于明末清初时势变易,本时段对屈原形象和楚辞的接受传播过程中,不少遗民僧⑤ 如觉浪道盛、破山海明(1597)、空隐道独(1600—1661)、弘储继起(1605—1672)、天然函昰、祖心函可(1611—1659)、澹归今释、阿字今无、熊开元(1599—1676)、方以智(1611—1671)、钱澄之(1612—1693)、屈大均(1630—1696)⑥ 等在"创作型"作品中,往往会突显其遗民意识,因为他

① 《嘉兴藏》第 33 册,台北:新文丰出版股份有限公司 1987 年版,第 730 页上栏。"赋鹏"之"鹏",当作"鵬",形近而讹。盖贾谊有《鵬鸟赋》。

② 《嘉兴藏》第 33 册,第 743 页上栏。

③ 《布水台集》卷 17,《嘉兴藏》第 26 册,第 374 页上栏。

④ 《乾隆大藏经》第 155 册,台北:新文丰出版股份有限公司 1992 年版,第 25 页上栏。

⑤ 明末清初遗民僧数量大,李瑄统计在 300 人左右。参李瑄:《清初"僧而遗民"的基本类型》,《文艺评论》2013 年第 4 期。又,李瑄把当时遗民僧分成两类,一是遗民而僧(遗民逃禅),二是僧而遗民。但本文不作严格区分。

⑥ 方以智、钱澄之等属于遗民而僧,他们有过为僧的经历。

们至少在忠君爱国、人格独立、关注民生、壮志难酬等方面和屈原有心灵相通、情感共鸣。如：

（1）尼师行彻《拟归南岳》其十曰：

> 瓢囊云水问瞿昙，吸尽沧溟学放憨。堪羡纸衣温似纩，频思棠梨美于柑。澜翻《智度》悲龙树，血染《离骚》赋楚南。骨白千山候万户，何如破衲拥萝龛。①

行彻，又名醒彻，字季总，俗姓刘氏，湖南浏阳人。通微禅师（1594—1657）之法嗣。本诗是尼诗中少见的佳作，用典雅正，尤其是颈、尾两联，既充满了对时势的无限关切，抒写了乱离生活之悲痛，又蕴含了无奈，即便慈悲如释迦牟尼、龙树菩萨，面对千山白骨，亦无法一一救度，所以，相比之下，自己破衲衣身而有一方归宿，实属万幸了！

（2）函昰有多首诗作言及其对屈原诗赋的看法，同时也寄寓了自己的身世之叹，如《咏史十二首》其八"昏庸弃忠良，芳洁蒙谗讥……嗟尔楚屈平，忧心亦孔哀"、《不饮酒二十首》其十二"人生贵适意，痛饮读《离骚》"、《种菊二首》其二"又有楚屈平，冉冉餐落英。长生匪予志，牢骚匪予情"、《登海光寺楼》"休将作赋拟王粲，错比行吟哀楚词"、《春兰二首》其一"纫佩无端入楚词，为怜清绝寄相思"等。②

（3）函可同样有多首作品论及屈原和楚辞，但他除了遗民身份之外，又是清初第一位流放东北的诗僧，故其国破家亡的身世之叹更加深沉与悲凉，如《同社中诸子赋百韵》"骚续屈平怨，赋添宋玉悲"、《寄于皇》"钟声屡听寒僧饭，诗句时生山鬼瞋。好拟招魂东海畔，沅湘不独没灵均"、《哭左吏部大来八首》其六"新句定将寻杜甫，续骚只可问灵均"、《沙子》"最爱一篇怀屈子，何烦千粒掷经家"、《大玩》"猖狂普化重来世，憔悴灵均是化身"等，③ 特别是《大玩》一诗，同时自比成狂僧普化、行吟之屈原，难怪今无《千山剩人

---

① 《季总彻禅师语录》卷4，《嘉兴藏》第28册，台北：新文丰出版股份有限公司1987年版，第466页下栏。

② 《四库禁毁书丛刊》集部第116册，北京出版社1995年版，第517页下栏、521页上栏、525页上栏、586页上一下栏、649页上栏。

③ 释函可：《千山诗集》卷8、9、12、20、20，载释函可、张春：《千山诗集·不二歌集》，黑龙江大学出版社2011年版，第160、180、250、401、407页。

和尚塔于大安十年矣,无哭章。庚戌寒夜梦出关门,醒而情思缱绻,追惟旧境,缀之以词》(其四)评述其诗特色为"几曲浩歌存《大雅》,一生禅语带《离骚》。疏狂文举材偏误,挫折元龙气尚高"①。

(4)曾经出家为僧的钱澄之(法号西顽),也有多首诗作言及其读骚感受和他对屈原形象的接受。② 如顺治三年(1646)作《哭漳浦师》其三"无路请还先袗路,何人招返屈原魂"③,即把拒绝洪承畴招降而死的漳浦师比作屈原;《行脚诗上下平韵三十首》其十九"一卷《法华》随意读,旁人错听是《离骚》"、其二四"有谁问我修心法,授予灵均一卷经",④ 又把《离骚》作为自己出家的修行指南,甚至用楚声诵读《法华经》,乃至旁人误以为它是楚音《离骚》;《广昌访刘广生孝廉》"琅琅石户经声远,破案焚香诵楚辞"⑤,则描写了乱后士人好读《楚辞》的遗民心态,这其实同样是钱氏心态的写照。

(5)早年为僧的屈大均(法名今种,字一灵),⑥ 同样十分喜爱屈原、《离骚》和楚辞,单以《离骚》篇名入诗者就有 50 次之多。如《兰》"兰叶青青兰叶长,美人从古在潇湘。花多只为三闾发,采入《离骚》万古香"⑦,是用屈原的香草美人意象来歌颂;《吊雪庵和上》"一叶《离骚》酒一杯,滩声空助故臣哀。金川自逐鱼衣去,玉殿谁教燕子来。一姓终怀亡国恨,三仁难得遁荒才。君臣泪滴袈裟湿,怅望台城日几回"⑧,又借明初雪庵和尚事迹,抒发了亡国之痛;《读李耕客龚天石新词作》其一"南楚好辞宗屈子,学诗昔自《离骚》始。含风吐雅数千篇,美刺颇得《春秋》旨"⑨,则把《离骚》和儒家诗教置于并驾

---

① 《光宣台集》卷21,《四库禁毁书丛刊》集部第186册,北京出版社1995年版,第388页下栏。又,本诗所说千山剩人和尚,即祖心函可。顺治十一年(1654),今无22岁时,曾奉其师函昰之命出山海关晋见函可。又据诗题,可知诗作于康熙九年(1670)。其颔联,十分精确地概括了千山和尚诗歌的创作特色。函可作为遗民诗僧,其创作风貌确与《离骚》逼似。

② 参纪晓建:《有谁问我心修法,授予灵均一卷经——明遗民钱澄之对楚辞接受与研究》,《海南大学学报》(人文社会科学版)2012年第5期。

③ (清)钱澄之撰,汤华泉校点:《藏山阁集》,黄山书社2014年版,第120页。

④ 同上书,第340页。

⑤ 同上书,第232页。

⑥ 关于屈大均的出家经过及原因探讨,参孙立:《屈大均的逃禅与明遗民的思想困境》,《中山大学学报》(社会科学版)2003年第5期。

⑦ (清)屈大均著,陈永正等校笺:《屈大均诗词编年校笺》,上海古籍出版社2017年版,第1843页。

⑧ 同上书,第953页。

⑨ 同上书,第778页。又,是诗作于康熙十九年(1680)春。

齐驱之地位。

若追溯明末清初诗僧遗民形象的自我塑造与屈原形象接受、楚辞传播之关系,其中,觉浪道盛的作用最为突出。[①]

一则他在会通孟子、屈原和庄子时,首先充分肯定了屈原其人其文崇高的历史地位,《三子会论》即说:

> 使天下臣子于人伦之道,皆能如屈子之忠贞,即不得圣君而事,不得贤僚同列,不得善地而居,但自不变其操,不易其世,不辱其名,不偷其生,不惜其死,惟怀王之我君是慕,惟楚国之我土是求,作《九歌》以自扬,继《九章》以自表,《渔父》以自放,《天问》以自问,《卜居》以自卜。生死以之,性命以之,则胡为乎天,胡为乎人,皆自有不容己也。复何怨乎,复何憾乎! 呜呼! 此屈子所以能尽臣子之心以极人伦之变,而不失其性命之常也。人孰能以道事君? 自问天,自招魂,耿耿至诚,死而不已,如屈子者哉! 又孰能使屈子奋于九渊之下而申于九天之上哉! 惟尽乎人者,乃能尽乎天;惟尽乎天者,乃能尽乎人;惟洁净精微者,乃能天人不二。后世之人,孰能有能精道心之微如庄子者乎,孰有能一人心之危如屈子者乎,又孰有能存天人几希如孟子者乎?[②]

细绎道盛之意,不难发现他对屈原评价的思想基础是突出时代剧变、国难当头时的“人心之危”,他认为前世诗人中惟有屈原才是彻底忠贞爱国,即便未遇圣君也能永葆节操,舍身爱国以警醒世人,所以,贯穿其《九歌》《九章》《卜居》等楚辞之作的主线,就在于“耿耿至诚、死而不已”的爱国心。

二则道盛又特别突出了《离骚》的经典地位,指出其文学思想完全符合儒家诗教观,《三子会通论》指出:

> 又况屈子有《离骚》之经,深得思无邪之旨,足继三百篇之后,正夫

---

① 按,饶宗颐为姜伯勤《石濂大汕与澳门禅史》(学林出版社 1999 年版)所作“序”中指出:“明季遗民遁入空门,一时才俊胜流,翕然趋向。其活动自江南迤及岭南,徒众之盛,实以金陵天界觉浪上人一系与番禺海云天然和尚一系最为重镇,彼此各以诗鸣,且与当时新贵往来酬答。”然就遗民僧与屈原楚骚文学思想的关系而言,相对说来,道盛一系更密切些。

② 《天界觉浪盛禅师全录》卷 19,《嘉兴藏》第 34 册,台北:新文丰出版股份有限公司 1987 年版,第 699 页中栏。

子所称可以兴观群怨,可事君父者也。善读《骚》者,举千古之自怨自艾,号泣旻天,与忧心悄悄,天王圣明,只以自求其不得君父之故而终使之感悟者,孰以屈子之怨忧未能格君之心,遂谓不逮于大舜文王哉?①

针对有人对《离骚》写怨不合君心(有损王道)的批评,道盛予以反驳,认为怨就是孔子所说"兴观群怨"之"怨"。其《论怨》又补充道:

> 保合天人性情之太和,则怨字又愈于"元亨利贞"贞字……予以庄生善怒字,屈原善怨字,孟子尤善怨、怒二字……屈子怨而不怨,则怨即怒也,不见《离骚》皆不平之怨耶……凡此,以正直之气,发天地人物不平之气以会归于天地中和者,皆怨怒功也。世间法如此,参禅学道视此生死性命之怨怒,果何物乎?②

此则一反常态,道盛把《离骚》之怨的文学思想提到亘古未有的高度。当然,与《三子会宗论》一样,最终,庄子(怒)、屈原(怨)都会宗于孟子(怨、怒)。并且,三人的思想基础都是正直之气,即便以不平之气发之,其归宿都在中和之气。而"怨怒"的体用一如,在世间法、出世间法之间,其实没有太大的区别,参禅学道者同样可以参照学习。③ 为此,道盛《为石溪书楚辞〈招魂〉》有云:

> 楚忠臣屈原被谗见放,乃作《离骚》,冀君感悟而还已。怀王不省,原不忍见宗国之危亡,遂沉汨罗而死……予因语石溪曰:
>
> 《招魂》赋,备述四方之恶,独崇楚国之美而招曰:"魂兮归来,去君之恒干,何为乎四方些,舍此乐处,离彼不祥些。"此正与一部《弥陀经》以彼佛国土无有众苦名为极乐,但能一心不乱,专持名号,即得往生成就如是依正功德庄严。知此一心不乱,则知魂兮归来,知此魂兮归来,则知一

---

① 《天界觉浪盛禅师全录》卷19,《嘉兴藏》第34册,台北:新文丰出版股份有限公司1987年版,第698页中栏。

② 《天界觉浪盛禅师全录》卷33,《嘉兴藏》第34册,第795页中—下栏。

③ 按,恭友圆良评南宋祖元禅师《云溪歌》亦谓:"子元、云溪,既久定交羁旅中,其于去离之思宜溢厚,而简淡乃如此,不唯得禅学之助,其知灵均氏者乎?"(《佛光国师语录》卷9,载《大正藏》第80册,台北:新文丰出版股份有限公司1983年版,第236页中栏)同样把屈原楚骚和禅学修为相联系,看来,道盛观点并非孤明先发。

心不乱。盖人伦以不得君父则无所立身，出世不得心性则无所立命，忠君
爱国与唯心净土，是同是别，知此则尽法界亦无所逃于此心矣，奇哉！①

换言之，道盛认为《离骚》所体现的屈原忠君爱国之心，与净土宗的一心不乱
之心，其实并无本质区别。

　　道盛对屈原及楚辞的评论，后来在曹洞宗内部也有较强烈的回响。如天
然函昰康熙十九年（1680）作《伦宣明使君〈绎骚〉序》②即一方面指出"古
之奇忠，无过三闾者"，屈原是"反情合道"的典范，另一方面称赞伦宣明闭户
读《骚》所出《绎骚》"善用其情而不流于激烈，以附于反情合道之大圣人，
则《绎骚》一帙，聊当一时垒块。韩昌黎谓物不平则鸣，亦吾侪通习"。总之，
无论《离骚》还是《绎骚》所说的"反情合道"③，函昰都予以高度肯定。更
可注意的是，道盛之说，在弟子方以智、钱澄之、屈大均等遗民僧群体中得到了
进一步的阐扬和发挥。④ 他们不但熟悉屈原作品，经常运用语典、事典于诗作
中，而且对楚辞多有精湛研究，像钱澄之《庄屈合诂》等。

　　道盛、函昰等僧人的屈原论、楚辞论，其实质是从作家论、作品论等角度对
屈原形象和楚辞的接受与传播，又因其特殊的遗民僧身份，故不少观点在楚辞学
史上具有特别的意义。此外，禅宗语录还辑录一些颇具特色的骚体赋，像智闇禅
师（1585—1637）《雪关赋》⑤、百痴禅师《狂风赋》《学道赋》《墓梅赋》《渔笛
赋》、⑥吹万广真（1582—1639）《风声赋》《破云赋》《秋梧赋》《阿堵赋》、⑦

---

　　① 《天界觉浪盛禅师全录》卷 28，《嘉兴藏》第 34 册，台北:新文丰出版股份有限公司 1987 年
版，第 760 页中栏。又，道盛引《招魂》"舍此乐处"两句，《楚辞章句》原作"舍君之乐处，而离彼不
详些"（第 204 页），可能是笔误，也可能是刊刻之误。

　　② 《天然昰禅师语录》卷 12，《嘉兴藏》第 38 册，第 196 页中—下栏。又，序中"反情合道"之
"反"，同"返"。

　　③ 按，函昰序"反情合道"之"反"，同"返"。返情，又见于元贤《偶成十首》其九"世界都
是一块filt，返情归性事非轻。直从情里寻归路，一段常光本现成"（《永觉元贤禅师广录》卷 22，《卍续
藏》第 72 册，河北省佛教协会，2006 年，第 509 页中栏）、道盛《洛书衍义》"圣人忧之，故法天地造化
之无私，准阴阳变易之不贰，设象系辞，使人观玩以返情而化私，率性以合道而还天命之真常"（《觉浪
道盛禅师全录》卷 33，《嘉兴藏》第 34 册，第 789 页上栏）等。

　　④ 参宋健:《论道盛弟子对〈三子会宗论〉的再阐释——以方以智、钱澄之、屈大均为中心》，
《南京师大学报》（社会科学版）2010 年第 1 期。

　　⑤ 《雪关禅师语录》卷 8，《嘉兴藏》第 27 册，第 495 页下栏—496 页上栏。

　　⑥ 《百痴禅师语录》卷 29，《嘉兴藏》第 28 册，第 153 页下栏—154 页上栏。

　　⑦ 《吹万禅师语录》卷 14，《嘉兴藏》第 28 册，第 525 页中栏—526 页上栏。

古宿尊禅师《藏阁赋》①等,它们都不同程度地受到楚骚作品的影响,也值得再研读。限于篇幅,留待他日吧。

总之,僧人"知识型"的接受与传播,其特点是注重楚辞文本的音义训释,对屈原形象多以正面描述为主;"创作型"特色在于善用屈原其人其诗方面的语典、事典来抒发僧人特有的个人情感,其情感类型及对屈原形象的描述则与世俗诗人大同小异,但明末清初,诗僧的遗民意识颇为强烈;"表演型"特色在于场合的特殊性,即多和端午民俗相结合,其中,宋元多用于大参,明清则拓展至小参、晚参。但所用文本都富于戏剧性,并且常把端午民俗佛教化,表演往往充满禅思禅趣,有即俗即真、虚实相间的艺术趣味。

三、僧俗接受传播异同及成因约说

禅林对屈原形象和楚辞接受传播的三种分类法,其实也适用于世俗作家、学人之著述的检讨。②但后一方面的研究成果颇为丰硕,故不赘述。在此,仅简略分析僧俗接受传播之异同及其成因。

(一)接受传播之异同

一者,从古代屈原形象的接受传播史而言,僧俗二家总体上是同多于异。世俗方面,有学人特别拈出四个时段,即"两汉:悲剧的屈原""唐代:矛盾的屈原""宋代:圣贤的屈原""明末清初:民族志士的屈原"。③虽说释家与此并不同步,但自"东晋之世,佛法遂深入中华文化"④之后,南北朝以降特别是隋唐至明末清初的僧人对屈原形象的接受传播情况,大体相似:如初唐法琳、晚唐行明对屈原形象的评价就截然相反,确实存在矛盾;两宋禅僧虽有极少数嘲

---

① 《古宿尊禅师语录》卷 4,《嘉兴藏》第 37 册,台北:新文丰出版股份有限公司 1987 年版,第429 页下栏—430 页上栏。

② 世俗社会接受传播方面的"知识型""创作型"之作甚多,此不举例;"表演型"主要集中于戏剧戏曲,但大多失传,传世之作并不多。相关介绍,参徐扶明:《关于屈原的戏曲作品》,《湖北师范学院学报》(哲学社会科学版)1985 年第 3 期;齐晓枫:《明清戏曲中与屈原相关剧目考》,《辅仁国文学报》2005 年第 21 期;何光涛、唐忠敏:《古代屈原戏剧目补考》,《民族艺术研究》2011 年第 6 期。

③ 李中华、邹福清:《屈原形象的历史阐释及其演变》,《武汉大学学报》(人文科学版)2008 年第 1 期。

④ 汤用彤:《汉魏两晋南北朝佛教史》,北京大学出版社 1997 年版,第 263 页。

笑屈原者,然绝大多数评价趋于正面,亦视屈原为圣人之一;明末清初的遗民僧是相当庞大的群体,多数具有民族气节、爱国情怀和抗争意志,足以称得上是民族斗士。但需要指出的是,释家有时对屈原形象的负面评价又超过俗世,如《天岸升禅师语录》卷 14 载本升(1620—1673)示众:

> 谗言才入,屈子沉骨于湘潭;云梦伪游,淮阴被缚于汉室。可惜二子,乃小丈夫! 当时只解步步登高,不解从空放下,吾见其愚,未见其智也。①

此处斥责屈原与韩信一样是小人,愚不可及,评价之低,前所未闻。当然,本升也有自己的理论依据,即从佛教空观出发,批评屈原太执著,不懂得放弃。与本升观点相似的还有弘瀚,如《吊屈原二首》其一"已遇波涛险,深知林下安。屈平何所事,偏自入狂狷"②,同样贬斥其不明世事,不懂中道。

　　二者,从楚骚的接受传播言,世俗层面多承认其经典地位。对此,释家也基本赞同,特别是在"创作型"作品。但由于内外之学有别,故不少禅僧囿于修道立场,往往把创作与修道相对立,此时对楚骚等文学经典的评价便极低。如宋濂(1310—1381)为愚庵智及禅师(1311—1378)所撰《塔铭》就说智及同胞屿上人曾呵责智及:"子才俊爽若此,不思负荷大法,甘作《诗》《骚》奴仆乎?《无尽灯偈》所谓'黄叶飘飘'者,不知作何见解。"③袾宏(1535—1615)《云栖法汇》卷 12"外学"条又指出:

> 今时僧有学《老》《庄》者,有学举子业经书者,有学《毛诗》《楚骚》及古词赋者,彼以禅为务,但外学未绝,尚缘此累道。今恣意外学,而禅置之罔闻,不知其可也。④

袾宏于此,则把包括《诗经》《楚辞》在内的历代文学经典及儒、道思想经典都一一排斥在外,目的在于坚守修道悟禅的宗教本位立场。当然,这是极端的说法,并没有得到当时禅林的普遍认同,甚至袾宏自己就有《竹窗随笔》等多

---

① 《嘉兴藏》第 26 册,台北:新文丰出版股份有限公司 1987 年版,第 720 页上栏。
② 《博山粟如翰禅师语录》卷 6,《嘉兴藏》第 40 册,第 470 页下栏。又,弘瀚禅师对屈原评价,总体说来偏低。
③ 《愚庵智及禅师语录》卷 10,《卍续藏》第 71 册,河北省佛教协会,2006 年,第 699 页下栏。
④ 《嘉兴藏》第 33 册,第 34 页中栏。

种文学性较强的作品。

三者,僧俗对屈原形象与楚辞的接受传播,在相当程度上都依赖于民俗特别是端午民俗(世俗层面的研究成果特丰富,不赘;释家层面,从前文所举端午上堂、小参等例证可知其概况)。

四者,僧俗对屈原形象与楚辞的接受传播,在特定的时代还有趋同性,如前文所说明末清初,都十分自觉地强调遗民意识的抒写。

五者,佛教叙事对陷害屈原的反面人物靳尚,有时予以宽恕,如《高僧传》卷8载宋末齐初释法度(437—500)为已做七百余年栖霞山神的靳尚受戒,[1]江总《金陵摄山栖霞寺碑文》又说"大同元年二月五日,神又现形,着菩萨巾,披袈裟,闲雅甚都,来入禅堂,请寺众说法"[2],则知齐梁之时靳尚已被收归佛门。但民间对此颇有讥讽,《六朝事迹编类》卷12"楚靳尚庙"条即曰:"《摄山记》云:楚靳尚以谗杀屈原,诗云:'汨罗鱼腹葬灵均,竞渡如飞不救人。天意明知谗口毒,果遭天谴作蛇身。'"[3]清杜濬《伽蓝》则说"闻道伽蓝收靳尚,世尊应不读《离骚》"[4],反讽的意味更加浓烈,批判的矛头更加锐利。易言之,释家对靳尚可以慈悲为怀,因为只要他诚心忏悔即可;俗世则更强调善有善报、恶有恶报。

(二)成因略说

僧俗对屈原形象和楚辞接受传播异同之成因,约略说来,最重要的有两点:

一者在于释家特有的宗教文学思想——空观和无分别,因此,禅僧常戏论屈平,特别是在端午大参、小参、晚参等特殊的仪式场合。如《憨予暹禅师语录》卷2载洪暹"端阳上堂"云:

> 佛祖正令,人天轨则,凡圣两忘,群魔剿绝。蓦拈拄杖云:这里了彻无疑,管取顶门上辉天鉴地,脚跟下耀古腾今,处处随缘放旷,头头任运纵横,所以竿木随身,逢场作戏。大悲今日,不妨因行掉臂应个时节去也。

---

① 《高僧传》,中华书局 1992 年版,第 331 页。

② (明)梅鼎祚:《释家纪》卷 31,《大藏经补编》第 33 册,台北:华宇出版社 1986 年版,第 617 页上栏。

③ (宋)张敦颐撰,张忱石点校:《六朝事迹编类》,上海古籍出版社 2012 年版,第 160 页。

④ 杜濬撰:《变雅堂遗集·诗集》卷 10,清光绪二十年黄冈沈氏刻本。

以拄杖作摇船势曰:斗舞龙舟陆地行,烟波浪里钓金鳞。①

"竿木随身,逢场作戏",是中唐以来禅林最常用的俗语之一,它是禅宗仪式戏剧性要素的高度概括。② 而洪暹端午上堂所做的用拄杖作摇船手势,便是戏剧表演的具象化,因为端午正好有赛龙舟之民俗,恰恰在禅"戏"的语境中,故屈原圣化的形象被瓦解了。《蔗庵范禅师语录》卷 14 载净范"端午示众"即云:

> 蒲酒三杯下翠楼,石榴花插满人头。湘江两岸烟波阔,看斗龙舟归去休。堪笑楚屈原向死水里浸杀,致成话柄,亘古流传。惟我林下人,自有本色家风,终不肯逐世谛移情,随时节改步。他方狂闹,此土晏然。艾虎桃符不必高挂,维魖维蛇无处开口,况且三角粽无米可裹,雄黄酒非其所宜。以拂子画一"〇"曰:只将个云门胡饼供养大众,当要奋发大志,鼓起精勤,任你横咬竖咬,直咬到计穷力尽,想竭情枯,忽然咬破。不但人人饱腹,个个充饥,即旷大劫来事悉在其中。则知三闾大夫不曾浸杀面目,现在汨罗湾里,清风愈烈。设使溺于闻见,坐于心识,拘于取舍,胶于是非,未免被妄情所转。③

首先,净范消解了屈原自沉的神圣形象;其次,在世谛、真谛的比较下,他又颠覆了艾虎、桃符、三角粽、雄黄酒等端午民俗事象的特殊意义;复次,他从禅宗"本来面目"出来,指出屈原实际上从未被浸杀,只是由于世人沉溺于妄情,才有是非取舍之分。其对屈原形象的否定之否定,若非从禅学的视角,真会让人摸不着头脑。

二者正如净范禅师所言"当午令节,世俗风规,读《骚》兴感,采艾怀人"④,以《离骚》为代表的楚辞之作,其艺术特色之一就是浓烈的抒情,而释家修道需要泯灭世情,遑论抒写牢骚发泄幽怨了。换言之,禅宗接受传播楚辞甚至以《离骚》为经典和修道之间,本来存在矛盾。为了消弭这种矛盾,除了前文所述道盛以儒家诗教观统合《离骚》、函昰倡"反情合道"以外,也有其

---

① 《嘉兴藏》第 33 册,台北:新文丰出版股份有限公司 1987 年版,第 571 页上栏。

② 参康保成:《竿木随身,逢场作戏——禅宗仪式中的戏剧因素探析》,《中山大学学报》(社会科学版) 2001 年第 2 期。

③ 《嘉兴藏》第 36 册,第 962 页上一中栏。

④ 《蔗庵范禅师语录》卷 10,《嘉兴藏》第 36 册,第 941 页下栏。

他的说法,如赞宁针对唐人评清江《七夕诗》是"四背中一背也",便反驳道:"诗人兴咏,用意不伦。慧休《怨别》、陆机《牵牛星》,屈原《湘夫人》,岂为色邪? 皆当时寓言兴类而已……实为此诗,警世无常,引令入佛智焉。"① 赞宁把诗僧清江、慧休(即汤惠休)和屈原、陆机的情诗归为一类,并从创作情境论的角度予以认同(俗谛层面),而情诗的认识价值、教化价值(真谛层面),正如什译《维摩诘经》"先以欲钩牵,后令入佛智"②、般若译《华严》"五欲无伦匹,不染如莲华,但为引众生,后令入佛智"③ 所示,在于宗教引导。

正因为不少禅宗语录对屈原楚骚之情留有余地,加之禅僧四方行脚和屈子泽畔行吟的相似经历和相近的孤独体验,所以,像今无《与胡潜夫乞药戏赠》"昨闻和得岑字诗,匆匆未问君已去。诗学《离骚》让楚中,楚歌一起皆天风"④、海明《酬答白刺史完初来韵》"惆怅《离骚》坛未冷,平都山又墨花生"⑤ 所表达的哀怨感情,在一定程度程度上与屈原的《离骚》也有相通之处。特别是遗民僧人群对屈原形象的重塑以及自比屈原化身之举,更寄托了亡国之痛和乱离之悲,突显了遗民的身份意识。

---

① 《宋高僧传》,中华书局 1987 年版,第 369 页。

② (后秦)僧肇撰:《注维摩诘经》卷 7,《大正藏》第 38 册,台北:新文丰出版股份有限公司 1983 年版,第 775 页上栏。

③ 《大正藏》第 10 册,第 717 页下栏。

④ 《光宣台集》卷 15,《四库禁毁书丛刊》集部第 186 册,北京出版社 1995 年版,第 290 页上栏。

⑤ 《破山禅师语录》卷 20,《嘉兴藏》第 26 册,台北:新文丰出版股份有限公司 1987 年版,第 99 页上栏。又,题目是笔者代拟。

第三节 《宗镜录》宋元明清传播接受史略论 ①

永明延寿（904—975）是五代宋初的著名高僧,后世尊之为法眼宗第三祖、净土宗第六祖,故他在中国禅宗与净土宗发展史上都占有一席之地。其一生,虽仅主要活动于当时的吴越国,但著述丰富,据《慧日永明寺智觉禅师自行录》记载,共有《宗镜录》一部百卷、《万善同归集》三卷、《明宗论》一卷、《观心玄枢》三卷、《杂歌》一卷、《劝受菩萨戒文》一卷、《受菩萨戒仪》一卷等"共六十一本,总一百九十七卷"。② 在后世影响最大者是《宗镜录》,目前,学术界关注重点也多聚焦于此,并且,已有较为丰硕的研究成果,特别是对延寿佛教"心"学思想之研究。③ 本文则转换视角,拟检讨其在宋元明清的传播接受史。兹分成两个阶段,即宋元、晚明至晚清来描述相关情况。

一、宋元时期：教内为主，教外为辅

《宗镜录》,又叫《心镜录》④,是延寿约于乾德元年至四年（963—966）

---

① 本小节（略本）已刊于《东南学术》2020 年第 3 期,特此说明。

② 《卍续藏》第 63 册,河北省佛教协会,2006 年,第 164 页下栏—165 页中栏。

③ 相关重要成果,主要有冉云华《永明延寿》（台北:东大图书股份有限公司 1999 年版）、王翠玲《永明延寿の研究:〈宗鏡録〉を中心として》（东京大学人文社会系研究科 2000 年博士学位论文）、胡顺萍《永明延寿"一心"思想之内涵要义与理论构建》（台北:万卷楼图书股份有限公司 2004 年版）、杨文斌《一心与圆教——永明延寿思想研究》（巴蜀书社 2011 年版）、孙劲松《心史——永明延寿佛学思想研究》（商务印书馆 2013 年版）、柳幹康《永明延寿と〈宗鏡録〉の研究:一心による中国仏教の再编》（京都:法藏馆 2015 年版）等。

④ 延寿《心赋注》卷下谓"余曾集《心镜录》一百卷"（《卍续藏》第 63 册,第 123 页下栏）。

抄纂的一部集成性佛学著作,① 然它一直"秘于教藏"②,熙宁(1060—1077)中,"圆照禅师始出之",才形成"衲子争传诵之"③ 的局面;④ 元丰(1078—1085)中,神宗御弟魏瑞献王曾"镂板分施名蓝",可"四方学者,罕遇其本",故元祐六年(1091),徐思恭、法涌、永乐、法真等人"遍取诸录,用三乘典籍、圣贤教语校读成就"而成为"钱唐新本"。⑤ 此本当时影响甚大,黄龙祖心即评价说"吾恨见此书之晚也,平生所未见之文,公力所不及之义,备聚其中","因撮其要,处为三卷,谓之《冥枢会要》"而"世盛传焉"。⑥

与北宋前期近百年《宗镜录》在国内基本上秘而不宣的情况相反,它较早传入海东诸国。释元照重编《永明智觉禅师方丈实录》载《宗镜录》完稿后的流传情况是:"元帅大王,亲为序引。仍施钱三百千,缮写散入诸藏。宣德大王施财写一十部,后传至海东诸国,高丽王差使赍书,寄销金袈裟、紫水精念珠、金净瓶等以伸敬信。"⑦《景德传灯录》卷26又说延寿禅师"著《宗镜录》一百卷,诗偈赋咏凡千万言,播于海外。高丽国王览师言教,遣使赍书叙弟子之礼,奉金线织成袈裟、紫水精数珠、金澡罐等。彼国僧三十六人亲承印记,前后归本国,各化一方"⑧,综合两种史料判断,早期流入高丽的《宗镜录》,当是宣德大王即钱弘俶(吴越国主钱弘俶之弟)捐资而来的写本,而非刻本。另据永超宽治八年(1094)撰《东域传灯目录》,则知此时日本也有"《玄枢》一卷、《心赋》一卷、《宗镜录》百卷",夹注并谓"又云《心镜》,已上智觉禅师作"。⑨

---

① 陈文庆:《〈宗镜录〉成书新探》,《福建师范大学学报》(哲学社会科学版)2018年第3期。其实宋人早有此看法,如陈瓘(1057—1124)《智觉禅师真赞并序》即谓"师所著《宗镜录》一百卷,禅经律论与世间文字圆融和会,集佛大成"(张津等撰:《乾道四明图经》卷11,载《宋元方志丛刊》第5册,中华书局1990年版,第4976页下栏)。

② (宋)杨杰:《〈宗镜录〉序》,《大正藏》第48册,台北:新文丰出版股份有限公司1983年版,第415页上栏。

③ 《注石门文字禅》,中华书局2012年版,第1462—1463页。

④ 北宋天禧三年(1019)释道诚辑《释氏要览》卷下"禅僧行解"条引《宗鉴录》云"禅僧行解有十……无有一法,不鉴其原"(《大正藏》第54册,第302页上栏),其所引文字,实摘抄自《宗镜录》卷1"今有十问以定纪纲"(参《大正藏》第48册,第421页上栏),可知《宗镜录》即《宗鉴录》。但熙宁前,它主要在钱塘僧人中秘密传阅(道诚即为钱塘人)。另,唯心居士荆溪周敦义绍兴丁丑(1157)作《翻译名义集》之"序",也提到了《宗鉴录》(参《大正藏》第54册,第1055页上栏)。

⑤ 杨杰:《〈宗镜录〉序》,《大正藏》第48册,第415页上栏。

⑥ 《注石门文字禅》,第1463页。

⑦ 王招国:《永明延寿传记之新资料——中国国家图书馆藏〈永明智觉禅师方丈实录〉》,载《佛教文献论稿》,广西师范大学出版社2017年版,第350页。

⑧ 《大正藏》第51册,第422页上栏。

⑨ 《大正藏》第55册,第1164页下栏。

有关《宗镜录》的性质，释惠洪《林间录》卷下以亲身调查得出结论云：

> 予尝游东吴，寓于西湖净慈寺。寺之寝堂东、西庑，建两阁，甚崇丽。寺有老衲为予言：永明和尚以贤首、慈恩、天台三宗互相冰炭，不达大全，心（故）馆其徒之精法义者，于两阁博阅义海，更相质难，和尚则以心宗之衡准平之。又集大乘经论六十部，西天、此土贤圣之言三百家，证成唯心之旨，为书一百卷传于世，名曰《宗镜录》。①

此处寝堂，即后世所说的宗镜堂。延寿鉴于当时华严、慈恩、天台三宗宗旨有分歧，故以本院熟悉三宗教义之门徒者加以辩论，最后以其所属法眼宗（禅宗五家之一）教义统合各家义旨，而为《宗镜录》。

据现存相关史料分析，即便《宗镜录》刊刻"钱唐新本"之后，其主要影响也在教内，曹勋绍兴二十九年（1159）正月上元日所作《净慈创塑五百罗汉记》即称赞智觉寿禅师"作《宗镜录》等数万言，为衲子指南"②。如前述祖心禅师，为方便学人，曾把百卷本《宗镜录》③节要成《冥枢会要》三卷④。后来，守讷有《节〈宗镜录〉》10 卷⑤；育王介谌弟子心闻昙贲有《〈宗镜录〉撮要》一卷⑥；元初靖庵则有卷数不详的《〈宗镜录〉详节》⑦。而文字禅的提倡者惠洪，有《题〈宗镜录〉》《题法惠写〈宗镜录〉》，特别是智愚《阅〈宗镜录〉》说"百卷非文字，精探海藏深。老胡三寸舌，镜主几生心。力破尘劳网，能销旷劫金。

---

① 《卍续藏》第 87 册，河北省佛教协会，2006 年，第 275 页中栏。"心馆"之"心"，《文渊阁四库全书》本作"故"，是。

② 曾枣庄、刘琳主编：《全宋文》第 191 册，上海辞书出版社、安徽教育出版社 2006 年版，第 73 页。

③ 《宗镜录》一百卷是主流说法，如《景德传灯录》卷 26、《佛祖统纪》卷 51、《宋史》卷 205《艺文志》等；但也有作 120 卷者，如王象之《舆地纪胜》卷 2、潜说友《咸淳临安志》卷 70。后者大概出于明州翠岩寺法惠写本，参惠洪《题法惠写〈宗镜录〉》（《注石门文字禅》，中华书局 2012 年版，第 1465 页）。此外，据丁仁撰《八千卷楼书目》卷 14 "子部" 称："《宗镜录》六十卷（宋释延寿撰，明刊本、殿刊本）"，则知明清时期还有六十卷本。

④ 此书后世又称《宗镜会要》，卷数有别，如《万卷堂书目》卷 3 曰"《宗镜会要》二卷，祖心"。

⑤ （宋）李弥逊：《宣州昭亭山广教寺讷公禅师塔铭》，载《全宋文》第 180 册，第 366 页。

⑥ 按，清嘉庆文选楼刻本《天一阁书目》卷 3 云"《宗镜录撮要》一卷。宋卢芥湛《后序》云：永明寿禅师《宗镜录》，文字浩博，学者望涯而返，东嘉昙贲上人百掇一二，名《撮要》"，但历史上并无卢芥湛其人，疑"卢芥湛"，作"芦介谌"，指驻锡过芦山的介谌禅师。昙贲为其法嗣之一，师为弟子作序，也在情理中。

⑦ 据程巨夫至大二年（1309）九月九日作《〈宗镜录详节〉序》云"是故靖庵剪裁古记，披褫须提，正纽伐木，先削旁枝"（李修生主编：《全元文》第 16 册，江苏古籍出版社 1999 年版，第 136 页），则知号靖庵者，曾参照前贤著述而作《宗镜录详节》一书。但靖庵身份不详，俟考。

归原何所似,花底啭灵禽"①,高度赞扬了延寿禅师(镜主)对释迦牟尼(老胡)所说佛典精义的准确概括。元初释善住《读〈宗镜录〉》又说"珍闷龙龛几百年,我生何幸得披研。真空境寂非文字,妙有缘生立圣贤。权实圆明般若智,果因清净涅槃天。殊宗异学求源委,拭目方知萃此编"②,则立足于《宗镜录》思想的圆融性。此外,像禅师在延寿忌日上堂拈香时,往往也会提及《宗镜录》,希叟绍昙即说"只将《宗镜》鉴惟心,法眼重重添翳膜。医无药,光烁烁。要识永明妙旨,(插香云:)更添香着"③。而有关像赞同样如此,比如释居简《永明寿禅师》云"纵大辩于谈笑,寄虚怀于冥莫。所谓百轴《宗镜》之文,如太山之一毫芒。巍巍堂堂,炜炜煌煌。非心亦非佛,破镜不重光"④,诸如此类的场合,反反复复提及《宗镜录》,自然有助于它在教内的传播和接受。

宋元教内的多种佛教著作,也有引《宗镜录》为据者,如宋释宝臣《注入大乘楞严经》卷2"或注此经指第七识而为能造善恶业者,教无明文"句下注曰"唯《宗镜录》七十三卷首一处,因凭古注而云七识造业"⑤,释智昭《人天眼目》卷4"论华严六相义"一节后则注"见《宗镜录》"⑥,释文才《肇论新疏》卷上又谓:"故《大论》第五云'菩萨知诸法不生不灭其性皆空',予昔读此,反复不入,及读永明大师《宗镜录》至释此论,疑滞顿消"⑦,可见《宗镜录》颇有助于释子的解疑答惑。更有意思的是楚石梵琦禅师,他把《宗镜录》所说的《华严》十种无碍",扩编成十首偈(七律)以示僧人,⑧此无疑是《宗镜录》传播的新形式。

《宗镜录》入藏时间较早,明前《崇宁》《毗卢》《资福》《碛砂》《普宁》诸《大藏经》都有收录,但总体说来,流布不广。邓文原延祐七年(1320)撰《南山延恩衍庆寺藏经阁记》即说释居奕"购四大部及《华严合论》《宗镜录》"。⑨

---

① 《虚堂和尚语录》卷7,《大正藏》第47册,台北:新文丰出版股份有限公司1983年版,第1034页下栏。

② (元)释善住撰:《谷响集》卷中,载明复法师主编:《禅门逸书初编》第6册,台北:明文书局1981年版,第43页。

③ 《卍续藏》第70册,河北省佛教协会,2006年,第422页下栏。

④ 《卍续藏》第69册,第679页中栏。

⑤ 《大正藏》第39册,第444页中栏。

⑥ 《大正藏》第48册,第324页中栏。

⑦ 《大正藏》第45册,第205页上栏。《大论》,指《大智度论》。

⑧ 《卍续藏》第71册,第648页中栏—649页上栏。

⑨ (元)邓文原撰:《巴西集》卷下,《文渊阁四库全书》第1195册,台北:商务印书馆1986年版,第569页下栏。

由于《宗镜录》卷帙浩繁,即便先后出现了《冥枢会要》等多种节要本,①但它在宋元居士间的流播并不广,除了钱俶、杨杰等作序者外,真正深入钻研过的教外人士屈指可数。如被列为黄龙祖心法嗣之一的黄庭坚,其《戏答赵伯充劝莫学书及为席子泽解嘲》②即云"从此永明书百卷,自公退食一炉香",可知山谷算是大诗人中延寿难得的异代知音之一。后来,吴复之(铠庵居士)"观山谷诗赞美《宗镜》,潜心此书,甫毕两函,以所得告开上人。上人折之,宝积实令废《宗镜》,读《止观》"③,宝积实是天台宗的讲师,他出于坚守自家之宗派立场,所以,反对吴复之研习融汇华严、天台、法相等宗派思想的《宗镜录》。倒是和吴复之同时代并参过月林师观禅师的居士陈贵谦,④对《宗镜录》钻研有年,其《答真侍郎德秀书》即说"某向来虽不阅大藏经,然《华严》《楞严》《圆觉》《维摩》等经,诵之亦稍熟矣。其他如《传灯》、诸老语录、寿禅师《宗镜录》,皆玩味数十年间"⑤。看来,两宋文人居士接受《宗镜录》与否,与其师承也有关系。

元代文人,除程巨夫以外,大多数可能对《宗镜录》有所了解,但不一定像黄山谷那样对全书下过真功夫。所以,诗作之"宗镜",究竟指人(永明)还是指书,得从上下文语境加以判别,如成廷珪《以张仲举韵送毅景中任长芦寺二载诗就答仲举》其一曰"被旨辞京阙,还家复远途。行吟头戴笠,趺坐膝穿芦。佛国传宗镜,王门得衬珠。西来祖师意,先尔设伊蒲"⑥,此"宗镜",既以《宗镜录》撰就之地宗镜堂比喻长芦寺,又以《宗镜录》作者永明延寿比喻毅景中。柳贯《送南竺澄讲主校经后却还杭州》云"疑句多多证,芜辞一一镌。《法珠》终照乘,《宗镜》已当铨"⑦,其"法珠",指《法苑珠林》,"宗镜"则指《宗镜录》,诗既然把南天竺寺澄讲主描述成为精通各类佛典的讲经大师,由此推想作者本人对《宗镜录》也不会太陌生。

---

① 若按《东域传灯目录》,延寿自己就有《心镜要略》十卷,参《大正藏》第55册,台北:新文丰出版股份有限公司1983年版,第1164页下栏。

② 《黄庭坚诗集注》第1册,中华书局2003年版,第311—313页。又,任渊注中所引《宗镜录序》"举一心为宗,照万法如镜。编联古制之深义,撮略宝藏之圆诠",出自延寿自序(参《大正藏》第48册,第417页上栏),则知任渊读过《宗镜录》。另,黄庭坚《谢王炳之惠石香鼎》"法从空处起,人向鼻头参",任渊注亦引《宗镜录》曰"若离此真空之门,无有一法建立"(同前,第289页)。

③ 《释门正统》卷7,《卍续藏》第75册,河北省佛教协会,2006年,第349页中栏。

④ 吴复之、陈贵谦,皆入《居士传》,分别在卷24、卷34。

⑤ 《全宋文》第315册,上海辞书出版社、安徽教育出版社2006年版,第7页。又,陈贵谦嘉定十一年(1218)上元日为《月林观和尚语录》写序(《卍续藏》第69册,第345页中栏),《全宋文》失收。

⑥ (元)成廷珪撰:《居竹轩诗集》卷2,《文渊阁四库全书》第1216册,台北:商务印书馆1986年版,第297下栏—298页上栏。

⑦ (元)柳贯撰:《柳待制文集》卷4,《四部丛刊》景元本。

少数元人也像陈瓘一样，在相关记、序类作品中言及《宗镜录》。如虞集《重修净慈报恩光孝禅寺记》就说延寿"作《宗镜录》一百卷，则寺有宗镜堂也"①，此则把宗镜堂的得名和《宗镜录》相联系；戴良《〈禅海集〉序》在介绍永嘉沙门道衡《禅海集》之时，特别点明"《续灯》《广灯》《五灯会元》《宗镜录》《僧宝传》《宗门统要》诸书者出，富哉其为言矣"②。但是，两人都没有详细介绍《宗镜录》的思想内容之类。

此外，当时一些类书涉及佛教名相时也有引《宗镜录》者，如佚名淳熙十五年（1188）撰出的《锦绣万花谷》卷28"宗教"条曰"《宗镜录》融会宗教之言曰：不离筌蹄而求解脱，不执文字而迷本空……"③引文出《宗镜录》卷34④而略有改动。

归纳而言，宋元时期《宗镜录》的传播和接受，主要在禅宗教团，教外人士知之甚少，且僧俗共研义理者罕见。

二、晚明至晚清：僧俗共研，诗歌所受影响尤深

《宗镜录》在明清的传播接受，从形式上看，和宋元时期基本相同。若从受众之广和僧俗共同研究之深看，却远超前代，尤其在晚明还掀起了一股研习《宗镜录》的热潮，其中，居士群体的广泛参预是前所未有的现象。而且，《宗镜录》对诗歌创作的影响也超过了宋元两朝。

（一）研读与著述⑤

1. 研读情况

当时，喜欢研读《宗镜录》的僧俗两众，为数甚多，而且多是当世名家。

---

① （明）释大壑撰，刘士华、袁令兰标点：《南屏净慈寺志》，杭州出版社2006年版，第40页。
② （元）戴良撰：《九灵山房集》卷13《吴游稿》，《四部丛刊》景明正统本。
③ 又，谢维新撰：《事类备要·前集》卷48《释教门》"禅法"之"宗教"条，同引《宗镜录》，文字无异。
④ 《大正藏》第48册，台北：新文丰出版股份有限公司1983年版，第614页上栏。
⑤ 按，域外史料也值得注意，如历应三年（1340）入华的日僧愚中周及（1323—1409），《大通禅师语录》卷6即说他承和元年乙卯（1375）"腊月十四夜看《宗镜录》，忽闻迅雷，作二偈。其一曰：惯钻故纸不间眠，也解通宵磨碌砖。忽被雷惊申只脚，依然踏着旧青毡。其二曰：禅中教与教中禅，隔得虚空作两边。雪里梅花如不别，西来玄旨赤乌年"（《大正藏》第81册，第97页下栏），又说明德四年癸酉（1393）"师因看《宗镜录》，著《禀明钞》"（同前，第98页下栏），则知大通禅师不但通读过《宗镜录》，而且还有专门的论著《禀明钞》。又，研读和著述有时融为一体，本文举例时只作大致的区分。

佛教方面,如憨山德清(1546—1623)《云谷先大师传》载其师云谷法会出家后:"阅《宗镜录》,大悟唯心之旨,从此一切经教及诸祖公案,了然如睹家中故物。"① 法会显然是把《宗镜录》作为深入藏经的教科书。德清受老师影响,对《宗镜录》同样评价极高,其《刻〈起信论直解〉后序》说"永明又集《宗镜》百卷,发明性相一源之旨,如白日丽天,而后学竟不一觑"②,其《宗镜堂结修证道场约语》又对大壑法师所建"法侣十二人"之会(居士以谭孟恂为代表)的组织形式"岁分四时,每时拨二十一日为忏法,遵《法华忏仪》。余则日披《宗镜录》,了悟唯心,疑则为众发明的旨"③深表赞赏。释大壑说净慈寺大觉圆珑:"常阅《宗镜》,有省。与其徒承,手录百卷,示邻居士虞长孺曰:'吾得扫除宗镜堂,为寿师役,足可无憾。来时虚空包法界,去时法界包虚空耳。'逝时,口喃喃二语不绝。时宗镜惟梵本,妙峰福灯阅之悟,劝藩王刻书册于秦,而师传写于吴,儒人遍读心开,遂有行《广删》《摄录》者,二师之缘起也。妙峰亦驻赐南屏,与筠泉莲为友,皆远嗣永明寿。"④ 蕅益智旭在《校定〈宗镜录〉跋》中夫子自道:"予阅此录已经三遍,窃有未安,知过在法涌,决不在永明也。癸巳新秋,删其芜秽,存厥珍宝,卷仍有百,问答仍有三百四十余段,一一标其起尽,庶几后贤览者,不致望洋之叹,泣歧之苦矣。"⑤可见其用力之深。无异元来上堂有云"才开解路,便落生死,如永明大师云'圆宗所示,皆是未了。文字性离,始名解脱'。看《宗镜录》者,谁肯谓性离也,皆识上生识,心上求心,愈生愈求,转觅转远"⑥,此意在告诫学人,文字固然重要,但也不可执着,死于句下。天岸本升(1620—1673)上堂又云"连日阅《宗镜录》,永明禅师捧出奇珍异宝,满案杂陈,欲以给散诸人。傍有尼山孔仲尼呵呵大笑道:长老太贫窭生,不见赤之适齐也,乘肥马,衣轻裘。吾闻之也,君子周急不继富。然虽如是,大有东家点灯西家暗坐的,各各归堂简点看"⑦,此则把自己

---

①　《憨山老人梦游集》卷 30,《卍续藏》第 73 册,河北省佛教协会,2006 年,第 673 页中栏。又,清真在编《径石滴乳集》卷 3 则说云谷法会禅师"参法舟,舟令看念佛语。一日受食,碗忽堕地,猛然有省。偶阅《宗镜录》大悟,舟特著《临济二十七世源流》,付之"(同前,第 67 册,第 536 页下栏)。

②　《卍续藏》第 73 册,第 600 页下栏。

③　同上书,第 785 页下栏。

④　《南屏净慈寺志》,杭州出版社 2006 年版,第 119 页。其中,《广删》《摄录》,分别指陶望龄《〈宗镜〉广删》(10 卷)、袁宏道《〈宗镜〉摄录》(12 卷);"承",指圆珑弟子释广承。

⑤　(明)蕅益撰:《灵峰宗论》卷 7,《蕅益大师全集》第 18 册,台北:佛教书局 1989 年版,第 16 页。

⑥　《卍续藏》第 72 册,第 349 页上一中栏。

⑦　《嘉兴藏》第 26 册,台北:新文丰出版股份有限公司 1987 年版,第 706 页下栏。

读《宗镜录》的感受体验作为上堂说法的话头。

上文所说德清、智旭,都是明末四大高僧之一,其实,另两位云栖祩宏、紫柏真可同样重视《宗镜录》的弘扬。如祩宏《竹窗三笔》"大鉴大通"条就对《宗镜录》所持"大鉴止具一只眼,大通则双眼圆明"的内涵有所揭示,①而虞淳熙《万历乙未正月十五日,莲池大师受缁白之请,诣南屏弘演〈圆觉〉,三月四日圆满恭送还山,成五言排律四十韵,用元和体》开篇就赞扬祩宏是"身倚南屏隐,心将《宗镜》传"②;真可《永明寿禅师赞》则说"古今禅、教相非,性、相相忌,久矣。唯寿师《宗镜录》,括三藏,会五宗,故其卷以百计,学者多望洋……后之览《宗镜》者,具只眼始得"③,崇敬之情,溢于言表。

明清居士研读《宗镜录》,尤其是晚明时段之例不胜枚举,④而最可注意的是冯梦祯,其《快雪堂日记》⑤竟然有不少内容是以日常佛教生活为中心的。单就读佛典而言,冯氏用力最勤、反复研磨的内典之一就是《宗镜录》,作者详细记录了阅读的进展情况,如卷1谓万历十五年五月初四"阅《宗镜录》一至三卷",初五阅"四至六卷",初七阅"七卷",十六阅"十一至十三卷",十九阅"二十至二十三卷";六月初一阅"四十六卷",初六阅"五十九卷、六十卷",初七阅"六十一至六十三卷",十九阅"九十九、一百卷",并总结道"自五月初四至今,共四十五日而终。但粗阅一过,尚期岁内再阅,至三至四,以尽其妙,不令空手入宝山也"。⑥在此,作者强烈表达了对《宗镜录》的阅读感受与阅读期待,而且做到了言必行、行必果,日记卷3就记载万历十七年(1589)六月十四,

---

① (明)云栖祩宏撰:《莲池大师全集》第7册,台北:佛陀教育基金会2008年版,第4045—4047页。

② 《南屏净慈寺志》,杭州出版社2006年版,第233页。又,虞诗更强调祩宏对延寿净土思想的弘扬,祩宏自己也赞延寿"佩西来直指心印而刻意净土。自利利他,广大行愿,光昭于万世。其下生之慈氏欤,其再生之善导欤"(《往生集》卷1,《大正藏》第51册,台北:新文丰出版股份有限公司1983年版,第133页中栏)。

③ 《南屏净慈寺志》,第192页。

④ 有关晚明居士佛教情况之介绍,参释圣严《明末的居士佛教》(《华冈佛学学报》第5期,1981年12月)、李玉伟《晚明居士群体研究》(中央民族大学2013年博士学位论文)。

⑤ 该日记记事,始于万历十五年丁亥(1587),止于万历三十三年乙巳(1605),前后本应载19年之事,但今本三年有缺,即少了壬辰(1592)、甲午(1594)和辛丑(1601),故它实际记事为16年。盖万历十五年四十岁时,冯梦祯去官归里后,便决定于西子湖畔闲隐。

⑥ (明)冯梦祯撰,丁小明点校:《快雪堂日记》(修订本),凤凰出版社2015年版,第1—3页。所谓"七卷""四十六卷",是指《宗镜录》卷7、卷46。

虽然天气酷热,作者依然"阅《宗镜》一卷半",并"重装《宗镜》三峡"。^①

冯梦祯好读《宗镜录》,一方面,与他深受《宗镜录》观心、唯识、禅教一致等思想的影响密不可分,另一方面,则与永明延寿在杭州佛教史上的突出地位特别是晚明推崇《宗镜录》的时代风气有关。兹择要列"明清居士研读《宗镜录》情况简表"(表 5-1)如下:

表 5-1 明清居士研读《宗镜录》情况简表

居士姓名	研读情况	文献出处
薛西原 (1489—1541)	薛西原因佛书极多,卒难遍阅。其最要者《楞伽经》《维摩诘经》《起信论》《肇论》……《宗镜录》,皆不可不观。	梁清远撰《雕丘杂录》卷 13《晏如笔记》,康熙二十一年梁允桓刻本
陈瓒 (1518—1588,字廷裸)	晚岁益修禅观,尝创莲花庵,集老衲高行者翻阅内典,究竟解脱,手自写《宗镜录》及诸尊宿要语几十余万言。	赵用贤撰《松石斋集》卷 13《少司寇陈先生传》,明万历刻本
李豫亨 (字元荐,享年 61 岁,约 1520—1580)^②	形识相禅,理固难明,今著佛氏之说之近理者《宗镜录》云云:何识离于身,便速受身识故身。^③	李豫亨撰《推篷寤语》卷 4《原教篇下》"附轮回",明隆庆五年李氏思庆堂刻本
一山居士王宁 (生卒年不详)^④	方泽《为一山居士点〈宗镜录〉》:凛凛当轩照胆寒,曾经扑破自团圆。永明依样描模出,依样知君已善看。^⑤	《南屏净慈寺志》卷 7,杭州出版社 2006 年版,第 186 页
澹园居士焦竑 (1540—1620)	《关尹子》"万物之来,对之以性,而不对之以心"……向读之有省,然儒典中绝未有此论。后检《宗镜录》中引二语……	李剑雄校点《焦氏笔乘》,上海古籍出版社 1986 年版,第 232 页
香光居士董其昌 (1555—1636)	独好参曹洞禅,批阅永明《宗镜录》一百卷,大有奇悟。	陈继儒《容台集序》,郑元勋辑《媚幽阁文娱二集》卷 1,明崇祯刻本
袁宗道 (1560—1600)	良知二字,伯安自谓从万死得来……余观《宗镜》所引圭峰语,谓达磨指示慧可壁观之后……	钱伯诚标点《白苏斋类集》,上海古籍出版社 1989 年版,第 239 页

---

① 《快雪堂日记》(修订本),凤凰出版社 2015 年版,第 40 页。

② 按,王世懋《王奉常集》卷 15《李元荐传》谓"(周)叔夜于人鲜许可,而独推重其友李君元荐。叔夜殁五载而李君始为典客郎已,又十载余而李君卒……年仅六十有一耳",周叔夜卒于嘉靖四十四年(1565),则知李豫亨约卒于 1580 年以后。

③ 此处引文见《宗镜录》卷 75(《大正藏》第 48 册,台北:新文丰出版股份有限公司 1983 年版,第 834 页下栏)。

④ 王夫之《薑斋诗文集·文集》卷 10《家世节录》指出,其高祖为"骠骑公王震第四子处士公,讳宁,号一山居士""始以文墨教子弟,起家儒素焉"。看来,王夫之重视唯识学,佛教素养也有家学之传承。

⑤ 按,方泽于嘉靖四十二年(1563)为其师法舟道济撰有《法舟济和尚行状》(《嘉兴藏》第 40 册,台北:新文丰出版股份有限公司 1987 年版,第 483 页上—下栏),则知王宁与方泽、道济是同时代之人。

续表

居士姓名	研读情况	文献出处
歇庵居士陶望龄（1562—1609）	《宗镜》百卷，磨勘十年，约束三章，昭融片念，恢《略节》以衍续，即《冥枢》而广删。	黄汝亨撰《寓林集》卷2《宗镜广删序》，明天启四年刻本
痴居士李日华（1565—1635）	（万历四十三年九月朔日）忆尔时闭关习静于西河市楼，日阅《宗镜录》有得，故能下语如此。	屠友祥校注《味水轩日记》，上海远东出版社1996年版，第484页
钱敬修（1567—1640）	晚年再读《宗镜录》，明儒释同归，于象山、阳明之学多有发挥。	钱澄之撰《先考敬修先生镜水府君行略》，载彭君华校点《田间文集》卷29，黄山书社2014年版，第553页
袁中道（1570—1626）	自三月至此，两月余矣。局促舟中，若笼鸟系驹，然亦以此尽阅《宗镜》及《传灯》诸书。	钱伯城点校《珂雪斋集》卷21《行路难》，上海古籍出版社1989年版，第876页
天鼓居士鲍性泉（生卒年不详）①	晚而皈心云栖，笃志净业，兼肆力于《方山合论》、永明《宗镜》诸书。	张培锋校注《居士传校注》，中华书局2014年版，第363页
张明弼（1584—1652）	我已久翻《宗镜》语，愿从寿老结新盟（寺有宗镜堂，宋寿公著《宗镜录》处）。	张明弼撰《莹芝集》卷7《净业寺》，明天启五年书林段君定刻本
谭贞默（1590—1665，即谭孟恂，又字梁生）②	余则日披《宗镜录》，了悟唯心……发心供给，则有望于发心之檀越，今有居士谭孟恂力任先登。	德清《宗镜堂结修证道场约语》，《卍续藏》第73册，河北省佛教协会，2006年，第785页下栏
孝廉晋公闵居士③	来谕云：日在宝云阁《宗镜》诸录，心中稍有明亮，如人在芦沟望皇殿，只见红与金色日光映成一片。	正印《答孝廉晋公闵居士》，《嘉兴大藏经》第28册，台北：新文丰出版股份有限公司1987年版，第805页上栏

① 袁中道《珂雪斋集外集》卷13"有居士鲍姓者，日暗诵《楞严》数部，善谈《宗镜》，解行俱佳，亦时来共语"之"鲍居士"，当指鲍性泉（宗肇）。虽然公安三袁与鲍都对《宗镜录》深有研究，但二家看法并不相同。如"三袁"之袁宏道《珊瑚林》卷上就说"一部《宗镜》，只说得一个安心……《宗镜录》，乃参禅之忌；禅师公案及语录，乃参禅之药"（王闰吉《袁宏道〈珊瑚林〉〈金屑编〉校释》，中国社会科学出版社2017年版，第25页），鲍宗肇《天乐鸣空集》卷2《欲简易修行》则批评"有读《宗镜》者畏百卷之多，阅数卷即辍，欲求简少易阅者，固知此辈根器浅劣，与般若无缘"（《嘉兴藏》第20册，台北：新文丰出版股份有限公司1987年版，第485页上栏），《谤〈宗镜录〉》则说"众生垢重，神昏欲强，智浅不思深入大藏，见佛祖言教如山海，畏力量难知，反谤文字无益，指《宗镜》为义学，斥永明为小乘，多见其不知量也。夫《宗镜》引大藏圆顿之教与诸祖贤圣之言，十居七八，而赞述之言，仅二三耳。若谤毁之，乃谤大藏圆顿毁佛祖一切贤圣也。且圆照晦堂诸公，何等人也，皆仰之而手不释卷，或恨见此书之晚，今岂超过于圆照、晦堂诸公乎"（同前，第487页上一中栏）。

② 按，谭孟恂与虞淳熙、李日华等居士交往甚频。又向德清、雪浪、大壑、智闇等释门龙象问道参禅，时有唱和之作。

③ 据汪道昆《太涵集》卷115《文昌阁即事送闵孝廉仲豫上春官》，则正印所说"闵居士"，可能指闵仲豫。但其生平事迹，俟考。

续表

居士姓名	研读情况	文献出处
严书开 （1612—1671，字三求，号逸山）	（崇祯十年丁丑，1637）十一月阅《宗镜录》，十二月阅《梵网经》。	严书开撰《严逸山先生文集》卷9《东皋散录》，清初宁德堂刻本
董说 （1620—1686）	霜晴对《宗镜》，影焰须眉确。	《董说集·诗集》卷11《立春日读〈宗镜录〉限韵》，民国《吴兴丛书》本
尊闻居士罗有高 （1733—1799）	读《维摩诘经》《宗镜录》，长江风波之险，亦忘之矣。	罗有高撰《尊闻居士集》卷3《与彭允初》，清光绪七年刻本
陈寿祺 （1771—1834）	惜哉水波真谛绝（《宗镜录》：如水入波、顿教、一色法，无非真理所收 ①），道人一去三千秋。	陈寿祺撰《绛跗草堂诗集》卷2《韩芸舫巡抚龙湫宴坐图》，清刻本
文廷式 （1856—1904）	《宗镜录》卷27引《法华方便品偈》云："正直舍方便，但说无上道……乃指日光一切种智为正。"② 按：此虽譬喻语，然一切光皆出于日，一切种智亦生于日，可由此而悟也。	文廷式撰《纯常子枝语》卷14，民国三十二年刻本

从上面所列举的代表性人物看，我们不难发现，诸位居士对《宗镜录》的研读相当细致深入，有的诗文作者自注时对相关佛教名相及其义理十分熟悉，可谓信手拈来。研读方式，除个人钻研外，又有僧俗以书信答疑解惑者，如前引法玺正印禅师《答孝廉晋公闳居士》所示。居士之间亦然，袁宏道万历二十六年（1598）于北京所作《答陶石篑》即载：

> 石篑寄伯修书云："近日看《宗镜录》，可疑处甚多。即如'三界唯心，一切惟识'二语，三岁孩儿说得，八十岁翁翁行不得。"又问伯修："此事了得了不得？"③

石篑即陶望龄，伯修即袁宗道，由三人书信往来可知，《宗镜录》阐述的心、识问题，是晚明居士群体所共同关注的。结合前引袁中道《行路难》所述，公安三袁都研读过《宗镜录》。

---

① 陈氏自注，引文出《宗镜录》卷37（《大正藏》第48册，台北：新文丰出版股份有限公司1983年版，第634页上栏）。

② 此引文实出于《宗镜录》卷29（《大正藏》第48册，第588页下栏），故"二十七"之"七"当为"九"之讹。

③ （明）袁宏道著，钱伯城笺校：《袁宏道集笺校》，上海古籍出版社1981年版，第735页。

僧俗现场共同研读《宗镜录》，也时有所见，如清初杭州智道以揆禅师就"与居士田君论《宗镜录》，谓圆宗所示皆是未了，文字自必性离，始名解脱"①。而像《宗镜堂结修证道场约语》所记净慈寺大璧法师主持的"法侣十二人"之会，则以法会形式来组织僧俗定期披阅《宗镜录》，其受众，自然会更多。加上净慈寺募得张大心居士家藏《宗镜录》板文②之后，信众更易得到《宗镜录》，这也是净慈寺在晚明以降成为《宗镜录》研习传播中心的有利条件之一。

此外，又有主仆同喜《宗镜录》者，释通门《〈宗镜节录〉序》便说陆平叔有《宗镜节录》，其"所给侍不过一苍头，然亦喜阅《宗镜》"③。

2. 著述情况

著述大致分为两种：一者是对《宗镜录》的校订和节选改编，二者是引用《宗镜录》为据的学术著作。

对《宗镜录》的校勘，除了《永乐南藏》《永乐北藏》《嘉兴藏》《乾隆藏》等明清《大藏经》之外，最重要的校订者是蕅益智旭，其《校定〈宗镜录〉》是为了回答袁宏道"永明道眼未明"的疑问，指出"过在法涌，决不在永明"④。

至于节选改编的原因，主要还是百卷本《宗镜录》卷帙浩繁，一般信众难于细究和全面掌握，正如前引法乘《〈宗镜节录〉序》所说"古今随其所好，剔繁就简"⑤。就明清时期的节选改编本而言，重要者有六种：一是袁宏道《宗镜摄录》十二卷，二是陶望龄《宗镜广删》十卷，三是李登《宗镜约抄》，⑥四是陆平叔《宗镜节录》四册⑦，五是袁中道《摄摄录》二册⑧，六是雍正皇帝

---

①　《越州西山重开古真济禅寺传曹洞正宗第三十世以揆道禅师塔志铭》，毛奇龄撰《西河集》卷110"塔志铭"，《文渊阁四库全书》第1326册，台北：商务印书馆1986年版，第216页上栏。

②　参李日华：《净慈寺募藏〈宗镜录〉板文》，载《南屏净慈寺志》，杭州出版社2006年版，第262—263页。

③　《牧云和尚嬾斋别集》，《嘉兴藏》第31册，台北：新文丰出版股份有限公司1987年版，第541页上栏。

④　《校定〈宗镜录〉跋》，载《蕅益大师全集》第18册，台北：佛教书局1989年版，第16页。

⑤　《牧云和尚嬾斋别集》，《嘉兴藏》第31册，第540页下栏。

⑥　此三种俱见黄虞稷《千顷堂书目》卷16（瞿凤起、潘景郑整理本，上海古籍出版社2000年版，第428页）。又，《宗镜广删》，法乘《〈宗镜节录〉序》却说"初，黄龙庵晦堂禅师者曰《冥枢》，后会稽陶石篑先生广之曰《广枢》"，则知《宗镜广删》又称《宗镜广枢》，相对于祖心《冥枢会要》，选录内容更广。

⑦　《牧云和尚嬾斋别集》，《嘉兴藏》第31册，第540页下栏。

⑧　袁中道《游居柿录》卷7载其万历壬子（四十年）曾"阅《宗镜摄录》。先兄中郎集《宗镜》精语为《摄录》，予又检其中之最精者为《摄摄录》，凡上下二册"（《珂雪斋集》，上海古籍出版社1989年版，第1260页）。

（自号大彻大悟圆明居士）的《御录宗镜大纲》二十卷。① 此外，日本空谷明应所说《常光国师语录》卷下提到宋太史景濂（即宋濂，1310—1381）奉敕所撰的《正觉塔铭》，塔铭云无极志玄禅师"律身严洁，于书无所不观，为《宗镜录》百卷笺笔记三十卷，目曰《色尘集》"②，据此，《色尘集》也可能是《宗镜录》的摘选本。其书性质若何，俟再考。

以《宗镜录》为据的研究著作，佛教方面最有价值者是明末清初的唯识学论著。③ 如通润万历壬子年（1612）撰《〈唯识集解〉自叙》说自己做《唯识集解》的感受是"后披《宗镜》，始得斩其疑关，抽其暗钥"④，王肯堂万历癸丑（1613）六月十九日撰《成唯识论证义自序》又说：

> 《唯识证义》，何为而作也，为慈恩之疏亡失无存，学唯识者伥伥乎莫知所从而作也。然则不名"补疏"，何也？……其名"证义"，何也？曰：取大藏中大小乘经论及《华严疏钞》《宗镜录》诸典，正释唯识之文，以证《成论》之义，而非敢以己意为之注也。⑤

结合智旭《成唯识论观心法要》卷1所说"《大钞》《宗镜》，援引可据"⑥，则知明末重建唯识学时，《宗镜录》和《华严疏钞》（即《大钞》）特别是前者所保留的唐代唯识学经典（或遗文）是最重要的历史文献。王肯堂《郁冈斋笔麈》卷1还记载了真可与瞿汝稷等居士共同讨论"八识"的场景：

> 紫柏大师以甲申年至常熟访瞿元立等诸信士，问诸君"作何工夫？"诸君以"修净土"对。师曰："修净土亦尝作观乎？"曰"然"。师曰："于八识于用何作观耶？"诸君不能对。师曰："若用六识则审而非恒，不能专注不散；若用八识则恒而非审，又何能作观耶？"诸君固请师说破，师笑而

---

① 雍正自序于雍正十二年（1734）甲寅十二月初一，次年他即以此书赐予大臣以显御宠，如钱陈群雍正十三年上《谢恩赐经典二部疏》（《香树斋诗文集》文集卷2"奏疏一"，乾隆刻本）就提到了"御录《宗镜大纲》一部"。

② 《大正藏》第81册，台北：新文丰出版股份有限公司1983年版，第44页上栏。

③ 释圣严《明末的唯识学者及其思想》（《中华佛学学报》第1期，1987年3月）已有较充分的论述。文中以年代先后次序，指出"普泰、真界、正海、真可、德清、广承、明昱、通润、王肯堂、大真、大惠、广益、智旭、王夫之等，均有唯识的著述，传至现代，单从人数而言，明末的唯识风潮，远盛于唐代"。

④ 《卍续藏》第50册，河北省佛教协会，2006年，第659页中栏。

⑤ 同上书，第829页上栏。

⑥ 《卍续藏》第51册，第297页上栏。

此起语："传闻丛林遂有《注八识颂》,以为七识作观者,盖七识亦恒亦审故也。"鸣呼,既学佛法而玩愒时日,不学不思,乃至是乎!

按《宗镜录》云:八识心王,惟取第六为能观察……详具《宗镜录》,三十六卷中宜详说之。①

甲申,即明万历十二年(1584);元立,即《指月录》的编撰者瞿汝稷。②而王氏按语所引,确实引自《宗镜录》卷36,只是文字略有改动而已。

更值得一提的是,晚明天主教传入杭州时,《宗镜录》等佛典竟充当了"云栖寺群体"(虞淳熙、袾宏及其门人)的辩论依据,如虞淳熙《答利西泰》请利马窦应"先阅《宗镜录》《戒疏发隐》及《西域记》《神僧传》《法苑珠林》诸书"之后再"开声罪之端"。③其间的辩论过程,学界已有分疏,此不赘述。④

此外,明清征引《宗镜录》的工具书更为常见,如朱时恩编《佛祖纲目》卷12"十一祖富那夜奢传法马鸣"条,⑤钱伊庵辑《宗范》卷上"入圣"条,⑥张玉书、陈廷敬等撰《佩文韵府》卷1之三"印空""鸟言空"条、卷8之三"积迷"条等,⑦吴襄、吴士玉等撰《子史精华》卷108"五阴""八种识"等条。⑧尤可注意的是,赵殿成笺注王维之作时也有多处引《宗镜录》为据,如笺注《与苏卢二员外期游方丈寺而苏不至因有是作》"能忘世谛情"之"世谛"、《大荐福寺大德道光禅师碑铭》"遂密授顿教"之"顿教"时皆如此。⑨显然,王维没有可能,也不像黄庭坚那样读过《宗镜录》,但赵氏引《宗镜录》为据,只能说明它在

---

① (明)王肯堂撰:《郁冈斋笔麈》卷1,明万历三十年王懋锟刻本。

② 瞿汝稷对《宗镜录》相当熟悉,其《指月录》卷3即引《宗镜录》云:"西天韵陀山中有一罗汉名富楼那,马鸣往见。端坐林中,志气渺然,若不可测……"(《卍续藏》第83册,河北省佛教协会,2006年,第428页下栏)。

③ 《虞德园先生集》卷24,《四库禁毁书丛刊》集部第43册,北京出版社1997年版,第516页下栏。利西泰,即利马窦。

④ 吴莉苇:《晚明杭州佛教界与天主教的互动——以云栖袾宏及其弟子为例》,《中华文史论丛》2014年第1期。

⑤ 《卍续藏》第85册,第576页下栏。

⑥ 《卍续藏》第65册,第305页下栏。

⑦ (清)张玉书、陈廷敬等撰:《佩文韵府》卷1"空"、卷8"迷",《文渊阁四库全书》,台北:商务印书馆1986年版,第1011册第85页上栏、86页下栏;第1012册第522页上栏。

⑧ (清)吴襄、吴士玉等撰:《子史精华》卷108"释道部二",《文渊阁四库全书》第1010册,第37页下栏。

⑨ (唐)王维撰,(清)赵殿成笺注:《王右丞集笺注》,上海古籍出版社1984年版,第231、460—461页。

阐释佛教名相时自有精当之处，更容易让后世读者明了王氏作品的佛教内涵。

（二）诗歌创作

明清涉及《宗镜录》之诗，主要产生于诗家访游宗镜堂（或南屏净慈寺与永明延寿有关的遗迹，如永明舍利塔院等）之时。兹择要列“表 5–2”如下：

表 5–2　明清《宗镜录》诗作简表

诗人姓名	作品名称及内容	文献出处
李旻（1445—1509）	《送庆大云南还住持本山》：《宗镜》传灯元不夜，菩提有树又逢春。八还十住应深悟，且复逍遥景象新。	《南屏净慈寺志》第228页
王百谷（1535—1612）	《壑公重建永明禅师塔院》：宗镜堂空久欲摧，重披瓦砾剪蒿莱……永明舍利今犹在，只恐吾师是再来。	《王百谷集十九种·越吟集》卷上，明刻本
洪恩（1545—1608）	《净慈开讲〈般若〉，屠纬真仪部复演〈昙花〉为供，赋此以谢》：下场宗镜俱非相，须向言前荐本真。	《南屏净慈寺志》，第235页
邹迪光（1550—1626）	《憩宗镜堂》：忆昔寿禅师，于此布法席。言诠虽已繁，圆镜乃归一。[①]	《南屏净慈寺志》，第55页
娄坚（1554—1631）	《寿茶溪上人》：澄湖秋月迥，《宗镜》此长悬。	《吴歈小草》卷6，清康熙刻本
李日华（1565—1635）	《弄墨于宗镜堂因呈堂主壑公》：为学无生频扫念，偶然嘘墨亦溟蒙。要知二米烟云窟，只在空明海印中。	《南屏净慈寺志》，第244页
程嘉燧（1565—1643）	《宗镜堂玄津上人房》：时应瞻塔庙，兼得问津梁。	《松圆浪淘集·荆云》卷12，明崇祯刻本
敖文祯（万历五年进士，生卒年俟考）	《同蔡伯华游莲花庵分韵得僧字》其一：坐对维摩支一榻，语深《宗镜》证千灯。	敖文祯撰《薜荔山房藏稿》卷3，明万历牛应元刻本
沈澜（生卒年俟考）	《春日过访嵩公和尚二首》其一：幽栖习禅寂，镇日掩松关。语妙参《宗镜》，诗清似好（杼）山（时以吟稿出示）。	明郭子章撰、清释畹荃续志《明州阿育王山志》卷15，明万历刻清乾隆续刻本
钱谦益（1582—1664）	《秋日杂诗二十首》其八：传家五百载，百卷《宗镜》书。	《牧斋有学集》卷12，第585页
	《病榻消寒杂咏四十六首》其二五：三世版图归脱屣，千年《宗镜》护传灯。	《牧斋有学集》卷13，第656页

① 按，清朱彝尊《明诗综》卷74题作《净慈寺》，作者则为高秉蕖，诗歌内容完全相同，仅个别文字有异。因大壑时代早于朱氏，故本文采用前者之说。

续表

诗人姓名	作品名称及内容	文献出处
董斯张 （1587—1628）	《黄涪翁洪觉范俱作〈渔家傲〉咏古德遗事余戏效之得八首》其三：圆顶为巢啼鸟滑，堂开《宗镜》西湖月。谷响泉声相问答。辽天鹘，破沙尘句金刚喝（永明）	《静啸斋存草》卷12《偈颂》，崇祯刻本
彭孙贻 （1615—1673）	《四月八日斋居》：万方兵甲正频仍，带发逃禅学小乘……简点身心多自悔，静翻《宗镜》印南能。	《茗斋集》卷2，《四部丛刊续编》景写本
董说 （1620—1686）	《立春日读〈宗镜录〉限韵》：韵如汉将飞，奇兵雪中角……霜晴对《宗镜》，影炤须鬓确。	《董说集·诗集》卷11，民国《吴兴丛书》本
	《前题自和》：震旦一丸泥，在天东南角……谁拈《物不迁》，论比前人确。	《董说集·诗集》卷11
纳兰揆叙 （1674—1717）	《净慈寺》：归橐须携《宗镜录》（宋智觉禅师居此，撰《宗镜录》），他年还拟问幽踪。	《益戒堂诗集·后集》卷1，清雍正刻本
	《西厓给谏重建香山寺来征拙诗追次白太傅二十二韵用纪胜缘》：亭台从圮剥，经卷失诠由（《宗镜录》：如三画竖一画则诠王，右边诠丑，左边诠田，上出诠由，如是回转，诠不可尽）。①	《益戒堂诗集·后集》卷8
阮葵生 （1727—1789）	《南屏访芰虚上人》：此中难著语，欲问老瞿昙（永明于此山著《宗镜录》，后人殊有异议）。②	《七录斋诗钞》卷6，清刻本
张祥河 （1785—1862）	《维摩寺》：刘宋萧梁话劫灰，小乘僧作小徘徊。咬蚤谁拈《宗镜录》，只应天女散花来。	《小重山房诗词全集·白舫集》，清道光刻光绪增修本

　　从上表所引16位诗人作品看，多数和宗镜堂、《宗镜录》相联系。比较特殊的是钱谦益的两首诗，因为牧斋在自夸祖上功德（常熟钱氏把吴越国武肃王钱镠作为第一世，因此，延寿《宗镜录》的撰成确实和吴越国王弘扬佛教的大背景有关）的同时，也对《宗镜录》在禅宗发展传播史上的作用给予高度评价。彭孙贻的这一首，则从另一视角写出了明清易代之际士大夫的逃禅历程，被人贬抑的小乘（自度）虽属无奈的选择，却也可以让诗人暂时逃避战乱的纷扰。不过，佛诞日的斋居反省，尤其是《宗镜录》《六祖坛经》的对读，更让诗人深刻思考：即便是自我逃禅，也不能忘怀大乘佛教的悲天悯人情怀、济

---

　　①　此自注引文，出《宗镜录》卷37（《大正藏》第48册，台北：新文丰出版股份有限公司1983年版，第632页上栏），文字略有改动，然意思相同。

　　②　阮氏自注所说"后人"，可能是他自己的托词，因为大多数史料都说《宗镜录》是永明延寿撰于南屏净慈寺的宗镜堂。

世救苦之志。同为遗民的董说,读《宗镜录》的时间选择也颇具深意,是在立春日(二十四节气之首),即便在料峭春寒中,他仍然爱不释手,感慨甚多,后来竟然又自和一首。阮葵生所说㲲虚上人,即当时净慈寺住持释明中,是雍正乾隆时期浙派诗僧的代表,也是南屏诗社的重要成员。其人诗画兼擅,被誉为"画禅诗圣"①。本来,明中与延寿没有直接的师承关系,但因为他是净慈寺的住持,阮葵生到访时便不由自主地联想到《宗镜录》的作者延寿(老瞿昙,一喻延寿,二喻㲲虚上人)。纳兰揆叙第二首诗作之"诠由",本是一个僻典,然其自注说明,他从净慈寺请得《宗镜录》后,研读之细,着实令人佩服。

在净慈寺史上,玄津大壑对延寿禅师地位的提升至关重要。德清万历四十五年(1617)作《示玄津壑公》即说:

> 公受业净慈,乃永明禅师唱地道。初剃发,礼永明塔于荒榛。凡事一遵遗范,手自行录,为师承卜迁师塔于宗镜堂后,誓不募化,唯行《法华忏仪》。坚持其愿,而集者如云。塔工既成,修宗镜堂,筑三潭放生池,皆永明本愿也。余吊云栖大师,将往净慈。公料理宗镜堂为驻锡所,予入门礼永明大师塔。观其精妙细密,经画如法,纤悉毫末,咸中规矩。予留旬日,绕千百众,人人充足法喜,内外不遗。②

可知在德清心中,大壑是延寿遗愿的真正践履者,并受到信众们的真诚拥戴。"表二"中王百谷、李日华、程嘉燧等人的诗作,同样呈现了大壑在重建宗镜堂、永明塔等事业上的功绩,③王百谷甚至称赞大壑是永明再来。壑公精通《宗镜录》是理所当然之事,因此,程嘉燧才向他表达问法意愿。

洪恩诗中所说净慈寺上演屠隆戏剧《昙花记》及李日华在此绘画之事,这说明,晚明以降的净慈寺是杭州僧俗文艺活动的中心之一,并且,先后有多个兼具法社、诗社性质的结社,影响较大的除了前述乾隆时期释明中参加的南

---

① 相关分析,参黄晓霞:《"画禅诗圣"净慈㲲虚禅师释明中的生平交游与文艺创作》,《杭州师范大学学报》(社会科学版)2013年第3期。

② 《卍续藏》第73册,河北省佛教协会,2006年,第506页中—下栏。

③ 陶望龄万历三十五年(1607)撰《永明道迹序》又说"净慈僧壑公者,夙怀遗迹。号慕询求于蓁莽中,竟得设利。缁白瞻礼,如重霾余慧日再见。佥谋于法堂之背,建窣堵波,用严供养,并汇缉遗事,附以图赞,目曰《永明道迹》,传布四众"(《卍续藏》第86册,第54页下栏—55页上栏),则知大壑还以图像形式来传播延寿的相关事迹。

屏诗社 ① 以外,另一个就是万历二十二至四十三年(1594—1615)由云栖袾宏、大壑、性莲、冯梦祯、虞淳熙、黄汝亨、屠隆、宋化卿、葛寅亮、金太初、洪瞻祖等近六十人所结的胜莲社。② 特别是后一结社,按照前引《宗镜堂结修证道场约语》所说,大壑与谭孟恂等居士必须定时披阅《宗镜录》。此举显然有力地促进了《宗镜录》的迅速流播。

净慈寺又是名僧荟萃之地,凡到此之当世高僧,大多会在宗镜堂讲经说法。虞淳熙《永明寿禅师窆堵坡辩》即说"余邻南屏宗镜堂,永明寿禅师辟馆述《宗镜录》百卷于此,故名。而莲池师就其堂,演说师所著《心赋》。余杖藜往听,以其间寻师方坟"③,此即简要叙述了万历甲午(1594)春袾宏在宗镜堂讲解永寿《心赋》的场景。

《憨山老人自序年谱实录下》则说万历四十五年春正月德清下双径吊云栖时的场景为:

> 缁白弟子千余人久候于山中。留二旬,每夜小参,闻法各各欢喜。发挥莲池大师生平密行,弟子闻之,至有涕泣。谓予发人所不知者,乃请作塔铭。回时,玄津法师壑公、同通郡宰官居士金中丞、虞吏部、翁大参诸公,请留净慈之宗镜堂。日绕数千指,为说大戒,作《宗镜堂记》。④

德清吊祭袾宏之后,受到净慈寺僧大壑及其护法金子鲁(金中丞)、虞淳熙(虞吏部)和翁大参等居士的热烈邀请,他除了在宗镜堂说大戒外,还撰有《宗镜堂记》。其文有云:

> 今也寺面西湖,湖水如镜。四山罗列,六桥花柳。楼船往来,人物妍嫫。歌管远近,钟鼓相参。昼夜六时,古今不断于湖上。而殿中如来,安然寂默,如入海印三昧时,未尝纤毫出于宗镜。即今松风泉响,蚓吹蛙声,犹是大师坐宗镜堂挥麈会义说法时也。又何庸夫笔舌哉?是知兹山之地,甲于中州。寺首于诸刹,法超于教禅。心境最胜,到宗镜之堂,当与湖

---

① 关于南屏诗社之研究成果,主要有刘正平《南屏诗社考论》(《北京大学学报·哲学社会科学版》2013年第3期)、李最欣《"南屏诗社"再考论》(《杭州研究》2015年第4期)等。

② 拙撰:《晚明虞淳熙西湖结胜莲社诸问题补论》,《闽江学院学报》2018年第6期。

③ 《四库禁毁书丛刊》集部第43册,北京出版社1995年版,第465页上栏。

④ 《卍续藏》第73册,河北省佛教协会,2006年,第845页上栏。

山相为终始矣。大师入灭四百余年，骨塔没于荒榛。万历某年，寺僧大壑求而得之，移置于堂后。斯实大师法身隐而复现，当与兹堂常住不朽矣。堂无记，壑乞予以志之。①

综合虞氏听讲记录、德清自叙及其堂记，可知宗镜堂是净慈寺人文自然双重景观的标志。入其堂者，无论授受佛法，都具无上荣光。特别是堂前听到的自然声响，仿佛是当年延寿组织众僧研读佛法的回响。换言之，身在宗镜堂，在欣赏西湖自然美景的同时，也能感受延寿《宗镜录》法乳的馨香。因此，前列表中诸诗人，凡到宗镜堂者，无不联想到延寿其人，并常以"宗镜"入诗。

与德清《宗镜堂记》可互相印证的是朱长春《太复期虞长孺淳熙领二子集宗镜堂简壑公》诗，诗云：

> 东震法云古，南屏慧日前。塔灯千劫影，镜月一宗悬。虚室开宾社，清斋出佛筵……松涛动湖色，岚雨引江烟。呗落经僧席，歌闻游客船。鹤阴鸣萧萧，鸥崖浴娟娟……名山可交让，吾欲伴逃禅。②

两两对照，所述内容大同小异，只是两人视角有所不同：德清是应大壑而作记；朱长春则约虞淳熙父子三人去宗镜堂参加法会，尔后把自己一路的所见所闻、所感所想向社主大壑报告。虽然有这些区别，但宗镜堂都是净慈寺甚至是杭州佛寺的最亮名片之一，因为延寿其人其文（以《宗镜录》为代表）的吸引力，在不断激发僧俗两界的诗兴。

三、简短的结论

《宗镜录》作为一部具有抄纂性质的佛学著作，通过梳理它在宋元明清传播接受的史实，我们不难发现，虽然它宋元以来传播接受的方式大同小异，都表现为写经、刻经、研读、著述和说法引证，但是，其传播接受的进程却有明显的阶段性特征，即宋元时期主要在教内传播，教外影响较小；明清时期，多由僧俗共同弘扬，故其传播广度和接受深度都远超宋元。究其成因，主要有四：一

---

① 《卍续藏》第 73 册，河北省佛教协会，2006 年，第 640 页下栏。

② 《南屏净慈寺志》，杭州出版社 2006 年版，第 55 页。

者晚明至晚清居士佛教的兴盛,特别是在晚明佛教改革及佛教、天主教的论辩中,《宗镜录》提供了一定的理论支撑;二者《宗镜录》保存的唐代唯识学史料,它们对明末唯识学的复兴起过至关重要的作用;三者,特定时期的关键人物如玄津大壑等在关键时期所发挥的特殊作用,也加速了《宗镜录》的传播接受进程;四者,晚明以降,杭州"宗镜堂"成了一个特殊的佛教文学场所,具有特定的场所精神,① 由此产生的诗作,它们从另一侧面反映了《宗镜录》传播接受所造成的文学影响。

---

① 关于佛教文学场所及其场所精神,参拙撰:《晋唐佛教文学史》,人民出版社 2017 年版,第34—43 页。

第四节　禅宗语录朱熹形象宗教意涵之发微 ①

　　以理学、经学名家的朱熹,因其"致广大、尽精微"的理学思想的创立,在后世发出莫大声光,有着深远的影响。张立文指出:"朱熹在其生命的体验、坎坷的经历、求道的实践、心灵的觉解中,凝练成扣人心弦、激动人情、启迪人生、化解冲突、追求和合的诸多话语、箴言、警句、诗词。尽管时代屡迁,但像闪光的金子,不减其辉煌。在当前可化旧为新、化死为活、化丑为美、化恶为善,即化腐朽为神奇。"② 此论洵是。朱熹其人、其文是中国传统文化蕴藏的一座资源丰富的宝藏,一代又一代学人孜孜矻矻、潜心钻研、开采,取得了汗牛充栋的成果。就朱熹形象研究而言,学人或依托于朱熹诗文作品、民间传说、正统意识形态等史料检讨其酒豪、民间朱熹、为官(良吏)、政治人物等形象,③ 或通过影视创作解构其人性的复苏与断裂等;④ 另有束景南之《朱子大传》以传记的形式还原了朱

---

　　① 本小节已刊于《东南学术》2020 年第 6 期,但文字略有不同,特此说明。

　　② 张立文:《朱熹大辞典》"前言",上海辞书出版社 2013 年版,第 1 页。

　　③ 如周海平《理学先生的酒豪形象——朱熹〈醉下祝融峰〉解读》(《阅读与欣赏》1996 年第 4 期),李弢《民间的朱熹——以漳州民间故事为个案》(《闽台文化交流》2009 年第 1 期),王志阳《论漳州民间传说中朱子为官形象的文化内涵——以〈朱熹错判铁环树〉为例》(《天中学刊》2017 年第 6 期),王志阳、周璇璐《漳州民间传说中朱熹的良吏形象及其成因》(《天中学刊》2019 年第 1 期),张永林《正统意识形态中政治人物形象的建构与解构——以南宋"严蕊案"中的朱熹为个案》(湖南师范大学 2018 年硕士学位论文)等。

　　④ 参殷伟:《人性的复苏与断裂——论黄梅戏音乐电视剧〈朱熹与丽娘〉中朱熹形象》,《黄梅戏艺术》1989 年第 3 期。

熹"复杂的道学性格,复杂的道学行为,复杂的儒家自我,复杂的文化心理"①。由此可见,作为中国传统文化之集大成者,后人对朱熹的解读是多方位的。然而,朱熹不仅在儒林、尘世产生了深远的影响,而且也广为禅林、方外接受和传播,学人对此却几无问津。就笔者寓目所见,禅宗语录对朱熹多有载录,除常称其为"宋儒"②"集儒学之大成者"③外,还被描述成具有丰富宗教文化意涵的诸多形象。笔者不揣谫陋,拟以禅宗语录文本为中心,检讨禅林对朱熹的接受与传播,力图在方外影响层面上还原朱熹这一形象在历史流播过程中的意义和价值。

一、形象类型

禅宗语录中的朱熹形象主要有:

(一) 居士形象

朱熹在禅宗语录中常被称为居士,如《南宋元明禅林僧宝传》卷7有"晦庵居士朱熹者"④之语。饶有意味的是,居士朱熹往往被描述成好禅近佛的随护者。如禅僧净挺认为朱熹好禅而"未尝以禅为讳"⑤,甚至说他直到晚年也近佛禅:"朱晦庵语录云:'达磨一切扫荡,不立文字,实高妙于义学。'紫阳晚年近道,故有此言。"⑥又如,《博山无异大师语录集要》卷三和《何一自禅师语录》卷一均记载了朱熹因极推崇传为南朝佛教名士傅翕(497—569)所作诗偈"有物先天地,无形本寂寥。能为万象主,不逐四时凋"而反复慨叹:"吾儒无此等语"⑦"吾儒几个曾见到此耶?"⑧这些记载足见朱熹对佛教之"诸法实相,一切含生所同具"⑨之精深佛理的崇拜和激赏。更为典型的是语录载录

---

① 束景南:《朱子大传》"自序",商务印书馆2003年版,第11页。

② 释大闻:《释鉴稽古略续集》卷1,《大正藏》第49册,台北:新文丰出版股份有限公司1983年版,第910页下栏。

③ 元贤集:《建州弘释录》卷3,《卍续藏》第86册,河北省佛教协会,2006年,第570页上栏。

④ 《卍续藏》第79册,第615页下。

⑤ 《学佛考训》卷7,《嘉兴藏》第34册,台北:新文丰出版股份有限公司1987年版,第18页上栏。

⑥ 《嘉兴藏》第34册,第18页上栏。

⑦ 《嘉兴藏》第27册,第411页上栏。

⑧ 《嘉兴藏》第39册,第769页中栏。

⑨ 释明贤选编:《虚云老和尚禅要》,上海古籍出版社2018年版,第58页。

了朱熹参究天童灭翁文礼禅师"母不敬"话头的虔诚与执著。如《云溪偶亭挺禅师语录》卷10云"朱晦庵问天童灭如何是'母不敬',灭叉手示之"①;卷13也说"晦庵问'母不敬'也,曾走上他家门户来。"②《五灯严统》卷2亦载:"朱晦庵、杨慈湖两先生与之(文礼禅师)游。师直示以心法,不为世语狗悦也。晦庵问'母不敬',师叉手示之。"③ 这一虔诚的形象在《南宋元明禅林僧宝传》卷7记载的朱熹与天目文礼禅师(1167—1250)的交待则更清晰可见:

> 天目禅师文礼者……乃退居梁渚西丘……方是时,晦庵居士朱熹者以道学开馆,台南订有司挽礼,再居能仁,不起。……朱晦庵尝诣礼,礼以格外潇洒示之。晦庵则彬彬然,有容整冠进,问"母不敬",礼蓦起,叉手,晦庵退,语人曰:"碧落碑果无赝本也。"④

由上可知,朱熹以礼事天童灭翁文礼禅师,对其敬重有加,郑重向其请教过佛理禅法。谈及朱熹学禅之恭敬,《归元直指集》卷2所载朱熹问禅于道谦事亦可管窥一隅:

> 晦庵致书于开善谦禅师,曰:"熹向蒙大慧禅师开示'狗子佛性'话头,未有悟入,愿授一言,警所不逮。"⑤

上文朱熹致书道谦称己"向蒙大慧禅师开示",又请求道谦点拨,其口吻完全是虔诚的佛门弟子之语气,充分体现了朱熹问禅的佛教信徒形象。而这一形象在《历朝释氏资治通鉴》卷11所收朱熹《祭开善谦禅师文》有更为详细的描述。文中朱熹尊道谦为"师",并不讳言自己痴迷佛禅及悟道的喜悦:"开悟之说,不出于禅。我于是时,则愿学焉……一日焚香,请问此事。师则有言:'决定不是。'始知平生,浪自苦辛。去道日远,无所问津。"⑥ 由此可见,青年朱熹曾正式师事道谦,与道谦有正式的师承关系。故《居士分灯录》卷2专

---

① 《嘉兴藏》第33册,台北:新文丰出版股份有限公司1987年版,第768页下栏。
② 同上书,第787页中栏。
③ 《卍续藏》第81册,河北省佛教协会,2006年,第261页上栏。
④ 《卍续藏》第79册,第615页下栏。
⑤ 《卍续藏》第61册,第461页下栏。
⑥ 《卍续藏》第76册,第251页中栏。

列"朱熹"（道谦禅师法嗣）一节,将朱熹列为禅林法嗣。值得一提的是,此文后来又为《佛法金汤编》所收。该书是明初僧人岱宗心泰（1312—1415）所编,汇录了自西周昭王至元顺帝一千七百年之历代帝王、宰臣、名儒、硕学等399位"居士"之言行。[①] 所谓"佛法金汤",即佛法外护的金汤城池,易言之,此书所载"居士"皆为固若金汤的佛法外护者。因此,从更深层次而言,禅林把居士朱熹看成是佛教的随护者,即佛教禅宗不仅将朱熹视为追随者,在一定层面上还把他看成佛法的外护者。

（二）悟者形象

如果说禅僧把朱熹书写成佛教的随护者重构了朱熹居士形象的宗教意涵,那么禅宗语录、灯录等文献多次引录朱熹富有禅韵的诗偈,又让我们看到了一位参透禅机的悟者朱熹所承载的独特文化意蕴。如《古雪哲禅师语录》卷9云:

> 昔晦庵朱夫子尝参开善谦禅师,深究祖道。一日,述偈云:"斋居独无事,聊披释氏书。暂息尘累牵,超然与道俱。门掩竹林密,禽鸣山雨余。了此无为法,身心同晏如。"大众且道:"如何是无为法?"拈拄杖云:"诗成五字三冬雪,笔落分毫四海云。"[②]

上文古雪哲禅师所称引的"偈"实际上是朱熹所作的《久雨斋居诵经》诗,在《佛祖纲目》卷38、《建州弘释录》卷2之《宋建阳晦庵朱先生熹》、《居士分灯录》卷2之《朱熹》、《学佛考训》卷7等诸多文献中亦有所录。诗以"门掩""林幽""禽鸣""雨余"等一系列自然物象的描写传达一种任运自然、悠然自适的悟境,即佛家所谓"无为法"的境界。如何才能获得"无为法"? 末句以拈古句"诗成五字三冬雪,笔落分毫四海云"讲解其大意,以此喻悟境需经历念经修行的渐进过程。换言之,参禅悟道者经过长修渐参,方能悟道成佛,进入超然脱俗、自由无碍的"无为"法境。朱熹此诗富有禅机、禅韵,正是他"超然与道俱""了此无为法"之悟道感受的诗意抒写。诚如《建

---

① 段玉明:《呼唤居士:〈佛法金汤编〉研究》,《四川大学学报》（哲学社会科学版）2011 年第 5 期。

② 《嘉兴藏》第 28 册,台北:新文丰出版股份有限公司 1987 年版,第 352 页中栏。

州弘释录》编集者元贤所云："然愚观其（朱熹）《斋居诵经》之作,则有得于经者不浅,非特私心向往之而已也。"①《居士分灯录》卷2也说此诗是"熹于言下有省"②。不论是"有得"还是"有省",其实都是开悟的意思。"悟"既是习佛修禅者的修行,也是他们追求的境界。明人朱时恩曾高度评价朱熹悟境,认为他"平生问学靡不暗通佛理",并说朱熹晚年辟佛之实质在于"辟其舍自心佛而外求有相佛者也",③ 完全是把朱熹看成了体禅修道时身心晏如、与道相契而深通佛理的开悟者。

其实,朱熹之开悟不仅在于对佛禅境界的领悟,而且还在于悟尽禅机后,融禅入儒,以禅说儒。禅林僧众多处引用的朱熹《山人方丈》（禅宗语录中多称为《寄山中僧》或《寄山僧诗》）诗句就颇可看出朱熹之禅悟不同于禅僧之悟的独特境界。原诗如下:

> 方丈翛然屋数椽,槛前流水自清涟。蒲团竹几通宵坐,扫地焚香白昼眠。地窄不容挥麈客,室空那有散花天?个中有句无人荐,不是诸方五味禅。④

此诗在禅林引用的形式多样,有只引一句者,如:真续禅师曾引"不是诸方五味禅"⑤ 句说法;有引两句者,如智操禅师上堂说法曾引用"蒲团竹几通宵坐,扫地焚香白昼眠"⑥ 句,《学佛考训》卷7则引"个中有句无人荐,不是诸方五味禅"之句言朱熹近禅;⑦ 有全诗完整引用者,如宗本《归元直指集》卷2之《事文类集》⑧之全诗引录。然,不论何种引用形式,禅师皆重此诗之禅趣,要之有三:一是诗篇描绘了"山人"所居之室虽仅有"方丈"之大,室主却翛然自适,无拘无束,自在而超脱。二是禅以"扫地焚香"为修悟之功课,以此入诗并化用佛教典故"散花天",不仅描绘了"山人"在"方丈"室内坐禅修行的

---

① 《卍续藏》第86册,河北省佛教协会,2006年,第570页下栏。
② 同上书,第463页下栏。
③ 同上书,第610页上栏。
④ （宋）朱熹撰,朱杰人等编:《晦庵先生朱文公文集》卷3,《朱子全书》（修订本）第20册,上海古籍出版社、安徽教育出版社2010年版,第328页。
⑤ 《昭觉竹峰续禅师语录》卷6,《嘉兴藏》第40册,台北:新文丰出版股份有限公司1987年版,第150页上栏。
⑥ 《寒松操禅师语录》卷5,《嘉兴藏》第37册,第584页中栏。
⑦ 《嘉兴藏》第34册,第18页上栏。
⑧ 《卍续藏》第61册,第461页下栏。

情景,而且诘问"花"落与否与"结习"是否根除之关联来传达朱熹对佛教义理的质疑和反对。三是诗中"五味禅"蕴含着丰富的文化内涵,指的是五种交杂之禅(具言之,即外道禅、凡夫禅、大乘禅、小乘禅、最上乘禅),与佛教"一味禅"相对。何为"一味禅"?《联灯会要》卷 4"卢山归宗智常禅师"条云:

> 师因小师大愚辞师,问甚处去。云:"诸方学五味禅去。"师云:"诸方有五味禅,我这里有一味禅,为甚不学?"云:"如何是和尚一味禅?"师劈口便打,愚当下大悟,乃云:"嗄,我会也,我会也。"师急索云:"道道。"愚拟开口,师又打,实时趁出。①

"一味禅",即不立文字语言的顿悟之禅。朱熹诗否定"五味禅",从反面而言,即是曲折隐晦地传达诗人对顿悟而明的"一味禅"的体悟与认同,而这与朱子主张"持敬当以静为主……若觉言语多,便顺简默……"②而达到"一旦豁然贯通"③的修养体验是殊途同归的。此为全诗之旨归,亦是诗人借禅说儒,以禅之顿悟说儒家"持敬主静"之修养体验的诗意表达。

由上不难看出,禅林一再传唱朱熹悟尽禅机、富有禅韵的诗篇的同时,也一再诗意再现了理会"昭昭灵灵的禅"的悟者朱熹。这一形象既蕴含着禅宗悟境的丰富内涵,也承载着诗禅相通与儒释相融的文化底蕴。

(三)教内密友形象

众所周知,朱熹对佛教既融又斥。但这一矛盾的态度并不妨碍他广交方外之友,与缁徒禅客谈禅问法、诗文唱和、结伴同游。从朱子《文集》所载诗文看,朱熹与禅僧往来多为唱和与馈赠,谈不上交谊至为深厚。然而让人玩味的是,禅宗文献有些篇章却载有朱熹与方外之人过从甚密且感情至深之行实。如前述为《佛法金汤编》卷 15 所收《祭开善谦禅师文》,朱熹不仅叙述了自己对佛禅的喜好,而且以饱含感情的笔调抒写了自己从学道谦的经过及与道谦深厚的师徒之情。又如《建州弘释录》卷 2 载录了肯安圆悟与朱熹之往来交谊:

---

① 《卍续藏》第 79 册,河北省佛教协会,2006 年,第 43 页上栏。
② 周予同:《周予同经学史论著选集》,上海人民出版社 1983 年版,第 131 页。
③ 《朱子语类》卷 31,《朱子全书》第 15 册,上海古籍出版社、安徽教育出版社 2010 年版,第 1130 页。

> 建安人,解行为众所推,朱晦庵雅重之。尝和晦庵梅诗云:"可怜万木凋零后,屹立风霜惨淡中。"闻者莫不叹赏。顺寂日,晦庵哭以诗曰:"一别人间万事空,焚香瀹茗怅相逢。不须更化三十石,紫翠参天十二峰。"①

上文所言"朱晦庵雅重之"、肯安圆悟禅师"尝和晦庵梅诗""晦庵哭以诗",无不表现二人不仅有唱酬之往来,而且彼此欣赏、情感颇深。此事在清嘉庆版《崇安县志》卷 8 亦有所载,可相互印证:

> 圆悟和尚,号肯庵,居五夫里开善寺,法性圆融,学贯儒释,不为空幻语。尝和晦翁诗,有"可怜万木凋零后,屹立风雪惨淡中"之句。又赞晦翁像云"若泰山之耸,浩浩海波之平,凛乎秋霜澄肃,温其春阳发生,立天地之大本,报万物之性情,传圣贤之心印,为后人之典型。"顺寂之日,晦翁泣诗曰:"一别人间万事空,焚香瀹茗恨相逢;不须复活三生石,紫翠参天十二峰。"

上引两文有两处值得注意,一是均提到肯安圆悟和朱熹咏梅诗,而据《诗人玉屑》卷 20《柳溪近录》,此是二人初识的契机:"圆悟未识晦庵,尝和其梅花诗云:'独怜万木凋零后,屹立风雪惨淡中'。晦翁自是与之酬唱。"②可见二人乃因彼此的诗意才情相互吸引而建立起深厚情谊的。二是上引两文皆云肯庵圆悟圆寂日,"晦庵哭以诗","晦翁泣诗曰",足见其情之哀也。实际上,所谓哭诗有两首,诗题为《香茶供养黄檗长老悟公故人之塔并以小诗见意二首》。从诗题之"故人"二字就颇可见二人之情谊非同一般,诚如清人洪力行诗评所云:"二氏(即佛、道二家)本先生(指朱熹)所恶,其不绝方外友者,以交情也。故此题于长老外,加'故人'二字。前半临行寄声,乃故人不忘情于我;后半炷香瀹茗,是我不忘情于故人。末点十二峰,指实悟公塔处,且起下首。"③此论可谓精当。郭齐则从诗题"见意"二字生发其论:(诗题)"以'见意'二字,言悟公一别人间,身世具空。若论本性散归大化之中,即眼前十二峰头,何尝不在。如谓一灵不灭,创为他年三生石上相逢等语,则全属私心矣。"④由

---

① 《卍续藏》第 86 册,河北省佛教协会,2006 年,第 566 页上栏。

② (宋)魏庆之著,王仲闻点校:《诗人玉屑》,中华书局 2007 年版,第 649 页。

③ 洪力行:《朱子可闻诗集》卷 5,清康熙六十一年刻本。

④ 郭齐:《朱熹诗词编年笺注》,巴蜀社 2000 年版,第 849 页。

此可见,不论是"见意"还是"私心",其实都是诗人对斯人已去、相逢无处与离合不忘、恋恋不舍的深情。

除道谦、肯庵圆悟外,禅宗语录还载录了朱熹与志南禅师书信往来之事,从中亦可看出二人交谊之深厚。其文如下:

> 熹启:上清泉老,每往,儿辈附问。黄壻得之,闻久,时得书也。《出师表》未暇写得,催写得转寄去,未晚也。《寒山诗》刻成,幸早见寄。有便,只附至临安赵节推厅,托其寻便,必无不达。渠,黄岩人也。熹启上……

> 旧集载朱晦翁与国清住持手帖,劝其重刻寒山诗板,有"刊成当见惠"之语,得非以其辞理淳正有合于儒道耶?[1]

志南者,即南上人,号明老,又号海庵,会稽(今浙江绍兴)人,生卒年不详,颇有诗文才气,在当时名噪一时。其诗收在《全宋诗》卷2395,其文收入《全宋文》卷6432,其事迹可参见《诗人玉屑》卷2。从上文语境不难看出,拜帖言辞颇为亲切,尤其是"《出师表》未暇写得,催写得转寄去未晚也。《寒山诗》刻成,幸早见寄。有便,只附至临安赵节推厅,托其寻便,必无不达"等句,虽寥寥数语,却完全如两位老友话家常,颇可见二人熟稔与交往之密切。此外,上文提到朱熹敦促志南禅师重刻寒山诗是因"其(寒山诗)辞理淳正有合于儒道",也就是说,寒山诗语言与内容都合于儒家温柔敦厚之风。由是观之,二人之交重在思想之共鸣。

值得一提的是,不论是近佛随护的居士,还是成为方外禅僧的密友,都表现了禅宗语录之朱熹与佛教丛林的密切互动,所不同的是前者重在刻画朱熹近禅追佛的信徒形象,后者则重在表现朱熹与禅僧释子情感与思想的平等交流而建立起来的深厚友情。

(四)媒介形象

禅宗语录自成体系,不仅包括最初实录禅宗祖师的上堂法语、机缘问答,还包括"颂古""拈古""普说"、诗偈、文疏、行状、塔铭等文体的祖师著述。

---

[1]　寒山、丰干、拾得:《合订天台三圣二和诗集》,《大藏经补编》第14册,台北:华宇出版社1986年版,第736页。

寓览这些著述,我们会发现,禅林对朱熹的接受与传播还有一类独特的形象:
即不少祖师在上堂法语、机缘问答、普说等文体中都曾把"朱熹"作为接引弟
子、传达悟意的媒介来加以运用和发挥。如《天岸升禅师语录》卷 2 载:

> 进云:"恁么则'等闲识得东风面,万紫千红总是春'。"师云:"朱文
> 公来也!"乃云:"过去诸如来,斯门已成就,却似真个。现在诸菩萨,今各
> 入圆明,错下名言。未来修学人,当依如是法,且莫教坏人家男女。还会
> 么'一声鸡报五更钟,何人不坐春风里'?"①

"等闲识得东风面,万紫千红总是春"乃朱熹著名的理趣诗《春日》中的名
句。诗寓哲理于形象生动的比喻之中,焕发出巧融至理、含蕴佳趣的光辉。也
许正因为这一哲思诗化的艺术抒写所表现出的诗人的睿智与理趣,才有上文
禅门弟子以此句问法于其师,其师以"朱文公来也"作答,从而使"朱熹"由
具体的人转化为承载禅师悟意的媒介。更为有趣的是,因作答介入口语化动
作"来",这一媒介又被戏剧化、情境化,显得妙趣横生、兴味盎然,与诗之理趣
相得益彰,既贴切,又形象。除此之外,在《天童弘觉忞禅师北游集》卷 2 亦有
将"朱熹"演化成禅师点拨弟子的媒介来使用的:

> 问:"如何是正法眼藏?"师竖拳云:"突出难辨。"又问:"如何是观自
> 在。"师鼓掌云:"还闻么?"复问:"大学之道,在明明德。朱子云:'明,明
> 之也。'如何是明之底道理?"师云:"问取朱文公去。"士皆无语。②

上文中,禅门弟子在参究"大学之道,在明明德"之"明"时,以朱熹之注问
于天童弘觉忞禅师。忞禅师在回答时同样避免了拘泥于抽象文字语言的阐
释,而借朱熹这一形象("问取朱文公去")巧妙作答。然而,在师徒这种简短
的对话式问答中所包含的信息却相当丰富,不仅展示了朱熹的学识渊博,而且
对话本身充满禅趣,耐人寻味。由此可见,虽然两则语录所蕴藉的朱熹形象的
文化内涵不同,但从禅师借"朱文公"接引学人的方式而言,"朱熹"此时已
演化成蕴含机锋禅辩的媒介了。

---

① 《嘉兴藏》第 26 册,台北:新文丰出版股份有限公司 1987 年版,第 669 页中栏。

② 同上书,第 291 页中栏。

二、宗教意涵的佛禅文化底蕴

朱熹极负理学、经学之盛名，"粹然以醇儒之道自律"①，素以道学家的面孔出现在中国历史上。南宋著名的理学家、思想家、哲学家、教育家、诗人和闽学派的代表人物是历史对朱熹的基本定位，也是儒林和俗世的普遍认知。而朱子的《晦庵先生文集》及其语录《朱子语类》也表现了朱熹的多重形象，既载有朱熹精微深刻的理学思想、对佛教批判的洞见睿识和忧国忧民的儒者情怀，又通过朱熹所引禅语、机锋、禅门典故与佛门逸事趣闻表现其机锋睿智与通禅悟道。与俗世的普遍认知和朱子诗文、语录所呈现的朱熹形象的多重性相类似的，禅宗语录中的朱熹形象意涵也很丰富：或将其描述成近佛随护的居士，或诗意再现身心晏如、任运自然的悟者，或是游走于佛寺禅门的方外禅客之友，或成为禅师开示、接引弟子的参究话头或媒介。这些意涵丰富的朱熹形象所彰显的鲜明的佛教色彩蕴涵着厚重的佛禅文化底蕴。具言之，有四：

首先，反映了儒释文化的深相互动与碰撞交融。

理学家朱熹一再被禅林传唱并被赋予意蕴丰富的佛禅化形象内涵，这与宋代佛教与儒家之密切关系渊源深厚。要之有二：

一方面，禅宗语录将朱熹佛教化或禅宗化，列其入禅宗灯录，视其为"佛法金汤"之一，显示出在朱熹所处的以儒学为主导的时代背景下，禅宗在发展过程中渐渐趋于与世俗结合、与儒学趋同——士人深通世典与明达释教，禅僧则真乘法印与儒典并用，二者不仅思想上相互靠拢，而且谈禅说法、躬行禅修，甚至身份上也趋于模糊化。这与宋代佛禅宗教积极与儒家靠拢、调节自身有很大关系。

一般认为，儒、释、道三家文化自中唐开始呈现合流的发展态势，至宋代有所谓"三教合一"之说。但实际上，三家关系在合流过程中并非一直都是三足鼎立。就宋代而言，虽释禅之学因其较强的思辨性为宋人广为喜爱和推崇而显得十分兴盛，但总体上，由于儒学在中国传统文化中的主流地位，禅宗为谋求发展，更多地采取了迎合的态度。从始于魏晋六朝的"沙门不敬王者"到宋代赞宁奏请宋太祖"不拜"佛像再到杨岐宗创始人方会拈香为皇上、诸官祝祷，足可见佛教禅宗在谋求儒家对它的接纳和兼容所作的努力和改变。

---

① 《朱子全书》第 21 册，上海古籍出版社、安徽教育出版社 2010 年版，第 1581 页。

而这种改变也可从宋代比比皆是的倡导儒释相通的禅僧言论中管窥一隅。如释智圆之"故吾修身以儒,治心以释"[1]、释道潜之"儒释殊科道无异"(《赠权上人兼简其兄高致虚秀才》)[2] 和黄龙祖心禅师以儒家要典《论语》之语"吾无隐乎尔"[3]点拨黄庭坚等等,都从不同层面反映了佛禅主动自我调节以获得彼此的相济相融。而宋代名僧宗杲更是以"融儒入禅"名垂青史。由此可见,禅宗语录所载禅林列朱熹入"灯录",视其为佛法外护的金汤城池是有其深厚的历史渊源和文化语境的。

另一方面,禅宗语录所载朱熹拜师习禅、广交方外之友,与禅僧释子不仅唱酬往来,而且交流情感与思想,实际上也反映出宋儒热衷参禅、出入佛老的一面。然而,宋儒参禅有其深刻的内在矛盾性,诚如明人朱时恩辑录的《居士分灯录》言及朱熹与佛禅之微妙关系时所云:

> 赞曰:"紫阳辟佛,人争效颦。殊不知紫阳见地虽未直捷,而平生问学靡不暗通佛理。况最初入道,原得之禅门,而晚年又有六祖真圣人之叹,则非辟佛,乃辟其舍自心佛而外求有相佛者也。"[4]

由上不难看出,朱熹与佛教禅宗既融又斥的复杂关系。即,朱熹虽辟佛,却不仅在建构自己的平生学问中暗通佛理之款曲,而且在行动上亦曾躬行亲践。更进一步而言,佛教在中国化的进程中不可避免地与孕育着新变的儒学碰撞、冲突,由此引发包括朱熹在内的宋儒为致力于排佛而接触佛理、出入佛禅,进而促进了儒释的互动与交融。对此,陈寅恪先生之论尤其精辟:"宋儒若程若朱,皆深通佛教者。既喜其义理之高明详尽,足以救中国之缺失,而又忧其用夷变夏也。乃求得而两全之法,避其名而居其实,取其珠而还其椟。采佛理之精辟,以之注解四书五经,名为阐明古学,实则吸收异教,声言尊孔辟佛,实则佛之义理,已尽泽濡染,与儒教之宗传合二为一。"[5]

---

[1] 智圆:《闲居编》卷19,《卍续藏》第56册,河北省佛教协会,2006年,第894页中栏。

[2] 高慎涛、张昌红编写:《参寥子诗集校注》,中州古籍出版社2014年版,第294页。

[3] 觉岸编:《释氏稽古略》卷4,《大正藏》第49册,台北:新文丰出版股份有限公司1983年版,第877页中栏。

[4] 《卍续藏》第86册,第610页中栏。

[5] 吴学昭:《吴宓日记》第2册(1917—1924),生活·读书·新知三联书店1998年版,第102—103页。

其次,朱熹形象佛禅化融合了居士逸闻与历史想象,是文学、史学与佛教禅宗之间互渗与影响的形象演绎。

众所周知,自中唐以来,禅宗逐渐发展成为中土影响最大的佛教宗派之一。禅宗语录作为禅师祖师著述的全集,目的在于宣扬禅宗思想,弘传禅法要旨。换言之,即禅宗语录(作品)的叙述者(作者或称撰者)为禅师,其受众对象(读者)为佛门弟子,其用途与目的在于开示禅门弟子以宣扬并发展佛教。因此,禅宗语录所载的禅师著述必然要打上深深的佛教烙印,一切言论著述都以宣教弘法为宗旨。朱熹为禅林所传播、接受,一方面固然是因其受宋代"近来朝野客,无处不谈禅"的大环境影响,也曾出入佛禅、谈禅说法、广交方外之友,为禅林熟知;另一方面更为重要的是,在南宋禅宗与日益复兴、发展的儒学碰撞、冲突与融合的过程中,禅林法师为弘法宣教,往往不仅交接社会名流,也会对这些文人名士与佛禅的种种渊源加以发挥,以扩大禅宗在社会上的影响。朱熹建构了体大思精的理学体系,是一位影响深远的理学大师,也是继孔子之后在中国文化史上最具影响力的儒学传承者与发展者。他一生虽与佛禅有千丝万缕的联系,但总体而言,鲜明、严厉地拒斥佛教是他的基本态度。然而,禅林突破儒林、俗世对朱熹理学名家的共识,并罔顾其批佛、反佛的历史事实,在传播与接受过程中,或撷取朱子参禅悟理之奇闻轶事,如其追随灭翁文礼禅师参"母不敬"话头;或夸大朱熹好禅之行实,如将朱熹列为禅林法嗣、"佛法金汤"之一;或即兴演绎,把具象化的人演化成有禅味的媒介符号,如禅师借"朱熹"接引弟子、传达悟意等,凡此种种都是禅师对朱熹的居士逸闻的发挥并辅以了一定的历史想象。而这一点在前述禅僧净挺认为朱熹晚年仍好佛近禅并盛赞禅学"实高妙于义学"[①]之说中表现得更加突出。将净挺之说与《朱子语录》所录相关文字对照而读,便不难看出其中端倪。其文如下:

> 佛氏乘虚入中国。广大自胜之说、幻妄寂灭之论,自斋戒变为义学。如远法师、支道林皆义学,然又只是盗袭庄子之说。今世所传《肇论》云出于肇法师,有"四不迁"之说,"日月历天而不周,江河竞泛而不流,野马飘鼓而不动,山岳偃仆而常静",此四句只是一义,只是动中有静之意,如适间所说东坡"逝者如斯而未尝往也"之意尔。此是斋戒之学一变,

---

遂又说出这一般道理来。及达磨入来,又翻了许多窠臼,说出禅来,又高
妙于义学,以为可以直超径悟。而其始者祸福报应之说,又足以钳制愚
俗,以为资足衣食之计。①

上文是朱熹关于佛教入主中原发展史的扼要描述,即印度佛教传入中国后由
斋戒之学发展为义学,又由义学一变而为禅学。值得注意的是,朱熹之谓"禅
学高妙于义学"是在"佛氏乘虚入中国"的语境下阐发的,是他对佛教的批
判,目的还在于辟佛,但净挺却"断章取义",舍弃朱熹此论的前后语境,把它
描述成朱熹"晚年近道,故有此言"。显然这是禅林借助一定的历史想象并辅
以"曲笔"将朱熹重构为佛教的追随者和护卫者,从而为人物带上佛教禅宗
的光环。

由上观之,朱熹形象在禅林的传播接受过程中具有一定的历史真实性,但
因禅宗以弘法宣教为宗旨,加之禅宗独特语言思维的影响及一定的想象与虚
构手法的使用,使其与流传甚远的、致力于批佛、排佛的理学名家朱熹发生了
形象变异,而这一变异正是文学、史学与宗教互渗与影响的结果。

再次,语录之朱熹形象佛禅化蕴涵着禅宗"游戏三昧"的旨趣。

禅宗语录的朱熹或被置于禅宗灯录谱系,或列为佛法外护之"金汤",或
因其诗被历代禅师认为蕴含悟道的隐意而被再造成悟道者一再被传唱,此种
种朱熹形象实则都蕴含着禅宗之"游戏三昧"的旨趣。所谓"游戏三昧"即
"犹如无心之戏,心无牵挂,任运自如,得法自在。"②而吴汝钧对此进一步阐释
道:"所谓游戏三昧,是禅者或觉悟者以三昧为基础,在世间自在无碍地进行种
种教化、点化、转化的工夫,对于不同情境、条件的众生,皆能自在地拈弄,以适
切的手法或方便去响应,使他们都得益,最后得到觉悟。禅者运用种种方便
法门,总是那样挥洒自如,得心应手,了无滞碍,仿如游戏,完全没有局束的感
觉。"③由此可见,基于"游戏三昧"的自在性,禅师们往往在语言和行动上善
于打破条条框框的拘束,显得自由无碍。这也是禅宗语录中禅师对朱熹形象
自由发挥的重要原因。也就是说,在面对不同资质的僧侣、不同的说法语境,
禅师们在教化、点化和转化门下禅僧弟子时,善于突破儒林或俗世拘泥于朱熹

① 《朱子全书》第18册,上海古籍出版社、安徽教育出版社2010年版,第3927页。
② 慈怡主编:《佛光大辞典》,高雄:佛光出版社1988年版,第5619页下栏。
③ 吴汝钧:《游戏三昧:禅的实践与终极关怀》,台北:学生书局1993年版,第164页。

理学名家之定位的束缚,运用种种方便法门（如谱灯录、吟其诗、参话头等）对朱熹形象进行无滞无碍地改造,从而衍生出禅师点化、开示弟子悟道的种种具有佛教色彩或禅宗化了的朱熹形象。显然这与禅宗之"游戏三昧"的精髓是相契合的。

最后,禅师引朱熹诗上堂说法、接引学人是禅宗"以诗说禅"的独特文化理念付诸于实践活动的表现。

禅宗语录对朱熹的传播与接受中,另一值得特别注意的现象就是禅师对朱熹诗的引用。众所周知,禅宗之"禅"是一种超越语言认知而直指本心的境界。进入这一境界有两种方法,一是直指人心,即顿悟;二是参究话头,即在参的过程中摒弃思维推理和思辨概念而突然开悟。不论是直指人心,还是参究话头,都是对"悟"境的追求。然而,"悟"境的体验和获得往往只可意会不可言传,而这恰恰是诗禅相通的联结处。因此,历代禅师开示说法,常或自创诗偈以传法,或吟诵俗世诗文、借诗境以参悟禅境,接引学人进入空灵飘渺的真如境界,从而形成了禅宗"以诗说禅"的独特文化理念。由此可见,禅师引用朱熹富有理趣禅韵的诗作如《春日》《久雨斋居诵经》《山人方丈》等上堂说法、接引弟子,正是这一独特的文化理念付诸于具体实践活动的重要表现之一。

综上所述,禅宗语录所赋予的朱熹形象具有丰富的宗教意涵,既重塑了朱熹近佛随护的居士信徒形象,又将其描述成广交方外之友、善作禅悦之诗的悟道者形象,还把富有理趣与学识的儒士朱熹融涵于师徒机锋禅辩问答对话中使其成为接引学人的媒介。周裕锴曾就胡适对《坛经》真伪之考证评论道:"胡适试图以白话新文学史观与历史语言的实证方法,沟通宗教、文学、语言的领域,打通国故和新知之间的壁垒……"[1] 笔者以为,此论并不仅局限于胡适的这一实证方法。就禅宗语录所载录与描述的朱熹形象而言,我们亦不难看出这一形象所具有的"沟通宗教、文学、语言"的意义和价值。这是这一形象所蕴涵的最本质而又最独特的文化内涵,也是禅林谱写的一曲回荡在历史上空别样的朱熹之歌。

---

① 周裕锴:《禅宗语言研究入门》,复旦大学出版社 2009 年版,第 11 页。

第六章
禅宗语录的多维观照

　　本章拟用专题形式,主要从中观、微观的视角提出问题,期望多层面、多维度地拓展禅宗语录的文学研究。

第一节 两宋川浙禅宗文学区域互动略说

——以"川僧磊苴""浙僧潇洒"为中心①

古代僧人因行脚云游,故促进了不同地区语言与文学的交流,此在两宋及其后禅宗语录中的表现尤为突出,并形成了一些较为特殊的现象,如"闽蜀同风"②、"川、浙二僧"并举等问题,都很值得深入研讨。兹以禅宗语录"川僧磊苴"和"浙僧潇洒"为切入点,同时结合相关诗文,在时贤已有研究成果的基础上,③重点检讨两宋川浙禅宗文学的区域互动。

一、川僧南询及川浙二僧在南宋丛林的特殊地位

两宋禅宗史有一个特殊的佛教文化现象,即僧人南询。④细检相关语录及

---

① 本节先行发表于《文学遗产》2021 年第 3 期时略有删节,此则恢复全貌。

② 相关讨论,参程民生《宋代地域文化史》(安徽文艺出版社 2017 年版,第 47—52 页)、刘晓南《宋代四川方音概貌及"闽蜀相近"现象》(《语文研究》2008 年第 2 期)等。虽然角度不一,或偏重于民俗民风比较,或重在方音比较,但他们都没有涉及禅宗语录资料,殊为遗憾。

③ 如龙晦《释"磊苴"——兼论四川禅学的特色》(《中华文化论坛》1999 年第 2 期)、周裕锴《说"磊苴"——兼谈宋代禅林对蜀僧的习惯称呼》(《文史知识》2016 年第 1 期)等。

④ 禅宗语录之"南询",与《华严经》所载善财童子游行南方次第辗转而参普贤菩萨的"五十三参"故事有关。洞山良价(807—869)《功勋五位颂》即云"迢迢空劫无人识,肯向南询五十三",载《大正藏》第 47 册,台北:新文丰出版股份有限公司 1983 年版,第 516 页上栏。

僧传,我们不难发现,南询禅僧的主体是川（蜀）僧,① 其出游地区主要集中在今长江中下游地区。② 从时段言,北宋多集中在蕲州五祖山（今湖北黄梅）,③ 南宋则以浙江为最尤其是在都城临安聚集了一大批声誉卓著的川僧。④

川僧至迟在两宋之际就取得了与浙僧并尊的地位。临济宗高僧应庵昙华（1103—1163）在庐山归宗寺上堂时即指出:

> 大宋国里只有两个僧,川僧浙僧,其他尽是子,淮南子、江西子、广南子、福建子,岂不见道"父慈子孝,道在其中"矣。⑤

昙华此处所说十分有趣,是以区域划分来点评当时各地禅僧水平之高下,他认为水平最高、起统领作用的是川僧和浙僧,其他地方的僧人都像"父为子纲"的子辈一样,是从属地位。不过,他同样强调了不同地域间僧团关系的和谐。当然,他也是有感而发,因为禅宗发展至两宋,各地丛林已形成了明显的地方意识,如更早的黄龙死心（1043—1115）小参时就批评了僧人云游中的不良现象:

> 江南人护江南人,广南人护广南人,淮南人护淮南人,向北人护向北人,湖南人护湖南人,福建人护福建人,川僧护川僧,浙僧护浙僧。道"我乡人住院,我去赞佐他";一朝有个不周全,翻作是非,到处说"苦哉苦哉"。恁么行脚,掩彩杀人,钝致杀人。⑥

可见两宋禅林的地域分别和地方意识的形成由来已久。至元,古林清茂

---

① 当然也有其他地区的僧人南询,如《释氏稽古略》卷 4 载白云宗创立者清觉（1043—1121,河南登封人）依师嘱而南询"初参嘉州峨眉山千岁和尚,次抵淮西舒州（今安庆路）浮山"（《大正藏》第 49 册,台北:新文丰出版股份有限公司 1983 年版,第 886 页上栏）,《佛祖历代通载》卷 20 载牧庵法忠（1084—1149,浙江四明人）从天童寺"南询,造闽之雪峰"（《大正藏》第 49 册,第 687 页中栏）等。较系统关注川僧南询者是冯国栋的《川僧南游考论——宋代佛教地理流动研究之一》（龚延明主编:《宋学研究》第一辑,浙江大学出版社 2017 年版,第 282—295 页）,但冯氏统计主要据《景德传灯录》《五灯会元》等灯录及僧传,未顾及文人别集及禅僧诗文集,遗漏不少,但也能反映出基本概况。

② 佛教史籍记川僧沿江东下之行程,多用"南询""南游""东游"一类"方位名词 + 动词"式的词组,此以"南询"作为代表。不过,在具体举例时也酌用其他语料。

③ 向世山:《黄梅禅法影响四川禅宗"三部曲"臆测》,载黄夏年主编:《黄梅禅研究:第二届黄梅禅宗文化高端论坛论文集》（下）,中州古籍出版社 2012 年版,第 558 页。

④ 唐希鹏、向世山:《南宋川僧冠绝大宋国探源》,《社会科学研究》2012 年第 6 期。

⑤ 《应庵昙华禅师语录》卷 3,《卍续藏》第 69 册,河北省佛教协会,2006 年,第 516 页下栏。

⑥ 《死心悟新禅师语录》,《卍续藏》第 69 册,第 230 页中栏。又,死心此次小参,全文后被辑入《缁门警训》卷 6（《大正藏》第 48 册,第 1071 页上栏—1072 页上栏）,说明其意见是很有代表性的。

（1262—1329）延祐二年（1315）住持饶州永福寺后，他在"谢西蜀讲主首座上堂"[①]时则把前述应庵昙华之语作为话头，并转换场景追问现场听众"大元国里能有几人"，而他举出的典范周金刚、陈尊宿，虽不是宋代禅僧，而分别指唐代赫赫有名的德山宣鉴（780—865，剑南人，以"德山棒"出名，著名弟子有雪峰义存）和睦州道明（780—877，系黄檗希运法嗣，曾接引过云门文偃），二者各属川僧、浙僧。由此推断，宋元禅宗语录相当认可川僧、浙僧相提并论之说。

北宋、南宋疆域不同，后者因建炎南渡而定都临安（时在1138年）。杭州佛教自五代以来就相当发达，在江南地区一枝独秀，加上此时杭州成为全国的政治经济和文化中心，故以杭州为代表的"浙僧"[②]群体代表了禅宗的最高水平。并且，这一群体除了籍贯两浙者外，还有大量原籍四川（巴蜀）的"川僧"。[③]但北宋的文化中心在汴京开封和西京洛阳，两地也是当时佛教文化中心之一，而川僧显名后世者也多聚集于南方禅林，并且形成了突出的川僧南询现象。[④]

在北宋南询入浙的川僧中，最早产生重要影响者是号称"云门中兴"的雪窦重显（980—1052，四川遂宁人）。云门宗本是五代时期韶州云门寺（今广东乳源）人文偃禅师（864—949）所创立的一个地方性禅宗派别，但因缘际会，其第二代正值太祖、太宗二朝，便有重要禅师诞生，如香林澄远（908—987）、洞山守初（910—990）等，至四、五代形成全国性的影响，特别是怀琏（1009—1090，其法系传为：文偃→明教宽→五祖戒→泐潭怀澄→怀琏）入京担任方丈，推动了云门宗在全国的发展。而天衣义怀（989—1060，嗣法重显）、圆通居讷（1010—1071，嗣法子荣）、佛日契嵩（1007—1072，嗣法晓聪）、佛印了元（1032—1098，善暹法嗣）等更是中坚力量，他们广交当世文士，使云门宗成为北宋中前期影响最大的禅宗派别[⑤]。后来临济宗杨岐派高僧圆悟克勤（1065—1135，四

---

① 《古林清茂禅师语录》卷2，《卍续藏》第71册，河北省佛教协会，2006年，第223页下栏。

② 此处"浙僧"，是广义用法，它包括本籍浙江（狭义）和流寓浙江的僧人。在流寓僧人中，籍贯四川者（狭义"川僧"）最为杰出。又，除非特别说明，"川僧""浙僧"皆取狭义。

③ 参唐希鹏、向世山：《南宋川僧冠绝大宋国探源》，《社会科学研究》2012年第6期。

④ 按，北宋禅僧也有北游南询相结合者，如文同《送无演归成都》即说成都僧释敏行（字无演）"曾读契嵩《辅教编》，浮屠氏有不可忽。后于京师识怀琏，彼上人者尤奇倔。余尝从容问我友，琏复为余道居讷……余守陵阳至穷陋，雨浸一春泥泪泪"（北京大学古文献研究所编：《全宋诗》第8册，北京大学出版社1998年版，第5372页），则知其游方时到过开封，又曾南下庐山拜谒圆通居讷。从其读《辅教编》及交往对象看，他属于云门宗诗僧。

⑤ 参杨曾文：《云门宗在北宋的兴盛和贡献》，《韶关学院学报》（社会科学版）2012年第3期。

川崇宁人)《碧岩录》卷2就总结说:"香林后归蜀,初住导江水晶宫,后住青城香林。智门祚和尚,本浙人,盛闻香林道化,特来入蜀参礼。祚,乃雪窦师也。云门虽接人无数,当代道行者,只香林一派最盛。"① 此即特别强调了"香林澄远→智门光祚(? —1031)→雪窦重显"一系的重要性。值得注意的是,光祚是浙僧,而重显是蜀僧。后者弘法主要在浙江,这说明浙江才是他大显身手之地。

北宋中后期,临济宗黄龙派兴起,南询川僧中出于该派系者主要有灵隐德滋(? —1083)、禾山德普(1025—1083)、东林常总(1025—1091)、湛堂文准(1061—1115)等近20位。属于曹洞宗者,主要活动于北宋后期及两宋之交,并且多出于芙蓉道楷(1043—1118)之法系,代表性人物有丹霞子淳(1064—1117)、大智齐琏(1073—1145)、鹿门法灯(1075—1127)、阐提惟照(1084—1128)、石门元易(? —1157)、真歇清了(1089—1151,子淳法嗣)等七八位。北宋中后期至南宋,则是临济宗杨歧派的天下,属于该派的南询川僧可考者有48位,占两宋南游蜀僧总数93人的一半以上。② 特别是别峰宝印(1109—1190)、石桥可宣、无准师范(1177—1249)、痴绝道冲(1169—1250)、石溪心月(? —1255)分别为天下第一禅刹径山寺的第二十六、三十一、三十四、三十五、三十六代住持,出任第二名刹灵隐寺住持的入浙川僧有瞎堂慧远(1103—1176)、最庵道印、敬叟居简(1164—1246)、无准师范、石田法熏(1170—1244)、痴绝道冲;出任第三名刹净慈寺住持者则有第二十六代石桥可宣、第三十三代石田法熏、第三十七代敬叟居简。③ 由此可见,川僧在都城临安的特殊地位。

虽然北宋南询入浙川僧的数量不如南宋多,总体影响也不如后者大,但在禅宗文学史上还是诞生了里程碑式的人物,如万松行秀(1166—1246)就把前述雪窦重显和天童正觉(1091—1157)一道比作"孔门之游、夏""诗坛之李、杜"。④ 此外,鼓山士珪(1073—1136,四川成都人)"所为禅家四六及五

---

① 《大正藏》第48册,台北:新文丰出版股份有限公司1983年版,第157页中栏。

② 冯国栋:《川僧南游考论——宋代佛教地理流动研究之一》,见龚延明主编:《宋学研究》第一辑,浙江大学出版社2017年版,第292页。

③ 唐希鹏、向世山:《南宋川僧冠绝大宋国探微》,《社会科学研究》2012年第6期。

④ 《评唱〈天童从容庵录〉寄湛然居士书》,《大正藏》第48册,第226页下栏。又,天童正觉的老师丹霞子淳亦是南询蜀僧的代表之一。正觉虽不是川僧(山西隰州人),但他也是南询浙江(住鄞县天童三十年)后才成为一代名师。

字句皆精绝,自成一体,世多传诵"①;被誉为大振曹洞宗风的真歇清了之《信心铭拈古》,更是文字禅方面的代表性作之一;身为黄龙派悟新禅师法嗣的蜀僧祖秀,传承契嵩护法精神,作《欧阳文忠公外传》《华阳宫记》(即《华阳宫艮岳记》),名倾一时,而且还特别推崇出生于蜀地的宋代大文豪苏轼。② 凡此,悉表明北宋入浙川僧在禅学思想及文学创作上确有突出的成就,得到了时人甚至后人的高度认可。如果我们能广泛结合当时大量的士僧交往之作,这种结论可能会更直观些。如赵抃(1008—1084)《送海印长老赴峨嵋都僧正二首》其一 "归根落叶舞秋风,入蜀分携灞水东。欲别何烦示圆相,普贤今作主人公"③,细绎诗意,海印作为入浙(灞水即衢江,今属浙江衢州)川僧,学成之后还乡能任峨嵋僧正,故赵氏称他普贤再世(按,普贤菩萨道场在峨嵋山);强至(1022—1076)《送川僧玘上人归雪窦》"彼上人者剑外来,独许清吟调风月……何时腰下解瓶盂,岩窦应逢先腊雪"④,则揭示了蜀僧玘上人雪窦之行对其诗风的深刻影响;苏轼(1036—1101)熙宁五年(1072)所作《秀州报本禅院乡僧文长老方丈》"万里家山一梦中,吴音渐已变儿童。每逢蜀叟谈终日,便觉峨嵋翠扫空。师已忘言真有道,我余搜句百无功。明年采药天台去,更欲题诗满浙东"⑤,既描写了诗人与入浙乡僧嘉兴本觉寺方丈文及禅师(字本心)相见而唱和的温馨场景,颇有他乡遇故知之意,更一语道破浙江才是文及最重要的精神家园,因为后者在秀州已达到真道忘言的境界,这让诗人羡慕不已。

至于南宋入浙南询且集文学(诗)与禅思于一体的著名川僧则在当时丛林独占鳌头(前文所列别峰宝印等人,都是突出代表),并且,作为寄寓两浙的"川僧",他们与本贯浙江的禅僧一道代表了南宋禅宗文学的最高水平。⑥ 此

---

① (宋)释祖琇撰:《僧宝正续传》卷6,《卍续藏》第79册,河北省佛教协会,2006年,第577页上栏。

② 参(宋)释晓莹:《云卧纪谭》卷上,《卍续藏》第86册,第660页中—下栏。

③ 《全宋诗》第6册,北京大学出版社1998年版,第4142页。

④ 《全宋诗》第10册,第6927页。

⑤ (宋)苏轼著,(清)冯应榴辑注,黄任轲、朱怀春校点:《苏轼诗歌合集》,上海古籍出版社2001年版,第390页。

⑥ 如黄启江选择六位师资相承的诗僧而编《南宋六文学僧纪年录》(台北:台湾学生书局有限公司2014年版),其中有两位川僧,即橘州昙宝(1129—1197,四川乐山人)、北涧居简(1129—1197,四川三台人),其他分别是藏叟善珍(1194—1277,福建南安人)、淮海元肇(1189—1265,江苏南通人)、物初大观(1201—1268,浙江宁波人)、无文道璨(1213—1271,江西南昌人),而且,本贯非浙江者都有寓居浙江的经历。

时，士僧（或教内）交往之作涉及川僧南询入浙者更是不胜枚举，其中还不乏大家名家之作。如王庭珪（1080—1172）贬谪辰州期间（1149—1155）所作《赠蜀僧妙高》①就对"曾随僧宴入中京"且"又将去游江湖吴越之间"的川僧高妙说"此时看月已峨嵋，山色湖光两奇绝。明月随君却复东，千里相思共吴越"。"山色湖光"一句，显然借用苏轼《饮湖上初晴后士雨二首》其二的名句"水光潋艳晴方好，山色空濛雨亦奇"②，意在突出南询入浙必看者是西湖风光。陆游（1125—1210）有多首作品涉及这一题材，像淳熙十四年（1187）春于严州作《寄径山印禅师》就称颂径山宝印"会当身返东西蜀，要与公分上下庵"③，并强烈地表达了追随学禅之诚意；庆元元年（1195）冬于山阴作《蜀僧宗杰来乞诗三日不去作长句送之》④，一方面赞许宗杰"看遍东南数十州，寄船却溯蜀江秋"，另一方面又有"它年挈笠再来否"的期盼。教内如曹洞宗高僧如净（1163—1228，浙江宁波人）《送蜀僧得母书归乡》"雁落秋空剥万金，寥寥一片老婆心。先天后地难回互，风急恩深冤亦深"⑤，是从佛教报恩说的角度对还乡蜀僧而殷殷寄语，表达对世俗社会生活的某种认同；入浙闽僧释广闻（1189—1263，福建福州人，临济宗浙翁如琰法嗣）《送僧归蜀》"脱得南方驴马群，相逢无法可呈君。看侬百衲袈裟上，半是吴云半楚云"⑥，则称许对方禅学见地之深是缘于吴楚之游（自然包括两浙）；无准师范《示彻上人》又说：

> 蓬山彻上人，冲虚庵之孙。万里南询，遍见知识，孜孜切切，略不少怠，真本色道流也。揭来鄞峰，相从数载，逮移凌霄，乐然偕行。五峰在天之表，一尘不到，实古今有道者集大成之地，彻亦自喜。秋风西来，乡信忽通，遽告归宁。义不可免，炷香求语，并记再南之约。⑦

细绎师范之意，原来彻上人并非自己的法嗣，但他由川入浙跟随自己参悟

---

① 《全宋诗》第 25 册，北京大学出版社 1998 年版，第 16760 页。
② 《苏轼诗歌合集》，上海古籍出版社 2001 年版，第 404 页。
③ 钱仲联、马亚中主编：《陆游全集校注》第 3 册，浙江教育出版社 2011 年版，第 217 页。
④ 《陆游全集校注》第 4 册，第 328 页。
⑤ 《大正藏》第 48 册，台北：新文丰出版股份有限公司 1983 年版，第 132 页下栏。
⑥ 《偃溪广闻禅师语录》卷下，《卍续藏》第 69 册，河北省佛教协会，2006 年，第 748 页中栏。
⑦ 《无准师范禅师语录》卷 3，《卍续藏》第 70 册，第 255 页上栏。

数年后境界早已不可同日而语,几乎臻于集大成。因此,师范很希望对方归宁省亲后还能再度入浙,共相切磋。特别是虚堂智愚(1185—1269,浙江象山人)《日本建长寺隆禅师语录跋》云"宋有名衲,自号兰溪,一筇高出于岷峨,万里南询于吴越。阳山领旨,到头不识无明;抬脚千钧,肯践松源家法"①,所说兰溪,指兰溪道隆(1213—1278,重庆涪陵人,日本临济宗大觉派之祖),他南询浙江后又至扶桑弘法,②还把松源崇岳(1132—1202,浙江龙泉人)一系的禅法(传承图为:松源崇岳→无明慧性→兰溪道隆。无明慧性,1163—1237,系今四川宣汉人)东传至日本。

其实对川僧南询浙江的文化现象,历史上早在宋元时期就有人予以总结。如乾道六年(1170)九月十五日陆游入蜀途经湖北荆州二圣寺时即指出"然蜀僧出关,必走江浙。回者又已自谓有得,不复参叩。故语云:'下江者疾走如烟,上江者鼻孔撩天。徒劳他二佛打供,了不见一僧坐禅。'"③"下江"指出川,"上江"指返乡(顺便说一句,送僧还蜀之诗作,多用江、舟意象,与此历史背景甚有关系)。陆游所引谚语说明,出川南询川僧变化之大,即出川前禅学水平甚低,返乡后又自鸣得意。宋亡后的危素(1295—1372,江西金溪人)至正二十年(1360)正月十五撰《有元阿育王山广利禅寺住持兼住天童景德寺佛日圆明普济禅师光公塔铭》又说:

> 宋自南迁,都虎林,大刹相望。其说法居尊席者,多蜀之大浮屠师,若无准范公、北涧简公辈,声光震耀,号为极盛。国朝既混一宇内,蜀土宁谧,学佛之士游观东南者,何其未数数然也?④

此处所说普济光公,指雪窗悟光(1292—1357,四川新都人),他虽是元代著名禅僧,但危素特意追溯川僧入浙的悠久历史,意在强调悟光禅法的正统渊源。虎林,即南宋都城武林杭州,而川僧无准师范、北涧居简便是当时的法门龙象,地位至尊,影响巨大。

---

① 《虚堂和尚语录》卷10,《大正藏》第47册,台北:新文丰出版股份有限公司1983年版,第1061页中栏。

② 道隆建长五年(1253)住持建长兴国禅寺后,其法大兴于扶桑。

③ 蒋方:《陆游〈入蜀记〉校注》,湖北人民出版社2005年版,第180页。

④ 郭子章撰:《明州阿育王山志》卷8引,载《中国佛寺史志汇刊》第一辑第11册,台北:明文书局1980年版,第381页。

当然,南宋川僧入浙也有特定的历史机缘,袁桷(1266—1327,浙江鄞县人)至大元年(1308)撰《天童日禅师碑铭》即说:

> 绍定辛卯,蜀破,士大夫蔽江东下。成都大慈寺主华严教僧之秀朗,率弃旧业,以教外传,游东南。若痴绝冲、无准范,导达后进,表表明世者,皆其门人。而范之成就益众,天童师其一也。[①]

天童师,指东岩净日(1220—1308,江西都昌人),他本为西岩了慧(1198—1262,四川蓬安人)之法嗣。但袁桷追溯其师承时还是特别强调前文多次提到的无准师范。[②] 此外,值得关注的是"绍定辛卯"这一时间节点,此年(绍定四年,1231)发生了蒙古大军攻占蜀地之事,这迫使大量川僧与士大夫一起外逃至都城杭州,并使原来擅长义学的川僧改习禅宗。

无论北宋、南宋,川僧出蜀之前多有研习《唯识》《起信》《楞严》《圆觉》等有宗经典的经历,[③] 他们采取的是"读万卷书"之进学路径;南询江浙则用"行万里路"来弥补专研经论的不足,着重于实践层面。

二、"礧磈""潇洒"之含义及其所指僧人时地范围之变化

龙晦、周裕锴两位先生在相关论文中已经指明禅宗语录"川僧礧磈"之"礧磈"(或作磊磈、礧礧、礧礧磈磈)有兀傲不凡、落落寡合、不守轨辙、举止奇怪、放诞不羁等含义,它们在一定程度上反映了川僧禅风的创新意识。周先生还进一步指出,"浙僧潇洒"之"潇洒"(或作萧洒、潇潇洒洒)与"礧磈"含义大同小异。不过,我们想进一步追问和"礧磈"基本同义的"浙僧潇洒"之"潇洒"是本地固有风格,还是受礧"礧磈"川僧的影响而成?对此,我们还是有必要简单梳理一下两宋禅宗语录及相关文献之"礧磈""潇洒"的使用概况。为清眉目,先列表6-1如下:

---

① 李修生主编:《全元文》第23册,江苏古籍出版社1999年版,第669页。
② 据《五灯全书》卷50记载,东岩净日是先参无准师范,后得法于西岩了慧(《卍续藏》第82册,河北省佛教协会,2006年,第163页中一下栏)。
③ 冯国栋:《川僧南游考论——宋代佛教地理流动研究之一》,龚延明主编:《宋学研究》第一辑,浙江大学出版社2017年版,第290—291页。

表 6-1 两宋佛教文献"蘘苴"等词使用情况简表

评述者	被评述者	语料	文献出处
惠洪 （1071—1128，江西高安人，临济宗黄龙派）	雪窦重显 （980—1052，四川遂宁人，云门宗）	（重显）尝游庐山栖贤，时諟禅师居焉。諟严少接纳，显蘘苴不合。	《禅林僧宝传》卷 11①
白云守端 （1025—1072，湖南衡阳人，临济宗杨岐派）	五祖法演 （？—1104，四川绵阳人，守端法嗣之一）	（法演）即访白云端，端一见，乃云："川蘘薐，你来也。"	《联灯会要》卷 16②
真净克文 （1025—1102，河南阌乡人，临济宗黄龙派）	湛堂文准 （1061—1115，利州兴元③人，克文法嗣）	绍圣三年，真净移居石门……真净骂曰："此中乃敢用蘘苴耶？"	《石门文字禅》卷 30④
死心悟新 （1043—1115，广东曲江人，临济宗黄龙派）	知藏慧宣 （生卒年不详，川僧之一，悟新法嗣）⑤	师曰："川蘘苴，莫乱道。"言讫，趺坐而化。	《嘉泰普灯录》卷 6⑥
黄庭坚 （1045—1105，江西修水人，黄龙祖心法嗣）	张商英 （1043—1121，四川新津人，黄龙派东林常总法嗣）	黄太史鲁直闻而笑曰："无尽所言，灵犀一点通，此蘘苴为虚空安耳穴。"	《罗湖野录》卷下⑦
白杨法顺 （1076—1130，四川绵州人，杨岐派，嗣法佛眼清远）	自己	（居临川时上堂自述）屋头猫捕鼠，世上道嫌僧。蘘苴招人怪，孤高举世憎。	《丛林盛事》卷上⑧

---

① 《卍续藏》第 79 册，河北省佛教协会，2006 年，第 514 页下栏。"諟"，指澄諟（生卒年不详，福建建宁人，或说建阳人，法眼宗道恒之法嗣）。

② 《卍续藏》第 79 册，第 136 页上栏。

③ 利州路北宋咸平四年（1001）由西川路析置而产生，故在当时人心目中它仍属于"四川"这一地域概念。

④ （宋）释惠洪著，［日］释廓门贯彻注，张伯伟等校点：《注石门文字禅》，中华书局 2012 年版，第 1691 页。又，《藏六轩铭序》"端首座从吾蘘苴兄游有年"（同前，第 1255 页）之"蘘苴兄"，指作者师兄湛堂文准。

⑤ 释晓莹《云卧庵主书》载悟新之语曰："川僧，我这里事定"（《卍续藏》第 86 册，第 683 页下栏），《续传灯录目录》卷 2 则把慧宣首座归为悟新"法嗣一十六人"之一，并说他是"八人无录"之一（《卍续藏》第 83 册，第 22 页中栏）。

⑥ 《卍续藏》第 79 册，第 325 页中栏。又，此为政和五年（1115）十二月十四日悟新圆寂时所说。

⑦ 《卍续藏》第 83 册，第 393 页下栏。又，张商英号字天觉，号无尽居士。黄庭坚绍圣元年（1094）作《惟清道人帖》向在江西的张商英介绍黄龙派高僧惟清（参水赉佑：《黄庭坚作品考释六则》，《中国书法》2001 年第 4 期），则知黄称张为"蘘苴"约在此时。

⑧ 《卍续藏》第 86 册，第 689 页下栏。

续表

评述者	被评述者	语料	文献出处
阐提惟照 （1084—1128,四川简州 人,曹洞宗）	自己	自小来打硬,佛祖不奈何。 放蓬苴住院,殃害杀禅和。	《嘉泰普灯录》 卷29①
大慧宗杲 （1089—1163,安徽宁国 人,杨岐派）	圆悟克勤 （1063—1135,四川崇 宁人,杨岐派）	这个川蓬苴,自来好打哄, 闹处便入头,恶静而喜动。	《大慧普觉禅师 语录》卷1②
应庵昙华 （1103—1163,湖北蕲州或 黄梅人,杨岐派）	鹿门法灯 （1075—1127,四川成 都人,曹洞宗）	法灯是即是,据虎头收 虎尾,检点将来,试煞 蓬苴。	《应庵昙华禅师 语录》卷5③
瞎堂慧远 （1103—1176,四川眉山 人,杨岐派）	德山宣鉴 （780—865,剑南人, 云门文偃之师祖）	《渔父词四首》其一《德 山和尚》:咄遮川僧能蓬 苴,杖挑一担敲门瓦。	《瞎堂慧远禅师 广录》卷4④
密庵咸杰 （1118—1186,福建福清 人,杨岐派）	破庵祖先 （1136—1221,四川广 安人,杨岐派）	《送先知客》:万里南来川 蓬苴,奔流度刃扣玄关。	《密庵和尚语 录》⑤
孝宗赵昚 （1127—1196,浙江嘉兴 人）	布袋契此 （？—917,浙江奉化 人,异僧）	《和高宗赞布袋和尚》:蓬 蓬苴苴,圣中之绝。	《历朝释氏资 鉴》卷11⑥

从上表看来,北宋最早被称作"蓬苴"川僧者是雪窦重显。但"蓬苴"究竟是惠洪评述时的发明,还是对澄湜断语的转述,则难于定论。若考虑到澄湜之师道恒为洪州人、其本人又长期在庐山栖贤宝觉院弘法的史实,故"蓬苴"极可能是江西方言（惠洪亦江西人）⑦。李遵勖（？—1038,慈照蕴聪法嗣之一）献给宋仁宗的《天圣广灯录》卷27辑有湜禅师语录,黄龙派之祖慧南（1002—1069,江西玉山人）也曾向他学习⑧,可见澄湜是当时甚有影响的禅师。从使用主体看,"蓬苴"一词,除云门宗及当时已经衰微的沩仰宗以外,两宋其他派别

---

① 《卍续藏》第79册,河北省佛教协会,2006年,第475页中栏。
② 《大正藏》第47册,台北:新文丰出版股份有限公司1983年版,第812页中栏。
③ 《卍续藏》第69册,第527页中栏。
④ 同上书,第594页下栏。
⑤ 《大正藏》第47册,第948页上栏。
⑥ 《卍续藏》第76册,第245页上栏。又,是赞系于绍兴二十七年（1157）。
⑦ 前引龙晦先生论文指出:爱用"蓬苴"者很多都是江西人,或在江西住得比较久的人,因此似乎可以说"蓬苴"是盛行于当时江西的口语,反映了他们对四川禅僧的观感。
⑧ 参惠洪:《林间录》卷上,《卍续藏》第87册,第245页下栏—246页上栏。

特别是临济宗爱用之;从使用方式看,有老师称呼弟子者,有自称者,有弟子称呼老师或其他祖师者,有同派同门相称者,有称非本派禅僧者,有居士称呼禅僧者,林林总总,不一而足。当然,最初都是宋人对本朝(北宋对南宋而言,仍然是"大宋")蜀僧的称呼,后来,也可以指前朝蜀僧(如宣鉴)甚至是前朝浙僧(如布袋)。

此外,即便按前引《联灯会要》卷16所记来推断,五祖法演被其师守端称为"川蕌蕇"之事,应发生在浮山法远圆寂的治平四年(1067)至白云守端圆寂的熙宁五年(1072)之间,因为法演是先参法远,而法远说"吾老矣"后便把他推荐给守端。据法远说话语气,法演见守端很可能就在治平四年或稍前。

至于"浙僧潇洒"的使用情况,如表6-2所示:

表 6-2　两宋佛教文献"潇洒"等词使用情况简表

评述者	被评述者	语料	文献出处
永嘉玄觉 (665—713,浙江永嘉人,慧能法嗣之一)	自己	《永嘉证道歌》:优游静坐野僧家,闃寂安居实潇洒。	《景德传灯录》卷30①
雪窦重显 (980—1052,四川遂宁人,云门宗)	惠侹禅者 (生平事迹不详)	少林风规,何大潇洒。笼古罩今,睥真睨假。	《明觉禅师语录》卷5②
杨蟠 (字公济,生卒年不详,浙江临海人)	契嵩 (1007—1072,广西滕县人,云门宗)	契嵩《〈山游唱和诗集〉后叙》:始公济视潜子《山中值雪》诗,爱其孤与独往,谓潇洒有古人风。	《镡津文集》卷11③
苏舜钦 (1008—1049,四川中江人)	终南山百塔院某僧 (生平事迹不详)	驱马山前访古踪,僧居萧洒隔尘笼。	《宿终南山下百塔院》④
张耒 (1054—1114,江苏淮阴人)	道潜 (生卒年不详,浙江杭州人,云门宗)	吴僧参寥者,潇洒出埃尘。诗多山水情,野鹤唳秋旻。	《感春》⑤
佛眼清远 (1067—1120,四川临邛人,杨岐派)	雪堂道行 (1089—1151,浙江括苍人,杨岐派,清远法嗣)	佛眼乃川人,上堂次。因行侍立,戏曰:"川僧蕌蕇,浙(浙)僧潇洒。"	《丛林盛事》卷上⑥

① 《大正藏》第51册,台北:新文丰出版股份有限公司1983年版,第460页中栏。
② 《大正藏》第47册,第699页下栏。
③ 《大正藏》第52册,第706页中栏。
④ 《全宋诗》第6册,北京大学出版社1998年版,第3936页。
⑤ (宋)张耒撰,李逸安、孙通海、傅信校点:《张耒集》,中华书局1989年版,第197页。
⑥ 《卍续藏》第86册,河北省佛教协会,2006年,第687页中栏。

续表

评述者	被评述者	语料	文献出处
大慧宗杲	佛灯守珣（1079—1134,浙江吴兴人,杨岐派,慧勤法嗣）	天姿出格萧洒,胸次过人惺惺。临济顶中髓,杨岐眼里睛。	《大慧普觉禅师语录》卷12①
大慧宗杲	自己（祖传禅人求赞）	藞苴全似川僧,萧洒浑如浙客。	《大慧普觉禅师语录》卷12②
瞎堂慧远	自己	好时十分潇洒,恶时一味藞苴。	《瞎堂慧远禅师广录》卷4③
王十朋（1112—1171,浙江乐清人,问道于雪堂道行）	纯老（永嘉僧,住福州寿山,王十朋表叔）	寿山僧中杰,萧洒如晋人。识高行孤洁,匈无一点尘。	《哭纯老》④
无准师范（1177—1249,四川橦潼人,杨岐派,破庵祖先法嗣）	摩腾（？—73,即迦叶摩腾,传说是汉地译经第一人）,达磨（即东土禅宗初祖菩提达摩）	上堂:"摩腾入汉,平地风波;达磨西来,重增殃祸。是则是,且道祖意教意是同是别?""川僧藞苴,浙僧潇洒。"	《无准师范禅师语录》卷1⑤
环溪惟一（1202—1281,四川资中人,杨岐派,无准师范法嗣）	自己（雪峰化士请赞）	藞藞苴苴,潇潇洒洒。严冷时温若阳春,偏急处宽踰大海。	《环溪惟一禅师语录》卷下⑥
希叟绍昙（？—1297,西蜀人,杨岐派,无准师范法嗣）	风穴延沼（896—973,浙江余杭人,临济宗）	玄中玄,妙中妙,潇洒浙僧,更无两个。	《五家正宗赞》卷2⑦

　　上表之"潇洒",就最早使用者浙僧永嘉玄觉而言,它指山僧修道时的安逸清闲、无拘无束的超脱心境或自由境界。此种用法,与之相近的有苏舜钦、王十朋等人的诗作。而最早把浙僧潇洒与川僧藞苴相提并论者,似是川僧清远,评述语境与当时两人的师徒身份相符（清远是川僧,弟子道行是浙僧）。嗣后,"藞苴""潇洒"一同使用时,二者为互文（禅宗语录中也只有此时才

---

① 《大正藏》第47册,台北:新文丰出版股份有限公司1983年版,第860页上—中栏。
② 同上书,第861页下栏。
③ 《卍续藏》第69册,河北省佛教协会,2006年,第595页中栏。
④ 《全宋诗》第36册,北京大学出版社1998年版,第22861页。
⑤ 《卍续藏》第70册,第223页下栏。
⑥ 同上书,第395页上栏。
⑦ 《卍续藏》第78册,第587页中栏。

会把"潇洒"和"浙僧""浙客"相搭配），无论川僧非川僧（如宗杲）都可以使用，既可自指（如慧远、惟一），也可指代他人（如师范）。此外，从杨蟠赞颂契嵩（寄寓杭州，属于广义浙僧）及王十朋悼念永嘉僧纯老之诗文看，"潇洒"又和孤高人品、魏晋名僧与名士风流（从"雪夜访戴"之典故及"萧洒如晋人"句推断）相联系；从张耒称道潜（即参寥）看，"潇洒"又和诗僧擅长的山水题材相关。但从目前掌握的材料看，"蘿苴"和山水诗关系不大。

　　通过前文分析，我们大致有四点结论:（1）在两宋，作为川僧标签的"蘿苴"比作为浙僧标签的"潇洒"更早被禅林普遍使用，后者往往只有在与川僧对举的场合才成为浙僧标志，其他场合，则与僧人籍贯无关。而"浙僧潇洒"之"潇洒"与"蘿苴"同义的论断，最初是由川僧作出的。（2）"潇洒"使用范围通常比"蘿苴"广，前者可直接用于人、事、物（如生活环境）、艺术创作及评论[①]等层面，后者主要聚焦于禅僧品行及其处事风格。（3）"潇洒"与僧人精神生活的关联史远早于"蘿苴"，如东晋孙绰称赞竺法汰是"事外潇洒，神内恢廓"[②]，初唐道世又自述怀抱云"高揖谢时俗，萧洒出烦笼"[③]。（4）"潇洒"与佛教文学题材尤其是山水诗的关系更密切（分析详后文）。但对"川蘿苴"重显产生直接影响者，当是晚唐五代时期的诗僧贯休（浙江金华人，晚年入蜀）:一者"盛年工翰墨"的重显:"作为法句，追慕禅月休公。"[④]二者贯休用"潇洒"自述心境或描述修道环境的做法[⑤]，重显诗作中也有所表现，如《送微文章》，无论写景手法及其议论"微禅亦并联芳驾，德星文星仰萧洒"[⑥]，都与贯休诗极其相似。因此，北宋以降表明浙僧禅风的"潇洒"一词，主要源自浙地而非蜀地传统。

---

　　①　如胡仔纂集《苕溪渔隐丛话前集》卷 55 即说"僧了宗善墨戏，落笔潇洒，为余作《苕溪渔隐图》"（廖德明校点本，人民文学出版社 1962 年版，第 373 页）。

　　②　余嘉锡笺疏:《世说新语笺疏》，上海古籍出版社 1993 年版，第 480 页。

　　③　（唐）道世集:《诸经要集》卷 2，载《大正藏》第 54 册，台北:新文丰出版股份有限公司 1983 年版，第 19 页中栏。

　　④　释惠洪:《禅林僧宝传》卷 11，《卍续藏》第 79 册，河北省佛教协会，2006 年，第 514 页下栏。

　　⑤　如贯休《古意九首》其一"玩之室生白，潇洒身安轻"、《新定江边作》"江边山顶深秋时，身闲潇洒心无为"（贯休著，胡大浚笺注《贯休歌诗系年笺注》，中华书局 2011 年版，第 53、1089 页）等诗句。

　　⑥　《明觉禅师语录》卷 6，《大正藏》第 47 册，第 711 页上栏。又，"微禅"两句，则把"萧洒"与禅风、诗风与人格相联系，正好显示了"萧洒"之义远比"蘿苴"丰富。

三、川浙禅宗文学"麤荁"与"潇洒"之互动

本来"麤荁"与"潇洒"主要是用来描述川僧、浙僧的宗教实践作风的，但二者在很大程度上同样也可以用来说明二地禅宗文学之特色。若从禅宗文学区域互动看，因川僧大量入浙，所以，总体说来是川僧影响浙僧相对明显，浙僧影响川僧则较为隐晦。

（一）川僧影响之表现

川僧不合常规的麤荁性格，按照文如其人来推断，它们在文学创作上定会有所表现，如题材选择、语言运用、风格追求等。而且，川僧文学的"麤荁"个性，除了在他们入浙后的创作中继续保留外，也顺带影响了其他浙僧（包括本贯与流寓者，即广义浙僧）。其突出表现，大致有三点：

一曰胆大好艳好奇。在四川禅宗史上，马祖道一（709—788，四川什邡人）虽无"麤荁"之名，却有"麤荁"之实，是大胆创新禅学教法的宗师级人物之一，[①] 其开创的洪州宗，史称江西禅，后来最大势力的临济宗即可溯源至此（五家之沩仰宗也出于此）。两宋川僧对这位勇往直前的乡贤，无不赞赏有加，克勤《送梵思禅老皖山住庵》"脱去羁罗彻辔衔，了无毫末可容参。马驹儿踏谁禁得，皖伯台前去住庵"，[②] 即以"马驹踏杀天下"的道一为榜样勉励梵思禅师前往皖山作住持。北宋第一位被称作"川麤荁"的禅师重显，他和澄諟发生冲突的主要原因，就在于他"宗门抑扬，那有规辙乎"[③] 的反传统主张。其《往复无间十二》之七"哺（晡）时申，急急趁生路上人，草鞋踏尽家乡远，顶罩烧钟一万斤"，[④] 睦庵善卿编《祖庭事苑》卷三"顶罩烧钟"条指出"尝见蜀僧云'此蜀语也'，川人或讥人之无知，则云'烧钟盖却你头'，往往唤作

---

① 《石溪心月禅师语录》卷中《示海上人》即把马祖道一与五祖法演相提并论，说"江西则全机大用，革变通途；东山则鲁语巴歌，复回逸辙。是二老者，皆川客也"（《卍续藏》第71册，河北省佛教协会，2006年，第60页中栏），意即道一与川麤荁法演一样是蜀僧创新的典范。

② 《圆悟佛果禅师语录》卷20，《大正藏》第47册，台北：新文丰出版股份有限公司1983年版，第806页上一中栏。

③ 释惠洪：《禅林僧宝传》卷11，《卍续藏》第79册，第514页下栏。

④ 《明觉禅师语录》卷5，《大正藏》第47册，第704页上栏。

'孟夏渐热'。盖雪窦,川人也"①,我们觉得这种解释不够全面或有曲解,无畏者有时是会落入无知的陷阱,但雪窦原意定在强调无畏且百折不挠的勇气,因为类似用法在后世川僧作品有所继承,像了堂惟一《次松岩恕中和尚〈山居杂言〉》其一即说"菩萨圆修与佛邻,退身三界拯孤贫。茫茫角力趋程者,顶罩烧钟一万斤"②,既然在赞叹菩萨行,"顶罩烧钟"肯定不是贬义词"无知",应该是褒义用法。虚堂智愚《圆悟禅师》称颂"尸碧岩,谤乳窦"的克勤是"蘱苴翁别有长处"③,着眼点也在于后者蔑视权威的勇气;别浦法舟(浙江安吉人,西蜀僧空叟宗印法嗣)则总结说"川僧开口见胆,一句是一句",并指出胆大原因与他们"曾经巴峡猿啼苦,不待三声也断肠"④的特殊出蜀经历有关。韩驹(1080—1135,四川仁寿人)《送贤上人归云门庵》"上人一口尽诸佛,肯顾世上群儿愚"⑤虽然仅称道真牧正贤(1084—1159,四川潼川人,清远法嗣),⑥但该句也可用来概括南询川僧精神风貌的总体特征。⑦

正因为大胆不落俗套,故蘱苴川僧有一些特殊的写作传统,如艳诗方面的代表人物是克勤。元代杨岐派僧天如惟则(？—1354,江西永新人)《跋贤上人送行诗轴》就总结说:

> 离文字之学,一变而为语言,再变而为音韵,又变而至于诗,极矣! 蜀中贤上人南询将归,诗以赆者凡三十五人,成大轴。噫,蜀至浙万里,出而求者此欤? 得而归者此耶? 虽然,余又闻圆悟见东山时,闻举小艳诗半绝有省。以半绝较,是轴何啻百倍? 然则贤所闻过于圆悟者,远矣! 又岂容概作诗会?⑧

此贤上人,和韩驹《送贤上人归云门庵》所述者为同一人。虽说惟则对正贤归蜀而办诗会略有不满,他却揭示了克勤因艳诗悟道而产生的持久而深远的

---

① 《卍续藏》第 64 册,河北省佛教协会,2006 年,第 358 页上栏。

② 《了堂惟一禅师语录》卷 3,《卍续藏》第 71 册,第 478 页上栏。

③ 《虚堂和尚语录》卷 6,《大正藏》第 47 册,台北:新文丰出版股份有限公司 1983 年版,第 1032 页上栏。

④ 枯崖圆悟编:《枯崖漫录》卷中,《卍续藏》第 87 册,第 34 页中栏。

⑤ 《全宋诗》第 25 册,北京大学出版社 1998 年版,第 16603 页。

⑥ 据祖琇《僧宝正续传》卷 5(《卍续藏》第 79 册,第 575 页上栏—576 页上栏),正贤是受克勤的鼓励而出川南询。另,韩驹赠诗则作"上人一口吞诸佛"。

⑦ 赵抃《和诗僧栖诘求诗》又称赞蜀僧栖诘"蟠龙僧胆大如斗,直以诗求蜀守诗"(《全宋诗》第 6 册,第 4224 页),可见,"大胆"是时人对川僧的普遍印象。

⑧ 《天如惟则禅师语录》卷 7,《卍续藏》第 70 册,第 813 页中栏。

历史性影响。① 据《嘉泰普灯录》卷 16 记载,克勤在东山五祖法演处听得小艳诗"频呼小玉元无事,只要檀郎认得声"后而大悟,并呈偈曰"金鸭香囊锦绣帏,笙歌丛里醉扶归。少年一段风流事,只许佳人独自知"②。此事当时就广为人知,如和克勤时代相近而稍晚的黄龙派僧人、被人称作"浪子和尚"③ 的惠洪,其《注十明论》即直接引用了"频呼小玉元无意,只要檀郎认得声"④,仅仅把小艳诗"无事"改成"无意";曾在克勤处参学并成为其徒孙的释仲安(生平氏里不详,法脉传承图是:克勤→佛性法泰→灵岩仲安。又,法泰亦为蜀僧,四川广汉人)对"国师三唤侍者"颂古道"一段风光画不成,洞房深处畅予情。频呼小玉元无事,只要檀郎认得声"⑤,则是综合法演、克勤艳诗而成。其他像阐提照"梨华一枝春带雨,金色头陀笑不语。龙宫海藏月明前,织女姮娥相对舞"、佛慈普鉴(?—1144,江苏苏州人,真净克文法嗣)"你若无心我也休,鸳鸯帐里懒抬头。家童为问深深意,笑指沙窗月正秋"、佛灯守珣"鸳鸯绣出世无双,好手元来更有强。呈罢各归香阁去,金针难把度萧郎"、⑥ 以及普庵印肃(1115—1169,江西宜春人)用柳永词"今朝酒醒何处,杨柳岸晓风残月"开示易仲能之举,⑦ 皆是艳诗悟道的绝妙例证。

其实,五祖法演门下除了圆悟克勤有艳诗悟道经历外,其他好写艳诗者还有不少。如佛鉴慧勤(1059—1117,安徽潜山人)有颂古曰"美如西子离金阁,娇似杨妃倚玉楼。犹把琵琶半遮面,不令人见转风流"⑧,后来仿此者甚众,像肯堂彦充(浙江余杭人,大慧宗杲法孙,东林道颜法嗣。其师道颜,1094—1164,四川潼川人)"美如西子离金阙,娇似杨妃倚玉楼。终日与君花下醉,更

---

① 清初野竹福慧(1623—?,四川长寿人)在《历代祖图真赞》第四十八首赞昭觉克勤曰"《碧岩集》翻为落草,小艳诗终备玄微"(《嘉兴藏》第 33 册,台北:新文丰出版股份有限公司 1987 年版,第 451 页上栏),甚至认为其小艳诗比《碧岩集》更有意义。

② 《卍续藏》第 79 册,河北省佛教协会,2006 年,第 359 页中栏。

③ 惠洪《上元宿百丈》颈联曰"十分春瘦缘何事,一掬归心未到家"(《注石门文字禅》,中华书局 2012 年版,第 709 页)蔡元度夫人王氏荆公女据此称惠洪为"浪子和尚"(参吴曾撰:《能改斋漫录》,上海古籍出版社 1978 年版,第 318 页。又此处引诗,题目作《上元宿岳麓寺》)。

④ 《注石门文字禅》,第 949 页。廓门贯彻指出,法演所举艳诗与元稹诗"小玉上床辅夜衾""檀郎谢安眠同处"有关(同前,第 950 页。按,前一句是七绝《暮秋》末句,后一句出处俟考)。

⑤ 《嘉泰普灯录》卷 28,《卍续藏》第 79 册,第 469 页中—下栏。

⑥ 《嘉泰普灯录》卷 27,《卍续藏》第 79 册,第 462 页上栏、464 页上—中栏、465 页下栏。

⑦ 《普庵印肃禅师语录》卷上,《卍续藏》第 69 册,第 388 页上栏。但"今朝",柳词原作"今宵"。

⑧ 《嘉泰普灯录》卷 27,《卍续藏》第 79 册,第 462 页中栏。

嫌何处不风流"①、释月涧（1231—?）"美如西子离金阙,娇似扬（杨）妃倚玉楼。十二金钗颠倒插,不风流处也风流"② 等,莫不仅是更改部分字句而已。而统观慧勤及前述克勤等人的艳诗,除了意象香艳、闺阁气息浓厚以外,又有一大特点,即好用（包括改用）前人名句入诗,如白居易《长恨歌》之"梨花一枝春带雨"、《琵琶行》之"犹抱琵琶半遮面"及柳永词《雨霖铃》之类。并且,教人以此悟道者也不在少数,像明初唯庵德然（?—1388,江苏华亭人）《送云南荣侍者之万寿》"钵囊高挂北山寺,对月长吟小艳诗"③、清初百痴行元（1610—? 福建漳浦人）《示玉峰侍者》"相随不必苦劳心,小艳诗闲对月吟"④ 等,皆如是。

蓦苴川僧,好艳诗之同时又好奇。如善贻咸淳四年（1268）九月朔日为《云谷和尚语录》书云:

> 南堂说法,或诵贯休《山居诗》,或歌柳耆卿词,谓之不是禅,可乎?近世尚奇怪生矫,苟见处不逮古人,如优场演史谈刘、项相似事,便体之者忘倦,其奚非真史也。若有所见,虽无此录,谁无此录? 既无所见,虽有此录,谁有此录? 或曰:子论太高,天下无语录矣。云谷望士,安可使之无传。⑤

云谷和尚,又称庆藏主、云谷（怀）庆,其籍贯、姓氏、生卒年均不详,为蜀僧石溪心月法嗣,故对"蓦苴""潇洒"并不陌生。⑥ 南堂,则指五祖法演弟子之卷一南堂元静（1065—1135,四川阆州玉山人,又称大随元静）,其教学形式新奇,或诵晚唐五代著名诗僧贯休（832—912,浙江金华人）《山居》（组诗,共24首）,或歌柳永词,故善贻谓近世禅宗语录"如优场演史"⑦ 的好奇风尚,实

---

① 《枯崖漫录》卷上,《卍续藏》第87册,河北省佛教协会,2006年,第26页中栏。
② 《月涧禅师语录》卷上,《卍续藏》第70册,第509页上栏。又,月涧为西岩了慧法嗣。
③ 《松隐唯庵和尚语录》卷中,《嘉兴藏》第25册,台北:新文丰出版股份有限公司1987年版,第36页上栏。
④ 《百痴禅师语录》卷21,《嘉兴藏》第28册,第113页中栏。
⑤ 《卍续藏》第73册,第744页中—下栏。
⑥ 如"谢径山翔藏主、温州杭侍者上堂"时即说"会么? '川僧蓦苴,浙僧潇洒'",小参时又说"虽然川僧蓦苴,也轻他不得"（《卍续藏》第73册,第435页上栏、439页中栏）。
⑦ "优场演史",指两宋讲史类的话本小说,当时好以此说法者多为川僧和浙僧。具体分析,参第三章第一节。

导源于此。① 因为,无论诵诗、唱宋人词、演剧,本质是音声说法,与小艳诗一样,都是文字禅的表现方式之一。

川僧好奇之表现,从当时士僧交往或僧家赠送类诗作中也可见一斑。如王庭珪《赠蜀僧无观》(并引)② 载:"蜀僧无观善相,自谓未能遍阅天下士,意江海山林之间必有异人,行当访之。"诗中又特别强调了无观"行尽江南山水窟"的南询经历。惠洪《送元老住清修》③ "书痴喜借人,香癖出天性。垂涕拨黄独,粪火曾发哂"所刻画的"蜀僧有吴韵"的元老,则是有多种怪癖的懒残④ 式的诗僧。范浚(1102—1150)既把"东来吴越万里"的蜀僧清鉴比作"非铜非铁非铅""识者知为法宝,不识酬之几钱"的怪僧[《戏赠蜀僧清鉴》(六言)]⑤,同时又赞颂对方是"川勤直下生马驹"(《赠清鉴上人》)⑥,可见清鉴的"鬂蓰"南询,继承的是克勤以来的传统。⑦

川僧好奇,与追慕乡贤诗仙李白之诗风有一定的关联。克勤《碧岩录》卷四即谓时人评点"川鬂苴"重显颂古"有翰林之才",⑧ 而万松行秀直接把重显比作诗坛李白,⑨ 着眼点在于两者都有好奇个性。⑩ 其他像代表南宋诗文僧水平的蜀僧宝昙、居简,⑪ 同样如此:前者《上刘左史二首》其二"从公亟欲问奇字,随世无因识故吾"⑫、《古梅》"却尽铅华固自奇,更怜鬂发傲霜枝"⑬

---

① 《云谷和尚语录》卷下有《赠陈梅坡说史》"版图尽复喜时平,谁挽天河洗甲兵。好说放牛归马事,熙熙四海乐樵耕"(《卍续藏》第 73 册,河北省佛教协会,2006 年,第 443 页上栏),则知怀庆禅师不但与讲史艺人有交往,对讲史内容也十分熟悉。

② 《全宋诗》第 25 册,北京大学出版社 1998 年版,第 16768 页。

③ 《注石门文字禅》,中华书局 2012 年版,第 500 页。

④ 懒残,即明瓒禅师,其事迹详见陈田夫撰《南岳总集》卷下(《大正藏》第 51 册,台北:新文丰出版股份有限公司 1983 年版,第 1083 页上栏—下栏)等,其人行事怪异,好梵呗,又善相,曾预言李泌为宰相。

⑤ 《全宋诗》第 34 册,第 21492 页。

⑥ 同上书,第 21500 页。

⑦ 川勤:湛堂文准对圆悟克勤之称(参《嘉泰普灯录》卷 15,《卍续藏》第 79 册,第 381 页下栏)。

⑧ 《大正藏》第 48 册,第 175 页中—下栏。

⑨ 参《大正藏》第 48 册,第 226 页下栏。又,万松行秀把天童正觉比作诗坛杜甫。

⑩ 惠洪《禅林僧宝传》卷 11 谓重显"下笔敏速……盛年工翰墨,作为法句,追慕禅月休公"(《卍续藏》第 79 册,第 154 页下栏),可知重显诗法源于贯休。但贯休又特重李白,则贯休在重显学李诗时起到了中介之用。

⑪ 参祝尚书:《论南宋蜀僧宝昙居简的文学成就》,载《新国学》第 2 卷,巴蜀书社 2000 年版,第 179—200 页。

⑫ 《全宋诗》第 43 册,第 27123 页。

⑬ 同上书,第 27124 页。

是自白式的说法;后者在 1648 首诗偈中,"奇"字出现 71 次,约占 4.3%,比
例之高甚至超过诗仙李白（篇均比例约 2.2%）,而且多与其审美个性、文章风
格有关① 如《墨梅》其三"省力寻春愈出奇"②、《长门怨》（代钱常熟）其二
"菊到秋时独擅奇"③、《四香花图》"笑凭子墨新写奇"④、《题冲老廉博士古木》
"离奇磊砢廉宣妙,幻出川僧屋角头。风雨夜遥龙不寐,听他天籁自飗飀"⑤
等,特别是"冲老",当指居简同乡痴绝道冲,显然,两位川僧有共同爱好,都喜
欢"古奇"之枯木。在川僧带动下,有的浙僧也热衷于怪奇之物、怪奇诗风,
如存诗最多的南宋诗僧释文珦（1210—?,浙江临安人）就喜欢"怪怪复奇
奇,照溪三两枝"（《咏梅》其三）⑥ 的梅花和"非特清新更奇健"（《书仇远吟
卷后》）⑦ 的仇远诗;"好奇古"的释永颐,喜欢书画之同时,又喜交结术士（参
《赠术者王髯》）⑧。

　　川僧的好奇个性,反映在诗歌创作上就是有时不守韵律。如《云卧纪谭》
卷上载黄龙死心禅师评其弟子蜀僧泉法涌《咏拂子》诗"一句坐中得,片心
天外来"是"川磊苴,落韵了也",⑨ 因为"来"是灰韵,而"子"是纸韵。当
然,落韵的原因比较复杂,暂且不论。⑩

　　二曰滑稽善嘲,风趣诙谐。⑪ 滑稽这个特点本来不是两宋川僧所专有,
如赞宁称释师蕴（?—973,浙江金华人）"其为人也,稠人广众,往往滑稽,
有好戏噱者则狎之,胶漆如也。故高达之者,置之于度外矣。唯韶师默而识

① 如刘震孙淳祐十二年（1252）二月为《北涧和尚语录》作序时即说:"北涧老师,人品甚高,
造道甚深。其为文章,奇伟峭拔,甚似柳柳州。"（《卍续藏》第 69 册,河北省佛教协会,2006 年,第 662
页上栏）
② 《全宋诗》第 53 册,北京大学出版社 1998 年版,第 33073 页。
③ 同上书,第 33096 页。
④ 同上书,第 33174 页。
⑤ 同上书,第 33123 页。
⑥ 《全宋诗》第 63 册,第 39615 页。
⑦ 同上书,第 39566—39567 页。
⑧ 《全宋诗》第 57 册,第 35990 页。
⑨ 《卍续藏》第 86 册,第 665 页上栏。又,相同用法又见于张镃《湖南午坐雨作归山堂共成四
绝句》其二"作诗磊苴犹之可"（《全宋诗》第 50 册,第 31653 页）。
⑩ 如川僧释绍昙主要活动于两浙地区,其诗歌方音押韵时却常用闽语（参丁治民:《释绍昙诗韵
研究》,《古汉语研究》2004 年第 3 期）,我们认为这是受其师密庵咸杰的影响（后者为福建福清人）。
当然,也是闽蜀同风的佐证之一,如《希叟绍昙禅师广录》卷 3 载"上堂"曰:"谢闽、浙、蜀中兄弟相
访……各行乡谈说,闽蜀同风,浙音迥别。"（《卍续藏》第 70 册,第 436 页下栏）
⑪ 本文把滑稽、谈谑、戏谑、戏嘲、幽默等方面的僧人都归入"善嘲"类,特此说明。

之"①,惠洪称临济宗杨岐派之祖方会（996—1049,江西宜春人）"少警敏,滑稽,谈剧有味"②。但川僧由于方音特殊,③故其滑稽让人印象深刻。惠洪《珪粹中与超然游旧,超然数言其俊雅,除夕见于西兴,喜而赠之》即说:

> 蜀客快剧谈,风味出讥诮。众中闻巴音,必往就一笑。道人西州来,风度又高妙。吾家长头郎,高蹈万物表。平生少推可,说子不知了。吾初意魁梧,一见殊短小。篝灯款夜语,每每犯吾料。貌和华林风,气爽霜天晓。坐令岑寂中,绝尘追骥裹。君看显与讷,出蜀亦同调。竟如众星月,声光泼云峤。子亦当加鞭,岁月一过鸟。④

本诗徽宗建中靖国元年（1101）除夕⑤作于杭州萧山西兴渡。珪,即前文所说擅长"禅家四六"的川僧鼓山士珪（字粹中）,其人诗名甚著,受到吕本中、龚良臣、周孚等人的推崇。

惠洪经超然介绍而早闻其名,初次见面,竟然是未见其人先闻其声,而且一经见面就能彻夜长谈,表明两人志趣相投。其后,惠洪又把士珪五短身材与自己想象中的魁梧进行对比,写法极具幽默感。最后,惠洪再联想到另外两位大名鼎鼎的川僧重显与居讷,赞颂他们出川之后本色不改,成绩斐然,并以此激励士珪。更为重要的是,惠洪把属于云门宗的重显、居讷和属于临济宗杨岐派的士珪（佛眼清远法嗣）都视作是蜀僧融讥诮与高妙为一体之剧谈风味的代表人物,说明川僧滑稽具有悠远的地方传统,且无派别之分。

两宋之际的林之奇（1112—1176,福建侯官人）又记载了一则传闻:

> 莫教授子齐云:有川僧道颜见识高,有颂云"唤似一物非他物,天上天下出还没。道是无来常现前,道是有来寻不得。说有说无俱妄想,长安

---

① （宋）赞宁撰,范祥雍点校:《宋高僧传》,中华书局1987年版,第600页。又,"韶"指法眼宗第二祖德韶（891—972,浙江龙泉人）。

② 《禅林僧宝传》卷28,《卍续藏》第79册,河北省佛教协会,2006年,第547页下栏。

③ 按,川僧南询时在语言接触、文化交流方面常会遭遇一些困境,如居简《送达上人归乡》说"肯堂不晓巴蜀音,卍庵错以心传心。当时尽道有分付,一盲众盲讹至今"（《全宋诗》第53册,北京大学出版社1998年版,第33252页）,肯堂指彦充（浙江余杭人）,卍庵指其师道颜（四川潼川人）,两人因言语不通,故以讹传讹贻害后人。又,此达上人,即川僧幻庵（参纪雪娟点校:《北涧文集》,西南师范大学出版社2016年版,第147页）。

④ 《注石门文字禅》,中华书局2012年版,第230—231页。

⑤ 周裕锴:《宋僧惠洪行履著述编年总案》,高等教育出版社2010年版,第65页。

　　大道平如掌。昨夜清寒惊觉时,手爪元来会抓痒。"①

道颜师出名门,系大慧宗杲法嗣之一。按其《自赞》"来自三川,应缘两浙……自歌自舞,独吹独唱"②所示,可见他是南询入浙川僧中的特立独行者,个性十足。莫子齐所记之颂,其实是个谜语,据末句"会抓痒",可知谜底是如意。该颂想象奇特,语言诙谐。类似的"示众"偈还有"无用顽皮作气毬,谁人趯得上高楼。如今潦倒浑无力,辊得行时即便休"③,它同样构思奇巧,通过皮球气足与否的对比,用戏谑调侃的语气揭示了人生盈亏无常之理。

　　川僧滑稽善嘲笑,表现于诗歌创作就是不忌讳写"谐趣"类题材,如南宋释宝昙《剧暑戏成》"风怒欲翻屋,汗香仍浃肤。物方矜外武,吾独畏中栖。璧月轩霜簟,湘波浸竹铺。为君拼一饮,满意锐江湖"④、居简《解嘲杜鹃》"神武门头稳挂冠,至今犹颂二疏贤。试将史传从头读,不说西京有杜鹃"⑤、《云山道人榴桃橙橘戏墨》"造化工夫竟属谁,墨花岂恨子生迟。海榴不与山桃约,趁得橙黄橘绿时"⑥等,都是这方面的代表作。浙僧于此也不甘人后,像雪窦持禅师绍兴十二年(1142)嘲性空妙普(1071—1142,四川广汉人,黄龙死心法嗣,住持嘉兴华亭寺)偈"咄哉老性空,刚要馁鱼鳖。去不索性去,只管向人说"⑦、释文珦《嘲蝶》"耳声眼色总非真,物我同为一窖尘。蝴蝶不知身是梦,花间栩栩过青春"⑧、智愚《墨戏屠生善老融牛》"草木传真笔力高,戴嵩牛在一秋毫。此行莫拟天台去,忍作孤僧过石桥"⑨等,也较有特色。当然,无论川僧、浙僧,其戏谑类之作都受过北宋大诗人苏轼、黄庭坚的影响,尤其是"滑稽于翰墨"⑩的苏轼和佛印了元的诗歌唱和,成为当时士僧交往的一种常态和后世禅

　　① 参林之奇撰《拙斋文集》卷2"记闻下"(《文渊阁四库全书》第1140册,台北:台湾商务印书馆1986年景印本,第390页下栏),《全宋诗》第32册(北京大学出版社1998年版,第20319页)据此辑为释道颜诗,是。

　　② 《嘉泰普灯录》卷29,《卍续藏》第79册,河北省佛教协会,2006年,第480页上—中栏。

　　③ 同上收,第480页上栏。

　　④ 《全宋诗》第43册,第27127页。

　　⑤ 《全宋诗》第53册,第33070页。

　　⑥ 同上书,第33215页。

　　⑦ 《嘉泰普灯录》卷10,《卍续藏》第79册,第351页中栏。又,是偈浙僧嘲川僧,较为特殊。

　　⑧ 《全宋诗》第63册,第39652—39653页。

　　⑨ 《虚堂和尚语录》卷10,《大正藏》第47册,台北:新文丰出版股份有限公司1983年版,第1059页中栏。

　　⑩ 释惠洪:《禅林僧宝传》卷29,《卍续藏》第79册,第551页下栏。

僧效仿的典范。① 不过,正如姜特立《赋汪先辈昆仲听雨轩》所说"但学苏公贤,嘲诮且莫莫"②,戏谑滑稽是把双刃剑,无论僧俗都要区分场合,适可而止。③

三曰不忘蜀语,语言观念通达。禅宗语录使用方言、俗语、俚语、谚语本是固有传统,④ 但随着禅僧云游四方,一些具有地方特色的俗语也可被其他地方的禅师所关注。如前述睦庵善卿编《祖庭事苑》卷 3 就把重显所用"顶罩烧钟"一词归为"蜀语"的特色词汇。

蜀僧出川,一路南询,其方音俗语特别受人关注。如惠洪宣和三年(1121)春作有两首诗,《巴川衲子求诗》云"巴音衲子夜椎门,要识汾阳五世孙。问渠何所见而去,峰高难宿孤飞云",《蜀道人明禅过余甚勤,久而出东山高弟两勤送行语句,戏作此,塞其见即之意》又云"众中闻语识巴音,京洛沅湘久访寻……袖里两勤太饶舌,丈夫声价老婆心"。⑤ 二诗所说"巴音衲子""巴音",都是指蜀僧明禅。⑥ 因其得到五祖法演两位弟子克勤、慧勤的赏识与推荐,故惠洪对他也青睐有加。若再结合《夜归示卓道人》"两鬓京尘初避近,一尊川语问归期"⑦分析,则知惠洪不但能听懂巴音,还能使用川语交流。到南宋末,"巴音俚语,广为敷扬"⑧ 已是禅林常态了。

南询川僧所用蜀语之特色词汇,禅宗语录及相关佛教文献多有记载。《罗湖野录》卷上载台州护国景元禅师(1094—1146,浙江温州人):

> 执侍圆悟,机辨逸发,圆悟操蜀语,目为聱头。元侍者遂自题肖像,付之曰:"生平只说聱头禅,撞着聱头如铁壁。脱却罗笼截脚跟,大地撮来

---

① 惠洪《跋李商老诗》又说"予至石门,杲禅出商老诗偈巨轴,读之茫然,知此道人盖滑稽翰墨者也"(《注石门文字禅》,中华书局 2012 年版,第 1566 页),此则说明宗杲和李彭(字商老,江西修水人,曾和宗杲一同问道于湛堂文准)的文字之交,也属于"滑稽翰墨"之性质。

② 《全宋诗》第 38 册,北京大学出版社 1998 年版,第 24079 页。

③ 韩经太先生已指出"宋元之际诗歌谐趣的浓重,与禅的风行和杂剧的兴盛有着密切的关系"(参《论宋诗谐趣》,《中国社会科学》1993 年第 5 期),故本文对此略而不论。

④ 如慧元禅师(1037—1091,广东潮阳人,黄龙慧南法嗣)南询入浙后住持湖州报本寺,其《示学者三颂》其二即云"你问西来意,余生在广南。官人须汉语,百姓只乡谈"(《云卧纪谭》卷下,《卍续藏》第 86 册,河北省佛教协会,2006 年,第 678 页中栏),这表明慧元即便到了浙江,依然坚持用方言弘法。

⑤ 《注石门文字禅》,第 558、821—822 页。

⑥ 二诗系年及诗中人物考证,参周裕锴:《宋僧惠洪行履著述编年总案》,高等教育出版社 2010 年版,第 271—272 页。

⑦ 《注石门文字禅》,第 861 页。

⑧ 《西岩了慧禅师语录》卷上,《卍续藏》第 70 册,第 490 页中栏。

墨漆黑。"①

结合《圆悟佛果禅师语录》卷 6 克勤在"众道友为李道山披剃上堂"所说"如丹霞相似,才方举起,便知落处,更不涉唇吻,更不落言诠,始似过他一个謈头,便乃十分领略"②,则知謈头在蜀语中是用来赞扬敏捷机灵的参禅者。自景元推广之后,"謈头"便成为禅林常用语,应庵昙华、东庵德光、天童如净、密庵咸杰、松源崇岳、绝岸可湘、了庵清欲、了堂惟一等,不分临济、曹洞,不分地域,皆悉运用自如。

　　希叟绍昙也喜欢用运用蜀语。如景定元年(1260)在两浙西路平江府(今苏州)法华寺所说语录之"提纲"云:

　　　　借东山鼓,乐趁呵场,热发诸人一笑去也。拈主丈横按,作打长鼓势云:"掤八剌札,还闻么?""新翻曲调,逸格乡谈。"③

咸淳五年(1269)所说《庆元府瑞岩山开善寺语录》又载"元宵并谢憩藏主相访上堂"情景是:

　　　　横按拄杖打拍云:"东山瓦鼓歌。"卓拄杖云:"掤八剌札,不是知音向谁说。"④

两相对照,可知绍昙两次都是以戏说禅(当然,也是川僧滑稽的表现之一),表演了五祖法演"操蜀音,唱《绵州巴歌》"⑤的关键内容"豆子山,打瓦鼓",即"东山鼓"。"掤八剌札",是蜀语对鼓声的音写形式,⑥它对苏州法华寺信众而言,因有"笑"果,故此时绍昙颇为自豪;不过,其开善寺打鼓,则因知音难觅而略显失望。更可注意的是,《开善寺语录》"谢育王寂窗和尚相访上堂"还特别用闽音标注了绍昙对"东山打鼓"公案的见解:

---

　　①　《卍续藏》第 83 册,河北省佛教协会,2006 年,第 380 页上栏。
　　②　《大正藏》第 47 册,台北:新文丰出版股份有限公司 1983 年版,第 738 页上栏。
　　③　《希叟绍昙禅师广录》卷 1,《卍续藏》第 70 册,第 416 页中栏。
　　④　《希叟绍昙禅师语录》,《卍续藏》第 70 册,第 405 页上栏。
　　⑤　《嘉泰普灯录》卷 11,《卍续藏》第 79 册,第 363 页中栏。
　　⑥　按《古尊宿语录》卷 23《黄梅东山五祖演和尚语》则作"掤八啰扎"(《中华大藏经》第 77 册,中华书局 1994 年版,第 775 页中栏)。

仿仿佛佛，一似东山瓦鼓歌，腔调宛同，声无高下。诸人要知格外乡谈么？作长鼓势云："彭八剌揆，未在未在（闽音）。"①

此"彭八剌揆"，即前面的"堋八剌札"（用字不同，是因记录者有别，但读音相同），而"未在未在"，本是禅林中对学人回答问题的否定性用语（批评对方没能把握问题的要害），但绍昙却专门用闽音讲出了"未在未在"。②

川僧南询后，虽不忘家乡俗语，但他们的语言观还是相当通达，并不排斥其他方音俗语。《嘉泰普灯录》卷10载成都府信相正觉宗显禅师（生卒年不详，四川三台人）南游京师、两淮、江浙后，于五祖法演处告辞归蜀，法演"为小参，复以颂送云：'离乡四十余年，一时忘却蜀语。禅人回到成都，切须记取鲁语。'"③此处"鲁语"与"蜀语"对举，含义双重，一指中原音韵，二指江南禅法。后来，石溪心月在《赞东山五祖和尚》中即把法演之教归纳为"半巴音，半鲁语"④而予以特别提倡，意在强调同等对待蜀语与其他方言俗语。大慧宗杲《圆悟禅师》其四"咄哉蓋苴川僧，偏要欺瞒鲁子"⑤，则把克勤弘法特点概括为川音、鲁语并重。⑥看来，法演、克勤师徒二人，真是一脉相承而泽被后世了。

南询川僧在与浙僧的互动中，双方都会产生身份认同问题。就蜀僧而言，是见闻之旅，更是倾听之旅，像惟一《风幡亮上人游浙》"动在风幡动在心，集云棒下已分明。而今百越三吴去，肯听它家热盌鸣"⑦、月涧《送仁侄入浙》"古来行脚有样子，莫只游山并玩水。江南两浙多禅林，带眼直须先带耳"⑧在对后辈的谆谆告诫中，之所以强调"耳"重于"眼"，是因为吴越方言对他们来说完全是陌生的语言，需要从头学起。就浙僧说来，更需要以开放包容的心态向川僧学习，如断桥妙伦（1201—1261，浙江黄岩人）住天台国清教忠禅寺为"佛鉴和尚忌拈香"云：

---

① 《希叟绍昙禅师广录》卷3，《卍续藏》第70册，河北省佛教协会，2006年，第434页中栏。

② 关于闽音问题，笔者专门请教了闽方言专家陈泽平先生，于此谨致谢忱。

③ 《卍续藏》第79册，第355页中栏。

④ 《石溪心月禅师语录》卷下，《卍续藏》第71册，第68页中栏。

⑤ 《普觉宗杲禅师语录》卷2，《卍续藏》第69册，第647页中栏。

⑥ 顺便说一句，四川是我国第一部官版大藏经《开宝藏》的开雕之地，佛经音义之"川音"在历史上也甚有影响。参韩小荆：《论〈川音〉在汉字研究方面的价值》，《中国文字学报》第九辑，商务印书馆2018年版，第204—215页。

⑦ 《环溪惟一禅师语录》卷下，《卍续藏》第70册，第392页下栏。

⑧ 《月涧禅师语录》卷下，《卍续藏》第70册，第520页中栏。

你是川僧,我是浙僧,相逢相见,元似不曾。因何今日成冤憎,不见道"臭肉来蝇"。①

佛鉴,即妙伦之师蜀僧无准师范,他圆寂于淳祐九年(1249)三月十八日。故此后每年是日,妙伦即为之拈香。虽说两人出生之地相距甚远,但因"臭味相投"② 而结下师生因缘。

(二)浙僧影响之表现

蓠苴川僧南询至两浙后,在文学创作上也受潇洒浙僧的影响。但是,他们接受的"潇洒"并不是与"蓠苴"同义的精神内涵,主要是和佛教山水题材相联系的"潇洒",尤其川僧在浙期间所创作的山水诗,这方面的表现更加突出。

众所周知,中国佛教山水诗的圣地有二:一是东晋高僧慧远所在的庐山,二是山水诗之祖谢灵运所游赏的浙江永嘉。至两宋特别是南宋,随着"五山十刹"制度的确立,浙江名寺更是独占鳌头,如"五山"全在浙江,"十刹"除蒋山太平兴国寺、万寿山报恩光孝寺、雪峰山崇圣寺以外,剩下的七刹都在浙江。这些官寺所在之地,既是风光秀丽之所,更是当时的禅学中心,天下众僧莫不以驻锡(或挂单)此地为荣。前文已介绍过川僧被敕差为五山十刹之方丈者冠绝天下,就其山水诗作而言,自然是描写本地风光为主,继承的是浙僧传统。

单就唐代佛教山水诗歌而言,浙江就出现了一大批著名的诗僧,其中最有名的是"三高僧",即谚语所称"雪之昼,能清秀;越之澈,洞冰雪;杭之标,摩云霄"③ 的皎然(生卒年不详,字清昼)、灵澈(约746—816,字源澄)和道标(740—823)。至宋,三人依然被誉为典范,如由桂入浙的云门宗契嵩(广义浙僧)《三高僧诗》即分别称颂说"昼公文章清复秀,天与其能不可斗……上跨骚雅下沈宋,俊思纵横道自全""澈公之清若冰雪,高僧天资与人别……孤清难立众所沮,到底无辜中非语""标师之高摩云霄,在德岂在于沈寥。一庵岭底寄幽独,抗迹萧然不入俗",④ 由此可见三人都擅长写两浙山水诗,风格相近,皆以清幽为特色。特别是皎然,除了创作外,还有理论著作《诗式》,故影响

---

① 《断桥妙伦禅师语录》卷上,《卍续藏》第70册,河北省佛教协会,2006年,第557页下栏。

② 据《行状》(载《卍续藏》第70册,第571页下栏)介绍,佛鉴喜妙伦"类已"。

③ 《宋高僧传》,中华书局1987年版,第374页。

④ 《镡津文集》卷17,《大正藏》第52册,台北:新文丰出版股份有限公司1983年版,第738页中栏。

最大,契嵩最为推崇,《遣兴三绝》其一"逸兴应须效皎然,此生潇洒老诗禅。何妨剩得惊人句,咏遍江山一万篇"①,即明确把皎然作为潇洒于山水诗禅的浙僧典范。后来,这种评论方式也为世俗文士所用,赵抃《题诗僧》"恋胜穷幽彼上人,平生潇洒乐天真。松间竹下成何事,坐讽行吟老更新"②、晁冲之《僧舍小山三首》"此老绝潇洒,久参曹洞禅。胸中有丘壑,左手取山川"(其一)、"烂石有佳色,禅房叠更幽。九疑峰不断,十字水长流"(其三)③等,悉是同一套路,尤其晁氏之作还特别点明了潇洒诗僧的派别是曹洞禅。

两宋禅僧有一类题材,颇可注意,即因川僧南询,故士僧写赠送蜀僧入浙之作数量较多,并且,多会言及两浙山水名胜:如慧空(1096—1158,福建福州人)《送永兄游浙》"峨嵋山脚蓬蒿箭,射中虚空成两片……湖南穿过来江南,无师不道无禅参。云门坐卧了一夏,洞水松风共对谈。秋来射入吴中去,寄语吴人好相遇。承言便是过新罗,孤负东山出门句"④,刚好形象地展示了永禅师从峨嵋山千里跋涉而至两浙的艰难行程;曾丰(1142—1224)《西蜀泉上人久留中都三首》其二"担水人家旦过寮,骑牛来看浙江潮。相逢便说三生话,不管人言舌太饶"⑤就特别提到钱江观潮和"三生石"故事发生地杭州天竺寺;惟一《月华崧上人之杭》"月华如水夜沉沉,一曲箫韵韵更清。曲罢莫言无觅处,西湖后夜转堪听"⑥则突出了西湖夜箫;法薰《送圆禅人》"灵山无地可容身,好泛江潮去问津。东浙丛林如海阔,但参露柱莫参人"⑦,更是石破天惊,要求圆禅师入浙后只看各寺风景即可(按,露柱本指法堂或佛殿外面大圆柱,禅宗用来表示无情之物,此借代寺院建筑物之类)。换言之,川僧入浙首先关注的是各类景物。

事实上,川僧入浙后的山水诗作也继承了皎然、贯休⑧等浙僧开创的"潇洒"风格。这点,甚至连教外人士都看得一清二楚,如王十朋《悼僧德芬》其

---

①　《镡津文集》卷17,《大正藏》第52册,台北:新文丰出版股份有限公司1983年版,第741页下栏。

②　《全宋诗》第6册,北京大学出版社1998年版,第4224页。

③　《全宋诗》第21册,第13892页。

④　《全宋诗》第32册,第20627页。

⑤　《全宋诗》第48册,第30320页。又,编者指出"人言"之"言":"四库本作嫌。"

⑥　《环溪惟一禅师语录》卷下,《卍续藏》第70册,河北省佛教协会,2006年,第392页下栏。

⑦　《石田法薰禅师语录》卷4,《卍续藏》第70册,第352页下栏。

⑧　按,对重显产生直接影响的贯休,其《览皎然集南卿集》》曰"学力不相敌,清还仿佛同……如斯深可慕,千古共清风"(《贯休歌诗系年笺注》,中华书局2011年版,第775页),则知从皎然到贯休,尚"清"是浙僧的传统。

二即称许蜀僧德芬：

> 妙龄萧洒脱尘笼,高揖禅林话苦空。万水千山新道眼,一瓶二钵旧家风。
> 圆镜肇论能知趣,笔法诗章稍自工。圆泽精魂定何所,想随流水到天童。①

德芬禅师是前述入浙川僧别峰宝印的弟子,其出蜀前就广泛阅读了《肇论》等佛教经疏,已经打下了良好的佛学基础,入浙后得名师指点,更是进步神速,完全转换家风而能潇洒于浙山浙水之间,并达成诗歌章法之工,这一切主要得力于吴越的山水之助。

至于入浙川僧的山水诗作,则与契嵩评皎然、灵澈一样,都体现了潇洒浙僧好"清"的特点。② 比如,北宋第一位拥有"川藞苴"之称的雪窦重显,在408 首诗偈中使用"清"字达 78 次(篇均比例近 19%),并且多与山水(或人格,即比德层面)有关,如《送僧归灵隐》(因瞩白云无羁)之"白云无羁,冷淡清奇"、《送僧之婺城二首》其二"婺溪烟景称生涯,轻泛兰舟意未赊。八咏清风好相继,碧云流水是诗家"③ 等。南宋入浙川僧文学成就最大的两位——宝昙与居简,同样如此:前者如《与应兄之西湖二绝》"终日看山唤不回,却如山骨瘦归来。白头未老青鞋底,无限江南翠作堆""它日西湖有此僧,年来怕见发鬅鬙。一双眸子清于水,想见新诗我不能",④ 可谓是把西湖特色与诗僧人格融为一体的佳作;后者在 1648 首诗偈中,用"清"字 195 次(篇均比例也近 12%),大多也与山水景物或居住环境有关,像《竹居》"数椽老屋傍深云,一亩清阴著环堵"⑤、《槃隐》"绿绕清分远,红稀碧涧疏"⑥ 等,或与人品、艺品、诗风相关联,如《寄黄岩赵长官》"昔住白云城里寺,清标曾揖两岩高"⑦、《风琴赠选上人》"独宜风力小,双与月华清"⑧、《秋壑赴豫章倅》"仿佛

---

① 《全宋诗》第 36 册,北京大学出版社 1998 年版,第 22607 页。又,编者指出"圆镜肇论":"四库本作鸡园鹿苑"。

② 皎然现存诗偈约 510 首(含佚句),使用"清"字 119 次,篇均比例近 23%。因此,契嵩谓其"清复秀",并非向壁虚构。

③ 《明觉禅师语录》卷 5,《大正藏》第 47 册,台北:新文丰出版股份有限公司 1983 年版,第 699 页上栏、703 页中栏。

④ 《全宋诗》第 43 册,第 27105 页。

⑤ 《全宋诗》第 53 册,第 33071 页。

⑥ 同上书,第 33221 页。

⑦ 同上书,第 33177 页。

⑧ 同上书,第 33127 页。

长沙少年样,清新瘦岛晚唐诗"① 之例。

　　入浙南询川僧也有归蜀弘法者,时人对其常寄予厚望。如运庵普岩(1156—1226,浙江宁波人)《乘禅者归蜀》"出剑门兮入剑门,眼空寰宇一闲身。杖挑一滴江南水,散作西川劫外春"②,即用比喻形象地说明乘禅师受江南禅法滋乳回川之后定会大有作为;法薰《送师孙昧禅人》"十五为僧二十归,途中莫比在家时。老僧留浙汝回蜀,三昧从来古不知"③,同样殷殷嘱托师孙昧禅师能把浙地新禅法传回蜀地。

四、余　论

　　关于川僧南询对江南禅法的影响,清初释自融(1615—1691,广东宝安人)、性磊师徒二人撰、辑而成的《南宋元明禅林僧宝传》就有所总结,该书卷四"乌巨雪堂(道)行禅师"条指出:"方是时,佛果、佛鉴人满大江南北,而佛眼下诸贤多驰化于浙水东西,是以东山法道大阐于三佛"④,这里着重强调了五祖法演及其门下"三佛"——佛果克勤、佛鉴慧勤、佛眼清远在中国禅宗史上的特殊地位,尤其是清远一系对浙江禅宗发展所产生的根本性影响。不过,自融师徒与前述陆游、危素、袁桷一样,几乎不涉及川、浙二僧的互动及其对禅宗文学创作的影响。而我们通过描述相关文学现象,可以确定两宋"藞苴"川僧与"潇洒"浙僧的互动之地主要在浙江,特别是像杭州这样的佛教胜地。法国学者帕斯卡尔·卡萨诺瓦提出过一个非常重要的概念"文学共和国"(一般在各国首都),它引领本国文学甚至世界文学的发展潮流⑤。其实,就两宋佛教文学和禅宗文学而言,杭州也有类似"共和国"的功能和作用。至于其他朝代,像南京之于六朝,长安、洛阳之于唐朝,北京之于明清,都可以归入"佛教文学共和国"的研究范畴,其间僧人汇集所引起的区域文学的交织互动及其具体表现,皆是今后可以深入探讨的课题。

----

　　① 《全宋诗》第 53 册,北京大学出版社 1998 年版,第 33224 页。
　　② 《运庵普岩禅师语录》,《卍续藏》第 70 册,河北省佛教协会,2006 年,第 121 页下栏。
　　③ 《石田法薰禅师语录》卷 4,《卍续藏》第 70 册,第 353 页中栏。
　　④ 《卍续藏》第 79 册,第 601 页中栏。
　　⑤ 参 [法] 帕斯卡尔·卡萨诺瓦:《文学世界共和国》,罗国祥、陈新丽、赵妮译,北京大学出版社 2015 年版。

第二节　两宋诗僧与诗社的文学史意义 ①

有关中国古代诗社的研究,近三十年来,成果相当丰硕:既有像郭鹏、尹变英《中国古代的诗社与诗学》② 这样的通史性专著,也有像欧阳光《宋元诗社研究丛稿》③、陈小辉《宋代诗社研究》④ 等断代史专著,更有吴晶《西溪与蕉园诗社》⑤、邹艳《月泉吟社研究》⑥、戴松岳《清初甬上诗社和诗人研究》⑦、张登高(主编)《吕本中与宿州符离诗社》⑧ 一类的诗社个案研究。然通观这些著作,其研究对象多以世俗诗人为主,总体说来,较少系统分析诗僧在诗社中的独特作用及其诗学史意义。有鉴于此,本文拟在时贤已有相关研究成果的基础上,⑨ 以两宋诗僧主持或参与的诗社为例略论相关问题如下。

一、两宋诗僧与诗社关联情况举隅

虽然唐五代就有一些诗僧参与诗社而有零星创作及理论探讨,但诗僧真

---

① 本小节已在《中国俗文化研究》第十九辑(四川大学出版社 2021 年版,第 3—27 页)刊出,特此说明。

② 商务印书馆 2015 年版。

③ 广东高等教育出版社 1996 年版。

④ 江西人民出版社 2014 年版。

⑤ 杭州出版社 2012 年版。

⑥ 人民出版社 2013 年版。

⑦ 浙江古籍出版社 2015 年版。

⑧ 合肥工业大学出版社 2017 年版。

⑨ 相关成果除了前文所说欧阳光、陈小辉的著作外,主要还有成明明《北宋诗僧研究》(扬州大学 2003 年硕士学位论文)、许红霞《南宋诗僧丛考》(北京大学 2003 年博士学位论文)、周扬波《宋代士绅结社研究》(中华书局 2008 年版)等。

正有组织、较普遍地参加或主持诗社活动，则始于北宋。为清眉目，先择要列一简表（6-3）介绍两宋情况如下：

表 6-3　两宋诗僧主持或参与诗社情况简表

诗社及其存续时间	诗僧	世俗诗人	结社诗集
西湖白莲社（990—1020）①	省常（社主）、慈云、式净、觉岳、智圆、虚白、齐一、思齐、希社、然社等80位高僧②	王旦、向敏中、宋白、孙何、苏易简、钱若水、宋湜、朱昂、吕祐之、陈尧叟、梁灏、王禹偁、王化基、张去华、林逋等123人③	《杭州西湖昭庆寺结莲社集》（又称《西湖昭庆寺结净行社集》《西湖莲社集》《西湖结社诗》）④
历阳诗社（约1005）⑤	然社（是否为社主，俟考）、金陵衍上人	林逋、朱仲方、马仲文、李建中某（字茂才）等	不详
九僧诗社（主要活动于真宗朝，即：998—1022）⑥	希昼、保暹、文兆、行肇、简长、惟凤、惠崇、宇昭、怀古等九僧为中坚，社主为谁，俟考。另，参与唱和的诗僧还有契嵩、智圆、文光、居寿、梦真等	杨亿、寇准、丁谓、宋白、陈尧叟、陈尧佐、王禹偁、陈充、柴成务、钱昭度、王德用、钱若水、田锡、梅尧臣、林逋、李堪、吕为、吴黔等	专门结集释家之唱和者，主要有《四释联唱诗集》《九僧诗集》；结集僧俗联唱者，不详

───────

①　西湖白莲社，又称钱唐白莲社、西湖莲社、湖上莲华社、白莲社、华严净行社、净行社、华严社等，由杭州昭庆寺省常法师（959—1020）创立。大概省常天禧四年正月十二日圆寂后不久，该社就随之消亡。相关研究成果，参祝尚书《宋初西湖白莲社考论》（《文献》1999年第3期）、郑云鹏《宋初杭州华严净行社研究》（《北京大学研究生学志》2011年第2期）、刘方《从杭州西湖白莲社结社诗歌看北宋佛教新变——以〈杭州西湖昭庆寺结莲社集〉为核心的考察》（《宗教学研究》2014年第2期）等。

②　参（清）吴树虚纂修，曹中孚标点：《大昭庆律寺志》，杭州出版社2007年版，第68页。

③　南宋以后教内文献，往往把王旦作为净行社的社长、社首（如《佛祖统纪》卷26、《庐山莲宗宝鉴》卷4、《净土指归集》卷下等），大概是王旦俗世地位尊贵且有深切佛教信仰的缘故。而当时俗世诗人，则明确指出省常才是社主，如王禹偁（954—1001）有诗曰《寄杭州昭庆寺华严社主省常上人》（北京大学古文献研究所编：《全宋诗》第2册，北京大学出版社1998年版，第757页）。

④　按，是集中土早佚，后来韩国发现残本，存《相国向公诸贤入社诗》，其收录向敏中等90位官员的诗作。相关校录，参金程宇《韩国所藏〈杭州西湖昭庆寺结莲社集〉及其文献价值》（载《稀见唐宋文献丛考》，中华书局2009年版，第129—153页）。另，《宋史·艺文志》载省常有《钱塘西湖净社录》三卷"，其中可能涵盖了《相国向公诸贤入社诗》。

⑤　关于历阳诗社的结社时间及与参加人员，此处综合陈小辉《宋代安徽诗社概论》（《淮北师范大学学报·哲学社会科学版》2013年第4期）、李一飞《林逋早年行踪及生卒考异》（《中国韵文学刊》2000年第1期）的观点而成。

⑥　张昃：《九僧诗名两宋流传辨析》（《新国学》第13卷，四川大学出版社2016年版，第34—47页）指出：九僧借助汴京译经院为平台而结社吟诗，参与的诗僧虽然不止九位，但以"九僧"为中坚，笔者据此命名为"九僧诗社"。

续表

诗社及其存续时间	诗僧	世俗诗人	结社诗集
知礼汴京诗社（1020）	知礼（社主），在京社员简长、行肇、希白等23人，① 京外社员有释本如、释遇昌	杨亿、李遵勖	其释家之作，后被辑为《纪赠法智大师诗》（又称《东京僧职纪赠法智诗二十三首》）②
梵才汴京诗社（1024—1032）③	梵才（社主）、契嵩、遵式、惟净等	宋祁、宋庠、刁约、元绛、孔淘、张友道、叶清臣、李宗谔、杨侃、赵概、梅尧臣、章得象、吕夷简、傅莹、钱惟演等145人 ④	不详
清宿九华诗社（约1036）⑤	清宿（是否社主，俟考）	张扶，其他人姓名不详 ⑥	不详

---

①　天禧四年（1020）宋真宗御赐知礼（960—1028）"法智大师"，当时京城23位僧人写诗称美此事，如希白《谨成律诗寄四明礼公法师》尾联说"翻念观光归计晚，咏诗先寄社中名"（《四明尊者教行录》卷6，《大正藏》第46册，台北：新文丰出版股份有限公司1983年版，第914页上），从中可见23位诗僧的联唱具有诗社的性质。不过，知礼当时并不在京城，他可算是该诗社的精神领袖。另外，京外的释本如有《呈法智大师》、释遇昌有《上法智大师》，疑二诗受京城诗社联唱影响而作，故把二人作为京外成员。

②　政和元年（1111）晁说之受知礼三世孙明智之请，作《纪赠法智大师诗序》（《大正藏》第46册，第913页下栏），宗晓编《四明尊者教行录》卷6则把唱和诗称作《东京僧职纪赠法智诗二十三首》（同前，第913页下栏—915页下栏）。另，诸诗写作时间不一，如行肇是天禧四年八月二十八日，择邻是"季月望日"（九月十五）。

③　胡宿《临海梵才大师真赞》说"梵才大师以实性会道，以余力工诗，天圣中，至自台山，馆于辇寺，朝之名臣胜士，莫不欣挹其风，日至于室，参评雅道，间印禅理。寻被诏译馆，订正智者、慈恩二教，及同编《释教总录》三十七卷。七年，书成奏御，赐紫方袍。未几，归临海北山，扫净名庵居之"（《全宋文》第22册，上海辞书出版社、安徽教育出版社2006年版，第211页），所谓《释教录》，是指天圣五年惟净所编《天圣释教录》，由此大致推断梵才诗社建立时间在天圣二至十年之间。

④　按陈耆卿撰《（嘉定）赤城志》卷27谓梵才长吉离京时"得宋参政庠以下一百四十五人所书《般若经》，建台以实之"，结合张瓌（1004—1073）《送梵才上人归天台》"往问维摩疾，来探般若心"之自注"经云：'行深般若'"（《全宋诗》第5册，北京大学出版社1998年版，第3364页），则知当年汴京送别梵才者当有145人之多，他们极可能都是诗社成员。尤其刁约（994—1077）《送梵才大师归天台》颔联"缀盂应供王城久，镂管庚吟友社余"（《全宋诗》第3册，第2023页）点明了此次送别的诗社性质。

⑤　参陈小辉：《宋代安徽诗社概论》，《淮北师范大学学报》（哲学社会科学版）2013年第4期。

⑥　按，王十朋《东坡诗集注》卷17《汪覃秀才久留山中以诗见寄次其韵》"投名入社有新诗"句下引敬夫《九华山录》曰"龙池庵僧清宿与张扶为诗社，四方景慕趋者如归，皆宗九华扶诗社"，据此可知，当时和清宿、张扶唱和者甚众。

诗社及其存续时间	诗僧	世俗诗人	结社诗集
契嵩杭州诗会 （1058—1059）①	契嵩（会首）、惟晤、冲晦	杨蟠、强至	《山游唱和诗集》
释法辉泉州诗社 （约1023—1063）	释法辉（社主）、释居亿、 释居全	吕夏卿、石庚、陈原道②	不详
释慧照潭州诗社 （约1041—1052）③	慧照（社主）	余靖、宋祁	不详
刁约白莲诗社 （约1059—1077）④	惟晤、说上人（诗僧）、昙 颖	刁约（社主）、苏颂	不详
佛印庐山青松社 （1061—1063）⑤	佛印（社主）、常总、真净 克文等	周敦颐、潘兴嗣⑥	不详

①　该诗会持续时间，此依巩本栋之说（参《唱和诗词研究——以唐宋为中心》，中华书局2013年版，第46页）。另，曾嘉芬《契嵩唱和诗研究》（屏东：屏东教育大学中国语文学系2013年硕士论文）对《山游唱和诗集》有笺注。不过，巩、曾二人都未认定诸人之间的唱和活动具有诗社性质。

②　陈小辉：《宋代福建诗社略论》，《厦门广播电视大学学报》2013年第4期。

③　据余靖（1000—1064）《慧照大师》云"已向南宗悟，尤于外学精；士林传字法，僧国主诗盟"（《全宋诗》第4册，北京大学出版社1998年版，第2660页），则知慧照（即福严惠照，"惠""慧"通）建立过诗社。宋祁（998—1061）《寄药山长老省贤》中的省贤，与慧照是同一人，"社约惭成负，霜莲落几秋"（《全宋诗》第4册，第2401页）表明，慧照也邀约宋祁入社。宋祁庆历元年（1041）作《衡山福严禅院二泉记》还叙及二人交往之事。曹士冕《法帖谱系》卷上"庆历长沙帖"载刘沆庆历五至八年（1045—1048）帅潭时令慧照大师希白模刻淳化官帖，余靖"士林传字法"应指此事。但余靖知潭州时在皇祐四年（1052），故诗社前后持续的时间将近十二年。

④　苏颂（1020—1101）《和刁节推〈郊居寄说晤二诗僧〉》云"瓶锡时邀高士驾，台缁多学野人衣。白莲社内方求友，喜得支公与共归"（《全宋诗》第10册，第6349页），刁节推指刁约（字景纯，993—1077），则知刁约建有白莲诗社，其时间下限暂定刁之卒年。苏颂《和惟晤师〈游鹤林寺寄颖长老〉》（同前，第6349页）之颖长老，指达观昙颖（989—1060），其人至迟嘉祐四年（1059）就与刁约相识（参《禅林僧宝传》卷27，《卍续藏》第79册，河北省佛教协会，2006年，第546页中栏），故诗社时间上限暂定嘉祐四年。

⑤　是社可能又叫逍遥社。周敦颐妹夫蒲宗孟熙宁六年（1073）撰《濂溪先生墓碣铭》说周氏"酷爱庐阜，买田其旁，筑室以居，号曰'濂溪书堂'。乘兴结客，与高僧道人跨松萝，蹑云岭，放旷于山巅水涯，弹琴吟诗，经月不返……语其友曰：'今日出处无累，正可与公等为逍遥社，但愧以病来耳。'"（曾枣庄、刘琳主编：《全宋文》第75册，上海辞书出版社、安徽教育出版社2006年版，第38页），所谓"公等"一类的人物，定然也包括庐山僧人。

⑥　在庐山与周敦颐结社的僧人，史书有不同记载：如释晓莹《云卧纪谭》卷上谓是佛印（1032—1098）（《卍续藏》第86册，第661页上一中栏），结社时在"嘉祐中"，结合度正《周敦颐年谱》可则知具体当在嘉祐六年至八年（1061—1063）。谱中又谓周敦颐"与其友潘兴嗣订异时溪上咏歌之约"，似潘兴嗣也是诗社成员之一。黄宗羲《宋元学案》卷12引《性学指要》说周敦颐"初与东林总游，久之无所入。总教之静坐，月余忽有得，以诗呈曰：'书堂兀坐万事休，日暖风和草自幽。谁道二千年远事，而今只在眼睛头。'总肯之，即与结青松社。"此处"总"，指东林常总禅师（1025—1091），若其说不误，则常总也是社中成员之一。毛德琦撰《庐山志》卷4又载"宋元丰间，真净文禅师住归宗，时濂溪周先生自南康归老莲花之麓，黄太史以书劝先生与之游甚力，故先生数至归宗，因结青松社，若以踵白莲社者"（康熙五十九年顺德堂刻本），"真净文"指克文禅师（1025—1102），"黄太史"指黄庭坚，其书名《答濂溪居士》，作于熙宁五六年间（1072—1073，参万里：《周敦颐与佛教关系再考证》，《船山学刊》2018年第1期）。而周敦颐卒于1073年，故知毛氏所说结社时间在元丰间（1078—1085），定然有误。

续表

诗社及其存续时间	诗僧	世俗诗人	结社诗集
陈舜俞南康诗社（1072—1075）①	虔州惠长老、通慧大师净务等	陈舜俞（社主）、李常等	不详
陈师道杭州诗社（1078—1085）②	西湖某僧（成员）	陈师道（社主）	不详
彭汝砺诗社（1065—1095）③	安师（具体法名不详）	彭汝砺（社主）、梅秀才	不详
清凉和上人金陵诗社（约1088—1097）④	清凉和上人（社主）、僧彦、泉师、僧讷等	贺铸、王拙、孙安之、王克慎、杨介等	不详
苏轼杭州诗社（1089—1091）⑤	道潜、怀琏、慧辩、元净、清顺、法颖、维琳等	苏轼（社主）、苏敦、刘景文、周次元、林希、苏迈、苏迨、苏过（三人为兄弟）、王瑜等	不详
郭祥正当涂诗社（1089—1113）⑥	僧白、知白、清琏上人	郭祥正（社主）、徐子美、徐子山（兄弟）、杨君倚、李元翰、汤君材等	不详
徐俯豫章诗社（1091—1123）⑦	释如璧（饶节）、瑛上人、宝智上人、庆上人、环上人、通上人等	徐俯（社主）、洪刍、洪炎、洪朋、苏坚、苏庠、向子諲、张元幹、潘錞、汪藻、吕本中、谢逸、谢薖、李彭、李元亮、李彤、高荷等⑧	不详

---

①　此依据的是陈舜俞监南康税之经历及其诗作《寄虔州东禅惠长老》《赠通慧大师净务》（《全宋诗》第8册，北京大学出版社1998年版，第4949、4956页）等材料。

②　参周扬波：《宋代士绅结社研究》，中华书局2008年版，第130页。

③　彭汝砺《与梅秀才游安师池亭赋诗》"首联"曰"炎天自欲沈朱李，诗社初欣见素梅"（《全宋诗》第16册，第10604页），据此可知彭与梅秀才建有诗社，结社地点俟考，结社时间暂定为彭考中进士至辞世之间。

④　有关本诗社的得名及其持续时间，主要依据贺铸（1052—1125）元祐四年（1089）作《东华马上怀寄清凉和公兼简社中王拙居士》（《全宋诗》第19册，第12501页）、绍圣三年（1096）作《留别王闲叟》（同前，第12600页）等诗及其题注所示写作时间综合而成。又，苏轼《赠清凉和长老》《次旧韵赠清凉长老》（《苏轼诗集合注》，上海古籍出版社2001年版，第1930、2299页）所说清凉长老与贺铸所说清凉和公、清凉上人，是同一人。

⑤　按，苏轼先于熙宁四至七年（1071—1074）为杭州通判，后于元祐四至六年（1089—1091）为杭州太守，期间都广交诗僧。据道潜（参寥子）《再哭东坡》其四"当年吴会友名缁，尽是人天大导师……篮舆行处依然在，莲社风流固已衰"（高慎涛、张昌红编写：《参寥子诗集校注》，中州古籍出版社2014年版，第275页）分析，苏轼与道潜等结莲唱和主要是在元祐时期。

⑥　郭祥正元祐四年（1089）致仕回乡，故定诗社成立于此时，诗社可能止于其辞世之时。

⑦　结社时间，依周子翼：《北宋豫章诗社考论》，《江西社会科学》2012年第6期。

⑧　成员构成，依吴肖丹、戴伟华：《江西诗派主脉——豫章诗社考述》（《南昌大学学报·人文社会科学版》2011年第1期）之说。

续表

诗社及其存续时间	诗僧	世俗诗人	结社诗集
毛滂武康诗社 （约1097—1101）①	径山维琳、法海道人、广鉴大师、仲殊等	毛滂（社主）、湖州太守余中、郑君瑞、蔡成允、王明之、莫师文等	不详
王铚庐山诗社 （约1107—1110）②	释祖可、善权、善机、惠洪、蕴常等	王铚（社主）、李彭、向子諲、张元幹等	不详
许景衡罗源护国寺诗社 （约1115—1118）③	罗源护国寺僧	许景衡（社主）、危簿等人④	不详
邓肃沙县诗社 （1119—1120）⑤	释丹霞、释了璨	邓肃（社主）、李纲、罗畴老、邓成彦、陈兴宗	不详
僧云逸苏州吟梅社 （1119—1130）⑥	僧云逸（社主）	梅采南、张咏华	不详
彭景醇湘阴诗社 （约1123）⑦	释德洪（惠洪）	彭景醇（社主）、季长见等	不详
刘谦仲乐清鹿岩诗社 （1125—1130）⑧	觉无象（诗僧）	刘谦仲（社主）、贾太孺、潘翼、王十朋	不详
欧阳澈崇仁红树诗社 （？—1127）⑨	琼上人	欧阳澈（社主）、吴朝宗、陈钦若、敦仁、德秀等	不详
李处权崇安诗社 （约1127—1132）⑩	妙智上人、巽老、高老、密老、仁山海老	李处权（社主）、翁养源、翁士特、李似表等	不详

① 毛滂为武康县令的时间，此据曹辛华、李世红《毛滂年谱》（《河南师范大学学报·哲学社会科学版》1998年第2期）。

② 有关本诗社的研究，参罗宁《庐山诗社小考》（《文学遗产》2012年第2期）、李小荣《庐山诗社与江西宗派关系略说》（《文学遗产》2013年第4期）、陈小辉《宋代诗社与江西诗派》（《西南交通大学学报·社会科学版》2016年第2期）等。

③ 诗社建立时间，据胡寅《资政殿学士许公墓志铭》所叙许景衡为福州通判之履历而作的大致判断。

④ 诗社成员，据许景衡《罗源护国院危簿以为大类庐山，因作两绝句》其二"亦有远公能好客，他年同作社中人"（《全宋诗》第23册，北京大学出版社1998年版，第15581页）、《护国寺诗》其一"恶句多惭居唱首，高吟长许作滩头"、其二"已愧高僧与摹刻，更烦诸老数赓酬"（《全宋诗》第23册，第15552页）分析，除许景衡、危簿、护国寺僧外，还有福州当地其他官员。

⑤ 陈小辉：《宋代福建诗社略论》，《厦门广播电视大学学报》2013年第4期。

⑥ 欧阳光：《宋元诗社研究丛稿》，广东高等教育出版社1996年版，第211页。

⑦ 陈小辉：《宋代湖南诗社概论》，《南华大学学报》（社会科学版）2013年第4期。

⑧ 陈小辉：《王十朋结社述论》，《绵阳师范学院学报》2013年第10期。

⑨ 诗社名，此依欧阳光意见（参《宋元诗社研究丛稿》，第202—205页）而定。

⑩ 关于李处权诗社持续的时间，此折中陈小辉《宋代福建诗社略论》（《厦门广播电视大学学报》2013年第4期）及王利民《武夷理学诗人群体与江西诗派》（《西南大学学报·社会科学版》2018年第1期）观点而成。

续表

诗社及其存续时间	诗僧	世俗诗人	结社诗集
侯元进泾溪诗社（约 1129—1130）①	道常（诗僧，字符明）	侯元进（社主）、周紫芝	不详
周紫芝无为诗社（1133—1134）	因上人、正师、笑庵道人、善应（医僧晟）、怀禅师等	周紫芝（社主）、王之道、魏定甫、王觉民、徐昌言、黄子才等②	不详
王灼成都诗社（约 1136—1181）③	道凝、智源、宗演、了宗、祖月、净明、辉禅师等	王灼（社主）、勾龙伯、赵之源、陈崇青、尹俊卿、荣安中等	不详
黄公度诗社（1138—1144）④	守净禅师、端老、泉上人	黄公度（社主）、⑤黄泳、黄端、黄庚、黄广文、黄朝吉、黄询（以上为黄氏家人）、陈俊卿、龚茂良、林嘉言（三人为黄公度同年）、汪藻、吕用中（二人先后为泉州太守）等	不详
李弥逊连江筼溪诗社（1138—1153）⑥	老禅上人、朴上人等	李弥逊（社主）、张元幹、苏粹之、富文、邵旸叔等	不详

---

①　此据周紫芝生平及其诗作《次韵常元明寄侯元进》《送侯元进罢泾溪丞》（《全宋诗》第 26 册，北京大学出版社 1998 年版，第 17175、17177 页）等材料。

②　此处综合陈小辉《宋代安徽诗社概论》（《淮北师范大学学报·哲学社会科学版》2013 年第 4 期）、徐海梅《周紫芝生平考述暨创作探源》（中国社会科学出版社 2014 年版，第 14、48—49 页）的观点而成，但对社员构成略有删减。

③　据王灼《三和谢娱亲堂扁》其一"闲却圣朝医国手，来为诗社作家人。尖新句子堪呈佛，峭拔毫端似有神。仆辈岂应陪唱和，却缘鼷鼠发千钧"（《全宋诗》第 37 册，第 23329 页），可知王灼结过诗社。王灼自绍兴六年（1136）回川后，基本上生活在成都，故定结社时间始于绍兴六年，下限暂依岳珍王灼卒于淳熙八年（1181）秋后说（《〈碧鸡漫志〉作者王灼生卒年补考》，《西华师范大学学报·哲学社会科学版》2014 年第 1 期）。

④　据柯贞金、谭新红《黄公度行年考》（《云南大学学报·社会科学版》2014 年第 4 期），绍兴八至十四年（1138—1144）黄公度在莆田、泉州为官，多有唱和，但唱和之地并不固定在一地，故笼统称为黄公度诗社。

⑤　据黄公度《次韵宋永兄感旧五首》其三"利锁名缰身半老，酒徒诗社意偏浓"（《全宋诗》第 36 册，第 22496 页）及《和宋永四兄集句（泳）》（同前，第 22462 页）。又，陈小辉《宋代福建诗社略论》指出"宗永"当作"黄泳"，是），可知黄公度与四兄黄泳结有诗社。

⑥　据李弥逊《仲宗访我筼溪，出〈陪富文粹之游天宫诗〉见属和，次韵》"作伴仙翁觅转春，净坊俱现宰官身。兰亭梦想如三月，莲社追游少一人"（《全宋诗》第 30 册，第 19310 页，仲宗即张元幹），知其归隐福建连江后的 16 年间，与人唱和并建有诗社性质的莲社。

续表

诗社及其存续时间	诗僧	世俗诗人	结社诗集
郭印成都云溪诗社（约 1139—1169）①	世真上人、嵩师、智师等	刘韶美、赵彦和、宋南伯、王平叔、冯时行等	不详
曾几茶山诗社（1148—1155）②	道规、宗杲、空禅师等	曾几（社主）、赵表之、韩元吉、汪洋、郑禹功等	不详
张元明庐山诗社（1151—1154）③	庐山僧	张元明、罗仲共、方德修、周紫芝、雷飞卿等	不详
冯时行成都梅林诗社（1160 年）④	释宝印	冯时行（社主）、于格、吕商隐、李流谦等 14 人	不详
杨万里零陵诗社（1160—1163）⑤	照上人（诗僧）	杨万里（社主）、张仲良、唐人鉴、黄才叔等	不详
葛立方金溪诗社（约 1160—1164）⑥	具上人	葛立方（社主）、陈元述等	不详

---

① 据郭印《再和用南伯韵》其三 "寄语社中人友"（《全宋诗》第 29 册，北京大学出版社 1998 年版，第 18652 页）、《次韵宋南伯感怀三首》其三 "衰年今五十"（同前，第 18651 页），则知郭印五十岁时与宋南伯等人结有诗社。钱建状、王兆鹏指出郭印生于元祐五年（1090），卒于乾道五年（1169）以后（钱建状、王兆鹏：《宋诗人庄绰、郭印、林季仲和曹勋生卒年考》，《文献》2004 年第 1 期），故定诗社存续时间在 1139—1169 左右。另，郭印绍兴四年（1134）即退老回故乡成都云溪别业，此后再未出仕。

② 按，曾几绍兴十八至二十五年（1148—1155）隐居上饶茶山达七年之久，据其《寄泉南守赵表之》"曹植诗篇疏入社，裴休参问远同风。萧然丈室维摩诘，何日文殊对此翁"（《全宋诗》第 29 册，第 18551 页）可知，曾几建有诗社。赵表之，即绍兴二十一年任泉州太守的宋太祖五世孙赵令衿。

③ 按周扬波《宋代士绅结社研究》（中华书局 2008 年版，第 132 页）拟诗社名为 "周紫芝诗社"，意谓周紫芝是社主；然据周氏《张元明、罗仲共赋〈郡池白莲〉，仆时在淮西，方德修始出巨轴，追和》"人在匡庐新结社，诗传淮楚梦还乡"（《全宋诗》第 26 册，第 17210 页），则知此庐山诗社的社主不是时在淮西的周紫芝，而可能是身在庐山的张元明、罗仲共（罗靖）。又据周氏《次韵雷飞卿〈游山〉，时余以病不往》"老喜社中多臭味，梦思方外有跻攀"（《全宋诗》第 26 册，第 17253 页）判断，后来周紫芝正式归隐庐山后，社中唱和者当有庐山僧人。

④ 陈小辉：《宋代巴蜀诗社略论》，《成都师范学院学报》2013 年第 12 期。

⑤ 据杨万里绍兴三十二年（1162）作《东寺诗僧照上人访予于普明寺，赠以诗》"故人深住白云限，欲到何因只寄梅……转头不觉三年别，病眼相看一笑开"（辛更儒笺校：《杨万里集笺校》第 1 册，中华书局 2007 年版，第 23 页），则知杨万里、照上人早在三年前就相识，故定二人唱和始于 1160 年，隆兴元年杨零陵县丞秩满回乡，似为唱和结束之年。另据《和司法张仲良醉中论诗二首》其二 "此生诗社里，三折或知医"（《杨万里集笺校》第 1 册，第 38 页）等诗句，当时参与唱和者还有张仲良等人。

⑥ 据葛立方《次韵陈元述见寄谢茶》其二 "睡魔已战三竿日，诗社聊尝一信春"（《全宋诗》第 34 册，第 21806 页）、《具上人以诗相别，复和之》"远师今日宜同社，弥勒它年可共龛"（《全宋诗》第 34 册，第 21816 页），可知葛立方与僧人结过诗社，时间暂定为绍兴三十年（1160）葛退隐家乡湖州至其辞世之间。又依《余居吴兴，泛金溪上，暇日率同志拿小舟载鱼鳖虾蟹……坐间有请作诗以纪一时事者，余辄为书云》（《全宋诗》第 34 册，第 21826—21827 页），把诗社暂拟名金溪诗社。

续表

诗社及其存续时间	诗僧	世俗诗人	结社诗集
陆游山阴诗社（约1165—1169）①	山阴数僧、黄龙慧升	陆游（社主）、曾几	不详
王十朋夔州诗社（1166）②	释宝印、闻上人、札上人、俊上人	王十朋（社主）、赵若拙、阎惠夫、梁子绍等	不详
杨万里杭州诗社（1184—1188）③	德麟（诗僧）、德轮行者、悟空道人	杨万里（社主）、颜几圣、沈虞卿、尤延之、田清叔、王顺伯、林景思、朱少卿、陆游、张镃、林子方等	不详
许及之杭州诗社（约1193—1196）④	天竺寺圭僧录、契师等	许及之（社主）、陈同年、潘柽、谢梦得、洪樗野、赵昌甫、翁常之等	不详
周必大庐陵诗社（1195—1204）⑤	智超、祖灯、慈济、净皋等	周必大（社主）、杨万里、刘仙才、孙从之、胡季亨、李达可、欧阳宅之、胡伯信、胡仲威、胡叔贤（四人为兄弟）等	不详
韩淲杭州诗社（约1199—1208）⑥	铦师（葛天民，先为僧，后还俗）、杰上人等	韩淲（社主）、刘叔骥、盖稀之、姜夔（尧章）、潘柽（德久）、余子任等	不详

① 据陆游绍熙元年（1190）作《故山四首》其三"陆生于此寓棋局（予二十年前尝寓居），曾丈时来开酒樽（曾丈，谓文清公）。渺渺帆樯遥见海，冥冥蒲苇不知村。数僧也复投诗社，零落今无一二存"（《陆游全集校注》第3册，浙江教育出版社2011年版，第366页），可知陆游乾道元年至五年（1165—1169）贬居山阴时结过诗社。

② 陈小辉：《王十朋结社述论》，《绵阳师范学院学报》2013年第10期。但未论及诗僧。

③ 陈小辉：《宋代杭州诗社略论》，《宁波教育学院学报》2013年第6期。又，杨万里多次于杭州结社，此主要据杨万里《朝天集》所载唱和诗。

④ 据许及之《九月十一日龙华寺斋宿，礼部陈同年见余岿字韵诗，宠和惠示，复用韵奉酬》（《全宋诗》第46册，北京大学出版社1998年版，第28344页）可知，许及之与陈同年唱和之时在其任职礼部之时，而据白金《南宋诗人许及之生平事迹考补》（《河南教育学院学报》2012年第3期），许任权礼部侍郎，礼部侍郎是在绍熙四年至庆元二年之间。

⑤ 周必大庆元元年（1195）致仕回乡后建有诗社，活动持续到嘉泰四年（1204），期间与杨万里等人多有唱和。

⑥ 据韩淲《送赵推官衡州》"着眼尘网外，纳身诗社中。乐哉万好庵，刘骥尊酒同"（《全宋诗》第52册，第32422页。刘骥，全称作刘叔骥）、《次韵盖友》云"交游尽诗社，名誉得苏端"（《全宋诗》第52册，第32553页。盖友当指盖稀之，稀又作希），可知韩、刘、盖等人在杭州结有诗社。韩《盖稀之作乌程县》又曰"十年重入长安市，常把西林倒载人……三贤久觉两无有，千首何如一已真"（《全宋诗》第52册，第32642—32643页），诗人自注曰"己未秋，潘德久、盖稀之、姜尧章同往西林看木犀"，己未即庆元五年（1199），下推十年，知本诗作于嘉定元年（1208）。韩同年写给葛天民（朴翁铦师）的《寄抱朴君》其一曰"曾约西林看木犀……十年又见秋风好"，其二曰"姜、盖、潘同看木犀，故交零落竟何之。如何花江西林树，犹有无怀可寄诗"（《全宋诗》第52册，第32733页。按，葛天民字无怀），这一组与前引韩诗所述内容，可互相印证。另，葛天民嘉定元年则有《戊辰夏五过抱朴岩》，似与韩是唱和之作。

续表

诗社及其存续时间	诗僧	世俗诗人	结社诗集
陈造诗社 （约 1200—1203）①	净慈肯堂、铦师（葛天民）、隐静寺堂老	陈造（社主）、杨伯时、张仲思、潘柽、潘茂和（二人为兄弟）等	不详
华岳诗社 （？—1221）②	瑛上人、正宗上人（诗僧）	华岳（社主）、赵及父、赵希逢等	不详
真德秀福州诗社 （1234）③	鼓山明师	真德秀（社主）、刘克庄等	不详
释文珦杭州诗社 （约 1241—1265）④	释文珦（社主）、释元肇、襄上人、锦上人、日本禅上人等	冯去非、赵汝回、周弼、李彭老、李莱老、李雪林、葛庆龙等	不详
李昂英庐山诗社 （约 1252—1254）⑤	庐山东林寺僧	李昂英（社主）、顾景冲	不详
胡仲弓泉州诗社 （？—1256）⑥	枯崖悟上人、东竹院孚上人、原上人、生上人、际书记等	胡仲弓、胡仲参（二人兄弟关系）、冯深居、蒲寿宬、倪梅村等	不详
刘克庄杭州净慈诗社 （1162）⑦	纲上人、善先长老	刘克庄（社主）	不详

① 陈造绍熙二年（1191）七月至五年（1194）七月（参《宝庆四明志》卷18，中华书局编辑部编《宋元方志丛刊》第5册，中华书局1990年版，第5228页）任定海县令后，又任房州通判权知事（秩满，1194—1197）、浙西路安抚司参议改淮南西路安抚司参议（约1197—1200），此后归隐。故其晚年结社时间，大致在庆元六年（1200）至其辞世的嘉泰三年（1203）。但诗社名称不能遽定。

② 据华岳《寄赵及父》"欲邀诗社同莲社，为筑将坛并杏坛"（《全宋诗》第55册，北京大学出版社1998年版，第34420页）可知，其建有诗社，但结社地点俟考，结社时间暂以华岳卒年为下限。

③ 陈小辉：《宋代福建诗社略论》，《厦门广播电视大学学报》2013年第4期。

④ 释文珦《寄社人》曰"居士性无染，栽莲遍芳洲……尚友千载间，宗雷亦君俦"（《全宋诗》第63册，第39674页），据此他与居士曾结莲社性质的诗社。其《冯深居长余二十三岁，赵东阁长余二十二岁，周汶阳长余十七岁，皆折行辈，与余交。淳祐辛丑同访余于竺山，有会宿诗。距咸淳乙丑已二十五年矣。痛先觉之凋零，感吾生之既老，因成十韵，以寄死生之情》（同前，第39536页）诗题所涉人物为冯去非、赵汝回、周弼，淳祐辛丑指淳祐元年（1241），咸淳乙丑指咸淳元年（1265），故暂定此际为诗社的持续时间。

⑤ 按，李昂英《贺新娘·同年顾君景冲云翼经官舍白莲盛开招饮水亭》谓"只东林、社友追游熟"［唐圭璋编纂：《全宋词》（简体增订本）第4册，中华书局1999年版，第3639页］，此用庐山东林莲社之典，结合李氏起为江西提刑兼知赣州时在淳祐十二（1252）至宝祐二年（1254）分析，李氏期间有机会巡礼东林寺。

⑥ 结社时间，参周扬波：《宋代士绅结社研究》，中华书局2008年版，第135页。但结社地点是笔者所补，社员也有所增加，社主是谁，俟考。

⑦ 程章灿《刘克庄年谱》（贵州人民出版社1993年版，第331页）指出，刘克庄景定二年和净慈寺僧纲上人、洛浦善先长老有诗唱和。据刘诗《酬净慈纲上人三首》其三"社友携诗访，怜予满面尘"（《全宋诗》第58册，第36553页），则知刘克庄与纲上人等结有诗社，此姑且名为净慈诗社。

续表

诗社及其存续时间	诗僧	世俗诗人	结社诗集
刘克庄莆田真率会 （1267—1269）①	莹上人、广师等	林希逸、汤汉、林泳等	不详
释梦真四明诗社 （约1276—1278）②	梦真（社主）、雁荡柳下师、古愚淳侍者	楼絜矩、陈西麓、杨左丞、王修竹、许南坡、林伯元、周牧蟾等	不详
吴惟信诗社 （南宋末）③	妙上人（吴惟信之兄）、意上人、巴上人、宛上人、广淳、意书记、札书记等	吴惟信（社主）、毛时可、范仲约、俞进（晋）可、何洪、季闻实、赵寒泉、赵芸窗等	不详
方回诗社 （南宋末）④	严州南山寺如川无竭禅师	方回（社主）、朱用和、罗弘道、吕元方、师好古、何梦桂、傲窗等	不详
陈著杭州诗社 （约1280—1296）⑤	杭州净慈寺主、慈云寺主法椿（号龄叟）、净慈寺主僧顗上人等	陈著（社主）、陈达观（陈著之弟）、俞叔可（社主）⑥兄弟二人、张子华兄弟二人、吴景年,石秀叔等	不详

　　从上表所举56个僧人参与或主持的诗社分析,我们可以发现一个非常有趣的现象,即无论诗僧、文士主持的诗社,僧俗唱和都十分频繁。若从历史阶

---

　　① 刘克庄致仕回乡后建有诗会,《丁卯元日十首》其一即说"真率会居同社长,屠苏酒让一家先"(《全宋诗》第58册,北京大学出版社1998年版,第36656页),丁卯即咸淳三年（1267）,诗社约至刘克庄辞世时结束。

　　② 据释梦真《籁鸣续集》之《许真坡归永嘉》"东来首结岁寒盟"、《岁晚会盟分韵得皇字》"风雪岁云莫,文游集我堂"、《约诸友吟社会盟》"毋事八极游,结社青莲池"及《分韵得社字》(许红霞辑著:《珍本宋集五种:日藏宋僧诗文集整理与研究》,北京大学出版社2013年版,第192、200—201页)可知,释梦真宋末元初避乱四明时曾结过诗社。社中成员,皆据《籁鸣续集》所载诗题所示。

　　③ 吴惟信生平事迹不详,生活于宋末元初,据其诗《寄毛时可》"命书平日穷幽眇,诗社多年说老成"(《全宋诗》第59册,第37072—37073页)可知,他和毛时可结过诗社。《赠毛时可》又谓毛"传道与童蒙""自喜精诗律"(同前,第37068页),则毛时可是精通诗律的私塾教师。

　　④ 结社时间,参周扬波:《宋代士绅结社研究》,中华书局2008年版,第136页,但笔者对社员多有增补。

　　⑤ 按,陈著生于嘉定七年（1214）,其《正月二日游慈云为龄叟作》(《全宋诗》第64册,第40293页)有句曰"我年今已七十六,师五十二亦多病",则知本诗作于至元二十六年（1289）,逆推51年,知慈云寺主法椿生于嘉熙二年（1238）。结合作于1296年(据"我老不觉八十三,师今亦且半百强")的《似法椿长老还住净慈》(同前,第40306页)及《寿法椿老》其一说法椿"慈云一坐十年过"(同前,第40257页),则似法椿任慈云寺主在1286年左右。综合判断,法椿第一次任净慈寺主在1280年左右。

　　⑥ 据陈著《载酒过俞叔可运幹夜话》"何幸诗坛有盟主,狎相来往亦何嫌"(《全宋诗》第64册,第40205页)判断,俞叔可(俞苏墅,名雷)也是社主之一。

段性看,太宗、真宗、仁宗三朝,在僧俗互动的诗社中僧人作社主的情况更为常见,而且天台宗诗僧的影响更大 ①;神宗以后,虽然禅宗诗僧人数骤增,但禅僧作社主者远少于著名的居士型文士。而无论僧人、居士,都可以同时参加多个诗社,所以,各诗社成员互见的情况很常见。尤其在南宋,一生主持多个诗社的文士相当普遍,如陆游、周必大、杨万里、王十朋、刘克庄等。若从结社性质看,有的是一次性主题相对集中的群体诗歌唱和活动,如知礼汴京诗社;有的人数众多,持续时间长达几十年,如西湖白莲社、九僧诗社;有的后人为之结集作品,如契嵩杭州诗会,但多数成员散见于各家别集中。若从结社地点看,大多在佛教名山(如庐山、九华山、鼓山等)和佛教文化发达的都市(如汴京、杭州、金陵、成都、福州、泉州等),并且多在南方(南宋全在南方,另当别论)。

前表虽未列出北宋大诗人欧阳修、王安石、黄庭坚和僧人以诗社名义进行的唱和之作,但并非说他们与诗僧没有交游。其实,即便是坚决弘儒辟佛的欧阳修,也与不少高僧保持良好的个人情谊,多有诗文酬唱 ②,如云门宗高僧圆通居讷、佛日契嵩,净慧大师慧崇,余杭诗僧慧(惠)勤等。至于王、黄两大家,本身就与佛教关系密切,各自都有多首僧俗唱和诗传世,此为佛教诗歌史常识,研究成果甚多,我们就不再列举相关作品及具体诗僧名字了。

此外,两宋理学家中即使是反对佛教者,他们大多也和禅僧保持密切的个人关系,诗歌唱和较为频繁,特别是北宋后期以来,如二程门人许景衡、杨时和南宋的朱熹、张栻等。佛教方面,北宋后期的道潜、惠洪和两宋之际的正觉、宗杲等,他们交游广泛,和文人居士的唱酬之作,内容较丰富,而且也是影响当时禅宗诗歌审美风尚走向的关键人物之一,其诗歌史、文化史意义,值得深入挖掘。

二、诗僧与诗社的文学史意义

两宋诗僧主持、参与相关诗社活动,在宋代佛教文学史、佛教诗歌史及文学批评史方面具有多重意义,最突出的有三点:

---

① 对此问题,张良有系列论文展开讨论,如《宋初天台宗僧诗刍论》(《河南师范大学学报·哲学社会科学版》2012 年第 6 期)、《宋初九僧宗派考》(《暨南学报·哲学社会科学版》2014 年第 3 期)、《天台宗僧诗创作传统考论》(《中南大学学报·社会科学版》2018 年第 4 期)等。

② 参刘德清、顾宝林、欧阳明亮笺注:《欧阳修诗文编年笺注》,中华书局 2012 年版,第 375 页。

（一）密切了教内外诗人的思想交流，有助于佛教题材的生活化、社会化和艺术化

两宋时期，无论教内外人士，大多持三教合一思想，如宋孝宗撰于淳熙八年（1180）的《原道论》总结的"以佛修心，以道养生，以儒治世"①，便是当世共识。而两宋诗歌描述三教人士在交游中互学经典、共享人文艺术的场景十分常见：如孤山智圆《寄〈瑞应经疏〉及〈注阴符经〉与体元上人》②，说明僧人除了研习释家经典以外，也对道教经典《阴符经》颇有兴趣；释惠洪《赠蔡儒效》自述"我读《孝经》如转磨"③；葛胜仲《送同郡识上人游圆常见问道慈受》称赞识上人"专门《施氏易》"④；赵蕃《赠龙王山庵秀上人》说秀上人"道人学易更参禅"⑤；陈文蔚《纵步过资福寺，僧留饮，出示〈净度文〉三教一理论，戏书，时寺门桂花烂开》"一编《净度》出玄文，因憩书窗醉酒尊。儒释未须谈一二，且于花下立黄昏"⑥，表明释家自身也在阐发三教一致的理论；道士白玉蟾《〈金刚经偈〉寄示西林总长老》"以字不成，八字不是。如是我闻，早落第二"⑦，则把自己研读《金刚经》偈颂的心得寄呈西林寺总长老；郭印《闲看佛书》"煌煌五千卷，披读未易终。《楞严》明根尘，《金刚》了色空，《圆觉》祛禅病，《维摩》现神通。四书皆等教，真可发愚蒙。我常日寓目，清晨课其功。油然会心处，喜乐浩无穷。寄语看经人，勿堕文字中"⑧，显然是诗人读佛教《大藏经》的肺腑之言，并独具匠心地提出了佛教"四书"说。此外，单就交游空间言，表现三教同处一室的诗作也不少，如理学家邵雍1067年作《治平丁未仲秋游伊洛二川，六日晚出洛城西门，宿奉亲僧舍，听张道人弹琴》⑨，就展现了儒道释三教人士在奉亲寺共赏琴艺的生活场景；苏轼《吴子

---

① 释志磐撰：《佛祖统纪》卷47，《大正藏》第49册，台北：新文丰出版股份有限公司1983年版，第429页下栏。

② 《卍续藏》第56册，河北省佛教协会，2006年，第944页下栏。

③ 《注石门文字禅》，中华书局2012年版，第45页。

④ 《全宋诗》第24册，北京大学出版社1998年版，第15615页。

⑤ 《全宋诗》第49册，第30825页。

⑥ 《全宋诗》第51册，第31968页。

⑦ 《全宋诗》第60册，第37637页。

⑧ 《全宋诗》第29册，第18655页。

⑨ 《全宋诗》第7册，第4495页。

野绝粒不睡,过作诗戏之,芝上人、陆道士皆和,予亦次其韵》①,旨趣相近。而莲社传说和《虎溪三笑》图的流行,更是两宋三教合一的见证。

众所周知,东晋以降,无论山林都市,佛寺都是重要的文化艺术的活动中心之一,两宋于此,也不例外。士僧交游于佛寺,赏花、赏画、纳凉、读书、寺壁题诗、分韵唱和之类的事情（诸事常兼容）,在诗社中不胜枚举,作品在诗人别集中俯拾皆是。赏花者如司马光《又和安国寺及诸园赏牡丹》②、王洋《邻僧送桃花》③ 等;赏画者如徐俯《春日登眺游宝胜诸寺且观名画》④、邹浩《宽夫率同诸公谒大悲寺观所画圣像,以"回向心初地"分韵赋诗,得初字》⑤ 等;纳凉者如晁补之《同杨希仲、吴子进、李希孝、张景良北关纳凉,晚过大安寺》⑥、李廌《史次仲、钱子武与余在报恩寺纳凉,分题,各以姓为韵》⑦ 等;读书者如姜特立《余壮岁尝假居塔山寺,后三十年重到,赋二绝》⑧、赵孟坚《万寿寺避暑读书》⑨ 等;寺壁题诗者如孙觌《题临川孝义寺壁二首》⑩、廖行之《醉中纪事题辰州净因寺》"壁间有佳句,一诵喜且愕……挥毫属同游,聊共题新䡵"⑪ 等;分韵唱和者如贺铸元丰七年（1184）《田园乐》题注所示"甲子八月,与彭城诗社诸君会南台佛祠,望田亩秋成,农有喜色,诵王摩诘《田园乐》,因分韵拟之,余得春字"⑫、谢逸《游西塔寺分韵咏双莲,以"太华峰头玉井莲"为韵,探得华字》⑬、朱熹《游密庵分韵赋诗,得还字》⑭ 等,特别是在寺院聚会、送别、题赠等场合,士僧分韵赋诗而形成的作品,在大多数人的诗文集中触目可及,如王禹偁、苏舜钦、梅尧臣、欧阳修、王安石、苏轼、苏辙、黄庭坚、陈师道、陈与

---

① 《苏轼诗集合注》,上海古籍出版社 2001 年版,第 2086 页。

② 《全宋诗》第 9 册,北京大学出版社 1998 年版,第 6194 页。

③ 《全宋诗》第 30 册,第 19041 页。

④ 《全宋诗》第 24 册,第 15835 页。

⑤ 《全宋诗》第 21 册,第 13955 页。

⑥ 《全宋诗》第 19 册,第 12796 页。又,诗谓"古藏《大般若》,中天立华夏。同游得吴李,张子亦予社",则知此次在大安寺的诗社创作,其主旨和佛教《大般若经》有较大的关联性。

⑦ 《全宋诗》第 20 册,第 13593 页。

⑧ 《全宋诗》第 38 册,第 24113 页。

⑨ 《全宋诗》第 61 册,第 38663—38664 页。

⑩ 《全宋诗》第 26 册,第 16908 页。

⑪ 《全宋诗》第 47 册,第 29157 页。又,诗既云"同游""共题",显然其活动属于结社创作。

⑫ 《全宋诗》第 19 册,第 12520—12521 页。据序,彭城诗社的此次唱和活动,就在寺院举行。

⑬ 《全宋诗》第 22 册,第 14825 页。

⑭ 《全宋诗》第 44 册,第 27575 页。

义、张耒、范成大、陆游、杨万里、道潜、惠洪等教内外名家,悉如此。

所谓佛教题材的生活化,是指寺院举办的日常佛事活动、民俗节庆、国家行香(三者经常结合在一块),常常置于诗家笔端而成为佛教文学中的普遍题材。如晏殊《盂兰盆》①、田况《成都遨乐诗二十一首·七月十八日太慈寺观施盂兰盆会》②、余靖《和王子元〈重阳日千善寺会饮〉》③、王安石《相国寺启同天节道场行香观戏者》④、秦观《同子瞻端午日游诸寺,赋得深字》⑤、沈与求《正月十四夜观灯南寺,子虚有诗,次其韵,兼呈骏发、次颜》⑥、葛胜仲《二月十五日游谢村福田院观涅槃会,寺乃灵运故宅,呈道祖》《戊午次吴山解空院,乃端师子道场,是日上巳,呈法中禅老》《五月望日会食普满院,夜归,作诗二首呈文中县丞、玉老禅师、江敦、王彧》⑦、王洋《观僧作藏会》⑧、赵彦瑞《与诸公会饮昆山放生池亭》⑨、陆游《天中节前三日大圣慈寺华严阁燃灯甚盛,游人过于元夕》⑩、范成大《丙申元日安福寺礼塔》《会庆节大慈寺茶酒》⑪、袁说友《慈感寺放生》《慈感寺四月八日浴佛会》⑫、林同《目连会》⑬ 等,举凡元旦、上元、立春、清明、上巳、端午、中元、中秋、重阳、冬至、腊八、除夕、佛诞日等重要时日,无一不有佛事活动,而它们在诗中的艺术表现,既有一般题材的审美特征,同时又蕴含了佛教题材特有的理趣之美。比如,王安石《相国寺启同天节道场行香观戏者》只有寥寥二十字"侏优戏场中,一贵复一贱。心知本自同,所以无欣怨"⑭,却以议论见长,梦幻真如的感慨不言而喻;胡宏《四月八日示澄照大师》"今朝浴佛事如何,清净心田也洗么?尘垢不知何处得,古来

---

① 《全宋诗》第 3 册,北京大学出版社 1998 年版,第 1944 页。

② 《全宋诗》第 5 册,第 3448 页。

③ 《全宋诗》第 4 册,第 2669 页。

④ 《全宋诗》第 10 册,第 6543 页。

⑤ 《全宋诗》第 18 册,第 12073—12074 页。

⑥ 《全宋诗》第 29 册,第 18802 页。

⑦ 《全宋诗》第 24 册,第 15675、15618、15657 页。

⑧ 《全宋诗》第 30 册,第 18982 页。

⑨ 《全宋诗》第 38 册,第 23745—23746 页。

⑩ 《陆游全集校注》第 1 册,浙江教育出版社 2011 年版,第 398 页。又,是诗淳熙二年(1175)作于成都。

⑪ 《全宋诗》第 41 册,第 25905、25911 页。

⑫ 《全宋诗》第 48 册,第 29919 页。

⑬ 《全宋诗》第 65 册,第 40634 页。

⑭ 王水照主编:《王安石全集》第 5 册,复旦大学出版社 2017 年版,第 273 页。

明月照江波"①，则借浴佛之事来阐发心性本净的南宗思想。

若就僧人的文化素养看，他们与世俗文士的交往常以琴、棋、书、画、诗为媒介，无不洋溢着艺术气息。如林逋《送然上人南还》说然上人"囊携琴谱与诗稿"②，其显然兼具诗僧、琴僧之双重身份；苏颂《道元上人累示禅偈诗笔并诸贤赓唱，见索鄙作，因成短句奉酬》"释子南宗秀，囊文数见过。灯分壁观后，诗学宝书多。摘句心游刃，谈空辩注河。儒林盛推挹，风势张云柯"③，说明道元诗文俱佳，儒林与他多有唱和；郭祥正《吊黄塘寺知白上人》称赞知白"悟禅兼悟律，能画亦能诗"④；王洋《元夕夜与戎、琳、殊三老僧对棋，琳请作诗，赋之》⑤，则展示了僧俗在上元节对弈而不分昼夜的生活场景；释云岫《贺苣书记》"笔底钟王通草圣，胸中郊岛富唐吟。竺仙去后无文佛，今日喜逢僧翰林"⑥ 所述苣书记，又是诗书俱佳的文学僧。当然，最常见的媒介还是诗歌。其中，既有诗僧指导文士者，如宋祁《天台梵才师长吉在都，数以诗笔见授，因答以转句》（九首）⑦，就反映了宋祁从天台诗僧梵吉学诗的经历和感悟；又有世俗大家评骘僧诗者，如苏轼对杭州道潜、道通、清顺等人的教导。而诗僧进呈诗卷于当世名家之事贯穿于两宋，如梅尧臣《答中上人卷》、李觏《回明上人诗卷》、邵雍《谢圆益上人惠诗一卷》《还圆益上人诗卷》、毛滂《普宁寺岁寒庵面江山之胜，令人欲赋，而长老因公出诗集相示，作此诗谢之》、李彭《演上人以权诗示余，归其卷，演师系以长句》、汪藻《还琏上人诗卷》、王之道《还通上人卷》、汪应辰《题表上人卷舒轩》、袁说友《题瑞上人诗卷》、顾逢《题良玉上人十老诗卷》、刘克庄《题倪上人诗卷》《题晤上人诗卷》，等等，不一而足。

若就历史文化渊源看，两宋诗僧承袭东晋莲社（或称白莲社、虎溪社等）风流，常常把他们主持或参与的诗社比附成莲社；⑧ 与此同时，世俗文士主持的诗社，若有僧人参与，也可莲社称之。前者如释正觉《再和朱朝奉见

---

① 《全宋诗》第 35 册，北京大学出版社 1998 年版，第 22107 页。
② 《全宋诗》第 2 册，第 1240 页。
③ 《全宋诗》第 10 册，第 6356 页。
④ 《全宋诗》第 13 册，第 8901 页。
⑤ 《全宋诗》第 30 册，第 18999 页。
⑥ 《云外云岫禅师语录》，《卍续藏》第 72 册，河北省佛教协会，2006 年，第 175 页下栏。
⑦ 《全宋诗》第 4 册，第 2358 页。
⑧ 有关两宋诗歌"莲社"用例的分类，参张钰婧《论宋诗中"莲社"用语新变》（载《法音》2017 年第 12 期）。

寄》"欲学陶渊明,高情异浮俗。白云无定心,青山有奇骨。肯从莲社宾,共奏无弦曲"①、《蒋新臣秀才告别作句送之》"不惮屈宋楚人语,来试宗雷莲社科。后会说盟如有以,此行洗念入无可"②,即把与自己唱和的朱朝奉比作陶渊明、把蒋新臣比成宗炳、雷次宗;后者则更加普遍,如贾黄中《吟出台宣议大师英上人》"莫怪伊余苦珍重,白莲花社有心期"③、范仲淹《送真、元二上人归吴中》"愿结虎溪社,休休老此身"④、苏颂《和刁节推〈郊居〉寄说、晤二诗僧》"白莲诗社方求友,喜得支公与共归"⑤、郭祥正《送僧白》"我有高世想,喜逢高世人。谈诗何所极,元化浩无垠……问我别来久,请吟佳句新。便欲结幽社,静栖还本真。陶潜须一醉,宁起远公嗔"⑥、杨时《含云晚归寄真师》"虎溪旧社知重约,陶令如今已息机"⑦、裘万顷《宿翠岩寺呈李弘斋签判》"匡庐胜处君曾到,谁是渊明与远公。幸有和陶诗卷在,好依莲社此山中"⑧、黄希武《龟山禅寺赠僧柏庭》"东林莲社诗盟在,相送河桥夕已曛"⑨、董嗣杲《东林寺赠宜上人》"禅高何待音声悟,诗好争传格律严。谁浼我师重主社,社中休更外陶潜"⑩ 等,特别是苏颂、郭祥正、黄希武、董嗣杲四人之作,展示了诗歌唱和在莲社中的特殊作用,换言之,两宋僧俗所结莲社,从诗歌方面看,大多可定性为诗社,但其创作题材、主旨又与莲社的法社性质息息相关,正如李纲《次韵志宏见示〈山居〉二首》其二 "溪山胜处陪诗社,文字空中见法王"⑪、曹勋《用李参政韵并录寄舟峰师四首》其四 "莲社经徒能摘句,玉川茶兴自开缄。从来筏喻今饶益,杯渡须知鄙铁帆"⑫ 所说的那样,诗社之作是要表现"法王""筏喻"等佛教思想或佛禅理念的。或者说,莲社是诗性的法社,是僧俗将佛教生活题材艺术化、审美化的社团组织。正因为有这一组织

---

① 《大正藏》第48册,台北:新文丰出版股份有限公司1983年版,第92页上栏。

② 同上书,第92页中—下栏。

③ 《全宋诗》第1册,北京大学出版社1998年版,第498页。又,英上人指释梦英。

④ 《全宋诗》第3册,第1887页。

⑤ 《全宋诗》第10册,第6349页。

⑥ 《全宋诗》第13册,第8842页。

⑦ 《全宋诗》第19册,第12941页。

⑧ 《全宋诗》第52册,第32299页。

⑨ 《全宋诗》第72册,第45636—45637页。

⑩ 《全宋诗》第68册,第42660页。又,董嗣杲宋亡入山为道士。

⑪ 《全宋诗》第27册,第17590页。

⑫ 《全宋诗》第33册,第21137页。

的广泛存在,才使佛教诗学与教外诗学的汇通及僧俗诗艺的交流变得更直接、更有效。

(二)促进了佛教诗学观与教外诗学观的汇通

虽说两宋佛教诗学自成体系,但它也深受教外诗学观的影响。从诗僧方面看,我们认为,其汇通教外诗学观最突出的表现有三点:

一是不少诗僧继承诗骚传统,也关注时政、关心民瘼、忠君爱国,托物言志之作较为常见,这从诗僧好用风骚、风雅等诗学术语,好读《离骚》之类的行为表现,就可作些合理的推想。

诗僧相关诗学术语之用例,如:

1. 孤山智圆《松江重祐〈和李白姑熟十咏诗〉序》曰:"松江重祐师学佛之外,于风骚颇工,尝爱李谪仙《姑熟十咏》,因赓而和之。钱唐僧智圆,字无外,序曰:夫诗之道,本于三百篇也,所以正君臣、明父子、辨得丧、示邪正而已。"① 显而易见,一方面,智圆称赞了重祐上人善于作诗,另一方面,则强调了儒家诗教观同样适用于诗僧之创作。其《言志》又自述道"畴昔学为诗,模范风雅词。立言多讽喻,反为时人嗤"②,可知其学诗是从儒家入手的,虽然一开始遭到时人嘲笑,后来却得到了教内人士的普遍支持。

2. 宋初"九僧"之一的释惟凤《与行肇师宿庐山栖贤寺》云"诗心全大雅,祖意会诸方"③,则把僧诗的创作宗旨和儒家诗教之"大雅"传统相提并论。

3. 释清了《偈颂十首》其三"意句难分别,风骚格外求"④、释怀深《拟寒山诗》其二"拾得诗清苦,风骚道自存"⑤ 等,则表明风骚传统也是诗僧自觉的诗学追求。

4. 释印肃《移五瘟出市心》曰:"助佛扬名化俗徒,遣邪归正沃心枯。国风雅泰民欢乐,只这和瘟大丈夫"⑥,此处强调了佛教诗歌和儒家诗教一样具有移风易俗的教化之用。

---

① 《卍续藏》第56册,河北省佛教协会,2006年,第914页中栏。
② 同上书,第940页上栏。
③ 《全宋诗》第3册,北京大学出版社1998年版,第1460页。
④ 《卍续藏》第71册,第777页上栏。
⑤ 《卍续藏》第73册,第117页上栏。
⑥ 《卍续藏》第69册,第407页上栏。

5. 释元肇《梅月》（为陈碧润题）曰"堂上传风雅,高标一段奇。韵清梅蘸水,生白月来时"①,又把风雅标准引入释家咏物诗。

至于两宋诗僧好读《离骚》的事例,也较常见。如释道潜《远斋为玉上人作》说玉上人"《离骚》楚词亦谩读"②、释道璨《睡起》"庭院日长春睡足,幽兰花底读《离骚》"③、释文珦《幽径》"樵童更闲静,听我读《离骚》"④、《江楼写望》其二"手把《离骚经》,闲倚阑干读"⑤ 等则是自述日常爱读《离骚》的生活场景。而楚骚香草美人（诗僧主要以"香草"为主）的象征主义传统,诗僧同样有所继承,如释行海《梅（十首）》其一"天下更无清可比,湘累不敢入《离骚》"⑥、释宝昙《又和归南湖喜成》"许我杖藜来宿昔,观公诗律自前生。艺兰九畹辛夷百,续取《离骚》老更成"⑦ 所说的梅、兰等植物,都有其特定的象征义,或象征格清,或象征品性高洁。

二是把杜甫确立为诗歌典范。⑧ 一者,杜甫写过不少佛教题材的诗作,杜甫与僧人赞公的密切关系,已成为两宋诗僧津津乐道的话题,如释惠洪《余还自海外,至崇仁见思禹,以四诗先焉,既别,又有太原之行,已而幸归石门,复次前韵寄之,以致山中之信云》其一"悬知他日君念我,定作少陵寻赞公"⑨、释慧空《静香轩》"如何杜陵老,独喜赞公房"⑩、释居简《破山》"水流山空春昼长,番令人忆赞公房"⑪ 等,无不把杜甫称誉过的赞公用来自比。二者,杜诗的诗史性质得到了两宋诗僧的认可,如释元肇《海棠》"几向春风怜薄命,少陵诗史不书名"⑫、释居简《移棕榈次蓬山兄韵》"丛拍苍柄顶春寒,诗史题名

① 《全宋诗》第 59 册,北京大学出版社 1998 年版,第 36895—36896 页。
② 《参寥子诗集校注》,中州古籍出版社 2014 年版,第 183 页。
③ 《全宋诗》第 65 册,第 41175 页。
④ 《全宋诗》第 63 册,第 39625 页。
⑤ 同上书,第 39694 页。
⑥ 《全宋诗》第 66 册,第 41375 页。
⑦ 《全宋诗》第 43 册,第 27122—27123 页。
⑧ 相关论述,参拙撰:《禅宗语录杜诗崇拜综论》,《杜甫研究学刊》2020 年第 3 期,亦见本书第五章第一节。
⑨ 《注石门文字禅》,中华书局 2012 年版,第 552 页。
⑩ 《全宋诗》第 32 册,第 20606 页。
⑪ 《全宋诗》第 53 册,第 33226 页。
⑫ 《全宋诗》第 59 册,第 36925 页。

胜得仙"① 等,都直接以"诗史"二字入诗。三者,杜诗所述清苦困窘的生活境遇,引起了两宋诗僧的共鸣,如释道潜《和龙直夫秘校细雨》其三"少陵心易感,诗句写清衰"②、释惠洪《复次元韵》"口云诗穷少陵老,饥寒正坐拜杜鹃"③、释元肇《题饮仙图》"蹇驴破帽少陵寒,吐出歌辞字字酸"④ 等,悉如此。四者,而且也是最重要的一点就在于杜诗讲究诗歌艺术、讲究句法,特别是江西诗派把老杜推为鼻祖之后,他在诗僧中的影响越来越大。诗僧以禅喻诗时,老杜也是不可或缺的典型之一,如释惠洪《临清阁二首》其一"时看稚子对浴,少陵诗眼长寒"⑤、释绍昙上堂所说偈颂"茆屋赋新诗,内院寻知识。身从胜境中来,句自活法中得。非身非句,绝毫绝釐,慈氏少陵安得知?《法华》不敢轻饶舌,只恐山禽语带徵"⑥ 中的"诗眼"与"活法",都和杜甫发生了不可思议的联系。⑦

　　三是把陶渊明作为人格典范。两宋时期由于莲社传说及三教合一思潮的盛行,陶渊明作为儒家隐士(心隐)的代表,既受苏、黄等世俗士大夫特别是苏轼的尊崇⑧,也深受诗僧的爱戴,有的甚至把他和杜甫并尊,如释道潜《赠权上人兼简其兄高致虚秀才》即说"翘然双干秀一门,儒释殊科道无异……少陵彭泽造其真,运斤成风有余地"⑨,少陵即杜甫,彭泽指陶渊明。更值得注意是,当时教内外人士都有不少和陶之作层出不穷,袁行霈认为:"和陶这种文学活动所标示的主要是对清高人格的向往和追求,对节操的坚守,以及保持人之自然性情和真率生活的愿望。"⑩ 换言之,是陶渊明的高尚人格赢得了后世各文化阶层的普遍尊重。成明明则以北宋为例,指出诗僧释子对陶渊明的接受,表现为:"从外在的语言形式到内在的精神实质","以鲜明的时代色彩,体现在

---

　　① 《全宋诗》第 53 册,北京大学出版社 1998 年版,第 33090 页。

　　② 《参寥子诗集校注》,中州古籍出版社 2014 年版,第 46 页。

　　③ 《注石门文字禅》,中华书局 2012 年版,第 481 页。

　　④ 《全宋诗》第 59 册,第 36924 页。

　　⑤ 《注石门文字禅》,第 933 页。

　　⑥ 《卍续藏》第 70 册,河北省佛教协会,2006 年,第 419 页上栏。

　　⑦ 关于诗眼、活法的禅学语境分析,参周裕锴:《文字禅与宋代诗学》,复旦大学出版社 2017 年版,第 104—106、117—118 页。

　　⑧ 吕菊指出:陶渊明的形象经过了神化和圣化,带头的人物便是苏轼(参《陶渊明文化形象研究》,复旦大学 2007 年博士学位论文)。

　　⑨ 《参寥子诗集校注》,第 294 页。

　　⑩ 参袁行霈:《论和陶诗及其文化意蕴》,《中国社会科学》2003 年第 6 期。

实用工具性、日常审美性、文艺鉴赏性三个层面"。①其论大体也适用于南宋诗僧，如释文珦《夜兴》"悠然发清兴，朗诵渊明诗"②，是自述爱读陶诗；释广闻《陶渊明》"和露锄豆苗，不觉日又夜。飘然从何来，定在南山下"③，则化用陶诗《归园田居》其三"种豆南山下……"之诗意；释元肇《见海门韩宰》"渊明自是无为者，能使懦夫怀凛然"④，意在颂扬陶潜伟大人格的感化之用；智朋禅师重阳上堂有云：

> 会则一似等闲，不会则千难万难，岂不见陶渊明"采菊东篱下，悠然见南山"，到这里转身有路，不妨入廛垂手。⑤

智朋禅师结合重阳赏菊的风俗，自然引入陶渊明《饮酒》其五之名句，寓说法和日常审美于一体。当然，偶尔也有例外，像释居简《渊明画像》曰"司马家儿历数穷，可能特地振孤踪。永怀东土清风远，不把元嘉纪岁终"⑥，则重在颂扬陶渊明的忠晋之心。但归根结底，无论北宋、南宋，诗僧都特别注重陶渊明特殊的人格魅力。江西诗派释祖可《靖节祠》即曰：

> 靖节非傲世，带耻为人束。郁然霜雪姿，受正如松独。高歌《归去来》，自种松与粟。寓意琴书间，处己审缨足。倾筋三径醉，颓然忘宠辱。江山有遗迹，庶以拯流俗。⑦

它主要赞颂的就是陶渊明的超然脱俗、人格独立、安贫乐道和诗意的栖居，也可以作为两宋诗僧陶渊明文化形象建构之作的代表。

（三）僧俗共磋诗艺、诗法，在一定程度上促成了宋诗特殊品格的定型

两宋诗僧主持或参与相关诗社，期间僧俗共磋诗艺、诗法乃至进行诗歌品评，是十分常见之事，此类文学活动在一定程度上也促成了宋诗学问化、议论

---

① 成明明：《北宋释子与陶渊明》，《安徽大学学报》（哲学社会科学版）2014 年第 5 期。
② 《全宋诗》第 63 册，北京大学出版社 1998 年版，第 39527 页。
③ 《卍续藏》第 69 册，河北省佛教协会，2006 年，第 751 页上栏。
④ 《全宋诗》第 59 册，第 36910 页。
⑤ 《介石智朋禅师语录》卷 2，《卍续藏》第 69 册，第 798 页中栏。
⑥ 《全宋诗》第 53 册，第 33236 页。
⑦ 《全宋诗》第 22 册，第 14612 页。

化的特殊品格之定型。

一者从世俗士大夫方面看,与诗僧的交往有助于他们熟悉藏经,增进佛教知识,进而影响其创作。如黄庭坚元丰二年(1079)作《三月壬申同尧民、希孝观净名寺经藏,得〈广弘明集〉沈炯〈同庚肩吾诸人游明庆寺诗〉,次韵奉呈二公》①,显然,其创作缘由出自寺院读藏;元祐五年(1090)二月二十五日,因道潜初得杭州智果院,苏轼组织了一次16人诗会,② 各人用《圆觉经》"以《大圆觉》为我伽蓝,身心安居,平等性智"③ 为韵而唱和,其中,道潜得"以"字作《余初入智果院》④,东坡之作为《参寥上人初得智果院,会者十六人,分韵赋诗,轼得"心"字》⑤,可见此次诗会活动深受《圆觉经》的影响。郭祥正《游云盖寺》则自述游寺之后的愿望是"愿言永栖此,读尽宝藏经"⑥,难怪不少士大夫都熟悉《华严》《法华》《金刚》《楞严》《楞伽》《维摩》《圆觉》《无量寿》《心经》等大乘经典,而读经感受或经验交流,也是僧俗间常见的创作题材,如夏竦《题〈华严经〉诗》⑦、王安石《读〈维摩经〉有感》⑧、李之仪《读〈华严经〉三绝》⑨、游九言《读〈法华经〉示巽上人》⑩、释怀深《因读〈法华经〉至"火宅喻"不觉一笑,因书偈示孙主簿》⑪、张方平《读〈楞伽经〉》⑫、郭印《读〈维摩经〉》《读〈金刚经〉》《读〈楞严经〉》《读〈圆觉经〉》⑬、张伯端《〈心经〉颂》⑭ 等,举不胜举,特别是宋末艾性夫《医僧洪淡

① (宋)黄庭坚撰,(宋)任渊等注,刘尚荣校点:《黄庭坚诗集注》,中华书局2003年版,第1697页。又,诗题之"《广弘明集》"原缺"广"字,考黄庭坚所引沈炯诗实出《广弘明集》卷30(参《大正藏》第52册,台北:新文丰出版股份有限公司1983年版,第358页上栏),据补。另,沈炯诗题本作《同庚中庶肩吾周处士弘让游明庆寺》。

② 诗会时间,此据李俊《释道潜研究》(华东师范大学2008年博士学位论文)。

③ 此句出唐佛陀多罗译《大方广修多罗圆觉了义经》,见《大正藏》第17册,第921页上栏。

④ 《参寥子诗集校注》,中州古籍出版社2014年版,第134—135页。

⑤ 《苏轼诗集合注》,上海古籍出版社2001年版,第1568—1569页。

⑥ 《全宋诗》第13册,北京大学出版社1998年版,第8847页。

⑦ 《全宋诗》第3册,第1819页。

⑧ 《全宋诗》第10册,第6742页。

⑨ 《全宋诗》第17册,第11282—11283页。

⑩ 《全宋诗》第48册,第30126页。

⑪ 《卍续藏》第73册,河北省佛教协会,2006年,第116页中栏。

⑫ 《全宋诗》第6册,第3838页。

⑬ 《全宋诗》第29册,第18655—18656页。

⑭ 《全宋诗》第10册,第6467页。

寮见示〈金刚经解〉、〈集验方〉、村寺清规,皆自著也,诗以归之》曰:

> 不作人间肉食僧,霜髭茁茁骨棱棱。释经妙在一转语,疗病良于三折肱。
> 处寺有规能缚律,即心是佛不传灯。胸中历历前朝事,说到西头气拂膺。[1]

此诗特色在于写乡村医僧的佛教生活,其人多才多艺,能讲经,能看病,能管理,还是个忠于南宋的遗民僧。与艾性夫性质相似者还有刘克庄《村居书事四首》其二:

> 新剃阇梨顶尚青,满村看说《法华经》。安知世有弥天释,万衲如云座下听。[2]

此诗则描绘了民间讲经的场景,看来,自隋唐以来盛行的俗讲活动,在南宋乡村仍有广阔的表演市场,像富于故事性、文学性的大乘佛典,也深受庶民阶层的欢迎。换言之,艾、刘之作,在一定程度上展示了两宋佛教生活的社会化和佛教知识的普及化,说明宋诗题材的扩大和细化。

二者僧俗唱和中的诗论、诗评,多涉及诗风、审美、诗法技巧等内容,颇有助于后人对宋诗特色的整体认识。单就两宋最伟大的诗人苏轼来说,其相关作品甚多。兹举两例:

1.《赠诗僧道通》曰:

> 雄豪而妙苦而腴,只有琴聪与蜜殊。语带烟霞从古少,气含蔬笋到公无。香林乍喜闻薝卜,古井惟愁断辘轳。为报韩公莫轻许,从今岛可是诗奴。[3]

于此,苏轼一方面以当代诗僧思聪、仲殊为参照,从横向角度赞扬了道通诗作的特色,无论题材、风格都超越了僧诗的"蔬笋气",另一方面从纵向视角,称许道通成就超越了唐代诗僧贾岛、可明。[4] 而且,苏轼"蔬笋气"一语,成了僧

---

[1] 《全宋诗》第 70 册,北京大学出版社 1998 年版,第 44435 页。

[2] 《全宋诗》第 58 册,第 36258 页。

[3] 《苏轼诗集合注》,上海古籍出版社 2001 年版,第 2293—2294 页。

[4] 王十朋《东坡诗集注》卷 5 谓"可,可明也",然唐代诗僧只有可朋,故疑"明"乃"朋"之误。

诗评价中的颇有争议的论题，① 此是后话，此不细述。

2.《僧惠勤初罢僧职》又说"新诗如洗出，不受外垢蒙……非诗能穷人，穷者诗乃工。此语信不妄，吾闻诸醉翁"②，其在欧阳修"诗穷而后工"的基础上，倡导僧诗的清新之风，这点后人也有共识，如王庭珪《次韵赠随上人》谓随上人"便能作句吐新清"③，王之道《还通上人卷》说通上人"格清词苦与谁论，携绕钱塘给事坟"④。

而作为最具宋诗特色的江西诗派的开创者黄庭坚，他在诗禅关系上也有许多重要的论断，如早在元祐三年（1088）就提出了"文字禅"，并把禅学术语如"句中眼""夺胎换骨"等转化为诗学术语，凡此，都深刻地影响了惠洪的《石门文字禅》，⑤ 进而对后世诗僧起了较好的示范作用。嗣后，作诗如参禅学佛、讲究自（顿）悟的创作论十分流行，如王庭珪《赠曦上人二绝句》其一"学诗真似学参禅，水在瓶中月在天。夜半鸣钟惊大众，斩新得句忽成篇"⑥、李处权《戏赠巽老》"学诗如学佛，教外有别传。室中要自悟，心地方廓然。悟了更须坐，壁下三十年。他时一瓣香，未可孤老禅"⑦ 等，尤其是李衡（1100—1178）《赠学者》曰：

> 学诗如参禅，初不在言句。伛偻巧承蜩，梓庆工削鐻。借问孰师承，妙处应自悟。向来大江西，洪徐暨韩吕。山谷擅其宗，诸子为之辅。短句与长篇，一一皆奇语。卓尔自名家，无愧城南社……学诗如参禅，无舍亦无取。立雪谩齐要，断臂徒自苦。君欲问活法，活法无觅处。⑧

此诗十分明确地把"学诗如参禅"当作黄庭坚开创的江西诗派及其后学的一大法宝。即便对吕本中等人倡导的"活法"，李衡强调也要自悟。

正如陈造（1133—1203）《再次〈寄肯堂韵〉五首》其三"共谭诗律更

---

① 参许红霞《"蔬笋气"意义面面观》（《中国典籍与文化》2005 年第 4 期）、高慎涛《僧诗之"蔬笋气"与"酸馅气"》（《古典文学知识》2008 年第 1 期）等。

② 《苏轼诗集合注》，上海古籍出版社 2001 年版，第 550 页。

③ 《全宋诗》第 25 册，北京大学出版社 1998 年版，第 16827 页。

④ 《全宋诗》第 32 册，第 20239 页。

⑤ 周裕锴：《文字禅与宋代诗学》，复旦大学出版社 2017 年版，第 25 页。

⑥ 《全宋诗》第 25 册，第 16857 页。

⑦ 《全宋诗》第 32 册，第 20379 页。

⑧ 《全宋诗》第 33 册，第 21280—21281 页。

谭禅"①所说的那样,谈诗论禅是僧俗酬唱最重要的内容之一。其中,参诗尤其是参前贤之作(包括佛典),对提高诗艺颇有助益,僧俗交游时,涉及此类题材的作品有不少,如汪藻(1079—1154)《万上人将游三吴,袖杕山居士赠言见过,戏成二绝送之二首》其一"参得汤休五字禅,一瓶一钵去飘然"②即称赞万上人善参惠休五言诗;张元幹(1091—1161)《次韵奉酬楞伽室老人歌,寄怀云门佛日,兼简乾元老圭公,并叙钟山二十年事,可谓趁韵也》《楞伽》一句作么生,请问同参俱本色"③,回忆了自己20年前与僧人同参《楞伽经》文句的场景;陈郁(1184—1275)《赠僧玘长老》"诗篇熟诵如持咒,句法旁参若勘禅"④,旨在表扬玘长老善参前贤名篇名句。诸如此类,宋诗中触目皆是。而且影响所及,甚至文人士大夫之间也如此,如王洋(1087—1154)《和曾吉父酬郑顾道韵》"茶山参遍古今诗"⑤,即把曾几作为遍参古今诗的典范;陈造《十绝句呈章茂深安抚》其四,自述"白首犹参五字禅"⑥的写作经历;庞谦孺(1117—1167)《表侄赵文鼎监税传老拙所定九品杜诗说正宗,作诗告之》"平生竭力参诗句,久矣冥搜见机杼"⑦,则把杜诗作为最正宗的参悟对象。虽然所参内容包罗万象,但正像赵蕃(1143—1229)《寄陈择之》"已自草堂参句法"⑧、方岳(1199—1262)《次韵费司法》其三"谁向唐诗参句律"⑨所述,重点在参句法、句律。

若就诗僧所参对象来说,主要集中于杜甫、黄山谷,前者如杨万里《东寺诗僧照上人访予于普明寺,赠以诗》"说似少陵真句法"⑩所表扬的照上人,后者如曾几《寄空禅师》"江西句法空公得,一向逃禅挽不回。深密伽陀妙天下,无人知道派中来"⑪、杨万里《题照轩上人迎翠轩二首》其二"参寥癫可去

① 《全宋诗》第45册,北京大学出版社1998年版,第28234页。
② 《全宋诗》第25册,第16553页。
③ 《全宋诗》第31册,第19899页。
④ 《全宋诗》第57册,第35807页。
⑤ 《全宋诗》第30册,第19038页。
⑥ 《全宋诗》第45册,第28210页。
⑦ 《全宋诗》第37册,第23397页。
⑧ 《全宋诗》第49册,第30737页。
⑨ 《全宋诗》第61册,第38345页。
⑩ 《杨万里集笺校》,中华书局2007年版,第23页。
⑪ 《全宋诗》第29册,第18597页。

无还,诗踏诗僧最上关。欲具江西句中眼,犹须作礼问云山"① 之"江西",实指黄庭坚。

僧俗交游之谈诗论禅,又有助于佛教禅学术语向诗学术语的转化和运用,如"诗中三昧""转物""妙方便""转语""一味禅"等。而此类诗作,一般具有好用佛典语汇、长于议论的特色,譬如王灼《怀安光孝寺观空轩遗圆长老》云:

> 宝坊郁郁满松桧,独有小轩花数辈。榜以观空作正观,要识转物大三昧。世间眩人万红紫,心君已落色界内。那知心境无异法,真见元非色尘外。色空双忘未奇特,非非想处亦横溃。谁因拈花发微笑,嚼蕊嗅香不相碍。吾侪跂鳖望千里,安得还都如历块?诗成怀藏拟不出,彼上人者难酬对。②

本诗除开头两句在写观空轩的客观环境外,其余部分都是议论,议论中使用了观空、正观、转物、三昧、色界、色尘、色空、非非想等佛教名相及禅宗拈花微笑的典故,若对佛教常识没有较多的了解,则根本不清楚王灼写诗用意何在。

僧俗唱和之作,也善于以学问为诗:一方面是多借用、活用前贤名句入诗,如方岳《赠诗僧》其一"瀑泉癫可能诗最,毕竟难为本色僧。要识庐山真面目,一溪明月冷于冰"③,其第三句显然反用苏轼《题西林壁》第三句"不识庐山真面目";另一方面,不少诗僧也像世俗文士一样,好作集句诗,如释绍嵩绍定二年(1229)所作《江浙纪行集句诗》七卷三百七十六首,全是集句而成,其绍定五年八月《江浙纪行集句诗序》曰:

> 余以禅诵之暇,畅其性情,无出于诗。但每吟咏,信口而成,不工句法,故自作者随得随失。今所存集句也,乃绍定己丑之秋,自长沙发行,访游江浙,村行旅宿,感物寓意之所作……永曰:"禅,心慧也;诗,心志也。慧之所之,禅之所形;志之所之,诗之所形。谈禅则禅,谈诗则诗,是皆游戏,师何愧乎!"予谢曰不敢。力请至再至三,又至于四,遂发囊与其编录。④

---

① 《杨万里集笺校》,中华书局 2007 年版,第 24 页。
② 《全宋诗》第 37 册,北京大学出版社 1998 年版,第 23302 页。
③ 《全宋诗》第 61 册,第 38269 页。
④ 《全宋文》第 336 册,上海辞书出版社、安徽教育出版社 2006 年版,第 384 页。

我们从绍嵩自述集句缘由及永上人对诗禅关系的一般看法中可以发现,诗僧的写作与中国诗学的吟咏性情、感物寄兴的传统并无本质区别。而且,从绍嵩近 400 首作品都是集唐宋诗句而成这一事实,本身就说明诗僧也有以学问为诗的倾向。兹仅举两例如下:

1.《次韵杨判院〈晚春〉》,其诗八句为:

> 杏褪残花点碧轻,残花含恨脱红英。树连翠筱围春昼,风入青山送雨声。不办扁舟访安道,何妨莲社醉渊明? 如公自是銮坡具,盍与吾君致太平。①

据其自注提示的诗句作者,可知八句分别集自宋徽宗赵佶《宫词》(其十九)、梁玉佚名诗、陈与义《晚步顺阳门外》、曾巩佚名诗、许玠佚名诗、陈克佚名诗、释晓莹佚名诗、张孝祥(于湖)《次韵》其二,其中,竟然有五句是宋人佚句,可见辑佚价值也不小。

2.《酬王主簿示道中所作》曰:

> 蓼花红淡苇条黄,洛岸秋晴夕照长。雪羽襂襹立倒影,酒旗摇曳出疏篁。云边雁断湖边月,圩上人牵水上航。输与能诗王主簿,每行吟得好篇章。②

此八句,据作者提示,则分别集自郑谷《雁》、韦庄《和集贤侯学士分司丁侍御秋日雨霁之作》、温飞卿《溪上行》、林逋《池阳山店》(按:"摇曳"或作"斜曳")、温飞卿《苏武庙》(按:"湖天",温诗原作"胡天")、杨万里《圩丁词十解》其十、黄庭坚《观王主簿家酴醿》、韦庄《题七步廊》。

总之,两宋诗僧参与或主持相关诗社,这一文学活动具有多方面的文化史、文学史意义,以上谈来,挂一漏万,很不全面,希望日后能有更全面、更细致的研讨。同时,元明清三朝的相关史料,也有待系统梳理。

---

① 《全宋诗》第 61 册,北京大学出版社 1998 年版,第 38642 页。
② 同上书,第 38641 页。

第三节　佛教"鼻观"与两宋以来的咏物诗词 ①

　　目前,学术界对我国古代咏物文学的研究正开展得如火如荼,问世成果可谓汗牛充栋。不过,据笔者浅陋所知,还有一重要领域尚未引起学人的充分关注,即对佛教与咏物诗词之关系研究。其实,佛教东传不但极大地扩展了中土古典咏物诗词的表现题材,② 而且随着佛教中国化进程的加速,她也给咏物诗词的创作审美带来了新的指导理论,这就是宋代兴起的鼻观(香观)说。当然,学人对鼻观说的内涵及其诗学影响,并非视而不见,而是有所探讨,③ 但客观说来,其重心都不在咏物诗词上。

---

　　① 　本小节已刊载于《东南学术》2007 年第 3 期,特此说明。

　　② 　这种咏物题材,可统称"佛化物",其中,最具有特色者是"佛化植物",参李小荣、陈致远:《佛化植物及其咏物诗词的文本解读》,《福建师范大学学报》(哲学社会科学版)2007 年第 2 期。

　　③ 　如钱锺书《通感》(原载《文学评论》1962 年第 1 期,后收入《七缀集》:生活·读书·新知三联书店 2002 年版,第 62—76 页)、陶礼天《鼻观说:嗅觉审美鉴赏论》(《文艺研究》1991 年第 1 期),孙之梅《钱谦益的"香观""望气"说》(《中国韵文学刊》1994 年第 1 期),杨敬民《钱谦益"香观说"与蒲松龄"以鼻观文"论之比较》(《社会科学辑刊》2007 年第 2 期),周裕锴《诗中有画:六根互用与出位之思——略论〈楞严经〉对宋人审美观念的影响》(《四川大学学报·哲学社会科学版》2005 年第 4 期)、《"六根互用"与宋代文人的生活、审美及文学表现——兼论其对"通感"的影响》(《中国社会科学》2011 年第 6 期)等。

一、佛学理据：六根互用、鼻观和鼻观禅

对于如何认识世界的现象、本质和描述其认识过程，佛教提出了一套自成系统的理论表述，其中较有影响者是"十八界"说。所谓十八界，实际上包括三组相互联系、互为一体的概念：即六根、六境和六识。六根，指眼、耳、鼻、舌、身、意等六种感觉器官；① 六境，指六根相应之境，也叫六尘，即色、声、香、味、触、法；六识，指六根之于六境而生起的六种认识了别之用，即见、闻、嗅、味、觉、知。换言之，人们认识客观世界的途径、方法，主要是眼见（视）色、耳闻（听）声、鼻嗅香、舌味（尝）味、身觉触、意知法。当然，就佛教修行者而言，其目标是六根清净，但在具体的宗教实践中，往往能藉由一通俱通、六根互用而臻圆通之境。北凉昙无谶译《大般涅槃经》卷23释"根自在"时即说"如来一根，亦能见色、闻声、嗅香、别味、觉触、知法"②，北魏菩提流支、昙林译《妙法莲华经优波提舍》卷下又云"六根清净者，于一一根中，悉能具足见色、闻声、辨香、别味、觉触、知法，诸根互用，此义应知"③。而这方面对僧、俗两界影响最大者，自然是题为唐神龙元年（705）般刺蜜帝所译的《楞严经》了，该经卷四载佛语阿难云：

> 不由前尘，所起知见，明不循根，寄根明发，由是六根互相为用。阿难！汝岂不知？今此会中阿那律陀，无目而见；跋难陀龙，无耳而听；殑伽神女，非鼻闻香；骄梵钵提，异舌知味；舜若多神，无身有触；如来光中，映令暂现……根尘既销，云何觉明不成圆妙？④

细绎经文主旨可知：世人对客观规律（明者，智慧也）的认知正确与否，虽然不全出自六根，但若不假六根，往往事倍功半；至于六根残缺不全者，则可凭借根根互通机制，同样证入圆通妙境。

《楞严经》译出后，当时并未得到僧俗两界的高度认同，原因是其性质真

---

① 周裕锴在《"六根互用"与宋代文人的生活、审美及文学表现——兼论其对"通感"的影响》指出：六根之"意"，相当于中土的"心之官"或"天君"（《中国社会科学》2011年第6期）。

② 《大正藏》）第12册，台北：新文丰出版股份有限公司1983年版，第503页上栏。

③ 《大正藏》第26册，第10页上栏。

④ 《大正藏》第19册，第123页中—下栏。

伪难辨。但到了晚唐五代时期,情况有所改观:一则一些开宗立派的大禅师注意运用六根互用来证禅,如洞山良价呈偈于师云岩昙晟时说"也大奇,也大奇,无情解说不思议。若将耳听声不现,眼处闻声方可知"(《景德传灯录》卷15)①,法眼文益《三界唯心》颂则说"三界唯心,万法唯识。唯识唯心,眼声耳色。色不到耳,声何触眼"(同前,卷29)②。显然,二者都用视听互通来描述禅悟的过程或境界。两宋以降,类似场景在禅宗语录中随处可见,如两宋之际临济宗僧人继成禅师上堂有偈云"鼻里音声耳里香,眼中咸淡舌玄黄。意能觉触身分别,冰室如春九夏凉"(《续传灯录》卷25)③,元代大慧派禅僧梵琦《送应侍者礼补陀》曰"眼听声,耳观色,清冷云中飞霹雳。此是圆通自在门,衲僧几个知端的"(《楚石梵琦禅师语录》卷16)④。尤其是继成之作,竟然贯穿根、尘、用,是彻彻底底的六根互通了。二则僧俗诗禅互动时,该经的禅学精髓也成了讨论的话题之一,如贯休《酬韦相公见寄》云"盐梅金鼎美调和,诗寄空林问讯多。秦客弈棋抛已久,《楞严》禅髓更无过"⑤,韦相公即著名诗人韦庄。宋初晁迥对此予以高度赞赏,其《法藏碎金录》卷2评论说:"因贯休之诗有以《楞严》为禅髓,乐天之诗有以《坛经》为佛心,凡此类例,予最称美。"⑥后来钱谦益《楞严经疏解蒙钞》卷10,又完全承袭了晁氏观点。⑦

《楞严经》真正对士大夫产生全面影响在两宋,从宋初晁迥开始,我们可以列出一连串大名鼎鼎的人物,曾会、张伯端、夏竦、张方平、王安石、苏轼、苏辙、张商英、黄庭坚、秦观、晁说之、陈师道、李纲、孙觌、沈作喆、李流谦、郭印、韩驹、陈善、陆游、朱熹、陆九渊、楼钥、叶适、章甫、李方子、洪咨夔、真德秀、李耆卿、黄震、刘过、刘克庄等。虽说各人对该经的态度不一,但无论赞赏者、反对者,他们都曾细读文本,深究过其思想要义之所在:如晁迥"读《楞严经》,得观音入流之法,随时而用"(《法藏碎金录》卷7)⑧;李流谦把它视作案头必读之物,其《信口十绝》(之一)说"案头不著闲文字,时把《楞严》信手

---

① 《大正藏》第51册,台北:新文丰出版股份有限公司1983年版,第321页下栏。
② 同上书,第454页上栏。
③ 同上书,第640页上栏。
④ 《卍续藏》第71册,河北省佛教协会,2006年,第632页下栏。
⑤ (清)彭定求等编:《全唐诗》卷835,上海古籍出版社1986年版,第2044页中栏。
⑥ 蓝吉富主编:《大藏经补编》第27册,台北:华宇出版社1986年版,第713页上栏。
⑦ 《卍续藏》第13册,第859页下栏。
⑧ 《大藏经补编》第27册,第800页下栏。

翻"①；章甫把它作为对治老病的良药，其《春晚寺居即事》云"多病新来知《本草》，安心老去读《楞严》"②；朱熹从佛典发展史的角度，承认"至《楞严经》，做得极好"（《朱子语类》卷 126）③；陆九渊淳熙三年（1176）《与王顺伯书》（二）则夫子自道曰"某虽不曾看释藏经教，然而《楞严》、《圆觉》、《维摩》等经，则尝见之"，显然《楞严经》是陆氏重点关注的为数不多的大乘佛典之一；④更值得注意的是沈瀛《行香子》（三）所说"野叟长年。一室萧然。都齐收、万轴牙签。只留三件，三教都全。时看《周易》，读《庄子》，诵《楞严》"⑤，词人把《易》《庄》《楞严》作为三教圣典代表的观点，既颠覆了唐玄宗《孝经》《老子》《金刚经》并尊于三教的传统做法，又表明《楞严经》是两宋文人最喜爱的佛典之一，甚至占有至尊之地位。究其成因，主要在于六根互用所带来的新创作观、新审美观。其中，最突出的领域就是咏物诗词；而六根互用的典型说法，就是"鼻观"⑥。

鼻观，顾名思义，指用鼻子来观看万事万物，因其嗅觉对象是香，所以也叫香观。但用"观""看"等视觉动词来表述其功能、作用时，鼻、眼两根就互通互用而达圆通无碍之境了。李纲《山居四适·焚香》曰"假榻禅房夜寂然，瓦炉石瓶爇龙涎。霏微缥缈根尘际，汲引方知鼻观圆"⑦，此即刻画了诗人焚香禅修的心理感受，在鼻观龙涎微香之时，他竟然进入了六根清净的澄明之境。

第一个把鼻观闻香的日常生活经验提升为修禅悟道境界的是自称有"香癖"的北宋大诗人黄庭坚。⑧其元丰六年（1083）所作《题海首座壁》说"香寒明鼻观，日永称头陀"⑨，表明他对禅者修道方式早有关注，而惠海首座的鼻观对象，恰恰是寺中燃起的缕缕寒香。元祐元年（1086），有朋友送他江南

---

① 《全宋诗》第 38 册，北京大学出版社 1998 年版，第 23975 页。

② 《全宋诗》第 47 册，第 29081 页。

③ （宋）朱熹撰：《朱子全书》第 18 册，上海古籍出版社、安徽教育出版社 2002 年版，第 3945 页。

④ 《全宋文》第 271 册，上海辞书出版社、安徽教育出版社 2006 年版，第 237 页。

⑤ 《全宋词》（简体增订本）第 3 册，中华书局 1999 年版，第 2139 页。

⑥ 表示六根互用之意者，尚有耳视、耳观、耳阅、目听、目闻、舌观等语汇。两宋时期，爱好禅悦的苏、黄文人集团及其交往对象（含僧）之创作，使用通感者，比比皆是。

⑦ 《全宋诗》第 27 册，第 17698 页。

⑧ 参周裕锴：《"六根互用"与宋代文人的生活、审美及文学表现——兼论其对"通感"的影响》，《中国社会科学》2011 年第 6 期。最近，曹逸梅《闻香：黄庭坚诗歌的鼻观世界》（《文艺研究》2020 年第 8 期）对此问题又有更细致的讨论，可参看。

⑨ （宋）黄庭坚撰，（宋）任渊等注，刘尚荣校点：《黄庭坚诗集注》，中华书局 2003 年版，第 1248 页。

名香帐中香,为此,他作有两组六言诗,《有闻帐中香以为熬蝎者戏用前韵二
首》(其一)即说"海上有人逐臭,天生鼻孔司南。但印香严本寂,不必丛林
遍参",任渊之注便明确指出,第三句典出《楞严经》中香严童子闻沉水香而
悟道之事。[1] 山谷表面语带自嘲,其实正道出了其修道真谛,闻香就可顿悟,没
有必要去遍参丛林。次年(1087),苏轼作《和黄鲁直烧香二首》,其一说"四
句烧香偈子,随香遍满东南,不是闻思所及,且令鼻观先参"[2],此既表扬了黄氏
之偈流传且广且速,又对后者的鼻观参禅之法予以高度认同。最有意思的是,
元祐六年(1091)后,山谷丁忧期间参禅于晦堂祖心禅师处,其闻木樨香而开
悟之事(释晓莹《罗湖野录》卷上)[3],竟然成了后世诗歌表述"鼻观"的常
用典故之一(例证见后文)。

　　香严"闻香入鼻",它只是禅悟的方式之一,正如达观真可《献栴檀偈》所
说"献者是香,香外无人。能所路断,是香谁受? 受者不可,何况献者? 如是观
香,香即导师。征受香者,奚如枯木。以是之故,香总无边,等十方空"(《紫柏尊
者全集》卷19)[4],换言之,鼻观之香仅起引导之用,它是工具而非目标,鼻观的
终极目的,在于悟空,是"观此无生,来无所从,去无所至"(宋子璿集《首楞严
义疏注经》卷6)[5]。正因为鼻观具有禅悟的宗教性,所以,"鼻观"也叫"鼻观
之禅""鼻观禅",如王恽《茶约》曰"破纸帐梅花之梦,参老夫鼻观之禅"[6],屈
大均《赠香东八首》(其四)则曰"心花意蕊开须早,证取圆通鼻观禅"[7]。

　　但是,教内外对鼻观禅的价值判断并不完全一致,与教外人士(包括居
士)异口同声地赞赏褒扬有别的是,个别禅师在不同场合对它的态度就有较
大的差别,如同样是达观真可,其《示吴彦先》(之四)即说"日高三丈尚憨
眠,绝胜云林鼻观禅。却被头陀闲扰醒,梦魂无地更留连"(《紫柏尊者全集》
卷1)[8],此与前引《献栴檀偈》"香观"说相比,至少表面看来有矛盾的,然细

---

[1] 《黄庭坚诗集注》,中华书局2003年版,第122—123页。

[2] 《苏轼诗集合注》,上海古籍出版社2001年版,第1396页。

[3] 《卍续藏》第83册,河北省佛教协会,2006年,第376页上—中栏。

[4] 《卍续藏》第73册,第308页上栏。

[5] 《大正藏》第39册,台北:新文丰出版股份有限公司1983年版,第908页下栏。

[6] (元)王恽撰:《秋涧先生大全文集》卷七十,《四部丛刊》景明弘治本。

[7] (清)屈大均著,陈永正等校笺:《屈大均诗词编年校笺》第4册,上海古籍出版社2017年版,
第1235页。又,香东是诗人侍女之名,因含"香"字,故用"鼻观"展开种种联想和说教。

[8] 《卍续藏》第73册,第146页中栏。

究其用意,又不尽然,因为他告诫吴彦先:鼻观圆通,虽通禅境,但若从此产生执著而特意改变本心、自性,结果与初衷往往背道而驰。对此,清初妙用禅师也深表赞同,其《示悟香禅人》即说:"香是什么物,悟者什么人,灼然见得彻,未免滞途津。"(《鸳湖用禅师语录》卷上)①

此外,还有三点需要补充说明:一者,由于《楞严经》属密教类经典,所以,其鼻观修行过程中自然带有一些密教特色的调伏身心之法,经文卷五即借孙陀罗难陀之口说:"世尊教我及俱絺罗观鼻端白,我初谛观,经三七日,见鼻中气,出入如烟,身心内明,圆洞世界,遍成虚净,犹如瑠璃。烟相渐销,鼻息成白,心开漏尽。"②如南宋萝月昙莹禅师七律《西归轩》后两联曰"脐轮不鼓经帘卷,鼻观常清篆缕斜。正念相成无外物,小窗行树绿交加"(释宗晓编《乐邦文类》卷5)③,结合达观真可所说《楞严咒》修持法为"当以两手握金刚拳,上下齿相匝,舌拄上齿龈正中,眼常观鼻,依鼻观心,从心观脐,全体精力,默与咒会,则冥契无功用观法,实心性得入之津梁也"(《紫柏尊者全集》卷8)④,则知观鼻端白,确实属于《楞严》禅法之一,并且常与咒法结合。昙莹所用比喻"篆缕斜",是把本来无形的鼻端气息具象化了。而佛教居士亦有行此法者,如幼时就为苏轼赏识的孙觌,其《宿善法寺二首》(之一)就说"逸想超神界,安禅见佛心。时参鼻端白,趺坐息深深"⑤。不过,总体说来,深入密藏的教外人士不多,故他们写鼻端观白(观鼻端白)的诗词也较少见。二者,虽然观鼻端白所观是气,而非香,但这种观想法同样能实现六根互用,明末曹洞宗明雪禅师撰《首楞严经要颂·鼻识圆通》就说"鼻端白相示修行,暂尔权为缚犊绳。忽然摸着娘生鼻,林泉岩谷悉光明"(《入就瑞白禅师语录》卷9)⑥。职是之故,香观之鼻与观"白"之鼻,往往不易区别,常混融为一,如黄庭坚《谢王炳之惠石香鼎》之"法从空处起,人向鼻端参"⑦、《谢曹子方惠二物二首·博山炉》之"注香上褭褭,映我鼻端白"⑧,洪咨夔《净梵僧颐蒙

① 《嘉兴藏》第27册,台北:新文丰出版股份有限公司1987年版,第381页中栏。
② 《大正藏》第19册,台北:新文丰出版股份有限公司1983年版,第126页下栏。
③ 《大正藏》第47册,第224页上栏。
④ 《卍续藏》第73册,河北省佛教协会,2006年,第210页中—下栏。
⑤ 《全宋诗》第26册,北京大学出版社1998年版,第16931页。
⑥ 《嘉兴藏》第26册,第785页中栏。
⑦ 《黄庭坚诗集注》,中华书局2003年版,第289页。
⑧ 《黄庭坚诗集注》,第1353页。

堂》之"闲闲六窗明,寂寂万籁空。坐观鼻端白,岩花自春风"①等,悉很难说清楚诗人鼻观的具体对象究竟是香还是白(气),此时,无论作者,还是读者,都觉得应是眼、鼻二根之互通,特别是洪氏"六窗"之喻,显然继承了山谷用"六窗玲珑"来对《楞严经》"一根既返源,六根成解脱"教义所作出的诗意理解,②"岩花自春风"之"自"字,正是诗人六根澄静后的精神写照。三者,佛、道两教都有鼻端观白之举,但道教方面主要和存思、存神相联系,③与佛教鼻(香)观迥然不同。比如大诗人陆游对两者都有涉及,其绍熙五年(1194)所作《纵笔》(之二)谓"朝士腰下黄,山僧鼻端白,放翁俱笑汝,饱饭作闲客"④,开禧元年(1205)《病后作》则说"尽去囊中药,默观鼻端白。正气徐自还,鬼子何足磔"⑤,可见陆放翁是党同道教,而对佛教嗤之以鼻。不过,当观鼻端、鼻端观白与香花、香帐、香气等"香"类意象联系时,其文化意蕴多源自佛教,如苏籀《栀子花一首》曰"气袭禅僧鼻端白"⑥,范成大《积雨作寒五首》(之四)曰"婢喜蚊僵雾帐,儿嗔蜗象风櫺。兀坐鼻端正白,忘怀眼底常青"⑦,边汝元《秋夜四绝句》(之三)曰"习静观鼻端,有香随呼吸"⑧。诸如此类,不再赘举。正是鉴于以上三点,后文分析相关咏物诗词时,就不再区分佛教题材中香观、鼻端观白之间的细微区别了。

二、咏物对象:禅友

由于受到苏、黄等前辈大家鼻观圆通论的启发,富于文化创新意识的宋人,还把参禅语境中的咏物对象称为禅友。

最初,禅友专指薝卜(佛经音译又作瞻卜、占卜、占博迦等)。两宋之际,精通三教的曾慥(字端伯)曾作《调笑令》十首,取友于十花,禅友是薝

① 《全宋诗》第55册,北京大学出版社1998年版,第34545页。
② 对山谷"六窗玲珑"的剖析,参周裕锴:《"六根互用"与宋代文人的生活、审美及文学表现——兼论其对"通感"的影响》,《中国社会科学》2011年第6期。
③ 参张君房编、李永晟点校:《云笈七籤》卷54"制七魄法",中华书局2003年版,第1192页。
④ 《陆游全集校注》第4册,浙江教育出版社2011年版,第254页。
⑤ 《陆游全集校注》第7册,第79页。
⑥ 《全宋诗》第31册,第19614页。
⑦ (宋)范成大撰:《范石湖集》,上海古籍出版社1981年版,第331页。
⑧ (清)边汝元撰:《渔山诗草》卷上,清乾隆四十年刻本。

卜，^①惜其咏蒼卜之词早已失传。今存相关作品，最早的是南宋状元王十朋《书院杂咏》之十二《蒼卜》，诗曰："禅友何时到，远从毗舍园。妙香通鼻观，应悟佛根源。"^②王氏还有一首咏物词《点绛唇·妙香蒼卜》曰："毗舍遥遥，异香一炷驰名久。妙馨希有，鼻观深参透。问讯东来，知是谁先后，称十友。十花为偶，近有江西守。"^③一诗一词，无论内容表述、写作技巧都大同小异，而且，除了特别强调鼻观蒼卜而悟禅的重要性之外，我们还可以据"江西守"三字推断，曾慥取十友之举，大致在绍兴十一至十四年（1141—1144）他提举洪州玉龙观、知虔州期间。^④南宋以降，禅友常为蒼卜别称，明文震亨即谓蒼卜："古称禅友，出自西域，宜种佛室中，其花不宜近嗅。"^⑤

　　佛教所说的蒼（瞻）卜，也就是中土固有的栀子（又名支子、越桃、木丹）。南齐谢朓《咏北墙栀子》是较早咏此物者。中唐以后，释家题材之作开始大量使用蒼卜意象，而且，蒼卜替代栀子，往往是要突出作品的佛教内涵，如卢纶《送静居法师》曰"蒼卜名花飘不断，醍醐法味洒何浓"^⑥，鲍溶《宿悟空寺赠僧》曰"维持蒼卜花，却与前心行"^⑦，由此可见，蒼卜既是寺院中的常见花卉之一，又是大乘佛法的象征，其经典依据是中古以降十分流行的《维摩经》，什译本卷中即有比喻云："如人入瞻卜林，唯嗅瞻卜，不嗅余香。如是，若入此室，但闻佛功德之香，不乐闻声闻、辟支佛功德香也。"^⑧唐宋僧人，不但爱种蒼卜，而且在禅修时喜欢焚蒼卜香：如贯休《山居诗二十四首》（末首）说"香焚蒼卜诸峰晓，珠掐金刚万境空"^⑨，齐己《赠念〈法华经〉僧》云"沈檀卷轴宝函盛，蒼卜香熏水精记"^⑩；苏轼一方面评价道通"香木乍喜闻蒼卜"（《赠诗僧道通》）^⑪，另一方面称"六花蒼卜林间佛"（《常州太平寺法华院蒼卜

---

①　参（宋）陈景沂撰《全芳备祖·前集》卷7《花部》（明毛氏汲古阁钞本）、谢维新编《古今合璧事类备要·别集》卷32《花卉门》"蒼卜花"之"端伯取友"条（《文渊阁四库全书》第941册，台北：台湾商务印书馆1986年版，第177页上栏）等。

②　《全宋诗》第36册，北京大学出版社1998年版，第22641页。

③　（清）汪灏等编：《佩文斋广群芳谱》卷38《花谱》，清康熙刻本。

④　关于曾慥的生平、仕途经历，参黄永峰《曾慥生平考辨》，《宗教学研究》2004年第1期。

⑤　（明）文震亨著，陈植校注：《长物志》，江苏科技出版社1984年版，第61页。

⑥　《全唐诗》卷276，上海古籍出版社1986年版，第699页中栏。

⑦　《全唐诗》卷486，第1231页中栏。

⑧　《大正藏》第14册，台北：新文丰出版股份有限公司1983年版，第548页上栏。

⑨　《全唐诗》卷837，第2048页中栏。

⑩　《全唐诗》卷847，第2079页上栏。

⑪　《苏轼诗集合注》，上海古籍出版社2001年版，第2293页。

亭醉题》)①；惠洪《薝卜轩序》则记载"法轮齐禅师,开轩于不思议室之西薝
卜林之间,因以为名。……微风披拂,枝叶参差,异香郁然,纯一无杂。鼻观通
妙,闻慧现前"②,此则进一步明确了鼻观薝卜和禅境之间的密切联系。和曾慥
时代相同的李处权,作有《水栀》诗云"阴泉隐岩壑,长夏发幽植。深处但闻
香,往往樵苏得。……忽然参鼻观,似欲破禅寂……菖阳讵足数,薝卜诚可匹。
老来无所好,一见心辄溺"③,因为水栀也是栀子属,所以,诗人才说"薝卜诚可
匹",换言之,他认为鼻观水栀,就是鼻观薝卜,参禅效果完全相同。总之,《维
摩经》之"薝卜香喻",以及在《楞严经》六根互通用响下形成的鼻(香)观
薝卜而顿悟的说法,是曾慥以薝卜为禅友的理论基础。南宋以后,"禅友"专
指栀子(薝卜)的咏物之作及"薝卜禅"等说法都较为常见,其中,清人的表
现尤为突出,兹选七例,列表(6-4)如下:

表 6-4　清人"禅友""薝卜禅"用例简表

作者	作品	诗句	文献出处
释海明	《送薝卜禅友行脚》	肩荷长长个蒺藜,烟山烟水去寻师。	《破山禅师语录》卷16,《嘉兴大藏经》第26册,第69页中栏
法若真	《九月十五栀开双花二首》(之一)	寂寞留禅友,深秋恋老翁。	《黄山诗留》卷12,清康熙刻本
屠粹忠	《栀子》(名禅友,花六出)	君若真禅友,临风漫进卮。	《栖栖园诗》,清康熙刻本
翁方纲	《佛桑花二首》(之一)	阎浮提那出优昙,薝卜禅谁宴坐参。	《复初斋外集·诗》卷7,民国《嘉业堂丛书》本
彭兆荪	《伊墨卿太守以重修朝云墓碑拓本属题用频伽叠韵东坡韵再和二首》(之一)	三生易解梨花梦,九死同参薝卜禅。	《小谟觞馆诗文集·诗续集》卷1,清嘉庆十一年刻二十二年增修本
斌良	《夜宿方丈》	耳观幽篁籁,心香薝卜禅。	《抱冲斋诗集》卷9,清光绪五年湖南崇福刻本
姚燮	《昨夜二章》(之二)	莠华生短终非命,薝卜禅空早禁斋。	《复庄诗问》卷29,清道光姚氏刻《大梅山馆集》本

表1中作品,全都被置于佛禅语境。其中,明海之作,颇值玩味,其禅友中
竟然有以"薝卜"命名者,而"禅友"本身就可以专指薝卜。斌良之作,除了

---

①　《苏轼诗集合注》,上海古籍出版社2001年版,第1284页。

②　《石门文字禅》,中华书局2012年版,第1411页。

③　《全宋诗》第32册,北京大学出版社1998年版,第20365页。

香观薝卜之外，又"耳观"竹籁，六根互通，较为全面。法若真，则是薝卜禅最忠实的信徒之一，他还邀友设会，饮酒作诗，同观花香，《亭栀盛开邀毕象先陆瀛三及诸儿孙集月下》即云"分香须载酒，好友谛参禅。……共欢薝卜会，清净说千年"（《黄山诗留》卷15），这是居士佛教最典型的维摩心态之写照了。

　　当然，鼻观绝对不限于薝卜，凡有香者，均是观照对象，因为自唐代南宗禅兴起后，"青青翠竹，总是法身；郁郁黄花，无非般若""无情有性"等禅学观念早已深入人心。所以，从广义角度观察，任何香物（包括容器），都是禅友。不过，在咏物诗词中，最常见的还是植物花卉。为清眉目，兹择要列表如次：

表 6-5　两宋以来咏物诗词之鼻观对象举例

作者	作品	例句	鼻观对象	文献出处
苏轼	《题杨次公蕙》	云何起微馥，鼻观已先通。	蕙	《苏轼诗集合注》，第1611页
苏轼	《西江月·真觉赏瑞香二首》（之一）	公子眼花乱发，老夫鼻观先通。	瑞香	《全宋词》第1册，第283页
张耒	《摘梅花数枝插小瓶中辄数日不谢吟玩不足形为小诗》	微香悠然起，鼻观默自了。	梅花	《张右史文集》卷19，《四部丛刊》景旧钞本
郭应祥	《临江仙·次黄几叔韵赋酴醾》	虬枝才破蕾，鼻观已遥闻。	酴醾	《全宋词》（简体增订本）第4册，第2876页
瞎堂慧远	《上堂偈》（拟）	同风未必如吾蜀，鼻观先闻荔子香。	荔枝	《卍续藏》第69册，第568页中栏
刘克庄	《浪淘沙·素馨》	却爱素馨清鼻观，采伴禅床。	素馨	《全宋词》（简体增订本）第4册，第3362页
顾瑛	《次龙门韵寄桫椤室仝孤月上人》	桫椤一树花尽发，觉来鼻观生清凉。	桫椤树	《玉山璞稿》，清嘉庆《委宛别藏》本
汤宾尹	《题画梅送友》（之一）	撚却须根冻，参来鼻观香。	画梅	《睡庵稿》，明万历刻本
张世进	《踏莎行·金橘》	鼻观微参，手香频撚。	金橘	《著老书堂集》卷1，清乾隆刻本
沈初	《题王萩斋明经〈杏花书屋图〉》	静里香生鼻观微，东风柳色上春衣。	杏花	《兰韵堂文集·诗集》卷11，清乾隆刻本
李兆龄	《权甫家兄招赏牡丹是夜同翁行先张显甫李蔼吉鸿采锡圭家兄剧饮赋谢》	眼睛中国色亭亭丽，鼻观香风细细来。	牡丹	《舒啸阁诗集》卷2，清乾隆李渭刻本
黄钺	《马千之家诸葛菜花》	抽甲蕓心似，吹香鼻观清。	诸葛菜花	《壹斋集》卷10，清咸丰九年许文深刻本

从上表可知,鼻观确由物体之香引发,其对象虽以花卉为主体,但果实、树木,甚至于绘画所表现的图像,都可以一一鼻观之,从而实现物我之间特殊的情感交流或审美观照。另外,还有两点值得交待:一者,鼻观之物常带有一定的地域特色,如长于蜀地的瞎堂慧远,特别是闽人徐𤊹《鳌峰集》中有多首咏物诗描述了其鼻观荔枝的场景,而闽、蜀二地,恰好是荔枝的著名产地。二者,像"薝卜禅"那样命名的鼻观对象,除了薝卜花外,最有名的莫过于"木犀(樨)禅"之木犀花了,如胡奎《送宁上人住玉溪》曰"有约中秋明月夜,待余来问木樨禅"①,汪曰桢《秋笥》曰"犹记残春参玉版,重游应话木犀禅"②,而"木犀禅",其典出于黄山谷鼻观木樨之事。虽然木樨、栀子都是中土传统的观赏植物,但曾慥命名"禅友"时用的是佛经译名"薝卜",旨在突出它所携带的印度佛教文化因子,黄庭坚开悟时,祖心禅师却引孔子之语"吾无隐乎尔",显然更强调本土文化的渊源。当然,也有从三教一致的角度来理解木樨之人格象征者,王十朋《士人僧道俱赠岩桂》就说:"岩桂来三家,清标共秋风。联芳近禹穴,擢秀疑蟾宫。胆瓶金粟妍,鼻观天香通。无心妄区别,妙契将无同。"③岩桂,即木樨;金粟,出《维摩经》,他是维摩居士的前身,叫金粟如来。在王氏看来,只要心无分别,无论入世出世,岩桂高洁、清妙的品格,都是值得世人效仿的。

三、咏物模式：禅思场景中情、理、趣的选择

清人阮葵生有云:"咏物诗,须诗中有人,尤须诗中有我,或将我跳出题之旁,或将我并入题之内,咏物之妙,只此二种。"④ 若以此观点评论两宋以降"鼻观"类的咏物诗词(香观题材),其实也很实用,因为从创作模式言,作者大多需要建构一个圆融无碍的禅思语境,或者把自身置于禅修场景中(有的确实是作者真实的宗教体验)。我们先看两首具体的作品:如两宋之际周紫芝《(蜡梅六言三首)再赋三首》(之一)曰:"孤根雅宜幽处,空明宛似僧房。我

① (明)胡奎撰:《斗南老人集》卷4,《文渊阁四库全书》第1233册,台北:商务印书馆1986年版,第493页下栏。

② (清)汪曰桢撰:《玉鉴堂诗集》卷4,民国《吴兴丛书》本。

③ 《全宋诗》第36册,北京大学出版社1998年版,第32709页。

④ (清)阮葵生撰:《茶余客话》卷11,清光绪十四年本。

作蒲团燕坐,时参鼻观清香。"① 诗人于此,先把蜡梅的养育之地想象成神圣空间——僧房,然后再把自己等同于打坐禅的行者,如此鼻观就变得名正言顺了。这就是阮葵生所说的"将我并入题之内"吧。再如明末清初彭孙贻《薝卜》曰:"名花何必问曼陀,鼻观参来满素珂。六出飞英回玉女,半林澹月映维摩。色香空际真无着,妙果拈来似尚多。却忆鹿园移植久,一枝长许伴优婆。"② 本诗则用比较法来揭示薝卜的独特个性,并且以说理(议论)为主。本来,曼陀罗是天界之花,佛典中说八百比丘用它来供养诸佛,故其地位要高于薝卜。但是诗人作为男居士(末联之"优婆",即"优婆塞"简称,指男居士),鼻观《维摩经》之薝卜花,自然更契合自己的身份。"鹿园移植"云云,同样是在点明禅修场所的神圣性,因为薝卜即便早已离开佛陀说法之地——鹿野苑而来到居士之家,但其"香导师"的身份、作用却从未改变。与周紫芝不同的是,彭氏此作基本无"我",只是最后才用"长许伴优婆"来暗示鼻观者是谁。其对薝卜反客为主,主动许愿、主动引导的描述,既首尾呼应,又直接点题,有卒章显志的味道,程式相当规范。

　　沈德潜序虞山释素风(字律然)《息影斋诗》时,则针对诗僧律然的创作提出了自己关于禅诗评判的标准,说:"诗有禅理禅趣,不贵有禅语。"③ 作为出家人,创作时既能跳出佛教名相之海,又能较好地表现禅思之理趣,确实难能可贵,故沈氏总结其诗风成因及其特点是"坐石经室几六十年,人品高,故诗亦不落禅门偈颂体也"④。世人所谓偈颂体,一般指堆砌佛学名相的说理之作。本来,说理就是禅诗内容方面的特色之一,若偈颂没有深刻的思想性,自然不是成功之作。但是,如何用生动的文学形象来表达精深的佛理,则是诗僧创作面临的最大难题之一。据我们的阅读经验,可以发现一个吊诡的现象,即禅宗固然十分重视鼻观说法、香观引导,然而无论丛林法语,抑或是僧诗,直接使用"鼻观""香观"者都不多见,反而是世俗文人,乐此不疲。换言之,鼻观咏物诗词的创作主体不在僧而在俗。这就带来了另一个严峻的问题,诗僧与僧诗,皆可以忘情或无情,世俗的诗人、词人鼻观咏物时,情又将置于何处呢? 由此可见,相较僧家而言,俗世鼻观之作的困难更多,不过,归纳起来,其咏物不外

---

①　《全宋诗》第 26 册,北京大学出版社 1998 年版,第 17129 页。

②　(清)彭孙贻撰:《茗斋集》卷 19,《四部丛刊续编》景写本。

③　杨钟羲撰:《雪桥诗话·余集》卷 4,民国《求恕斋丛书》本。

④　(清)沈德潜等编:《清诗别裁集》,上海古籍出版社 1984 年版,第 1380 页。

乎是要处理好禅思中情、理、趣三者的关系而已。或者说,鼻观题材的咏物模式,大致有三种常见的基本形态。

(一)抒情指向型

说到普通的禅诗,也并非与抒情毫无关联,如北宋前期天台宗山外派大师孤山智圆在诗中就多次用到"怡情"一词,像《试笔》之"散闷虽无酒,怡情喜有禅"(《闲居编》卷38)、《题石壁山绍上观风亭》之"群峰呈晚碧,长溪泻寒流。视听足怡情,万事安能求"(同前,卷45)、《古诗湖上秋日》之"新月为吾上,庭蝉为吾鸣。吾生本无事,对此堪怡情"(同前,卷48)①等,都表明自然景观带给作者无比自适的禅悦之情,而此"情"特点,正如作者《闲居书事》所言"淡然忘外事,林下自怡情"(同前,卷49)②,是一种超然物外的闲适。对于这种禅悦之情,清初如乾说《憨休禅师敲空遗响》卷2借《竺云字说》进行了辩证地分析:

> 上人号竹云,义亦胜矣。然云之于竹,虽怡情丘壑,幽闲自适,此独善其身者之所为,唯供其啸咏而已!未若腾空致雨,润泽八荒,如吾释迦世尊,诞自竺乾,开方便门,示真实相,随机设教,利物兴慈,如大云起于世间,一切众生咸蒙覆荫,普获清凉。吾衲僧家佛祖之标帜也,宜先立乎其大者,余为易"竹"为"竺",义取诸此也。③

准此可知,如乾认为竹云上人原名之"竹""云"二字,虽然富于禅悦之美,也适合个体心性的抒写,但离释家救苦济世的要求相差甚远,所以,建议后者易"竹"为"竺"。

除"怡情"外,僧俗两家也用"移情"来表达对禅悦的感受与体验。如晚明葛一龙《答雨若万松庵见寄》云"入寺深复山,山风松树间。移情于视听,享病以高闲"④,清初黄檗宗僧人如一说《即非禅师全录》卷16《憩灵岩般若台》则说:"江山同面目,客子自移情。地本因人重,岩曾借寺名。苔阴粘

① 《卍续藏》第56册,河北省佛教协会,2006年,第920页下栏、933页中栏、938页下栏—939页上栏。
② 同上书,第942页中栏。
③ 《嘉兴藏》第37册,台北:新文丰出版股份有限公司1987年版,第259页中栏。
④ (明)葛一龙撰:《葛震甫诗集·新缘斋》,明崇祯刻本。

暑气,树晚起凉声。般若炽然说,何人听得清。"①两相比较,可知僧俗二众观照寺景,目的迥然有别,俗世文士更重移情和审美,僧家虽未彻底否定移情,但也反对沉溺于情,不能自拔,而是更重视彻悟禅理。此外,即便智圆等人在审美意义层面上多次使用怡情、移情,然它们尚未出现于僧家鼻观咏物作品中。

返观俗世鼻观咏物诗词,怡情、移情或其他情感动词的使用相当普遍。如南宋赵以夫《荔支香近》词曰"怪得鼻观香清,凉馆熏风透……诗情放逸,更判琼浆和月酢。细度冰霜新调"②,晁公遡《木犀花二首》(之二)曰"岂惟鼻观遭渠恼,邻舍闻香亦骇鸡"③,李吕《和吴微明〈疏影横斜水清浅七咏〉韵》(之五)曰"窗间微见一枝横,鼻观得香犹可喜"④,元朱晞彦《游宝叔塔下方和季子芳韵》曰"此地鱼钟真警俗,平生泉石最关情。好风一饷吹蒨卜,顿觉卢能鼻观清"⑤,明马中锡《蒨卜》曰"自惭不是维摩室,蒨卜花开有底香"⑥,严怡《太极香》曰"斋阁春无赖,屏山夜未央。美哉通鼻观,清矣逗壶觞"⑦,清王岱《香梨诗》曰"寒香静结,鼻观潜游。移情独梦,嗽液重楼"⑧,王昶《秋暮偶作并示书院诸生》曰"我病不自聊,坐观鼻观白。……抚景信怡情,谁云苦岑寂"⑨,凡此"恼""骇""可喜""关情""自惭""美哉"之类,无一不在形容"鼻观"之禅悦。

抒情指向型的鼻观咏物诗词,除了直接使用情感类动词外,还有一种常见写法是:先营造鼻观场景或氛围,然后再对鼻观者进行肖像、心理或动作方面的细节描写,最后才点出情感之所在。如南宋韩淲《瓶间蒨卜》曰"碧叶瑶光发净香,薰风吹我小书房。日长饮罢支颐坐,忘却浮生鬓发苍"⑩,诗人前两句即把小书房喻为禅修之地;第三句尤为关键,"饮"字把先前的眼、鼻互

①　《嘉兴藏》第 38 册,台北:新文丰出版股份有限公司 1987 年版,第 694 页上栏。

②　《全宋词》(简体增订本)第 4 册,中华书局 1999 年版,第 3404—3405 页。

③　《全宋诗》第 35 册,北京大学出版社 1998 年版,第 22416 页。

④　《全宋诗》第 38 册,第 23840 页。

⑤　(元)朱晞彦撰:《瓢泉吟稿》卷 2,《文渊阁四库全书》第 1213 册,台北:商务印书馆 1986 年版,第 391 页下栏。

⑥　(明)马中锡撰:《东田漫稿》卷 5,明嘉靖十七年文三畏刻本。又,"蒨卜"之"卜",原作"荀",当是"葡"之形讹,径改。

⑦　(明)严怡撰:《严石溪诗稿》卷 3,明万历五年刘效祖刻本。

⑧　(清)王岱撰:《了庵诗文集·诗集》卷 2,清乾隆刻本。

⑨　(清)王昶撰:《春融集》卷 22,清嘉庆十二年塾南书舍刻本。

⑩　《全宋诗》第 52 册,第 32755 页。

用进而转换成眼、鼻、舌三根的互用，"支颐"则是自我形象的刻画；末句作总结，感叹人生无常，"忘却"，正好说明鼻观者溺于禅喜。明张瑞图《庵居杂咏》（廿一）又说"半榻跏趺地，悠然幽事深。氤氲通鼻观，清雅乐梵音"①，诗虽短短二十字，层次依然分明。"跏趺"，作用双重，既营造了禅修气氛，又刻画了鼻观者的外在形象（坐跏趺座）；"乐梵音"，语义双关，一则把嗅觉与视觉转换成听觉，二则抒发了鼻观者（其实是诗人自己）对佛教的虔诚皈依之情。

　　此外，鼻观咏物词，同样以抒情指向型为主，但因其篇幅往往多于诗，所以，在写作方法上，常常可以对鼻观对象进行更全面、更细致的描摹，如前述赵以夫《荔支香近》描写荔枝、张世进《踏莎行·金橘》描写金橘，以及向子諲《满庭芳》②所写岩桂等，莫不如是。

（二）禅理指向型

　　所谓禅理指向型，指主要以议论、说理或辩白为目标导向的咏物之作。但它们要达到沈德潜不贵禅语而禅理自见的境界，总体说来是比较难以实现的，因为鼻观自身就规定了此类作品的生成语境是禅观，不用禅语，几乎寸步难行。当然，话又说了回来，即便用禅语者也有较为出色的作品。如两宋之际李彭《题伯时画莲社图》一诗，其主体部分是介绍大画家李伯时（即李公麟，号龙眠居士）《莲社图》的绘画内容，结尾四句却是议论，曰："白业许时露消息，鼻观参取初自谁？饮光微笑总为此，至今留与后人疑。"③白业，指善业；饮光，是指佛祖十大弟子之首摩诃迦叶。诗中所述鼻观对象，是最著名的佛化植物——莲。结尾之妙，在于对禅宗史上灵山拈花微笑的传说提出质疑。换言之，诗人一方面使用场景移位法，把慧远结社说法之地庐山比作佛陀所在的灵鹫山，另一方面又指出迦叶应是香观悟道的第一人。南宋吴苃《咏海棠呈子肃》则说"海棠元自有天香，底事时人故谤伤。不信请来花下坐，恼人鼻观不寻常"④，其借鼻观海棠而自我辩白的用意十分明显。

　　此外，禅理指向型在议论时好用典故，但同一典故当下喻指的对象有时差别甚大。如清纪迈宜《四杨桥看芍药再用山谷韵》云"逸情欲逐色香婵，妙

---

① （明）张瑞图撰：《白毫庵·内篇》卷2，明崇祯刻本。
② 《全宋词》（简体增订本）第2册，中华书局1999年版，第1234—1235页。
③ 《全宋诗》第24册，北京大学出版社1998年版，第15905页。
④ 《全宋诗》第35册，第21992页。

悟已觉根尘空。鼻观吾无隐乎尔,曼陀蒼葡(葡)将无同"①,朱黼《兰陵山庄二十咏》(十四)《无隐乎尔》则云"趺坐爱逃禅,参之鼻观足。以我为隐乎,如来是金粟"②,两人都用山谷悟道之事典,可纪氏鼻观对象是芍药,而非本事所说木樨(岩桂),朱氏所说,为其山庄景点之一,其中可能有木樨花,但目前尚不能遽然定论。论证方法则同中有异,前者主要是物与物的比较,最后得出诸花"将无同"的结论;后者为人与人的比较,朱氏把自己等同于维摩居士(金粟如来)。理论归宿也有所区别,前者重视缘起性空,后者更侧重佛性之有。总之,对于鼻观之理,也要结合语境具体分析后才好再作判别。

(三)禅趣指向型

说到鼻观咏物讲究禅趣,这并不是笔者的发明,而是诗家的夫子自道。他们或现身说法,如两宋之际郑刚中所作《茉莉》曰"鼻观既得趣,就枕便清熟"、《八月间对月独酌》又曰"须臾万瓦清露湿,仿佛一轮丹桂孤。……醉中孰与参禅趣,此妙须知禅所无"③,其鼻观对象分别是茉莉、月桂;或是评点前贤时彦之作,如清初路德《受祺堂文集序》评李因笃曰"冰雪其心,烟雾其质,妙入玄关,动得禅趣"④,清中叶吴荣光《东西林往迹皆湮叹》则曰"远公本诗人,苍然见山色。月影觉心圆,林香禅趣寂"⑤,此即赞扬庐山慧远之作富于禅趣,并且是从香观山林美景而来。此外,美术史上有《禅趣图》,则从侧面印证了禅趣是鼻观审美的特色之一。⑥

至于咏物题材如何表现鼻观之禅趣,据我们的阅读经验,作者主要运用的是"不说破"与"反常合道"等禅宗弘法原则。

"不说破"原则的表现主要有三种:一是从侧面烘托来状物体物,如王十朋《书院杂咏》之十六《佛见笑》云"学得酴醾白,更能相继芳。金仙粲然

---

① (清)纪迈宜撰:《俭重堂诗》卷6,清乾隆刻本。

② (清)朱黼撰:《画亭诗草》卷10,清乾隆四十三年(1841)太岳山房刻增修本。

③ 《全宋诗》第30册,北京大学出版社1998年版,第19119、19148页。

④ (清)路德撰:《柽华馆文集》卷1,清光绪七年解梁刻本。

⑤ (清)吴荣光撰:《石云山人集·诗集》卷4《归省第一集》,清道光二十一年吴氏筠清馆刻本。

⑥ 如孙星衍《题吴思亭〈禅趣图〉》(之一)曰"不用攒眉入社,未妨微笑拈花"(《孙渊如先生全集·冶城遗集》,《四部丛刊》景清嘉庆兰陵孙氏本),赵怀玉《海盐吴秀才(修)禅趣图》(之一)则曰"分明居士身,幻作比邱相。除却书画禅,心空无一障"(《亦有生斋集·诗》卷28,清道光元年刻本),综合看来,不但香花可以鼻观,书画本身也是鼻观对象。

笑,鼻观不多香"①,诗人先借酴醾之色、香来写佛见笑,然后再将花名形象化,用双关、联想等方法,把静态的植物转换成动态的粲然微笑的佛（金仙,就是佛）,并揣摩佛的心理,因为花香不够浓,所以才引来佛（圣者）对佛见笑（俗物）的嘲笑。全诗构思奇巧,富于幽默感,佛到底是笑佛见笑呢,还是笑鼻观者定力不够呢？或者最终笑的是自己呢？凡此玄想,都是读者可以接受的。与王氏构思、立意相仿的是宋末杨巽斋的《佛见笑花》,诗曰:"芳菲丰美折轻红,想是祇园秀气钟。解使金仙犹动色,窥阑谁不解愁容。"②与王诗相比,杨诗第二句用"祇园"标明了花的出处,意在营造鼻观的神圣空间;结尾以佛鼻观后的表现来劝导普通信众,更是趣味盎然。二是谜语式写法,有时作者若不交待谜底,读者还真不知其鼻观对象到底为何物。如朱景英《夏夜咏庭前杂卉四首》（其三）曰"瑶华影里见曼殊,鼻观参来淡欲无。蒨卜入林香近远,晚风吹上十眉图",最后才自注说:"茉莉。"③若无此注,单看四句诗,我们只知道,作者香观之物与曼殊沙、蒨卜一样是同质的东西。三是虽然交待了鼻观对象（能指）,却不直接说破其宗教意义（所指）。此种模式,多从鼻观之物的名称展开想象,由物及人,最后竟勾勒成一幅活泼生动的修道图。如元陶宗仪《慈云十咏》之六《蒨卜林》曰"蒨卜花开玉朵攒,清香满室似栴檀。五千余卷都披却,《四十二章》宁浪看"④,此诗前两句紧扣题目,重点状写蒨卜盛开时的形、色、香;后两句突然转入人物刻画,写慈云寺的阅藏者,他们个个都是深入大小经藏的高僧大德。按照一般的阅读期待,这两句本该写蒨卜鼻观者的心理感受、修道体验等等内容。作者为何跳过这一层呢？原来,他妙用视觉与嗅觉的通感,以经（书）香替代花香,意谓披览书香、鼻观花香都是功德之举,作用、目标并无二致。

　　"反常合道"的主要表现是,作者对鼻观修道中的某些常规体验进行否定。如清袁枚《小仓山房诗集》卷32《春日偶吟》（之九）曰"支颐闲坐可怜宵,何处栴檀远远飘。鼻观氤氲心忽静,方知香要别人烧"⑤,本诗的构思,从

---

① 《全宋诗》第 36 册,北京大学出版社 1998 年版,第 22641 页。

② 《全宋诗》第 72 册,第 45257 页。

③ （清）朱景英撰:《畲经堂诗文集·诗续集》卷 3,清乾隆刻本。

④ （元）陶宗仪撰:《南村诗集》卷 4,明《元人十种诗》本。

⑤ 王英志主编:《袁枚全集》第一集,江苏古籍出版社 1993 年版,第 764 页。

人物形象的刻画看,与前引韩淲《瓶间薝卜》如出一辙,但韩诗的结尾指向抒情,袁诗则是议论,而且所说之理颇异常规,谓鼻观之香别人烧的才特别有效,这与《云门匡真禅师广录》卷中文偃教化弟子之语"张公吃酒李公醉"①的所指极其相似。王文治《题心农试砚斋》则曰:"谁剪端溪一片云,松烟小试向斜曛。墨香浓入花香里,鼻观禅中两不分。"②香观之物,常常是特定的单一对象,此处却把墨香、花香混同,倒也符合禅家心无分别、万物平等之理趣。

　　除了不说破、反常合道之外,也有使用先抑后扬之法来写禅趣者,如清末叶昌炽《佛手柑》曰"非鼻闻香说,西来祇树龛。坚拳钩弋启,合掌首楞参。果证菩提境,香分末利簪。天龙拈一指,月正到窗南"③,此诗开篇,表面上在否定鼻观说,其实颔联所用钩弋夫人之事典,恰恰说明佛手柑果香的魅力之大,竟然使她也能和《楞严经》中的香严童子一样,来合掌参拜佛祖。而钩弋夫人、末利夫人(按,末利双关,既是花名,又是波斯匿王夫人名)、香严童子、天、龙等中印历史、文学及传说人物的登场表演,无疑给读者带来了戏剧化的审美效果,因为他(她)们都为观香而来。

　　以上所说鼻观咏物的三种基本形态,更多的是出于分类研究的需要,或者说是就某一作品在情、理、趣三方面的主要指向所做出的判断。其实,作者更常用综合法,往往三者兼备,或至少融汇两点。尤其是禅理与禅趣的交汇,无论作者、读者,有时都很难明确区分其异同。

---

① 《大正藏》第 47 册,台北:新文丰出版股份有限公司 1983 年版,第 558 页下栏。
② (清)王文治撰:《梦楼诗集》卷 22,清乾隆刻道光补修本。
③ (清)叶昌炽撰:《奇觚庼诗集》卷中,民国十五年刻本。

第四节　禅宗语录之田歌秧歌略论 ①

田歌秧歌 ② 是我国民间文艺研究中的热门课题之一,特别是近年来国家对非物质文化遗产的高度重视,更促进了该领域研究的全面开展,并产生了不少有价值的研究专著。③ 但前贤时哲梳理相关历史文献时,鲜有关注禅宗语录者,即便是研究禅宗音乐美学的名家,目前也尚未系统分析过禅宗语录中的田歌和秧歌。④ 因此,有必要对该问题进行一番新的检讨。

一、禅宗田歌秧歌创作的思想基础及其音乐文学属性

众所周知,"农禅并重"是中国佛教区别于印度佛教的典型表现之一。

---

① 按,本节已刊于《天津社会科学》2021 年第 3 期,略有删节,此则恢复全貌。

② 学术界对田歌秧歌尚无统一的定义,如黄芝冈指出"秧歌是农人插秧、耘田,在田里相聚群唱、竞唱的一种歌",而且含义与农歌田歌相同,只是后二者称呼"更文雅一点"(《从秧歌到地方戏》,中国戏剧出版社 2015 年版,第 72 页)。康保成则认为,秧歌有南北地域之别"南方秧歌是名副其实的插秧之歌,而北方秧歌则是元宵前后一种戏剧性浓郁的化妆表演"(《傩戏艺术源流》,广东高等教育出版社 2011 年版,第 71 页)。笔者于此,主要讨论南方(或作于南方的)秧歌,同时,对田歌秧歌暂不分别,也不涉及其戏剧性。此外,需要补充说明的是,无论秧歌田歌,其内容都重在表现农事生活,并非仅局限于稻作。

③ 如向文《湖北田歌音乐形态与地理分布研究》(中国地质大学出版社 2013 年版)、金梅《嘉善田歌》(浙江摄影出版社 2014 年版)、阎定文《祁太秧歌研究》(文化艺术出版社 2014 年版)、邢楠楠《山东民间三大秧歌的艺术形态论》(经济科学出版社 2017 年版)等。

④ 如皮朝纲《禅宗音乐美学著述研究》(人民出版社 2017 年版),虽说讨论了禅宗语录中不少重要的音乐美学命题,却对田歌秧歌未置一词。

它既是中国古代农业伦理的宗教化表达，又是佛教中国化的重要标志之一。①
而农禅"把生产劳动直接当成了获得精神自由途径"的思想，更是从积极层
面有效地克服了劳动的异化问题。② 我们若通览禅宗语录，不难发现禅师以
农说禅的作品俯拾皆是。因此，有学人指出，禅宗存在农禅诗，创作的思想基
础是"农禅一味"，并概要指出僧人农禅诗可以分成三类：即"以农作而悟
禅""观农家而说禅"和"假农事而喻禅"。③ 其结论颇有启示性，奠定了我们
的研究基础。但是，需要深入挖掘的地方还很多。

　　著名学者任继愈曾将中国禅宗发展史大致分成前后两个时期，并称前
期是"农民禅"，后期则"从农民禅逐渐向文人禅转化"，而转化的关键时
期是五代北宋，因为当时的禅宗文化"逐渐变成文人禅、参话禅，与士大夫
合流，与在朝的文人日趋接近，远离泥土，走向市廛，混迹庙堂，逐渐消融于
儒教"。④ 我们十分赞同其农民禅、文人禅之分类法，但对禅宗文化与"农
禅"的"消融"之说则持保留意见，原因有二：一者，百丈怀海创立的禅门规
式之"普请法"，中唐以后得到普遍遵从，禅师们无论其地位高下，都必须亲
自参加劳动，甚至还形成了独具特色的禅宗农业；⑤ 二者，两宋以降禅僧学问
化虽是文化常态，但"农禅并重"仍然是禅僧一以贯之的作风，而且，反映农
作生活的质朴之作俯拾皆是。如北宋临济宗黄龙派晦堂祖心禅师《种田有
感》有云"山田为爱土膏肥，播种东头已及西。惭愧一年春事毕，倒骑牛唱那
呜咿"，《稻田有作》又说"既行先师底公案，庐山归去倚岩栖。莫道不知庵
中事，水深没膝于投犁"⑥，二诗悉用自然朴素的语言，娓娓道出农耕的艰辛与
欢乐。尤其是南宋临济宗禅师普庵印肃于隆兴元年（1163）十月所作《金刚
随机无尽颂》之《法界通化分》中有偈云"田歌答郢歌，露柱中心和。田郢
本自无，露柱是什么？……蹈雪也须过，不是听巴歌。口见本来人，雪曲应难

　　① 陈坚：《"农禅并重"的农业伦理意境与佛教中国化》，《兰州大学学报》（社会科学版）2016
年第5期。
　　② 吴学国、金鑫：《劳动的拯救——论禅宗农禅思想对劳动异化问题的克服》，《南开学报》（哲
学社会科学版）2014年第3期。
　　③ 罗小奎：《中国古代农禅诗初探》，《农业考古》2007年第3期。
　　④ 任继愈：《农民禅与文人禅》，《传统文化与现代化》1995年第1期。又，任先生所说"文人
禅""农民禅"，分别与本文之"士大夫禅（文禅）""农禅"相对应。
　　⑤ 王建光：《禅宗农业的形成与发展》，《中国农史》2005年第4期。
　　⑥ 朱刚、陈珏：《宋代禅僧诗辑考》，复旦大学出版社2012年版，第255—256页。

和"①,其中,"田歌""巴歌"同义,指古代楚地的田歌民间俗曲"下里巴人"②;"郢歌"与"雪曲"互文,皆指高雅音乐③。也就是说,印肃对田歌、郢歌所代表的雅俗关系,从两个层面加以阐发:一是从自性空的角度看,无论田歌、郢歌,它们实无区别,因为从本质上说都是空无;二是自佛家教化对象而言,则需随机应变,或以雅和雅,或以俗对俗,或化俗为雅,或雅俗共享。总之,即便在禅僧雅化的时代潮流中,田歌一类的民间俗曲依然受到禅师的重视,并且上堂说法之时也多有运用。如北宋临济宗杨岐派高僧法演禅师就曾"操蜀音唱《绵州巴歌》"使弟子宗泰顿悟禅法,其歌曰:"豆子山,打瓦鼓,杨平山,撒白雨。白雨下,取龙女,织绢得,二丈五。一半属罗江,一半属玄武。"④再如《百愚禅师语录》卷10,载明末清初曹洞宗净斯禅师顺治十六年(1660)于无极庵所说语录中有云"旦起迟,夜眠早,朝市怎如村落好。茅草屋里蒸饭香,珍珠絮裹阿谁晓?蛙鼓池塘两部喧,落花乱砌红玛瑙。一任他沧海桑田几变更,又那管琼楼佛国与仙岛?兴来唱个《插田歌》,倦来和蓑便放倒。阿呵呵,休外讨,曩劫于今用不了。郁单千岁有何奇,笑杀长汀布袋老",又云"五月熏风江上多,平田时听《插秧歌》。绿云漠漠和烟卷,白鸟飞飞穿柳过。夜半木童吹玉管,天明石女织金梭"⑤,可知百愚净斯,不但熟知田歌秧歌,而且他还临场演唱了两首自创的田歌秧歌(一杂言,一齐言),它们都在赞美自由自在、任运自然的生活境界。

　　禅宗语录之田歌秧歌,从题材言,毫无疑问归属于农禅诗,创作的思想基础自然也在于"农禅一味";但相对于一般意义上的农禅诗,它们大多有更强的表演性(如前文所举法演、净斯的演唱实例),往往和仪式相结合,故又可归属于禅宗音乐文学。唐五代的禅宗音乐文学之作,多见于敦煌文献。⑥

---

　　①　《普庵印肃禅师语录》卷下,《卍续藏》第69册,河北省佛教协会,2006年,第433页下栏。细绎文意,"蹈雪"等四句似用王子猷雪夜访戴的典故,故"见本来人"前似夺"一"字,但不能遽定,暂作缺字处理。

　　②　饶学刚:《楚地田歌"下里巴人"源流考》,《民间文学论坛》1998年第2期。

　　③　如善卿《祖庭事苑》卷4即释"郢歌"为"阳春白雪",参《卍续藏》第64册,第362页下栏。

　　④　《嘉泰普灯录》卷11,《卍续藏》第79册,第363页中栏。又,《绵州巴歌》未唱完,宗泰就大悟,并掩法演之口说:"只消唱到这里。"

　　⑤　《嘉兴藏》第36册,台北:新文丰出版股份有限公司1987年版,第662页中一下栏。"绿云"之"绿",原作"缘",形近而误,故改。又,长汀布袋老,即后文所说"插秧偈"作者之一的契此。

　　⑥　拙撰:《敦煌佛教音乐文学研究》,福建人民出版社2007年版,第189—289页。

在佛教音乐文学史上,也存在"唐宋变革"现象,伍晓蔓、周裕锴在分析唐宋禅宗音乐文学创作之变异时即明确指出:唐代禅僧不事文字创作,重视口传;宋代禅僧则不然,他们多有深厚文化修养,并以此修养为尚。此期著名的禅僧,很少留下脍炙人口的歌词;且所作"歌颂",多为徒诗,即便是流行的"三三七七七"体,已失去曲调,最多可以把它们付诸吟唱。[①] 这种观察与判断,大体不差,但也要看具体的场合,像本文讨论的田歌秧歌就有点另类。究其成因,主要有三:一者,两宋士大夫禅的兴起,并未消解百丈怀海倡导的"一日不作,一日不食"[②] 之农禅作风,历代禅宗语录中禅僧所作的农禅诗并不少见;[③] 二者,禅宗清规的最终定型实在宋元,其中与农事有关的法会斋仪(如青苗会等)也不少,故在相关仪式上所用的诗偈,也多涉及农事(例见后文);三者,宋元以降,民间通俗的讲唱文学大兴,民歌山歌、时曲小调、戏剧小说相当流行,禅师对此也了如指掌,[④] 甚至有直接引用儿歌、山歌说法者,[⑤] 而在中国古代民歌史上,田歌秧歌、山歌儿歌常常难以截然相区分。

此外,两宋以降,禅师上堂说法使用歌偈者不胜枚举。如大慧宗杲《正法眼藏》卷2载北宋黄龙派高僧泐潭文准上堂是"宝峰今日快便难逢,也唱一遍供养大众,谛听!谛听!乃引声唱云:啰啰哩,哩哩啰"[⑥],啰啰哩,本是梵语四流音,后成为禅诵之音乐性极强之梵咒和戏剧唱腔之和声。[⑦] 师明集《续古尊宿语要》卷6载南宋别峰和尚上堂时就"引声唱云:我昔毁佛及诸祖,皆由无

① 伍晓蔓、周裕锴:《唱道与乐情——宋代禅宗渔父词研究》,中国社会科学出版社2014年版,第28—29页。

② 《五灯会元》卷3,《卍续藏》第80册,河北省佛教协会,2006年,第73页上栏。

③ 如《宏智禅师广录》卷8就载有两宋之际正觉所作《利禅人发心丐开海田》《湛禅人开田求颂》《应禅人开田求颂》《端禅人开田乞颂》等多首农禅诗。

④ 如《济颠道济禅师语录》谓道济常曾"引着七八十小的儿,口内唱山歌曲儿"(《卍续藏》第69册,第602页中栏),清初通门所说《牧云和尚七会语录》卷2,则载当时学生"虽听先生说了,却道者经旨难解难入,背地里却将山歌、曲本、小说逐日去看,自谓容易领览"(《嘉兴藏》第26册,台北:新文丰出版股份有限公司1987年版,第549页上栏)。

⑤ 如明末曹洞宗明方所说《石雨禅师法檀》卷1"上堂"引儿歌曰"日出堂堂,照见皇皇,皇皇骑马上伦塘"(《嘉兴藏》第27册,第79页上栏);再如吴地山歌"月子弯弯照几州",引用者就有南宋无准师范(参《无准师范禅师语录》卷1,《卍续藏》第70册,第230页上栏)等。

⑥ 《卍续藏》第67册,第601页中栏。

⑦ 相关分析,参饶宗颐《南戏戏神咒"啰哩嗹"之谜》(载《梵学集》,上海古籍出版社1993年版,第209—222页)、康保成《梵曲"啰哩嗹"与中国戏曲的传播》(《中山大学学报·社会科学版》2000年第2期)。另据《雪峤信禅师语录》卷7载圆信之颂"啰啰哩哩哩唱田歌"(《乾隆大藏经》第154册,台北:新文丰出版股份有限公司1992年版,第14页下栏),则知"啰哩"等和声也可以用于田歌之演唱。

始贪瞋痴。从身口意之所生,一切我今皆忏悔"①,"我昔"云云是忏悔偈,它属于佛教的仪式性歌曲之一。清初行植所说《鹤林天树植禅师语录》卷 1 则载其入堂示众的场景是:"以拄杖作摇橹势,复作唱歌声云:月落乌啼霜满天,江枫渔火对愁眠。镇江城外鹤林寺,夜半钟声到客船。"②此属于对唐人张继名诗《枫柏夜泊》的现场改编和演唱。但不管哪种情况,演唱声乐都是参禅悟道中的有效手段之一,或许,还有寓教于乐之用呢。

　　既然以音声(音乐)说禅是如此的流行,而田歌秧歌天然就是表现农事题材的民间俗曲,③因此,我们完全有理由相信,禅师对二者定是了然于胸。虽说现存禅宗语录或传世佛教文献中直接题为"田歌""秧歌"的农禅诗屈指可数,最有名的当属中峰明本《田歌》(留天章寺作)"村南村北村水鸣,村村布谷催春耕。手捧饭盂向天祝,明日插秧还我晴"④,但从其所述主体内容为"插秧"且题作"田歌"看,可知田歌秧歌确实是名异实同的作品。如果我们若能认真体会相关作品的生成语境,并适当结合教外同型作品(如梅尧臣、王安石、晁补之、陆游、范成大、杨万里、郑樵、高启、陈恭尹等人的诗作)进行细致的比较,⑤或善用内证(例详后文),则可发现田歌秧歌一类的歌偈还是较为常见的。

二、判别依据:"文学场域"与"场所精神"

　　禅宗语录中的田歌秧歌,若从作品生成的"文学场域"及其体现的"场所精神"⑥言,主要分为狭义、广义两大类:

---

　　①　《卍续藏》第 68 册,河北省佛教协会,2006 年,第 515 页下栏。

　　②　《嘉兴藏》第 37 册,台北:新文丰出版股份有限公司 1987 年版,第 754 页下栏。

　　③　如周紫芝《插秧歌》(和罗仲效王建作)"家家趁水秧稻畦,共唱俚歌声调齐"(《全宋诗》第 26 册,北京大学出版社 1998 年版,第 17096 页),"俚歌"即表明了秧歌的俗曲性质。观衡《答介子黄居士》又曰"《田歌》真田夫之口嘴,何堪声并大作家"(《嘉兴藏》第 28 册,第 687 页中栏),此《田歌》,当指《云居插田歌》(分析见后文),由此可知,观衡自己也认定其《田歌》为俗曲。

　　④　(清)顾嗣立:《元诗选二集》,中华书局 1987 年版,第 1381 页。

　　⑤　如陶汝鼐康熙六年(1667)所作《永日》(梅山丁未)"雨后田歌喜,风前梵呗疏"(《荣木堂合集·诗续集》卷 3,康熙刻世彩堂汇印本)即把田歌与佛教音乐之一的梵呗对举。更有甚者,在念佛禅流行的时代,有以佛号作农歌者,如李苞《观刈禾》曰"不识尧民《击壤》意,阿弥陀佛即农歌(蚕人刈禾时亦唱阿弥陀佛以作农歌)"(《巴塘诗钞》卷上,清嘉庆二十二年刻本)。

　　⑥　笔者曾借鉴法国社会学家布尔迪厄"文学场域"论及挪威建筑理论家诺伯舒兹"场所精神"论,用"佛教文学场"来梳理晋唐时期的佛教文学史(参拙撰:《晋唐佛教文学史》,人民出版社 2017 年版)。此方法,也可用于研究唐宋以来的禅宗文学史。

（一）狭义类

狭义类,也可称作本义类,它们主要指那些具体运用于禅堂说法的田歌秧歌,其宗教意义在于使人禅悟（当然,也不排除其自悟功用,但总体说来,"悟他"远胜于"自悟"）。它们可以是禅师现场耕种时所作,同时也是禅宗农业生活的真实记录。有时,语录编纂者会标明题目,如晚明观衡禅师《云居同众插禾》、明清之际海明禅师《插秧口占》、真智禅师《插田示众》和清初真续禅师《插秧口占赋寄清渤戒徒》等,但这类作品总量较少。更常见的是那些"无题"之作,它们大量混杂在禅师上堂的"法语"之中,往往需要我们仔细的辨别。如:

1.清初呆翁行悦编《列祖提纲录》卷29载北宋杨岐派禅师白云守端因与"兴道者开田回",示众云:

> 三载区区弄水泥,捎裙揙裤又扶犁。满仓收稻方归院,一任禅和韣肚皮。且道:韣底是禅是饭? 乃云:因风吹火,用力不多。①

此处"三载区区"之七言四句偈,表面看来没有诗题,但从其内容（重在描述耕作之苦,第二句写开田动作,尤为形象）和所用修辞手法（以"稻"喻"道",双关）看,其性质与后文要重点分析的释家田歌"插秧偈"并无二致。

2.《宏智禅师广录》卷1载正觉禅师上堂云:

> 五月半,农忙乱,插田心是秋成饭。却道禾熟不临场,只么任从风雨烂。②

既言"五月半",则知禅师是在僧人结夏满月之日有感而发,此际正属农忙时节,故可"以农事说禅"③。

3.明末清初临济宗僧人行谧所说《二隐谧禅师语录》卷1云:

> 试秧,上堂:"四月初三秧正青,老农领众开秧门。没腔曲调歌田乐,

---

① 《卍续藏》第64册,河北省佛教协会,2006年,第229页中栏。

② 《大正藏》第48册,台北:新文丰出版股份有限公司1983年版,第10页上栏。又,原文正觉说了两首偈,第二首句式为"五五七七",但内容与农事无直接关系,所以,笔者排除它是田歌之作。

③ 正觉非常喜欢"以农事说禅",《宏智禅师广录》卷4又载其上堂云:"泥泥水水一年农,收拾将来碓下春。炊软香分千钵饭,肚皮参饱放颓慵。且道:'参饱底是禅是饭? '"（《大正藏》第48册,第54页中栏）此处的七言四句偈,前半概述农禅生活体验,后半转示信众参禅,故也可以归入禅家田歌之列。

几个男儿着眼听？若也田歌听得出,一茎草上定乾坤,便能拔一茎草,千茎万茎俱透露;种一片田,千片万片俱没荒。任是横拖竖拽,七纵八横,信手信脚,活路生成。活路生成且置,歌田一曲作么生?"唱:"石榴花,叶儿青,时节到来莫因循。打鼓普请大家看,且道田中有几人?"①

显而易见,"试秧"点明了说法事缘,"开秧门"则是当时农作仪式之一。②结合前后文语境,则知行谧在此运用了两首释家秧歌:一是"四月初三"之七言四句偈,二是"石榴花"之"三三七七七"杂言偈,尤其后一首还是"唱"出来的。

4.明末释广如撰《布袋和尚后序》谓唐末异僧契此"受田家斋"(即接受农家斋僧供养)时,主人问其道,师答曰:

> 手捏青苗种福田,低头便见水中天。六根清净方成稻,退步原来是向前。③

此四句偈,后来禅林称为"插秧偈",但对作者归属说法不一,或谓宋末元初之高峰原妙,或谓时代难明之释逸游,④或谓昔人,⑤或谓出于清初陕西城固县之农民(即诗为农谚),⑥林林总总,实难判别。要之,中晚明以后,是偈就相当流行了。⑦

顺便说一句,两宋以后的丛林,于每年插秧播种之际,经常要为祈求青苗顺利成熟而举办青苗会,法会上常有偈颂之用,它们往往和前述"插秧偈"一

---

①　《嘉兴藏》第28册,台北:新文丰出版股份有限公司1987年版,第474页上栏。

②　如田艺蘅《命农人》曰"犁头力士迎方去,田角秧门选日开"(《香宇集·续集》卷18《戊午稿诗》,明嘉靖刻本),《仲夏郊居喜诸兄弟来饮》又曰"乘迷分竹户,卜吉破秧门"(同前,卷7《甲寅稿诗》),由此可知,行谧所说"四月初三",是他当时"破秧门"的吉日。

③　《卍续藏》第86册,河北省佛教协会,2006年,第45页中栏。"手",原本作"牛",张子开《"插秧偈"小考》(《宗教学研究》2005年第3期)谓"牛"是"手"之形误,可从,故改。另,张氏论文对"插秧偈"的作者异说、文本变化,皆有初步梳理。

④　按,邓显鹤《沅湘耆旧集》(清道光二十三年邓氏南邨草堂刻本)卷43辑录了时代不明的释逸游《观音壁题阁》二首,第一即是"手把青苗插野田,低头便见水中天。六根清净方成稻,退步分明是向前",其文字与广如本大同小异。

⑤　如冯梦龙编《警世通言》卷2《庄子休鼓盆成大道》有云:"昔人看田夫插秧,咏诗四句,大有见解,诗曰:手把青秧插野田……退步原来是向前。"

⑥　参张子开:《"插秧偈"小考》,《宗教学研究》2005年第3期。

⑦　在此,尚可再补充1个例证,李佐贤辑《书画鉴影》(清同治十年利津李氏刻本)卷21"金元玉书诗轴"条谓:明人金元玉所书诗云"手把秧针插稻田……退步元来是向前",虽未标明题目,文字与广如本相比也略有不同,但它仍然是"插秧偈"的变体之一。

样,也是以农事喻禅法。如《古林清茂禅师语录》卷 2 载其"青苗"上堂时说偈云:"异苗翻茂处,深密固灵根。杨广山前事,今朝喜再论。应真机不借,转物道常存。湖水添新绿,苔阶长旧痕。更看今夜月,和影落前村。"① 异苗、灵根云云,本指秧苗、秧根;"转物"则是禅宗重要的诗学概念之一,它强调心对物的支配作用,还促成了两宋以降"拟人主义"的流行。②

此外,有的语录虽然记录了田歌题目,却略去了歌词。如清初释净符辑《宗门拈古汇集》卷 15 载广教玉禅师对"百丈开田"拈古时说:

> 山僧今日领众开田,大众请说大义,但与唱个《村田乐》,不特为兄弟释烦慰劳,要令天下衲僧个个解黏去缚。且道是何节拍? 击拂子云:久立珍重。③

虽说语录编纂者对《村田乐》④ 的唱词略而未录,但从《村田乐》解烦去缚的功能看,可知它属于欢乐轻快之曲。事实上,今存语录中也有类似的田歌之作,如清初释超永编《五灯全书》卷 105 载武冈伏牛慈化醒闲智禅师上堂之偈曰:"春才尽,夏又临,处处村歌乐太平。杜鹃唤醒利名客,何必区区向外寻。"⑤此偈从农时与物候的变化说起,赞美了农家悠闲自然的生活情趣,进而以杜鹃(即子规鸟、布谷鸟)叫声 ⑥ 来提醒世人修禅时同样需要回归自心。

(二)广义类

广义类的田歌秧歌,自然也包括上面所说的狭义类。而狭义类作品,相对

---

① 《卍续藏》第 71 册,河北省佛教协会,2006 年,第 218 页下栏。

② 周裕锴:《"转物"概念与诗歌的主体张扬》,载《法眼与诗心——宋代佛禅语境下的诗学话语建构》,中国社会科学出版社 2014 年版,第 163—174 页。

③ 《卍续藏》第 66 册,第 90 页上栏。

④ 按,《村田乐》又用于器乐,《希叟绍昙禅师语录》卷 3"偈颂"《听乌槛角有感送衍上人归乡》开篇即云"黄牛背上乌槛角,声声吹作《村田乐》"(《卍续藏》第 70 册,第 402 页下栏);或是舞队名目(参吴自牧著,符均、张社国校注:《梦粱录》卷 1"元宵"条,三秦出版社 2004 年版,第 6 页)。阎定文则认为"村田乐"是秧歌的早期形式(《祁太秧歌研究》,文化艺术出版社 2014 年版,第 2 页)。

⑤ 《卍续藏》第 82 册,第 637 页下栏。

⑥ 杜鹃叫与农时有关,李时珍《本草纲目》卷 49 即谓其"春暮即鸣,夜啼达旦,鸣必向北,至夏尤甚……田家候之,以兴农事"(第 4 册,人民卫生出版社 1981 年版,第 2666 页)。此外,杜鹃叫声似"不如归去",故有禅师以之入偈,如南宋鼓山蒙庵思岳禅师《七贤女游尸陀林》"颂古"(之三)即说"清晓一声杜鹃,劝人不如归去"(《嘉泰普灯录》卷 28,《卍续藏》第 79 册,第 469 页中栏)。

说来，更具实用性，更重视理趣，更强调“悟他”；广义类中的其他作品，更重视抒情，更强调“自悟”，从内容上看，它们多是禅师对农事生活的感念之作，一般与禅堂仪式也没有直接的联系。当然，同一禅师，既可写狭义的实用型，也可有广义类中的抒情型。比如净斯，除了前引《百愚禅师语录》卷 10 所载两首实用型的田歌以外，其《蔓堂集》卷 2“五言律诗”中还有《割稻》曰：“畚插勤秋望，登场见获功。翻云和碧倒，刈浪带烟空。余粒滋肥蟹，闲田下晚鸿。羡兹农事毕，《击壤》咏年丰”[①]。结句“羡兹”云云，表明其写法是学王维名诗《渭川田家》之“即此羡闲逸，怅然吟《式微》”，性质更近于文人农禅诗。[②]

广义类抒情型的田歌秧歌，又有用组诗者。如明末清初悟进所说《介庵进禅师语录》卷 9 之《示耕十颂》，就包含了《未耕》《开荒》《下种》《灌水》《耘草》《刈实》《登场》《筛扬》《上仓》《赈济》等 10 首七绝；[③] 如乾所说的《憨休禅师敲空遗响》卷 8“偈”类之《开田》，则辑有 20 首七绝 [④]。还有一些题为《山家》的组诗，从内容看，每一事项都未离开农禅范围，故笔者认为它们整体上可以归入“田歌”之列。如天童道忞《布水台集》卷 2“诗二”之《山家十事》，其 10 首七绝分别是《春耕》《采茶》《割麦》《插秧》《夏耘》《理蔬》《灌园》《刈薪》《打稻》《牧牛》，[⑤] 道忞弟子本僼的《远庵僼禅师语录》，在卷 13 亦有《山家十事》，10 首七绝分别题作《春耕》《栽松》《采茶》《插秧》《理蔬》《夏耘》《删竹》《割稻》《刈薪》和《牧牛》，[⑥] 两相比较，差异甚小！

不过，狭义实用型和广义抒情型的田歌秧歌，其内容上的所谓主理、主情，悟他、自悟之异，只是我们的大致判别，并不能完全绝对化。当然，若从文学作品的音乐性进行区分，实用型远远强于抒情型，因为前者直接用于禅门仪式，而以乐悟禅正好是禅门仪式音乐的终极目标。

此外，随着历史语境的变迁，同一作品的使用性质可以发生转变。比如，元代临济宗虎丘派清珙禅师《示勒道者》云“一片荒田一把锄，翻来覆去用

---

① 蓝吉富主编：《禅宗全书》第 74 册，台北：文殊出版社 1988 年版，第 492 页上栏。

② 有关“文人农禅诗”之介绍，参罗小奎：《中国古代农禅诗初探》，《农业考古》2007 年第 3 期。

③ 《嘉兴藏》第 29 册，台北：新文丰出版股份有限公司 1987 年版，第 362 页中—下栏。

④ 《嘉兴藏》第 37 册，第 286 页中—下栏。

⑤ 《嘉兴藏》第 26 册，第 316 页下栏—317 页上栏。

⑥ 《嘉兴藏》第 37 册，第 393 页中—下栏。

工夫。一锄翻得春风转,也有瓜茄也有瓠"①,原本只针对勒道者一个人,可到了清初性音《禅宗杂毒海》卷2,则将它辑入"示徒"②类,从而作为后来禅师开示大众的教学资料之一。

三、历史进程：内外合一的发展态势

禅宗语录之田歌秧歌,若置之于中国漫长悠久的农耕文明之历史背景和农事题材素来发达的古代文学传统之中,则可看出其特殊魅力的成因所在。概要地说,无论其思想表达,还是形式体制,它们都有内、外两方面的渊源,并呈现出内外合一的发展态势。

一者,从思想内容及题材方面说,早在《诗经》就有多首直接表现农业生产生活（如《七月》）以及有关宗教祭祀的农事诗（如《载芟》《丰年》《良耜》《良工》《噫嘻》）,但由于南宗禅师所处时代离其产生的商周代十分遥远,加之隋唐以后四言体早不流行,所以,禅师的田歌秧歌之作,除了比兴之法沿用《诗经》之外,可能更多的是继承两汉民歌及陶渊明开创的田园诗传统,现举两个简单的例子：

1.《史记》卷52《齐悼惠王世家》引有当时民谣《耕田歌》,曰："深耕穊种,立苗欲疏。非其种者,锄而去之。"③该歌所总结的耕种规律,后世禅师常有引用。《石屋清珙禅师语录》卷上即载："上堂：若论此事,如农夫耕田相似,耕之以深,种之以时,所收必丰,输官奉己之外绰绰有余裕者。无他,力乎精勤而已。畊之不深,种之非时,所收必寡,输官奉己不足者,亦无他,困于怠堕而已。"④此处解说,显然是对《耕田歌》首句之"深耕"一词的引申和阐发。甚至还有反用其典者,上思所说《雨山和尚语录》卷8即载：

> 晚参：一雨普滋,三草二木,悉皆润泽,且道无阴阳地上生个甚么？若也知得,不用"深耕穊种,非其种者,锄而去之"。⑤

---

① 《石屋清珙禅师语录》卷下,《卍续藏》第70册,河北省佛教协会,2006年,第674页下栏。

② 《卍续藏》第65册,第64页上栏。

③ （汉）司马迁撰：《史记》,中华书局1959年版,第2001页。

④ 《卍续藏》第70册,第657页中栏。

⑤ 《嘉兴藏》第40册,台北：新文丰出版股份有限公司1987年版,第557页中栏。"三草二木",典出《法华经·药草喻品》。大中小三药草与大小二木,比喻众生根性虽然有别,但在一乘法（雨）的滋润下,众生悉可成道。

但无论正用反用,都说明禅师对《耕田歌》十分熟悉。

　　2. 对陶渊明反映归隐生活理想的名作《归去来兮辞》,北宋以后,不但和唱、拟作、仿作之高僧,代不乏人,著名者如南宋拙庵戒度、明清之际的觉浪道盛、百痴行元、憨休如乾等,而且,上堂用"归去来(兮)"入"法语"者也十分常见。一方面,农禅思想与原作对返归本真之自然生活的追求十分契合;另一方面,禅宗田歌之作,风格也多近于陶诗之平淡。如《别牧纯禅师语录》载别牧"退院上堂"时说:

> 　　山僧自来清湘,一味种田博饭,不敢将禅道佛法教坏人家男女。且喜逗到,今朝唱个《归山曲子》。乃扣杖而歌曰:千年田,八百主,几番耕遍经风雨。而今犁耙已全抛,剩得沩山个水牯。短笛横吹《归去来》,高歌一曲忘今古。①

既然《归山曲子》开头用田事作比兴,那么,它就可以归入田歌之列;"扣杖而歌",则表明该曲子是狭义类的实用文本,具有很强的音乐性。

　　除了中国固有思想及文学传统的影响外,禅宗田歌之作,也有释家自身的经典依据。本来,印度僧侣托钵乞食,不必亲自耕作,但释迦牟尼善于比喻说法,刘宋求那跋陀罗译《杂阿含经》卷4载世尊以偈答种田婆罗门曰"信心为种子,苦行为时雨,智慧为特轭,惭愧心为辕,正念自守护,是则善御者⋯⋯如是耕田者,逮得甘露果;如是耕田者,不还受诸有"②,唐道世撰《法苑珠林》卷21即把此偈直接命名为《耕田偈》③,其最大特点是把诸修行方法比喻为耕种成功的种种要素。北宋释道诚《释氏要览》卷上释"法衣"之"田相缘起"时,则引《增辉记》云:"田畦贮水,生长嘉苗,以养形命。法衣之田,润以四利之水,增其三善之苗,以养法身慧命也。"④ 换言之,僧衣形如"田相",亦有其丰富的象征义,而能正确处理苗与水、田之关系者,恰恰是对农耕生活有所体验之人。

　　二者,从艺术手法看,禅宗田歌秧歌好用比兴、比喻和双关。这点,与教外同类作品没有太大的区别。其中,最常见模式之一是由事入理,事理并举,最终达到事理俱显、境心合一的和谐境界。比如前引广如本"插秧偈":前两句

---

① 《嘉兴藏》第40册,台北:新文丰出版股份有限公司1987年版,第60页中栏。
② 《大正藏》第2册,台北:新文丰出版股份有限公司1983年版,第27页上—中栏。
③ 《大正藏》第53册,第439页上—中栏。
④ 《大正藏》第54册,第269页上栏。

"手捏青苗种福田,低头便见水中天"重在描叙插秧之事相;第三句为"转",^①其关键是以"稻"喻"道"("六根清净"是"道"之内容);最后一句作总结,由"插秧种稻"之农事经验,上升为"退步原来是向前"的佛教辩证法。作者构思时强调了俗事俗物和禅理之间的关联性,其对应关系,大致如下:

稻(福)田——→心田;青(秧)苗——→灵苗

秧根——→六根;种稻——→修道

更可注意的是,"插秧偈"的写法,尤其是它所总结的禅理,后世同类作品,莫不仿效借用,似乎成了一种套路,一种定式,如晚明宗本《山居百咏聊述鄙怀》(其五)之"山居返照看心田,退步原来是上前"^②、清初本僧《山家十事》(其四)《插秧》之"灵苗虽带夙根来,要在当人退步栽。须信退来无退处,纵横匝地普天该"^③及真嵩《毗陵天宁普能嵩禅师净土诗》之"农家念佛最分明,两手持秧退步行"^④等,其例甚多,不可枚举。

　　三者,禅师常以"当观时节因缘"^⑤一语来提示学人,悟道与否,与特定的时空场景有关,讲究触事而真。有趣的是,农禅诗中的田歌与秧歌,和世俗同类作品一样,也十分注意场景的真实性。如《嘉兴退庵断愚智禅师语录》卷下所收真智《插田示众》曰:"竭力耕锄倦不休,拖泥带水汗淋流。长歌到处声嘹亮,祖意西来莫别求。"^⑥该偈前两句对耕田插秧者的刻画颇为形象,但更值得深究的是第三句,"长歌到处"云云,表明释家插田也与农民一样,有和唱田歌秧歌之举。^⑦当然,与普通农家不同的是,禅家的农作还有宗教悟道的功用与目的,结句"祖意西来"云云,旨在揭示"农禅一味"的真谛。

――――――――――――――

　　① 曹逢甫在《四行的世界——从言谈分析的观点看绝句的结构》(载《从语言看文学——唐宋近体诗三论》,北京大学出版社 2016 年版,第 1—52 页)中指出,绝句结构同样可分为起、承、转、合,第三句即为转。其论洵是。

　　② 《卍续藏》第 61 册,河北省佛教协会,2006 年,第 486 页上栏。

　　③ 《嘉兴藏》第 37 册,台北:新文丰出版股份有限公司 1987 年版,第 393 页中栏。

　　④ 《卍续藏》第 62 册,第 876 页中栏。

　　⑤ 如《景德传灯录》卷 9 载百丈怀海以此教导沩山灵祐,参《大正藏》第 51 册,台北:新文丰出版股份有限公司 1983 年版,第 264 页中栏。

　　⑥ 《嘉兴藏》第 29 册,第 788 页上栏。

　　⑦ 如明吴国伦《闻田歌》曰"隔垄田歌发,洋洋振碧空。调高无郢雪,思远即幽风。鼓腹声相答,明农意许同"(《甔甀洞稿》卷 16,明万历刻本),"无郢雪"说明田歌是俗曲,从"声相答"则知田歌可以和唱。

破山海明《插秧口占》则云：

> 三家村里老农忙，未得天明闻普梆。垢面去随泥水净，闲身来逐鼓锣狂。歌声大发倦人胆，笠影横遮散雨光。双桂住持非刻薄，要将底事胜诸方。①

双桂住持，即海明禅师，偈中他自比老农。"鼓锣""歌声"之叙述，与农家秧歌的演出场景相吻合，而用锣鼓伴奏是秧歌固有的传统。② 由此可知，海明对秧歌的各种表演方式都了如指掌。本来，"未得天明"就敲梆（木鱼）普告僧众赶快去插秧，海明是够刻薄了，但尾联反常合道，用"底事（意为此事，偈中就指插秧）胜诸方"作总结，意在告诫徒众农事也是修禅之根本。

四者，语录中的田歌秧歌之作，善于借用、化用前人警句或名句。如圆极居顶编《续传灯录》卷36载华藏觉通禅师"青苗会"上堂云：

> 破一微尘出大经，鸢飞鱼跃更分明。不将眼看将心看，已是重敲火里冰。淹黑豆，昧平生，直须劫外话丰登。缲成白雪桑重绿，割尽黄云稻正青。③

此偈从音乐结构看，可分成两大乐段，一是七言绝句，二是流行的"三三七七七"体。其中，第二部分的内容与农事关系更为密切，而且，末两句完全借用王安石七绝《木末》，惠洪《冷斋夜话》卷5即称誉王氏原作是警句。④

智祥所说《频吉祥禅师语录》卷7，则载其"中秋晚参"有偈云：

> 榴火红，篱花白，稻香十里来田陌。新姜紫菜芋头黄，个是山侬亲置得。葫芦马杓尽情烧，那有闲心比秋月？⑤

此偈由中秋丰收场景起兴，语言活泼，说农事，道收成，很是亲切。尤其是最后一句，实活用寒山诗"吾心似秋月，碧潭清皎洁。无物堪比伦，教我如何说"⑥，

---

① 《破山禅师语录》卷18，《嘉兴藏》第26册，台北：新文丰出版股份有限公司1987年版，第79页上—中栏。

② 如李调元《弄谱百咏》（十五）《秧歌》曰"村村击鼓并鸣锣"（《童山集·诗集》卷38，清道光五年增刻本），焦和生《咸宁道中》曰"栽秧歌逐迎神鼓"（《连云书屋存稿》卷4，清嘉庆二十年刻本），二诗都点明了秧歌与锣鼓之间的密切联系。

③ 《大正藏》第51册，台北：新文丰出版股份有限公司1983年版，第714页上栏。

④ 张伯伟编校：《稀见本宋人诗话四种》，江苏古籍出版社2002年版，第49页。

⑤ 《嘉兴藏》第39册，第631页上栏。

⑥ 项楚：《寒山诗注·附拾得诗注》，中华书局2000年版，第137页。

加之反诘语气,更值得徒众深思。

五者,语录中使用的田歌秧歌,其文本结构,体制多样:从句式分,既有齐言体,又有杂言体。齐言体中,最常见的是七绝、五绝,其次是七律、五律,偶尔有用五言六句、七言六句等形式者。杂言体中,最常见的是"三三七七七"及其变体(如"三三七"后再加七言四句等),其次是"三三五五五"及其变体(即五言句数有所变化)。并且,有的杂言体,又可以通过特殊的歌句,使文本结构在整齐中略有变化。如《法昌倚遇禅师语录》载倚遇上堂云:

> 春不晴,夏不雨,禾不禾兮黍不黍。谩言孙子解耕锄,不得天时亦辛苦。莫辛苦,看看便是秋霖霪。法昌不是解天文,暗中自有龙神护。①

显而易见,该偈可分成两个乐段,一为"三三七七七",二为"三七七七"。两相比较,两个乐段基本相同,第二乐段只比第一乐段少一个三字句而已。但值得注意的是,第二乐段的开头"莫辛苦",是用顶针来接转前一乐段,过渡极其自然。

前文已言,禅宗语录之田歌秧歌还有用组诗者,其音乐形态相对复杂。如观衡《云居同众插禾》七律4首,应是"定格联章"体,每章都押"来、腮、排、栽"韵②;其《云居插田歌》③,近4300字,篇幅之长,极其罕见,现重点分析之。

根据《云居插田歌》使用的套语(如"诸佛子,同我住""诸佛子,同我去""诸佛子,同我来"等)以及全歌的换韵规律,我们基本上可以判定它是"歌套"。④其内在文本结构,大致包括序曲(头)、正曲(身)和尾声(尾):从"君不见"至"于中受用难思忖",是为序曲;从"难思忖,离言说"至"病僧不是强饶舌,句句倾心肝胆裂。只恐诸君信不真,叨叨不觉口出血",是为正曲;从"口出血,为君说"至结尾"若有疑惑莫虚劳,且向诸方托钵去",属于尾声,其"为君说"三字,又与序曲"君不见"前后照应,结构谨严。此外,三部分前后相接时,都用了顶针格,⑤唱起来有流利圆转之美。

---

① 《卍续藏》第73册,河北省佛教协会,2006年,第56页下栏—57页上栏。

② 《嘉兴藏》第28册,台北:新文丰出版股份有限公司1987年版,第752页中栏。又,原偈第一首结尾韵脚是"裁",笔者依据四首押韵的总体情况判断,"裁"当是"栽"形近而讹。

③ 《嘉兴藏》第28册,第727页中栏—729页下栏。

④ 歌套,是指多种歌调按一定章法联结而成的套曲。参王耀华:《关于中国汉民族民歌音乐结构层次的思考》,《人民音乐》2000年第3期。

⑤ 作者为了张弛有度,在正曲某些乐段前后相接时还用了3次顶针格,唱词为三字句,分别是"无变迁""法界藏"和"佛祖计"。

正曲与尾声使用句式及其分布情况是:"三三七七七",有 117 组;"三三七,三三七",有 18 组;"三七,三三七",有 10 组;"三三七七七 + 七言四句",有 5 组;"七言四句 + 三三七七七"仅 1 组。其中,"三三七,三三七",似可以看作"三三七七七"的变体,因为若在第二个"三三"之间加上"兮"字,二者节奏就完全一样,如"此一茎,炎日霜,六月当阳结白光。寒最洌,冷非常,行人不必问清凉"之"寒最洌,冷非常",可读作"寒最洌兮冷非常"。总体说来,全歌句式既整齐中又有所变化,所以,唱腔活泼而不呆板。

正曲中出现次数最多的乐段开头套词是"此一茎"和"诸佛子":前者竟然连用了 110 次,代表 110 个乐段,它们从不同层面、不同角度来歌唱插秧所象征的佛理(如正法眼、涅槃心之类)或历代重要祖师(如道一、怀海等)。而中间又有 3 组各 10 小节,每节开头分别用"此一茎,石 ××""此一茎,枯××""此一茎,劫火光中一 ××",它们可成为独立的定格联章。以"诸佛子"开头的有 24 乐段:紧接序曲者 4 段,虽然各节歌句句数不等,但最常用者还是"三三七七七";尾声之前 20 段,句式全是"三三七七七",不过,前 10 节的头三句,有 9 次作"诸佛子,信也未, ×× 一茎 ×××",此 10 节歌词,亦可视为独立的定格联章。特别是临场呼语"诸佛子",表明《云居插田歌》是可以现场演唱的。当然,因其正曲乐段遍数太多,演唱者似可从性质相同的乐段择取一段,从而组成新的结构相对简单的套曲。这种做法,类似于大曲之摘遍。

至于《云居插田歌》使用了哪些曲牌乐调,[①] 由于文献阙载,我们就不便臆测了。但无论哪种音乐文学体式,大多都可从敦煌佛教歌曲[②]中找到源头或相同的例证。

综上所述,我们可得出几点较为明确的结论:(1)禅宗语录之田歌秧歌,其根本属性是俗曲,但正如印肃"田歌答郢歌"偈所言,雅俗可以互动,也有化俗为雅的可能。其中,狭义类作品,语言相对浅显,风格相对纯朴,广义类中的"抒情型"作品,则更好用典,带有更浓烈的文人禅气息。(2)教内外同型作品,其内容各有特色。一般说来,释家较少反映社会生活的黑暗面,如赋税

---

① 传世文献中偶有记载秧歌之乐调者,如明人李濂《插秧歌》序曰"插秧歌,采民谣也。丙子省耕于沔行,闻是歌,喜其声调近古,于是删其辞而比之音,一曰《鸡鸣曲》"(《嵩渚文集》卷 4,嘉靖刻本)。

② 有关敦煌佛教歌曲之归类,参林仁昱:《敦煌佛教歌曲之研究》,高雄:佛光山文教基金会 2003 年版。

之重、徭役之苦、生活之困等，[①] 更重视悠然自得的人生情趣以及在农事活动中的禅悟之思。（3）禅家与农家的表演方式有所不同，前者最常见的是独唱（若在田地耕作，则另当别论），后者多为齐唱或和唱，南宋诗人宋伯仁《夏日三首》（之二）即说"农事正忙三月后，野田齐唱插秧歌"[②]，清人黎汝谦《山中杂诗》（二四）又谓"插秧处处唱田歌，南陌东阡笑语和"[③]。究其成因，主要是两者演出场所有别，即禅家多在禅堂，而农家多在田野，相对说来，农家与农事活动的关系更为直接，更加密切。

---

① 当然，也有极少数作品涉及这一主题，如《永觉元贤禅师广录》卷24之《饥馑行》（《卍续藏》第72册，河北省佛教协会，2006年，第521页下栏—522页上栏）。

② 《全宋诗》第61册，北京大学出版社1998年版，第38156页。

③ （清）黎汝谦撰：《夷牢溪庐诗钞》卷2，清光绪二十五年羊城刻本。

第五节　六祖"踏碓"寓意简说 ①

　　六祖慧（惠）能（638—713）是中国禅宗史上最具传奇色彩的人物之一。可以说，自李唐以降，许多古代禅师都参加了其祖师形象的建构工作，② 并有一个核心情节"踏碓"为历代许多禅史、语录所继承，围绕它还衍生出不同的寓意，兹略述如后。

一、相关史料梳理

　　唐代有关六祖"踏碓"的史料，比较集中于敦煌本《南阳和尚问答杂征义》（刘澄集）、法海所记《六祖坛经》、保唐宗所传《历代法宝记》及撰者不详的《曹溪大师别传》。四者所叙核心情节的内容基本相同：如刘澄所集神会（684—758）语录云："忍大师深奇其言，更欲共语，为诸人在左右，遂发遣，令随众作务。遂即为众踏碓。经八个月。"③ 旅顺博物馆藏敦煌本《六祖坛经》则谓惠能辞亲往黄梅后，五祖弘忍（601—674）"遂发遣惠能，令随众作务"、"于碓房踏碓八个余月"，然后才让门人各呈心偈；④《历代法宝记》又说弘忍

---

　　① 　本小节已发表于《湖南科技学院学报》2016年第9期，特此说明。
　　② 　对此，陆扬《中国佛教文学中祖师形象的演变——以道安、慧能、孙悟空为中心》（《文史》2009年第4辑）已有较充分的讨论。笔者虽深受其文之启发，但切入点和材料选择悉有所不同。
　　③ 　杨曾文编校：《神会和尚禅话录》，中华书局1996年版，第109页。
　　④ 　郭富纯、王振芬整理：《旅顺博物馆藏敦煌本六祖坛经》，上海古籍出版社2011年版，第8页。

"令能随众踏碓八个月。碓声声相似,忍大师就碓上密说,直了见性"①。作于德宗建中二年（781）的《曹溪大师别传》,叙述相对完整,也更富于文学性:

> 忍大师山中门徒至多,顾眄左右,悉皆龙象。遂令能入厨中供养,经八个月,能不避艰苦。忽同时戏调,嶷然不以为意,忘身为道。仍踏碓,自嫌身轻,乃系大石着腰,坠碓令重,遂损腰脚。②

无论"八个月"或"八个余月",其时间长度并无太大差别。但《曹溪大师别传》所增系石坠腰之事,则更加圣化了惠能舍身为道的伟岸形象。

不过,世俗文学作品所载六祖踏碓黄梅的时长,又有不同的说法,中唐诗人顾况（727—816）贞元五至九年（789—793）贬于饶州③作《归阳萧寺有丁行者能修无生忍,担水施僧,况归命稽首作诗》云:

> 曹溪第六祖,踏碓逾三年。伊人自何方,长绶趋遥泉。开士行何苦,双瓶眠两肩。萧寺百馀僧,东厨正扬烟。露足沙石裂,外形巾褐穿。若其有此身,岂得安稳眠。独出违顺境,不为寒暑还。大圣于其中,领我心之虔。④

顾况诗意,本在把丁行者比作惠能。当然,丁行者和惠能也确有不少可比性,诸如都担任过寺中做杂役的行者却毫无怨言,逆顺自如,大智若愚。"踏碓逾三年"的传说,虽未成为后世主流的说法,却也从另一侧面说明在顾况生活的时代,它至少在唐王朝的南方丛林中发生过影响。该传说形成的具体时间不可详考,然在定型过程中很可能借鉴了东晋高僧道安（314—385）传记的某些叙事要素,《高僧传》卷5即谓其:"驱役田舍,至于三年。执勤就劳,曾无怨

---

① 《大正藏》第51册,台北:新文丰出版股份有限公司1983年版,第182页中栏。
② 《卍续藏》第86册,河北省佛教协会,2006年,第50页上栏。
③ 关于顾况生卒年及贬谪饶州的时间,此据冯淑然所考,参《顾况及其诗歌研究》,光明日报出版社2014年版,第57—61、81—84页。
④ 王启兴、张虹注:《顾况诗注》,上海古籍出版社1994年版,第74页。又,注者指出:"归阳,应为鄱阳之误,玩诗意,疑为贬饶州所作"。其疑有据,盖宋人王象之《舆地纪胜》卷23"江南东路·饶州"之"仙释·丁行者"所引诗题即作《鄱阳萧寺有丁行者能修无生忍,担水施僧,顾况归命稽首作诗》。所引诗句虽有删减,然个别文字,从前后文语境看,显然更胜一筹,如"遥泉""违顺境"分别作"瑶泉""逆顺境"（第11册,清道光二十三年刻本,第18页）。

色。笃性精进,斋戒无阙。"① 换言之,六祖"踏碓逾三年"之说,似移植了道安田舍三年的劳作时长。

敦煌本《坛经》等所载六祖"踏碓"事,后来又有进一步的附会增生,甚至演变出以"米筛"之问来印证心法的传说。如元代宗宝本《六祖大师法宝坛经》叙惠能请人书写"菩提本无树,明镜亦非台;本来无一物,何处惹尘埃"之心偈后是:

> 次日,祖潜至碓坊,见能腰石舂米,语曰:"求道之人,为法忘躯,当如是乎!"乃问曰:"米熟也未?"惠能曰:"米熟久矣,犹欠筛在。"祖以杖击碓三下而去。惠能即会祖意,三鼓入室;祖以袈裟遮围,不令人见,为说《金刚经》。至"应无所住而生其心",惠能言下大悟,一切万法,不离自性。②

"米熟也未",既是五祖的即兴之问,又表露了老师对弟子的关切之情,并有考验惠能之意;幸运的是,惠能天资聪慧,马上回答说,我因缘早已成熟,只是未经恩师的"筛选"与印可而已。此处对话,十分符合日常生活场景(因为舂好米后,尚需用米筛去除糠皮之类),故可信性强。对此,后世丛林也多有引用,像元贤(1578—1657)《禅林疏证考证》卷3"黄梅"③ 条、佚名撰《禅苑蒙求拾遗》卷1"道信勿绳,慧能欠筛"④ 条等,皆注明其事出于《坛经》。

"筛米"之问最早进入六祖故事的时间难于细考,但它可能借鉴了晚唐禅师石霜庆诸(807—888)之事,《景德传灯录》卷15曰:

> 年十三,依洪井西山绍銮禅师落发。二十三,嵩岳受具,就洛下学毗尼之教。虽知听制,终为渐宗。回抵大沩山,法会为米头,一日师在米寮内筛米。沩山云:"施主物,莫抛撒?"师曰:"不抛撒。"沩山于地上拾得一粒云:"汝道不抛撒,遮个什么处得来?"师无对。沩山又云:"莫欺遮一粒子,百千粒从遮一粒生。"师曰:"百千粒从遮一粒生,未审遮一粒从什么处生?"沩山呵呵笑,归方丈。晚后,上堂云:"大众,米里有虫。"⑤

---

① (梁)释慧皎撰,汤用彤校注:《高僧传》,中华书局1992年版,第177页。
② 《大正藏》第48册,台北:新文丰出版股份有限公司1983年版,第349页上栏。
③ 《卍续藏》第63册,河北省佛教协会,2006年,第717页上栏。
④ 《卍续藏》第87册,第100页上栏。
⑤ 《大正藏》第51册,第320页下栏。

于此，沩山灵祐（771—853）对庆诸的开化，同样是从日常的生活细节入手，触目菩提，循序渐进，张弛有度。"施主物"云云，旨在告诫庆诸要十分珍惜檀越的布施；"百千粒""遮一粒"，则在揭示一法与万法的互生互摄关系。当庆诸再次发问时，沩山故意笑而不答，希望其自悟；可惜庆诸未能像惠能那样迅速顿悟，沩山才在晚课上堂说"米里有虫"，而虫吃米，隐喻佛教生灭之理。

唐代以后的六祖悟道故事，从踏碓舂米到筛米的增益，似为渐次完善的过程，此由两宋灯录可觅得一些蛛丝马迹，北宋末云门宗高僧惟白集《建中靖国续灯录》卷28就载有苏轼（1037—1101）好友云居山了元佛印禅师（1032—1098）之偈曰："圣谛从来尚不为，更无阶级可修持。至今卢大犹舂米，和谷和糠付与谁。"① 既言"舂米"后有"和谷和糠"之举，则知"筛米"情节至迟在北宋中后期就进入了六祖"踏碓"的系列故事了。

当然，有过踏碓舂米经历的唐代禅师并不止惠能一人，如被后世称为"石室行者"的善道，遭遇会昌法难时即隐于碓房，为僧碓米。② 其事禅宗语录常有述及，慧然集《镇州临济慧照禅师语录》中载僧问义玄（？—867）："只如石室行者踏碓，忘却移脚，向什么处去"，玄答曰"没溺深泉"。③

二　寓意简说

原始的六祖"踏碓"故事及其增益情节——"系石"和"筛米"，则成了后世灯录、语录中六祖悟道的标志性事件之一，并且在不同场合被禅师们寄予了丰富的思想寓意，它们大致可从以下几个角度来阐释：

一曰身份标志。这体现了佛教凡、圣平等的思想。惠能在参拜五祖之前，因以卖柴为生，所以叫做"卖樵者""卖樵汉""卖柴汉"等。有趣的是，它们和"卢行者""老卢""卢老""卢大""踏碓翁"等常常相提并论。若细绎历代用例，则不难发现，大多都在强调、赞颂凡者惠能实是佛性早悟的圣者，

---

① 《卍续藏》第78册，河北省佛教协会，2006年，第817页上栏。

② 参《景德传灯录》卷14，《大正藏》第51册，台北：新文丰出版股份有限公司1983年版，第316页上栏。

③ 《大正藏》第47册，第497页上栏。

只是未曾印可而已。如惟盖竺等编《明觉禅师语录》卷5载北宋云门宗高僧雪窦重显（980—1052）《名实无当》颂曰："玉转珠回祖佛言，精通犹是汗心田。老卢只解长舂米，何得黄梅万古传？"① 珠者喻佛性，而作为舂米的行者，竟然能得到五祖的真传。南宋临济宗印肃（1115—1169）撰《普庵印肃禅师语录》卷3《金刚随机无尽颂·如法受持分第十三》（其八）则说："庾岭问南能，踏碓到三更。谁知憨俗汉，绍祖列传灯？"② "憨俗汉"云云，与重显一样运用了反问句式，旨在警醒后学者：不要因为出身卑微，就主动放弃成圣之路。其实，只要识得自性清净，人人都可顿悟成佛。南宋曹洞宗僧正觉（1091—1157）《宏智禅师广录》卷6又说：

> 佛祖而来，元无僧俗，但人人有谛当，亲证真得处，名入佛心宗，彻法源底。老卢是卖樵汉，一到黄梅，便道"我欲作佛"。祖碓屋负舂，直到心镜绝垢，自照历然。半夜传衣，度大庾岭，信衣放下，明上座尽力提不起，方知个人亲证真得。③

于此，正觉禅师则明确指出：僧（圣）俗（凡）并无本质区别，关键在于个人亲证，如惠能所得法衣即为亲证而来，（惠）明上座虽已出家，然无亲证，故连一件传法袈裟也拿不动了。

更有意思的是，后世语录常把寺中净人比作惠能，这从另一侧面点明了惠能在黄梅寺院中的苦役者身份。南宋《石溪心月禅师杂录》载心月禅师为净道净人下火时有偈曰：

> 出家勤苦贵精修，衣食随分勿外求。坠石腰间贪踏碓，不知明月过沧洲。既为灵隐堂中客，当把卢公作标格。明心见性如未曾，不免死生苦煎迫。今年随我过虎丘，一疾缠绵只么休。休则休已，毕竟向什么处去。便取山僧火把子，明来明去任优游。④

从"灵隐堂中客"可知净道是灵隐寺的净人，他一生都在为寺院做杂役。卢

---

① 《大正藏》第47册，台北：新文丰出版股份有限公司1983年版，第702页下—703页上栏。
② 《卍续藏》第69册，河北省佛教协会，2006年，第433页上栏。
③ 《大正藏》第48册，第78页上栏。
④ 《卍续藏》第71册，第77页上栏。

公,指惠能,"坠石踏碓",正是其甘于苦役、磨砺身心的标志性事件。心月特意拈出的"明心见性",则是南宗最重的宗旨之一,或许净道于此未能深悟,心月才委婉地批评他"不免生死苦煎迫"。

二曰修道考验。这是把六祖当作释迦牟尼,即六祖悟道也像佛祖一样是历劫修行的结果。元临济宗松源派禅师清茂(1262—1329)说《古林清茂禅师语录》卷5《六代祖师遗像,云南禅讲主请赞》(其六)即云:

> 八十一生担板,三十三代传衣。碓下米舂未白,壁间之偈先书。起七百僧阿修罗之嗔怒,耿二千年甘蔗种之余辉。无绳自缚也显叶落归根之旨,有口无舌也示风幡不动之机。谁道岭南无佛性,从来鼻孔大头垂。①

同卷《送梵藏主之南华礼祖》又云:

> 新州城中卖柴汉,八十一生担片板。黄梅衣钵是渠传,纬地经天有何限。又云从前不识字,黑底是墨白底纸。三千威仪八万行,铁作脊梁金作齿。②

这两首偈赞,都概述了六祖惠能的生平事迹。而"八十一生"云云,则与佛祖历劫修行的叙述模式基本相同,旨在突出悟道者的前世因缘。稍有不同的是,佛祖出身高贵,从小就接受了良好的教育,惠能仅是卖柴汉,靠的是听经自悟。当然,"八十一"本就是中国传统数字文化表示"多"的流行说法之一。据道宣(596—667)《续高僧传》卷25,唐初牛头宗二祖智岩禅师(577—654)武德年间(618—626)修道于舒州(今属安徽)皖公山时,有异僧警醒他说:"卿已八十一生出家,宜加精进!"③换言之,后世六祖八十一生为担柴汉的传说,其源头既可远溯到印度的佛本生叙事模式,又可以溯源至智岩修道故事。有趣的是,这种传说后世禅宗语录有所继承,往往也把六祖担柴、踏碓舂米统合在一起,明末清初黄檗宗僧人如一(1616—1671)说《即非禅师全录》卷8《佛祖正印源流像赞·六祖慧能大师》即云:

> 八十一生为善知识,一物也无留取。腰石石烂,花酣果熟,梅岩馨香

---

① 《卍续藏》第71册,河北省佛教协会,2006年,第256页上栏。

② 同上书,第262页上栏。

③ 《大正藏》第50册,台北:新文丰出版股份有限公司1983年版,第602页中栏。

充塞东西土,衣钵谁云在岭南?①

不过,即非禅师于此,无论对担柴、系石踏碓的结果,都是从"遮"的层面予以彻底否定,是因为他想告诫世人,修道的终极境界是悟透性空,千万不能有执著之心。

当然,对六祖多生修行也有明确肯定者,如元临济宗虎丘派清珙禅师(1272—1352)说《石屋珙禅师语录》卷1曰:

> 有此大丈夫气概,方能成办大丈夫事,此非一生两生行愿得成,乃是多劫多生净业增熏,方能如此。无一法从懒堕懈怠中生,岂不见二祖立雪、五祖栽松、六祖踏碓、仰山牧牛……庞居士得旨于马祖室中,先辈大儒,古来老衲,是皆苦志劳形,究明此道。岂似如今禅和家,华居丰食,致身于丛林中,视丛林如驿舍,口里说道,参禅办道,闻说禅道,如风过树,此等名为可怜悯者。②

石屋禅师之所以把六祖当作历代禅师苦行的代表之一,是因为他对当时禅家懈怠懒散、追逐享乐的现象极度反感,有其特定的批评对象。另外,也有儒佛同尊、以儒证佛之意,特别是在彰显孟子《告子下》倡导的圣人之道:"舜发于畎亩之中,傅说举于版筑之间,胶鬲举于鱼盐之中,管夷吾举于士,孙叔敖举于海,百里奚举于市。故天将降大任于是人也,必先苦其心志,劳其筋骨,饿其体肤,空乏其身,行拂乱其所为,所以动心忍性,曾益其所不能。"③易言之,从佛教修行、誓愿的角度看,先辈大儒和历代祖师一样,在苦行、忍辱、精进等方面有相通之处。

三曰善于修持的功用观。南宋临济宗杨岐派禅僧智愚(1185—1269)说《虚堂和尚语录》卷6《蹈碓老卢》即谓:

> 用智恰如愚,无人辨得渠。秕糠和月捣,意在脱衣盂。④

此即颂扬了惠能踏碓时表现出的大智若愚,即对他人的不解毫不在意,依然固守自己心中的那盏明灯。而秕糠一起捣的举动,又有阐提成佛的深刻寓意。换言之,即便像秕糠一样的败种,也能传承佛祖的衣钵而悟道成佛。

---

① 《嘉兴藏》第38册,台北:新文丰出版股份有限公司1987年版,第665页下栏。
② 《卍续藏》第70册,河北省佛教协会,2006年,第662页中—下栏。
③ (清)阮元校刻:《十三经注疏》,上海古籍出版社1997年版,第2762页上栏。
④ 《大正藏》第47册,台北:新文丰出版股份有限公司1983年版,第103页上栏。

清善酂说《翼庵禅师语录》卷 8《和寒山诗》则云:

> 山中常踏碓,坠石思卢老。圆明灿若珠,筛过重新捣。功用亦如之,
> 传得黄梅道。日日长奉持,米麦豆三宝。①

是颂明确指出:踏碓、筛米等日常生活之事,是惠能修道实践的全部内容,而修行者在身、口、意方面的各种动作(即功用),其实就是道。假如持之以恒,并将它们融会、贯注于日常生活,则世人都能像惠能一样通达佛法而深入禅境了。

四曰比较视角。这里既有南北二宗境界高下的对比,也有关于惠能不同修道阶段的对比,或者惠能与其他祖师的对比。如南宋智昭集《人天眼目》卷 6 所附《北宗》曰:

> 鉴上时时拂旧痕,鸟啼花笑几回春。白莲峰顶无消息,铁钵输他踏碓人。②

此"踏碓人",指惠能;"铁钵",喻北宗神秀(606—706)。后者武德八年(625)于洛阳天宫寺受过具足戒,参谒弘忍时本为比丘,故可持有"六物"之一的钵(或铁钵)。换言之,神秀虽早于惠能入五祖门下,且有正式的比丘身份,但他的悟境远远不如惠能。

同书卷 6 所附《六祖》又曰:

> 石坠腰间春碓鸣,老卢便重不便轻。黄梅衣钵虽亲得,犹较曹溪数十程。③

曹溪,是仪凤二年(677)惠能从印宗受具足戒后的弘法场所——宝林寺的所在地。此偈重在对比惠能不同阶段的悟境,同样是顿悟,然黄梅所悟远远比不上后来的曹溪法门。

南宋崇岳(1132—1202)所说《松源崇岳禅师语录》卷 2 则载其上堂有语云:

> 达磨九年面壁,老卢踏碓春糠。捡点将来,也是寸钉入木。④

---

① 《嘉兴藏》第 37 册,台北:新文丰出版股份有限公司 1987 年版,第 706 页上栏。
② 《大正藏》第 48 册,台北:新文丰出版股份有限公司 1983 年版,第 335 页上栏。
③ 同上书,第 334 页下栏。另据《禅宗颂古联珠通集》卷 7,是偈作者是北宋居士无为子杨杰(参《卍续藏》第 65 册,河北省佛教协会,2006 年,第 512 页下栏),但文字略有不同。
④ 《卍续藏》第 70 册,第 96 页中栏。

此则把六祖和东土初祖菩提达磨相提并论，"踏碓舂糠"与"面壁九年"，其事相虽异，却都是道心坚固的榜样（寸钉入木之喻义，即在于此）。

五曰翻案法。周裕锴先生曾经指出，禅宗因否定外在权威，突出本心地位，故参禅时常以唱反调为顿悟自性的重要标志，"六祖慧能不仅是南宗禅的开山禅师，也是禅宗翻案法的创始人"。① 值得注意的是，后世对六祖"踏碓"故事寓意的阐发，也常有借用"翻案法"者。如元临济宗僧人正印说《月江正印禅师语录》卷3《六祖坠腰石》曰："龙朔年深色愈苍，坠腰踏碓意非良。贼身已脱黄梅渡，千古空存旧贼赃。"② 明末曹洞宗僧人净柱（1601—1654）辑《五灯会元续略》卷2载元末明初临济宗杨岐派禅僧世愚（1301—1370）开示参禅者时有语曰："六祖不会破柴踏碓，达磨不识九年面壁，你不会，见个甚么？"③ 明末临济宗僧人通忍（1604—1648）说《朝宗禅师语录》卷9《改众禅侣踏碓偈示渔甫刘居士》曰："碓嘴花开不待春，一回踏处一回新。曾闻米熟筛犹欠，几个掀翻窠臼人。"④ 清僧净范说《蔗庵范禅师语录》卷13又录其上堂有语曰："胡达磨面壁是少斟酌，卢行者踏碓千殃并起，致使后代儿孙携传结侣，低昂俯仰，百样行藏。……山僧不妨与天下人雪屈恶，好笑而今事，转觉当初错。"⑤ 凡此，可知正印等禅师把原来对六祖踏碓、系石舂米的肯定性评价，全部翻转而予以否定，目的就在于告诫禅者应自悟本心，不要迷信权威。特别是通忍之作，题目所用"改"字，表明它翻转的是其他人的《踏碓偈》。

此外，要顺便补充的是，后世所翻转的六祖修道故事，除了"踏碓""筛米"外，也涉及其他情节：如南宋法薰（1171—1245）说《石田法薰禅师语录》卷4《化柴》曰"祖翁元是卖柴汉，今日无柴却可怜。去谒檀门好收拾，归来要接午炊烟"⑥，明末清初通门（？—1663）说《牧田和尚宗本投机颂》则有偈云"岭南佛性果然无，槽厂从人唤老卢。明镜非台书得偈，本来难掩一樵夫"⑦。显而易见，法薰翻转的是惠能往黄梅之前的卖柴情节，通门则把惠能

---

① 参周裕锴：《文字禅与宋代诗学》，复旦大学出版社2017年版，第179页。
② 《卍续藏》第71册，河北省佛教协会，2006年，第156页中栏。
③ 《卍续藏》第80册，第492页上栏。
④ 《嘉兴藏》第34册，台北：新文丰出版股份有限公司1987年版，第272页下栏。
⑤ 《嘉兴藏》第36册，第953页下栏。
⑥ 《卍续藏》第70册，第351页下栏。
⑦ 《嘉兴藏》第31册，第644页上栏。

到黄梅后与五祖的对话（讨论的是佛性有无南北之分的问题）及其献明心偈等情节都加以翻案，否定的层面更为全面。

六曰戏剧化的场景设置。这主要指禅师把六祖"踏碓"等事置于特定的时空场景，从而开启禅者的悟入之门。① 如《普庵印肃禅师语录》卷2《李总干遗诗十四句，师于一句之下加颂七句》（之五）云"朝朝去礼拜，谁识丹霞在。打倒木佛烧，院主反招罪。得相而无相，参方会不会。如来非大身，老卢快踏碓"②，此即把惠能踏碓与禅宗史上著名的丹霞烧佛（丹霞天然，739—824）都还原为戏剧化的动作，尤其述说惠能时所用的那一"快"字，就像导演的指示，能给禅者身临其境之感，如同穿越时空回到了惠能当年踏碓的现场。南宋《希叟绍昙禅师广录》卷3又载师上堂云"精神玉粒，熟知稼穑。人着意勤，收拾已收拾。春石坠腰，炊香满室。客来唱曲贺丰年，抚髀清欢，莫嫌贫极"③，此则把惠能春米和秋天丰收的场景相联系，揭示了没有耕耘（喻修行），哪有收获（喻成道）的人生哲理。

当然，上面所说六种阐释角度，仅是大概的分类而已，其实，更常见者是多角度的汇合，如前引《即非禅师全录》卷8《佛祖正印源流像赞·六祖慧能大师》中就综合了"修道考验"和"翻案法"。再如明末曹洞宗僧明盂（1599—1665）《三宜盂禅师语录》卷1载其元旦上堂云："长汀憨布袋，无钱终日醉，却笑卢行者，黄梅去春碓。辛苦几多时，依然道不会，致使儿孙辈，成群而打队。"④ 此则汇合了"身份标志"（卢行者）、"比较视角"（布袋和尚与惠能的对比）和"翻案法"。

---

① 关于这方面的分析，参拙撰：《孟浩然〈春晓〉在禅林的传播》，《古典文学知识》2014年第2期。
② 《卍续藏》第69册，河北省佛教协会，2006年，第405页中栏。
③ 《卍续藏》第70册，第434页上栏。
④ 《嘉兴藏》第27册，台北：新文丰出版股份有限公司1987年版，第7页中栏。

第六节　禅宗语录"杂偈"略论 ①

　　禅宗语录作为自成体系的历史文献,具有多方面的研究价值。单就古典诗歌而言,以之为主要依据来探讨僧诗、禅诗或诗禅关系问题的论著层出不穷。但禅宗语录本身由多种文体构成,既有宗门专用者如颂古、拈古、普说之类,更有教内外通用者如诗、词、赋、行状、序、跋、记、铭、疏,等等,不一而足。总体看来,有关禅宗语录之文体研究,除了广义的"偈"② 体之外,其他各体都很薄弱。③

　　即便是研究成果相对突出的"偈"体,④ 其实也有深化的可能。兹仅以时

---

　　① 　本小节已发表于《福州大学学报》(哲学社会科学版)2019 年第 1 期,特此说明。

　　② 　禅宗语录中,与"偈"含义相同者尚有"偈赞""偈颂""诗偈""赞偈"等,笔者把它们统称为广义之偈。

　　③ 　目前仅见少数学人对禅宗语录的个别文体有所梳理:如张培锋《大慧宗杲禅师颂古创作研究》(《哈尔滨工业大学学报·社会科学版》2013 年第 4 期)、贾素慧《"颂古"词语释义及其文体辨析》(《汉字文化》2016 年第 2 期)等对"颂古"的研究;鲁立智《禅宗下火文刍议》(《法音》2014 年第 6 期)、谭洁《禅宗下火文的历史流变及其文化意蕴》(《兰州学刊》2015 年第 7 期)等对"下火文"的检讨;冯国栋《涉佛文体与佛教仪式——以像赞与疏文为例》(《浙江学刊》2014 年第 4 期)对禅宗仪式性文体的个案分析之类。

　　④ 　对"偈"体的研究,主要聚焦于四个层面:一是汉译佛典,最新成果可参王丽娜《汉译佛典偈颂研究》(商务印书馆 2016 年版);二是禅宗语录,如曾淑华《〈五家语录〉禅僧诗偈颂赞研究》(台北:花木兰出版社 2015 年版),姬天予《宋代禅宗临终偈研究》(新竹:玄奘大学中国语文学系 2014 年博士学位论文),吴珮瑄《紫柏诗偈研究》(彰化:彰化师范大学国文学系 2015 年硕士学位论文),张培锋、孙可《宋代禅门偈赞的分类与主要题材》(《江西师范大学学报·哲学社会科学版》2015 年第 4 期)等;三是佛禅偈颂对文人创作的影响,如周裕锴《禅宗偈颂与宋诗翻案法》(《四川大学学报·哲学社会科学版》1999 年第 2 期)、史洪权《〈石灰吟〉:从僧偈到名诗——兼谈〈石灰吟〉的作者问题》(《文学遗产》2006 年第 5 期)等;四是诗偈异同之比较,如张昌红《论诗、偈的异同及偈颂的诗化》(《河南师范大学学报·哲学社会科学版》2012 年第 6 期)、张勇《贝叶与杨花——中国禅学的诗性精神》(中华书局 2016 年版)等。

贤尚未注目的"杂偈"为例,略述禅宗语录"偈"体变迁如下。

一、"杂偈"在禅宗语录中的两种含义

"杂偈"一词,据今存佛教文献,从佛典翻译的角度看,目前仅发现1例,即姚秦竺佛念译《最胜问菩萨十住除垢断结经》卷9之"或以杂偈叹如来之德"①,而中土人士的用例,最早似出于南宋末期天台宗僧人志磐(生卒年不详)所撰《佛祖统纪》卷47对白莲宗创始人南宋初茅子元著作的评论:

> 所谓《四土图》者,则窃取台宗格言,附以杂偈,率皆鄙薄言辞。晨朝忏者,则撮略慈云七忏,别为一本。……偈吟四句,则有类于樵歌。②

志磐所引材料,原出自宗鉴(?—1206)《释门正统》卷4"斥伪志"。③《四土图》,即宗鉴所说《圆融四土图》;慈云,指北宋天台宗高僧遵式(964—1032),其人善作忏仪,有《大弥陀忏仪》《小弥陀忏仪》《请观音忏仪》《往生净土忏愿仪》《金光明护国仪》《炽盛光忏仪》《法华三昧忏仪》等作传世,故称慈云忏主、天竺忏主。由于志磐继承宗鉴之说,把白莲宗斥为伪教,④所以,其所说"杂偈"之"杂",义同于"伪",着眼点在于思想的非正统性,是宗鉴、志磐站在天台宗的社会政治立场而作出的情感判断和价值判断。其实,茅子元所创白莲教,除了吸收净土思想之外,本身就与天台宗有极其紧密的联系。其师北禅净梵(1052—1128),即为中兴天台宗第三世十三传人之一。而且,茅氏生前声誉甚隆,备受推崇,乾道二年(1166)即被高宗皇帝御赐"劝修净业莲宗导师慈照宗主",所著《弥陀节要》《法华百心证道歌》《风月集》,盛行于世。⑤然时过境迁,至南宋后期其教派被归入伪

---

① 《大正藏》第10册,台北:新文丰出版股份有限公司1983年版,第1035页上栏。又,"校勘记"指出:"杂","宫"本作"离",考虑孤证难立,故很难说"杂偈"是出自翻译佛典。

② 《大正藏》第49册,第425页上栏。

③ 《卍续藏》第75册,河北省佛教协会,2006年,第315页上栏。

④ 有关茅子元白莲教之"伪"的表现,具体分析,可参马西沙《宋元时期白莲教传教与禁教论析》,《宗教学研究》2017年第2期。

⑤ 茅子元生平事迹,详普度(?—1330)撰《庐山莲宗宝鉴》卷4,载《大正藏》第47册,第326页上—中栏。

邪之列。①

宗鉴所说《圆整四土图》和志磐所说《四土图》,实即《庐山莲宗宝鉴》卷2所说慈照宗主《圆融四土选佛图》。普度在书中辑录茅子元原序并附有相关图表,②它大体保留了茅氏《圆融四土选佛图》的精髓。其中所附偈颂用语,如"世情看冷暖,人面逐高低""贴肉汗衫既未脱,纤尘犹碍大乾坤""大道通天下,明明几百州。州州各道路,路路合春秋"之类,确如志磐批评的那样有"言辞鄙薄"的缺点。但茅氏如此用语,是"随方劝化"之需,因为语言浅俗有助于在下层民众中传教。

两宋以后,禅宗编撰语录蔚然成风,"偈""赞""偈赞""偈颂"等往往成为各家语录"总目"中的常用词。然我们阅藏时,突然发现"杂偈"一语在南宋末至晚明间极其神奇地消失了三百多年,直至明末清初才又频繁出现,这一现象说明了禅宗诗学观的哪些变化呢?

首先,若从各家语录卷首总目及卷中细目进行观察和比较,我们大致可以确定"杂偈"所涵盖的题材范围。请先看如下9例:

1. 清初印正(1614—1691)等人为其师破山海明(1597—1666)所编《破山禅师语录》共20卷。其总目内容包括:"序文二"、"上堂"(卷1—5)、"小参"(卷5—6)、"机缘"(卷7)、"法语"(卷8—11)、书问(卷12)、"拈古、颂古、联芳偈"(卷13)、"示偈"(卷14—16,其中前两卷半为七言四句,后一卷第二部分为五言四句)、"佛祖赞、自赞"(卷17)、"杂偈"(卷18及卷19的一部分,卷18又分成七言八句、五言八句两小类,后一卷则未从句式体制进行分类)、"坐禅箴、十二时歌、牧牛图颂、题小像、题行乐图、万峰景"(卷19后半部分)、"序、疏、铭、偈言、佛事、行状、年谱(附)、塔铭(附)"(卷20)。③其中,卷13—19所收作品,属于广义之偈赞;卷18、19"杂偈"共收诗歌180题(组诗者,仅算一题,后同,不赘),从题目如《金粟辞师归蜀》《次我劭樊总制韵》《复法弟石车和尚》《复君山文督学》《怀和石孙居士》《寿培之李总制》《因事感怀》《双桂警众》《插秧口占》《从军行》《母难有感》《复

---

① 范立舟先生《论南宋"吃菜事魔"与明教、白莲教的关系》(《杭州师范大学学报·社会科学版》2016年第3期)指出白莲教、明教被南宋社会精英归入异端宗教的原因有二:一是两教团体集会的精神动因与终极诉求与儒家思想伦理不合,二是两者都具有潜在的反政府、反社会倾向。

② 《大正藏》第47册,台北:新文丰出版股份有限公司1983年版,第313页上栏—317页上栏。

③ 《嘉兴藏》第26册,台北:新文丰出版股份有限公司1987年版,第1页下栏—2页上栏。

东林黄居士》《复象崖上座》《访空如禅人》《哭云门湛然和尚》《吊象崖门
人》《登太白崖》《送士心谭檀越赴川北莅任》《送佛冤法孙之江南》《示百城
禅人》《寿太府潘公》《游灵谷寺》《大觉寺》《木鱼》《佛手中柑》《天锡姚文
学请题画蕙》《圆知禅人请题血书华严经》《寓公高居士西园看新荷》分析,
杂偈题材主要与僧俗交往、题画咏物及山水游赏有关。即便有的写到了宗门
人物,往往也不涉及"道情",反而与"世情"相通。①

2. 观谁为其师圆䜣(1605—1645,破山海明法嗣之一)所编《夔州卧龙
字水禅师语录》分3卷,卷1是"上堂",卷2是"小参、晚参、示众、机缘、法语、
规约、佛吏",卷3是"颂古、分灯偈、杂偈、附行状",②而杂偈共收《山中吟》
《玩月偶成》《汉丰道中》《示顽石矩禅人》《解嘲》《睡佛池》《一笑亭》《示
止白居士》《答生死真妄问》《示若洒禅人》《示孙居士从闻》《示印石禅人》
《示明节禅人》《山居》《题宿云亭》《赠美若蒋居士杰》《吊烟霞道士》《破
雪和尚讣至》《含璞和尚讣至》《铁龙山十首》《示中树熊居士》《送允一寿侍
者》等诗歌44题,题材与其师海明大同小异。

3. 宗上(1634—?)为其师祖完璧(1621—1687)所编《山晖禅师语录》
共12卷,卷1—4是"上堂",卷5—8分别为"小参""晚参""机缘""法语",
卷9—10为"杂偈",卷11—12为"尺牍",③其分类简洁明了,从普通的文
体形式看,只有两大类,除了"杂偈"属诗歌以外,其他各卷都是散文体。"杂
偈"所辑共279题,其中以"示××"命题者最多,达140首,所示对象有居
士、比丘、比丘尼、侍者等,此类可归入"(开)示偈";④其他寄、赠、吊、怀之作
也颇多;描写丛林生活体验者,则有《山中四威仪》(两组)、《山居》和《出
坡》。最可注意的是,山晖竟然没有常见的颂古、像赞类作品。

---

①　张勇曾把僧诗分成两类,一曰世情,二曰道情。并谓前者在题材、情感、意象、辞采等方面几无
衲子痕迹,与一般文人诗相差无几;后者指创作主体有明确的僧人身份意识,因此往往把世俗的喜怒哀
乐之情过滤得干干净净。参《贝叶与杨花——中国禅学的诗性精神》,中华书局2016年版,第87—95页。

②　《嘉兴藏》第29册,台北:新文丰出版股份有限公司1987年版,第1页下页栏。又,总目之"佛
吏",正文作"佛事",是。

③　同上书,第21页下栏。

④　清初曹洞宗弘瀚(1630—1706)、弘裕二僧为其师祖无异元来(1575—1630)所编《无异元
来禅师广录》共30卷,康熙十年(1671)刊行。"开示偈"数量较大,占有近6卷(卷15—19及卷20
之前半部分),另一类以"偈"命名的是"净土偈"(卷20之后半部分)。据此,"开示""净土"云云,
着眼于偈的功能与使用场合。

4.道氾、道冲等为师蕴上（即前文所说宗上）所编《鄂州龙光达夫禅师鸡肋集》1卷，^①它虽然没有总目，但正文中标有"机缘""颂古""代语""杂偈""赞""自赞""杂著"等子目。"杂偈"共录诗48题，同样是"开示偈"最多，达25首。^②尤其可注意的是，编者辑有两组山水诗共16首：一曰"观音山八景"（藻鉴池，龙鼻泉，虎伏岩，将军石，众香园，烟雨台，翡翠溪，回峰塔），二曰"真峰八景"（巉岩隐豹，三迭龙湫，橹唱云阿，山禽啼晓，古柏参天，紫云敛瑞，钵盂慧水，净土梵音）。

5.普定为明末临济宗僧灯来（1614—1685）所编《三山来禅师语录》共28卷，总目显示"杂偈"与"石龙吟、念佛歌"共为1卷（卷14）。^③正文"杂偈"所收60题，除了33题是开示偈之外，值得关注的是《画兰》《画牡丹》，^④二者显然是题画诗，换言之，咏画之作，也被编者归入了"杂偈"类。

6.原澂（1627—1689）等人为其师慧海（1626—？）所编《天王水鉴海和尚住金粟语录》共3卷：卷1是"上堂"；卷2是"行状、传"，卷3是"记、尺牍、象赞、杂著、杂偈、佛事"。^⑤慧海同样无"颂古"类作品。"杂偈"辑有19题，^⑥除《金粟即事八首》（千僧井、娑罗树、独桑鼓、康僧桥、金粟山、礼密祖象、礼费师翁舍利塔、募修大殿）、《题东明孝节》《云泽号》外，其他16题都与人事交往有关，其中《慈庵署中灵芝忽生，阿弟阿郎时赴秋闱，题赠》，说明禅师世情难忘，并由衷祝愿弟兄们能"折桂蟾宫早得祯""福佑王家乐太平"。

7.上睿（1634—？）等人为其师啸堂禅师（1622—1680）编有《洪山俞昭允汾禅师语录》6卷，卷首总目显示卷6为"杂偈"，^⑦不过，正文目录下则改称"诗偈"，并且顶格排版^⑧。对照总目，可以发现，除卷5"颂古"外，允汾禅师的诗歌类作品全辑在卷6，共有《周注西刺史北旋赠别》《题龙门寺壁》《夜读鲁论至颜回章》《山居杂咏》等95题。其中，本是传法偈的《付睿首座

---

①　《嘉兴藏》第29册，台北：新文丰出版股份有限公司1987年版，第159页上栏—174页上栏。

②　在"示偈"中，有一首叫《次踏莎行韵示念生》，《踏莎行》属于词作，经比对，原作上下片第三句为六言（上片作"公据分明一纸"，下片作"终不令人憔悴"），这与词调要求的七言有别，其他各句句式则相符，故笔者推断有两种可能：一是蕴上原作如是，二是刻本有夺字。

③　《嘉兴藏》第29册，第691页下栏。

④　同上书，第747页下栏。

⑤　同上书，第309页上栏。

⑥　同上书，第321页中栏—322页上栏。

⑦　《嘉兴藏》第37册，台北：新文丰出版股份有限公司1987年版，第505页上栏。

⑧　同上书，第525页上栏。

楚林法偈》《付祚西堂慈裔法偈》亦赫然在列。换言之,在上睿心目中,允汾之作,除了"颂古"外,其他诗、偈都属于"杂偈"。

8.行导为其师通忍（1604—1648）编有《朝宗禅师语录》10卷,卷首总目表明法语、颂古、杂偈、佛事同在卷9。[①] 若考察卷9正文颂古、佛事之间的篇目,可知"杂偈"收有79种诗题,[②] 其中竟然包括了12题"赞"（原书标明"赞"字、《南泉祖师斩猫像》为2首）,所赞对象有世尊出山相,以及初祖达磨、布袋和尚、赵州祖师、天童老和尚等历代禅师,又有自赞,这种把诸"赞"纳入"杂偈"的做法,显然和前列《鄂州龙光达夫禅师鸡肋集》《天王水鉴海和尚住金粟语录》等的分类大相径庭。不过,细读赞题后的附注,可知前3首是小心居士请,7首是琉球国蔡大夫请,导侍者、默禅人、旋闻禅人各请1首,也就是说,通忍之"赞"都是出于他人的请托,并不用于自己主持的禅林仪轨中。

9.明圆为胡尊（1629—?）所编《古宿尊禅师语录》6卷,内容包括各地说法的"语录"（卷1、2及卷3的一部分）,"机缘、联芳、拈古、颂古"（卷3后半部分）,"佛事、书问、歌疏、像赞"（卷4）,"杂偈、山居杂律、五言古、七言古"（卷5）,"五言律、七言律、五言绝、七言绝、行实"（卷6）。[③] 虽说诗偈分类标准不一,有的着眼于内容,如颂古、像赞,有的着眼于形式体制,如古体、近体之类,但层次大致是清楚的。单就其"杂偈"而言,在"山居杂律"之前辑有68题,有趣的是"杂偈"名目下又分出"杂咏",而"杂咏"包括《示契中禅人》《寄友人藏朴》《行脚》《喜雨》《病中有感》《赠道源座主》《游景明山》等20题,[④] 可谓杂中有杂矣。

从上述9例可知,不同编辑者对于"杂偈"之"杂"范围的大小理解不一,但有一点是肯定的,即它绝对不是志磐所说的思想邪伪之意,它不是价值判别和情感判别,编者大概只在强调内容、题材的"非正规性"。具体说来,主要表现有两点:(1)使用场合的非正规性,杂偈的产生不在丛林禅堂、法堂之上,而大多是移到了寺庙之外,因此,"颂古""分灯偈""联芳偈"等与禅林仪式有密切关系的偈颂,一般不在"杂偈"之列。换言之,从禅宗语录目录学中的类型学角度看,"杂偈"的创作,常常与禅宗仪式无关;(2)从表达功能

---

① 《嘉兴藏》第34册,台北:新文丰出版股份有限公司1987年版,第221页下栏。
② 同上书,第270页上栏—273页下栏。
③ 《嘉兴藏》第37册,第410页上—中栏。
④ 同上书,第431页下栏—433页中栏。

看,重在表达"世情"而非"道情",因此,山水、咏物、题画一类的题材往往被归到了"杂偈"中。即便寄、赠、送、别、吊、挽的对象是教内人士,若场合在丛林之外,其作品仍然属于"杂偈"。

有的编者则在"杂偈"中很自然地排除了与世俗通用的一些文体如箴、铭、赞、颂、歌等,甚至含有"杂"字的"杂赞""杂颂",都会与"杂偈"或"偈"分列:如超鸣为行海(1604—1670)编有《大方禅师语录》6卷,其卷2为"拈颂、杂颂"、卷3为"源流颂"、卷4—5两卷为"偈上""偈下",卷6为"佛事、行实、塔铭";① 迦陵性音(1671—1726)重编的《禅宗杂毒海》8卷,除5、6两卷是"杂偈"外,其他各卷内容总目分别"佛赞""杂赞""投机""钞化""道号"和"山居"。②

其次,"杂偈"一词既可用于禅宗语录的卷首总目,又见于一些具体的篇名。如:

1. 宗上、宗坚为其师福慧(1623—?)所编《嵩山野竹禅师语录》共14卷,卷首总目显示卷9—13悉为"杂偈",③ 然在卷13"杂偈"中又有《西山杂偈》④ 七绝12首,因每首押韵有别,故笔者怀疑它不是同时同地而成的组诗,只是同作于"西山"或同咏对象为"西山"诸事,主题前后不一,才拟题为"西山杂偈"。此外,本卷有《拟寒山诗》20首,则知"拟古"类诗歌,也在前述广义"杂偈"之列。

2. 开诇(1634—1676)为其师祖智誾(1585—1637)所编《雪关禅师语录》13卷,其卷首总目颇为有趣,如卷11—13分别为"偈""偈颂、赞诗"和"诗歌、杂著、塔铭、行传",⑤ 而"偈"这一卷中有辑有《山居杂偈》《山居杂咏》⑥,一为五言四句体24首,一为六言四句体24首,然二题之"杂",其义相同。传善则为老师智誾编有《雪关和尚语录》6卷,卷首总目标示卷3是"拈古、颂古、赞、偈",卷4为"偈之余",卷5曰"尺牍、疏、祭文",卷6是"诗"。⑦

---

① 《嘉兴藏》第36册,台北:新文丰出版股份有限公司1987年版,第826页中栏。

② 《卍续藏》第65册,河北省佛教协会,2006年,第54页下栏。

③ 《嘉兴藏》第29册,第92页上—中栏。又,洪希编有《益州嵩山野竹禅师后录》8卷,后两卷属于"杂偈"(《嘉兴藏》第33册,第425页上栏),可知福慧其人"杂偈"之作甚多。

④ 《嘉兴藏》第29册,第149页中栏。

⑤ 《嘉兴藏》第27册,第441页上—中栏。

⑥ 同上书,第515页中—下栏、517页中—下栏。

⑦ 同上书,第535下栏。

在卷 4,编者又辑有五言、六言四句体《山居杂偈》各 30、8 首①,但在五言体中,有的和前述《雪关禅师语录》卷 13 之《山居杂偈》重复,这是需要特别说明的。此外,振溪等为玄符尼所编《灵瑞禅师嵒华》卷 4,也辑有两首六言四句体《山居杂偈》。②

3. 玄杲为济玑(？—1648)所录《爨云玑禅师语录》中辑有五言四句体《杂偈》(八首)③,镜悬为成如尼(1648—？)所编《子雍如禅师语录》卷 2 则辑有七绝曰《杂偈八首》④,两组偈子之所以如此命名,原因在于它们并无集中或统一的主旨吧。

统观以上“杂偈”命名的作品,不难发现它们在体制形式方面的共同点是组偈。

综上所述,我们大致可以把禅宗语录“杂偈”之用法归纳成两种:一是在目录学意义上,它具有判别偈颂的功能之用,一般说来,它一方面排除了丛林清规之正式场合使用的偈颂类别,如颂古、分灯偈之类,另一方面,有时也排除了禅宗传统的写作题材如牧牛颂、渔父词、十二时歌等。二是在篇目命名意义上,它往往把题旨难于统一者归成一组,这与中古时期的“杂诗”之“杂”,有异曲同工之妙。

二、“杂偈”所反映的诗偈关系

在上述两类“杂偈”中,最能反映诗、偈关系变化者是前一类。在“偈”中专列“杂偈”的做法,至晚明才较为流行。虽然在不同编目者眼中,“杂偈”范围有大小之别:比如有的把禅宗传统写作题材的“山居”归入“杂偈”(如《夔州卧龙字水禅师语录》),有的则把“山居”与“杂偈”相提并论(如《禅宗杂毒海》);有的把“开示偈”纳入“杂偈”(如《山晖禅师语录》),有的则分列“杂偈”“示偈”(如《破山禅师语录》),诸如此类,不一而足。但总体说来,明末清初的禅僧多把宗门所写世俗题材之诗歌都纳入“杂偈”,如前文

---

① 《嘉兴藏》第 27 册,台北:新文丰出版股份有限公司 1987 年版,第 550 页中—下栏、551 页中栏。
② 《嘉兴藏》第 35 册,河北省佛教协会,2006 年,第 757 页上栏。
③ 《嘉兴藏》第 34 册,第 368 页上栏。
④ 《嘉兴藏》第 38 册,第 824 页中栏。

所归纳的寄、送、赠、别、寿、挽、吊等表现社会交往、人际关系方面的诗作以及山水、咏物、题画诗等，尤其山水、咏物被编入"杂偈"，在常人看来，真是不可思议之举。然其实质表明，当时不少禅家的诗偈观已悄然生变。

对于诗、偈关系的认识，由于认知主体身份不一、时代有别等因素的制约，所持看法自然有别。张勇曾综合多种文献，将历史上诗、偈相互夹缠的现象分为两类："以偈为诗"和"以诗为偈"；并主张从"'为法作'与'为诗作'""无情与有情""概念与意象""理语与理趣"等四个方面来判别诗、偈之异同①。其说大致可从，但在分析具体作品时，相反的例证俯拾皆是，比如前述第一类"杂偈"所收禅僧诸作，写人状物注重意象者不胜枚举。如圆䄎《山中吟》曰"我居山，无奇特，食黄精，烧松叶。闲不过，长自吟，三四句，寄知音"，"食、烧、吟、寄"诸动词，似白描，寥寥数笔，就把作者的自画像深深地烙进读者脑海中了；再如蕴上《观音山八景》之七《翡翠溪》曰"溪流环绕薜萝村，新涨一湾碧玉温。老妪浣纱砧杵急，双双惊起宿花魂"，人物活动与山水意象的结合，作者情感细腻变化的呈述，都相当出色。此类作品，以今人眼光视之，自然都是情感丰富的"诗"，那为什么当时的语录编纂者都列入"杂偈"呢？究其成因，在于当时不少评论家（包括宗门在内的禅家）在诗偈关系上多着眼于同的层面。如：

1. 清初释正印为其师观衡（1578—1645）重编《紫竹林颛愚衡和尚语录》20卷，卷8辑有《〈拟古长诗述志〉序》，曰：

> 尝闻论诗者以谈道理为偈，不谈道理为诗，所以选诗者多不选僧诗，以偏道理故也。余虽不知诗，闻此说，恐非达者之论。且诗、偈之分，不知出何人之言。偈句也诗，离句何以言之？是则诗、偈无别，但道理别耳。又道理乃性情之所游也，诗果拒道理，而性情何由出耶？是知诗、偈不以道理为别，以辞之风雅为别耳。诗若徒以清淡、藻雅为重，而为诗者何益哉？仲尼云："春秋作诗，道衰矣。"又何言欤？《书》云："见山思高，见水思明。"此诗之正训也。知此诗不在词藻，而在志审矣。若论志，佛可无志耶？而世、出世间有超过佛志者耶？又似离佛语，都不足言诗也。佛经诸有颂句都不论，只《华严·净行》一品，凡所见闻，皆诵四句，此真诗之

---

① 参张勇：《贝叶与杨花——中国禅学的诗性精神》，中华书局 2016 年版，第 95—110 页。

奥府、正见闻、正性情、正动止,莫尚于斯矣。但译人未拣工拙,世之学者尚于词藻,致使佛甚深诗道,置而不诵,不惟不诵,而反呕耳。斯言有异于众,乃是不知之言,谅众不我罪。又诗不清则不贵,古今禅讲诗集盛多,如寒山子,不可备举,纵词未精细,而意岂不清耶? 而选诗者多不上选,岂选者不知性情耶? 大都僧诗乃僧之性情,世之学者乃世之性情,僧之性情与世之性情差别远矣。且浅说如寒山诗中诙谐好杀生者,而世之学者几能戒荤茹耶? 于戏,无怪乎僧之不中选,不中吟咏,有以哉。僧诗亦有一二入选者,乃僧诗中屈节就世语耳。余病思无以遣,拟古长诗以述志,或谓余言过长于古,过俗于古,大浅轻,大陋鄙,是断语,是偈句,余总承受。但余不在词,而在志耳。①

观衡的五言古体《拟古长诗述志》诗,长达 4600 字,即便置于中国古典诗歌史上,也是不可多得的长篇巨制之一。而且,重点在于自述生平事迹,是其修道历程的完整展示,尤其叙述了 12 岁出家至 45 岁间经历的各种人事变故,世情难舍与道心之坚的矛盾心情表露无遗。比如"绰约一妇女,丰姿世无二。上服垂过膝,下裙拖覆趾。上下纯白绫,绫花壮碗式。白帕罩云鬟,玉环为耳坠。形色衣未分,眉目更殊懿。眉湾似初月,目湛等秋水。丹朱点重唇,葱白露纤指。璎珞网肩颈,天香随身起。超超趣中轩,盈盈面微喜。我见不敢前,彼言我辞尔"等诗句,与齐梁宫体写女性声色之美的手法,何其相似。难怪有人批评作者浅轻、陋鄙。不过,从序中可以看出,观衡并不赞同时人诗偈有别的看法,他更强调的是诗、偈在创作方法,题材内容等方面的相通之处,特别是主张释、儒两家都有"诗道",都是在言"志"。

2. 行玮（1610—1676）等门人为其师通门（1599—1671）编有《牧云和尚七会语录》6 卷,卷 4—6 所录为"偈",卷 4《净土十咏》(兴化极乐庵作)后,编者附有乎庵居士跋,曰:

牧云和尚十咏,即时即景,是偈是诗。昔弥勒说法,天亲颂云:只说这个法。只是梵音清雅,令人乐闻。②

① 《嘉兴藏》第 28 册,台北:新文丰出版股份有限公司 1987 年版,第 698 页上—中栏。
② 《嘉兴藏》第 26 册,第 560 页下栏。

此段跋语,是对《净土十咏》的总体评价,虽然作品被归入"偈"中,实际上仍然有浓烈的抒情意蕴,甚至有的形象较为鲜明,如第七首云"美人西向望,寤寐更谁思? 杨柳沾千品,莲花礼六时。制情传妙戒,寓意写新诗。陶令攒眉去,何人得似伊",其中前四句对女性西方信仰者的刻画,就较为传神。"即时即景",大概着眼点就在这里。

3. 清郭金台(1610—1676)《庶庵岩花集诗序》又说:

> 诗与偈同源,禅与儒共贯,释子与吾辈谈风雅,皆行吾道也。华严会上,菩提场中,诸佛菩萨众宣扬赞叹,七字声音遍满绵邈,非诗祖乎? 能祖无文字而拨斥卧轮、扫除神秀,四字了义,人人洞彻,非诗谛乎? 船子和尚优游江上,明月满船,婉转流丽,非诗趣乎? 真偈即诗,真诗即偈,悟皆证圣,迷尽入魔,判合自人,非有两辙也。①

郭氏之论诗、偈,一方面是强调儒、禅同源,另一方面,其思路和前述观衡大同小异,都突出了作品的终极指向在于"道",并受儒家诗教观的影响,进而把诸佛菩萨比作释家诗祖,认为六祖惠能《坛经》诸偈揭示了诗歌真谛,船子和尚《拨棹歌》充满诗趣。总之,只要能表现"真谛""真趣"的诗与偈,其本质都毫无区别。

4. 超宣等门人为其师行元(1611—1662)所编《百痴禅师语录》30卷,卷19之《示玄池香灯》云:

> 汝以白纸一幅求我写,毕竟求我写个甚么? 若要诗与偈,此时工绝律者固有其人,若要法语与文章,我肚皮里那有许多络索,若要随意写几行持去供养,我真书不会,草诀未能,涂污了这幅白纸,也似可惜。数日冗忙,同汝辈搬泥垦土,镢头边作活计,且亦无这等闲工夫。不如就汝本经上夜夜点火焚香,朝朝折花换水,蓦忽火光烁破眼睛,堂内圣僧自为汝证据也。况《绿杨》"锁岸新竹摇风曲,蟾低笙田蛙怒鼓"是一首好诗偈,是一篇新法语,是一部大文章,汝不仔细推穷,返来觅我死句,奚禅乎? 虽然死句,也解活人,只恐汝当前蹉过。②

---

① (清)郭金台撰:《石村诗文集·文集》卷中,清康熙刻本。

② 《嘉兴藏》第28册,台北:新文丰出版股份有限公司1987年版,第99页中栏。

此处行元禅师教导弟子时，同样是诗、偈并举，显然他极其反对觅死句，而要求弟子自悟，明确指出后者的《绿杨》本身就是一首好诗与好偈，并且特别摘出"锁岸新竹摇风曲，蟾低笙田蛙怒鼓"作为例证来开示他。

5. 毛奇龄（1623—1716）《高云和尚四居诗集序》曰：

> 佛家有偈而无诗。偈也者揭也，揭其旨而已，非为诗也。自中峰以诗为偈而偈乃一变，然而所揭之旨仍在焉。高云工为诗，及受法为平阳弟子，则弃诗为偈而（耳）。既而，居山居水居市廛居舟楫，则又重仿中峰《四居诗》而以诗为偈。①

毛氏在此，提出了一个非常有趣的命题，他认为佛教禅宗本来只有偈而无诗，后来由于元代临济宗高僧中峰明本（1263—1323）写出了《四居诗》等以诗为偈的作品才使宗门偈颂的创作发生了巨变，甚至影响到了高云等禅师。所谓"《四居诗》"，是指北庭寂护等为明本所编《天目中峰和尚广录》卷29 "偈颂"中所辑明本之《船居十首》（己酉舟中作）、《山居十首》（六安山中作）、《水居十首》（东海州作）、《廛居十首》（汴梁作），② 后来清初顾嗣立（1655—1722）编《元诗选二集》，分别从中选录了四、四、六、一首，并有按语说："中峰《四居》诗，并避地时作。"③ 统观《四居诗》四十首，大多把写景、状物、抒情和议论融为一体，这可能是毛奇龄所说的"以诗为偈"吧。

6. 石韫玉（1756—1837）《雪斋诗稿序》则说：

> 昔者七佛传心，各有四句偈。偈者，古诗之流也。如来演十二部经，每说法，必有重颂继之。颂，亦六义之一也。《诗》中三颂皆无韵，佛经之颂亦无韵。虽地分夷夏，而理则一贯，其抑扬反复，均足以感发人之性情。④

石氏于此，则从佛偈与《诗经》三颂用途相同、演唱方式相同这两点来论断偈是古诗之流。

---

① （清）毛奇龄撰：《西河集》卷51，《文渊阁四库全书》第1320册，台北：商务印书馆1986年版，第445页下栏—446页上栏。
② 蓝吉富主编：《禅宗全书》第48册，台北：文殊出版社1988年版，第273—277页。
③ （清）顾嗣立编：《元诗选二集》，中华书局1987年版，第1374页。
④ （清）石蕴玉撰：《独学庐稿·四稿》卷3，清《写刻独学庐全稿》本。

以上诸家所论，多着眼于诗、偈之同。当然，也有突出二者之异的禅僧，如清初曹洞宗僧人今辨（1637—1695）为其师函昰（1608—1685）编有《天然是禅师语录》12卷，末卷辑有《青原嫡唱序》曰：

> 颂古联珠，历代知识借他人酒杯洗自己垒块，同一醉态而婆婆和和，各为吞吐。虽语不成文，傍观者亦自可以意得，故诗与偈不同者，诗见情乎辞中，偈发悟于言外，辞不妙则情难见，言弗巧则悟不真。①

可知天然函昰坚决主张诗、偈有别，主要区别在于：诗主情且要求辞彩之美，偈则要求妙悟，并且更重视口语表达的巧妙与机智。

总之，"偈"中分出"杂偈"之举，有两方面的禅文学史意义：一方面，它说明了"偈"与世俗之"诗"的合流态势；另一方面又区分了禅"偈"的使用场合，其中，非正规场合使用的偈，多叫"杂偈"。

---

① 《嘉兴藏》第38册，台北：新文丰出版股份有限公司1987年版，第197页上栏。

第七节 佛慈禅师《蜜蜂颂》及其异代和作略论 [1]

　　蜜蜂很早就成为我国先民的关注对象,《诗经·周颂·小毖》所说"莫予荓蜂,自求辛螫" [2],本意是在告诫世人不要随意激怒蜜蜂,否则就会招致毒螫,自找苦头。后来儒家由此而赋予蜜蜂的各种政治寓意或道德评判(如比喻小人奸臣之类),其手法,在世界三大宗教(佛教、基督教和伊斯兰教)之经典中同样可见。 [3] 尤其在 18 世纪以来的西方文学史上,还产生了好几部颇富争议和影响的作品,如荷兰伯纳德·曼德维尔(1670—1733)的《蜜蜂的寓言——私人的恶德,公众的利益》 [4] 和美国女权主义者西尔维亚·普拉斯(1932—1963)的《蜜蜂组诗》 [5] 等。换言之,小小蜜蜂的吟唱,竟然穿越古今,横贯中外,依然回响在我们的耳际,让人有无限的遐想。它实在是古今文学演变与中外文学比较领域的一个值得剖析的个案。不过,笔者限于

---

　　① 本小节已发表于《福州大学学报》(哲学社会科学版)2018 年版第 2 期,特此说明。

　　② (清)阮元校刻:《十三经注疏》,上海古籍出版社 1997 年版,第 600 页下栏。

　　③ 相关介绍,佛教方面,参陈明《犍陀罗语譬喻经中的"如蜂采华"源流》(载《印度佛教神话:书写与流传》,中国大百科全书出版社 2016 年版,第 372—387 页);基督教方面,参赵荣台、陈景亭《圣经动植物意义》(上海人民出版社 2006 年版,第 23—24 页);伊斯兰教方面,参马雁兵《〈古兰经〉中的〈蜜蜂章〉与蜜蜂》(《中国穆斯林》2012 年第 6 期)。

　　④ 对该书的评述,参韩加明:《〈蜜蜂的寓言〉与 18 世纪英国文学》,《国外文学》2005 年第 2 期。

　　⑤ 参朱新福、林大江:《从"蜜蜂世界"看女权运动——评美国当代女诗人普拉斯的蜜蜂组诗》,《外国文学评论》2004 年第 2 期。

学识,现仅以南宋初佛慈禅师《蜜蜂颂》及其后代唱和诗为主,略作梳理如次。

一、佛慈禅师《蜜蜂颂》及其和作

在中国禅宗诗歌史上,较早吟咏蜜蜂者是中唐伏牛自在禅师(741—821)的《三伤颂》(其三)"伤嗟造蜜蜂"①;较早用组诗形式写蜜蜂者,是江西诗派"三僧"之一的邓州香严倚松如璧禅师(1065—1129,俗名饶节,字德操,派属云门宗;另两位是祖可、善权)的《蜜蜂颂四首》,并且,他在第三首直接使用"禅"字,说"禅流不用窥门户,却怕针锋著面门"②。而后世影响最大的组诗,当属天封佛慈禅师的《蜜蜂颂》(五首),它们虽然一度失传,但发现之后不久就引起较大的轰动,清初顺治年间,和作的著名禅师有十多位。

关于《蜜蜂颂》(五首)的发现过,清初临济宗高僧悟进(1612—1673)所说《芥庵进禅师语录》卷9《和宋天封佛慈禅师〈蜜蜂颂〉》序中有较详细的交待,序曰:

> 予庚寅春移梅,次掘深土,得断碑半截,洗阅蚪额,有"天封佛慈禅师法语"八字,勒《示语》一篇,并《蜜蜂颂》五首,款识"绍兴己未长至日,华顶支离叟书,遗祖照颜侍者"。予乃恍然曰:此地五百年前事弥露矣。即置之法堂,及稽《灯传》,佛慈为圜悟嗣。又考《真歇了塔铭》,了曾祖照会中首众。洵知二老出世,开法金明,非小缘也。适子谷蔡居士觐见,力请表扬,因述缘起,并勉赓和。顺治乙未春悟进识。③

据此可知,佛慈《蜜蜂颂》作于绍兴己未(即绍兴九年,1139)长至日(指农历夏至日或冬至日)或稍前,"庚申"则指顺治七年(1650),其时距《蜜蜂

---

① 参陈尚君辑校:《全唐诗补编》,中华书局1992年版,第386—387页。

② 参《全宋诗》第22册,北京大学出版社1998年版,第14586页。

③ 《嘉兴藏》第29册,台北:新文丰出版股份有限公司1987年版,第363页上一中栏。在《芥庵进禅师语录》中,附有佛慈禅师原作《蜜蜂颂》,但第五首首句中缺三字。另,《牧云和尚嬾斋别集》卷7则附有《金明进禅师和序》(《嘉兴藏》第31册,第586页中栏),其文字与《芥庵进禅师语录》所收序文,又略有不同。为省篇幅,此处不作校记。

颂》刻成碑文已过去 511 年之久。序中又说佛慈"为嗣圜悟",则知其师为临济宗杨岐派高僧克勤禅师（1063－1135）。"真歇了",指两宋之际曹洞宗的高僧真歇清了（1088－1151）,其最终嗣法于丹霞子淳（1064－1117）。①政和三年（1113）,② 清了入侍祖照（?－1123）;宣和三年（1121）担任长芦寺首座;宣和四年（1122）七月至建炎二年（1128）六月,正式住持长芦寺。"会中首众",当指清了于宣和三、四年间任长芦寺首座之事。"祖照颜侍者"之"颜侍者",事迹不详,但他与清了一样,都曾任祖照禅师的侍者。若结合《芥庵进禅师语录》卷 2 "上堂"之语云"佛慈老汉立宗旨建法幢于范蠡湖上,可谓呕心吐胆,救时救弊。虽然,却被颜侍者看破,只如道古人未到处着眼,汝等作么生"③,则知他和佛慈有过交集,时代或略晚于佛慈。

　　虽然佛慈法脉出于临济宗杨岐派,但其《蜜蜂颂》却被曹洞宗的禅师刻成碑文,这说明当时禅宗各宗派之间的交流相当频繁,思想差别也不是泾渭分明。《蜜蜂颂》原作曰:

> 千花蕊上刺香时,百草头边得意归。一窍透穿通活路,游丝无碍去来飞。
> 风光占尽作生涯,阄合门前趁晚衙。君看不期而自信,儿孙整整世其家。
> 桶底遭君打脱时,从前活计顿抛离。超然不恋旧巢窟,空有层层酿蜜脾。
> 平生底事付风光,日暖花开个个忙。筑着等闲遭一札,痛连心髓要承当。
> 老□□□闭刳桐,向上仝参一窍通。禅者不须窥户牖,针锋札着面皮红。④

它们被悟进禅师发现后,顺治十二年（1655）春,在居士蔡子谷的鼓励推动下,由此掀开了一场前后持续时间较长的唱和活动。兹把主要作品列"表 6-6"如下:

---

　　① 据清了弟子天童正觉（1091—1157）撰《崇先真歇了禅师塔铭》（载《卍续藏》第 71 册,河北省佛教协会, 2006 年,第 777 页下栏—778 页下栏）,可知清了自称"开堂嗣法淳和尚"在宣和五年（1123）五月。

　　② 《真歇清了禅师语录》载清了答长芦祖照时自谓"二十六"（《卍续藏》第 71 册,第 776 页上一中栏）,清了生于元祐三年（1088）,由此推断,其初见祖照在政和三年。

　　③ 《嘉兴藏》第 29 册,台北:新文丰出版股份有限公司 1987 年版,第 333 页中栏。

　　④ 同上书,第 363 页中栏。又,佛慈之作,《全宋诗》及《全宋诗订补》等书,皆失收。

表 6-6　清初《蜜蜂颂》唱和诗一览表

作者	宗派归属	作品名称及数量	创作时间	出处
悟进 （1612—1673）	临济宗	《和宋天封佛慈禅师〈蜜蜂颂〉》《再和》《三和》，共 15 首	顺治十二年（1655）春	《芥庵进禅师语录》卷9，《嘉兴藏》第 29 册，第 363 页中—下栏
道忞 （1596—1674）	临济宗	《和天封佛慈祥 ① 禅师〈蜜蜂颂〉凡六十首》	顺治十六年（1659）九月至次年五月之间 ②	《布水台集》卷 4，《嘉兴藏》第 26 册，第 325 页中栏—326 页下栏
通贤 （1593—1667）	临济宗	《次佛慈禅师〈蜜蜂〉五韵》，5 首	不详	《浮石禅师语录》卷10，《嘉兴藏》第 26 册，第 618 页下栏—619 页上栏
通醉 （1610—1695）	临济宗	《和天封禅师〈蜜蜂颂〉》，5 首	不详	《昭觉丈雪醉禅师语录》卷 6，《嘉兴藏》第 27 册，第 331 页下栏
行舟 （1611—1670）	临济宗	《和〈蜜蜂颂〉》，5 首	不详	《芥为舟禅师语录》卷10，《嘉兴藏》第 28 册，第 271 页上栏
真本 （1617—？）	临济宗	《金明老人移梅掘深土，得断碑半截，额有宋天封佛慈禅师〈蜜蜂颂〉五首，赓和原韵》	顺治十六年（1659）③	《古瓶山牧道者究心录》卷下，《嘉兴藏》第 28 册，第 304 页上—中栏
悟元 （1615—1678）	临济宗	《和天封禅师〈蜜蜂颂〉五首》	不详	《一初元禅师语录》卷下，《嘉兴藏》第 29 册，第 391 页中—下栏
真智 （1622—1677）	临济宗	《和金明宋天封佛慈禅师〈蜜蜂颂〉五首》	不详 ④	《嘉兴退庵断愚智禅师语录》卷下，《嘉兴藏》第 29 册，第 787 页上—中栏
通门 （1599—1671）	临济宗	《和南宋天封佛慈禅师〈蜜蜂颂〉》，20 首	不详	《牧云和尚嬾斋别集》卷 7，《嘉兴藏》第 31 册，第 586 页中栏—587 页上栏

---

①　"佛慈祥"之"祥"，疑为衍文，因为悟进所录碑文就作"佛慈"。

②　具体考证，参后文。

③　真本得到悟进印可是在顺治十六年（1659）。当时真本曾将《蜂颂》（即和佛慈之作）呈于其师，经过一番论辩后，终于得到老师许可："嗣法为临济三十二世。"参何园客：《古瓶山牧道者传》，《嘉兴藏》第 28 册，台北：新文丰出版股份有限公司 1987 年版，第 290 下栏—291 页中栏。

④　真智为悟元法嗣，故两人之作似出于同时。

续表

作者	宗派归属	作品名称及数量	创作时间	出处
玄符 (尼,生卒年不详)	临济宗	《蜜蜂颂》(和宋天封佛慈禅师,原韵),5首	不详	《灵瑞禅师喦华集》卷4,《嘉兴藏》第35册,第755页上栏
真衍 (1621—1677)	临济宗	《和宋天封佛慈禅师〈蜜蜂颂〉原韵》,5首	不详	《苏州竹庵衍禅师语录》卷下,《嘉兴藏》第36册,第87页上栏
机如 (1632—?)	临济宗	《和宋天封佛慈禅师〈蜜蜂颂〉》,5首	不详①	《古林如禅师语录》卷4,《嘉兴藏》第36册,第104页上栏
智操 (1626—1688)	曹洞宗	《蜜蜂颂》(和宋天封佛慈禅师韵),5首	不详	《寒松操禅师语录》卷17,《嘉兴藏》第37册,第631页中—下栏
圆法 (?—1669)	临济宗	《和天封〈蜜蜂颂〉五和》,25首	顺治十二年(1655)春	《三塔主峰禅师语录》,《嘉兴藏》第38册,第404页下栏—405页上栏
东岩 (1623—?)	临济宗	《和宋天封佛慈禅师〈蜜蜂颂〉》,5首	顺治十二年(1655)春	《黄莲东岩禅师语录》,《嘉兴藏》第38册,第416页中—下栏
真雄 (1634—?)	临济宗	《和宋天封佛慈禅师〈蜜蜂颂〉》,5首	顺治十二年(1655)春	《大悲妙云禅师语录》卷6,《嘉兴藏》第38册,第471页下栏
陆瑛 (法名真和,1611—?)	临济宗	《和宋天封佛慈禅师〈蜜蜂颂〉》《又和》,共10首	顺治十二年(1655)春②	《调实居士证源录》,《嘉兴藏》第38册,第483页上—中栏
灵章蕴 (生卒年不详)	临济宗	《蜜蜂》,存1首③	不详	《禅宗杂毒海》卷6,《卍续藏》第65册,第87页中栏

---

① 机如为真衍法嗣,故两人之作似出于同时。

② 圆法、东岩、真雄、陆瑛四人同为悟进法嗣,故诸人和作当出于同时,尤其是真雄指出:"金明介老人移梅得断碑,碑载佛慈禅师《蜜蜂颂》五首,一时诸方异而竞和,余亦从而和之。"

③ 按,迦陵性音辑《禅宗杂毒海》卷6于"蜜蜂"章共辑入3首七言绝句,灵章蕴这一首排在第一位,另两首的作者是"天封慈",即佛慈。灵章蕴诗曰"潮鸣一夕到天光,日夜奔波有底忙。漆桶破时家丑露,百千孔窍看郎当",其与佛慈《蜜蜂颂》组诗第三首的押韵用字"光、忙、当"完全一样,故笔者认为灵章蕴原作至少有5首。又,"灵章蕴"之"蕴",原文作"缊",然《禅宗杂毒海》卷3《寄雪窦禅师》、卷5《采茶》(之二)的作者署名都是"灵章蕴"(《卍续藏》第65册,河北省佛教协会,2006年,第71页下栏、82页上栏),故知二者为同一人,据改。灵章蕴与道忞有交往,后者曾为前者《巢枸集》作序(参《嘉兴藏》第26册,台北:新文丰出版股份有限公司1987年版,第337页下栏—338页上栏)。清黄虞稷《千顷堂书目》卷28"通蕴《巢枸集》"条则说通蕴:"字灵章,皋亭山僧。"

统观上表,可见包括悟进在内,禅宗语录所载清初和唱佛慈《蜜蜂颂》之作,至少存有191首。从形式言,无论单组（5首为1组）、多组（或作10、15、20、25、60首）,各组每一首最后一句的韵脚用字及排序,绝大多数同于佛慈禅师原作的"飞、家、脾、当、红"（次序不一者,仅真衍和作,其各首末句韵脚是"飞、当、家、脾、红"）;从宗派言,基本上是临济宗,而且,不少作者有师徒关系。此外,当时参加唱和的居士也不少,除了表中所列陆瑛之外,还有悟进《和宋天封佛慈禅师〈蜜蜂颂〉》序中所说的蔡子谷居士①以及周莲斋居士（法名真洁）②等,可惜后两位的作品早已佚失不存。

佛慈《蜜蜂颂》组诗重见天日之后,除引发时人整组逐首的唱和热情外,也有其它方面的影响:一者原作第一、第三两首被迦陵性音（?—1726）于康熙五十三年（1714）重新辑入《禅宗杂毒海》卷6"蜜蜂"章,③由此方便了修道者参究"蜜蜂"禅。二者有的禅师虽然不是与佛慈唱和,其构思立意,却和佛慈原作有着某种内在的联系,如彻生（1634—?）的《密（蜜）蜂颂十首》④即如此。

二、异代相和时"蜜蜂"寓意之流变

清初顺治年间以悟进禅师为首的数十人对南宋初期佛慈禅师《蜜蜂颂》的唱和之作,总体说来,是异代相和。而时代变异,自然使"蜜蜂"（含相关意象）的寓意也随之变化,相对佛慈而言,清人之作,既有继承,又有新变。但佛慈的《蜜蜂颂》,从整体结构、修辞手法和语典运用方面看,它们又与前述北宋末期云门宗诗僧如璧（饶节）的《蜜蜂颂》大同小异。后者有云:

> 不辞倾倒为君甜,只要教君脱旧粘。眨上眉毛还蹉过,莫令唇齿带廉纤。

---

① 蔡子谷,号黄坡遁翁,与当时高僧交往甚广,著名禅师就有道忞、通醉、通门、通贤、雪关智訚（1585—1637）、费隐通容（1593—1661）、破山海明（1597—1666）、隐元隆琦（1592—1673）、虚舟行省（1600—1668）、弘储（1605—1672）、行元（1611—1662）、莲峰素（1612—?）等十多位。

② 参《芥庵进禅师语录》卷7《复周莲斋》（《嘉兴藏》第29册,台北:新文丰出版股份有限公司1987年版,第353页下栏）。悟进还称赞周氏说"所和《蜜蜂颂》颇佳",并提醒对方"中有不到处,过在错用心耳。……居士虚心请益,然贫衲不欲与改正者,正要居士用一番真实苦心,参究那个蜂子"。周莲斋法名"真洁"、陆瑛法名"真和",则知悟进的俗家弟子,多取"真"字辈。

③ 《卍续藏》第65册,河北省佛教协会,2006年,第87页下栏。

④ 《青城竹浪生禅师语录》卷7,《嘉兴藏》第38册,第900页下栏。

非但桃花与杏花,万家春色总吾家。花须造化无人会,月落空庭竹影斜。

三尺剞桐表里浑,个中特地好乾坤。禅流不用窥门户,却怕针锋著面门。

渠家世代恶儿孙,激箭机锋不易亲。闹处逢人遭一剳,可怜多少负恩人。

　　饶节《蜜蜂颂》撰出的具体时间,已不可详考,大致作于崇宁二年
(1103)其祝发出家至建炎三年(1129)四月入灭的 26 年之间,[①] 这显然要
早于佛慈之作的绍兴九年(1139)。佛慈与如璧的《蜜蜂颂》,两者相同之处
主要有:(1)在整体结构上,都是以蜜蜂寻香采蜜为主线来贯穿全篇;(2)都
用拟人手法写蜜蜂,并把它作为修禅者的参照物,只不过饶节是第三首第三句
直接点出“禅流”云云,佛慈则在第五首第三句,但二人所用句式及其句意
毫无区别,都含有强烈的警示之意;(3)所用同一语典有“儿孙”“剞桐”“遭
一剳”“针锋”等。当然,二人之作也有不同点,比如:佛慈全篇语气更加自
信,担当的意味更浓厚些,还用了如璧没有的意象像百草、晚衙之类,尤其“晚
衙”系从“蜂衙”分化而来。北宋蔡卞(1048—1117)即说:“蜂有两衙
应潮,其主之所在,众蜂为之旋绕如卫,诛罚征令绝严,有君臣之义。”[②] 周紫
芝(1082—1155)所作《蜂衙赋》,便对群蜂早晚簇拥蜂王出行的场面进行
了形象描摹。南宋邓深《遣兴次韵》“可怜蜂子尊王意,每到衙时似趁班”[③]
所述“蜂衙”场景,亦十分生动。蜂衙可以分成早衙、晚(暮)衙两班,刘恕
(1032—1078)《题灵山寺》“早晚报衙蜂扰扰”[④]、陈宓(1171—1230)《次
方诗境韵》“静中剩得无穷味,笑看蜂衙早晚忙”[⑤],都是一语(联)道尽“蜂
衙”的两种分类。更值得注意的是,蜂衙、早衙、晚(暮)衙等表示蜜蜂出行
的比喻性词汇,佛典汉译时从未用过,它们纯为中土诗歌的固有意象,此在两
宋诗词极其常见。而佛慈,算是把蜂(晚)衙意象引入咏蜂偈颂的第一位禅
师。[⑥] 此外,佛慈所用禅语数量更多,也更有特色和包容性,像“一窍(通)”

---

　　① 　关于饶节出家为僧的经历,参《嘉泰普灯录》卷 12,《卍续藏》第 79 册,河北省佛教协会,
2006 年,第 369 页上栏。

　　② 　(宋)蔡卞撰:《毛诗名物解》卷 11 “蜂”条,清通志堂经解本。

　　③ 　《全宋诗》第 37 册,北京大学出版社 1998 年版,第 23355 页。

　　④ 　《全宋诗》第 12 册,第 8329 页。又,刘恕原作为七言四句,但它与南宋游少游七律《宝云院》
颈联、颔联(参《全宋诗》第 46 册,第 28603 页)完全相同,特此说明。

　　⑤ 　《全宋诗》第 54 册,第 34079 页。

　　⑥ 　按,北宋著名诗僧惠洪(1071—1128)《和曾逢原试茶连韵》有句云“身世都忘总是长沙,院落
日长蜂趁衙”(《注石门文字禅》,中华书局 2012 年版,第 360 页),但其全诗主旨并不在写蜜蜂。

出现于第一首和第五首,它阐扬了"一窍通百窍"的禅理。佛慈之师克勤在《碧岩录》卷4第36则公案中便评唱说:"不见云门道:直得山河大地,无纤毫过患,犹为转物,不见一切色,始是半提,更须知有全提时节、向上一窍,始解稳坐。若透得,依旧山是山、水是水,各住自位,各当本体。"①"云门",指云门宗的创立者文偃禅师(864—949)。饶节(如璧)作为云门宗传人(云门八世孙),没有袭用自家法门,倒是临济宗杨岐派弟子的佛慈活学活用了,第五首"向上全参一窍通"一句,便从"向上一窍"化出。而"向上一窍",号称云门中兴的雪窦重显(980—1052)在《宗门三印》(之三)中大加弘扬,说"印水印泥印空,衲子不辩西东。拨开向上一窍,千圣齐立下风"②。还有第三首之"桶底打脱"(又称桶底脱、桶底脱落、脱底桶),亦与云门一系有关。据《雪峰义存禅师语录》记载,雪峰义存(822—908,文偃之师)曾问其师德山宣鉴(782—865):"从上宗乘中事,学人还有分也无?"德山打一棒曰:"道甚么?"义存答曰:"我当时如桶底脱相似。"③后来禅林用"桶底脱"指毫无束缚、毫无疑惑的大悟之境。

清初诸家与佛慈《蜜蜂颂》唱和时,无论单组唱和(一和)还是两组及以上的唱和(再和、三和、四和、五和乃至十二和),其组织结构、修辞手法、禅林用语,大多与佛慈原作保持一致。不过,由于每位禅师人生经历不一,在明清大变局之际,其政治态度有别,所以,在"蜜蜂颂"中寄寓的思想情感也不尽相同。举例说来,唱和作品最多的道忞,其思想感情也最复杂。

道忞《和天封佛慈祥〈蜜蜂颂〉》六十首,可分成12组。其创作时间,大致在顺治十六年(1659)九月至次年五月之间。依据主要有二:一者第11组诗曰:

> 皇华简命赋将时,远慕招摇入贡归。岂比凿空张博望,辽天只说泛槎飞。
> 七金千子布天涯,井井官司各有衙。只奉一人敷密化,山河一统大唐家。
> 君臣道合庆同时,彼稷何须叹黍离。堪笑首阳清饿客,采薇拟欲疗荒脾。
> 宅中图大古称光,吁咈都俞燮理忙。化就黄金充一国,华胥未易黑甜当。

---

① 《大正藏》第48册,台北:新文丰出版股份有限公司1983年版,第173页下栏。
② 《大正藏》第47册,第702页中栏。
③ 《卍续藏》第69册,河北省佛教协会,2006年,第71页下栏。

分官非放故居桐,帝化须教万国通。最喜御园春色密,岛台处处匝千红。

道忞在明末清初遗民僧中,地位较特殊。作为号称"临济正传"密云圆悟（1566—1642）的法嗣,他被喜好禅宗的顺治皇帝视作江南佛教的代表,故被征召入京。从顺治十六年九月北行至次年五月获准南返,道忞在京停留时间虽不足一年,却与顺治广泛交流了宗教、政治、民生和文学艺术等方面的看法。[①] 上引《蜜蜂颂》中"只奉一人"之"一人",自然指顺治皇帝;"山河一统""君臣合道""最喜御园",重点在颂圣;"入贡归"之"归",表明道忞即将南返;[②] 堪笑"首阳""采薇"云云,暗示自己本想保持遗民气节,然得新主知遇之恩,遗憾内疚之时,又有欣慰之感。二者第八组第一首"错过当机正是时,空山长自怨春归。群芳收得先鸣鸠,雁带秋声任晚飞",表面在说蜜蜂,其实暗喻自己奉诏入京之事。"秋"字正好与道忞出发时间相吻合。结合"入贡归",故知 12 组唱和诗当作于 1659 年秋九月至次年五月之间。

道忞组诗,除了叙述其京城感受外,也兼追忆往事,比如第三组第四首"暗地伤人"云云,似指他与同门费隐通容之间的惨烈斗争。[③] 有时又在抒发故国之思,如第 12 组第三首"适当君国播迁时,中露难堪见琐离。若教三春能写怨,蜀魂啼血更伤脾"所用望帝啼血典故;或以忠臣屈原（字灵均）自比,如同组第一首所说"遮莫灵均忠未化,芳魂散作九天飞"。结合道忞后来所作《世祖章皇帝哀词》（其三）之"间谭思庙长挥涕,因说嘉鱼亟叹忠。惠我生民须哲后,堪嗟莫挽鼎湖龙"[④],则知顺治皇帝在道忞面前曾强烈地表达过对崇祯的追思与怀念。[⑤] 所以,道忞此作并不犯忌。总之,道忞此六十首《蜜蜂颂》,实以蜂自喻,寄托他极其复杂的思想感情。当然,由于篇幅更大,道忞之颂所

---

① 相关讨论,参谢正光《新君旧主与遗臣——读木陈道忞〈北游集〉》(《中国社会科学》2009年第 3 期)、廖肇亨《淫辞艳曲与佛教:从〈西厢记〉相关文本论清初戏剧美学的佛教诠释》(《中国文哲研究集刊》2005 年第 26 期）等。

② 《宗统编年》卷 32 载道忞顺治十七年五月望南归,"上躬送出北苑门"(《卍续藏》第 86 册,河北省佛教协会, 2006 年,第 308 页中—下栏)。

③ 对此事件的分析,参野口善敬《费隐通容の临济禅の挫折——木陈道忞の对立を巡っこ》(《禅学研究》1985 年第 64 期)。

④ 《嘉兴藏》第 26 册,台北:新文丰出版股份有限公司 1987 年版,第 327 页上—中栏。又,道忞在诗中对所涉历史人物有注释加以说明,此处未录。

⑤ 关于顺治怀思崇祯的具体表现,参谢正光:《新君旧主与遗臣——读木陈道忞〈北游集〉》,《中国社会科学》2009 年第 3 期。

用禅宗典故数量也远超佛慈,如"顿悟华情""浩浩红尘""白拈""无毛铁鹞""伊兰""梅子""逢场作戏""寻枝摘叶""出炉金弹""铜头铁额"等,都是后者作品中没有出现的。更为特殊的是,道忞作品,还使用了不少道教典故,如"奼女""瑶台""步虚""泛槎"等。

把蜜蜂作为忠义形象来歌咏或自比者,在清初相关的唱和诗中相当普遍。如通贤《次佛慈禅师〈蜜蜂〉五韵》(其三)"义气十分成一伙,人能如此快心脾",通醉《和天封禅师〈蜜蜂颂〉》(其二)"一段精忠隶晚衙",悟元《和天封佛慈禅师〈蜜蜂颂〉五首》(其四)"怪道天生真有义,不分彼此肯担当",陆瑛《又和天封佛慈禅师〈蜜蜂颂〉》(其二)"一番潦乱安邦后,始见当仁个作家",等等,都赞颂了蜜蜂忠义爱国的高贵品格。尤其是不少禅师还借蜂王与群蜂"君臣道合",反思明亡的深刻教训。这些都是佛慈原作所欠缺的,是时代剧变使然,因为佛慈所处的南宋王朝,虽然经历过靖康之耻,却未彻底丧失国土,还有江南之地可以容身。

清初宗门之《蜜蜂颂》唱和,其思想情感也有超脱于社会政治之变者,他们基本上是以"蜜蜂"说禅事,如行舟、真本、真智、通门等人之作。有的偈颂,颇富禅趣,像真本《金明老人移梅掘深土,得断碑半截,额有宋天封佛慈禅师〈蜜蜂颂〉五首,赓和原韵》后两首:

君看投窗昧已光,钻研未透却忙忙。蓦然一转翻身去,遍地清凉直下当。
八面玲珑绝比(此)桐,一丝不挂更神通。回头识得针锋处,日出扶桑大地红。

第四首重点描述了悟前悟后境界之别,强调了顿悟的重要性。第五首好用比喻,如"一丝不挂",比喻禅者应无所执着、不受任何系缚;"针锋处",出自北凉昙无谶译《大般涅槃经》卷10所说"如针锋处皆有无量诸佛"[1],本喻不可思议之神力,此喻大小一如的空间观念。

再如通门《和南宋天封佛慈禅师〈蜜蜂颂〉二十首》第18首"抟取上方甘露食,中边一味养人脾"之"中边一味",此语最早出自《佛说四十二章经》之"佛言:人为道,犹若食蜜,中边皆甜。吾经亦尔"[2],强调的是道无差别。虽

---

[1] 《大正藏》第12册,台北:新文丰出版股份有限公司1983年版,第424页上栏。
[2] 《大正藏》第17册,第724页上栏。

说佛慈《蜜蜂颂》中未用此语，但北宋大诗人苏轼"赠僧仲殊"之作——《安州老人食蜜歌》有云"恰似饮茶甘苦杂，不如食蜜中边甜"，诗人自注："佛云：吾言譬如食蜜，中边皆甜。"① 后来，江西诗派用"中边皆甜（一味）"论诗，如谢薖（1074—1116）《读吕居仁诗》即谓："探囊得君诗，疾读过三四。浅诗如蜜甜，中边本无二。"② 南宋诗僧释宝昙（1129—1197）《题刘夷叔诗稿后》又说："蜜蜂于花似不薄，肥出两股中边甜。"③ 所以，两宋以降，蜜甜无中边的观点相当流行。

少数和作，偶有用其他昆虫进行对比者，如悟进《再和宋天封佛慈禅师〈蜜蜂颂〉》第四首"春来若处逞风光，岂似花间蝶恋忙"、真智《和金明宋天封佛慈禅师〈蜜蜂颂〉五首》（其三）"岂如迷蝶空游恋，留得甘甜蜜润脾"，都是以蝴蝶来反衬蜜蜂伟大的利他主义精神。

总之，清初顺治年间的这些《蜜蜂颂》和作，大多浸染了作者自己的人生体验，特别是道忞的六十首"蜜蜂"诗，包孕了太多的历史文化信息，可有专文再进行更深入的研讨。

三、余论

禅宗诗歌已有千余年的创作历程，她还形成了自己特有的写作传统，比如，在题材选择上往往聚焦"渔父词""十二时""山居"等。④ 蜜蜂作为咏物对象，虽然两晋以降就有以之为题的诗赋（如郭璞《蜜蜂赋》、萧纲《咏蜂》），但它飞进中土禅诗领域却迟至中唐。前文所说伏牛自在《三伤颂》，历史上评价甚高，谓"辞理俱美，警发迷蒙，有益于代"⑤，惜其歌词文本仅存于敦煌藏经洞，在北宋中期以后难以产生具体的影响；晚唐罗隐（833—909）的七言绝句《蜂》"不论平地与山尖，无限风光尽被占。采得百花成蜜后，为谁辛苦为谁

---

① 《苏轼诗集合注》，上海古籍出版社 2001 年版，第 1626 页。
② 《全宋诗》第 24 册，北京大学出版社 1998 年版，第 15764 页。
③ 《全宋诗》第 43 册，第 27096 页。
④ 相关论著，参伍晓蔓、周裕锴：《唱道与乐情——宋代禅宗渔父词研究》（中国社会科学出版社 2014 年版），祁伟、周裕锴《宗风与宝训——宋代禅宗写作传统研究》（同前），祁伟《佛教山居诗研究》（商务印书馆 2014 年版）等。
⑤ 《宋高僧传》，中华书局 1987 年版，第 245 页。

甜"①,则是影响甚大的一首咏物之作,它本身与佛典有着千丝万缕的联系,②禅师有引其句(后两句)作为"法语"者,③然宗门偈颂仅引其名句或意引其大意,没有唱和之作。如璧作为江西诗派中的禅僧,不但年辈比佛慈高,在当时及后世的诗名也远超后者,然前者的《蜜蜂颂四首》,同样无人与之唱和。何也?

从前文所述,我们推断,主要原因有二:一是出于寺院文化宣传的需要,佛慈《蜜蜂颂》碑刻的发现,带给悟进极大的光荣感,因为它给为金明寺增添了厚重的历史感;二是居士蔡子谷的积极组织,蔡子谷广交禅林名宿,如表中所列唱和的禅僧,多数与他过往甚密。明末清初的居士佛教,十分发达,居士在刻经、结社、教义阐释等方面贡献颇丰。调实居士陆瑛的著述,还收入了《嘉兴藏》。

说到宗门的异代和作,被追和对象主要是前代文学名家如陶渊明④等,或被认为是具有鲜明禅学思想特色的诗人如寒山(中、日、韩三国历史上和寒山诗者,不胜枚举)等,而像本文所说追和佛慈这类非著名禅师者的情况很少见。

以悟进、蔡子谷为代表的僧俗两众,对南宋佛慈《蜜蜂颂》的异代唱和活动,仅存续于顺治十二至十七年的短短几年间,却留下了近两百首完整诗作,由此形成了一次咏蜂诗的小高潮,这在古代禅诗史上较为罕见。它虽然比不上禅宗"渔父""山居"等经久不衰的写作传统,但作为禅宗咏物史上的一个特殊案例,依然有不少值得挖掘的地方。限于篇幅,就留待他文以俟来日吧。

---

① 李定广系年校笺:《罗隐集系年校笺》,人民文学出版社 2013 年版,第 424 页。

② 高列过:《罗隐〈蜂〉诗佛源流变考》,《浙江师范大学学报》(社会科学版)2011 年第 1 期。

③ 如弘瀚(1630—1706),参《博山粟如瀚禅师语录》卷 1,《嘉兴藏》第 40 册,台北:新文丰出版股份有限公司 1987 年版,第 452 页下栏。又,罗隐之诗还传播到域外,朝鲜退隐述《禅家龟鉴》批评"营求世利者"时即谓:"有人诗云:采得百花成蜜后,不知辛苦为谁甜。"(《卍续藏》第 63 册,河北省佛教协会,2006 年,第 742 页上栏)

④ 禅宗和陶诗中追和的作品主要是《归去来兮辞》,较有名的是荐福常庵崇禅师《和陶潜〈归去来辞〉》、湛然圆澄《拟〈归去来辞〉》、觉浪道盛《怀武夷仿〈归去来辞〉》、如乾《归去来辞》《丁卯仲春结茅终南翠微山中再依韵〈归去来辞〉》、莲峰素《和〈归去来辞〉》、百痴行元《和陶渊明〈归去来辞〉》等。禅宗和作与陶潜原作之关系,参拙撰:《〈归去来兮辞〉的佛教思想及对后世的影响》,《井冈山大学学报》(社会科学版)2012 年第 4 期。

第八节　禅宗语录若干"琉球偈"的史料价值 ①

　　有关中琉关系史的研究,在文献资料整理方面已经有了坚实的基础,单就相关丛书而言,就有《国家图书馆藏琉球资料汇编》《续编》及《三编》、②《台湾文献史料丛刊》、③《传世汉文琉球文献辑稿》(第一、第二辑)、④《琉球文献史料汇编》⑤等。尤其方宝川等学人,特别关注明清诗文别集中的相关史料,给笔者良多启发。⑥ 在阅藏中,我们又发现禅宗语录的一些偈颂也涉及中琉关系史,它们具有宗教、文学、文化等方面的多重价值。兹辑出相关"琉球偈"⑦,并略作分析如下。不当之处,敬请诸位方家謦正。

一、《朝宗禅师语录》中的"琉球偈"

　　目前所知,辑录"琉球偈"最多的禅宗语录是清初赣州宝华诺诺行导(又

---

① 本小节已发表于《福建师范大学学报》(哲学社会科学版) 2018 年第 3 期,特此说明。

② 北京图书馆出版社 2000、2002、2006 年版。

③ 人民日报出版社 2009 年版。

④ 鹭江出版社 2012、2015 年版。

⑤ 海洋出版社 2014 年版。

⑥ 方宝川、兰英:《明人别集散见中琉关系史料与若干史实钩沉》,《福建师范大学学报》(哲学社会科学版) 2016 年第 5 期。

⑦ 目前,琉球佛教或中琉佛教研究,总体说来成果较少,相对重要的论著主要有秋山谦藏《室町时代の琉球に於ける佛教の发达》(《大正大学学报》第 13 卷, 1932 年 10 月,第 59—92 页)、叶贯磨哉《日本禅宗の琉球发展について》(《驹泽史学》第 7 卷, 1958 年 12 月,第 41—58 页转第 86 页)、陈硕炫《琉球佛教初探》(福建师范大学 2005 年硕士学位论文)等。但是,诸作都未言及本文所论"琉球偈"。最新出版的夏敏专著《明清中国与琉球文学关系考》(社会科学文献出版社 2017 年版),亦未涉及这些"琉球偈"。

称诺诺导,生卒年不详)为其师明末临济宗高僧通忍(1604—1648)所编的《朝宗禅师语录》。该书卷9"杂偈"辑有相关偈颂12题15首,①作品见下表6-7。

表 6-7   朝宗禅师所说"琉球偈"一览表

偈赞题目	正文内容
琉球国蔡坚大夫,参索布袋、南泉、赵州像,师手指上下,大夫不领,书偈二首以示	布袋南泉与赵州,指天指地为君酬。分明三祖一时现,何用茫茫更别求。亲体示君君不烛,犹觅丹青描数轴。纵然描得十分成,错过自家真面目。
为琉球中山王(二首,蔡大夫请)	人王尊与法王尊,在何曾昧己真。昔日赵州年老迈,尽将家计一时陈。从来个事无差别,贵贱咸须据本因。珍重琉球贤国主,莫忘自利利诸人。
为琉球金武王子	生在王家,天然尊贵,玉叶金枝,文经武纬。巍巍堂堂,了无忌讳,面目本如,请勿自昧。
示琉球蔡大夫,法名行圆(号即中)	圆觉自性,空假即中。如珠在盘,八面玲珑。千差万别,一脉灵通。勿从他觅,尽在尔躬。
示琉球阮大夫,法名行香(号普熏)	尽大地人,同一鼻根。行香一片,法界普熏。谁言证得圆通门,直下毫无气息存。
布袋和尚(已下七赞,琉球国蔡大夫请)	杖头挂木屐,草鞋平地立。袋口撮不开,遇物便求乞。满脸笑相迎,行藏无定迹。知你是凡是圣,是魔是佛?十字街头(等个)人,自己不知先着贼。
南泉祖师斩猫像(二首)	正令全提,杀活在手,一刀两断,阿谁知有。人人都道未举以前,斩却以后不知当面成过咎。太平时节莫颟顸,一面南看北斗。威仪不缺,戒律不持,手执利刃,身搭伽黎。是粗是细,有眼皆知,闻说刚刀,不斩无罪,何须卖弄死猫头儿?
赵州祖师	危坐竟日,禅道不谈,将谓出人头地,谁知老迈不堪?若不是手里有些把柄,如何掩得者满面羞惭?借问庭前柏树子,何似前三与后三?
临济祖师(适有访,不晤)	三年不鸣,一鸣惊人。自遭三顿毒,到处害丛林。黄河水自源头浊,惹得后代儿孙如狮子游行,直入狐狼野干之窟,不动声色而已,大惊小怪藏窜无门。咦!夫是之谓,道出常情。
天童老和尚	桐棺山顶曾开眼,太白峰前瞎了休。最有一般奇特处,从来棒棒打人头。
自赞①(琉球国蔡大夫请归国供养)	行棒不动手,说法不开口。谩云临济孙,岂落瞿昙后。未移蛙步入闽山,不起于座藏北斗。问渠端的是何人,报道琉球国里有。

从表中,我们可以重点思考三个值得关注的问题:

一者琉球国蔡坚大夫等人,是何时、何地与通忍相见并向后者求取多首偈

---

① 这些偈颂,悉见《嘉兴藏》第34册,台北:新文丰出版股份有限公司1987年版,第271页下栏、273页上一中栏。

② "自赞",原题作"又",但据上下文,应改回承前而来的正题"自赞",特此说明。

赞的？考虑到琉球使节朝贡时必经福州的史实,蔡坚等人和通忍很可能就在此地见面。通忍,俗姓陈,号朝宗,常州毗陵人,22 岁时于江苏靖江长生庵独知禅师（生卒年不详）处剃度出家,后参金粟寺密云圆悟（1567—1642）,并嗣其法。其后,住持过金陵祇陀林、海盐灵佑寺、福州灵石禅院、莆田曹山上生寺、广东曹溪南华寺、江西龚公山宝华寺等多所名刹。《朝宗禅师语录》卷 1《住福州灵石禅院语录》即云“崇祯己卯秋,师寓福建福州府福清县黄檗山,受请,八月廿二日入寺”①,同卷《住莆田曹山上生禅寺语录》又云“崇祯己卯冬,师于福清灵石寺受请,十一月二十四日入寺”②,则知朝宗禅师于福州灵石禅院开堂说法是在崇祯十二年（1639）的八至十一月,前后三个月左右。同年,隐元隆琦（1592—1673）的高弟即非如一（1616—1671）“别参朝宗和尚于灵石”③,“灵石”,即灵石禅院。《琉球国志略》卷 3“封贡”则明确指出:“崇祯十二年,王遣使蔡坚等入贡。明年,王卒。”④ 内外典籍相互印证,故可确定蔡坚等人是崇祯十二年秋冬之际在福州灵石禅院向朝宗禅师求取偈颂的。朝宗《自赞》“未移蛙步入闽山”一句,正是其夫子自道了。以理揆之,蔡坚朝贡使团当是在归程途经福州时与朝宗禅师见面的,而《自赞》题注“琉球国蔡大夫请归国供养”之“归”字,便表明了这层意思。《临济祖师》题注“适有访,不晤”,则说明通忍与蔡坚等琉球使节的见面尚有波折,当通忍外出时,通忍的弟子可能转达了蔡坚等人索偈的请求。换言之,前表诸偈颂,当非同时之作。

　　二者,蔡坚等使节一方面自己在通忍处参禅问道,另一方面又替国王尚丰、金武王子求偈,这说明,当时的琉球举国上下都对禅宗存有好感。蔡、阮二位大夫,还被朝宗赐予法名（行圆、行香）、法号（即中、普熏）,尤其蔡坚参拜布袋、南泉、赵州三祖师像未开悟之时,朝宗只好放弃身体的动作提醒,而改用文字般若类的“开示偈”了。前表偈颂所涉历代禅师有:布袋（？—916）,五代后梁时僧,明州奉化（一说四明）人,姓氏、生卒年均不详,世传其为弥勒菩萨之化现;南泉,即南泉普愿（748—834）,俗姓王,参马祖道一（709—788）

---

① 《嘉兴藏》第 34 册,台北:新文丰出版股份有限公司 1987 年版,第 226 页中栏。

② 同上书,第 227 页上栏。

③ 参《广寿即非和尚行业记》,载《即非禅师全录》卷 25,《嘉兴藏》第 38 册,第 742 页上栏。

④ （清）周煌撰:《琉球国志略》卷 3,乾隆二十四年漱润堂刻本,第 42 页。又,“王”指琉球国王尚丰（1590—1640）。

而悟。其流传后世的著名公案是"南泉斩猫",意在截断学人的妄想;赵州,指赵州从谂(778—897),他是普愿的法嗣,禅宗语录相关公案甚多,有"赵州狗子""赵州救火""赵州勘婆""赵州至道无难""庭前柏树子""从谂洗脚""吃茶去"等;临济祖师,指临济宗之祖义玄(？—867),其嗣法于黄檗希运(？—850)。希运是福州闽县人,参百丈怀海(720—814)而传其心印,故他与从谂一样,都是马祖的再传弟子。据《镇州临济慧照禅师语录》之《行录》,① 义玄在希运门下时,三年不曾参问,后经首座提醒,三度发问却三度遭打。朝宗"三年不鸣"等四句赞词,即指此事;天童老和尚,指密云圆悟,朝宗即为其"嗣法十二人"之一。据雪兆果性(1666—？)撰《佛祖正传古今捷录》之《第三十四世天童密云圆悟禅师》,② 可知其悟道过程是:"一日自城中归,过铜棺山顶,忽觉情与无情,焕然等现,觅纤毫过患不可得。"朝宗"铜棺山顶曾开眼"之赞词,当指此事。崇祯十二年,圆悟行年七十有四,朝宗尊称其师为"老和尚",也名符其实。有趣的是,朝宗所赞之对象,既有前代禅师如布袋、南泉、赵州,又有当代禅师如密云圆悟,甚至也包括自己。若从偈赞写作手法看,朝宗禅师或是抓住前述对象的人物特征进行刻画,如布袋和尚之"持袋笑乞"像;或是从相关影响深远的公案话头展开议论,如南泉、赵州、临济诸禅师之颂;或是虽然突出了开示对象如国王、王子、大夫等人的尊贵身份,却强调了众生平等的思想;或是依据"行圆""即中""行香""普熏"等法名、法号所蕴含的义理,引导蔡、阮二位大夫自悟本来面目。

三者,朝宗作为明末重要的临济宗禅师之一,其《自赞》说"谩云临济孙……问渠端的是何人,报道琉球国里有",这说明他对琉球盛行临济宗的现实状况是有所了解的。康熙五十八年(1719)奉命出使琉球的徐葆光(1671—1640),所撰《中山传信录》卷5"禅宗"条亦谓:"国无道士,释有临济宗、真言教二种。临济宗为禅门,戒荤酒,多学为诗。真言教为人作佛事,如中国副应僧之类,荤酒不尽绝矣。居首里,诸寺皆临济宗。"③ 两相印证,可见琉球临济宗的势力之盛。

---

① 《大正藏》第47册,台北:新文丰出版股份有限公司1983年版,第504页中—下栏。
② 《卍续藏》第86册,河北省佛教协会,2006年,第9页中—下栏。
③ (清)徐葆光撰:《中山传信录》卷5,康熙六十年刻本,第50页。

二、为霖道霈禅师的 "琉球偈"

除了临济宗朝宗禅师的语录中辑有 "琉球偈" 外,明末清初曹洞宗高僧为霖道霈(1615—1702)也有相关诗作二题三首:一是《为霖道霈禅师餐香录》(后文简称《餐香录》)卷下之《琉球国人求幻、佛二字偈》:

> 诸佛众生本是幻,大地山河亦是幻。若人识得幻枢机,方知幻幻原非幻。
> 佛是何人我是谁,个中反复细寻推。一朝亲见渠侬面,孔子原来是仲尼。①

二是《为霖道霈禅师还山录》(后文简称《还山录》)卷 3 之《琉球国中山王求偈,书此赠之》:

> 巍巍宫阙涌中山,山海高深自作关。玉叶千秋传益盛,金瓯永固治常闲。
> 鸟啼华笑真机发,鱼跃鸢飞大道还。遥忆唐虞垂拱世,淳风犹喜在其间。②

第一组的这两首偈颂,从题名可知它们是道霈禅师应琉球国人所求而作。考道霈生平,其师鼓山元贤(1578—1657)顺治十四年十月示寂后,次年(1658)他便住持鼓山,至康熙十年(1671)秋让席为止,③ 前后共 14 年。《餐香录》"自序"④ 作于康熙六年(1667)腊月十日,则《琉球国人求幻、佛二字偈》当作于此日之前,但最早也不会超过顺治十七年(1660),因为其 "自序" 开篇还说 "余住山方三年,其上堂语要,林涵斋居士已序而刊行之",即从顺治十五至十七年这三年间的语要,没有收进《餐香录》。换言之,《餐香录》只辑录了道霈顺治十八年至康熙六年间的法语、偈赞之类的作品。道霈虽未像朝宗那样点明 "琉球国人" 的官职,但求偈者依然可能属于当时琉球朝贡使团中的成员。而顺治十八年至康熙六年间,琉球国王尚质(1629—1668)派出使团朝贡的时间是康熙二至六年,⑤ 每年一次。其中,康熙四年的朝贡较为特殊,因贡物 "有在梅花港口遭风飘溺者,奉旨免其补进",天灾固然无情,皇

---

① 《卍续藏》第 72 册,河北省佛教协会,2006 年,第 636 页下栏—637 页上栏。
② 同上书,第 662 页上栏。
③ 马海燕:《为霖道霈禅师》,厦门大学出版社 2010 年版,第 234—235 页。
④ 《卍续藏》第 72 册,第 592 页上栏。
⑤ (清)周煌撰:《琉球国志略》卷 3,乾隆二十四年漱润堂刻本,第 43—44 页。

帝却颇为体恤,故笔者疑道需说琉球国人求"幻""佛"二字偈,似与此特殊经历有关,之所以不点明贡使身份,毕竟遭遇天灾也不是什么光彩的事情吧。总之,《琉球国人求幻、佛二字偈》,极可能作于康熙四年(1665)。贡使求"佛"字偈,本意在祈祷佛祖的护佑;求"幻"字偈,本想得到道需某种心理上的安慰。道需却说了真幻一如,心、佛、众生三无差别的大道理,从世俗角度看,似不通人情。

至于《还山录》所收《琉球国中山王求偈,书此赠之》,则可从这几方面来分析其创作时间与思想特色。

一者,据道需归戒弟子温陵太航龚锡瑷于康熙戊辰(即康熙二十七年,1688)孟春所撰《还山录序》①,是年道需"七十有四",其欣然答应弟子法刚"《还山录》付梓流通",而道需《旅泊幻迹》自述重回鼓山担任住持是在"康熙甲子四月廿有二日"②。"甲子",即康熙二十三年(1684)。换句话说,《还山录》收录的道需法语、诗偈等作品,当出于康熙二十三至二十七年这四年之间,《琉球国中山王求偈,书此赠之》也不例外。

二者,在康熙二十三至二十七年之间,琉球国王尚贞(1645—1709)于康熙二十五年"遣官生梁成楫、蔡文溥、阮维新、郑秉均等四人入太学,附贡使耳目官魏应伯、正议大夫曾夔,船桅折伤,飘至太平山修船",二十七年"贡使到京……圣祖令成楫等三人照都通事例,日廩甚优"。③《乾隆福州府志》又谓尚贞于康熙二十五年"遣官生梁成楫等四人入太学""二十七年到京,入监读书"。④ 汪士鋐(1658—1723)《海天植前辈徐澂斋馆丈册封琉球诗序》则说康熙二十三年:"后四年,梁成楫、郑秉钧、阮维新、蔡文溥等四人,偕贡使来学。肄业三年,乃遣归国。"⑤ 统观三组史料,虽然所载人名次序不同,个别文字也有差异,但我们基本可以判定梁、蔡、阮、郑四人康熙二十七至三十年都在京城太学读书,康熙三十年他们才学成回国。所以,只有魏应伯、曾夔二人才在康熙二十七年或之前回国复命。因此,在康熙二十五年至二十七年四月间与道需见面者只能是魏、曾两位贡使,⑥ 他俩与前述蔡坚一样,当是在归程经过福州时向禅师求偈的,只不过地点有别:蔡坚等人在灵石禅院,魏、曾二人则在鼓山涌泉寺。

① 《卍续藏》第72册,河北省佛教协会,2006年,第644页下栏—645页中栏。
② 《还山录》卷4,《卍续藏》第72册,第673页中栏。
③ (清)周煌撰:《琉球国志略》卷3,乾隆二十四年漱润堂刻本,第47页。
④ (清)鲁曾煜撰:《福州府志》卷18,乾隆十九年刻本,第20页。
⑤ (清)汪士鋐撰:《秋泉居士集》卷2,乾隆刻本,第3页。
⑥ 按,《琉球国志略》卷3指出:康熙三十年入京贡使是温允杰和金元达。

三者,史书并无琉球国王尚贞亲率使团朝贡清廷的记载,因此,道霈所述"琉球国中山王求偈"一事,并非说尚贞当面向道霈求偈,而是指尚贞委托贡使魏应伯、曾夑向道霈求偈。这一方面说明道霈早已扬名海外,声誉甚隆,《还山录》卷4《〈独庵独语〉序》即说:"适有日本玄光禅师,乃新丰嫡裔,以所著《独庵独语》一编,附商舶见寄,且请正焉。"① 玄光《刻支那鼓山为霖禅师〈还山录〉序》则引其同道萨州寿山祝谨禅师之语曰:"鼓山大师言不羡乎行,行无不充乎言,所以内之则震旦国,外之则日本、琉球,未曾有间然乎? 大师之言行,则初祖所谓'明佛心宗,行解相应,名之曰祖'者,今日非鼓山大师而谁欤?"② 另一方面则说明,以临济宗为主要信仰的琉球国王,也能与时俱进,对当时中国中兴的曹洞宗,同样怀有较为浓厚的兴趣。

四者,道霈本偈写得相当得体,表面上叫偈,实质上它是首七律,起承转合,章法谨严。首联点明中山王琉球国的地理特征;颔联承前而祝愿国王江山永固,枝繁叶茂;颈联转向禅法;末联的总结,把中山王比作唐虞,进一步强化了道霈的祝福之情。全诗用词颇有讲究,作者针对琉球国王倾慕华风的特点,既用了"金瓯永固""唐虞垂拱""淳风"一类的儒家颂圣之语,又用了富于禅趣禅机的自然意象"鸟啼花笑""鱼跃鸢飞",儒禅同尊,十分切题。

三、余论

除了朝宗、道霈两位禅师作有"琉球偈"外,佛教史籍对琉球也有简单记载。如晚明僧幻轮(号遽庵,又称大闻、大闻幻轮,生卒年不详)编有《释鉴稽古略续集》3卷,纪事始于至元元年(1264),止于天启七年(1627),内容较为丰富。卷中"琉球"条说:

在海东南,自福建梅花所开漾,顺飚利舶,七日可至。其俗以盈虚为晦朔,

① 《卍续藏》第72册,河北省佛教协会,2006年,第666页上栏。又,《还山录》卷3《赠日国玄光禅师》则曰"毫相放光来震旦,《独庵独语》遍丛林。荷担大法施全力,宗说圆明贯古今"(同前,第662页中栏),诗文互证,可知道霈在玄光心目中的地位之高。

② 《卍续藏》第72册,第644页中一下栏。又,据寿山祝谨《刻支那福州鼓山为霖禅师〈还山录〉后序》云"祝忝同曹洞之末流,敢以愚言轻污末简,观者无谓吾之亦有党。虽然吾之所不党者,私也情也,所不能不党者,正也公也"(同前,第674页上栏),则知祝谨与道霈同属曹洞宗,这也是他称誉道霈的主因之一吧。

以草木为冬夏。人皆去髭,黥手,羽冠毛衣。无礼节,好剽掠。至此,遣子弟来学,夷习稍变,奉正朔,设官职。被服冠裳,陈奏表章,著作篇什,有华风焉。①

由于本条原系于"壬申洪武二十五年"（1392）之下,故"至此"指明太祖朱元璋执政之时。若更准确地说,明王朝与琉球的交流,始于洪武五年（1372）太祖遣行人杨载以即位诏谕琉球国王:"王遣弟泰期奉表贡方物,中山始通于上国。"② 永乐二年（1404）明成祖朱棣命人册封武宁（1356—1421）为中山王以后,直至晚清,中琉两国一直都保持宗藩关系,交往频繁。而琉球王室子弟、官僚大夫入华求学及使节往来等举措,则极大地提高了当地社会建设、文化建设和制度建设的水平,道需偈中称颂中山王尚贞能垂拱而治,这与幻轮所说"有华风焉"意思相同。

此外,明清两朝的禅宗语录中又偶有以"琉球（国）"作喻者:如《永觉元贤禅师广录》卷1《住泉州开元寺语录》载元贤上堂云:"汝诸人识得这木上座么？上座生来不记年,神头鬼脸不堪传……如闻得,汝诸人长年与木上座眉毛厮结,其或未然,木上座往琉球国开堂去也。"③ "木上座",原指拄杖,此属"借代"辞格,是元贤自指。既然泉州开元寺僧皆不能理会其意,那他只好找借口说以后"往琉球国开堂"了,即找寻合适的弘法对象。真哲（1614—？）所说《古雪哲禅师语录》卷9,则载其立秋日上堂云:"所以道'秋风凉,秋夜长,未归客,思故乡',现前大众！不是琉球日本,个个常在故乡,不必思量得。"④ 因为琉球远离大陆,而能踏上该地的中土禅僧罕见,故本土禅师们用它来比喻虚妄之所,即便想破脑门,也得不到什么好结果。

总之,明清时期琉球使团的频繁入贡,使他们到了中国本土以后有机会广泛接触社会各阶层。其中,与禅宗的交往也是很重要的一个层面。但以往的研究,多聚焦于政治、经济、军事和教育,对佛教文学方面的交流有所忽略,而本文所涉及的禅宗语录之"琉球偈"、上堂法语中的只言片语,它们虽然缺乏系统性和完整性,数量也不是很多,却依然具有相当的学术价值,值得进一步深入研讨。

---

① 《大正藏》第49册,台北:新文丰出版股份有限公司1983年版,第934页下栏。
② （清）潘相辑:《琉球入学见闻录》卷1,乾隆刻本,第1页。
③ 《卍续藏》第72册,河北省佛教协会,2006年,第390页中栏。
④ 《嘉兴藏》第28册,台北:新文丰出版股份有限公司1987年版,第394页下栏。

结　语

通过前面六章对禅宗语录文学特色的总体描述及历代禅师对词、小说、戏剧、辞赋等文体运用情况的概要描述,并结合禅师创作中的典范选择和相关语录在教内外的传播接受的个案分析,我们大致可以得出如下几点较为明确的结论:

其一,禅宗语录的文学特色是在禅宗文化长时段历史进程中渐次形成的。其中,两宋是最关键的奠基时期:一则禅宗文学的创作主体——各派禅僧的文化素养有普遍提高,士僧互动与禅僧文士化成了当时习见的社会文化现象;二则文字禅逐渐成为大多数禅僧创作的指导思想,禅宗语录、灯录的编纂蔚成风气,所创体例大多也为后代所沿用。当然,教内外文学大家的示范引领之用也不可或缺,而且,值得注意的现象是,经典引领(包括作家作品)是教外为主,教内为辅。禅师除了熟习《诗经》《离骚》《文选》等传统文学经典外,对儒家思想典籍(《周易》《左传》《论语》《孝经》《孟子》《文中子》等)和史学名著(《史记》《汉书》《后汉书》《三国志》等)也不陌生。[①] 因此,其文学创作所取用的古典资源十分丰富。除了学习世俗经典之外,禅宗也基本遵循世俗社会的典范选择,如诗歌史上的屈、宋、陶、谢、王、孟、李、杜、苏、黄,禅僧也给予认同,特别是禅宗语录的杜诗崇拜现象,更说明士僧有共通的文学理念、

---

① 　仅从《祖庭事苑》《禅林疏语考证》这两部重要的禅宗词典对相关典籍的引用看来,我们就可以发现禅僧对这些教外经典是相当熟悉的。当然,此种结果的形成与禅僧出家之前普遍的习儒经历有关。

文学价值。至于教内创作典范,支遁、慧远、皎然、寒山、齐己、贯休、道潜、惠洪等人在不同的历史阶段或不同的创作领域都有过特殊的引领作用,但从在禅宗语录的影响度看,还是寒山独占鳌头。

其二,就文体运用看,禅宗语录既有一般的文学文体如诗、骚、词、赋之类,也有特殊的颂古、拈古等教内文体,但总体表现是多文体交融和互动。所谓多文体交融,是指禅师在同一场合、同一语境可以同时使用多种文体说教,如以小说、戏剧证禅时,除了引用小说、戏剧文本(或故事梗概、中心情节、中心人物等)外,还可以结合诗偈之类。所谓多文体互动,是指本来主要用于描述世俗生活场景的文体,如骚体赋、词、曲("诗庄词媚曲谐"层面之词、曲)也可用于丛林仪式场合或佛事场合(如大参、小参、晚参、下火等)。其中,世俗大家的诗(以唐诗为主)、词(以宋词为主),直接用作颂古者甚多。

其三,就语言观念言,虽有从"不立文字"到"不离文字""以文字为禅"① 的转变,但汉传佛教语言观的两个基本原则——通俗易懂、随机应变,② 历代禅师都一一遵循。而且,能与时俱进,在士僧互动的社会大文化背景中,力求形成新的特色。比如,面对不同信众,禅师们既能注意雅俗有别,又能做到雅俗共赏;在不同场合,既可像西岩了慧"巴音俚语,广为敷扬"③、普融知藏"发闽音,诵俚语"④ 一样,操乡音俚语与乡僧对谈,又可像石溪心月赞颂的东山样式"鲁语巴歌,复回逸辙"⑤,力求语言的"混融"⑥。因此,禅宗语录的诗文创作,特别是各类"法语"中的方言俚语,比比皆是,这也是其文学特色之一。当然,它客观上也给一般读者造成了禅宗语录的阅读理解之障碍。

其四,就生成场所看,禅宗文学是神圣空间与世俗空间互动的产物。一者禅师云游天下、行脚四方,既能广泛接触社会各阶层的人物,知其喜怒哀乐,又

---

① 释惠洪:《禅林僧宝传》卷29载云居佛印了元禅师批评当时"江浙丛林,尚以文字为禅,谓之请益"(《卍续藏》第79册,河北省佛教协会,2006年,第551页中栏),这其实从另一方面说明,北宋中前期"以文字为禅"的观念已在禅林甚为盛行。

② 参拙撰:《汉传佛教的语言观及其对变文文体生成的影响》,载《佛教与中国文学散论——梦枕堂丛稿初编》,凤凰出版社2012年版,第253—268页。

③ 《西岩了慧禅师语录》卷上,《卍续藏》第70册,第490页中栏。

④ 《五灯会元》卷19,《卍续藏》第80册,第402页上栏。

⑤ 《石溪心月禅师语录》卷中,《卍续藏》第71册,第60页中栏。又,东山,指五祖法演。

⑥ 清释智祥《禅林宝训笔说》卷下指出,普融"在五祖典藏主,凡人至,则以闽语诵俚言,人谓之混融"(《卍续藏》第64册,第699页上—中栏)。普融,即五祖法嗣之一。

能深入了解风土民情,所以,其文学作品反映的社会生活内容也相当广泛,在特定历史时期(如明末清初)还形成了特殊的遗民僧人群体,他们与儒家仁人志士一样,有浓烈的报国情怀和深沉的故国之思,由此,屈骚传统得以发扬光大。二者,禅宗语录又是佛教文学场域和佛教艺术场域相结合的产物。寺院禅堂仪式本来就充满戏剧性,诗、词、曲等音乐文学文体具有广泛的实用性,音乐、美术、戏剧、舞蹈,往往成为多元一体的艺术共生品,如语录中言及的田歌秧歌、村歌社舞及各类戏剧,皆具有多元共生的性质。三者,禅宗语录与民俗佛教的盛行也有极大的关系性,举凡正旦(迎新)、上元(观灯)、清明(祭祖)、佛诞(浴佛)、端午(驱邪)、中元(荐亡)、重九(赏菊、登高)等特殊时日,莫不是开堂说法的好时节。期间所说主题与内容,与世俗社会生活并无太大区别,仅是场所有异而已。况且在不少节日,许多著名寺院(如开封相国寺、南京大报恩寺、成都大圣慈寺、杭州净慈寺等)本身就成了公共空间,其活动主体已有僧俗之分了。

其五,就禅宗语录所见文学的区域互动看,佛教政治中心、文化中心往往具有"佛教文学共和国"的功能与作用,但也不排除特色鲜明、个性突出的地方禅僧群体的特殊作用。如两宋时期的"蓦苴"川僧,就取得了与"潇洒"浙僧并尊的地位,其影响还超越国界,远达日本,对五山佛教及五山文学的生成、发展起过重要的孳乳之用。

其六,就禅宗文学的传播接受看,一方面得益于禅僧自身广泛的流动性及其与士大夫在精神文化层面的密切交流,另一方面,形式多样的结社(以诗社为主,但也有信仰性的法社如放生社、念佛社等)也为其教外传播接受提供了一定的物质保障。单就两宋诗僧主持(或参与)的诗社活动而言,就具有多方面的文学史意义:既有助于佛教题材的生活化、社会化和艺术化,又促进了佛教诗学与教外诗学的汇通,同时僧俗共磋诗艺、诗法,在一定程度上也促成了宋诗特殊品格的定型。

最后要补充交待的是,由于我们才疏学浅,故本书没有解决的问题还很多(当然,即便思考过的,也存在不少欠周详欠圆融之处),譬如不同宗派禅宗文学特点的异同及其成因,同一派别内部的异同比较及同一语录传播接受过程中的变异,等等,希望将来能有更深入细致的思考,以便成文再向博雅之士请教。

参考文献

一、中文

（一）古典文献（按作品性质分）

1. ［日］高楠顺次郎等编：《大正新修大藏经》，台北：新文丰出版股份有限公司 1983 年景印本。

2. 《大藏新纂卍续藏经》，石家庄：河北省佛教协会 2006 年景印本。

3. 《嘉兴大藏经》，台北：新文丰出版股份有限公司 1987 年版。

4. 中华大藏经编辑局编：《中华大藏经》，中华书局 1984—1996 年版。

5. 明复法师主编：《禅门逸书初编》，台北：明文书局 1981 年版。

6. 明复法师主编：《禅门逸书续编》，台北：汉声出版社 1987 年版。

7. 蓝吉富主编：《大藏经补编》，台北：华宇出版社 1986 年版。

8. 蓝吉富主编：《禅宗全书》，台北：文殊出版社 1988 年版。

9. 杜洁祥主编：《中国佛寺史志汇刊》（第一、二辑），台北：明文书局 1980 年版。

10. 杜洁祥主编：《中国佛寺史志汇刊》（第三辑），台北：丹青图书公司 1985 年版。

11. 郭富纯、王振芬整理：《旅顺博物馆藏敦煌本〈六祖坛经〉》，上海古籍出版社 2011 年版。

12. 杨曾文编校:《神会和尚禅话录》,中华书局 1996 年版。

13. 皎然著,李壮鹰校注:《诗式校注》,人民文学出版社 2003 年版。

14. (南唐)静 筠二禅师编撰,孙昌武、[日]依川贤次、西口芳男点校:《祖堂集》,中华书局 2007 年版。

15. 朱刚、陈珏:《宋代禅僧诗辑考》,复旦大学出版社 2012 年版。

16. 许红霞辑著:《珍本宋集五种:日藏宋僧诗文集整理研究》,北京大学出版社 2013 年版。

17. (宋)赞宁撰,范祥雍点校:《宋高僧传》,中华书局 1987 年版。

18. 王秀林:《齐己诗集校注》,中国社会科学出版社 2011 年版。

19. (唐)贯休著,胡大浚笺注:《贯休诗歌系年笺注》,中华书局 2011 年版。

20. 高慎涛、张昌红编写:《参寥子诗集校注》,中州古籍出版社 2014 年版。

21. (宋)释惠洪著,[日]释门贯彻注,张伯伟等点校:《注石门文字禅》,中华书局 2012 年版。

22. (明)释大壑撰,刘士华、袁令兰标点:《南屏净慈寺志》,杭州出版社 2006 年版。

23. (清)释函可著,(明)张春著:《千山诗集·不二歌集》,黑龙江大学出版社 2011 年版。

24. (汉)王逸撰,黄灵庚点校:《楚辞章句》,上海古籍出版社 2017 年版。

25. (清)彭定求等编:《全唐诗》,上海古籍出版社 1986 年版。

26. (清)董浩等编:《全唐文》,上海古籍出版社 1990 年版。

27. 陈尚君辑校:《全唐诗补编》,中华书局 1992 年版。

28. 陈尚君辑校:《全唐文补编》,中华书局 2005 年版。

29. 唐圭璋编纂,王仲闻参订,孔凡礼补辑:《全宋词》(简体增订本),中华书局 1999 年版。

30. 北京大学古文献研究所编:《全宋诗》,北京大学出版社 1998 年版。

31. 曾枣庄、刘琳主编:《全宋文》,上海辞书出版社、安徽教育出版社 2006 年版。

32. 吴文治主编:《宋诗话全编》,江苏古籍出版社 1998 年版。

33. 王季思主编:《全元戏曲》,人民文学出版社 1999 年版。

34. 饶宗颐初纂,张璋总纂:《全明词》,中华书局 2004 年版。

35. 周明初、叶晔编:《全明词补编》,浙江大学出版社 2007 年版。

36. (清)钱谦益撰集,许逸民、林淑敏校点:《列朝诗集》,中华书局 2007 年版。

37. 南京大学中国语言文学系《全清词》编纂研究室编:《全清词》(顺康卷),中华书局 2002 年版。

38. 张宏生主编:《全清词顺康卷补编》,南京大学出版社 2008 年版。

39. 张宏生主编:《全清词》(雍乾卷),南京大学出版社 2012 年版。

40. 袁行霈撰:《陶渊明集笺注》,中华书局 2003 年版。

41. (南朝梁)刘勰著,范文澜注:《〈文心雕龙〉注》,人民文学出版社 1958 年版。

42. (唐)王维撰,(清)赵殿成笺注:《王右丞集笺注》,上海古籍出版社 1984 年版。

43. (唐)王维撰,陈铁民校注:《王维集校注》,中华书局 1997 年版。

44. (唐)李白著,(清)王琦注:《李太白全集》,中华书局 1977 年版。

45. (唐)杜甫著,(清)仇兆鳌注:《杜诗详注》,中华书局 1979 年版。

46. (唐)白居易著,谢思炜校注:《白居易文集校注》,中华书局 2011 年版。

47. 谢思炜撰:《白居易诗集校注》,中华书局 2006 年版。

48. (唐)柳宗元撰,尹占华、韩文奇校注:《柳宗元集校注》,中华书局 2013 年版。

49. 齐文榜校注:《贾岛集校注》,人民文学出版社 2001 年版。

50. 项楚著:《寒山诗注》(附拾得诗注),中华书局 2000 年版。

51. (唐)司空图著,祖保泉、陶礼天笺校:《司空表圣诗文集笺校》,安徽大学出版社 2002 年版。

52. (宋)梅尧臣著,朱东润编年校注:《梅尧臣集编年校注》,上海古籍出版社 1980 年版。

53. (宋)苏轼著,(清)冯应榴辑注,黄任轲、朱怀春校点:《苏轼诗集合注》,上海古籍出版社 2001 年版。

54. (宋)黄庭坚著,(宋)任渊等注,刘尚荣校点:《黄庭坚诗集注》,中华书局 2003 年版。

55. 张伯伟编校：《稀见本宋人诗话四种》，江苏古籍出版社 2002 年版。

56.（宋）叶梦得撰，逯铭昕校注：《石林诗话校注》，人民文学出版社 2011年版。

57.（宋）阮阅编，周本淳校点：《诗话总龟》，人民文学出版社 2005 年版。

58.（宋）胡仔纂集，廖德明校点：《苕溪渔隐丛话前集》，人民文学出版社 1962 年版。

59.（宋）杨万里撰，辛更儒笺校：《杨万里集笺校》，中华书局 2007 年版。

60. 钱仲联、马亚中主编：《陆游全集校注》，浙江教育出版社 2011 年版。

61.（宋）辛弃疾撰，邓广铭笺注：《稼轩词编年笺注》，上海古籍出版社 2007 年版。

62.（宋）朱熹撰，朱杰人等编：《朱子全书》（修订本），上海古籍出版社、安徽教育出版社 2010 年版。

63.（宋）严羽著，张健校笺：《沧浪诗话校笺》，上海古籍出版社 2012 年版。

64. 贺新辉辑注：《元好问诗词集》，中国展望出版社 1987 年版。

65.（明）吴讷著，凌郁之疏证：《文章辨体序题疏证》，人民文学出版社 2016 年版。

66.（明）胡应麟撰：《少室山房笔丛》，上海书店出版社 2009 年版。

67.（明）袁宏道著，钱伯城笺校：《袁宏道集笺校》，上海古籍出版社 1981 年版。

68.（明）袁中道著，钱伯城点校：《珂雪斋集》，上海古籍出版社 1989 年版。

69. 张建业主编：《李贽全集注》，社会科学文献出版社 2010 年版。

70. 徐朔方笺校：《汤显祖全集》，北京古籍出版社 1998 年版。

71.（清）屈大均著，陈永正等校笺：《屈大均诗词编年校笺》，上海古籍出版社 2017 年版。

72.（清）钱澄之撰，汤华泉校点：《藏山阁集》，黄山书社 2014 年版。

73.（清）李渔著：《李渔全集》，浙江古籍出版社 1991 年版。

（二）今人专著（按作者姓氏音序排列）

1. 白光:《〈坛经〉版本谱系及其思想流变研究》,宗教文化出版社 2013 年版。

2. 白照杰:《圣僧的多元创造——菩提达摩传说及其他》,上海社会科学院出版社 2019 年版。

3. ［法］伯兰特·佛尔:《正统性的意欲:北宗禅之批判系谱》,蒋海怒译,上海古籍出版社 2010 年版。

4. 蔡宏生:《清初岭南佛门事略》,广东高等教育出版社 1997 年版。

5. 蔡荣婷:《〈祖堂集〉禅宗诗偈研究》,台北:文津出版社 2004 年版。

6. 曹刚华:《明代佛教方志研究》,中国人民大学出版社 2017 年版。

7. 曹刚华:《清代佛教史籍研究》,人民出版社 2018 年版。

8. 曹磊:《"真妄观"与宋元明文艺思想研究》,巴蜀书社 2018 年版。

9. 曹淑娟:《孤光自照——晚明文士的言说与实践》,天津教育出版社 2012 年版。

10. 陈金华、孙英刚编:《神圣空间:中古宗教中的空间因素》,复旦大学出版社 2014 年版。

11. 陈洪:《佛教与中古小说》,学林出版社 2007 年版。

12. 陈洪:《结缘:文学与宗教——以中国古代文学为中心》,北京师范大学出版社 2009 年版。

13. 陈开勇:《宋元俗文学叙事与佛教》,上海古籍出版社 2008 年版。

14. 陈弱水:《唐代文士与中国思想的转型》,广西师范大学出版社 2009 年版。

15. 陈小辉:《宋代诗社研究》,江西人民出版社 2014 年版。

16. 陈寅恪:《金明馆丛稿初编》,生活·读书·新知三联书店 2001 年版。

17. 陈寅恪:《金明馆丛稿二编》,生活·读书·新知三联书店 2001 年版。

18. 陈引驰:《中古文学与佛教》,商务印书馆 2017 年版。

19. 陈垣:《清初僧诤记》,中华书局 1962 年版。

20. 陈垣:《中国佛教史籍概论》,上海书店出版社 2001 年版。

21. 陈允吉:《佛教与中国文学论稿》,上海古籍出版社 2010 年版。

22. 陈允吉:《唐音佛教辨思录》(修订本),复旦大学出版社 2018 年版。

23. 程曦:《明代儒佛融通思想研究》,合肥工业大学出版社 2008 年版。

24. 程亚林:《诗与禅》,天地出版社 2019 年版。

25. 董群:《禅宗伦理》,浙江人民出版社 2000 年版。

26. 杜松柏:《禅学与唐宋诗学》,台北:新文丰出版股份有限公司 2008 年版。

27. 段晓华、刘松来:《红土·禅床——江西禅宗文化研究》,中国社会科学出版社 2000 年版。

28. 范佳玲:《明末曹洞殿军——永觉元贤禅师研究》,台北:花木兰出版社 2009 年版。

29. 方立天:《方立天文集》,中国人民大学出版社 2006 年版。

30. 方新蓉:《大慧宗杲与两宋诗禅世界》,中华书局 2013 年版。

31. 冯国栋:《〈景德传灯录〉研究》,中华书局 2014 年版。

32. 复旦大学文史研究院编:《佛教史研究的方法与前景》,中华书局 2013 年版。

33. 葛兆光:《禅宗与中国文化》,上海人民出版社 1987 年版。

34. 葛兆光:《中国宗教与文学论集》,清华大学出版社 1998 年版。

35. 葛兆光:《增订本中国禅思想史:从六世纪到十世纪》,上海古籍出版社 2008 年版。

36. 龚隽:《禅史钩沉——以问题为中心的思想史论述》,生活·读书·新知三联书店 2006 年版。

37. 龚隽、陈继东:《中国禅学研究入门》,复旦大学出版社 2009 年版。

38. 郭绍林:《唐代士大夫与佛教》(增补本),三秦出版社 2006 年版。

39. 郭英德:《明清传奇史》,人民文学出版社 2012 年版。

40. 郭英德:《明清传奇戏曲文体研究》,商务印书馆 2004 年版。

41. 郭英德:《明清文人传奇研究》,北京师范大学出版社 1992 年版。

42. 郭鹏、尹变英:《中国古代的诗社与诗学》,商务印书馆 2015 年版。

43. 韩传强:《禅宗北宗敦煌文献录校与研究》,江苏人民出版社 2018 年版。

44. 韩传强:《禅宗北宗研究》,宗教文化出版社 2013 年版。

45. 胡适:《白话文学史》,上海古籍出版社 1999 年版。

46. 胡士莹:《话本小说概论》,中华书局 1980 年版。

47. 胡遂:《佛教禅宗与唐代诗风之发展变化》,中华书局 2007 年版。

48. 胡遂:《佛教与晚唐诗》,东方出版社 2005 年版。

49. 〔日〕荒木见悟:《明末清初的思想与佛教》,廖肇亨译,上海古籍出版社 2010 年版。

50. 黄敬家:《寒山诗在宋元禅林的传播研究》,台北:台湾学生书局有限公司 2016 年版。

51. 黄敬家:《诗禅·狂禅·女禅——中国禅宗文学与文化探论》,台北:台湾学生书局有限公司 2011 年版。

52. 黄启江:《静倚晴窗笑此生——南宋僧淮海元肇的诗禅世界》,台北:台湾商务印书馆 2013 年版。

53. 黄启江:《南宋六文学僧纪年录》,台北:台湾学生书局有限公司 2014 年版。

54. 黄启江:《文学僧藏叟善珍与南宋末世的禅文化——〈藏叟摘稿〉之析论与点校》,台北:新文丰出版股份有限公司 2010 年版。

55. 黄启江:《一味禅与江湖诗——南宋文学僧与禅文化的蜕变》,台北:台湾商务印书馆 2010 年版。

56. 〔日〕加地哲定:《中国佛教文学》,刘卫星译,今日中国出版社 1990 年版。

57. 贾晋华:《古典禅研究:中唐至五代禅宗发展新探》(修订本),上海人民出版社 2013 年版。

58. 江灿腾:《晚明佛教改革史》,广西师范大学出版社 2006 年版。

59. 江泓:《真妄之间:作为史传家的禅师惠洪研究》,宗教文化出版社 2013 年版。

60. 江巨荣:《诗人视野中的明清戏曲》,复旦大学出版社 2018 年版。

61. 姜义华主编:《胡适学术文集·中国佛学史》,中华书局 1997 年版。

62. 蒋述卓:《佛教与中国古典文艺美学》,岳麓书社 2007 年版。

63. 蒋寅:《大历诗风》,凤凰出版社 2009 年版。

64. 〔日〕吉川幸次郎:《中国文学史》,陈顺智、徐少丹译,四川人民出版社 1987 年版。

65. 康保成:《中国古代戏剧形态与佛教》,东方出版中心 2004 年版。

66. 康庄:《禅宗非言语行为之语言研究》,台北:花木兰出版社 2014 年版。

67. 梁启超:《佛学研究十八篇》,上海古籍出版社 2001 年版。

68. 雷汉卿:《禅籍方俗词研究》,巴蜀书社 2010 年版。

69. 李芳民:《唐五代佛寺辑考》,商务印书馆 2006 年版。

70. 李国玲:《宋僧著述考》,四川大学出版社 2007 年版。

71. 李炅:《古代钟馗图像研究》,光明日报出版社 2020 年版。

72. 李舜臣:《岭外别传:清初岭南诗僧群体研究》,南方日报出版社 2017 年版。

73. 李熙:《僧史与圣传——〈禅林僧宝传〉的历史书写》,中国社会科学出版社 2014 年版。

74. 李小荣:《晋唐佛教文学史》,人民出版社 2017 年版。

75. 李旭:《"五灯"系列禅录语言研究》,四川大学出版社 2018 年版。

76. 李瑄:《多元涵容的文化心态与文学思想》,中国社会科学出版社 2016 年版。

77. 李瑄:《明遗民群体心态与文学思想研究》,巴蜀书社 2009 年版。

78. 李艳:《宗教文化视域下的明清戏剧研究》,四川大学出版社 2018 年版。

79. 李壮鹰:《禅与诗》,北京师范大学出版社 2001 年版。

80. 廖肇亨:《中边·诗禅·梦戏——明末清初佛教文化论述的呈现与开展》,台北:允晨文化实业公司 2008 年版。

81. 廖肇亨:《忠义菩提——晚明清初空门遗民及其节义论述探析》,台北:"中研院"中国文哲研究所,2013 年。

82. 廖肇亨:《倒吹无孔笛——明清佛教文化研究论集》,台北:法鼓文化事业股份有限公司 2018 年版。

83. 林文月:《山水与古典》,生活·读书·新知三联书店 2014 年版。

84. 刘敏:《清初士林逃禅现象及其文学影响研究》,人民出版社 2017 年版。

85. 刘宁:《道在日用:无准师范研究》,广西师范大学出版社 2017 年版。

86. 刘雯雯:《唐代诗僧齐己研究》,吉林文史出版社 2016 年版。

87. 刘晓玲:《敦煌僧诗研究》,中国社会科学出版社 2016 年版。

88. 刘晓明:《杂剧形成史》,中华书局 2007 年版。

89. 刘晓珍:《宋词与禅》,人民文学出版社 2010 年版。

90. 刘艳芬:《佛境与唐宋诗境》,中国戏剧出版社 2018 年版。

91. 刘苑如:《朝向生活世界的文学诠释——六朝宗教叙述的身体实践与空间书写》,台北:新文丰出版股份有限公司 2010 年版。

92. 刘泽亮:《宗说俱通——佛教语言观》,宗教文化出版社 2007 年版。

93. 鲁克兵:《杜甫与佛教关系研究》,安徽大学出版社 2014 年版。

94. 鲁立智:《中国佛事文学研究:以汉至宋为中心》,中国社会科学出版社 2015 年版。

95. 鲁迅:《中国小说史略》,东方出版社 1996 年版。

96. 陆萼庭:《钟馗考》,上海古籍出版社 2017 年版。

97. 罗筱玉:《宋元平话文献考辨与研究》,浙江大学出版社 2019 年版。

98. 马奔腾:《禅境与诗境》,中华书局 2010 年版。

99. 马华祥:《明清传奇脚本〈钵中莲〉研究》,中国社会科学出版社 2017 年版。

100. 〔美〕马克瑞:《北宗禅与早期禅宗的形成》,韩传强译,上海古籍出版社 2015 年版。

101. 孟昭连:《白话小说生成史》,南开大学出版社 2016 年版。

102. 莫砺锋:《江西诗派研究》,齐鲁书社 1986 年版。

103. 欧阳光:《宋元诗社研究丛稿》,广东高等教育出版社 1996 年版。

104. 彭雅玲:《唐代诗僧的创作论研究——诗歌与佛教的综合分析》,台北:花木兰出版社 2009 年版。

105. 〔日〕平照显照:《唐代文学与佛教》,张桐生译,贵州大学出版社 2013 年版。

106. 皮朝纲:《丹青妙香叩禅心——禅宗画学著述研究》,商务印书馆 2012 年版。

107. 皮朝纲：《禅宗音乐美学著述研究》，人民出版社 2017 年版。

108. 普慧：《南朝佛教与文学》，江苏人民出版社 2019 年版。

109. 祁伟：《佛教山居诗研究》，商务印书馆 2014 年版。

110. 钱志熙：《黄庭坚诗学体系研究》，北京大学出版社 2003 年版。

111. 钱锺书：《七缀集》，生活·读书·新知三联书店 2002 年版。

112. 任半塘：《敦煌歌辞总编》，上海古籍出版社 2006 年版。

113. 任继愈主编：《中国佛教史》，中国社会科学出版社 1988 年版。

114. 任宜敏：《中国佛教史》（明代），人民出版社 2009 年版。

115. 任宜敏：《中国佛教史》（清代），人民出版社 2015 年版。

116. 任宜敏：《中国佛教史》（元代），人民出版社 2005 年版。

117. ［日］深泽一幸：《诗海捞月——唐代宗教文学论集》，王兰、蒋寅译，中华书局 2014 年版。

118. 圣严法师：《明末佛教研究》，宗教文化出版社 2006 年版。

119. 释清如：《万松行秀禅学思想之研究》，台北：法鼓文化事业股份有限公司 2010 年版。

120. 释印顺：《中国禅宗史》，中华书局 2010 年版。

121. 释有晃：《元代明本中峰禅师研究》，台北：法鼓文化事业股份有限公司 2007 年版。

122. 疏志强：《禅宗修辞研究》，山东文艺出版社 2008 年版。

123. 苏慧霜：《骚体的发展与衍变——从汉到唐的观察》，台北：文津出版社 2007 年版。

124. 孙昌武：《禅思与诗情》，中华书局 2006 年版。

125. 孙昌武：《禅宗十五讲》，中华书局 2016 年版。

126. 孙昌武：《佛教文学十讲》，中华书局 2017 年版。

127. 孙昌武：《佛教与中国文学》（第 2 版），上海人民出版社 2007 年版。

128. 孙昌武：《中国佛教文化史》，中华书局 2010 年版。

129. 孙昌武：《中华佛教史·佛教文学卷》，山西教育出版社 2013 年版。

130. 孙尚勇：《佛教经典诗学研究》，高等教育出版社 2013 年版。

131. 孙宇男：《明清之际诗僧研究》，兰州大学出版社 2017 年版。

132. 台静农：《中国文学史》，上海古籍出版社 2012 年版。

133. 谭伟：《庞居士研究》，四川民族出版社 2002 年版。

134. 汤用彤：《汉魏两晋南北朝佛教史》，北京大学出版社 1997 年版。

135. 汤用彤：《隋唐佛教史稿》，江苏教育出版社 2007 年版。

136. 唐志远：《六朝史学与文学》，北京大学出版社 2018 年版。

137. 万晴川：《宗教信仰与中国古代小说叙事》，浙江大学出版社 2013 年版。

138. 王大伟：《宋元禅宗清规研究》，宗教文化出版社 2013 年版。

139. 王立、刘卫英：《〈聊斋志异〉中印文学溯源研究》，昆仑出版社 2011 年版。

140. 王闰吉：《无著道忠禅语考释集录与研究》，中国社会科学出版社 2017 年版。

141. 王秀林：《晚唐五代诗僧群体研究》，中华书局 2008 年版。

142. 王耘：《隋唐佛教各宗与美学》，上海古籍出版社 2010 年版。

143. 王早娟：《唐代长安佛教文学》，商务印书馆 2013 年版。

144. 王招国：《佛教文献论稿》，广西师范大学出版社 2017 年版。

145. ［美］沃尔特·翁：《口语文化与书面文化：语词的技术化》，何道宽译，北京大学出版社 2009 年版。

146. 伍晓蔓：《江西宗派研究》，巴蜀书社 2005 年版。

147. 伍晓蔓、周裕锴：《唱道与乐情——宋代禅宗渔父词研究》，中国社会科学出版社 2014 年版。

148. 吴静宜：《惠洪“文字禅”之诗学内涵》，台北：花木兰出版社 2012 年版。

149. 吴言生：《禅宗诗歌境界》，中华书局 2001 年版。

150. 夏广兴：《佛教与隋唐五代小说》，陕西人民出版社 2004 年版。

151. 夏金华：《隋唐佛学研究》，上海社会科学出版社 2013 年版。

152. 项楚：《王梵志诗校注》（增订本），上海古籍出版社 2010 年版。

153. 项楚、张子开、谭伟、何剑平：《唐代白话诗派》，巴蜀书社 2005 年版。

154. 萧驰：《佛法与诗境》，中华书局 2005 年版。

155. 萧丽华：《从王维到苏轼——诗歌与禅学交会的黄金时代》，天津教育出版社 2013 年版。

156. ［日］小川隆:《语录的思想史——解析中国禅》,何燕生译,复旦大学出版社 2015 年版。

157. 谢思炜:《禅宗与中国文学》,人民文学出版社 2018 年版。

158. 熊良智:《楚辞的艺术形态及其传播研究》,商务印书馆 2016 年版。

159. 徐文明:《唐五代曹洞宗研究》,中国社会科学出版社 2012 年版。

160. 徐文明:《杨岐派史》,中国社会科学出版社 2018 年版。

161. 杨惠南:《禅思与禅诗——吟咏在禅诗的密林里》,台北:东大图书股份有限公司 1999 年版。

162. 杨曾文:《唐五代禅宗史》,中国社会科学出版社 2018 年版。

163. 杨曾文:《宋元禅宗史》,中国社会科学出版社 2018 年版。

164. ［日］衣川贤次:《禅宗思想与文献丛考》,复旦大学出版社 2017 年版。

165. 俞晓红:《佛教与唐五代白话小说研究》,人民出版社 2006 年版。

166. 于谷:《禅宗语言与文献》,江西人民出版社 1995 年版。

167. 曾礼军:《宗教文化视野下的〈太平广记〉研究》,中国社会科学出版社 2013 年版。

168. 曾淑华:《〈五家语录〉禅僧诗偈颂赞研究》,台北:花木兰出版社 2015 年版。

169. 曾婷婷:《晚明文人日常生活美学观念研究》,暨南大学出版社 2017 年版。

170. 曾永义:《明杂剧概论》,商务印书馆 2015 年版。

171. 查明昊:《转型中的唐五代诗僧群体》,华东师范大学出版社 2008 年版。

172. 张伯伟:《禅与诗学》(增订版),人民文学出版社 2008 年版。

173. 张聪:《行万里路:宋代的旅行与文化》,李文锋译,浙江大学出版社 2015 年版。

174. 张海沙:《曹溪禅学与诗学》,中国社会科学出版社 2009 年版。

175. 张海沙:《初盛唐佛教禅学与诗歌研究》,中国社会科学出版社 2001 年版。

176. 张海沙:《佛教五经与唐宋诗学》,中华书局 2012 年版。

177. 张惠远:《惠洪文字禅思想研究》,宗教文化出版社 2013 年版。

178. 张美兰:《禅宗语言概论》,台北:五南图书出版公司 1998 年版。

179. 张培锋:《宋代士大夫佛学与文学》,宗教文化出版社 2007 年版。

180. 张轶男:《禅解杜诗》,中国社会科学出版社 2014 年版。

181. 张勇:《贝叶与杨花——中国禅学的诗性精神》,中华书局 2016 年版。

182. 赵德坤:《指月与话禅——雪窦重显研究》,中国社会科学出版社 2014 年版。

183. 赵伟:《晚明狂禅思潮与文学思想研究》,巴蜀书社 2007 年版。

184. 赵兴勤:《清代散见戏曲史料研究》,复旦大学出版社 2018 年版。

185. 赵杏银:《佛教与文学的交会》,台北:台湾学生书局有限公司 2004 年版。

186. 郑阿财:《敦煌佛教文学》,甘肃教育出版社 2013 年版。

187. 周萌:《宋代僧人诗话研究——诗学、禅学、党争交织的文学案例》,北京大学出版社 2017 年版。

188. 周秋良:《观音本生故事戏论疏》,中国戏剧出版社 2008 年版。

189. 周裕锴:《禅宗语言》,复旦大学出版社 2017 年版。

190. 周裕锴:《禅宗语言研究入门》,复旦大学出版社 2009 年版。

191. 周裕锴:《法眼与诗心——宋代佛禅语境下的诗学话语建构》,中国社会科学出版社 2014 年版。

192. 周裕锴:《宋僧惠洪行履著述编年总案》,高等教育出版社 2010 年版。

193. 周裕锴:《文字禅与宋代诗学》,复旦大学出版社 2017 年版。

194. 周裕锴:《中国禅宗与诗歌》,复旦大学出版社 2017 年版。

195. 周裕锴:《中国古代阐释学研究》,复旦大学出版社 2019 年版。

196. 左志南:《近佛与化雅:北宋中后期文人学佛与诗歌流变研究》,中国社会科学出版社 2017 年版。

（三）学位论文（按答辩时间之先后）

1. 郑真熙:《默照禅与看话禅比较研究》,台北:台湾师范大学国文研究所

2011 年博士学位论文。

2. 柯香君:《明代宗教杂剧之研究》,新北:淡江大学中国文学系 2001 年硕士学位论文。

3. 蒋九愚:《〈禅林宝训〉研究》,南京大学 2003 年博士学位论文。

4. 朱珮莹:《明清话本僧道人物形象研究》,新北:淡江大学中国文学系 2003 年硕士学位论文。

5. 王楚文:《明季僧人释澹归及其词研究》,新北:华梵大学东方人文思想研究所 2003 年硕士学位论文。

6. 张胜珍:《禅宗语言研究》,南开大学 2005 年博士学位论文。

7. 朱贻强:《公安三袁居士佛教研究》,华东师范大学 2005 年博士学位论文。

8. 李仁展:《觉浪道盛禅学思想研究》,台北:台湾师范大学国文研究所 2005 年硕士学位论文。

9. 郭廷立:《万松行秀〈从容录〉研究》,嘉义:中正大学中国文学研究所 2005 年硕士学位论文。

10. 杨芬霞:《中唐诗僧研究》,陕西师范大学 2006 年博士学位论文。

11. 林湘华:《江西诗派研究》,台南:成功大学中国文学系 2006 年博士学位论文。

12. 吕真观:《大慧宗杲禅师与宋代士大夫交游研究》,新北:华梵大学东方人文思想研究所 2006 年硕士学位论文。

13. 李秋瑰:《明代佛教戏曲〈观世音香山修行记〉传奇——剧本主题意涵之分析研究》,新北:华梵大学东方人文思想研究所 2006 年硕士学位论文。

14. 林斌:《释文珦研究》,南京师范大学 2007 年硕士学位论文。

15. 任思亮:《明清民间宗教思想研究》,山东大学 2007 年博士学位论文。

16. 郭迎辉:《明代中后期宗教题材剧研究》,浙江大学 2008 年博士学位论文。

17. 李俊:《释道潜研究》,华东师范大学 2008 年博士学位论文。

18. 孙海燕:《黄庭坚的佛禅思想与诗学实践》,北京语言大学 2008 年博士学位论文。

19. 庄国瑞:《北宋熙丰诗坛研究》,浙江大学 2009 年博士学位论文。

20. 吴芬锦:《〈圆悟佛果禅师语录〉之禅法研究》,新北:法鼓佛教学院佛教学系 2009 年硕士学位论文。

21. 宋寒冰:《元杂剧与佛教母题研究》,吉林大学 2010 年博士学位论文。

22. 吴增礼:《清初江南遗民生存境况研究》,湖南大学 2010 年博士学位论文。

23. 杨锋兵:《契嵩思想与文学研究》,陕西师范大学 2010 年博士学位论文。

24. 李明华:《苏轼诗歌与佛禅关系研究》,吉林大学 2011 年博士学位论文。

25. 苏欣郁:《唐禅诗研究》,台北:台湾师范大学 2011 年国文学系博士学位论文。

26. 张明求:《虚实空间的移转和流动——宋元话本小说的空间探讨》,台北:台湾师范大学国文研究所 2011 年博士学位论文。

27. 王启元:《晚明僧侣的政治生活——世俗交游及其文学表现》,复旦大学 2012 年博士学位论文。

28. 陈嘉璟:《北宋文士禅僧自然诗歌研究》,台南:成功大学中国文学研究所 2012 年博士学位论文。

29. 王美伟:《明末清初岭南士僧交游与文学》,西南大学 2012 年硕士学位论文。

30. 商海峰:《北宋室町诗禅综合研究》,南京大学 2013 年博士学位论文。

31. 孙向峰:《佛教题材戏曲研究》,武汉大学 2013 年博士学位论文。

32. 吴静宜:《"诗禅交涉"在唐代至北宋诗学的开展》,台南:成功大学中国文学系 2013 年博士学位论文。

33. 徐铭谦:《以笔砚作佛事:北宋文字禅流衍考》,桃园:"中央大学"中国文学系 2013 年博士学位论文。

34. 曾建宁:《社交与名声——从冯梦祯看晚明江南士人的日常生活》,花莲:东华大学历史学系 2013 年硕士学位论文。

35. 张夸:《清初吴中遗民僧及其文学研究》,西南大学 2014 年硕士学位论文。

36. 萧齐文:《楚石梵琦〈佛日普照慧辩楚石禅师语录〉之研究》,宜兰:

佛光大学佛教学系 2013 年硕士学位论文。

37. 姬天予:《宋代禅宗临终偈研究》,新竹:玄奘大学中国语文学系 2014 年博士学位论文。

38. 刘雪梅:《明清之际遗民逃禅研究》,吉林大学 2015 年博士学位论文。

39. 邢爽:《佛学与北宋士大夫的精神世界》,湖南大学 2015 年博士学位论文。

40. 吴珮瑄:《紫柏诗偈研究》,彰化:彰化师范大学国文学系 2015 年硕士学位论文。

41. 陈昭伶:《宋代禅僧观音画赞研究》,新竹:玄奘大学中国语文学系 2015 年博士学位论文。

42. 何年丰:《清初两浙诗僧研究》,浙江师范大学 2016 年硕士学位论文。

43. 王荣湟:《明清禅宗丛林制度研究》,南开大学 2017 年博士学位论文。

44. 朱丽华:《黄庭坚的文化人格与佛禅思想》,吉林大学 2017 年博士学位论文。

45. 贾晓峰:《北宋佛寺与北宋诗歌考论》,西北大学 2017 年博士学位论文。

46. 黄鹤仁:《近代诗僧研究——以有诗集者为主》,台北:东吴大学中国文学系 2017 年博士学位论文。

47. 李矜君:《云门宗与叶梦得诗学理论》,暨南大学 2018 年硕士学位论文。

48. 宋肖利:《南宋禅僧北涧居简及其诗歌研究》,陕西师范大学 2018 年硕士学位论文。

49. 何宇:《南宋禅宗大慧法脉写作研究》,陕西师范大学 2018 年硕士学位论文。

50. 王慧:《道璨文学批评思想研究》,安徽师范大学 2018 年硕士学位论文。

51. 张家豪:《唐代佛传文学研究》,嘉义:中正大学中国文学研究所 2019 年博士学位论文。

二、外文论著

（一）日文（按出版时间之先后）

1. 道端良秀：《唐代佛教史研究》，京都：法藏馆 1957 年版。

2. 荒木见悟：《明代思想研究》，东京：创文社 1972 年版。

3. 泽田瑞穗：《佛教と中国文学》，东京：国书刊行会 1975 年版。

4. 田中良昭：《敦煌禅宗文献の研究》，东京：大东出版社 1983 年版。

5. 铃木哲雄：《唐五代禅宗史》，东京：山喜房佛书林出版社 1985 年版。

6. 石井修道：《宋代禅宗史の研究》，东京：大东出版社 1987 年版。

7. 椎名宏雄：《宋元版禅籍の研究》，东京：大东出版社 1993 年版。

8. 长谷部幽蹊：《明清佛教教团史研究》，京都：同朋舍 1993 年版。

9. 吉川忠夫编：《唐代の宗教》，京都：朋友书店 2000 年版。

10. 柳田圣山：《初期禅宗史书の研究》，京都：法藏馆 2000 年版。

11. 荒木见悟：《忧国烈火禅——禅僧觉浪道盛のたたかい》，东京：研文社 2000 年版。

12. 永井政之：《中国禅宗教团と民众》，东京：内山书店 2000 年版。

13. 野口善敬：《元代禅宗史研究》，京都：禅文化研究所 2006 年版。

14. 冈部和雄、田中良昭编：《中国佛教研究入门》，东京：大藏出版株式会社 2006 年版。

（二）英文（按出版时间之先后）

1. Song Yuanqiang, "The Study of Regional Socio–Economic History in China: Retrospect and Prospects", *Late Imperial China*, Volume 12, Number 1, June 1991, pp. 115–131.

2. *Religion and Society in T'ang and Sung China*, Edited by Patricia Buckley Ebery and Peter N. Gregory, Honolulu: University of Hawai'i Press, 1993.

3. Donald S. Lopez Jr., *Elaborations on Emptiness Uses of the Heart Sūtra*, Princeton: Princeton University Press,1996.

4. Morten Schlütter，*Chan Buddhism in Song-Dynasty China (960-1279): The Rise of the Caodong Tradition and the Formation of the Chan School (PhD Dissertation)*, Connecticut: Yale University, 1998.

5. *Chan Buddhism in Ritual Context*, Edited by Bernard Faure, London and New York: Routledge, 2003.

6. Mark Halperin，*Out of the Cloister Literati Perspectives on Buddhism in Sung China 960-1279*, Cambridge (Massachusetts) and London: Harvard University Press, 2006.

7. Albert Welter，*Monks, Rulers, and Literati: The Political Ascendancy of Chan Buddhism*, New York: Oxford University Press, 2006.

8. Morten Schlütter，*How Zen Became Zen: The Dispute over Enlightenment and the Formation of Chan Buddhism in Song-Dynasty China*, Honolulu: University of Hawai'i Press, 2008.

9. Albert Welter，*The Linji Lu and the Creation of Chan Orthodoxy: The Development of Chan's Records of Sayings Literature*, New York: Oxford University Press, 2008.

10. *Buddhist Manuscript Cultures: Knowledge, Ritual and Art*, Edited by Stephen C. Berkvitz, Juliane Schober and Claudia Brown, New York: Routledge, 2009.

11. Albert Welter，*Yongming Yanshou's conception of Chan in the Zongjing lu*, New York: Oxford University Press, 2011.

12. Anna Sun，*Confucianism as a World Religion：Contested Histories and Contemporary*, Princeton: Princeton University Press, 2013.

13. Wilt L. Idema and Stephen H. West, "Zhong Kui at Work: A Complete Translation of the Immortal Officials of Happiness, Wealth, and Longevity Gather in Celebration by Zhu Youdun (1379–1439)"，*Journal of Chinese Religions*，Volume 44, Issue1, May 2016, pp.1–36.

14. Stephen Eskildsen, "Bodhidharma outside Chan Literature Immortal, Inner Alchemist, and Emissary from the Eternal Realm"，*Journal of Chinese Religions,*

Volume 45, Issue 2, November 2017, pp. 119–150.

15. Jennifer Eichman, "Buddhist Historiography: A Tale of Deception in a Seminal Late Ming Buddhist Letter", *Journal of Chinese Religions*, Volume 46, Issue 2, November 2018, pp. 123–165.

后 记

　　本书基础是我主持的 2016 年度国家哲学社会科学基金重点项目"禅宗语录文学特色之综合研究"（16AZW007）的最终结项成果。承蒙匿名专家厚爱,鉴定等级"优秀"。这也是我继"敦煌佛教音乐文学研究"（04BZW020）、"晋唐佛教文学史"（11BZW074）之后获得的第三项国家社科基金"优秀"结项成果。参与研究的主要有我指导过的博士生邱蔚华、侯艳和王廷法,和我一起署名发表成果的则有福建师范大学闽台区域研究中心的博士生李苇杭。经邱蔚华博士同意,书中辑入其独立发表的论文一篇,其他成员独立署名的论文则未纳入。五年来,虽然坎坎坷坷,风雨兼程,但我首先要衷心感谢的是各位课题组成员的鼎力支持和无私帮助。

　　其次,在前期研究成果中,有 20 余篇论文分别发表于《文学遗产》《世界宗教文化》《东南学术》《天津社会科学》《福建论坛》《浙江大学学报》《武汉大学学报》《福州大学学报》《福建师范大学学报》《石河子大学学报》《中国俗文化研究》《杜甫研究学刊》等十多种刊物,有的得到中国人民大学复印报刊资料《中国古代、近代文学研究》《宗教》等刊物的二次转载,有的宣读于重要的国际学术研讨会,同样,我要对各期刊责任编辑、主编和会议主办方致以最诚挚的谢意。

　　复次,从文学特色角度研究禅宗语录,还有许多交叉领域可以深入开掘和拓展,我们仅浅尝辄止,但人民出版社依然接受了这部稚嫩之作,这也是我第三次得到责任编辑詹素娟女史的引荐和热情指导,衷心感谢人民出版社的奖掖后进之举,感谢詹女史的辛勤付出。

李小荣　识于福州仓山梦枕堂

2021 年 3 月 18 日

责任编辑:詹素娟

装帧设计:东方天地

图书在版编目(CIP)数据

禅宗语录文学特色综合研究/李小荣 著. —北京:人民出版社,2022.9

ISBN 978 - 7 - 01 - 023805 - 0

Ⅰ.①禅…　Ⅱ.①李…　Ⅲ.①禅宗-宗教文学-文学-研究-中国

　Ⅳ.①I207.99

中国版本图书馆 CIP 数据核字(2021)第 197173 号

禅宗语录文学特色综合研究

CHANZONG YULU WENXUE TESE ZONGHE YANJIU

李小荣　著

人民出版社 出版发行

(100706　北京市东城区隆福寺街 99 号)

北京中科印刷有限公司印刷　新华书店经销

2022 年 9 月第 1 版　2022 年 9 月北京第 1 次印刷

开本:710 毫米×1000 毫米 1/16　印张:32.25

字数:550 千字

ISBN 978 - 7 - 01 - 023805 - 0　定价:148.00 元

邮购地址 100706　北京市东城区隆福寺街 99 号

人民东方图书销售中心　电话 (010)65250042　65289539